Sammlung ›Moderne Literatur‹

Von Stefan Heym
sind als Goldmann-Taschenbücher außerdem erschienen:

Bitterer Lorbeer. Roman (7024)
Goldsborough. Roman (7011)

STEFAN HEYM

Lassalle

ROMAN

Wilhelm Goldmann Verlag

Zweite, vom Autor besorgte Fassung

Made in Germany · 9/79 · 1. Auflage · 118
Genehmigte Taschenbuchausgabe

Umschlagentwurf: Atelier Adolf & Angelika Bachmann, München
Satz: IBV Lichtsatz KG, Berlin · Druck: Presse-Druck Augsburg
Verlagsnummer: 7015
Lektorat: Martin Vosseler · Herstellung: Lothar Hofmann
ISBN 3-442-07015-5

Sickingen:

... Der Plan war gut, alles genau berechnet ...

Balthasar:

... so war's Euch besser, Ihr
Erlaubt Euch offen gegen Kaiser Karl,
Schriebt Umformung der Kirche und des Reichs
Mit großen Zügen lesbar auf Eu'r Banner,
Ja besser selbst, Ihr rieft kraft solcher Titel
Und solchen Rechts Euch kühn zum Kaiser aus, ...
Als dies Versteckens mit dem Freund zu spielen ...
– Genau berechnet, sagt Ihr! Ja, das eben,
Das eben ist's! Durch Eure Klugheit stürzt Ihr ...
Oh, nicht der Erste seid Ihr, werdet nicht
Der Letzte sein, dem es den Hals wird kosten,
In großen Dingen schlau zu sein. Verkleidung
Gilt auf dem Markte der Geschichte nicht ...

Ferdinand Lassalle

Franz von Sickingen
V. Akt, 2. Szene

1. Kapitel

Sie liebte Grandmaman.

Grandmaman lag in ihrem Bett, riesige Kissen unter dem Kopf; die Nase, scharf wie ein Schnabel, schimmerte gelblich im Lampenlicht. Grandmaman hatte sie hierhergebracht aus Nizza, aus dem Wirbel der Bälle, Empfänge, Regatten, Blumenkorsos mitten in das steife, enge, winterliche Berlin. Bei euch wird ihr noch völlig der Kopf verdreht, hatte sie zu Papa gesagt; Zeit, daß das Mädchen in feste Hände kommt. Und Papa, stets froh, wenn man ihm Verantwortung abnahm, hatte zugestimmt.

»Hélène«, sagte Grandmaman, »komm her.«

Helen trat gehorsam ans Bett. Sie spürte den prüfenden, durchdringenden Blick; Grandmaman, eine gebürtige Wolff, hatte wiederum einen Wolff, einen entfernten Cousin, geheiratet; die Wolffs betrachteten die Welt und die Menschen mit nüchternen Augen, die stets sofort den eignen Vorteil erkannten. Sonderbar, dachte Helen, daß mein Blut zur Hälfte ihres sein soll. Ich sehe nicht aus wie sie. Ich ähnle ganz Papa.

»Raff das hoch.« Grandmaman wies auf eine Spitzenrüsche. »Man erkennt auch so genug von deinem Busen.«

Helen tat ihr den Gefallen. Grandmaman vergaß gerne, daß die junge Dame, deren Tugend sie da bewachte, schon mit dreizehn Jahren einem vierzigjährigen sardinischen General anverlobt gewesen war. Der General hatte sich in eine Miniatur von ihr verliebt. Auf den behaarten säbelbeinigen Kriegshelden war bald ein in Villafranca stationierter russischer Seeoffizier gefolgt; und auf diesen ihr jetziger Verehrer, ihr walachischer Mohr, ihr Yanko von Racowitza.

Grandmaman lachte in sich hinein. »Schöne Unruhe wirst du da stiften.« Ein Wink mit dem Finger. »Küß mich.«

Helen drückte einen Kuß auf die dünnen, trockenen Lippen, die über dem Zahnfleisch nach innen fielen; Grandmaman nahm zur Nacht ihr Gebiß heraus. »Bleib nicht auf meinetwegen«, bat Helen.

»Du weißt, daß ich nicht einschlafe, bis du zu Haus bist. Spätestens um Mitternacht kommst du zurück!«

»Grandmaman« – Helen wandte sich von ihr, daß die Röcke wirbelten –, »ich bin großjährig.«

Grandmaman rief: »Ein Narr bist du. Dein Herz wirst du dir noch brechen – und den Hals dazu.«

Schwer atmend lehnte sie sich in die Kissen. Mitunter war ihr, als hätte sie zuviel auf sich genommen; aber dann wieder hoffte sie, daß die Vernunft, die das Mädchen von der Wolffschen Seite der Familie ererbt haben mußte, die allerschlimmsten Torheiten verhüten würde.

Alles war in Bewegung geraten.

Der irre König, unter dem die Zeit stillgestanden hatte, war tot, und sein Bruder, der Prinzregent, trug nun die Krone. Eine neue Ära, hieß es. König Wilhelms Gedanken mochten nicht weiter reichen als die eines fähigen Kompaniefeldwebels, aber er war wenigstens geistig normal. Die Industrie, die das Herzgebiet Preußens erst so spät erreicht hatte, erwartete eine Blütezeit, und der solide Geschäftsmann reckte die Schultern und begann, von Freiheit zu reden.

Äußerlich hatte sich wenig geändert – bis man durchs Oranienburger Tor nach Norden gelangte, in die Vorstädte. Dort wuchsen die neuen Werkstätten und Maschinenfabriken aus den kahlen Feldern, und der Rauch und Ruß ihrer Schornsteine verpestete die Luft; dort, inmitten fahler, überarbeiteter Männer und Frauen, gingen die Agitatoren um und säten Mißtrauen, Aufsässigkeit und Aufruhr – der übelste unter ihnen der elegante Dr. Lassalle. Im eigentlichen Berlin jedoch lagen die Straßen still wie immer; die neuen Gaslaternen warfen grellweiße Lichtkreise auf den kehrichtbedeckten Schnee und auf die müden Gäule, die gelegentlich eine Mietsdroschke vorbeizogen.

Im Hause Bonseri fand eine jener Soireen statt, wo Aristokraten und Künstler, Staatsbeamte und Journalisten, Militärs und Großkaufleute zwanglos zusammentrafen und wo von gewöhnlicher Kuppelei bis zur hohen Politik einige der gewagtesten Geschäfte der preußischen Hauptstadt geplant und abgeschlossen wurden.

Geheimrat Bonseri hielt sich bei den Spieltischen auf; allgemein glaubte man, daß er an solchen Abenden zwei- oder dreimal soviel gewann, wie ihn Speisen, Wein und Bedienung kosteten. Madame Bonseri, ein ältlicher Schmetterling, flatterte von Gruppe zu Gruppe, sorgte sich um die Wünsche ihrer Gäste, hielt Feinde getrennt und brachte die Konversation in Gang, wo sie steckenzubleiben drohte. Ein Streichtrio, welches der berühmte Dirigent Hans von Bülow freundlicherweise beschafft hatte, spielte diskrete Weisen; später würden, besonders für die jüngeren Gäste, die Walzer und Mazurken, die Lanciers und die Schottischen folgen.

Helen kannte die Wirkung ihres Auftritts: die Blicke der Männer, das Stocken der Unterhaltung. »Ma chère M'selle Dönniges!« zwitscherte Madame Bonseri. »Darf ich Ihnen vorstellen –« Namen, Titel, Gesichter; goldne Tressen, schwarze Krawatten, weiße Spitzen; Hacken schlugen zusammen, Lippen berührten ihre Finger – unter dem leisen Gehiß der Gaskandelaber verschmolz das zu einer Art Glanz. Natürlich war es nicht Nizza oder Turin; ein paar der Herren erschienen ihr wie mit Sägemehl ausgestopft; auch ihr selbst fehlte der Glorienschein, den sie im Gefolge des Königlich Bayrischen Gesandten am Turiner Hofe und als dessen Tochter besessen hatte. Alles war mehr hausbacken hier; sogar die Dichter und Maler standen auf einer Gehaltsliste und sahen wie Handwerksmeister aus.

Sie war sofort von bewundernden jüngeren Herren umringt. Wann war sie nach Berlin gekommen, was hatte sie für Pläne, was hielt sie von Ausflügen im Pferdeschlitten, und war ihr Meyerbeer nicht lieber als Wagner? Sie antwortete ruhig und überlegen: Sie war nicht zu ihrem Vergnügen in Berlin. Sie hörte Kollegs an der Königlichen Universität, soweit Damen zugelassen waren. Sie studierte Malen und Bildhauerei. Ja, sie ging auch zu Konzerten. Das Theater besuchte sie leidenschaftlich – oh, da drüben war ja Madame Formes, war sie nicht herrlich gewesen als Lady Macbeth? – ich muß unbedingt mit ihr sprechen, Sie entschuldigen mich bitte...

Augusta Formes saß dahingegossen auf einem Kanapee, neben ihr, weltmüde, Hans von Bülows exzentrische Gattin Cosima. Cosimas Fächer klappte zusammen, wies in bestimmte Richtung. »Und wer wäre *das*?«

Darauf Helens überschwengliches »Augusta!«

»Ach, Helen.« Außerhalb der Bühne gab sich Augusta Formes untheatralisch und trug die frühen Fältchen mit scheinbarer

Gleichgültigkeit. »Cosima«, stellte sie vor, »hier haben wir Helen von Dönniges.«

Cosima betrachtete Helen und dachte an das eigne unschöne, viel zu lange Gesicht und die Spuren, die die Leidenschaft darauf zu hinterlassen begann. Widerwillig rückte sie zur Seite. »Sie sind auch Schauspielerin?«

»Ich wünschte, ich wäre.« Helen lächelte süß. Cosima von Bülow, flüsterte man sich zu, hatte sich bereits durch die halbe deutsche Musikwelt hindurchgeliebt und würde nicht ruhen, bis sie auch die andere Hälfte beglückte.

»Ein kluges Mädchen, unsre Helen.« Augusta Formes betonte *klug*. »Und sie wird es noch weit bringen, mit dem rechten Mann zur Seite…«

»Wie liebenswürdig Sie sind, Augusta.« Helen erwog jedes Wort. »Vielleicht habe ich ein bißchen zu leichtsinnig gelebt bisher.«

»So hübsch und so einsichtig« – Cosima berührte ihr Kinn mit der Spitze ihres Fächers – »und mit einer solchen Figur!«

Ein Dragoneroffizier kam vorbei.

»Ah, Korff!« Die Formes winkte ihn heran. »Rittmeister Korff!«

Der Rittmeister, schwarzes Schnurrbärtchen, schwarzes, sorgfältig frisiertes Haar, hochmütige, etwas verderbte Augen, wandte sich ihr zu.

»Korff«, sagte die Schauspielerin, »Sie müssen dies Wunderwesen kennenlernen, das da unter uns gefallen ist. Baron von Korff – Fräulein von Dönniges. Korff hat eine Tochter von Meyerbeer geheiratet; die Judenmädchen haben einen zivilisierenden Einfluß auf die preußische Armee, meinen Sie nicht auch, Baron?«

»Die Liebe«, der Rittmeister verbeugte sich leicht, »setzt sich über alle religiösen Grenzen hinweg. In meinem Fall hab' ich dadurch eine charmante Gattin – heute leider indisponiert – gewonnen sowie die Erfahrung, daß es in der Musik nicht nur die Töne gibt, die mein Schwadronstrompeter bläst.« Wie auf Stichwort begann das Trio mit einem Walzer. Korff stand da, als zählte er den Takt.

»Dieser stammt nicht von Ihrem Schwiegervater«, bemerkte Cosima.

Korffs Schnurrbartenden stiegen in die Höhe; er grinste. »Aber tanzen läßt er sich. Mademoiselle von Dönniges – wenn Sie möchten...?«

Er war kein schlechter Tänzer. Helen schloß die Augen; seine Orden klirrten leise, seine Sporen lauter. Jemand sagte: »Immer der Korff – greift sich das Beste –, wer ist sie eigentlich...?« Dann entfernte sich die Stimme.

»Mademoiselle –«

Sie sah zu ihm auf mit großen Augen – ein Blick, den manche Leute für einstudiert hielten.

»Mademoiselle, etwas höchst Unsinniges kam mir in den Kopf, als ich Sie da sitzen sah, eine Knospe zwischen zwei – sagen wir – voll erblühten Rosen: so taufrisch, so – wie soll ich's ausdrükken...?«

Ein Antrag, dachte Helen. Bis nach dem Champagner wenigstens hätte er warten können.

»...so außergewöhnlich. Welch teuflisch vollkommene Kombination von Seele und Geist und Leib, sagte ich mir...« Er hörte auf zu tanzen, führte sie zur Seite. »Hier läßt sich nicht sprechen. Im blauen Salon wird es nicht so voll sein.«

Wieder hielt sie ihn mit ihrem Blick. »Ich glaube wirklich nicht, Herr Baron...«

Seine Hand auf ihrem Ellbogen. Sie war doch ein wenig neugierig. Er sah eindrucksvoll genug aus, gereift; ein Mann jedenfalls; keiner von den Jünglingen, die sie bestaunt und begafft hatten. Gesichter glitten vorbei; Madame Bonseri, besorgte Miene.

Im blauen Salon bot ein livrierter Diener Wein an. Korff hob sein Glas: »Und als ich Sie so sah, Mademoiselle, sagte ich mir – Korff, sagte ich, das ist nichts für dich.«

Die Wendung war überraschend. Helen ließ ihr Glas sinken. Oder war es eine neuartige Annäherungsmethode, spécialité du M. le Baron Korff? »Herr Baron, wenn Sie Ihr Geständnis beendet haben...«

Er ließ sie nicht aussprechen. »Schöne Helen«, sagte er, »kennen Sie Lassalle?«

Wer kannte Lassalle nicht?

Berlin war das Zentrum alles preußischen Klatsches; Helen wußte also längst von einer Vielzahl von Damen, die Eheszenen, gesellschaftliche Unannehmlichkeiten, auch persönliches Leid um heimlicher Freuden mit dem großen Volksredner willen auf sich nahmen oder genommen hatten. Agnes Street, née Klindworth, Tochter eines der berüchtigtsten Geheimagenten Europas und selbst mehrmals als Agentin tätig, die Lassalle aus Franz Liszts Bett in seines gelockt hatte; Ludmilla Assing, Nichte des bekannten Schriftstellers Varnhagen; Lina Duncker, Frau seines eignen Verlegers, Förderers und Freundes; Hedwig Dohm und Fanny Lehwald, beide aus besten Kreisen, gebildet, intelligent, die er mit seinen unberechenbaren Launen quälte; es hieß sogar, daß eine echte russische Fürstin, Tochter eines Gouverneurs einer ganzen Provinz, ihn in Aachen beinahe geheiratet hätte, wo er zur Kur weilte gegen die ihn periodisch heimsuchenden Schmerzen. Dazu kamen Liebschaften mit anonymen Näherinnen, Fabrikarbeiterinnen, Ladenmädchen aus den Armenvierteln.

Und in Permanenz die alternde Gräfin Hatzfeldt!... Helen rümpfte die Nase. Papa, zu der Zeit als junger Geschichtsdozent an der Universität Berlin, hatte die Affäre Hatzfeldt von den Anfängen an verfolgt. Selbst heute, so viele Jahre später, räumte er ein, daß Lassalle bei der Übernahme der Verteidigung Sophie Hatzfeldts aus untadeligen Motiven gehandelt haben mochte. Aber man betrachte ihn jetzt: wie er sich von der alten Frau aushalten und sich nicht nur für geleistete Anwaltshilfe zahlen ließ, sondern für Leistungen anderer Art, die man am besten nicht näher beschrieb. Es gab da eine Karikatur, die Helen im Gedächtnis geblieben war – darauf die Gräfin, überlang und grobknochig, mit deutlichem Bartanflug auf der Oberlippe und einer Zigarre zwischen den Zähnen; ihr zur Rechten Graf Paul, ihr Lieblingssohn, spinnebeinig und grinsend; und auf der anderen Seite ein dunkelhäutiges Wesen mit Hakennase und hervorstehenden Hauern, einen Zylinderhut schief auf dem Hinterkopf. Diese Schreckgestalt trug die Bezeichnung Lassalle...

»Schönste Helen«, erklärte Korff, »als Ihr unwürdiger Bewunderer lassen Sie mich Ihnen sagen: Sie sind die erste Frau, der ich je begegnet bin, die ich mir als Madame Lassalle vorstellen könnte.«

Ihre vollen, feuchtglänzenden Lippen verzogen sich. »Werden Sie da nicht beleidigend, Herr Rittmeister?«

»Aber M'selle Hélène...« Einen Moment lang blieben seine Augen ohne Ausdruck. »Dann kennen Sie ihn nicht.«

»Ich weiß genug von ihm.«

»Kennten Sie ihn wirklich, Helen, dann würden Sie wissen, was für ein großartiges Paar Sie beide abgäben.« Korffs Selbstsicherheit schwand. Einmal alle Jubeljahre handelt man altruistisch, dachte er, und das hat man davon. »Er wird verleumdet, M'selle, dauernd. Daß er die Kassette der Baronesse Meyendorf gestohlen hätte; daß er ständig nur mit knapper Mühe dem Staatsanwalt entgeht; daß er die Monarchie und überhaupt alle öffentliche Ordnung abschaffen will – aber wenn Sie ihn nur ein einziges Mal sprechen hörten, würden auch Sie erkennen, daß er einer der edelsten Geister in Deutschland ist, und auch Sie würden ihm einen Lorbeerkranz auf die Stirn drücken, wie ich es kürzlich tat nach seinem Plädoyer im Berliner Kriminalgericht.«

Sie stellte sich den hakennasigen Gnom aus der Karikatur vor, einen Lorbeerkranz auf dem Kopf, zusätzlich zu seinem Zylinderhut. Wenn das der edelste Geist in Deutschland war, dann hatte der liebe Gott, der Schöpfer aller Dinge, diesen in einen recht absonderlichen Leib fahren lassen. »Ich befürchte, Baron Korff«, sagte sie, »Sie bemühen sich umsonst. Führen Sie mich lieber zu meinen Freundinnen zurück...«

Korff gehorchte. »Mademoiselle von Dönniges«, sagte er den Damen lächelnd, »will leider nicht an meine Prophezeiungen glauben.«

Und entfernte sich.

»Prophezeiungen!« spöttelte La Formes. Und zu Helen: »Das heißt, Sie haben Korff abblitzen lassen.«

»Nein – Lassalle.«

»Lassalle?« Cosima von Bülow hielt die vorbeiflatternde Madame Bonseri an. »Ist denn Lassalle hier, Chérie, und warum haben Sie uns nichts gesagt?«

»Hier? – Nein.« Madame Bonseris Gesicht schrumpfte wie ein alter Apfel. »Eingeladen ist er, aber –! Arbeit, behauptet er. Vielleicht würde er kommen, aber erst spät... Wieso wollen Sie wissen, Chérie? Haben Sie einen Anschlag auf ihn vor?«

Cosima richtete sich auf. Ihr langer Hals war das Schönste an ihr. »Doch wohl kaum!«

Helen berichtete von Korffs verschrobenem Einfall. Jetzt, im Rückblick, erschien der Affront geringer; es ließ sich darüber lachen. Doch die drei Damen schienen den Gedanken interessant zu finden. Cosima besprach die verschiedenen Möglichkeiten, erwog einerseits den Charme von Helens Jugend, andrerseits den Anflug von Dekadenz, den Lassalle offensichtlich bei Frauen schätzte. Und konnte Lassalle, der sich zwanzig Jahre lang nicht an die Kette legen ließ, von jemandem wie Helen gebändigt und zum Altar geführt werden?

»Altar?« bezweifelte Madame Bonseri. »Benutzt man bei *denen* nicht eine Art Baldachin? Das glückliche Paar unter einem Himmel aus Tuchwaren – sehr hübsch, sehr symbolisch. Aber davon müssen Sie ja mehr verstehen, Hélène, Chérie. Ist Ihre liebe Mutter nicht auch eine von *denen*?«

»Man kann sich die Szene vor der Synagoge ausmalen«, sagte Cosima maliziös, »die Prozession der trauernden Witwen, an der Spitze die Gräfin, und dann das Wehklagen, während die Braut ihr Jawort haucht. Es würde ein größeres Spektakel werden als die Thronbesteigung unsres Wilhelm, Gott segne sein königliches Haupt und bewahre es vor geistiger Umnachtung.«

Die Formes lachte. »Lassalle heiratet nie. Er sieht sich beständig kurz vor irgendeinem Martyrium und sagt, er möchte vermeiden, daß die geliebte Frau es mit ihm teilen muß – eine edle Ausrede. Trotzdem wird er sich auf Sie stürzen, Helen; Sie sind sein Typ. Es käme auf Ihr Verhalten ihm gegenüber an.«

»Ich bin ihm noch nicht einmal begegnet«, widersprach Helen. »Und schon wollen Sie mich verkuppeln.«

»Na, na«, warnte die Schauspielerin. »Gestehen Sie doch zu, daß Sie interessiert sind. Lassalle ist einer der faszinierendsten Männer unserer Zeit; und er weiß, was eine Frau sich wünscht – in jeder Beziehung.«

»Augusta!« Madame Bonseri verbarg das Gesicht hinter ihrem Fächer, und Cosima von Bülow erkundigte sich: »Sie sprechen aus Erfahrung, Verehrte?«

»Das nicht«, entgegnete die Formes, »aber ich kenne diese Art Mann, und Lina Duncker hat sich lange genug bei mir ausgeweint, nachdem er sie fallenließ, weil es, behauptete er, Zeit für ihn war, mit der Bourgeoisie zu brechen, und wie konnte er mit der Bourgeoisie brechen, ohne mit Duncker zu brechen, und wer würde es ihm glauben, solange er sich jeden Montag- und Donnerstagnachmittag mit Lina traf? Und jetzt werden wir ein wenig soupieren.«

Madame Bonseri stieß kurze, vogelartige Laute aus und ging voran zur Tafel.

Kurz vor Mitternacht wurde das Eis endlich serviert. Helen gedachte Grandmamans, die sicher noch wach saß im Bett und nervös den neuesten Roman durchblätterte.

Warum nicht wirklich nach Hause gehen? Sie hatte ein wenig gespielt und mehr verloren, als Grandmaman ihr ersetzen würde; sie hatte getanzt, dabei aber Korff gemieden und ihre andren Partner reizlos gefunden; und weitere Gespräche mit Cosima oder der Formes schienen wenig verlockend. Sie schob den Silberbecher mit den Eisresten, die sich in gelbe Sauce verwandelt hatten, zur Seite und wanderte ziellos durch mehrere ineinanderführende Räume; die Leute lächelten ihr zu, sie lächelte zurück; schließlich kam sie zu einer schmalen, mit Goldleisten verzierten Tür, die ihrem Druck nachgab. Ein Arbeitszimmer, sicher Geheimrat Bonseris: Schreibtisch, Bücher, Papiere; Bücherregale, die eine Art Nische bildeten. Hier war wohl der Lieblingsplatz des Geheimrats; ein abgenutzter Ledersessel stand da, eine Leselampe. Sie nahm ein Buch zur Hand, ließ sich in den Sessel sinken und fragte sich plötzlich, ob sie etwa auf Lassalle warte, sogar hoffe, er käme, und schlug sich den Gedanken aus dem Kopf.

Als dann auf einmal Stimmen laut wurden im Zimmer, war es zu spät, sich bemerkbar zu machen. Die eine, unbekümmerte Stimme war die Korffs; in Korffs Gesellschaft, wie sie aus ihrer Nische heraus feststellen konnte, befanden sich zwei Herren; der eine untersetzt, olivfarben, glatzköpfig, hatte die dicke Nase, die dicken Lippen, die dicke Brille der Karikatur; der andere war etwa so groß wie sie selbst, eher etwas größer, und trug sich in Haltung und Gesichtsausdruck wie ein römischer Cäsar.

Der Cäsar ließ sich mit wohltemperierter Stimme über einen Roman aus. Er sprach von den Frauen in dem Buch und kritisierte die niedrigen, unedlen Charakterzüge, die der Autor ihnen verliehen hatte.

Der Olivfarbene lachte. »Aber so sind die Weiber nun mal. Zugleich herrschsüchtig und unterwürfig – die Kombination muß dem Manne das Leben ruinieren.«

Korff meinte, es gäbe Ausnahmen.

Der Cäsar unterbrach ihn. Ob die Frauen Engel oder Huren

wären, sei unwichtig. »Leben ist nicht Literatur, Literatur nicht Leben!« Dann: »Alles muß doch erhöht dargestellt werden in der Literatur. Man will ja schließlich den Menschen Ideale geben. Wenn man ihnen nur einen Spiegel vorhält und sie zwingt, sich selber zu betrachten, treibt man sie zu Suff und Verzweiflung...«

Helen rätselte nicht mehr, wer nun Lassalle war und wer nicht. Der Cäsar reizte sie zum Widerspruch. Seine Hand, mit imperialer Geste, beschrieb einen großen Kreis. »Nehmen Sie zum Beispiel die Adrienne Cardoville aus Eugène Sues ›Ewigem Juden‹...«

Sie stand auf.

Er hörte das Rascheln des Satins hinter den Regalen und entdeckte die Nische. »Mein Gott«, seine Augen weiteten sich, »Adrienne Cardoville, wie sie leibt und lebt. Nun – da Sie gehört haben müssen, was ich sagte – habe ich recht?«

»Ich befürchte, nein...«

»Ein Nein ist also das erste, was ich von Ihnen zu hören bekomme?« Ohne sie direkt zu berühren, führte er sie aus der Nische heraus. »So also sieht man aus... Das sind Sie...? So hab' ich's mir auch gedacht...«

Sein Lächeln machte sie unsicher.

»Sie wissen, wer *ich* bin.« Er legte die Fingerspitzen auf ihren Arm. »Und Sie sind – Sie sind der Goldfuchs, von dem Korff mir berichtet hat – mit einem Wort: Helena!«

Sie versuchte zu lachen; den Eindruck auszugleichen, den er auf sie machte. Dann gab sie sich dem Gefühl der Erleichterung hin, daß dies *er* war – ein Adler, die Züge geprägt vom Flug seiner Gedanken, nicht der grauenhafte bucklige Gnom der Karikatur. Korff und der andere hatten sich entfernt, sie wußte nicht, wann: im Grunde war sie mit Lassalle allein gewesen seit dem Moment, da sie seine Stimme hörte.

Ich bin fast vierzig, dachte Lassalle; dazu krank, überarbeitet, meine Nerven brauchen eine Kur; ich bin dabei, eine Kampagne zu beginnen, deren Ausmaß, Dauer, Folgen keiner abschätzen kann – und hier ist dieses heißblütige Wesen von neunzehn, höchstens zwanzig Jahren: Auf was lass' ich mich da ein? Korff ist ein Idiot – heiraten! Hätte ich heiraten wollen, dann hätte ich Natascha Solntzeff in Aachen haben können, mit ihren dunklen russischen Augen und ihrem weichen russischen Akzent und ihrer grenzenlosen Sinnlichkeit. Ein verheirateter Mann, ein Familienvater wird nie die Massen begeistern können; unbewußt sucht die Masse, und besonders ihr weiblicher Teil, stets nach einem Symbol, einer Gestalt von heroischen Ausmaßen: man stelle sich einen Ulrich von Hutten, einen Robespierre als Ehemann vor, mit Kinderchen, die ihm die Knie umspielen; darum konnte ja Marx, bei aller Gescheitheit, sich nie über den ekelhaften Dunst der in seiner Küche dampfenden Windeln erheben, der Arme.

Das Mädchen an seiner Seite besaß eine gewisse Ähnlichkeit mit Natascha. Das Licht der geheimrätlichen Schreibtischlampe, diskret abgeschirmt, betonte die üppigen Linien von Hals, Schultern, Brust und gab ihrem Haar einen besonderen Schimmer.

»Die Gräfin«, sagte er. »Alle Frauen stellen mir Fragen wegen der Gräfin. Warum Sie nicht?«

Sie sah ihn mit ihren bernsteinfarbenen Augen an und schwieg.

»Ich nehme an, die meisten Schauergeschichten sind Ihnen bekannt.« Er führte ihre Hand zu den Lippen. Und während er die Fingerspitzen eine nach der andern küßte, dachte er: Besser, ich sag' es ihr jetzt; früher oder später kommen sie alle zu dem Punkt, wo sie sich mit der Existenz der Gräfin auseinandersetzen müssen.

Helen entzog ihm behutsam die Hand. »Das will nicht zueinander passen – was man über Sie spricht, und der Eindruck, den Sie auf mich machen.«

»Was da so behauptet wird!« Er nickte betrübt. »Ich hätte meine Beweismittel gestohlen, meine Zeugen bestochen, nur um mein Pfund Fleisch aus der Brust des Grafen Hatzfeldt, zugestandenermaßen eines der größten Grundbesitzer des Landes, zu schneiden. Wissen Sie – ich war damals noch nicht dreiundzwanzig, meinem Vater ging es gut, ich hatte keine Sorgen, stand am Beginn einer schönen Laufbahn als Geschichtsphilosoph; warum sollte ich das alles in die Winde werfen, Jahre meines Lebens investieren, Dutzende von Prozessen bei allen möglichen preußischen Gerichten führen, mein eignes Geld auslegen für die Gräfin, die arm war wie eine Kirchenmaus, von ihrem Mann verfolgt, von ihrer Familie verbannt? Ich war nicht mal Jurist, damals; einem Juristen wäre der Fall hoffnungslos erschienen – wo also lag das große Geschäft, das ich hätte machen können?«

Er stand auf, begab sich an Geheimrat Bonseris Schreibtisch. Sein Drang, dieses Mädchen zu überzeugen, beunruhigte ihn.

»Also hieß es: ein Liebesverhältnis; die Gräfin belohnte mich in der Münze, die auch der ärmsten Frau zur Verfügung steht. Das allerdings ließ sich für die bösesten Anspielungen verwerten – der Judenjunge aus der Provinz, im Bett mit einer älteren Frau, und dazu einer aus angesehenster preußischer Adelsfamilie, Mutter mehrerer Söhne und Töchter ...«

Wieder schwieg er. Sie hatte nicht mit der Wimper gezuckt.

»Ich weiß«, fuhr er schließlich fort, »die Gräfin hat heute etwas Groteskes an sich. Aber damals nicht. Damals war sie eine sehr eindrucksvolle Frau.«

Er schloß die Augen. Er sah die Geschworenenbank vor sich in dem Kölner Gerichtssaal von einst, die heiße Augustsonne, die durch die staubblinden Fenster drang, den Fliegenschmutz auf der hölzernen Barriere und sich selbst, wie er den zwölf guten Kölner Bürgern im Revolutionsjahr 1848 erschienen sein mußte, da er sich gegen die Anklage der Verleitung zum Kassettendiebstahl verteidigte. Er hatte seit je um den Einfluß des Wortes gewußt; doch an diesem Tag entdeckte er die dem Wort inneliegende Wucht unmittelbarer Wirkung. In der Erinnerung verschwamm sein Plädoyer und das diffuse Licht und die Menschenmenge im Gericht mit dem allgemeinen Getöse der Revolution; und er war Teil dieser Revolution gewesen, Rächer für dreiunddreißig Jahre preußisch-bürokratischer Despotie über ein Land, das einmal den befreienden Hauch des Code Napoléon verspürt hatte; und so sahen es auch die Geschworenen. Dabei war der ganze Diebstahl sinnlos gewesen – die Schenkungsurkunde, durch die der Graf den Besitz seiner Frau seiner Mätresse, der Baronesse Meyendorf, übermachte, lag nicht in der Kassette ...

»Nein, meine Liebe« – er schüttelte den Kopf; im Lampenschein zeigten sich Glanzlichter auf seinem Haar, das, wenn auch kürzer geschnitten, noch immer voll war wie einst –, »nein, Sie wären nicht die erste, die so etwas vermutet hätte. Mir durchaus wohlwollende, angesehene Männer haben mir offen ihre Überzeugung ausgesprochen, ich müsse schlechterdings eine Liaison mit der Gräfin haben – wie sonst ließe sich eine so große Aufopferung für eine fremde Sache erklären? Aber die Herren übersahen eines: meine Jugend, meine Begeisterungsfähigkeit. Ich brauchte eine große Sache, für die es lohnte, sich einzusetzen; wäre ich Sophie nicht begegnet, ich hätte sie erfinden müssen.«

Er streckte Helen beide Hände entgegen und half ihr aufzustehen.

»Ich habe es auch den Geschworenen erklärt, damals im Kassettenprozeß« – die körperliche Nähe des Mädchens, vereint mit den glorreichen Erinnerungen, verlieh seinen Worten neues Feuer –, »die Verteidigung der Gräfin war für mich nicht eine persönliche Angelegenheit, sondern eine Frage der Menschenrechte. Alle sprachen sie 1848, mit dem Donner der Revolution im Ohr, von Menschenrechten; und alle waren sie dafür; ich hatte mir nur erlaubt, diese Menschenrechte zwei Jahre früher zu entdecken und zu praktizieren.«

Helen schien überzeugt. Zwar hegte er den Verdacht, sie möchte sich genauso hingerissen zeigen, hätte er über den Mann im Mond gesprochen; doch ließ ihn das gleichgültig. Er hatte ja keinerlei Pläne gehabt, kein Ziel; ganz zufällig war er dieser jungen Person begegnet, die ihm die Sinne erregte und die Gedanken beschwingte; und schließlich hatte er sich ein wenig Entspannung verdient, nachdem er den ganzen Tag mit dem Problem gerungen hatte, wie man die zähflüssige Masse, preußisches Proletariat geheißen, in Bewegung brachte. Dennoch blieb die Frage: war es Liebe, die ihn die Jahre über an die Gräfin gebunden hatte? Unauslöschlich das Bild der enormen, gierigen Schenkel, die ihn empfangen hatten in jener Nacht in Düsseldorf, nachdem die Prozesse sämtlich gewonnen waren und der Graf, ein geschlagener Mann, geschlagen von dem Judenjungen aus der Provinz, ihr das Ihrige für alle Zeiten und in aller Form überschrieben hatte. Unvergeßlich ihr Aufstöhnen und die kurzen, spitzen Schreie und die Hängebrüste, leergesaugt von vier Kindern, die alle damals schon erwachsen waren, und wie sie ihn mein Junge, mein wunderbarer Junge, mein eines einziges Kind nannte, und sein tiefes Erschrekken daraufhin. Sie war fast so alt gewesen wie seine Mutter; nur hatte ihm die Frau mit dem Gänsegeschnatter und Gänsegehirn, die ihn seinerzeit im Breslauer Ghetto in die Welt gesetzt, wenig bedeutet; doch als er im Grau des Morgens erwachte, zum erstenmal in den Armen der Gräfin, hatte er sich trotz ihres Schlafgeruchs und trotz des Haars, das ihr auf der Oberlippe sproß, geborgen gefühlt wie ein Kind, und die Unruhe und der Ehrgeiz, die ihn ständig trieben, waren einem großen Frieden gewichen.

Er schüttelte den Kopf wie ein Hund, der den Regen von sich

schüttelt. »Außerdem, mein Goldfuchs«, bemerkte er, »ist es nie von Nutzen, wenn ein Mann einer Frau seine Gefühle für eine andere zu erklären sucht.«

Von dem Gespräch mit Lassalle blieben in Helens Erinnerung nur Teile ohne Zusammenhang haften. Wein – sie hatten von Weinen gesprochen, und sie hatte ihm gestanden, daß sie gern ein Gläschen trank, und er hatte geantwortet: »Großartig! Eine Frau mit Geschmack für guten Wein! Ich habe einen recht anständigen Keller, und wir beide werden das Beste darin kosten.« Darüber, wann er mit der gemeinsamen Weinprobe zu beginnen gedächte und wie er sich vorstellte, sie mit dem Segen von Papa und Maman und, gleichermaßen wichtig, von Grandmaman in diesen Keller zu bringen, ließ er sich allerdings nicht aus; anscheinend störten ihn die Komplikationen wenig, die sich auf dem Weg vom Arbeitszimmer des Geheimrats Bonseri in das gelobte Souterrain, wo der Wein floß, ergeben konnten. Der olivfarbene kleine Herr – wie sich herausstellte, Rechtsanwalt Holthoff – trat wieder ins Zimmer, ein Pack Karten in der Hand, und verlangte Auskunft über eine bestimmte Spielvariante. Lassalle nahm die Karten, mischte sie mit der Geschicklichkeit eines routinierten Spielers, verteilte sie, Bild nach oben, auf einem Seitentischchen neben der Sitzbank und begann, Holthoff die Sache zu erklären. Plötzlich verdüsterte sich sein Gesicht, er schob die Karten zur Seite und fragte schrill: »Was zum Teufel... Muß das jetzt sein? Können Sie uns nicht allein lassen?«

Holthoff zog sich ohne Widerspruch hastig zurück. Die Leute, schien es Helen, erkannten die Sonderstellung, die Lassalle sich zumaß, durchaus an.

Die bronzeverzierte schwarze Marmoruhr der Bonseris schlug halb drei, als sie in den Salon zurückkehrten. Die Räume, in denen sich vorher alles drängte, hatten sich teilweise geleert, aber die Stammgäste waren sämtlich noch da, und aus dem Kartenzimmer drangen die Stimmen der Spieler und der Rauch ihrer Zigarren. Lassalle nahm die Blicke, das Flüstern, das Nicken, das Lächeln wie einen Tribut entgegen, der ihm – und ihr – zustand; immer wieder preßte er Helen die Hand, während er in absichtlicher Schaustellung die Räume Seite an Seite mit ihr langsam durchschritt. Sie staunte ein wenig über die Gelassenheit, mit der diese

Menschen die neue Verbindung zur Kenntnis nahmen – Majestät hatten seine Favoritin gewählt, und der Hofstaat fügte sich. Sie selbst fügte sich ja auch. Alles Vorhergegangene wurde bedeutungslos: Eltern, München, Italien; die Serie ihrer Verehrer, der jungen und der nicht mehr so jungen; ihre Studienpläne und Grandmaman; Yanko von Racowitza, in dessen großen runden Hundeaugen die Enttäuschung stehen würde.

Und dann war auch diese Demonstration zu Ende. Man trank Mokka aus geblümten Meißner Täßchen. Korffs lächelndes Bärtchen zeigte sich in der Nähe. »Meine Ahnungen, M'selle Hélène, eh? Vielleicht sollte ich den Dienst quittieren und das Geschäft eröffnen: Korffs Eheanbahnungsinstitut – lassen Sie Korff Ihre Liebe und Ihr Leben planen!«

Die Formes verzog das Gesicht. Um diese Nachtzeit ließ die Spannkraft ihrer Haut nach, und eine wenig schmeichelhafte Linie vom Kinn zum Hals herunter bildete sich. Korff war ein Esel. »Lassalle«, warnte sie, »tun Sie das dem armen Mädchen nicht an. Sie sehen immer nur sich selbst, und Sie sind zu alt, sich noch zu ändern.«

Lassalle liebte es nicht, wenn man sein Alter erwähnte. »Ich habe mich stets von dem Gedanken leiten lassen, Madame, daß es etwas weit Größeres gibt als meine Person« – die Stimme erhoben, eine programmatische Erklärung, unanfechtbar –, »nämlich die Menschheit. Dieser diene ich, und so muß ich erwarten, daß eine Frau, die mich zu lieben meint, sich unterordnet.«

Cosima lachte scheppernd.

Das Lachen irritierte Helen, und sie sagte mit Nachdruck: »Ferdinand hat absolut recht. Die Unterordnung der Frau ist die Vorbedingung zu ihrem Glück.«

»Ferdinand!...«, wiederholte Cosima. »Mein Gott, Lassalle, das Mädchen ist schlauer als Sie und ich und wir alle. Die wird Sie um den Finger wickeln und auspressen, und Sie werden ihr noch hinterherlaufen und sie kniefällig um mehr solche Zärtlichkeiten bitten. Unterordnen...! Menschheit!...« Sie stellte ihre Tasse zur Seite. »Ist doch die Höhe.«

»Sie sind betrunken, Beste«, sagte Lassalle. »Wo ist Ihr Mann...? Korff – wollen Sie sich nicht nach von Bülow umsehen?«

Cosima winkte Korff ab und erhob sich schwankend. »Natürlich bin ich betrunken. Darum gestatte ich mir eben, so zu sprechen...«

Und weiter erinnerte sich Helen der Vorhalle, des Gedränges an der Garderobe, der Hand Lassalles auf ihrer Schulter, als er ihr das Cape umlegte, der flackernden Kerzen im Treppenhaus. Die Kettchen an Korffs Degengehenk klirrten; und da war Augusta Formes' Stimme, gereizt: »Nein, ich nehme sie in meinem Wagen mit. Sie hat einen Ruf zu wahren, bis die Angelegenheit geregelt ist, so oder so.« Und plötzlich spürte sie, wie sie hochgehoben und getragen wurde – Lassalle trug sie; trug sie die ganze Treppenflucht hinunter; die Lichter begannen zu kreisen, und sie barg ihr Gesicht an seiner Schulter, und sie wußte, daß alle sie sahen und Verständnis hatten, es war die natürlichste Sache der Welt, und sie wünschte nur, die Treppe nähme kein Ende.

Dann rief jemand nach einer Droschke. Helen spürte wieder Boden unter den Füßen und hörte Pferde stampfen und das leise Prusten der Tiere. Lassalle ergriff ihre Hand. »Jetzt reden wir vernünftig. Wann sehen wir uns wieder, und wann darf ich Grandmaman meine Aufwartung machen?«

»Lieber nicht...« Ein Schauer durchlief sie – die Nachtluft, die dunklen Schneewolken, der naßkalte Dunst nach all der Wärme und dem Licht und dem Wein und der Aufwallung der Gefühle. Und der Gedanke an morgen: Auseinandersetzungen mit Grandmaman, mit Yanko. Die Stimmung war ihr nicht neu – zu Ende der Ball, die Masken zertreten, Rückkehr zur Realität, stumpfes Grau nach den Blumen, dem Tanz, dem Lachen... »Kommen Sie lieber nicht. Später vielleicht – nicht jetzt. Und Grandmaman fühlt sich nicht wohl.«

Was ja auch stimmte. Und in wenigen Stunden würde ein fahler Morgen die flachgestreckte Stadt erhellen und die Begegnung dieser Nacht verwischen. Wahrscheinlich empfand auch er das und sprach daher um so lauter von seinen Absichten; es gehörte sich so; aber in Wirklichkeit war er ganz froh, daß sie die Sache leichthin behandelte und seine Lage richtig verstand.

Der Kutscher begann zu schimpfen; Korff, der mit Augusta Formes etwas abseits gestanden hatte, räusperte sich ungeduldig. Lassalle sagte: »Helen, Kind, warum hinauszögern, was doch kommen muß? Fühlst du denn nicht, daß wir einer des andern Schicksal sind?«

Ein großer Mann, der große Worte liebte. Dennoch spürte sie Angst.

»Ich will dich nicht erschrecken«, fuhr er fort, bei dem plötzlichen Du bleibend. »Ich gehorche deinen Wünschen, Kind. Ich werde warten – obwohl es schade ist um die verlorene Zeit.«

Sie lächelte. Er öffnete die Droschkentür und gab Augusta Formes ein Zeichen. Die Schauspielerin kam eilends und beklagte sich: »Diese endlosen Adieus! Wirklich...«

Er hörte nicht hin. Er starrte in die schäbige Droschke und suchte in ihrem Dunkel noch einmal Helens Gesicht zu erkennen und sich ihre Züge einzuprägen.

2. Kapitel

Ein Mann ohne Träume ist innerlich tot. Mögen die Träume undurchführbar sein; man braucht sie; sie sind die treibende Kraft.

Lassalles Träume reichten zurück bis in seine frühe Jugendzeit, da er die Schule schwänzte, um, schon ganz der junge Herr, in den Breslauer Kaffeehäusern zu sitzen, Billard und Karten zu spielen, Weiber zu begaffen, frühreife Witze zu reißen – alles mögliche. Alles mögliche, um nur ja den Gerüchen des Ghettos zu entgehen; dem väterlichen Laden unter den Arkaden, den Lagerräumen, gefüllt mit Wollstoffen und Kaliko; der Wohnung darüber, die ewig widerhallte von dem Gezänke und Geplärr seiner Mutter und Schwester. Revolte! Irgendwo jenseits dieser schäbigen Umgebung mußte eine Welt des Glanzes und der Größe liegen: seine Welt, seine Größe.

Menschen, die selbst Größe besaßen, erkannten das sofort in ihm: Heinrich Heine, der ihn einen jungen Mirabeau nannte; der alte Professor Boeckh von der Universität Berlin, der ihn willkommen hieß unter den Auserwählten der Wissenschaft; die Gräfin, die in ihm eine Kreuzung von Jesus Christus und Robespierre sah. Aber das Mittelmaß verschwor sich gegen ihn, und wann immer er ansetzte zum Flug in die Höhen, klammerten sie sich an seine Flügel, banden sie ihm die Klauen: wie sollte man sich erheben mit diesem Ballast! Selbst sein Freund Marx und Marxens Freund Engels, die schon wußten, was in ihm stak, ließen ihn oft genug ohne Unterstützung, obwohl doch er – nicht sie – ins Gefängnis gegangen war dafür, daß er die Massen zu den Waffen gerufen hatte in Verteidigung der bedrängten Revolution... Und dann die endlosen Jahre, da jede Bewegung, jeder Aufschrei erstickt wurde, da er in seinem Düsseldorfer Haus saß und wartete – wartete – wartete, da die einzige Veränderung der Wechsel der Polizeispitzel war, die einander ablösten bei der Bewachung seiner Haustür und der Beobachtung seiner Besucher...

Diese Jahre hatten an ihm gezehrt, schlimmer als die Krankheit, die ihm sein Kopfweh und die lähmenden Schmerzen in Rücken und Beinen verursachte und, seit kurzem, auch noch die häufigen Anfälle von Halsentzündung und einer lästigen Heiserkeit. Die Gräfin, die ja sah, wie er innerlich litt, sagte ihm einmal: Dein Schicksal ist Größe. Die Gräfin hatte in Dingen, die ihn betrafen, gewöhnlich recht. Schicksal: Er hatte gehofft, in der Revolution seinem Schicksal zu begegnen; diese Revolution aber, da sie eine preußische war, bot einem zukünftigen Bonaparte keine Chance. Schicksal: Er hatte es verfolgt in den Gerichten, umworben mit seiner Beredsamkeit, mit der Schärfe seiner Dialektik; und wieder entzog es sich ihm. Schicksal: Er hatte versucht, es in der Wissenschaft zu finden, auf der Theaterbühne, sogar in der kleinlichen Politik eines heruntergekommenen Königreichs, das eher Figur war als Spieler im großen Spiel. Er gedachte mit Erbitterung seiner dauernden Versuche, die elenden bürgerlichen Politiker ihrer revolutionären Herkunft zu erinnern, sie zur Aktion anzustacheln gegen feudalen Stumpfsinn und bürokratische Willkür; sie aber beschränkten sich auf Kümmelspalterei in der Kammer und wiesen, statt sich von ihm lenken zu lassen, seine Ratschläge zurück; ließen sogar ihre Presse gegen ihn geifern, bis dann die Staatsanwaltschaft seine Broschüren beschlagnahmte und ihn vor den Kadi zerrte.

Schicksal: und jetzt, da es endlich in greifbare Nähe kam, da der Strom der Geschichte wieder in Bewegung geriet – war es nicht schon zu spät? Er betrachtete sich im Spiegel: ein stattlicher Mann; sollte das Alter schon an ihm nagen, so gab es kein äußeres Anzeichen dafür; zum Beweis siehe Helen von Dönniges. Und die Konstellation der politischen Kräfte war günstig. Was hatte er erst vor wenigen Monaten den Arbeitern in dem verrauchten Saal der Oranienburger Vorstadt erklärt? Eine Revolution kann man nicht *machen;* sie muß herangereift sein, schon leben in den Eingeweiden der Gesellschaft; man kann ihr nur zum Durchbruch verhelfen, Geburtshilfe leisten, sie erkennbar machen in den Köpfen der Menschen. Hatten sie ihn verstanden?

Er riß sich vom Spiegel los. Bei ihm bestand immer die Gefahr der Überbetonung. Er mußte da auf sich achten. Die Massen waren ein Instrument, auf dem man zu spielen lernte wie auf jedem anderen; der wahre Virtuose zeigte nie, welche Anstrengung sein Spiel ihn kostete.

Sie hatten höflich geklatscht in dem Saal, höflicher Beifall dem gelehrten Herrn Doktor, der aus seiner Studierstube gekommen war, um sie an den Krumen seiner Gelehrsamkeit teilhaben zu lassen. Bei Arbeitern wußte man nie ganz, wie man sich verhalten sollte: manchmal erschienen sie bemerkenswert lernbegierig, wollten mehr wissen als ihr Lesen, Schreiben, Rechnen; ein andermal wieder machten sie den Eindruck, als hätte man die harte Schale nicht einmal angeritzt, mit der sie sich gegen jeden Andersdenkenden wappneten. Und doch mußte seine Rede gezündet haben; oder die Züricher Veröffentlichung hatte gewirkt, nachdem die Berliner Ausgabe beschlagnahmt worden war... Berichte erreichten ihn von Reaktionen hier und da, im Rheinland, in Sachsen, in Hamburg; Briefe liefen ein; und aus Leipzig meldete sich eine Gruppe, die sich pompös als Zentralkomitee zur Berufung eines Allgemeinen Deutschen Arbeiterkongresses bezeichnete und ihm schrieb, man habe dort seine Rede diskutiert, und ob er bereit sei, Übereinstimmung in anderen Punkten vorausgesetzt, an die Spitze der Bewegung zu treten.

Gezeichnet: Vahlteich, Dr. Dammer.

Spitze der Bewegung. Nun ja – wen sonst denn gab es? Damals vor fünfzehn Jahren, als die Sonne auf den Gewehrläufen blitzte und die Herzen entbrannt waren und alles noch jung und begeistert und so – so voller Illusionen war, da war kein Mangel gewesen an potentiellen politischen Führern. Die einen waren erschossen; die andern verfault in den Gefängnissen; andere wieder, die es überlebt hatten, blickten vom fernen Exil her ins Land, von London aus zum Beispiel, außerstande, sich in das neue, noch kaum spürbare Wiedererwachen einzuschalten, wohl auch kaum fähig, es richtig zu begreifen; fern vom Schuß, sein Freund Marx, fern den Herzen.

Lassalle lächelte: So verstanden, hatte das Schicksal, die launenhafte Primadonna, ihn seit je im Auge gehabt – seit jener preußische Polizeirichter im Mai 1849 ihn wieder in Untersuchungshaft setzen ließ und so verhinderte, daß er an den letzten Kämpfen der Revolution teilnahm und darin umkam wie so viele oder außer Landes getrieben wurde. Als sich ihm dann die Gefängnistore öffneten, war er in eine veränderte Welt hinausgetreten – eine Welt, verstummt unter dem Leichentuch der gemordeten Freiheit. Er jedoch lebte, und zwar *in* Deutschland: der letzte von all den Feuerköpfen, die das Reich hätten erneuern können. Er lebte. Und dennoch war etwas in ihm erstorben, und die ganzen Jahre hindurch hatte er zu ergründen gesucht, was es war: Hoffnung? Glaube? An wen? An was?

»Herr Vahlteich und Herr Dr. Dammer«, meldete der Diener.

»Führen Sie sie herein.«

Rasch noch einen prüfenden Blick über das Bibliothekszimmer: Zigarren, Brandy, Broschüren – alles leicht greifbar. Dann sah er die zwei Männer in der Tür, linkisch, verschüchtert durch die Wände von Büchern, durch den weißen Hegelkopf auf dem schwarzen Piedestal. Sie waren noch sehr jung; mit leisem Erschrecken erkannte Lassalle, daß hier eine neue Generation auftrat, die noch dasein würde, nachdem er längst verschwunden war.

Die beiden traten auf ihn zu: der eine wesentlich größer als er, mit Schultern, die das enge Jäckchen zu sprengen schienen; der andre fahlblond, das Gesicht irgendwie zerfließend, keinerlei markante Züge.

Lassalle zuckte zusammen; der Große, der sich als Julius Vahlteich vorgestellt hatte, preßte ihm die Hand. Der andre trat nervös auf ihn zu und nahm hastig in dem ihm zugewiesenen Sessel Platz und sank, kaum daß er saß, in eine sonderbar verkrampfte Haltung.

»Vielleicht beginnen wir« – Lassalle goß den Brandy ein –, »indem Sie mir ein wenig über sich berichten.«

Vahlteich suchte sich zu orientieren. Das Gesicht des Mannes ihm gegenüber entsprach der Legende – Lassalle, das war die Revolution, das Wort gegen den Polizeisäbel; Lassalle, das hieß, daß man Geschichte, Gesetz, Philosophie auf seiner Seite hatte, auf der Seite des unwissenden Volkes.

»Was gibt's da zu berichten...«, sagte er.

»Keine falsche Bescheidenheit, bitte. Sie sind einer von denen, die die Welt vorwärtstreiben.«

Vahlteich wußte nicht, sollte er sich geschmeichelt fühlen ob der ihm beigemessenen Würde; er organisierte die Menschen, einfach weil seine Erfahrung ihn gelehrt hatte, daß ein Mann allein nichts vermochte. »Ich bin bei einem Schuster in die Lehre gegangen«, sagte er schließlich, »und habe dann bei meiner Tante in ihrem Kurzwarengeschäft gearbeitet. Jetzt bin ich wieder Schuhmacher. Ich habe versucht, mir selber etwas Bildung zu verschaffen, habe viel gelesen... Darunter auch einiges von Ihnen, Herr Dr. Lassalle.«

»Ausgezeichnet«, sagte Lassalle. »Dann werden wir einander verstehen.«

Dammer richtete sich kurz auf. »Ihre Werke sind gedrucktes Feuer.«

»Obwohl einige Stellen nicht ganz klar sind«, sagte Vahlteich und fügte eilig hinzu, »mir, meine ich.«

Lassalles Lächeln blieb verbindlich. »Sie müssen mir das bei Gelegenheit zeigen. Vielleicht kann ich Ihnen erklären. Das wäre übrigens auch mir recht wertvoll. Man erreicht die Ohren der Leute nicht, wenn man über ihre Köpfe hinweg redet.« Und mit einer leichten Wendung: »Sie sind Chemiker, Herr Dr. Dammer?«

»Chemiker?« Dammer stützte sich auf die Armlehnen und suchte sich aufzurichten. »Wenn Sie die Herstellung von Seife zur Chemie zählen, ja.«

»Und außerdem Schriftsteller«, ergänzte Lassalle. »Sie sehen, ein wenig bin ich informiert.«

»Ich bemühe mich zu schreiben.« Dammer schien geschmeichelt. »Einen sozialen Roman.«

»Und ich habe mich als Dramatiker versucht.« Lassalle wartete: wieder eine Bindung hergestellt. »Ich glaube fest an die revolutionierende Rolle der Literatur... Denken Sie sich, Sie lesen aus Ihrem Buch zu Tausenden von Arbeitern; welche Inspiration von Ihren Gedanken ausgehen könnte...«

Dammers Gesicht straffte sich momentan; dann zerfloß es wieder. »Ich bin ein schlechter Vorleser.«

»Macht nichts. Wir werden Ihr Werk von Schauspielern lesen lassen – von Madame Formes, zum Beispiel. Sie wird Ihre Worte mit innerem Leben erfüllen, mit einer Glut, die die Menschen entflammen wird. Stellen Sie sich mal vor!«

Zu seinem Erstaunen konnte Dammer es sich wirklich vorstellen. Er sah die Massen von Arbeitern, die dieser Dr. Lassalle ihm vor die Augen zauberte, nach der Lesung eines Romankapitels auf die Straße marschieren mit Trommelschlag und wehenden Bannern; er sah sie Barrikaden erstürmen und Ziegel um Ziegel die scheußliche, stinkende Seifenfabrik zertrümmern, in der er arbeiten mußte. Dabei hatte er sonst nie Visionen. Er war nur der Meinung, daß in der Welt eine große Ungerechtigkeit herrschte und daß man irgendwie etwas dagegen unternehmen müßte. Lassalle aber ließ ihn Visionen sehen; der Mann besaß anscheinend diese Macht; von hier kam das Fluidum, durch das er zum natürlichen Volksführer wurde.

»Sollte Dammer das Buch nicht zunächst fertig schreiben?« meinte Vahlteich.

»Nüchterner Zeitgenosse, was?« Lassalles Zigarre wies auf Vahlteich. »Auch das brauchen wir – mit beiden Füßen fest auf dem Boden, solide Leute, die täglich nachzählen: Verlust, Gewinn, soundso viele Mitglieder, so viel Geld in der Kasse, dies muß beschafft werden, auf das müssen wir uns konzentrieren. Aber, Mann! – wo ist Ihre Perspektive!«

»Ich dachte, die hätten wir«, sagte Vahlteich verstimmt. »Ein großer, gesamtdeutscher Arbeiterkongreß ...«

»Und nach dem Kongreß, bitte?«

Vahlteich verzog das Gesicht. Der Kongreß war sein Geschöpf, das Zentralkomitee, der Leipziger Arbeiterverein *Vorwärts*; er hatte die Mitglieder geworben, die Heller und Pfennige gesammelt, die Säle gemietet – und hier in dieser eleganten Wohnung saß dieser elegante Herr mit all seiner Klugheit und Erfahrung und erledigte ihn mit einer einzigen Frage: *Und nach dem Kongreß, bitte?*

»Das müßte der Kongreß beraten«, sagte er schließlich. »Aber vielleicht haben Sie Ihre Vorstellungen darüber, Herr Doktor.«

Ihre Vorstellungen, Herr Doktor ...

Lassalle überlegte.

Denn Sie sind der Mann der Gelehrsamkeit. Sie haben die Bücher studiert – Jus, Ökonomie. Sie können das Ganze übersehen, beurteilen, Schlüsse ziehen. In den zwölf Jahren politischer Lähmung hatte sich die deutsche Industrieproduktion mehr als verdoppelt; wo dürftiger Ginster und verkrüppelte Fichten gestanden hatten, erhoben sich Fabriken und Werke; Maschinen ersetzten die Hand, ganze Bevölkerungen wurden verpflanzt, jahrhundertealte Bande zerrissen; Vermögen schossen auf wie Pilze. Selbst der Adel, der preußische Landadel, industrialisierte sich; die Herren erzeugten Zucker, erzeugten Schnaps, erzeugten einen neuen Geist, Gott helfe uns.

Was für Möglichkeiten für einen Mann, der Sinn besaß für den Mechanismus der Geschichte!

Die neureichen Krämer in der Kammer, die sich als Partei des Fortschritts bezeichneten, schwankten ewig. Und die neue Arbeiterklasse, die sich zu rühren begann in den feuchten Löchern der Mietskasernen, dem Dreck der Vorstädte? – Ohne eigne Sprache, auf der Suche nach sich selbst, die einzig ihr gestatteten Organisationen ein paar Bildungsvereine, in denen wichtigtuerische kleinbürgerliche Professoren ihrem proletarischen Publikum ein mageres Paradies mit Konsumvereinen und Arbeitersparkassen ausmalten.

Was für Möglichkeiten für einen Mann mit Entschlußkraft!

»Das allgemeine Wahlrecht!« proklamierte Lassalle. »Ein Mann, eine Stimme. Das ist der Schlüssel. Solange des reichen Mannes Stimme siebzehnmal soviel wiegt wie die des Arbeiters, werden wir nie etwas erreichen. Sobald das aber geändert ist, werden *unsere* Abgeordneten sich in der Kammer erheben, bewaffnet mit dem Schwert der Wissenschaft...«

»Männer wie Sie...«, ergänzte Vahlteich.

Lassalle stockte. Er fand keine Spur von Ironie auf diesem Gesicht; der Bursche hatte einfach die blöde Manier, einem die Gedanken aus der Bahn zu bringen. »Um offen zu sprechen«, fuhr er fort, »bevor wir uns den Kopf über eine Kandidatenliste zerbrechen, müssen wir eine Partei haben; bevor wir eine Partei haben können, müssen wir organisieren; und bevor wir organisieren können, müssen wir agitieren.«

»Eine Partei?« Vahlteich starrte auf seine Daumenkuppe, die durch das Eindrücken zahlloser Holzzwecken in zahllose Schuhsohlen übermäßig verbreitert war. »Eine politische Partei?«

»Jawohl.«

Dammer war aufgeschreckt, trat unbewußt mit einem plumpen Stiefel auf den anderen.

»Mit welchen Mitteln? Welchen Menschen?« Ein neuer Ton deutete an, daß Vahlteich doch Feuer gefangen hatte. »Mit welchem Programm? Welchem Ziel?«

»Macht.«

»Für wen?«

»Für wen?« Lassalle blickte ihm ins Gesicht. »Für das Volk.«

Dammer schien peinlich berührt. »Ich bin überzeugt, unser Freund Vahlteich hatte nicht die Absicht...«

»Vahlteich hat ein Recht zu fragen.« Lassalle begab sich zu der Hegelbüste und legte nachlässig drei Finger aufs Piedestal, als wollte er damit andeuten, daß mit Hegel alles begann und alles endete. »Vahlteich verkörpert das Beste dieser neuen Arbeiterklasse, die hierzulande entsteht: kritische Wißbegier, Bewußtsein der eignen Kraft.«

Er betrachtete Vahlteichs Schultern. Der Mann war Turner oder Gewichtheber oder etwas der Art, dachte er und unterdrückte einen Seufzer. Wenn der Plan, den er im Sinne hatte, je zur Reife kam, würde man sich an Vahlteich halten müssen; zuviel von Dammers Charakter war in die Seife geflossen, die er fabrizierte.

»Aber wir müssen diese Arbeiterklasse vom Schürzenband der Bourgeoisie und ihrer sogenannten Fortschrittspartei losreißen. Wenn Sie damit einverstanden sind, stelle ich Ihnen das ganze Wissen eines Gelehrten, die Erfahrung eines Revolutionärs und eine in einem Dutzend Gerichtshöfen geschulte Beredsamkeit zur Verfügung.« Er trennte sich von Hegel und trat an das Tischchen, auf dem er Exemplare seiner Bücher und Broschüren aufgestapelt hatte, und verteilte sie an beide Besucher. »Hier – meine Assisenrede, 1849 gehalten vor den Geschworenen gegen die Anklage, die Bürger zur Bewaffnung gegen die königliche Gewalt aufgerufen zu haben. Hier – meine Verteidigungsrede im Kassettenprozeß, die halbe Zeit waren die Geschworenen zu Tränen gerührt, die andre Hälfte sprachlos vor Begeisterung. Und so weiter und so weiter, bis zu meiner Rede im Handwerkerverein der Oranienburger Vorstadt, jetzt betitelt *Arbeiterprogramm*, wovon Sie bereits Exemplare erhalten haben. Nehmen Sie nur alles mit. Lesen Sie es, und lesen Sie es immer wieder, und dann geben Sie's weiter.«

Er hielt inne. Zuviel Werbung. Diese zwei unbeholfenen jungen Provinzler hatten niemanden hinter sich als ein paar Dutzend ebenso armer, ebenso hilfloser Handwerksgesellen und Lohnarbeiter.

»Herr Dr. Lassalle?«

»Ja?«

Vahlteich erhob sich. »Sie sprachen vorhin von Macht, Herr Dr. Lassalle. Obwohl ich darüber recht wenig in Ihren Schriften finde, nehme ich an, Sie meinen Volksmacht, eine Republik, Demokratie, vielleicht sogar soziale Demokratie ...«

Lassalle klemmte sich sein Pincenez auf die Nase; die Gläser maskierten den Blick und verliehen dem Gesichtsausdruck die gehörige Distanz.

»Wenn Sie nun zu formulieren hätten – darum wollten wir Sie nämlich bitten« – Vahlteich zögerte plötzlich –, »den Aufruf zu formulieren hätten, den wir in Vorbereitung unseres Allgemeinen deutschen Arbeiterkongresses ...«

»Kongresses?«

»Wie Sie's auch nennen.« Vahlteich wurde rot; was mußte er den Bittsteller spielen vor diesem Mann; sein Leben lang war er Bittsteller gewesen vor Prinzipal, Beamten, Polizisten. »Würden Sie in diesem Aufruf, den wir vorbereiten wollen, die Forderung nach Macht darlegen?«

Lassalle trat auf Vahlteich zu, legte ihm beide Hände auf die Schultern – der weise Herr Doktor, der den jungen Riesen ins Vertrauen zieht. »Warum die Leute durch die Größe der Aufgabe erschrecken? Sehen Sie, was da gegen uns steht: Armeen von Gendarmen, Richtern, Bürokraten, Soldaten; das gesamte Gewicht aller Geldsäcke in Preußen. Und auf unsrer Seite? Nur unsre List und das Potential einer Klasse, die allerdings noch in ihrem Dornröschenschlaf liegt. Wir werden uns nicht einmal als Partei bezeichnen. Wir nennen unsre Organisation« – er begab sich zum Fenster, blickte hinaus in den grauen Nachmittag –, »wir nennen sie: Allgemeiner Deutscher Arbeiterverein.«

Als schmecke er jede Silbe ab, so hatte er das gesprochen. Jetzt wandte er sich seinen Besuchern wieder zu. Dammer nickte; er trat nicht mehr mit einem Fuß auf den andern; ein Verein war schon mehr nach seinem Geschmack, ein Verein konnte vielerlei sein und sich zu vielerlei entwickeln.

»Bei der jetzigen Lage und vorausgesetzt, daß wir richtig an die Leute herangehen, sollten wir innerhalb von Monaten imstande sein, etwa« – Lassalle, die Augen zusammengekniffen, sah aus, als zähle er die Ballen von Taft und Popeline im väterlichen Laden –, »etwa hunderttausend Arbeiter zu gewinnen.«

Vahlteich erschrak.

»Man muß sich ein großes Ziel setzen, Vahlteich. Mit nur ein paar hundert oder paar tausend Mitgliedern in einem Land wie Deutschland würde ich zur Witzfigur für sämtliche bürgerlichen Blätter. Und ich muß darauf bestehen, daß Sie beide sich jetzt entscheiden: Entweder wir stecken das Ziel hoch, oder wir fangen gar nicht an zu schießen.«

Vahlteich suchte Hilfe bei Dammer. Doch Dammer hatte den Kopf zwischen die Schultern gezogen und schien in Gedanken versunken. Hunderttausend Mann, organisiert, dachte Vahlteich – das *war* Macht. Lassalle hatte recht. Und doch, wenn er sich vor Augen führte, wie er und seine Leipziger Freunde im Hinterzimmer der Bierwirtschaft *Zur kleinen Quelle* saßen, und wenn er die vorhandenen unbedeutenden Mittel mit Lassalles riesenhafter Phantasie verglich, wurde ihm ungut zumute.

Lassalle goß Brandy nach und schob das Glas Vahlteich in die Faust. »Außerdem wünsche ich, aufgefordert zu werden.«

»Aber wir fordern Sie ja auf!« sagte Dammer, dem der Brandy die Zunge etwas löste. »Wir sind bereit, alles Ihren Händen zu überlassen. Sagen Sie uns nur, was wir zu tun haben...« Seine Stimme verlor sich.

»Die Aufforderung hat in aller Form zu erfolgen – und zwar seitens Ihres gesamten Komitees.« Lassalle legte plötzlich Wert auf Einzelheiten. »Ich befinde mich mitten in den Vorbereitungsarbeiten für ein Werk über Grundsatzfragen der heutigen Ökonomie, ein Buch, das à la longue mindestens soviel Einfluß auf die Weltgeschichte haben würde wie sämtliche Reden, die ich auf sämtlichen von Ihnen organisierten Veranstaltungen halten könnte.«

Dammer erhob sich. »Könnten Sie nicht zunächst uns helfen, Herr Dr. Lassalle?«

Lassalle wandte sich an Vahlteich. »Und Sie?«

Vahlteich nickte träge.

Allgemeiner Deutscher Arbeiterverein, dachte Lassalle. Hunderttausend Mitglieder. Das war schon ein Gewicht, das sich in die Waagschale werfen ließ. Das machte ihn zum ausschlaggebenden Faktor zwischen den Fortschrittlern und Herrn von Bismarck, des Königs neuem Ministerpräsidenten. »Schicken Sie mir Ihre Einladung«, sagte er, als handle es sich um eine Kleinigkeit. »Und ich werde Ihnen mit einem offenen Antwortschreiben an Ihr Komitee erwidern, worin ich einige meiner Gedanken darlege. Sie können diese akzeptieren, Sie können sie ablehnen. Wie Sie wollen.«

»Wir werden sie akzeptieren«, beeilte sich Dammer zu versichern.

»Und Sie, Herr Vahlteich?«

»Eine leichte Arbeit wird das nicht werden«, sagte Vahlteich.

»Ah«, sagte Lassalle lächelnd. »Aber bedenken Sie, was sich daraus ergeben kann!«

Zur Nacht kam Mathilde.

Sie nahm ihren Umhang ab und zog sich die hochgeknöpften Stiefelchen aus und trat, nur die Strümpfe an den Füßen, hinter den Sessel, in dem er saß und las, und küßte sein Haar und fragte: »Wie ist's gegangen?«

»Ich weiß nicht.« Er legte seine Papiere zur Seite. »Ich bin nicht sicher.«

Sie setzte sich ihm auf den Schoß und schmiegte sich an ihn. Sie hatte noch den Ladengeruch – Schweiß, Staub, billiges Parfüm. »Ich werde dir dein Bad richten«, sagte er, und da sie die Brauen hob, »Johann ist schon fort.«

Sie lachte. Wenn sie lachte, öffneten sich ihre vollen, saftigen Lippen, und man sah ihre Zahnlücke. »Warum weißt du nicht?« kehrte sie zu ihrer Frage zurück. »Sie haben dich doch aufgefordert, nicht?«

»Das schon.« Lassalle griff nach ihrer Hand, deren Finger in der Liebe erfahren waren. »Schon wieder ein Nagel gebrochen«, bemerkte er kritisch.

»Ich mußte Kartons auspacken; ich lebe von meiner Hände Arbeit.«

»Stolz?« Er lächelte mit einem Anflug von Sarkasmus. »La Gersonnaise...«

Das war der Name, den er ihr gegeben hatte, weil sie in Gersons *Paradies für die Damen* arbeitete. Ihr gefiel La Gersonnaise, es war französisch und klang vornehm. An einem Sommerabend im Vorjahr hatte er sie auf der Straße vor dem Gersonschen Warenhaus stehen sehen und hatte sie mitgenommen für die Nacht, und sie war ihm bereitwillig gefolgt; aber aus der einen Nacht waren mehrere geworden und dann noch mehr; sie verlangte nichts, sie war einfach da, zufrieden mit den Stunden, die er für sie hatte; sie konnte sehr leidenschaftlich sein, und danach streichelte sie ihm mit ihren harten Fingerkuppen den Nacken.

»Sie haben mich aufgefordert, ganz wie ich verlangt habe«, sagte er, »und sie werden mich schriftlich einladen, und ich werde ihnen schriftlich antworten, und alles wird wie am Schnürchen gehen.« Sie bewegte sich, und er spürte die angenehme Festigkeit ihres Hintern. »Aber was, wenn es alles eine Selbsttäuschung ist? Wenn dieses Proletariat es vorzieht, auf seine eigne stumpfe Weise weiterzuleben, und nicht wünscht, seine historische Mission zu erfüllen und sich zu diesem Zweck von Dr. Lassalle führen zu lassen...? Was meinst du, Mathilde? Du gehörst doch zu ihnen...«

Sie glitt ihm vom Schoß und stand vor ihm, Hände auf den Hüften. »Historische Mission! Weißt du, was die historische Mission von meinem Vater ist? Sich bis auf die Knochen zu schinden, damit er seine Arbeit nicht verliert und nicht verhungert mitsamt Familie. Und über meine historische Mission habe ich noch nicht Zeit gehabt nachzudenken, weil ich den ganzen Tag hinter dem Ladentisch sein muß und Kratzfüße mache vor dem alten Gerson und die Damen anlächle: Jawohl, Madame, und: Möchten Sie das nicht mal ansehen, Madame, und: Wie gut Ihnen das steht, Madame.«

»Das ist nicht die Frage«, sagte er; und dann dachte er an Helen von Dönniges; er hatte nichts mehr von ihr gehört, eigentlich müßte er versuchen, mit ihr in Verbindung zu kommen, über La Formes oder durch Korff oder Holthoff.

»Was denn ist die Frage?«

Sie wartete auf Antwort. Ein vulgäres Frauenzimmer im Grunde, dachte er. Er hatte versucht, ihr ein paar Feinheiten beizubringen; sie hörte ihn willig genug an und vergaß alles sofort. »Gibt es denn da gar nichts, Mathilde, außerhalb des ewigen Kreislaufs von Geld verdienen, um zu essen, und essen, um Geld zu verdienen?«

»Warum, glaubst du, komme ich hierher?«

Er straffte sich. »Wäre es eine zu große Selbstschmeichelei, wenn ich annähme, daß es dir Freude macht, mit mir zusammen zu sein?«

Sie ließ die Hände sinken. Das Herausfordernde an ihr war verschwunden; ohne das erschien sie hilflos. »Ich habe nie in meinem Leben schöne Dinge gehabt. Erst bei dir habe ich sie kennengelernt: Bilder, weiche Sessel, Teppiche; das warme, breite Bett. Das verstehst du wohl nicht?«

»Doch, ich verstehe. Andrerseits hat es auch Frauen gegeben, die mir sagten, sie liebten mich um meiner selbst willen und weniger wegen meines Mobiliars. Wahrscheinlich liegt es daran, daß ich inzwischen älter geworden bin.«

Sie verzog das Gesicht. Gab es überhaupt eine Brücke zwischen ihr und ihm? Er liebte die Menschen nicht. Liebte er überhaupt jemanden? »Ich möchte mein Bad«, sagte sie.

Er nickte erleichtert und ging ihr voran in das angenehm vorgewärmte, gekachelte Badezimmer. Mathildes Bad war zu einer Art Ritual geworden; das hatte sich so ergeben in ihrer ersten Liebesnacht. Zunächst zog er sein Jackett aus und nahm Kragen und Manschetten ab; dann holte er die Krüge mit heißem Wasser, die Johann vorsorglich auf dem Küchenherd hinterlassen hatte. Danach fügte er Badesalz hinzu, dessen Duft sich mit dem aus der Wanne steigenden Dampf vermengte, und brachte ein frisches Stück parfümierter französischer Seife. Indessen entkleidete sie sich hinter einer spanischen Wand und steckte ihr Haar auf, um dann hervorzutreten: volle Brüste, schmale Taille, und mit einer kaum merklichen Bewegung der Hüften, die ihm Zunge und Hals vertrocknen ließ und das Blut in die Schläfen trieb. Er half ihr beim Einsteigen in die Wanne; das Wasser verwischte ihre Umrisse.

Sie seufzte zufrieden, griff nach dem vollgesogenen Schwamm und preßte ihn über ihrer Schulter aus. »Einen Groschen für deine Gedanken«, sagte sie.

Er lachte. »Ach, nichts.«

»Vielleicht ist's auch besser, ich erfahre sie nicht. Ich würde erschrecken davor oder mich sogar genieren.« Ihre Zehen durchbrachen die Wasseroberfläche, Zehen, verkrümmt durch den Zwang der nie passenden Schuhe. »Wir benehmen uns schon wie verheiratet, nicht? Sehr verheiratet?«

»Komm, ich wasch' dir den Rücken.« Er nahm Schwamm und

Seife zur Hand. Beinahe wäre ihm die Seife entfallen, so zitterten ihm die Finger. Mathilde lehnte sich leicht nach vorn. Wassertröpfchen glänzten auf ihrer Haut, weißer Haut über festem Fleisch, das, nach dem Rückgrat zu, sanft gewölbt war. Unter seinen Fingerspitzen schäumte die Seife.

»Schön machst du das.«

Er beugte sich über sie. Sie legte den Kopf zurück, den Mund halb geöffnet, die Zahnlücke sichtbar.

»Hexe«, sagte er.

Sie biß ihn in die Lippe. »Du bist hinter einer Neuen her. Der Dönniges. Kriegst du denn nie genug?«

»Du sollst doch nicht beißen.« Seine Zunge glitt vorsichtig über die wunde Lippe. »Wo hast du denn das wieder gehört?«

Sie stützte sich auf den Rand der Wanne und richtete sich auf. »Bei Gerson. Du würdest staunen, was man alles erfährt, wenn die Damen einkaufen kommen und die Sachen anprobieren. Sie tun gerade, als hätten wir keine Ohren oder wären keine Menschen.« Sie schüttelte sich das Wasser vom Leib. »Willst du mich nicht abtrocknen?«

»Verzeihung.« Er entfaltete das Badetuch und wickelte sie darin ein und begann, ihr den Rücken zu reiben. »Ganz schrecklich verheiratet«, bestätigte er, etwas verspätet.

Sie spürte, wie die Bewegung seiner Hände langsamer wurde. »Mir wirst du das nicht antun«, sagte sie. »*Mein* Herz brichst du mir nicht.«

»Und was würdest du dagegen unternehmen?« Die Hände zärtlich, die Stimme einschmeichelnd.

Sie wandte sich ihm zu, das Tuch glitt zu Boden. »Ich würde dich verlassen, Herzallerliebster.«

»Mich hat noch keine Frau sitzenlassen. *Ich* sage es den Frauen, wenn die Liebe vorbei ist, und meistens habe ich große Schwierigkeiten, sie zu überzeugen.«

Er lachte, aber dann blieb ihm das Lachen im Halse stecken. Sie hatte die Arme gehoben, Hände hinter dem Kopf verschränkt.

»Nun?« fragte sie, »was siehst du?«

»Die Prinzessin Mathilde«, sagte er. »La Gersonnaise, verzaubert in die Prinzessin Mathilde...«

Es war eine Formel, aber es entsprach auch der Wahrheit.

3. Kapitel

Eintreffe morgen. Erwarten Sie mich zum Tee. Sophie Hatzfeldt.

Gott, dachte er, auch das noch. Kam der Frühling, kam die Gräfin; als ob der milde Sonnenschein, der selbst die knorrigsten alten Bäume ausschlagen ließ, auch ihre Säfte beschleunigte. Er versicherte sich der Daten auf dem Telegramm. Sie konnte jeden Augenblick dasein.

Er läutete.

Johann trat ein, mehr protestantischer Bischof als Diener. »Den Tee bitte«, ordnete Lassalle an, »im kleinen Salon.«

»Für zwei?«

»Die Gräfin Hatzfeldt.«

Johanns Brauen zuckten.

»Sehr wohl, Herr Doktor.«

Lassalle blickte dem Mann nach, der da das Zimmer verließ – aufrecht, das ergraute Haar mit Pomade an den Hinterkopf geklebt. Johann war der bestbezahlte Diener in Berlin, diskret und so zuverlässig, wie Geld einen Menschen machen konnte. Den Bediensteten gegenüber großzügig sein; das hatte er gelernt, damals, als der Graf auf dem Höhepunkt der Prozesse seinen Leibdiener Hoppe bestach und der Kerl daraufhin vor Gericht gegen ihn und die Gräfin aussagte; zu billigem Preis noch dazu; eine Schenke in Köln, die Hoppe prompt in den Bankrott wirtschaftete.

Die Gräfin erschien mit dem üblichen Lärm. Von der Straße her, durchs offene Fenster, die tiefe, etwas heisere Stimme, ein Streit mit dem Kutscher; danach, aus dem Vorsaal, Antwort auf Johanns Begrüßung und eine Salve von Fragen bezüglich des lieben Herrn Doktor, seiner zarten Gesundheit, seiner überlangen Arbeitszeit.

Dann rauschte sie in sein Studierzimmer. »Lassen Sie sich ansehen, mein Junge!«

Er erhob sich, ertrug den prüfenden Blick ihrer zu eng stehenden, fältchenumzogenen Augen. Sie roch nach Tabak.

»Sie sind wieder mal reif für einen Kuraufenthalt, Sie Ärmster. Was machen die Frauen? Kommen Sie, erzählen Sie Ihrer alten *Belle*. Was höre ich da über Mam'selle de Doenniges? Kenne ich sie?«

»Sie kennen den Vater. War einer von den hoffnungsvollen jungen Leuten an der Berliner Universität – nicht genial genug, ein großer Mann zu werden, doch mit dem nötigen Talent, um in der Gesellschaft zu glänzen. Er hat dann eine Wolff-Tochter geheiratet, von den Filz-und-Wolle-Wolffs, die an Uniformtuch reich geworden sind.«

Sie stand vor ihm, den Kopf seitlich geneigt, ihr störriges, stahlgraues Haar zu einem Knoten im Nacken gewunden. »Und?«

»Was heißt *und*? Wie wär's jetzt mit dem Tee?«

Sie ließ sich von ihm durch die Bibliothek in den kleinen Salon geleiten, zu ihrem Platz auf dem nierenförmigen Kanapee hinter dem Teetisch. Aber sie blieb bei ihrem Thema. »Keinen Skandal! Zumindest nicht jetzt.«

Johann deckte den Tisch und ging.

Lassalle nahm seine Tasse von der Gräfin entgegen. »Mein Leben ist ein einziger, ununterbrochener Skandal. Wer hat das nur gesagt: Mir ist gleich, was über mich gedruckt wird, solange sie den Namen korrekt buchstabieren...«

»Alles schön und gut« – sie biß in ein Biskuit; sie hatte überraschend gierige, gelbe Zähne in ihrem aristokratischen kleinen Munde –, »aber jetzt wollen Sie an der Spitze einer politischen Partei stehen.«

»Soviel wissen Sie also.«

»Sie haben nie ein Geheimnis daraus gemacht.«

»Und warum sollte es einen Skandal geben?« Er beobachtete die Bewegungen ihrer langen, eleganten Hände. Er erinnerte sich dieser Hände, als ihr Fleisch noch nicht geschrumpft, die Adern noch nicht hervorgetreten waren. »Ich habe mich dem Mädchen nicht ungehörig genähert, ich war stets nur in Gesellschaft anderer mit ihr zusammen: bei einem Konzert und später noch einmal auf dem Juristenball.«

»Sie haben mit ihr getanzt?«

»Ja.« Und nach einer Pause: »Sie ist ziemlich groß, aber eine glänzende Tänzerin. Schwebt.«

»Wissen Sie, Liebster« – der dünne Wollschal glitt von den leicht abfallenden, immer noch schönen, runden, makellosen Schultern –, »wir beide haben nie miteinander getanzt.«

»Wir waren kein gesellschaftlich akzeptables Paar.«

»Aber Sie und Mademoiselle de Doenniges werden akzeptabel sein – für die Arbeiter, die Sie zu führen gedenken?«

»Die Leute ganz gleich welcher Klasse wünschen sich Menschen zu Führern, die einen gewissen Eindruck machen. Ich könnte mir denken, daß Helen eine sehr gute Figur abgeben würde als Madame Präsident.«

Die Gräfin entnahm ihrem Retikül ein rotes Saffianetui. So gleichgültig kann ihr die Mitteilung nun doch nicht sein, dachte er. »Bedienen Sie sich von meinen«, offerierte er und griff nach der Zigarrenschachtel auf dem Büfett.

Sie lächelte. »Nein, danke, Herz. Die billigen, die ich rauche, haben Sie doch nicht. Madame Präsident – wessen?«

»Der Republik.«

»Mein süßer Junge…« Beinahe wäre sie in das Du der früheren Jahre zurückgefallen, das sie beide aufzugeben beschlossen hatten um ihrer selbst und der Umwelt willen.

»Sie glauben mir nicht, Sophie?«

»O doch. Ich habe Ihnen ja auch geglaubt, als Sie das erstemal zu mir kamen, so jung, so impertinent, so – ritterlich, und den hoffnungslosen Kampf aufnahmen für eine von allen im Stich gelassene Frau.«

»Warum sagen Sie das so wehmütig?«

»Das verstehen Sie nicht.« Sie zündete sich ihre Zigarre an der Kerze an, die er ihr hinhielt. »Trotz all der Frauen, die Sie hatten – verstanden haben Sie keine von uns.«

»Aber bitte: wenn Louis Bonaparte sich zum Präsidenten und sogar zum Kaiser machen konnte – ein völlig mittelmäßiger Mensch ohne die geringste Ahnung von den Kräften, die die Geschichte formen…«

»Ich zweifle ja nicht an Ihnen. Ihre Idee fasziniert mich.«

»Das sagen Sie nur so.« Lassalle stand auf; in seinem Ärger hätte er fast den Teetisch umgeworfen. »Sie glauben mir nicht, weil es mein Gedanke ist und nicht Ihrer. Bitte schön« – er nahm ein zusammengefaltetes Blatt Papier aus der inneren Rocktasche –, »was halten Sie *davon?«*

Sie streckte die Hand aus.

Doch er zog es vor, ihr den Brief selbst vorzulesen. *»Herrn Dr. Lassalle etcetera etcetera. Euer Wohlgeboren benachrichtige ich ergebenst, daß es mit Rücksicht auf die über die Verhältnisse der arbeitenden Klassen schwebenden Beratungen in der Absicht liegt, die gutachtlichen Äußerungen unabhängiger Männer, die sich mit* *der Frage beschäftigt haben, zu hören. Aus diesem Grunde würde es mir erwünscht sein, wenn Euer Wohlgeboren mir Ihre Ansichten über den Gegenstand mitteilen wollten.* Gezeichnet: *von Bismarck.«*

»Eine Audienz?«

»Eine Konferenz. Von Macht zu Macht.«

Sie erhob sich, umarmte ihn. Ihr stramm korsettierter Busen schob sich gegen ihn wie der Bug eines Schleppkahns. Ihre Augen glänzten: Tränen.

Ein zu großer Teil seines Lebens war mit dieser Frau verknüpft, als daß er ihren Gefühlen gegenüber unempfindlich bleiben konnte; wie vielen seiner Pläne hatte sie Richtung gegeben, wieviel von seinem Charakter hatte sie geformt in den Jahren ihres gemeinsamen Kampfes gegen das Haus Hatzfeldt...

Er befreite sich vorsichtig aus ihrer Umarmung und sagte, einen triumphierenden Ton unterdrückend: »Wir haben noch nicht begonnen zu organisieren und werden schon anerkannt. Und wenn erst mein Programm verbreitet wird und wir Armeen von Menschen ins Feld führen können, die nichts zu verlieren haben als ihre Ketten...« Er unterbrach sich; das war ein klares Plagiat von Marx; warum auch nicht; was nützten die schönen Losungen seinem Freunde Marx, der sie doch nie in Aktion umsetzte? »Sophie, erinnern Sie sich an die Szene in meinem *Sickingen* – das Stück wurde ja leider nie aufgeführt –, wo die Bauernheere dem Mann mit dem politischen Kopf zu Hilfe kommen? Für Sickingen war es leider zu spät. Das war seine Tragödie.«

Ihr Gesicht war plötzlich hager; die Schatten des schwindenden Tages schienen es auszuhöhlen.

»Keine Sorge, Sophie. Ich war beim Professor. Wenn ich's nicht übertreibe, sagte er nach der Konsultation, so habe ich schon noch ein paar Jahre.«

»Was für ein Vogel ist er nun wirklich, Zitelmann?«

Geheimrat Zitelmann kratzte sein schütteres Bärtchen. Genau wußte man bei Bismarck nie, wann er die Wahrheit hören oder wann er in seinen hartgesottenen, zynischen Anschauungen bestärkt werden wollte. »Nun«, entschloß er sich, »ich nehme nicht an, daß er so gefährlich ist, wie die Polizei ihn darstellt. Aber unter Beobachtung halten muß man ihn natürlich.«

Ein kurzes Knurren hinter dem Schreibtisch deutete an, daß dies nicht die vom Ministerpräsidenten erwünschte Auskunft war.

»Einer von diesen dreimal gescheiten Judenjungen«, beeilte sich Zitelmann zu berichtigen. »In Wirklichkeit heißt er Lassel; hat den Namen vor Jahren schon auf französisch frisiert. Die Familie ist wohlhabend; der Herr Papa hat sich von der Tuchbranche auf die Gasbeleuchtung gelegt; jetzt gehören ihm sämtliche Straßenlampen von Breslau und Prag.«

»Was ist nur an diesem Volke, daß sie zu Rebellen werden, auch wenn es ihnen gut geht.« Bismarcks Blick blieb an einer Ecke der Zimmerdecke haften. »Neulich habe ich meine Frau daran erinnern müssen, daß Jesus Christus auch einer war. Es hat sie richtiggehend schockiert.«

»Man neigt dazu, es zu vergessen.« Zitelmann war bekannt, daß Madame von Bismarck, in den strengen Auffassungen des Pietismus erzogen, die Verbindungen ihres Gatten mit jüdischen Bankhäusern mißbilligte. »Und dann die Hatzfeldt-Geschichte. Die Gräfin...«

Bismarck winkte ab; die Sache war ihm widerwärtig; er hatte einen stark entwickelten Kastengeist, und Sophie Hatzfeldt gehörte trotz ihrer Verrücktheiten zur Oberschicht der preußischen Aristokratie, wo jeder mit jedem zusammenhing. »Die Frage ist«, sagte er, »was will Lassalle? Und soll man ihn ernst nehmen? Oder ist er ein Scharlatan, der für sämtliche Übel der Welt seine Allheilmittel anbietet?«

»Ich würde ihn ernst nehmen. Auch Regierungen sind schon in die Hände von Scharlatanen gefallen...«

»Ich weiß. Ich habe das beobachten können, als ich Botschafter in Frankreich war. Aber es ließ sich von Louis Napoleon auch lernen. Zum Beispiel: wie man Wahlen veranstaltet. Stellen Sie sich vor, Zitelmann, einen Taschenspielertrick, durch den man den Leuten vorspiegelt, sie hätten mit dem gleichen Stimmrecht auch gleiche Rechte, während man ihnen dabei sämtliche Rechte wegeskamotiert.«

»Das würde einen Zauberkünstler auf dem Thron erfordern.«

»Während auf dem preußischen Thron, dem Himmel sei Dank, ein Soldat und Edelmann sitzt«, erwiderte Bismarck. »Aber es macht unser Wahlsystem etwas schwerfällig. Sie sagten, Lassalle fordert das freie, gleiche und geheime Wahlrecht?«

Zitelmann legte seinem Chef ein in Pappe gebundenes Dossier vor. Bismarck schlug die angegebene Seite auf; las; verzog das Gesicht. »Was können wir verlieren?«

»Jemand könnte uns Ecclesiasticus XIII zitieren.«

Bismarck streckte die zu kurzen Beine. »Wer Pech angreift, besudelt sich?«

»Jawohl.«

»Ah, Zitelmann« – Bismarck seufzte –, »manchmal denke ich, wenn meine gute Frau Johanna die Fässer voll Pech gesehen hätte, in die ich tauchen mußte, sie würde mich kaum noch anrühren... Nehmen wir uns den Kerl vor.«

Lassalle, allein gelassen zwischen den Weinranken der Tapete im Wartezimmer, versuchte, sich Klarheit zu verschaffen über den Druck in seinem Kopf und über das klamme Gefühl in Fingern und Füßen. Er war auf die Unterredung vorbereitet – Fakten und Argumente angeordnet mit der Sorgfalt des Juristen und der Phantasie des Künstlers.

Sein Stockknauf, eine aus Elfenbein geschnitzte Miniatur-Bastille, drehte sich langsam mit dem Stock, den er zwischen den Handflächen rollte: Nein, er empfand keinerlei Furcht; daß der Mann dort hinter der schweren Tür der Ministerpräsident war und den ganzen Staatsapparat beherrschte, beeindruckte ihn nicht; er hatte die glückliche Gabe, sich mit jedem auf gleich und gleich stellen zu können. Warum dann aber die Nervosität? In gewissem Sinne war alles in seinem Leben für diesen Augenblick geplant, von seiner frühen Jugend an, als er seinem Vater erklärte, die Welt sei der Verbesserung dringend bedürftig und er, Ferdinand Lassel, sei vorbestimmt, sie zu verbessern. Aber welch fürchterliche Verzögerungen bis zu diesem Tag im Mai des Jahrs des Herrn 1863!

Er packte die Bastille, griff nach Hut und Handschuhen und stand auf. Die Tür öffnete sich.

»Herr Dr. Lassalle?«

»Herr Geheimrat Zitelmann?«

»Würden Sie mir bitte folgen.«

Durch ein zweites Vorzimmer, weniger düster als das erste – ein uniformierter Adjutant, mehrere Sekretäre, Mappen unter den Arm geklemmt; Hüsteln; Blicke in seine Richtung; Neugier – endlich eine weiße Tür, die sich lautlos auftat. Ein Diener von irgendwoher, der Hut, Handschuhe und Stock abnahm. Lassalles Hirn registrierte den Teppich, Blumenmuster; die Stühle, spätes Empire; hohe Fenster, verhangen; Licht auf ein Porträt, eine Frau, strenges, etwas flaches Gesicht, die Gattin offensichtlich; was für ein Mann war das, der sich ein Bild seiner Frau an die Wand seines Amtszimmers hing; zwei Schreibtische, einer ein Rollpult mit dem Schreibstuhl davor, der andere ungefähr in der Mitte des Raums, glatte Tischplatte, sehr ordentlich gehalten; hinter diesem Tisch Bismarck, der genau aussah wie auf den Bildern in der Zeitung, nur war da ein langsam sich formendes schiefes Lächeln unter dem Schnauzbart.

Lassalle lächelte gleichfalls. »Euer Exzellenz...«

Bismarcks dicke Fingerkuppen lagen schwer auf der Tischkante. Lassalle ertrug den prüfenden Blick. Bismarcks Lächeln wurde breit, grinsend. »So lernen wir uns also kennen?«

Zitelmann verschmolz mit dem Hintergrund.

Die Hand, dicke Knöchel, wies auf den Stuhl links neben dem Schreibtisch.

Lassalle, noch etwas steif, nahm Platz. »Ich hoffe, Exzellenz, daß unsre Bekanntschaft sich für beide Teile nützlich erweisen wird.«

Bismarck schnaufte kurz. Wie er da in seinem Stuhl saß, breite Brust, knorrige Stirn, erschien er fest, unverrückbar; obwohl, wie Lassalle wußte, die Kammer gegen ihn war, der König schwankte und ihn im Kabinett nur der Kriegsminister stützte.

»Zitelmann und ich haben Ihre neuerlichen Bemühungen mit Interesse verfolgt. Einige unserer Gewährsleute meinen, daß Sie uns eine ausgewachsene Revolution vorsetzen möchten, Herr Lassalle.«

»Revolution...« Lassalle ließ das Wort im Raum stehen wie einen Golem. Er begegnete Bismarcks Blick: da saß der Feind, der wirkliche – keiner dieser faden, halbgebildeten Parvenü-Politiker, die von Freiheit reden und die Profitrate meinen. Und doch ging von diesem Feind eine sonderbare Anziehungskraft aus, eine *force sympathique*: als bewegten sich trotz ihrer so gegensätzlichen Charaktere und Ziele ihre Gedanken entlang ganz ähnlicher Linien. »Euer Exzellenz haben diese Revolution schon längst vorgesetzt bekommen – durch den mechanischen Webstuhl, durch die Dampfmaschine, durch den modernen Hochofen. Die königliche

Regierung hat bisher nur versäumt, die notwendigen Schlüsse aus den revolutionären Tatsachen zu ziehen.«

Ein leichtes Hüsteln drang aus den Bereichen, in die Zitelmann sich zurückgezogen hatte. »Der Geheimrat meint wohl«, übersetzte Bismarck, »daß die Revolution, die uns Sorge macht, etwas anderer Art ist. Sie wissen schon, Herr Lassalle: Aufstände, Barrikaden, rote Fahnen...«

»In Preußen?«

»Es ist schon vorgekommen, wenn Sie sich erinnern wollen.«

War es das, was sie befürchteten? Lassalles Spannung löste sich. »Haben Euer Exzellenz und auch Geheimrat Zitelmann nicht wesentlich zu dem großen Gesetzeswerk beigetragen, das eine Wiederholung solcher Ereignisse verhindern soll? Das Bundesgesetz gegen Arbeitervereinigungen trägt die Unterschrift von Euer Exzellenz, und Geheimrat Zitelmann ist der Autor der Preßakte, die die Stimme des armen Mannes erstickt.«

Bismarck lachte auf. »Für Ihre Zwecke, Herr Lassalle, finden sich offenbar genügend Hintertüren im Gesetz.«

»Aber ich verbringe die Hälfte meiner Zeit vor Gericht.«

»Keine schlecht angewandte Zeit«, bemerkte Zitelmann aus dem Schatten heraus. »Jedes Ihrer Plädoyers wird eine neue Agitationsbroschüre.«

Ein geringschätziges Lächeln. »Ihre Staatsanwälte, Euer Exzellenz, bieten sich zum Anschauungsunterricht an. Aber um offen zu sein: eine etwas elastischere Politik der königlichen Regierung und gewisse, längst fällige Reformen vorausgesetzt, so glaube ich nicht, daß die von Ihnen befürchtete Revolution in den Karten ist – außer im Kriegsfall natürlich. Bei einem Krieg von einiger Länge werden Sie Aufstände und Insurrektionen haben, und selbst wenn Sie diese mit Militärgewalt niederschlagen, werden Sie als Regierungschef abtreten müssen.«

Während einer kurzen Sekunde lag etwas Bedrohliches im Blick der unter den buschigen Brauen leicht hervorquellenden Augen. Doch sofort war Bismarcks Stimme wieder glatt, ironiegetränkt. »Und wenn wir nicht geneigt wären, Ihre Reformen zu bewilligen, Herr Lassalle? Elastizität in der Politik wird oft als Schwäche mißverstanden.«

Die Wahrheit, dachte Lassalle – wann gewinnt man, indem man die Wahrheit spricht? »In Friedenszeiten«, erklärte er, »erträgt das preußische Volk jede Art von Absolutismus. Doch fragt sich, ob in unsrer Gegenwart diese Herrschaftsform dem höheren Ziel Eurer Exzellenz noch dient.« Lassalles Zeigefinger beschrieb einen großen Kreis. »Deutschland!«

Bismarck zeigte Interesse. »Sprechen Sie nur weiter. Ich finde Ihre Auffassung recht neuartig.«

Lassalle wußte, er war jetzt endgültig im Spiel, auch wenn es ein Spiel mit dem Teufel und der Einsatz die eigne Seele war. »Mir scheint, Euer Exzellenz«, formulierte er vorsichtig, »daß Sie in einem Widerspruch gefangen sind. Um zu tun, was Sie tun müssen, müssen Sie Ihre Hände frei bekommen; doch die Kammer bindet Sie. Unter der jetzigen Verfassung mit ihrem Dreiklassenwahlrecht erhalten Sie nie eine Mehrheit für Ihre Politik. Also müssen *Sie* eine Revolution machen, durch Staatsstreich die Demokratie einführen. Aber *wollen* Sie Demokratie? Wollen Sie in Ihrem Parlament die Stimme des Arbeiterstandes, der Knechte auf Ihren Gütern?«

»Haben Sie das gehört, Zitelmann?«

Zitelmanns Hüsteln bestätigte, daß er gehört hatte.

»Ein übles Dilemma«, sagte Bismarck milde, »in dem wir uns da befinden, was?«

Schweigen.

Bismarcks hervortretende Augen nagelten Lassalle fest. »Was empfehlen *Sie* uns denn?«

Lassalle schluckte. Hier lag der ganze Sinn seines Allgemeinen Deutschen Arbeitervereins, seiner Partei, seiner sämtlichen Bemühungen; das Ziel, zu dem hin er diese Unterredung hatte allmählich führen wollen; Bismarck hatte es erkannt und mit brutaler Hand die Verschalung abgerissen.

»Nun?«

»Ich würde Eurer Exzellenz empfehlen, das freie, gleiche und direkte Wahlrecht einzuführen.«

»Auf das Risiko hin, Leute wie Sie im Abgeordnetenhaus zu haben?«

Lassalle überlegte. Jetzt hatte der zweite Schritt zu folgen; aber der war schon leichter. »Ich bin nicht des Glaubens, daß der Arbeiterstand immer und unter allen Umständen eine Bedrohung der Monarchie darstellen muß.«

»Nein?« Bismarck schnaufte wieder. »Da, Zitelmann, was habe

ich Ihnen gesagt?« Und zu Lassalle: »Fahren Sie fort. Ihre Ansichten sind zwar etwas überraschend, verdienen aber zweifellos Beachtung.«

Lassalle lehnte sich zurück und schlug die Beine übereinander. »Ich nehme an, Euer Exzellenz, wir stimmen überein, daß der Staat sich nicht auf die Rolle des Nachtwächters beschränken kann, der die braven Ladenbesitzer vor den bösen Räubern behütet. Die Funktion des Staates beinhaltet doch wohl etwas Größeres.«

»Und das wäre?«

»Wir können bezüglich dieser Funktion verschiedener Auffassung sein. Ich halte dafür, daß der Zweck des Staates ist, alle Kultur, deren das Menschengeschlecht fähig ist, zum wirklichen Dasein zu gestalten; das Menschengeschlecht zur Freiheit zu erziehen und zu entwickeln...«

»Herr Lassalle!« Das klang mahnend. »Die Monarchie und die Arbeiter.«

»Ich komme darauf, Euer Exzellenz.« Hinter ihm stand nichts als ein ungeheures, noch ungeformtes Potential und das eigne Selbstvertrauen; dennoch bluffte er nicht. »Die Kernfrage ist: *Wer* ist der Staat, nicht, welche Form der Staat zufällig hat.«

»D'accord«, nickte Bismarck.

»Also gut – ich meine nicht, daß der Arbeiterstand von Natur aus gar so demokratisch und republikanisch ist, wie manche Leute befürchten. Die Arbeiter fühlen sich instinktmäßig zur Diktatur geneigt, wenn sie überzeugt sein können, daß diese in ihrem Interesse ausgeübt wird, und sie brauchen dem Prinzip der Dynastie durchaus nicht immer ablehnend gegenüberzustehen.«

»Welcher Dynastie? Der der Hohenzollern – oder der der Lassalles?«

Die Gräfin, dachte Lassalle; was hatte er ihr da vorgefabelt von Madame Präsident, von Louis Napoleon... Aber Sophie würde derartiges nie ausplaudern, ihn nie in eine solche Verlegenheit bringen; und was Bismarck soeben angedeutet hatte, war viel gravierender, als er sich je zu erträumen gewagt hätte. »Euer Exzellenz belieben zu scherzen«, erklärte er heiser.

»Ich wollte nur sichergehen, Herr Lassalle. Ich bin als Ministerpräsident auf einen bestimmten König, eine bestimmte Dynastie vereidigt...« Bismarck schob seinen Stuhl zurück, erhob sich gewichtig und begab sich an sein Rollpult. Und bemerkte, während er in seinen Papieren blätterte: »Nicht, daß ich Reformen an sich abgeneigt wäre, solange sie den Zielen der königlichen Regierung dienen.«

Reformen, hatte Bismarck gesagt... Ein hohles Pochen im Ohr war alles, was von Lassalles Erschrecken übriggeblieben war. »Reformen«, griff er auf. »Nur jemand wie Euer Exzellenz kann die hier notwendigen Reformen bis in ihre Konsequenz durchdenken und durchführen. Das Wahlrecht. Der Staat als Helfer des Proletariats, bereit, den Arbeitern bei der Errichtung ihrer eignen Fabriken, ihrer Produktivgenossenschaften zur Hand zu gehen...«

Er brach ab. Welch großartige Vision! Er kannte ihre Wirkung auf Arbeiterpublikum, die Begeisterung, bewirkt durch die Kühnheit seines Gedankenflugs. Aber Bismarck? – Bismarck würde sofort begreifen, daß ein Staat, der so etwas bewilligte, sich in einen völlig anderen Typ von Staat verwandeln mußte.

»Eine soziale Monarchie, eh?« Bismarcks Gesicht blieb im Schatten. »Die königliche Regierung als revolutionäres Organ?«

»Das hinge davon ab, wie Sie den Begriff Revolution definieren. Ich könnte mir eine Situation denken, in welcher die Krone Reformen betreibt, durch die sie dem Proletariat akzeptabel wird...«

»Seine Majestät neigen zum Konservatismus«, bemerkte Bismarck trocken.

Er war aus dem Schatten getreten. Lassalle blickte ihn an: Bismarck hatte die eignen Ansichten zu erwähnen vermieden.

»Ich will Euer Exzellenz nicht verschweigen, daß ich in Preußen eine solche Allianz zwischen Krone und Arbeiterstand für höchst unwahrscheinlich halte.«

Bismarcks Kinn zuckte.

»Was jedoch die Möglichkeit nicht ausschließt« – Lassalle sprach sehr ruhig –, »daß in gewissen Fragen und zu gewissen Zeiten und gegen gewisse Gegner eine Interessengemeinschaft angebracht sein könnte.«

»Sehr wohl möglich... Mit dem Leben auf dem Lande sind Sie nicht vertraut, Herr Lassalle?«

Lassalle merkte, daß Bismarck sich nicht weiter festzulegen gedachte. Er stand auf.

»Es ist schwer zu beschreiben«, fuhr Bismarck fort, »und schwer zu ertragen. Man sitzt auf seiner Klitsche; die tägliche Arbeit ist in einer, höchstens zwei Stunden erledigt; und wen hat man, mit dem man reden kann – die Frau, den Pfarrer, den Verwalter... Es wäre schön, einen Mann wie Sie zum Gutsnachbarn zu haben. Man könnte einander besuchen und Meinungen austauschen, wie soeben. Das brächte etwas Abwechslung ins Leben.«

»Ich bin überzeugt.« Die Arroganz dieses Junkers. Ah, dachte Lassalle, ihm einmal mit wirklicher Macht begegnen zu können...!

»Zitelmann!«

Der Geheimrat nahm Gestalt an.

»Sie haben die Vorschläge des Herrn Lassalle notiert?«

»Jawohl.«

Bismarck streckte die Hand aus. »Wir werden sie sämtlich in Erwägung ziehen, Herr Lassalle.« Und als er Lassalles Miene bemerkte: »Sie hören von uns.«

Sie hören von uns...

Die Worte blieben haften, auf dem Weg durch die Vorzimmer, vorbei an dem Adjutanten, an den Sekretären, die Treppen hinab.

Sie hören von uns – ein erstes Beginnen: Bismarck mit seiner Nase für Entwicklungen hatte erkannt, daß da eine reale, wenn auch noch im Keim steckende Macht war.

Das Tor tat sich ihm auf, er stand auf der Straße. Erst jetzt wurde ihm bewußt, daß ihm der Hut schief auf dem Kopf saß, daß ihm die Knie zitterten und der schweißnasse Kragen jede Form verloren hatte.

4. Kapitel

»Sieh mich nicht so traurig an, Yanko.«

Er hatte eine sanfte Stimme und sanfte Hände und Augen, gezeichnet von frühem Leid. Über seine Vergangenheit wurde man sich nie ganz klar; mitunter meinte Helen Widersprüche zu erkennen; oder es waren auch ihm nicht sämtliche Tatsachen bekannt; er war ein Kind gewesen, als die Tragödie sich abspielte – im Grunde noch gar nicht so lange her – und die Walachei lag so fern und war so unvorstellbar wild und düster.

Die langen schlanken Finger um die Knie geklammert, saß er ihr gegenüber. »Wenn ich aber traurig bin! Du denkst nur an ihn, immer nur an ihn.«

»Würdest du ihn kennen, wie ich ihn kenne, du würdest auch dauernd an ihn denken.«

»Ich denke ja an ihn«, erwiderte er zweideutig. »Öfter, als gut ist.«

Yanko war nicht ganz so lieb und sanft, wie er sich gab, aber sie hatte ihn straff am Zügel, und die Scharade, die sie miteinander spielten, war nicht nur Schein: er, ihr Page; sie, die Herrin. »Du hast ihn gesehen?« fragte sie.

»Auf der Wilhelmstraße. Beim Betreten der Regierungskanzlei. Wie man hört, hat Bismarck Absichten mit ihm.«

»Lassalle berät die Regierung«, korrigierte Helen. »Er wird zu einer öffentlichen Macht.«

Yanko erhob sich. »Und du glaubst, du spielst eine Rolle dabei.«

»Hinter jedem Mann steht eine Frau.« Sie bemerkte, wie er die Lippen verkniff. »Du verdirbst dir deinen hübschen Mund. Und ich mag das nicht, wenn deine Knöchel plötzlich weiß werden. Du bist hier nicht in der Walachei. Hier in Berlin schneiden wir den Leuten die Ohren und Nasen nicht ab und auch nicht den Hals.«

Er stand da, schmalschultrig, in seinem eng anliegenden, hellen Anzug, der seine exotische Note betonte. »Das haben wir von den Türken«, sagte er als halbe Entschuldigung. »Mein Großonkel, Prinz Branko von Racowitza –«

»Dein Großonkel hat den Leuten die Haut vom Leibe peitschen lassen, ich weiß.« Das war eine von Yankos endlosen, mit haarsträubendem Horror gespickten Geschichten, die er auf eine ganz stille, unschuldige Art zu erzählen wußte; gerade dieser Gegensatz machte den größten Eindruck auf Grandmaman und ihre Ärzte sowie auf das Dienstpersonal und zu Besuch anwesende alte Damen. Zusammengefaßt und aufs Wesentliche reduziert, waren diese Geschichten Variationen eines einzigen Themas: wie nämlich das fürstliche Haus derer von Racowitza in mörderischen Fehden mit rumänischen Bojaren und türkischen Wesiren seine männlichen Mitglieder eines nach dem andern verlor, bis nur noch der Knabe Yanko übrigblieb.

»Ich will ja alles für dich tun.« Er versuchte zu lächeln. »Ich habe ja niemanden als dich.«

»Armer Yanko...« Sie war durchaus nicht empfindungslos ihm gegenüber. Und so viel stimmte: er hatte niemanden außer ihr. Er hatte sich ihr angeschlossen, damals in Nizza, und war ihr, da sie es duldete, nach München gefolgt und später nach Berlin. Und als man in ihren Kreisen nach und nach zu der Annahme gelangte, er sei ihr Verlobter oder werde es jedenfalls bald sein, traten weder sie noch Grandmaman der Meinung entgegen. Grandmaman, in diesen Sachen praktischer als Papa, hatte Recherchen anstellen lassen über die Verhältnisse des jungen Mannes; aber die Berichte waren so widersprüchlich gewesen wie seine walachischen Erzählungen: Die Racowitza hätten vor ihrer völligen Ausrottung einen Teil ihres liquiden Vermögens nach Paris transferieren lassen; der junge Racowitza spekuliere über Zwischenmänner auf der Berliner Börse; er sei gar kein Walache, sondern stamme aus Griechenland, ein Kaufmannssohn aus Smyrna, der mit dem Geld seines Vaters durchgebrannt war. Letzteres erschien denn doch lachhaft: seine Manier und Haltung waren unverkennbar die eines Aristokraten; aber es blieb um ihn ein Hauch von Abenteuer, der sie lockte.

»Armer Yanko...«, spottete er. »Dauernd muß ich mir anhören, welch Wunder an Persönlichkeit der Herr Dr. Lassalle ist, wie vielseitig sein Geist, wie edel sein Gemüt. Ich muß ihm nachlaufen durch die ganze Stadt, vor den Gebäuden warten, die er betritt, in seinen Versammlungen sitzen, über seine Stimmungen berichten. Könntest du deine Aufträge an mich nicht etwas abwechslungsreicher gestalten?«

»Aber auch ich habe nur dich.« Sie winkte ihn heran und gab ihm einen flüchtigen Kuß. »Warum willst du nicht verstehen: da ist seine Arbeit, da sind gesellschaftliche Konventionen, die nicht zulassen, daß wir uns sehen. Da will ich ihn wenigstens mit deinen Augen sehen.«

»Bitte – dann sieh ihn mit meinen Augen. Er ist nicht der große Gelehrte, der hochherzige Cäsar, wie du dir einbildest. Er ist einer der übelsten Leute in Preußen, bereit, jeden Grundsatz, den besten Freund, sich selber zu verkaufen, nur um seine ehrgeizigen Ziele zu erreichen. Und das Gesindel, mit dem er zusammensteckt, ist ebenso übel.«

»Er macht eben Politik.«

»Und seine Huren?«

Das traf. »Die Gräfin ist keine« – sie schluckte – »Hure.«

»Es war auch nicht die Gräfin, die ich zur Nachtzeit in sein Haus schleichen sah.«

Hure, dachte sie, *seine* Hure... Und dann ein Strom von Vorstellungen und Eindrücken: die wilden Nächte von Nizza, Maskeraden, Bootspartien, Lampions, Lachen, Schreie, Stöhnen, Leiber; der Mond, gelb, Nabe eines langsam kreisenden Rades.

Dann Rückkehr zur bewußten Welt.

Yanko war auf den Knien vor ihr, preßte den Kopf gegen ihre Schenkel, hielt sie umklammert. »Helen...«

Sie schüttelte den Kopf und strich ihm über das dicht gekräuselte Haar. Er stand schwerfällig auf. Sie lehnte sich zurück, in ihren Gliedern noch das Nachzittern eines Gefühls, das nicht ihm, sondern dem andern Mann gegolten hatte.

»...und so habe ich's Grandmaman mitgeteilt.«

Was sagte er da?

»Die Sache mit Lassalle«, explizierte er. »Die ganze schmutzige Affäre.«

Sie war aufgesprungen: von Grandmaman zu ihrem Vater; der Vater kommt nach Berlin gestürmt; große Krise, und genau zur unrechten Zeit. Das hatte er sich sauber ausgedacht, ihr Page, ihr Prinz, ihr prinzlicher Page – oder war er wirklich aus Smyrna gekommen mit dem Diebesgut in der Tasche? »Und du glaubst, das wird dir bei mir nützen?« sagte sie frostig.

»Ich habe es für meine Pflicht gehalten. In der Walachei hätte ich...«

»Walachei, Walachei, Walachei –!«

»Helen!«

»In der Walachei hätte *ich* dich auspeitschen lassen.«

Er bedeckte ihre Hände mit Küssen.

Ein leichtes Hüsteln von der Tür her, eine Altweiberstimme: »Mam'selle Hélène?«

Er ließ von ihr ab.

Helen wandte sich um. »Ja, Therese?«

Die alte Kinderamme schlurfte quer durchs Zimmer. »Der Herr Advokat Holthoff wünscht Sie zu sprechen, Mam'selle.«

Holthoff – das bedeutete Lassalle. Die Wartezeit war vorbei. Endlich. »Danke, Therese«, sagte sie, »ich empfange den Herrn.« Und lächelnd zu Yanko: »Ich bin jetzt in Anspruch genommen, siehst du nicht?«

Sie trug das Grünsamtene. Es unterstrich den rötlichen Ton ihres Haars und das Pastell ihrer Haut. Ein letzter Blick in den Spiegel im Vorsaal bei Holthoffs: junge Dame, züchtig, doch nicht weltscheu, bescheiden, doch bewußt ihres Wertes – für Frau Friedland aus Breslau wohl ungefähr das Richtige.

Wie ein kleiner dicker Verschwörer war Holthoff hinter Grandmamans Rücken zu ihr gekommen, um sie aufzufordern, bei ihm zu Haus die Schwester seines Freundes Lassalle kennenzulernen. Nein, schwor er hoch und heilig, Lassalle habe ihn nicht vorgeschickt, Lassalle würde nie riskieren, sich eine Absage zu holen. Die einfache Tatsache war, daß Madame Friedland sich in Berlin aufhielt und den Wunsch geäußert hatte, der jungen Dame zu begegnen, von der ihr Bruder in so hohen Tönen sprach; Madame Holthoff und er hätten, Helens Einverständnis vorausgesetzt, ihr den Gefallen gerne getan.

Jetzt, da sie brav gesenkten Hauptes im kleinen Salon der Holthoffs stand und sich in Madame Holthoffs Anwesenheit von Frau Friederike Friedland, gebürtige Lassel, betrachten ließ, fühlte Helen sich wie ein Kalb auf dem Markte. Und nirgends ein Anzeichen von Lassalle.

»Mein liebes Fräulein von Dönniges« – Madame Friedland hatte die Angewohnheit, sich mit ihrer Lorgnette auf die Handknöchel zu klopfen –, »Sie werden verstehen, daß man als einzige Schwester und noch dazu eine Schwester, die ihrem Bruder so nahesteht wie ich, sich Gedanken darüber macht, was für ein junges Mädchen eines Tages seine Frau werden sollte.«

»Ferdinand hat mir soviel Lobendes über Sie erzählt«, log Helen. »Friederike ist viel wichtiger als ich, hat Ferdinand immer betont. Gewinne ihr Herz, und du hast meines gewonnen.«

Madame Friedland hob die Lorgnette und blickte Helen durch die Gläser hindurch an. »Klingt ganz wie er«, sagte sie ein wenig unsicher. »Meinen Sie nicht auch, Marie?«

Marie Holthoff zog es vor, sich nicht festzulegen. »Er ist stets so rücksichtsvoll.«

»Und, wie die meisten großen Männer, in Herzensangelegenheiten wenig praktisch.« Friederike Friedland überlegte. Wenn ihr Bruder sich einbildete, die Mamsell wäre Ton in seiner Hand, täuschte er sich; die war stahlhart unter der glatten Haut und den aufreizenden Wölbungen und wußte genau, worauf sie aus war.

»Aber für die praktische Seite« – sie verfiel in ihren Ghetto-Singsang –, »dafür sind ja Schwestern da, nicht?«

Helen faltete die Hände im Schoß. »Manchmal, wenn ich an seine langen Jahre als Junggeselle denke, frage ich mich: Wieviel Leid müssen Frauen ihm bereitet haben? Und dann sehne ich mich danach, an diesem wunderbaren Manne wiedergutzumachen, was andre meines Geschlechts gesündigt haben.«

»Ist sie nicht lieb!« bemerkte Marie Holthoff.

»Zweifellos. Aber was wird ihr Papa ihr mitgeben?« Und zu Helen gewandt: »Ihr Herr Papa, höre ich, ist zum Königlich Bayrischen Gesandten in der Schweiz ernannt worden. Das bedeutet eine Menge Ausgaben, und persönliches Vermögen besitzt er nicht. Sie aber sind an ein Leben in Hülle und Fülle gewöhnt, welches mein Bruder, obwohl er als einzelner recht gut auskommt, Ihnen vielleicht nicht garantieren kann.«

»Offengestanden, habe ich mir darüber noch keine Gedanken gemacht.« Helens Stimme klang gereizt. »Außerdem hat Ihr Bruder noch gar nicht um meine Hand angehalten.«

Die Lorgnette war zur Ruhe gekommen. »Denken Sie ruhig darüber nach, meine Liebe, und denken Sie an die andern Alltagsprobleme: Sind Sie ganz sicher, daß Sie unterhalb Ihres Standes heiraten wollen, einen Mann, der nicht das Wörtchen *von* vor dem Namen trägt – einen Juden noch dazu?«

»Wenn sein Name Lassalle ist – ja.«

»Dann müssen Sie entschuldigen, wenn ich von Mitgift, Zuschüssen und anderen geschäftlichen Dingen rede. Ich schulde meinem Bruder diesen kleinen Dienst. Als ich in Ihrem Alter war und Friedland um mich warb, hat unser Ferdinand die ganze Chose vermittelt, obgleich er damals noch ins Gymnasium ging – wußte genau, was der Heiratsvermittler zu tun hat, brachte beide Parteien zur Vernunft, erledigte alles …« Sie hatte vergessen, daß sie ihren Bruder als in diesen Angelegenheiten höchst unpraktisch beschrieben hatte. »Und sehen Sie sich Friedland und mich an, ein Herz und eine Seele, und das heute noch, nach so vielen Jahren.«

Friedland und sie, dachte Helen spöttisch. »Hoffentlich werde ich eines Tages dasselbe von Lassalle und mir sagen können – und wenn ich den Küchenfußboden auf den Knien scheuern müßte.«

»Gott bewahre uns!« rief Marie Holthoff.

»Ich glaube, *dafür* wird sich noch immer jemand finden lassen.

Schließlich hat mein Bruder eine Jahresrente von der Gräfin und einen Anteil an der Breslauer Gasbeleuchtungsgesellschaft.« Wieder blickte Friederike Friedland durch ihre Lorgnette das junge Mädchen an, das auf alles eine Antwort zu haben schien: ein Gesicht mit Charakter, die Nase ein wenig zu stark vorspringend, Zeichen, daß Helen von Dönniges der Wolffschen Seite der Familie nachgeraten war und in ein paar Jahren den Wolffs noch stärker ähneln würde. »Madame Lassalle...«, sagte sie nachdenklich.

Helen empfand die ganze Absurdität dieser Beschau. Es war einfach unsinnig, daß eine so taktlose, so bourgeoise Weibsperson über etwas so Außerordentliches wie die Beziehung einer Frau zu Lassalle zu entscheiden haben sollte. *Madame Lassalle*, dachte sie; und der Name klang ihr wie ein Ehrentitel, Madame Général, Madame Premier Consul.

»Madame Lassalle...« Die Schwester war anscheinend zu ihrem Entschluß gekommen. »Nun, Sie haben die Figur dafür und den Kopf und den Ehrgeiz, und Sie werden ihm weniger Schwierigkeiten machen, wenn Sie mit ihm verheiratet sind, als anders...«

»Und was für ein stattliches Paar!« bemerkte Marie Holthoff.

»...und das Beste daran ist, Helen – ich darf wohl Helen und du sagen, ja?« Helen spürte die Lorgnette schmerzhaft auf ihren Knöcheln –, »daß du in Wirklichkeit nur zur Hälfte eine Schickse bist.«

Helen rieb sich die Knöchel, wo die Lorgnette sie getroffen hatte. Meine Liebe, hatte Marie Holthoff ihr bedeutungsvoll gesagt, gehen Sie zu meinem Mann und richten Sie ihm aus, die Damen hätten alles geregelt. Und Frau Friedland hatte süß gelächelt.

Lassalle, dachte Helen; Holthoff hatte gelogen; er war doch hier. Im großen Salon waren die Stühle und Kronleuchter mit weißen Tüchern umhüllt; Helen fröstelte in der schalen Luft. In Holthoffs Arbeitszimmer würde er sie erwarten; die Viehbeschau der Schwester war Teil der Kulisse gewesen; man mußte hindurch durch das Lächerliche, um zum Erhabenen zu gelangen.

Sie stieß das Fenster auf, atmete tief. Auf der Straße zog ein dürrer gefleckter Klepper eine klapprige Droschke vorbei; das Kreischen der Achse, der müde Hufschlag ergänzten das Bild einer toten Straße zu toter Stunde. Ihr Herz schlug so hart, daß es schmerzte. Er würde die toten Stunden mit Leben füllen, mit Leidenschaft, Gefahr, Intrige. Vorausgesetzt, wie Augusta Formes gewarnt hatte, daß sie ihn richtig zu behandeln wußte. Madame Lassalle. Sie würde erreichen, was so viele vor ihr vergeblich versucht hatten, und Seite an Seite mit ihm eine großartige Zukunft erleben.

Sie raffte sich auf, durcheilte Marie Holthoffs Boudoir mit der Sammlung von Nippsachen und gestickten Scheußlichkeiten, das Speisezimmer mit dem Kartoffel-und-gekochtem-Rindfleisch-Geruch und gelangte zu einer letzten Tür.

»Herein!«

Seine Stimme.

Die Tür sprang auf. Sie wurde ergriffen, getragen; glitt tief in einen Sessel; spürte die gierigen Lippen; hörte Holthoffs mahnendes: »Lassalle, Sie erschrecken das Mädchen!«

»Verzeihung.« Lassalle richtete sich auf, ließ aber die Hand besitzerhaft auf ihrer Schulter liegen. »Vergib mein Ungestüm.«

Ein angenehmes Pulsieren zog sich von der Schulter her durch ihr ganzes Nervensystem. »Ich bin ja so froh«, sagte sie leise.

»In einem andern Jahrhundert, Helen, wäre ich mit einem Trupp Reiter gekommen und hätte dich entführt. Aber wir sind die Gefangenen unsrer eignen Sitten und Regeln.«

Das Pulsieren stockte. Soweit sie wußte, richtete er sich wenig nach Sitte und Regel.

»Natürlich«, fügte er hinzu, »von einem gewissen Niveau an gilt das alles nicht mehr. Die Wolken sind frei. Es gibt Frauen – Holthoff wird mir beipflichten –, die einen Mann hinabzerren, und andere, die ihm helfen auf seinem Flug zu den Höhen.«

»Da ich mich aber kaum zu diesen Höhen aufschwingen werde« – Holthoff verzog seine dicken Lippen zu einem Lächeln –, »muß ich um Diskretion bitten. Die alte Frau Wolff möchte uns großen Ärger bereiten, und Ihr Vater, Helen, würde ein für alle peinliches Geschrei erheben, wenn es herauskäme, daß seine Tochter und der Dr. Lassalle in meinem Arbeitszimmer ihr Rendezvous haben.«

»Von mir soll's niemand erfahren.« Helen nahm einen Dolch mit Kreuzgriff von Holthoffs Schreibtisch, seinen Brieföffner. »Das kann ich beschwören.« Sie hielt den Dolch vor Lassalle in die Höhe, lachte: »Und du auch.«

Lassalle blickte auf Holthoff, auf Helen, den Dolch. »Das Kreuz bedeutet mir nichts. Aber ich bin bereit, einen Eid abzulegen – bei dem, was mir wirklich heilig ist: meiner Zukunft an deiner Seite...«

Holthoff räusperte sich. »Sie haben wohl nichts dagegen, wenn ich mich zurückziehe.«

Helen hörte die Tür ins Schloß fallen.

»...und das wird keine Zukunft sein«, fuhr Lassalle fort, »in der wir uns zwischen Aktenbündeln und verstaubten Gesetzbüchern verstecken müssen. Lassalle und Helena – das wird klingen wie Cäsar und Cleopatra, wie Tristan und Isolde...«

Sie schloß die Augen und ließ seine Stimme auf sich wirken. Nein, er würde sie nicht verstecken. Er würde sie zur Schau stellen, wie er's im Hause Bonseri getan, zur Steigerung des eignen Selbstgefühls – *haben Sie Madame Lassalle schon gesehen, ist sie nicht hinreißend, so majestätisch, l'Impératrice, Helena*... Und sie würde es genießen.

Er hatte ihr den Dolch aus der Hand genommen und legte ihn zurück auf den Schreibtisch. »Friederike hat dich also gebilligt?«

Sie lauschte dem Knarren seiner Stiefel auf dem Teppich. »Ich sollte Herrn Holthoff ausrichten, die Damen hätten alles geregelt.«

»Friederike gehört zu einem Leben, das ich hinter mir gelassen habe.«

Ihre Augen öffneten sich weit. Über seinem Kopf erblickte sie eine Landschaft, herbstliche Bäume, eine mittelalterliche Burg hoch auf dem Felsen, Sonnenuntergang, ein Boot, den glatten Fluß überquerend; Holthoff sammelte Ölbilder.

»Aber sie war ganz nützlich für meine kleine Kriegslist. Ich mußte dich wiedersehen.« Zwei Finger unter ihrem Kinn, den Kopf leicht anhebend. »Ich werde mich nie an dir satt sehen können – an der Form des Gesichts, der wunderbar weichen Haut, den Bernsteinaugen. Dich wiedersehen, ohne daß halb Berlin uns anglotzt. Friederike wollte dich kennenlernen und bestand darauf. Ich würde auch Bismarck oder sogar König Wilhelm als Vorwand benutzt haben, wenn es sich so gefügt hätte. Ich hoffe nur, daß du mir Friederikes Narrheiten verzeihst; meine Familie hat das Ghetto und die alten Bräuche noch nicht ganz abgeschüttelt – die Brautschau, den Handel um die Mitgift, das Feilschen um die Aussteuer –, Bräuche, die weit hinter das Mittelalter zurückgehen: hier übergibt ein Nomadenstamm einem andern sein Teuerstes – Schafe, Ziegen, Kamele...«

»Und du möchtest die Herde haben?«

»Helen« – er lachte –, »ich biete dir ein Königreich!«

Sie stand auf. »Küß mich.«

»Helen, ich will dich lieben, wie noch nie eine Frau geliebt wurde. Ich will... Ich sollte dir so etwas nicht sagen...«

»Ich möchte es aber hören. Von dir hören.«

Er zog sie an sich. Sie fühlte die wachsende Leidenschaftlichkeit seiner Umarmung. Er bog ihr den Kopf zurück und preßte die Lippen auf ihren Hals.

»Du tust mir weh.«

»Verzeih mir.«

»Nein, du sollst mir weh tun.«

»Helen... Einer von uns muß Vernunft wahren.«

Sie schwieg.

»Ich will nicht einfach eine neue Affäre. Du bist nicht die unbefriedigte Ehefrau eines Berliner Kaufmanns, die wenigstens für einen Nachmittag Erlösung sucht von ihrer Langeweile. Du bist – du bist Helen, und ich bin Lassalle.«

Sie wartete.

Helena, Lassalle... Er genoß den Klang. Und dann dachte er an die Windeln und an Marx und daß Ehe und Revolution nicht zueinander paßten. So wenigstens hatte er geglaubt. *Jede* Revolution? *Alle* Ehen? Die Gräfin hatte sofort die Frage gestellt, ob Mademoiselle de Dönniges dem Proletariat, das er zu führen gedachte, annehmbar sein würde... Sophie war sehr klassenbewußt. Andererseits würde sogar sie zugeben müssen, daß eine charmante, gescheite, temperamentvolle junge Frau nicht nur dekorativ war, sondern für einen Mann mit höheren Zielen auch nützlich sein mußte: das Gebäude der Macht ruhte auf Säulen der verschiedensten Art. Und hatte man einmal hunderttausend Arbeiter hinter sich, wer machte einem dann noch Vorschriften?

»Was ist mit meinem Besuch bei Grandmaman?«

»Ich befürchte, der Empfang würde kühl ausfallen.«

»Warum?«

»Yanko hat ihr erzählt.«

Lassalle zögerte. »Und wer hat Yanko erzählt?«

»Du vergißt, Yanko war war Kavalier auf dem Juristenball.«

»Ach so.« Die Antwort war um eine Schattierung zu glatt gekommen. »Nun, macht nichts. Ganz gleich, was gegen mich spricht – meine Vergangenheit, meine Überzeugungen –, glaubst du nicht, daß ich imstande wäre, eine alte Dame für mich einzunehmen?«

»Du wirst aber Papa für dich einnehmen müssen, und der hat seine feste Meinung von dir.«

»Sage mir, was für ein Mensch er ist, und ich werde seine Meinung ändern.«

Wie beschrieb man Papa... Steile Falte über gerader Nase; kühle Augen, unnahbar. »Als ich noch klein war, kam er manchmal ins Kinderzimmer und erzählte Geschichten; später verlor er das Interesse; er hat mich nie ausgezankt...«

»Gelobt?«

»Auch nicht. Wir hatten nichts Gemeinsames, schien's; und doch wollte ich ihn immer anschauen, ihm zuhören dürfen; wie oft bin ich ihm hinterhergelaufen; ich weiß nicht einmal, ob er's bemerkt hat...«

»Armes Kind« – er lachte nachdenklich –, »immer auf der Suche nach Papa.« Und als wollte er sein Verständnis für das Leiden des Kindes dokumentieren, küßte er sie wieder, doch diesmal auf die Stirn, väterlich. Die leichte Berührung seiner Lippen, spürte er, erregte sie von neuem. Sie war sinnlich wie Mathilde. »Wenn nun aber meine Pläne fehlschlügen?« sagte er. »Ich spiele um hohen Einsatz; das mußt du wissen, bevor du dich an mich bindest. Was, wenn ich als Revolutionär auf Jahre ins Gefängnis müßte oder sogar hingerichtet würde? Was würdest du tun?«

Sie dachte an die Formes, die Warnung der Schauspielerin: er sieht sich beständig vor irgendeinem Martyrium. »Ferdinand«, sagte sie, »ich würde bei dir bleiben. Und dann, wenn alles vorbei ist und sie haben dich begraben, dann würde ich das Gift nehmen, das du mir noch gegeben hast...«

»Oh, ich hatte dir Gift gegeben?« staunte er. Sie hatte ebensoviel Phantasie wie er und eine gute Portion Logik dazu. »Vorläufig allerdings beschäftige ich mich noch mit prosaischeren Dingen...« Er berichtete ihr von den Versammlungen, auf denen er sprechen, den Organisationen, die er gründen, den Konferenzen, denen er beiwohnen mußte. »Aber dann, wenn ich an der Spitze einer Armee von Arbeitern stehe...«

Und wo, fragte sie sich, wollte er sie in seinen Zeitplan einfügen? Oder mußte sie wieder auf ein Konzert, einen Juristenball, einen Verwandtenbesuch warten?

»Im Sommer«, legte Lassalle fest, »wenn ich zu meiner alljährlichen Kur in die Schweiz reise, werde ich den Herrn Gesandten aufsuchen. Ich werde mich wie beiläufig bei ihm einführen lassen: der richtige Stil ist schon der halbe Erfolg.«

Und bis dahin? dachte sie. Keine neue Affäre, hatte er gesagt; ich will nicht einfach eine neue Affäre.

»Wenn deine Liebe so tief ist wie meine, wird dein Vater einwilligen. Und vergiß nicht, ich werde dann mehr sein als der bescheidene Autor von ein paar philosophischen und juristischen Abhandlungen.«

Sie konnte sich die Begegnung vorstellen; zwei Herren in den besten Jahren, wie man so sagt, vorsichtig miteinander verhandelnd.

»Ich werde der Führer einer politischen Partei sein und eine Macht in Deutschland. Bei allem Respekt für die Abneigungen deines Vaters – Macht, das weiß auch er, wiegt schwerer als Geld oder Titel.«

Sie liebte das an ihm – daß er ihr ein ganzes Spektrum bot: Volksheld, Salonlöwe, geheimer Kaiser, zukünftiger Märtyrer, väterlicher Freund, jugendlicher Liebhaber... Und in allem war er sehr überzeugend – oder lag es daran, daß sie überzeugt sein wollte?

»Aber wie soll ich ohne dich leben?« fragte sie.

»Helen« – befremdet –, »hast du mir vorhin nicht gesagt, du würdest sogar für mich sterben?«

Sie nickte.

»Und jetzt willst du nicht einmal warten, bis ich dir die gesellschaftliche Stellung bieten kann, auf die du ein Recht hast? Ich will dir den Tag nennen, an dem ich Hand in Hand mit dir vor deinen Vater und vor die Welt trete: Es wird der Tag sein meines ersten Sieges, und ich selbst werde dir die Siegesnachricht bringen...«

»Na, habt ihr einander gezähmt?«

Er wandte sich um, ärgerlich. In der Tür stand Friederike, die Augen liebenswürdig verkniffen, den mageren Mund zu einem Lächeln gedehnt.

Helen dachte plötzlich an Nizza, an Kotillons und Musik, eine Fahrt die Brandung entlang in gefährlich schwankendem Wagen. Die fürchterliche Farblosigkeit dieser Frau, dieses Zimmers, dieser Stadt bedrückte sie auf einmal, und sie schmiegte sich enger an Lassalle.

»Unsre Gastgeber warten schon«, bemerkte der und bot seiner Schwester den noch freien Arm. Eine glückliche kleine Familie, so zogen sie zu dritt dem Kaffeeduft entgegen; Helen fiel ein, daß sie Lassalle noch nicht gefragt hatte, wann sie sich wiedersehen würden.

5. Kapitel

In seinem Offenen Antwortschreiben an das Leipziger Zentralkomitee hatte er erklärt: *Alle Kunst praktischer Erfolge besteht darin, alle Kraft zu jeder Zeit auf einen Punkt, den wichtigsten, zu konzentrieren.* Nach diesem Gebot hatte er die ganzen letzten Wochen gelebt – durchrüttelt in schmutzigen Eisenbahnabteilen, umringt von örtlicher Gendarmerie, in dauernder Abwehr gegen Schlägertrupps, die seine Versammlungen in Frankfurt, in Mainz zu sprengen suchten. Aber das Triumphgefühl des Sieges – wenn aus dem Dunst von Tabak und Bier sich Hunderte von Händen erhoben und für sein Programm, für seine Idee stimmten – entschädigte für alles. Entschädigte auch für die stundenlangen Diskussionen nach der Abstimmung, das Zuhörenmüssen, den Zwang, die eigenen Gedanken den Hirnen anzupassen, die er beeinflussen wollte, und seine Müdigkeit zu unterdrücken, bis auch die letzte langweilige Frage beantwortet und die letzte proletarische Hand geschüttelt war.

Doch Leipzig heute bedeutete den Abschluß. Er winkte eine wartende Droschke heran. Heute, mit der Annahme von Statut und Geschäftsreglement, würde das Werk vollendet sein: Gerät mit politischer Hebelwirkung, Apparat zur Ausübung von Macht. Des Kutschers runder Rücken schwankte mit jedem Loch im Pflaster; Lassalle hielt seinen Stock fest und bemühte sich, den Zylinder gerad auf dem Kopf zu behalten; in Leipzig hatte sich anscheinend nicht viel verbessert, seit er vor nunmehr dreiundzwanzig Jahren aus Breslau hierhergekommen war, um in Direktor August Schiebes Handelsakademie die Feinheiten des Kaufmannsberufs zu erlernen. Lassalle lachte in sich hinein. Schiebe und seine Pauker hatten sofort Gefahr gewittert, und nicht mit Unrecht: innerhalb eines Monats nach seinem Schulantritt hatte er ihnen eine regelrechte Schülerrevolte angezettelt – aber die Zeiten damals waren andere, Revolution lag in der Luft. Die Revolution dagegen, die er heute einleitete, würde auf leisen Sohlen zu kommen haben, zähe Organisation, lautloser Kampf um Machtpositionen...

Die Droschke hielt an.

»Sind wir da?«

Der Kutscher blickte von seinem Bock herab auf das modische Cape, die seidene Krawatte, die Lackstiefel seines Fahrgasts. »Die Adresse haben Sie mir gegeben.«

Lassalle stieg aus, zahlte. Ein trostloses Haus in einer trostlosen Straße, staubbedeckte Fenster, zwei unsichtbare Weiber, die sich in den merkwürdig singenden Tönen der Ungebildeten dieser Stadt gegenseitig ankeiften. Sonst keine Seele – kein Begrüßungskomitee, niemand, der ihn am Eingang erwartete.

Die Droschke war davongefahren; die beiden Frauen hatten ihren Streit beendet. Die Lage, dachte Lassalle, entbehrte nicht der Komik: Cäsar bei der Überquerung des Rubikon, jedoch ohne Soldaten; Jesus beim Einritt nach Jerusalem, aber ohne Apostel. Er öffnete die Tür des Lokals und betrat einen einigermaßen geräumigen Saal, an dessen Ende sich ein Schanktisch befand; in Höhe des ersten Stocks verlief entlang dreier Seiten eine Galerie. Vom Geländer der Galerie hing ein Transparent, schwarze, dilettantisch gemalte Buchstaben auf Weiß: *Vorwärts mit Lassalle!*

Das ergriff ihn doch. Gerade die Unebenmäßigkeit der Schrift, die übertriebenen Schnörkel sprachen von der Art der Menschen, die das Transparent angefertigt hatten; kleine Leute mit heißem Herzen, bereit, auch das ihnen Ungewohnte zu tun, Menschen, mit denen zusammen sich Religionen gründen ließen; später einst, wenn berufsmäßige Schildermaler die Transparente herstellten und Hoteldiener die Säle dekorierten, würde etwas sehr Wesentliches, etwas vom Innersten der Sache, sich verloren haben.

Gläser klirrten. Im Halbdunkel hinter dem Schanktisch wischte eine unförmige Schankmamsell die Regale ab.

»Ist denn sonst niemand hier?« rief er.

Sie deutete in Richtung einer Tür, deren verwitterte Farbe im Schatten der Galerie mit der Wand verschwamm. Lassalle packte seinen Stock fester und wandte sich mit einem großen Schwung seines Capes der Tür zu.

Die Männer rings um den länglichen Tisch verstummten. Die einen standen sofort auf; andere zögerten kurz. Dammer eilte auf Lassalle zu, half ihm, das Cape abzulegen, entschuldigte sich: Es war leider nicht der beste Versammlungssaal der Stadt, ein bißchen abgelegen; viele Saalbesitzer hatten, als sie den Namen Lassalle hörten, es mit der Angst bekommen; und die Vereinskasse war nicht die kräftigste. Warum ihn niemand draußen erwartet hätte? Vor einer Minute gerade war ein dreiköpfiger Ausschuß bestimmt worden, ihn hereinzugeleiten...

»Danke.«

Lassalle ließ seine Uhr aufschnappen: vier Uhr, an einem grauen Nachmittag, dessen Licht weiter getrübt wurde durch den Schmutz am Fenster. Dann, beginnend mit Vahlteich, schritt er von einem zum andern, schüttelte feierlich ihre Hände und suchte sich von denen, die er zum erstenmal sah, einen Eindruck zu verschaffen. Alles zusammen waren da zwölf Mann, er selbst der dreizehnte; ein armseliger Anfang; für eine Verschwörung zuviel, für eine Massenbewegung zuwenig; wie gewöhnlich würde die Last des Ganzen auf seine Schultern fallen.

Allgemeines Stühlerücken. Die Schankmamsell trat ein mit einem Tablett Biere; Finger durchfischten abgegriffene Portemonnaies; Lassalle warf ein Stück Silber auf das Tablett: »Mein Beitrag, wenn Sie gestatten.«

Man lachte zurückhaltend.

Dammer hob sein Glas: »Auf unsern Erfolg!«

»Erfolg!«

Lassalle beobachtete sie, wie sie den Schaum von den Lippen wischten – Leute, die meisten wenigstens, bei denen selbst die Ausgabe für ein Glas Bier zählte. Weiß Gott, wie sie das Reisegeld nach Leipzig von so entfernten Orten wie Hamburg im Norden und Solingen im Westen aufgetrieben hatten. Mit solcherart Männer mochte es gelingen, Bewegung ins Land zu bringen – die fetten Krämerseelen von der Fortschrittspartei waren nicht bereit, etwas zu opfern, und würden sich ducken, sobald Bismarck ernsthaft mit der Knute drohte. Er ließ Vahlteichs einleitende Bemerkung über sich ergehen. Jemand hatte die Petroleumlampen an der Wand angezündet; ihr blakendes Licht erhellte bald das eine, bald das andre Gesicht. Die alten Holländer, dachte Lassalle, hatten diese Stimmung auf ihren Bildern erfaßt. Vahlteich war mitten in der Schilderung der Ereignisse, die zur Einberufung der Konferenz geführt hatten: die ersten Bemühungen, sich vom Einfluß der bürgerlichen Herren Professoren zu lösen, die den Arbeitsmann in brave Bildungsvereine sperren wollten; die ersten vorsichtigen Versuche der Kontaktaufnahme von Stadt zu Stadt; der erste Besuch bei Lassalle. Die heutige Zusammenkunft nun sollte die Gründung eines wirklichen Arbeitervereins bringen mit Gemeinden in jeder Stadt und Ortschaft, mit örtlichen Bevollmächtigten, berechtigt zur Werbung von Mitgliedern und Kassierung von Beiträgen, mit eigenen Zeitungen und Druckereien, mit Delegierten und demokratischen Statuten und Geschäftsreglements.

Lassalle lächelte still: ein Organisationsmensch. Unauffällig glitt sein Blick den Tisch entlang, zu Lewy aus Düsseldorf, klein, blaß, dick, den er als Kassierer vorgesehen hatte; zu Hillmann aus Elberfeld, mit seiner wuchtigen Glatze und dem revolutionären Vollbart, wie er auf den Barrikaden von 1848 die Mode war; Lewy und Hillmann waren noch von seinen Düsseldorfer Jahren her seine Anhänger. Bernhard Becker aus Frankfurt, dünne Nase, dünne Lippen, dünnes, wie von Motten zerfressenes Haar; ein halbgebildeter, zu Phrasen neigender Mensch; hatte aber die Frankfurter Massenversammlung organisiert und erfolgreich dafür die Trommel gerührt; der Kerl war geplagt von persönlichem Ehrgeiz, für dessen Erfüllung er die Rockschöße des Dr. Lassalle als das geeignete Vehikel betrachtete. Der Degenschmied Klings aus Solingen, der, wie es hieß, einst in direkter Verbindung mit Marx gestanden hatte; riesige sauber geschrubbte Hände; gute, treue Augen in gutem, treuem Gesicht. Wer noch schien von Gewicht? Von den Norddeutschen vielleicht der Schuster Audorf aus Hamburg, ein dürrer, eifernder junger Mann, dessen Vater an der Revolution teilgenommen hatte und der in die Fußstapfen des Alten zu treten beabsichtigte; und aus Harburg ein Werftarbeiter namens York, knochig, mit einem Walroßbart, durch den die Leichenbittermiene des langen Gesichts noch bitterer wirkte. Doch alle zusammengenommen – wen vertraten sie? Hillmann und Lewy: etwa zwei Dutzend Leute. In Hamburg und Harburg existierten kleine Arbeitervereine; in Solingen ein Arbeiter-Konsumverband; und hier in Leipzig Vahlteichs Verein mit dem programmatischen Namen *Vorwärts* – insgesamt vierhundert Menschen, wenn so viele...

Lassalle schreckte auf. Vahlteich schien geendet zu haben; Lassalle sah die Blicke der Delegierten auf sich gerichtet in Erwartung der großen Ansprache. Er tastete nach dem Manuskript in der Brusttasche. Ablesen war sicherer, und sein Vortrag wirkte; der Baron Korff sagte immer, und Augusta Formes bestätigte es, daß an Lassalle dem Theater ein großer Mime verlorengegangen sei; aber dieser Raum, diese Stunde, diese Menschen erforderten persönliche Worte, keine vorbereitete Rede.

»Meine Herren!« Er hakte den Ellbogen über die Stuhllehne. »Alle großen Bewegungen, die je die Welt erschüttert haben, begannen mit einer Handvoll Menschen; der kleinste Stein schon kann eine Lawine auslösen. Entscheidend sind: Zeitpunkt und Strategie. Die Zeit ist reif – Sie alle haben das unterirdische Grollen verspürt. Was nun die Strategie betrifft...«

Eine kaum merkliche Pause. Wieviel durfte man sagen?

Angelpunkt, fuhr er fort, war die Verfassungsfrage. Die Bourgeoisie, in der Kammer als Fortschrittspartei organisiert, bestand auf ihrer Kontrolle über den Staatssäckel; die Monarchie jedoch, also Bismarck, wünschte Großmachtpolitik zu treiben und brauchte daher eine größere und besser ausgerüstete Armee, wofür die Kammer die Gelder verweigerte. Dies also waren die im Widerstreit liegenden Kräfte, dies war der Konflikt, dies war der Moment, da der Arbeiterstand die politische Bühne betreten und seine Forderungen erheben mußte.

Lassalle wußte, er hatte sein Publikum in der Hand. Er nahm den Ellbogen von der Lehne, zog sein Zigarrenetui aus der Tasche und akzeptierte das Feuer, das Vahlteich ihm bot.

Damit aber der Arbeiterstand eine selbständige politische Rolle spielen konnte, war es notwendig, daß er sich als selbständige politische Partei konstituierte – Schluß mit dem ewigen Daherzotteln am Schwanze der Bourgeoisie! Und auf dem Banner dieser neuen Partei müsse in goldenen Lettern ihr erster Programmpunkt leuchten: das allgemeine, gleiche, geheime und direkte Wahlrecht. Nur wenn die Vertreter der Arbeiter in den gesetzgebenden Körperschaften Deutschlands...

Eine leichte Unruhe: Das Stimmrecht war etwas Abstraktes; die Delegierten an diesem Tisch aber hatten mit Menschen zu tun, denen es um einen zusätzlichen Laib Brot ging.

Lassalle strich die Asche von seiner Zigarre ab.

Der Arbeitsmann, dessen Los die Anwesenden verbessern wollten, besaß nichts als seine Hände und würde von dem Unternehmer nie mehr als das zur Erhaltung seiner Arbeitskraft notwendige Minimum empfangen. Die bürgerlichen Salbader empfahlen Konsumvereine und ähnliche Mittelchen als Abhilfe für das Elend des Arbeiterstandes. Aber die Ausbeutung des Arbeiters durch den Gemüsehändler war das wenigste; daß er keinen anständigen Lohn, keinen gerechten Anteil an dem von ihm hergestellten Produkt erhielt – *darum* ging es.

Selbstverständlich waren diese Anschauungen seinen Zuhörern bekannt; er hatte das alles in seinem Offenen Antwortbrief dargelegt; aber eine gute und richtige Sache konnte durch Wiederholung nur gewinnen.

Am besten direkt.

Wir fordern Produktivgenossenschaften, mit fabrikmäßiger Großproduktion; die Arbeiter sind im Besitz des eignen Betriebs; der Lohn kommt aus dem Erlös für das Produkt ihrer Arbeit.

»Also Kommunismus«, bemerkte Hillmann. »Oder meinetwegen Sozialismus.«

»Meine Gedanken, wenn ich bitten darf, sind meine eigenen.« Lassalles Zigarre unterstrich die Zurechtweisung. »Meine Ausführungen leiten sich ab aus dem ehernen Lohngesetz, dessen Anwendung auf die Politik meine Entdeckung ist.«

»Nun dann – Lassalleanismus!« verkündete Hillmann treuherzig.

»Der Name ist doch unwichtig«, warf Vahlteich ein. »Wir sind für alles, was dem Arbeiter nützt.«

Leicht lächelnd wartete Lassalle auf Stille.

Das Programm des Vereins müsse klug ausgewogen sein zwischen den ökonomischen Notwendigkeiten und dem, was die deutsche Öffentlichkeit zur Zeit verdauen könne... Darum weder Sozialismus noch Kommunismus, betonte Lassalle. Kein Zwang; jeder müsse die Freiheit haben, aus der Produktivgenossenschaft auszutreten oder ihr beizutreten; die Kapitalisten würden ihr Eigentum behalten und im Genuß ihres rechtmäßigen Einkommens bleiben dürfen; genossenschaftliche und private Unternehmungen sollten miteinander konkurrieren, aber weiter nebeneinander bestehen, bis die genossenschaftliche Produktion ihre natürliche Überlegenheit bewiesen und den Privatunternehmer allmählich ausgeschaltet habe.

»Und die Wölfe werden bei den Lämmern wohnen?« fragte Audorf.

»Sehe ich aus wie ein Lamm?« sagte Lassalle bissig. »Gewöhnlich wird mir an diesem Punkt die Frage gestellt, wie ich mir die Finanzierung der Produktivgenossenschaften denke – die Arbeiter leiden bekanntlich an Kapitalmangel.«

Ironie, das spürte Lassalle deutlich, hatte bei seinen Hörern eine ungute Wirkung. Aber immer wieder mit dem Abc beginnen müssen! Und wer brauchte hier eigentlich wen? Was waren diese Leute ohne einen Sprecher, Ideologen, Führer?

»Sollte nicht der Staat die Mittel vorschießen?« meinte Dammer unsicher.

Dammer hatte seinen Lassalle gut durchgelesen. »Genau!« erwiderte Lassalle beifällig. »Der Staat half durch einfache Zinsgarantie den Kapitalisten, ihre Eisenbahnen zu bauen. Ebenso sollte er auch den Arbeitern beim Aufbau der produktivgenossenschaftlichen Fabriken beistehen, indem er die notwendigen Gelder verauslagt.«

»Welcher Staat?« sagte York. »Bismarcks Staat?«

Das war die Fangfrage. Lassalle warf einen mißmutigen Blick auf York. Der im Lampenlicht erkennbare Teil des Gesichts des Mannes zeigte ein Grinsen: wollen wir mal sehen, wie der gelehrte Herr Doktor sich da herauswindet, ohne wenigstens etwas von seinen wirklichen Zielen durchblicken zu lassen.

»Ich hatte gehofft, darauf nicht eingehen zu müssen«, sagte Lassalle.

Der Walroßbart schnellte in die Höhe. »Wieso?«

»Weil, Herr York, alle Theorie grau ist und Statistiken Sie langweilen könnten.«

York kratzte sich die Wange. Lassalle sah betont gleichgültig aus; es gab viele Mittel, die Menschen zu terrorisieren; eines davon war die Wissenschaft.

Der Staat nun – ein leises Seufzen –, was, und wer, war der Staat? Nehmen wir das Königreich Preußen; nach den letzten Statistiken mußte man 96 1/4 Prozent all seiner Bürger zu den in gedrückter, dürftiger Lage lebenden, um nicht zu sagen, verelendeten Klassen rechnen. »Die notleidenden Klassen also, sage ich, sind der Staat; er ist *ihre* große Assoziation; er gehört *ihnen*, nicht der kleinen Minderheit der Wohlhabenden!«

Er schluckte. Sein Hals begann ihn zu schmerzen; aber das verringerte keineswegs sein Vergnügen an der Überraschung, die diese Beweisführung jedesmal hervorrief. Daß sie, die Armen, der Staat sein könnten – und es in Wirklichkeit auch waren –, derselbe Staat, den sie stets nur als einen Schwarm uniformierter Steuereinnehmer, schwarzberobter Richter, säbelschwingender Polizisten betrachtet hatten, erzeugte immer wieder einen Schock und, in dessen Gefolge, ein Schuldgefühl, weil sie die Tatsache nie für sich zu nutzen gewußt hatten.

»Warum sollte nun diese große Assoziation der Armen, nämlich der Staat, nicht fördernd und befruchtend auf die kleinen Assoziationen, nämlich die Produktivgenossenschaften, einwirken und dem Arbeiterstand helfen, sein eigner Unternehmer zu werden? Ist es nicht die Aufgabe und Bestimmung des Staates, die großen Kulturfortschritte der Menschheit zu erleichtern und zu vermitteln?«

Lassalle schluckte wieder. Er würde bald schließen müssen, seinen Hals pflegen.

»Ich sehe, Sie antworten nicht. Die Frage beantwortet sich selbst. Aber die andere Frage bleibt: Wie erreichen wir es, daß der Staat seine Pflichten der Mehrheit der Bevölkerung gegenüber erfüllt? Ja, sehen Sie – warum sollte der Staat denn etwas für die Mehrheit tun, solange diese Mehrheit sich nicht bemerkbar macht?«

Er wurde selbst fortgerissen von der präzisen Arbeit seines Hirns. Er war kein geifernder Volksprediger; er schuf sich eine Gefolgschaft durch die zwingende Kraft seiner Lehre, ein neuartiger Rattenfänger von Hameln, der statt der betörenden Pfeifentöne Logik anwandte.

»Und das Mittel der Mehrheit, sich bemerkbar zu machen, kann nur das allgemeine, gleiche, geheime und direkte Wahlrecht sein. Das ist der einzige Weg zu einer unmittelbaren Verbesserung der materiellen Verhältnisse des Arbeiterstandes. Das ist mehr als politische Losung – es ist eine wirtschaftliche Forderung!«

Er erhob sich. Trotz seiner Schmerzen im Halse durchhallte seine Stimme den ganzen Raum.

»Organisieren Sie sich als Allgemeiner Deutscher Arbeiterverein! Tragen Sie unsre Forderung an jede Arbeitsstelle, in jede Arbeiterhütte. Agitieren Sie! Werben Sie! Überzeugen Sie! Das allgemeine gleiche Wahlrecht, als Magenfrage aufgefaßt und daher auch mit der Magenwärme durch den ganzen nationalen Körper hin verbreitet – meine Herren, es gibt keine Macht, die sich dem lange widersetzen würde!«

Das Lokal besaß nicht einmal eine anständige Toilette. In einer Bretterbude auf dem Hof stand auf einem alten Stuhl ein schmieriges Waschbecken, und Bernhard Becker, der sich selbst zum Flügeladjutanten und allgemeinen Faktotum ernannt hatte, hielt einen zerbrochenen Spiegel in die Höhe, damit Lassalle sich Gaumen und Kehle mit Höllenstein einpinseln konnte.

»Den Grog habe ich bereits bestellt«, erklärte Becker.

»Heiß?« Lassalle war sehr heiser.

»Glühheiß.«

»Diese verfluchte Krankheit. Das einzig Gute daran ist, daß sie bei mir nicht mehr infektiös ist, schon seit Jahren.« Lassalle warf den Wattebausch weg. »Es ist mir gesagt worden, ich hätte die Sache vernachlässigt, als ich sie in Paris bekam. Aber schon Heine, mit dem ich dort zusammentraf, hat mich gewarnt, daß sich dagegen nichts tun läßt; und die französischen Ärzte meinen dasselbe, wenn man sich ernsthaft mit ihnen unterhält; und die müßten's ja wissen; die Franzosen haben der Welt diese Plage geschenkt, neben der Guillotine und dem Code Napoléon.«

Becker kratzte sich die schuppige Kopfhaut. »Solange Leben da ist, Herr Dr. Lassalle, ist auch Hoffnung.«

»Leben!« Lassalle schnaubte spöttisch. »Denken Sie an Heine in seiner Matratzengruft, Stück um Stück absterbend. Aber nicht für mich – ein solcher Abgang!« Er verkorkte das Fläschchen mit der Ätzflüssigkeit und steckte es in die Tasche. »Wir werden sehen, wer stärker ist: die Krankheit oder ich. Und sollte es die Krankheit sein – nun, ich bin bald vierzig; ich habe immer dafürgehalten, daß man, was man tut, im großen Stil tun soll.« Mit einem Schlag auf Beckers Schulter wechselte er das Thema. »Sie werden den Antrag stellen?«

»Ganz, wie wir in Frankfurt verabredet haben.« Beckers dünne Lippen streckten sich zu einem unterwürfigen Lächeln. »Ich betrachte das als eine Ehre.«

Er stieß die Tür der Bretterbude auf. Das letzte Licht der Sonne warf einen rosigen Schimmer auf Lassalles von Natur aus rötliches Gesicht.

Vahlteich beugte sich besorgt zu Lassalle hinüber. »Können wir wieder anfangen?«

»Und machen wir, daß wir bald fertig werden«, erwiderte Lassalle leise. »Es handelt sich sowieso nur um Formalitäten; und wir haben noch die Massenversammlung vor uns.«

»Formalitäten?« Vahlteich breitete die Hände. »Wenn ein Delegierter seine Meinung darlegen will, muß ich ihn sprechen lassen.«

»Selbstverständlich müssen Sie – aber wenn Sie Haarspaltereien zulassen, verlasse ich die Sitzung.«

Vahlteich lachte gezwungen. Es war besser – das hatte er inzwischen gelernt –, dem Herrn Doktor nicht zu widersprechen: denn Lassalle wurde gebraucht; gebraucht aber wurden auch die Delegierten; man mußte lavieren, zumindest, bis der Verein gegründet war und auf festen Füßen stand.

Er klopfte auf den Tisch. »Statuten und Geschäftsreglement sowie Wahlen.«

Papiere wurden durchblättert.

Lassalle betrachtete die Hände, die die einzelnen Seiten umwandten: Hände zumeist, denen Hammer und Schraubenzieher vertrauter waren als die Berührung mit dem brüchigen Kanzleipapier.

»Also dann« – Vahlteich zögerte –, »wenn keiner weiter Einwendungen gegen den Statutenentwurf hat, erwarte ich einen Antrag auf Annahme wie vorliegend.«

»Einen Moment!« Das war Audorf, auf dem stumpfnasigen Gesicht deutlich der Widerstreit zwischen seiner Aufregung und seinem Mißtrauen. »Es heißt hier, daß die Vorstandsmitglieder von der Generalversammlung auf ein Jahr gewählt werden, der Präsident aber auf fünf.«

Allgemeine Suche nach dem diesbezüglichen Paragraphen. Der Widerwille, mit dem Lassalle sich dem ganzen Verfahren unterworfen hatte, wuchs.

»Wir sind doch für das gleiche Wahlrecht, oder?« Audorf war nervös geworden; das Papier in seinen Händen riß. »Warum soll dann ein Mann in unserm Verein fünfmal soviel zählen wie alle andern?«

»Weil er fünfmal soviel auf den Schultern haben wird« – das kam von Becker.

Lassalle verschränkte die Finger. Beckers Antwort zog nicht.

Audorf begann, sich wichtig zu fühlen: bei allem Respekt vor dem großen Wissen und der Opferbereitschaft des Herrn Dr. Lassalle – waren ein paar Reden in ein paar Arbeiterversammlungen genügend Grund, sich einem einzelnen Mann fünf Jahre lang anzuvertrauen?

Lassalle war aufgesprungen. »Ich bin nicht nach Leipzig gekommen, um –«

Vahlteich zupfte ihn am Ärmel. »Es will Sie doch keiner beleidigen, Herr Doktor. Wenn Audorf Zweifel äußert...«

»Ich habe Sie gewarnt, Vahlteich« – Lassalles heisere Stimme klang wütend –, »wir haben eine Welt zu verändern, wir haben keine Zeit für kleinliche Zweifel und kleinlichen parlamentarischen Kram.«

Vahlteich hatte sich gleichfalls erhoben; er überragte Lassalle. Auch ihm mißfiel die Fünfjahresklausel, aber er wußte, sie mußte geschluckt werden. »Herr Dr. Lassalle« – bittend –, »das Interesse des Arbeiters liegt Audorf ebenso am Herzen wie Ihnen...«

»Fünf Jahre für Lassalle«, vermittelte Hillmann, »aber nur für ihn. Wir im Rheinland, wir kennen ihn. Als die Unterdrückung am schlimmsten war, als kein Demokrat es wagte, offen hervorzutreten, da hatte jeder ehrliche Mensch Zutritt zu Lassalles Haus. Ich selber, als ich Hilfe brauchte, fand sie dort...«

Der Degenschmied Klings stieß mit gestrecktem Zeigefinger in Richtung von Audorfs magerer Brust. »Unser Dr. Lassalle ist ein enger Freund von Dr. Marx in London. Bei einem solchen Mann dürfen wir erwarten, daß er weiß, was recht und notwendig ist in Organisationsfragen, besser als wir.«

Lassalle ließ sich auf seinen Stuhl zurücksinken. Ungeduld, sein alter Fehler. Warum überließ er solche Auseinandersetzungen nicht Leuten wie Vahlteich, Dammer, Lewy, Becker? Sein Apparat war doch da und funktionierte; Zweifel, Kritik, Widerspruch waren nur nützlich; sie lieferten den Beweis für die Demokratie innerhalb der Organisation – jene Vereinsmeierdemokratie, auf die der kleine Mann soviel Wert legte.

Becker war schon dabei, die gereizten Gemüter zu besänftigen. Die Fünfjahrklausel war nur für die ersten fünf Jahre des Bestehens der Organisation vorgesehen, wo die Hand ein und desselben Mannes am Steuer vonnöten; danach würde auch der Präsident, wie jeder andre Funktionär, alljährlich von der Generalversammlung gewählt werden. Und warum um den heißen Brei herumschleichen? Dieser Präsident würde Lassalle heißen – oder hatte Audorf einen anderen Kandidaten vorzuschlagen?

Audorf verharrte mürrisch.

Dann, bitte, müsse Audorf verstehen: man konnte nicht von Dr. Lassalle erwarten, daß er seine wissenschaftliche Arbeit hintanstelle und seine Zeit der Sache des Arbeitsmannes widme, wenn er dabei riskierte, infolge irgendwelcher Zufallsentwicklungen oder gar einer fraktionellen Intrige nach einem kurzen Jahr abgehalftert zu werden.

Für Becker, dachte Lassalle, den einen Vizepräsidentenposten. Der andre war für Dammer, Dammer ließ sich kneten. Vahlteich, nach stillschweigender Übereinkunft, als Sekretär; außerdem hielt man einen Kerl wie Vahlteich am besten an der Kandare, indem man ihn zum engsten Mitarbeiter machte.

»Drei Jahre«, konzedierte Audorf schließlich. »Drei Jahre für den Präsidenten, ein Jahr für die andern.«

»Soll ich das als Antrag betrachten?« fragte Vahlteich.

»Ja«, antwortete Audorf.

»Zum Antrag!« Schon in der Art, wie die knochige Hand sich hob, lag Aufsässigkeit – York, wieder.

»Wenn Sie sich kurz fassen könnten?« bat Vahlteich, der neue Komplikationen mit Lassalle befürchtete.

»Ich fasse mich stets kurz.« Das Licht spielte auf Yorks eckigem Gesicht. »Drei Jahre oder fünf – nach diesem Statut und dem Geschäftsreglement liegt alle Macht beim Präsidenten; die Vorstandsmitglieder sind nur zur Verzierung da.«

Lewy schob seinen Schmerbauch gegen die Tischkante. »Der Vorstand entscheidet über politische Richtlinien, Organisationsfragen, Geschäftsführung, Finanzen – und der Präsident muß sich an diese Entscheidung halten.«

»Habe ich noch das Wort?« fragte York.

»Aber warum der Streit?« rief Lewy. »Wollen Sie uns Herrn Dr. Lassalle verleiden? Es steht doch alles schwarz auf weiß in dem Entwurf, der uns vorliegt!«

Der Bogen des Walroßbarts verlängerte sich. »Wenn Sie sich den nächsten Absatz ansehen, werter Freund, werden Sie feststellen, daß in dringlichen Fällen der Präsident alle Anordnungen allein treffen kann...«

»... vorbehaltlich der in drei Monaten einzuholenden Genehmigung des Vorstandes!« trumpfte Lewy auf.

»Herr Lewy« – Yorks Baß kam tief aus empörter Brust –, »wir werden eine Arbeiterorganisation sein. Wo wollen wir die Zeit und das Geld hernehmen, alle paar Monate zusammenzukommen, um die Anordnungen des Präsidenten zu überprüfen? Und wenn der Vorstand dann endlich zusammentritt, kann er von Entscheidungen, Richtlinien, Maßnahmen abrücken, die im Namen der Organisation über eine längere Frist hinweg durchgeführt werden?«

Dieser Werftarbeiter, dachte Lassalle, besaß den Kopf eines Advokaten und die Ausdauer eines Gerichtsvollziehers. Und Vahlteich schien wenig Lust zu haben, gegen ihn aufzutreten. Er warnte nur: »Kollege York, ich muß Sie bitten, sich an die Geschäftsordnung zu halten. Sie sprechen zu dem Antrag Audorf: drei Jahre oder fünf.«

»Lassen Sie ihn ruhig reden!« warf Lassalle ein.

Vahlteichs Brauen hoben sich.

»Ich *will*, daß er sich ausspricht. Herr York befürchtet, wir sind nicht genügend demokratisch. So etwas muß heraus, oder es fängt an zu eitern.« Eine kurze Sekunde, Abtasten der Stimmung. »Oder er wünscht eine Kraftprobe. Auch das, bitte sehr. Aber vergessen Sie nicht: *Ich* habe mich nicht um die Präsidentenschaft in diesem Verein bemüht; man hat mich in aller Form eingeladen hierherzukommen, meine Vorschläge zu unterbreiten, Ihrer Debatte beizuwohnen... Herr York, sprechen Sie bitte weiter.«

Das war nackte Erpressung, dachte Vahlteich. Ohne Lassalle: kein Allgemeiner Deutscher Arbeiterverein; sie waren einfache Arbeitsleute, sie brauchten den Kopf dieses Mannes, bis sie ihre eignen Köpfe herangebildet hatten; Lassalle und alle wußten das; die Argumente Yorks waren höchstens gut für das Protokoll. Obzwar York seine Sache sehr hübsch entwickelte. Nach dem vorliegenden Entwurf, so führte er aus, war der Präsident nicht einmal dem Vorstand gegenüber verantwortlich, sondern nur der alljährlichen Generalversammlung. Wer aber berief diese Generalversammlung ein? – Der Präsident. Wer bestimmte Datum und Ort der Generalversammlung? – Der Präsident. Wer ernannte die örtlichen Bevollmächtigten? – Der Präsident. Wer beherrschte daher die Ortsgemeinden des Vereins? – Der Präsident. Der Präsident bestimmte seinen Vizepräsidenten und verlieh ihnen Vollmachten, soviel und solange er wollte. Der Präsident der Präsident der Präsident...

Lassalle nickte im Takt zu der monotonen Aufzählung. War York ein Provokateur, den die Fortschrittlichen hier eingeschleust hatten? Aber die plumpe Bourgeoisie, die Schlägerkolonnen bezahlte, um seine Versammlungen auffliegen zu lassen, war eines solchen Komplotts kaum fähig; politische Subtilität besaßen im heutigen Preußen nur zwei Männer: Bismarck und er selbst. York war nichts weiter als ein ehrlicher Dummkopf, der auf Grundsätzen beharrte: die schlimmste Art von Dummkopf, die es gab.

»...der Präsident!« York brach ab und setzte sich.

Vahlteich wartete auf eine Regung von Lassalle. Aber Lassalle rührte sich nicht. »Noch jemand zum Antrag?« fragte Vahlteich unsicher.

Schweigen.

Als stünde er unter einem Zwang, wandte Vahlteich sich Lassalle zu. »Wünschen Sie denn nicht zu erwidern?«

»Auf so etwas sollte ich nicht zu erwidern brauchen.«

»Aber wie die Frage jetzt steht, kann ich sie doch nicht zur Abstimmung bringen.«

»Warum nicht? Herr York hat uns einen großen Gefallen getan, indem er die Sache so schön klarstellte.«

Vahlteich schob seinen Stuhl zurück. »Herrgott«, fluchte er, »ich versuche hier, diesen Verein vorm Auseinanderfallen zu bewahren, bevor er überhaupt geboren ist. Und kein Mensch hilft mir.«

Proteste wurden laut. Ein Glas stürzte um. Jemand verlangte: »Abstimmung! Drei Jahre oder fünf! Aber Abstimmung!«

Vahlteich gestikulierte. »Ruhe! Setzen Sie sich doch!«

Man nahm wieder Platz – bis auf Lassalle, der Cape und Hut vom Kleiderständer nahm und seinen Spazierstock hervorfischte.

»Herr Dr. Lassalle!« bat Vahlteich. Noch bestand der Verein nicht, und schon mußte er für den Sekretärsposten zahlen, von dem aus er gehofft hatte, eine Lassallesche Einmannherrschaft zügeln zu können.

Lassalle stülpte sich den Hut auf. »Ich ziehe es vor, Ihre Abstimmung nicht durch meine Anwesenheit zu beeinflussen.« Doch dann schien ihm plötzlich noch etwas einzufallen. Er kehrte an den Tisch zurück, das Cape über dem linken Arm, den Stock fest in der Hand, so daß die Bastille aus der Faust herausragte. »Gestatten Sie mir noch diese kurzen Worte: Wir haben nicht vor, eine Sonntagsausflugsgesellschaft zu gründen, wir können uns also nicht leisten, Blindekuh mit unsern Posten und Funktionen zu spielen. Unsre Organisation muß wie aus Stahl sein, ein ungeheurer Hammer, mit dem wir den Gegner zerschmettern. Ein Hammer aber, das wissen Sie als Arbeiter, kann nur in *einer* Hand sein.«

Seine Augen, groß, brennend, hefteten sich auf etwas jenseits der dunklen Wand. Dann drehte er sich brüsk um und ging hinaus.

Im Saal hatten sich schon eine Menge Leute für die Massenversammlung eingefunden. Er beeilte sich, dem bereits spürbaren Dunst der ungewaschenen Leiber zu entkommen; erst auf der Straße atmete er auf und sog sich die Lunge voll der klaren, kühlen Abendluft.

Gegenüber befand sich ein leeres Grundstück; Gerümpel warf groteske Schatten auf das kärgliche Gras. Lassalle wanderte dahinein. Die Szenerie, begrenzt auf beiden Seiten durch das schiefe Schwarz engbrüstiger Häuser, paßte zu seiner Stimmung: nach der Anstrengung, die ihn seine genau berechneten Schlußsätze gekostet hatten – nun das völlige Erschlaffen. Und wie gewöhnlich in diesen Momenten erhob sich vor ihm die Frage: Warum das Wühlen und Würgen; warum die hektische Aktivität, die Nächte, in denen er Bogen um Bogen mit seiner hastigen Schrift bedeckte. Warum immer wieder die Versuche, den Abgrund zwischen ihm und der ungeheuren, ungeschlachten, grauen Proletariermasse zu überbrücken, bei der, seinem Freund Marx und aller geschichtlichen Logik zufolge, die Zukunft lag? Wer war er denn – ein moderner Erlöser? Rieb Marx sich bis zur Erschöpfung auf? Vor ein paar Jahren hatte er Marx besucht, und die beiderseitige Antipathie war deutlich geworden. Wie denn auch anders, dachte er: Marx saß in seiner Londoner Wohnung, spann seine endlosen Fäden, pumpte Gott und die Welt an und stöhnte über Furunkel am Hintern; und Engels war nicht viel besser, spielte den Herrenreiter, machte Profite wie jeder Bourgeois, hielt seine Weiber aus und hatte es nicht mal für nötig befunden, sich aus Manchester zu einer gemeinsamen Besprechung herbeizubemühen. Lassalle lachte verärgert: Wäre es nicht witzig, wenn die zwei ewigen Besserwisser am Ende den Ruhm ernteten, der ihm gebührte, da er es doch war, der die Partei der Arbeiter organisierte? Aber nein – alle großen Männer der Geschichte drückten ihren Schöpfungen den Stempel ihrer Persönlichkeit auf, unvergänglich, die Jahrhunderte überdauernd. Jawohl, er hatte das Geschäftsreglement und das Statut des Allgemeinen Deutschen Arbeitervereins so zugeschnitten, wie er, Ferdinand Lassalle, diese Dokumente zu dieser Zeit und in diesem Lande benötigte; denn der Widerspruch zwischen der Notwendigkeit der Herrschaft eines einzigen und dem Bedürfnis nach einer demokratischen Kulisse war universell, solange die Menschen blieben, was sie waren: ein Haufe widerspenstiger, ungebildeter, denkfauler, egoistischer Tölpel, die man zu ihrem eignen Nutz und Frommen zwingen mußte. Demokratie! Hatte Bismarck vielleicht die Absicht, ihnen Demokratie zu schenken? Oder würde etwa die Bourgeoisie Demokratie gewähren, dieselbe Bourgeoisie, die sich seit je dem nächstbesten starken Mann an den Hals warf und um Schutz winselte, sobald eine wütende Menge das Pflaster aufriß und ein paar Laternenpfähle umwarf? Demokratie war das Büschel Heu, das man dem Esel vor die Nase hing; aber in Trab brachte ihn der Stock.

Der Eingang zum Lokal war ein orangenes Viereck. Man rief ihn.

Den Spazierstock schwingend, überquerte er die Straße. Eine leise Stimme: »Herr Doktor Lassalle?«

»Ah – Becker?«

Becker nahm Gestalt an, die dünne Nase wie eine Wetterfahne im Gesicht. »Gestatten Sie, daß ich Ihnen als erster gratuliere.«

Lassalle spürte die etwas feuchte Hand in der seinen. »Danke. Und die Fünfjahresklausel?«

»Angenommen. Neun zu drei.«

»Die restlichen Bestimmungen?«

»Einstimmig.«

»Die Präsidentschaft?«

»Elf Stimmen für Sie.«

»Oh.«

»Bei einer Stimmenthaltung.«

»York?«

Becker lachte hörbar. »Die Abstimmung war geheim.«

»Bitte.« Eine verächtliche Handbewegung.

»Und nun, Herr Präsident« – Beckers unstet flackernde Augen

verkniffen sich, er verbeugte sich leicht –, »wäre die Diktatur wohl fertig...«

»Fertig?« Lassalle warf sich sein Cape über die Schulter. »Sagen wir, es läßt sich eine einigermaßen brauchbare Diktatur daraus machen.«

Und betrat den Saal.

Sofort war er umringt von Arbeitern, die »Hurra!« riefen und »Vivat!« und »Vorwärts mit Lassalle!« Klings, Hillmann, Lewy kamen aus dem Tagungszimmer. »Lassen Sie den Präsidenten durch«, mahnte Klings. Hillmann und Lewy gelang es, die Menge zu zwei, wenn auch etwas schwankenden Spalieren zu ordnen, zwischen denen Lassalle, gemessen grüßend, dem Tagungszimmer zuschritt.

Vahlteich, sehr gerade, sehr feierlich, erwartete ihn dort. Die Delegierten hatten sich erhoben. Lassalle nahm seinen Platz ein. Aus dem Saal, durch die geschlossene Tür hindurch, drangen gedämpft immer noch Hochrufe.

Vahlteich begann zu sprechen, stockend zunächst, als hätte die Würde, die sie Lassalle verliehen, diesen auf eine neue Ebene gehoben. Er sprach des längeren von Vertrauen: dem Vertrauen, das sie ihrem Präsidenten entgegenbrachten, und der großen Macht, die sie in seine Hände legten, und daß sie sicher wären, er werde diese Macht zur Verbesserung der Verhältnisse des Arbeiterstandes benutzen, der nach so vielen Jahren der Unterdrückung sich seiner Kraft und seiner geschichtlichen Rolle bewußt wurde.

Lassalle hörte kaum hin. Er dachte an seine Inauguralrede, die er in der Massenversammlung halten würde. Er dachte an die Gräfin, die stets an seine große Zukunft geglaubt hatte; dann an Bismarcks hervorquellende Augen, die auf ihn blickten, als wollten sie feststellen, wer von ihnen beiden wen in die Falle locken würde; dann an Mathilde und ihre starken, gekrümmten Zehen, die die Oberfläche des Badewassers durchstießen; und dann an Helen, Kaiserin Helena, goldnes Diadem auf goldnem Haar.

»Herr Dr. Lassalle –«

Vahlteich mahnte. Die Investitur war beendet. Lassalle wurde sich plötzlich bewußt, daß er während des ganzen feierlichen Akts den Hut auf dem Kopf behalten hatte. Auch gut, dachte er; in Anbetracht der Schwierigkeiten, die einige dieser Delegierten ihm bereitet hatten, mochten die Leute noch froh sein, daß er ihnen nicht den Rücken zuwandte.

6. Kapitel

Helen trat von der Leinwand zurück.

Ihr erstes Ölgemälde – Frucht des Unterrichts, den sie nahm, der Museen, die sie besuchte. Die Konzeption, hatte Professor Mathieu ihr gesagt, war gut: die Malerin selbst mit Pinsel und Palette; das Gesicht im Halbprofil, so daß der Hals sich vorteilhaft zeigte; die Augen blickten etwas am Besucher vorbei.

Das Problem war der Mann auf dem Bild. Er sollte ihr über die Schulter schauen. Professor Mathieu hatte sich das faserig-blonde Bärtchen gekratzt und wissen wollen: Wer ist der Herr? Darüber jedoch hatte sie geschwiegen...

Sie kehrte zur Staffelei zurück: einen extra Schuß Blau auf den Kittel; das erhöhte die Wirkung des Schattens unterhalb der Brust. Auch das Haar war recht annehmbar gelungen, mit den Lichtflekken und den rötlichen Tönen. Aber der Mann hinter ihrem Rücken war immer noch nur ein Umriß und weigerte sich, Gestalt anzunehmen.

Und doch sah sie ihn. In den Nächten, wenn sie die Decke von sich warf, sah sie ihn. Er trat zu ihr, und seine Finger unternahmen Streifzüge auf ihrer Haut. Sie biß sich ins weiche Fleisch der Innenseite ihres Arms, und ihr Kopf bewegte sich hin und her in einem Rhythmus, der nicht der ihre war.

Sie suchte unter den Farbtuben und schmierte eine rosafarbige Masse auf die Palette. *Seine* Hand. Die Hand sollte sie umfassen – sie beinahe berühren, etwas oberhalb der Hüfte. Für einen Mann seiner Größe hatte er kleine Hände, mit breiten Knöcheln, wohlgeformten Fingern, weichen Fingerspitzen. Sie sah die Hand; aber auf der Leinwand erschienen die Finger als plattes Rosa: Wursthäute, unvollständig gestopft...

Sie warf den Pinsel fort. Ein böses Schluchzen stak ihr im Hals. Sie konnte Traum schon nicht mehr von Phantasie und diese nicht von Realität unterscheiden; alles verschmolz zu der Gestalt des Mannes, die sich nicht fassen ließ. Ja, sie sah ihn. Wenn sie die Zeitungen las, die ihn verhöhnten, beschimpften, bedrohten, sah sie ihn. Heute bezeichneten sie ihn als Agenten Bismarcks, morgen als roten Anführer. Ein Blatt beschrieb seinen Verein als bedeutungslose Sekte von arbeitsscheuen Elementen; ein anderes als eine finstere Horde, die binnen kurzem Heim, Kirche und das gesamte Geschäftsleben zerstören würde. Sie sah ihn, wie er sich dem feindlichen Mob entgegenstellte und trotz allem seine Wahrheit verkündete. Sie sah ihn in Fesseln abgeführt, bespien, besudelt; oder vor Gericht, wie er die Anklage zunichte machte; oder an seinem Schreibtisch, gebückt über seine Papiere, bei der Arbeit an seinen Reden, seinem Buch.

Holthoff, den sie aufsuchte, hatte ihr gesagt: Geduld, Mademoiselle Hélène; er ist ein großer Mann, beschäftigt mit großen Projekten. In dieser kurzen Zeit hat er sich zum Präsidenten eines Vereins von Arbeitern aufgeschwungen, der alle Anlagen hat, zu einer großen politischen Partei zu werden, und das Gekläff in der Presse ist nur Angst vor ihm. In Wirklichkeit wird alles, was er sagt und tut, genauestens erwogen von sehr mächtigen Leuten, die sich gezwungen sehen könnten, ein Bündnis mit ihm einzugehen.

Ein großer Mann, dachte sie, auf dem Weg, ein sehr großer zu werden. Für sie, hatte er ihr gesagt. So waren die Ritter ausgezogen, den Drachen zu erschlagen, während ihre Damen auf den zugigen Burgen unförmige Hände mit Wurstfingern auf riesige Gobelins stickten. Und sie konnte nicht einmal mit Yanko darüber sprechen, obzwar Yanko tagtäglich bei ihr saß, stundenlang, bittenden Blicks, immer hoffend.

»Therese?«

Die Augen unter dem Häubchen zwinkerten. Therese, neulich nacht, hatte sich zu ihr aufs Bett gesetzt und ihr die Stirn gestreichelt: »Das gibt sich alles, M'selle, solche Sachen vergehen wieder.«

»Nun, was ist, Therese?«

»Mademoiselle Hélène möchten zu Grandmaman kommen.«

»Richte Grandmaman aus, ich male.«

Therese begutachtete die Leinwand. »Hübsch. Aber ich würde ihn die Hand nicht dorthin legen lassen... Grandmaman hat einen Brief gekriegt.«

»Von wem?«

»Vom Herrn Papa.« Therese hob den Pinsel auf, den Helen zu Boden geworfen hatte. »Ich hab' die Handschrift außen erkannt.«

Von Papa... In dem Brief würde er seine Meinung über Lassalle dartun, zu Grandmamans Nutz und Frommen: Dieser elende

Scharlatan, dieser Schmarotzer, der sich als Erlöser der Unterdrückten aufspielt! Läuft da herum mit Robespierres Stockknauf auf seinem Spazierstöckchen... Wenn die preußische Regierung je einen Fehler begangen hatte, dann war es die Entlassung Ferdinand Lassalles aus dem Gefängnis. Konnten sie ihn schon nicht wegen Verschwörung im Loch halten, warum dann nicht wegen Diebstahls oder Unzucht?...

Was Papa bei all dem am meisten ärgerte, waren Lassalles Erfolge. Lassalle schrieb, wie es Papa ausdrückte, irgendwelchen tiefgründigen Widersinn über den griechischen Philosophen Heraklit: und wurde prompt zum Mitglied der Königlichen Philosophischen Gesellschaft ernannt. Lassalle verfaßte, wie Papa es charakterisierte, ein langatmiges, völlig undramatisches, schwülstiges Stück über irgendeinen mittelalterlichen Maulhelden: und beim Theater wurde verlautbart, es wäre ein großartiges Werk und würde nur deshalb nicht aufgeführt, weil die Behörden Unruhen im Publikum befürchteten. Lassalle stellte, wie Papa es bezeichnete, einen Mischmasch juristischer Faxen zusammen und gab vor, damit jedwede soziale Umwälzung gesetzlich gerechtfertigt zu haben: und Preußens angesehenster Rechtswissenschaftler bestätigte ihn als Koryphäe auf seinem Gebiet.

Helen griff nach dem Pinsel und stippte ihn in die Farbe. Wenigstens einen Finger der Hand, ihm Wärme verleihen, Leben.

Nicht einmal dieser Finger wollte sich gestalten. Sie hätte Professor Mathieus Rat befolgen sollen: zuerst das Gesicht. Aber bei diesem Gesicht gab es Schichten, die zu enthüllen sie sich scheute, Schichten, die sich dem Blick nur darboten, wenn ihm das Licht in einem gewissen Winkel in die Augen fiel.

Immerhin, dachte sie, besser ein Brief als Papa persönlich. Sie legte die Palette zur Seite und begab sich zu Grandmaman.

Schon im Vorsaal der Widerhall von Grandmamans Rufen, schrill, nörgelnd: »Helen!... Therese!...«

Grandmaman, kleiner und ausgemergelter denn je, saß, ein Kissen im Rücken, an ihrem Sekretär. »Schau mich nicht so an«, sagte sie. »Ich weiß, ich wachse schon nach unten.« Ihr Gebiß klickte, als setze sie einen Punkt hinter die Feststellung. »Ich habe mit dir zu reden.«

Helen zog den Fußschemel heran und ließ sich zu Grandmamans Füßen nieder, die Wange ans Knie der alten Frau geschmiegt; ein rührendes Bild, auch wenn es sich unbequem saß; aber Grandmaman würde sich geschmeichelt fühlen.

»Ich weiß nicht, was über die Weiber in unserer Familie gekommen ist. Nur weil dein Großvater die halbe preußische Armee Monturen aus dem größten Schund hat tragen lassen, nennt meine Tochter Rahel sich Roberta und bildet sich ein, sie hat einen Herzog zum Mann und nicht einen kleinen Diplomaten. Noch schlimmer, dir hat sie denselben Floh ins Ohr gesetzt.«

»Ich will aber keinen Herzog heiraten.«

»Ich weiß, wen du heiraten willst.«

Helen richtete sich auf. Sie hatte nicht erwartet, daß Grandmaman so direkt auf das Hauptthema zusteuern würde.

Aber die alte Frau überraschte sie. »... ein General, ein italienischer, drunter geht's nicht!«

»Ein sardinischer«, korrigierte Helen und fragte sich, welch absonderliche Regung in Grandmamans sklerotischem Gehirn diese alte Geschichte wieder hervorbrachte.

»Ein dummes, flachbrüstiges Mädel von dreizehn Jahren an einen alten Mann verheiraten zu wollen, der nach Tabak und Knoblauch und Pferden stinkt; ihr einzureden, sie würde Ihro Exzellenz sein und Madame Général und vierspännig daherfahren, und alles würde sich vor ihr verbeugen und Kratzfüße machen, und daß zum Heiraten die älteren Männer am besten sind, weil die ein junges Mädchen erst richtig zu schätzen wüßten... Auch eine Mutter!...«

Die alte Frau geriet in Atemnot; die Finger klopften ärgerlich auf den Schreibtischrand.

»Ich war nicht flachbrüstig«, wandte Helen ein. »Nicht mit dreizehn. Ich war die jüngste Debütantin, die je am Hof von Turin vorgestellt wurde. Und ich habe Beppo von Anfang an gehaßt.«

»Du sollst nicht ständig widersprechen.« Grandmaman öffnete die Spange an ihrem dürren Hals. »Und wer kam expreß nach dem scheußlichen Italien, um deinen Eltern Räson beizubringen?«

Helen blickte zärtlich zu ihr auf. »Ich kann dir nie genug dafür danken.«

»Ah, wirklich. Wie ist das dann also mit dir und diesem – diesem Menschen?«

»Was hat Papa dir geschrieben?«

»Yanko hat mir erzählt.«

»Yanko hat kein Recht dazu.«

»*Du* hättest es mir sagen sollen.« Grandmaman verlagerte ihr Gewicht, um den von der Hüfte ausstrahlenden Schmerz zu dämpfen. »Ich fange an zu glauben, du bist zuviel für mich – die Verantwortung. Mein Herz macht da nicht mit.«

»Ich würde dir's schon selbst gesagt haben. Aber mein Glück ist noch eine so unsichere Sache...«

»Glück! Und von ihm glaubst du, du kriegst deinen Vierspänner, und die Leute werden vor dir den Hut ziehen? Was bildest du dir ein, was er sein wird – Kaiser von Deutschland?«

»Und wenn er gar nichts hätte, würde ich ihm folgen! Zum Schafott, wenn nötig, so daß sein letzter Blick auf die geliebte Frau fällt...«

»Schafott... Wenn er nur schon auf dem Schafott wäre, der Mamser!...« Seelische Erregung brachte das Jiddisch aus Grandmamans Kindheit zum Sprudeln. »Der Schuft, der Betrüger – und du fällst auf ihn herein...« Sie wiegte sich hin und her, als wäre sie in Trauer, und bejammerte ihr Unglück. Dann festigte sich ihre Stimme wieder, ihr Blick wurde listig: »Du hast doch nicht...?«

»Ferdinand Lassalle ist die Ehrenhaftigkeit in Person«, Helen rieb sich Blättchen getrockneter Farbe vom Finger, »und der beste und der liebenswürdigste utd der zartfühlendste Mann a f der Welt.«

Gracdmaman lachte auf; Speichel geriet ihr in die Luftröhre.

Helen klopfte ihr sanft den gebrechlichen Rücken. »Du hast mir doch in Neapel geholfen; warum nicht jetzt?«

»Durch mich bist du deinen General Beppo losgeworden. Ich helfe dir auch, diesen Lassalle loszuwerden.«

»Aber Lassalle liebe ich. Seit ich ihn kenne.«

Helen bemerkte die roten Flecke auf Grandmamans Gesicht; sie überschlug rasch: Kampfer, Riechsalz, eine von den grünen Pillen.

»Liebe...!« Grandmaman hatte einen Hustenanfall, bekam aber den Schleim nicht aus der Kehle. »Ich will alles wissen – alles!«

»Du weißt doch schon alles, seit Wochen, von Yanko. Hast du warten müssen, mit mir zu sprechen, bis Papa dir schreibt und dich aufhetzt?«

Grandmaman schlug die Hände vors Gesicht; ihr Häubchen verschob sich und ließ einen Teil ihres halbkahlen Schädels erkennen.

»Lassalle und ich –«

»Ist dir's schlecht gegangen bei mir? ... Ich hab' mehr für dich ausgegeben als dein Vater, hab' dir jede Laune erfüllt... Warum stößt du mich in mein Grab?«

Der dünne Aufschrei klang echt. Helen zog Grandmamans geäderte, alterstrockene Hände zur Seite. Tatsächlich, da waren Tränen; die roten Flecken waren jetzt scharf umrissen; die lange, gekrümmte Nase trat hervor wie bei einer Totenmaske.

Grandmaman weinte lautlos. Helen streichelte die zerbrechlichen Handgelenke; aber der Verdacht, daß Grandmaman ihr wieder etwas vorspielte, um sie zu erpressen, verließ sie nicht.

»Was hat Papa geschrieben?«

Grandmaman wies auf die mittlere Schublade. Helen zog den Brief unter ein paar Papieren hervor und reichte ihn ihr.

Grandmaman trocknete sich die Augen. »... ganz und gar außer Frage ...«, las sie mit schriller Stimme, unterbrochen von Husten und Atemnot, »... nie gebe ich meine Einwilligung ... wie konntest du das dulden ... zweifelhafte Gesellschaft, Abenteurer ... diese Hatzfeldt und ihr Klüngel ...«

Helen stand auf.

»Er droht mir«, klagte Grandmaman. »Droht, er wird dich von mir fortholen, wenn nicht ...«

Helen griff nach dem Brief, überflog die Zeilen, fand: *... wenn nicht ein für allemal mit der Angelegenheit Schluß gemacht wird und Herr Lassalle unmißverständlich Bescheid erhält ...*

Grandmaman war deutlich eingeschüchtert.

»Deine Schuld.« Helens Ton schnitt der alten Frau in die Seele. »Warum mußtest du ihm schreiben!«

Grandmaman griff sich ans Herz. »... Familie Verantwortung ... Eltern ...«

»Du hast alles verdorben!«

Grandmaman rang nach Atem; Helen sah die zuckenden Finger, die Angst in den Augen. Aber Grandmaman hatte die Szene schon zu oft gemimt.

»Unsre Pläne verdorben, unser Leben! Er sollte Papa auf dessen eignem Boden begegnen, nach Papas eignem Kodex. Jetzt ist Papa festgelegt; er wird sich hinter jedem Vorurteil gegen *ihn* verbarrikadieren. Und nur, weil du dich einmischen mußtest ...«

Grandmamans Kopf sank nach vorn, der Mund stand ihr offen; ihr Röcheln klang erschreckend laut in der plötzlichen Stille.

Helen schrie auf: »Therese!«

Das Gebiß in dem willenlosen Mund hatte sich gelöst und drohte die alte Frau zu ersticken. Helen überwand ihren Ekel, griff hinein zwischen die Lippen, entfernte die Prothese und lief, die falschen Zähne in der Hand, zum Klingelstrang an der Tür.

»Therese!«

Therese war jedoch schon da. Therese wußte: Kampfer, Riechsalz, die grüne Pille. Dann trug sie halb, halb führte sie Grandmaman in ihr Schlafzimmer und half ihr schonend zu Bett.

Ein widerlicher Geruch stieg auf. Grandmaman stöhnte. »Hab' mich bemacht... wie ein kleines Kind...« Helen bekämpfte ihren Brechreiz. Grandmamans eingefallener Mund weitete sich zu einem Grinsen. Etwas ging vor in ihrem Hirn; die zunächst noch wirren Worte fügten sich zu einem Kapitel der Familiensaga – wie Grandmaman, fünfjährig, sich von der Kinderfrau losriß und dem französischen Kürassier-Rittmeister zulief, der sie hoch oben auf sein Pferd setzte, und wie die Trommeln erklangen und Trompeten und der Rittmeister sie hastig vom Pferde nahm, und wie er auf seinem Sattel das Geschäft fand, das Grandmaman dort hinterlassen hatte, und dann kam der Kaiser Napoleon mit seinem Dreispitz und seinem dicken weißen Bauch, und der Rittmeister mußte aufsitzen, hurra, *vive l'empereur,* aber die Parade war ihm verdorben.

»Arme Seele.« Therese öffnete Grandmaman das Korsett. Mit geschickter Hand zog sie ihr die Unterwäsche von dem faltigen alten Leib. »Und jetzt, Frau Wolff, liegen wir schön ruhig, das Zupfen an der Bettdecke lassen wir sein.« Therese sprach unterschiedslos einmal zu Grandmaman, einmal zu Helen. »Es ist die Angst, die ihnen den Stuhlgang auslöst. Angst vorm Sterben. Hängt ja jeder nur an einem Faden. Kommt dann der Mann mit der großen Schere, plumps, sind wir weg... Mam'selle Hélène wird den Herrn Dr. Garlock holen lassen, und der verschreibt uns die Tröpfchen, und danach werden wir uns wieder quicklebendig fühlen wie das Eichhörnchen auf dem Baum...«

Grandmaman schien in ihren Dämmerzustand zurückzusinken. Die Augen, halb offen, umnebelten sich und reagierten nicht mehr.

Therese strich das Federbett zurecht. »Nein, lassen Sie« – irgendwie hatte Helen die ganze Zeit Grandmamans Gebiß in der Hand behalten –, »sie atmet besser ohne. Wie hat sie den Anfall bekommen?«

Plötzlich mußte Helen sich hinsetzen. Sie ergriff Grandmamans Hand, die sich anfühlte wie ein gerupftes Täubchen, und küßte die dünnen Knöchel.

Die Ärzte waren dagewesen.

Professor von Natzmer, der seine medizinischen Fachausdrücke gebrauchte, als wären es Liebkosungen, hatte Diagnose und Therapie verkündet. Einen längeren Kuraufenthalt, unter allen Umständen. Ruhe; Luftveränderung, ein anderer Tagesablauf, neue Umgebung. Die meisten vasomotorischen Störungen rührten von äußeren Einflüssen her. Nur keine Probleme, keine Komplikationen; ein liebes Lächeln gehöre zur Behandlung; lächeln Sie lieb und häufig, eh, Mademoiselle Hélène?

Und er hatte sich den Backenbart gestrichen und sein tiefes männliches Lachen ertönen lassen, während Dr. Garlock, gebeugt wie ein alter Rabbiner, ihrem Blick auswich. Professor Beutler tat einfach gelangweilt. Alle drei schienen sie vorauszusetzen, daß Mademoiselle Hélène mit Grandmaman in die Bäder reisen, bei ihr bleiben, sie betreuen, sie im Rollstuhl umherschieben würde; Helen selbst sah keine andere Perspektive; jeder Gedanke an Revolte wurde erstickt von ihrem Schuldgefühl: *sie* war das Problem...

Nun, das Leben in Baden-Baden oder Nauheim konnte kaum reizloser sein als in Berlin. Nur, wenn Lassalle käme, sie zu sich zu holen, würde sie an diese alte Frau gekettet sein, die sich weigerte zu sterben... Vasomotorische Störungen: Helen suchte sich Grandmamans Herz vorzustellen, einen dunklen Klumpen, der gegen den Druck der verstopften Arterien ankämpfte und das schwerflüssige Blut durch das verfallene Gewebe zu pressen suchte. Sie sah dieses Herz vor sich ohne jede Empfindung, wenn nicht sogar mit einer gewissen Abneigung – ein Hindernis. Was bin ich? fragte sie sich erschrocken. Wie tief hatte diese Beziehung mit Lassalle sie schon gewandelt?

»Yanko«, sagte sie, »du bringst ihm diesen Brief.«

Yanko trug einen neuen Anzug, sehr elegant, die Beige-Töne akzentuierten sein bräunliches Gesicht, die dunkel schimmernden Augen; er hatte ihr einen Armvoll Rosen gebracht.

»Warum nicht per Post?«

»Ich brauche seine Antwort.«

Mit fast weiblicher Grazie ordnete Yanko die Rosen in einer Kristallvase an. »Jeder Dienstmann kann das erledigen.«

»Ich muß aber jemanden haben, der sich nicht von einem Diener oder von der Gräfin oder sonst wem abspeisen läßt. Gott weiß, von wie vielen selbsternannten Beschützern er umgeben ist.«

Yanko begutachtete sein Werk und saugte dabei an einem frischen Kratzer am Finger. »Und der Gedanke, daß ich den Brief Grandmaman übergeben könnte, kommt dir gar nicht?«

»Doch. Aber ich glaube nicht, daß du denselben Fehler zweimal begehst. Außerdem ist Grandmaman in keiner Verfassung zu lesen.«

Er lächelte sie an. »Bleibt immer noch der nächste Papierkorb auf der Straße.«

»Das wäre nicht sehr geschickt von dir.«

»Nein?«

Sie winkte ihn näher zu sich und strich ihm über sein sprödes Haar. »Weil ja nur *er* zerstören kann, was ich für ihn empfinde – mit eigner Stimme, in seinen eignen Worten.«

»Und das muß ich ihm ermöglichen?«

»... dir selber. Es ist deine einzige Möglichkeit.«

»Du hättest in der Renaissance leben sollen, Helen.« Er rollte sein R. »Du hast die Veranlagung einer Borgia.«

»Erst seit ich *ihm* begegnet bin«, erwiderte sie. »Seine Zielstrebigkeit ist ansteckend.«

Yankos höhnisches Grinsen ließ die Wirkung der dramatischen Feststellung verpuffen. Und doch würde er ihren Brief abliefern. Ihn zu strafen war eines ihrer Spiele.

Sie versiegelte den Brief.

Er wartete vor dem Haus in der Potsdamer Straße, bis die Gräfin heraustrat und in einer Mietsdroschke, die vor der Tür gestanden hatte, davonfuhr. Die Gräfin, das wußte Yanko aus langer Beobachtung, aß häufig bei Lassalle zu Mittag; vielleicht war sie der wirkliche Kopf der Firma. Ein sonderbarer Haushalt würde das werden, wenn es je dazu kam: Helen, der Dandy, der sich da als Prophet aufspielte, und die alte Schachtel. Wenn.

Er stieg die Treppen zur zweiten Etage hinauf. Von irgendwo knallte ein Schuß; kleines Kaliber. Im Treppenhaus roch es nach Weißkohl und Urin. Yanko, der durch halb Europa gekommen war, teilte die verschiedenen Länder nach ihren Gerüchen ein; dieser war preußisch.

Johann nahm Yankos Visitenkarte entgegen. Wieder ein Schuß. Eine Tür quietschte in den Angeln. Der Diener kehrte zurück, plattfüßig wie ein alter Küster.

»Herr Vahlteich wird Sie empfangen.«

»Vahlteich?«

Ein christlich-mildes Lächeln. »Herr Vahlteich ist der Sekretär des Allgemeinen Deutschen Arbeitervereins.«

»Ich möchte mit Herrn Dr. Lassalle sprechen.«

»Herr Dr. Lassalle ist leider beschäftigt.«

»Haben Sie ihm meine Karte übergeben?«

»Der Sekretär der Organisation bespricht alles Geschäftliche, mein Herr.«

»Mein Besuch ist aber privater Natur.«

Zwei Schüsse, dicht nacheinander. Johanns Lider zuckten. »Herr Vahlteich wird das entscheiden. Wollen Sie mir bitte folgen?«

Yanko fügte sich. Ein paar Wochen hatten genügt, um in Lassalles Organisation ein hübsches Protokoll zu entwickeln. Diesem zufolge mußte Yanko sich in eine Art Kammer begeben, in der sich ein schmales Feldbett, ein Kleiderschrank, ein Holztisch, zwei Stühle befanden. In einer Ecke stand, im Futteral zusammengerollt, eine Fahne; in der anderen erhob sich ein schiefer Turm aus Broschüren, Flugblättern, Papieren.

Der Mann am Tisch schrieb mit langsamer Hand; der Federhalter erschien winzig zwischen dem übermäßig breiten Daumen und dem Zeigefinger. Yanko erblickte seine Karte unter ein paar Briefmarken, Knöpfen, einer zerbrochenen Nagelfeile.

Er hüstelte.

Der Mann nickte, wies ihn mit einer Handbewegung an, Platz zu nehmen, und schrieb weiter.

»Herr Vahlteich?«

Vahlteich knurrte. Schließlich warf er die Feder zur Seite, legte die von ihm kopierte Liste in eine Mappe und lehnte sich, wobei der Stuhl gefährlich knarrte, weit zurück. »Sie heißen?«

»Racowitza. Sie haben meine Karte.«

»Ah so, ja.« Vahlteich spielte mit der Visitenkarte. »Ich nehme an, Sie möchten dem Allgemeinen Deutschen Arbeiterverein beitreten?«

Yanko befürchtete, sein Äußeres finde Vahlteichs Billigung nicht. »Ich bin kein Arbeiter.«

»Wir nehmen jeden auf. Sie brauchen das nur auszufüllen.« Vahlteich schob ein Formular über den Tisch. »Aber Schriftsteller sind Sie nicht?«

»Wieso?«

»Der Beitritt eines Schriftstellers oder Journalisten unterliegt dem Beschluß des Vorstands. Das ist eine Sonderregelung, auf der unser Präsident besteht.«

»Der Herr Dr. Lassalle ist doch selber Schriftsteller?«

»Darum eben.«

Yanko betrachtete Vahlteich: Augen, die einen völlig offen und ohne Tücke anblickten; ein junger Siegfried, allerdings mit kurz geschnittenem, in der Mitte gescheiteltem Haar.

Wieder ein Pistolenschuß.

Vahlteich hielt ihm die Feder hin. »Nun, was sind Sie denn?«

»Ich bin ein Prinz.«

»Aus dem Märchenland?«

»Aus der Walachei.«

Für Vahlteich grenzte die Walachei unmittelbar an Märchenland. Aber er hatte bereits genügend Erfahrung in seiner Funktion gesammelt, um den agitatorischen Gewinn abschätzen zu können, den Lassalle aus dem Beitritt eines echten, lebendigen Prinzen zum Arbeiterverein schlagen würde, auch wenn die Fortschrittler die Sache für eine neue Flut von dunklen Verdächtigungen ausnutzten.

»Kommen Sie mit, Hoheit.«

Vahlteich erhob sich, ein Gulliver in dieser Liliputanerzelle. »Unser Präsident läßt sich nur ungern beim Schießen stören, aber wir werden's riskieren.«

»Was ist denn, Vahlteich?«

Aus dem Stand zwischen einem Zwiebelbeet und ein paar Stachelbeerstauden legte Lassalle, in Hemdsärmeln, auf das Ziel an. Es war schon ein Kreuz, Vahlteich dauernd im Hause zu haben; aber der Mann war unermüdlich und arbeitete praktisch umsonst; und was konnte man machen, solange Lewy in Düsseldorf nichts als Schulden in der Vereinskasse hatte?

»Jemand wünscht Sie zu sprechen«, sagte Vahlteich.

Lassalle drückte ab. Der Schuß hallte von den engen Mauern des Hinterhofs wider und hinterließ einen ätzenden Geruch.

»Ins Schwarze«, sagte Vahlteich.

Lassalle legte die Pistole neben ihrem blaugefütterten Kasten auf den wackligen Gartentisch. Dann wandte er sich um: »Ach, Sie, Racowitza...«

Yanko verbeugte sich leicht. »Ich hätte nicht gedacht, Sie würden sich noch erinnern.«

»Wir sind uns auf dem Juristenball begegnet.«

»Ich hatte die Ehre, Mademoiselle von Dönniges zu begleiten.«

»Ich bin überzeugt, es war Ihnen ein großes Vergnügen.«

Vahlteich hüstelte. »Wenn ich den Herrn Prinzen richtig verstanden habe, will er dem Verein beitreten.«

Yanko grinste. »Ich möchte doch nicht annehmen, daß die Arbeiterheere, die Herr Dr. Lassalle mobilisiert, einen solchen Mangel an Freiwilligen haben.«

Lassalle hoffte, daß Vahlteich danach verschwinden würde; Vahlteich blieb aber. Lassalle lud seine Pistole. »Nun, Racowitza...? Die Distanz ist leider ziemlich kurz, von hier bis hin zu dem Schuppen – aber ich betreibe es ja nur als Sport. Ich halte nichts von Duellen. Sie etwa?«

Yanko griff unwillkürlich nach dem Brief; der knisterte in seiner Tasche.

Vahlteich merkte endlich, daß er überflüssig war, und ging achselzuckend ins Haus.

»Als ich vierzehn war«, fuhr Lassalle liebenswürdig fort, »habe ich das letztemal jemanden gefordert, einen Breslauer Mitschüler; die Dame, wegen der wir uns zu schlagen beabsichtigten, hieß Rosalie, war recht entwickelt für ihr Alter und lispelte. Die Affäre endete mit einer Aussöhnung, wobei mir die Gegenpartei fünf Silbergroschen zahlte. Wollen Sie mal schießen?«

Yanko schüttelte den Kopf.

»Vielleicht sollten Sie Auge und Hand prüfen – junger Mann mit südlichem Temperament. Nach meinem ersten Tanz mit Helen sagte ich ihr: Das also ist der Drache, der Sie bewacht! Und nach dem zweiten fragte ich: Soll ich ihn erschlagen? Helen war aber sehr lieb und antwortete, Sie wären ein netter und hilfreicher kleiner Drache... Na, ein Versuch?«

»In der Walachei«, sagte Yanko, »schießen die Leute dauernd aufeinander. Das Geknalle macht mich nervös.«

»Man muß seine Nerven beherrschen.« Lassalle hielt Yanko die gespannte Pistole hin und zog einen zusammengefalteten Bogen unter dem Pistolenkasten hervor. »Ich hefte Ihnen eine neue Zielscheibe an. Das Duell ist ein Überbleibsel aus dem Mittelalter. Ich habe das auch einmal meinem Freunde Marx geschrieben. Vor einigen Jahren hat ein Herr namens Fabrice versucht, mich in ein Duell zu verwickeln. Er war, glaube ich, im Zolldienst beschäftigt und bildete sich ein, ich hätte die Ehre der Frau meines Verlegers verletzt. Sie kennen die Geschichte?«

Yanko hielt die Pistole in der Hand, als hätte er eine tote Ratte beim Schwanz. »Nein«, sagte er tonlos.

»Herr Fabrice plante, mich öffentlich zu ohrfeigen. Um sicherzugehen, brachte er sich einen Helfer mit, einen früheren Meister im Ringkampf, wie ich danach erfuhr, und die beiden fielen eines Sonntagnachmittags im Tiergarten über mich her.«

Lassalle war am Schuppen angelangt und befestigte die neue Zielscheibe an der Holzwand.

»Ich zerschlug meinen Spazierstock auf Fabrices Schädel«, rief er. »Der Exringkämpfer lief weg. Herr Fabrice trug wochenlang einen Verband. Mein Verleger schenkte mir einen neuen Spazierstock – der Knauf hat einst Robespierre gehört – eine Miniaturbastille, ich muß sie Ihnen einmal zeigen...«

Ein Schuß.

Lassalle spürte den Hauch der Kugel, den Einschlag des Bleis dicht über seinem Kopf; das faulige Holz des Schuppens splitterte; ein Splitter fiel ihm zwischen Nacken und Hemdkragen.

Er fuhr herum. Die Pistole lag auf der Erde, der Rauch drang noch aus der Mündung.

Yanko war aschfahl. »Es tut mir schrecklich leid, schrecklich.«

»Weitab vom Ziel.« Lassalle suchte den Splitter unterm Kragen zu entfernen, bekam ihn aber nicht zu fassen. »Sind Sie immer so nervös, Racowitza?«

Yanko hob die Pistole auf und bot sie Lassalle mit zitternder Hand. »In Wirklichkeit bin ich gekommen, um... um Ihnen...«

Lassalle schritt auf Yanko zu; der Kies auf dem Weg knirschte; im nächsten Augenblick würde ihm schlecht werden, das wußte er. »Weshalb Sie gekommen sind«, sagte er mit schwerer Zunge, »interessiert mich nicht mehr. Wollen Sie sich bitte entfernen.«

Yanko legte die Pistole hastig in ihren Kasten. Die Haustür kreischte und fiel ins Schloß.

Lassalle bemerkte das Schwanken seines eignen Schattens – rechts, links, rechts. Er hielt sich am Gartentisch fest. Dann beugte er sich vor und erbrach sich.

»Im Ernst – Sie haben es wirklich nicht gewußt?«

Holthoff nahm die Brille ab und rieb sich die dunklen Säckchen unter den schweren Lidern.

Lassalle umkreiste den Anwalt. »Oh, ich hab' gehört, daß die alte Frau Wolff einen Herzanfall hatte; das hat mich davon abgehalten, ihr meine Aufwartung zu machen und mal zu hören, was sie zu sagen hat... Wann, sagten Sie, geht der Zug ab?«

»Zwanzig nach vier.«

»Ich muß der Druckerei absagen.« Lassalle blickte auf seine Uhr. »Und man muß Blumen für Helen beschaffen, einen Blumenkorb, mit Briefchen... Was schreibe ich ihr? Daß ich ihr nachreisen werde? Wohin fahren sie – ach, diese Bäder, eines so zwecklos wie das andere; fragen Sie mich, der jedes Jahr drei Monate zur Kur ist... Armes Mädchen.«

»Setzen Sie sich doch, trinken Sie Ihren Wein. Daß Sie hier den gefangenen Tiger spielen, hält den Zug auch nicht auf. Bis Helen mich vom Gegenteil informierte, nahm ich an, daß Sie beide wenigstens gelegentlich zusammenkämen.«

Lassalle lief immer noch im Kreise. »Ich bin der Führer einer politischen Partei, Helen ist eine junge Dame aus adliger Familie.«

Holthoff stieß diskret auf.

»Ich liebe Helen.« Lassalle betonte *liebe*. »Sie darf nicht ins Gerede kommen. *Cäsars Frau*... Sie wissen schon. Und das übliche Hofmachen und Werben, einschließlich elterlichen Segens etcetera, erfordert mehr Zeit, als ich mir jetzt leisten kann. Hätte ich vorhergesehen, wieviel Energie dieser Arbeiterverein verschlingen würde, ich hätte mir die ganze Idee aus dem Kopf geschlagen. Die kleinlichen Argumente... Die geistige Unreife dieser Leute... Ich muß sie bei der Hand führen und ihnen jeden Schritt einzeln beibringen. Und dann fallen sie noch auf jeden Unsinn herein, der von meinen Feinden verbreitet wird...« Er wandte sich gegen Holthoff, als hätte der Anwalt das ganze Rudel Widerwärtigkeiten persönlich in die Welt gesetzt. »Ohne Unterstützung, auf mich allein gestellt, versuche ich, eine schwerfällige Masse umzuformen zu einer politischen Kraft, die das Unterste im Land zuoberst kehrt.

Für wen eigentlich? Für Helen doch mindestens ebensosehr wie für mich!« Und fügte ärgerlich hinzu: »Ich habe ein Recht auf etwas Nachsicht, Geduld, Verständnis, meine ich – besonders von ihr.«

Holthoff paffte seine Zigarre. Ein junges Mädchen, halb so alt wie der Mann, der sich um sie bewarb, lebte nicht nur von Hoffnung auf künftigen Glanz. Aber er sprach das nicht aus.

»Können wir nicht jemanden in ein Blumengeschäft schicken?«

Holthoff läutete. »Papier und Feder finden Sie auf meinem Schreibtisch.«

Lassalle schrieb: *Liebster Goldfuchs*... Eine Zofe trat ein, knickste, erhielt Bescheid, zu welchem Blumengeschäft sie gehen, welche Blumen sie bestellen, zu welchem Bahnhof sie diese bringen lassen sollte. *Liebster Goldfuchs, meine Helena*... Und ließ die Feder wieder sinken. Bei all ihrer Impulsivität war Helen zu vernünftig, um nicht zu wissen, was ihn seit dem Besuch seiner Schwester von ihr ferngehalten hatte: wie sollte er zu ein und derselben Zeit die große wankelmütige Hure, das Volk, und eine so anspruchsvolle Frau wie Helen umwerben? Wie sollte er, da die Staatsanwaltschaft ihm schon wieder auf die Haut rückte, sich um die Beschaffung von Anstandsdamen und ähnlichem kümmern, damit bei ein paar peinlich korrekten Zusammenkünften ihrer beider Temperament nicht mit ihnen durchging? ... *ich bin unendlich traurig... wo Du auch sein magst, sollst Du wissen, wie nahe ich Dir bin*... Oder genügte es ihm im Grunde, sich von der Gräfin seine Seele umsorgen und von Mathilde seine übrigen Wünsche befriedigen zu lassen? War er, in Anbetracht so vieler anderer Entscheidungen, die von ihm gefordert wurden, nicht mehr so freudig bereit, sich auch persönlich zu binden? ... *wir gehören zueinander, Du und ich... stets und immer, Dein*...

Die Zofe war gegangen, Briefchen und Geldschein in der Tasche ihres steif geplätteten Schürzchens. Lassalle seufzte. »Sie kommen doch mit zum Bahnhof, Holthoff?«

»Wollen Sie ihr dort etwa Adieu sagen?«

»Das ist wohl das wenigste, was ich tun kann.«

Holthoff stand auf. »Sie scheinen nicht zu wissen, daß Sie in gewissem Sinne schuld sind an der ganzen Kalamität.«

»Wieso ich?«

»Der Herzanfall der alten Frau Wolff war die Folge einer Auseinandersetzung mit Helen – Ihretwegen.«

Lassalle zündete sich eine Zigarre an. Wie er derlei Szenen kannte! Bei jeder Familienkrise in der Wohnung über dem Arkadenladen in Breslau die Wehrufe seiner Mutter: Mein Herz, mein Herz!

»Das arme Mädchen«, sagte er, »das arme, tapfere, wunderbare Mädchen.«

»Sie werden sich also damit begnügen müssen, ihr aus sicherer Entfernung nachzuwinken.« Holthoff nickte bedauernd.

»Immer diese Tragödien um mich herum«, seufzte Lassalle. »Warum nur... Aber sie hätte auch den Mund halten sollen und abwarten, bis ich unsere Angelegenheiten regelte. Dabei habe ich's ihr noch ausdrücklich gesagt. Jetzt ist die ganze Familie Dönniges natürlich in Aufruhr.«

»Trotzdem« – Holthoff dachte nach –, »wo ein Wille ist, da ist ein Weg, das wissen wir doch, als Juristen. Wenn Sie wünschen, gehe ich in ihr Abteil und richte ihr etwas aus von Ihnen.«

Lassalle blickte Holthoff an, der da vor ihm stand, die Gutmütigkeit in Person. Das Widersinnige der Situation wurde ihm plötzlich deutlich. Morgen abend war er bei Bismarck angesagt, der auf seinen Brief mit dem beigefügten Statut des Arbeitervereins und auf sein Bonmot, daß der Herr Ministerpräsident ihn um die Verfassung *seines* Reiches wohl beneiden dürfte, prompt reagiert hatte. Am Tag darauf traf er sich mit Marxens Abgesandtem Liebknecht, der aus London angekommen war; vielleicht ließ sich durch Liebknecht die ärgerliche abwartende Haltung von Marx und Engels beeinflussen, und man bekam die beiden dazu, sich für ihn einzusetzen, auch wenn das nicht allzu stark ins Gewicht fiel. Ende der Woche fand eine öffentliche Debatte statt, der er beiwohnen mußte. Die Welt war in Bewegung geraten, und er gehörte zu denen, die sie bewegten.

»Sagen Sie ihr, daß ich da bin, daß ich immer dasein werde für sie.«

»Sehr gut«, sagte Holthoff. »Das wird sie trösten. Fragt sich nur, wie lange.«

7. Kapitel

Seine Koffer waren gepackt.

Es war auch Zeit. Diese letzten Monate hatten ihn ausgehöhlt; er ließ sich nichts anmerken, entfaltete hektische Aktivität, strahlte Optimismus aus; aber er spürte, was ihn das kostete. In der Nacht, wenn er die Feder endlich beiseite legte, starrte ihn aus dem Spiegel ein erschreckendes Gesicht an; Krankheit, die große Meisterin des Bizarren, schien es gezeichnet zu haben.

Von den Menschen seiner Umgebung ahnte nur die Gräfin, wie sehr ihn der Gedanke eines möglichen Fehlschlags peinigte. »Was sind zwei Monate?« sprach sie ihm zu. »Erinnern Sie sich, wie viele Jahre wir in Düsseldorf warten mußten, geknebelt, mit gebundenen Händen?«

Er lauschte auf die Untertöne der rauhen, tabakdurchtränkten Stimme; das waren ihrer beider Jahre gewesen; noch heute zehrte sie davon.

»Zwei Monate«, sagte er, »von wie vielen, die mir bleiben?«

»Das ist morbid. Sie reisen ins Bad nach Tarasp, pumpen sich die Lungen voll mit frischer Engadiner Luft, und dann fühlen Sie sich wie ein anderer Mensch. Soll ich nicht doch lieber mitfahren?«

»Ich brauche Einsamkeit, Sophie.«

Sie hegte den Verdacht, daß seine Einsamkeit nicht von langer Dauer sein würde. Sie griff nach ihrer Zigarre, bemerkte die bräunlich verfärbten Stellen auf ihrem Handrücken: sie war eine alte Frau, sie mußte ihre Gefühle in andre Bahnen lenken.

»Zwei Monate«, wiederholte sie. »Und was haben Sie in diesen zwei Monaten alles erreicht!«

Er zuckte mit den Achseln.

»Sie haben ganz Deutschland aufhorchen lassen. Die Regierung hier mußte beginnen, mit Ihnen zu rechnen. Mehrere der besten Köpfe in Preußen interessieren sich für Ihre Pläne...«

Sie käute da seine eigene Liste von Tröstungen wieder. »Meine Liebe«, sagte er müde, »zwei Monate sind genug, die Tendenz der Entwicklung einigermaßen zu erkennen. Da ich die Druckerrechnungen aus eigner Tasche zu zahlen habe, ließ ich nur fünfzehntausend Mitgliedskarten drucken – wie viele, glauben Sie, haben wir bisher ausgestellt?«

Die Gräfin, als fröstele sie plötzlich, zog ihren Schal fester um ihre schräg abfallenden Schultern.

»Etwas über tausend«, erklärte er böse. »Ich brauche eine Bewegung, keinen Gesangverein!«

»Das wird auch kommen.«

»Wann?«

Sie erhob sich, um ihn zu küssen – ein mütterlicher Kuß, ein wenig zu feucht, doch liebevoll und trostspendend.

Er sah die graue Strähne, die ihr über die zu hohe Stirn fiel. »Wann?« wiederholte er und wischte sich diskret die Wange. »Wenn es zu spät sein wird für mich? Obwohl ich mich nicht beklagen sollte. Ich werde Vahlteich sagen, er soll Ihnen die Briefe zeigen, die wir von Menschen bekommen, denen jede Zeile schwerste Mühe bedeutet, Menschen, die nach zwölf, vierzehn Stunden an der Maschine zur Feder greifen und ihre Hoffnung, ihr Vertrauen in Worte zu bringen suchen. Diese einfachen Leute erkennen, daß ich für sie spreche...« Er richtete sich auf. »Man braucht eben die Berge, die See, die große, ungehinderte Sicht.«

Vahlteich trat ein.

»Wieder ein Pistolenprinz?«

Vahlteich blickte auf die Gräfin und zögerte. »Wegen unserer Bekanntmachung in der Presse –«

»Sehen Sie das, Sophie« – Lassalle gestikulierte –, »diese Ähnlichkeit, jetzt wo er neben meinem Hegel steht?«

Vahlteich war das peinlich.

»Ich meine eine innere Verwandtschaft: der Arbeitsmann und der Philosoph. Wenden Sie mal das Gesicht nach links, Vahlteich, nur ein oder zwei Zoll...«

Die Gräfin betrachtete das Tableau mit Kennermiene. Es war nicht das erstemal, daß sie Lassalle sich zu dem Thema äußern hörte; Lassalle hatte Vahlteich häufig an seiner Tafel, um seinen Gästen die enormen schöpferischen Möglichkeiten des Proletariats zu illustrieren. Bei der letzten solchen Gelegenheit war Vahlteich mitten im Fleischgang vom Tisch aufgestanden und wortlos weggegangen.

»Herr Dr. Lassalle« – Vahlteich drehte Hegel brüsk den Rücken zu –, »wollen Sie wirklich, daß ich diese Bekanntmachung den Redaktionen übergebe?«

»Etwas drin, was Ihnen mißfällt?«

»Es ist der Ton...«, begann Vahlteich; in einer Diskussion mit Lassalle unterlag er regelmäßig. »Ich kann unrecht haben; aber ich habe die Empfindung, daß Arbeiter, die den ganzen Tag von Meister und Prinzipal herumkommandiert werden, die gleiche Sprache von ihren eignen Führern nicht hören mögen. Und wie viele Mitglieder unserer Organisation, glauben Sie, können sich eine Reise in die Bäder der Schweiz leisten?«

Ein Wink mit dem Finger. »Meinen Text.«

Vahlteich gab ihm das Manuskript.

Lassalle überlas die säuberlich kopierte Seite.

»Ah, das meinen Sie! – *Arbeiter! Bei meiner morgen erfolgenden Abreise in die Bäder der Schweiz ernenne ich bis zu meiner Rückkehr Herrn Dr. Otto Dammer in Leipzig zum Vizepräsidenten des Vereins...?*«

»Ich habe ja gesagt, ich kann unrecht haben.«

Lassalle bemerkte den warnenden Blick der Gräfin. »Es ist Ihre Pflicht, Vahlteich, Ihre Meinung zu sagen«, erklärte er freundlich. »Ich kann mich ebenso irren wie Sie.«

Vahlteich suchte seine Unsicherheit durch ein Lächeln zu kaschieren, obwohl er wußte, daß er damit töricht aussah. Und Teile von Lassalles Presseerklärung waren zweifellos wirkungsvoll, besonders da er den fast genialen Einfall gehabt hatte, die letzten Maßnahmen der beiden großen politischen Parteien auf sich und seine Tätigkeit zurückzuführen: wenn die Konservativen Gewerberäte forderten und so weit gingen, den Arbeitern eine Vertretung in diesen Körperschaften zuzugestehen; wenn die Fortschrittler davon sprachen, 100000 Taler Kredit für die Gründung von drei Produktivgenossenschaften zu beschaffen – wo hatten sie diese Gedanken her, wenn nicht von Lassalle; wieso wurden sie plötzlich aktiv, wenn nicht infolge des Drucks, den der Allgemeine Deutsche Arbeiterverein ausübte?

»Oder dies hier – es langweilt Sie doch nicht, Sophie? – *Arbeiter! Das sind schon heute die Erfolge unserer kurzen, kaum noch begonnenen Agitation! Agitiert! Jeder Arbeiter, der sich der Agitation entzieht, verläßt die allgemeine Sache und die eigene zugleich! Je mehr ihr agitiert, desto mehr zwingt ihr unsere Gegner, uns Konkurrenz zu machen und uns die Spitze bieten zu wollen. Je mehr sie uns Konkurrenz machen, desto mehr sind sie selbst gezwungen, die Berechtigung unserer Forderungen anzuerkennen, unsern Zwecken Vorschub zu tun, die Reihen unserer Anhänger zu vermehren. Es lebe die demokratische soziale Agitation! Auf Wiedersehen im Herbst. Der Präsident.«*

Lassalle verharrte kurz in seiner Pose. Dann entspannten sich die Kinnladen.

»Also, Vahlteich?«

Vahlteich schwieg. Lassalle, die Proklamation, die majestätische Sprache, die Selbstbeglückwünschung, all das war so elementar, aus einem Guß gewesen, jedes Wort an seinem Platz und notwendig. Vahlteich sah sich nach der Gräfin um. Die saß wie in einer Trance, die dünnen bläulichen Lider geschlossen.

»Also?«

»Ich ziehe meine Einwände zurück.«

»Natürlich wirkt das gedruckte Wort noch anders«, sagte Lassalle mit einer konzilianten Handbewegung. »Wenn die Arbeiter eine bessere politische oder Allgemeinbildung hätten, könnte man sich leisten, weniger dick aufzutragen, demokratischer mit ihnen zu sprechen. Leider aber müssen wir sie betrachten wie frische Rekruten, die man erst drillen muß: Vorwärts, marsch, das Ganze kehrt, schwenkt ein! Die Taktik der modernen Revolution ist kompliziert und widersprüchlich; daher erfordert sie Disziplin, die Sprache der Disziplin, die Formen und Methoden der Disziplin. Wo gerieten wir hin, wenn jeder alles in Frage stellte?«

»Ich weiß nicht« – Vahlteichs Zweifel kehrten wieder –, »wie dumm und rückständig wir auch sind, schließlich ist es *unser* Kampf...«

»Gewiß.«

»...und *unsere* Bewegung.«

»Gewiß. Aber vergessen Sie nicht, Vahlteich« – Lassalle wurde feierlich –, »auch Ihnen kann es geschehen, daß Sie eines Tages Menschen zu führen haben: Dann werden Sie mich verstehen...«

Die Gräfin bot an: »Tee, Herr Vahlteich?«

»Ich muß leider fort, Madame, wenn wir das morgen in den Zeitungen haben wollen.«

Lassalle beobachtete Vahlteich vom Fenster aus, wie er durch den Verkehr auf der Potsdamer Straße schritt: ohne rechts oder links zu blicken, fest, gemessen. Dann wandte er sich wieder ins Zimmer. »Und Sie, Sophie?«

»Ich habe mich Ihnen anvertraut, als Sie noch ein ganz junger

Mensch waren.« Sie drückte ihre Zigarre aus. »Warum sollte ich weniger Vertrauen zu einer von Ihnen verfaßten Bekanntmachung haben?«

»Die Beantwortung einer Frage durch eine andere ist eine jüdische Gewohnheit, Sophie.«

Sie lachte.

»Glauben Sie, daß ich *ihn* überzeugt habe?«

»Aber ja doch. Schließlich weiß er, daß ohne Sie die Organisation nichts ist.«

Doch seine deprimierte Stimmung blieb. »O Gott«, seufzte er, »ich brauche wirklich einen Luftwechsel.«

Schon mehrere Minuten war er hinter ihr hergegangen, im einsetzenden Dämmerlicht, ohne sich entschließen zu können, sie anzusprechen.

Er hatte sie von weitem erkannt, würde sie jederzeit und jedenorts erkannt haben: an der Bewegung der Hüften, an der Art, wie sie den Kopf neigte. Wann immer sie einander begegneten, im Treppenhaus in der Potsdamer Straße, im Vorsaal der Wohnung, hatte sie stets ein paar freundliche Worte gehabt – Sie wohnen jetzt hier? wie gefällt Ihnen Berlin? wie geht's mit der Arbeit? –, während er linkisch und einsilbig erwiderte.

Sie blieb stehen und wandte sich um.

Er zog verlegen die Mütze. »Fräulein Mathilde ...«

Ein Lächeln, das die Zahnlücke kurz sehen ließ. Sie trug einen enormen Strohhut mit einem Bund leuchtendroter Wachskirschen darauf. Dabei fiel ihm ein, wie er früher solche Kirschen, richtige Kirschen, mit der Zunge gegen den Gaumen drückte, den Saft ausspritzen, den schlüpfrigen Kern zwischen den Lippen ausspringen ließ – ein Spiel, gut auch zu zweit, zwei Zungen, weiches Gras, warme Erde, Sonne.

»Sie sind auf dem Weg zu – zu Dr. Lassalle?«

Die Kirschen wippten.

»Darf ich Sie begleiten?«

»Ich habe auf Sie gewartet, nicht?«

Die Kirschen verschwammen zu einem Farbfleck; seine Gefühle waren widersprüchlich: Verlangen, Verständnis, Verdruß.

»Sie haben auch Ihre Stimmungen«, bemerkte sie.

Er sah die Rundungen der Brüste unter dem Kleid. »Jeder hat sein Innenleben, nicht nur die feinen Herrschaften.«

Sie lachte. »Ihres ist weithin sichtbar. Sie haben ein so offenes Gesicht.«

»Habe ich?« Er wurde rot. »Und da sehen Sie, daß mir nicht immer leicht zumute ist.«

»Mir auch nicht.«

Eine Weile gingen sie schweigend nebeneinander her. Dann sagte er: »Dr. ssalle ist eben ein schwieCiger Mensch.«

Ein rascher Blick unter dem Strohhut hervor. »Ich weiß schon mit ihm umzugehen.«

»Dann haben Sie eine glücklichere Hand als ich, Fräulein Mathilde. Aber sie spielen ja auch eine andere Rolle in seinem Leben.«

»Das, Herr Vahlteich, hätten Sie sich sparen können.«

Er blieb stehen und hielt sie fest. »Wenn ich an Sie denke, Fräulein Mathilde, und dann an *ihn*«, sagte er heiser, »dann rede ich Dummheiten. Das müssen Sie mir verzeihen.«

»Sie haben kein Recht, so zu sprechen«, sagte sie. »Was wissen Sie denn wirklich von ihm?«

»Ich weiß, daß er uns beherrscht. Und ich weiß, daß wir über ihn reden wie Zofe und Hausdiener über ihre Dienstherrschaft, und es ist mir widerlich.«

»Ich kann Sie verstehen.«

»Ich bin nicht weniger als er, Fräulein Mathilde. Ich bin ein gewählter Funktionär des Arbeitervereins, wie er auch.«

»Aber wir brauchen ihn«, sagte sie. »Ich jedenfalls.«

Sie ging weiter; er beeilte sich, mit ihr Schritt zu halten. Er mißfiel sich selber, aber er mußte sie quälen. »Morgen fährt er nun mit dem Frühzug nach Frankfurt. Die Gräfin hat schon von ihm Abschied genommen, stundenlang. Und ich habe gerade die Zeitungsredaktionen abgeklappert mit seiner Abschiedsbekanntmachung an die deutschen Arbeiter...« Er sprach betont sachlich. »Es wird ein langer Sommer werden: nur Sie und ich in Berlin.«

»Herr Vahlteich –«

»Fräulein Mathilde?«

»Wenn Sie ihn so sehr hassen, warum arbeiten Sie für ihn?«

Selbst er hatte es nie so unverblümt ausgedrückt. Und haßte er Lassalle denn? »Ein Genie haßt man nicht«, sagte er. »Ein Genie lebt auf einer anderen Ebene als unsereins. Nur manchmal frage ich mich: Was nützen ihm seine großartigen Konstruktionen, wenn kein Fundament da ist, auf dem sich bauen läßt?«

»Sie haben also auch Angst?«

»Um ihn?«

»Um ihn« – ihr Schritt beschleunigte sich –, »um uns alle.«

»Wenn ich Angst hätte, wäre ich in Leipzig geblieben, im Laden meiner Tante, und hätte Knöpfe verkauft. Hat Lassalle Ihnen nie erzählt, daß er immer mit einem Fuß im Gefängnis steht? Es ist einer seiner Lieblingssprüche; stimmt übrigens auch: Die Polizei hat mehr als ein Auge auf uns...«

»Das meine ich nicht. Manchmal kommt er mir vor wie ein Seiltänzer; aber der Fuß zittert ihm, und er weiß schon nicht, ob ihm der nächste Schritt noch gelingt.«

Zwei Dienstboten, die über die Herrschaft reden, dachte Vahlteich wieder; und dann sagte er: »Lieben Sie ihn denn so sehr?«

Sie hatten das Haus erreicht.

»Ich weiß, daß vieles bei ihm gespielt ist«, gab sie zu. »Aber was ist bei ihm gespielt, was ist echt? Vielleicht reizt mich gerade das an ihm...«

Er wird dich sitzenlassen, wollte Vahlteich ihr sagen. Wahrscheinlich würde sie ihm geantwortet haben, ich weiß. Sie würde auch um seine andern Weiber wissen, die aus früheren Jahren und die jetzigen; ganz Preußen wußte. Ebenso würde sie wissen, daß er trotz der großen Zukunft, die er dem Proletariat versprach, in seinem persönlichen Leben die Proletarier wie ein Bourgeois behandelte.

Er machte das Haustor auf und ließ ihr den Vortritt ins Halbdunkel des Treppenhauses. Er war froh, daß er mit dem Wohnungsschlüssel zu tun hatte und dem Türöffnen und dem Licht im Korridor.

»Vahlteich!«

Lassalle steckte den Kopf aus dem Arbeitszimmer, sah Mathilde vor dem Spiegel. »Das ist nett«, sagte er, »daß du früh gekommen bist.« Und zu Vahlteich: »Haben Sie mich nicht rufen hören?«

Mathilde, Haarnadeln zwischen den Lippen, blieb undeutlich.

»Was sagst du?«

Mit ein paar raschen Handgriffen steckte sie sich das Haar hoch. »Ich sagte, wir sind uns auf der Straße begegnet. Herr Vahlteich hat mich freundlicherweise herbegleitet.«

»Er wohnt ja hier.« Lassalle trat zu ihr und strich ihr eine lose Haarsträhne aus dem Nacken. Dann, zu Vahlteich gewandt: »Was hat man Ihnen auf den Redaktionen gesagt? Haben Sie mit den Redakteuren persönlich gesprochen? Ihnen mitgeteilt, daß ich die Sache in den Ausgaben von morgen veröffentlicht haben möchte?«

»Jawohl.«

»Und?«

Vahlteich berichtete gewollt gleichgültig. »Bei der Volks-Zeitung haben sie mich ausgelacht; bei der National-Zeitung dito; die Konservativen in der Kreuz-Zeitung haben auch gegrinst, sagten aber, wenn sie mal Platz hätten, würden sie's einschieben. Und bei der Deutschen Allgemeinen...«

»Das genügt, Vahlteich.« Lassalle zwang sich zu lächeln. »Der Tag wird kommen, wo sie alle nach unsrer Pfeife tanzen – habe ich recht, Mathilde?«

Sie wandte ihm ihr Gesicht zu und küßte ihn.

»Was ist denn, Liebster?«

Mathilde lag neben ihm, auf den Ellbogen gestützt; ihre Brust berührte ihn.

»Nichts«, erwiderte er. »Es geht schon vorbei.«

Sie sah seine verzerrten Lippen. Sie streichelte ihm die Hüften, die Schenkel; gab es auf. »Fühlst du dich nicht wohl?«

Lassalle starrte zur Decke. Ein Klumpen genau hinter der Stirnmitte drückte ihm gegen das Gehirn; dann löste sich der Druck; vielleicht war auch alles nur Einbildung, weil er eine Entschuldigung brauchte; für gewöhnlich versorgte ihn seine Krankheit mit reichlich genug echten Symptomen, aber die Störung heute kam aus anderen Bereichen – hoffentlich.

Mathilde nahm sein Taschentuch vom Nachttisch und trocknete ihm die Schweißtröpfchen auf dem Gesicht. »Du siehst blaß aus.«

»Ich habe dir gesagt, es geht vorbei, Mathilde. Gib mir ein paar Minuten, damit ich die Gedanken loswerde, die mich belasten. Auch die Liebe verlangt Konzentration.«

Worte, Worte. Ihre nervöse Spannung stieg. Wollte er sie nicht mehr? Was suchte er zu verdecken?

»Passiert dir das heute zum erstenmal?«

»Was ist denn passiert? Ich war einfach noch nicht bereit. Und je mehr du dich damit beschäftigst, desto schwieriger wird es.« Er stand auf, ging barfuß zu dem Wandschrank, nahm die Kognakflasche heraus, die er dort stehen hatte, goß zwei Gläser voll, bot ihr das eine und leerte das andre mit einem Zug. »Zum erstenmal...«, wiederholte er verächtlich. Sein Körper sah gut aus, wie er so dastand; alle Frauen hatten ihn bewundert, Sophie, Agnes, Ludmilla, Lina, Hedwig, Fanny; keine Spur von überflüssigem Fett, kein Anzeichen von Alter oder Krankheit. Er kehrte zu Mathilde zurück, setzte sich neben sie aufs Bett, küßte ihr die Brüste. Sie duftete noch ein wenig nach seinem Toilettenwasser. »Ich bin keine Maschine, die man an- und abstellen kann. Du hast Vahlteichs Bericht gehört. Natürlich lasse ich mir ihm gegenüber nichts anmerken; aber die Dinge verfolgen einen doch.«

»Also es hat nichts mit mir zu tun?«

Sie lag da, ein Knie angehoben; das Licht der Lampe warf einen Schatten auf die Innenseite ihres Schenkels.

»Wie kannst du so fragen.« Er spürte, wie seine Nerven sich entspannten; wenn sie ihm nur ein bißchen half, würde sich alles fügen, und der kleine Zwischenfall würde vergessen sein.

»Wenn's an mir liegt, möchte ich's nämlich wissen«, sagte sie.

»Wieso – was würdest du dann tun?«

»Aus deinem Leben verschwinden.« Sie verschränkte die Arme hinter dem Kopf; ihre Brüste strafften sich. »Einfach verschwinden.«

»Wenn ich mich recht entsinne, hast du mir schon einmal damit gedroht... Willst du mich erpressen?«

Plötzlich richtete sie sich auf, ihre Augen wurden feucht, ihre Finger berührten die weiche Haut zwischen seinen Rippen. »Fahr nicht weg. Laß mich nicht allein. Mußt du wirklich reisen?«

»Du weißt doch, ich muß. Ärztliche Anordnung. Die zwei oder drei Monate...«

»Ich wäre ein besserer Arzt für dich. Ich wäre dir Doktor und Kur. All die Frauen, auch die Dönniges, sie lieben dich doch nur wegen deines Namens. Die einen rennen Jockeys nach, die andern Schauspielern; du bist eine neue Art von Berühmtheit: Politiker, Führer, Prophet. Lächle nicht so; ich bin nicht ganz dumm, und ich schmeichle dir nicht. Ich will dir nur sagen, ich liebe in dir was anderes. Und ich würde dich sogar lieben, wenn du ein armer Jud wärst, der in einem langen, speckigen Kaftan herumläuft und mit Lumpen und Knochen handelt...«

»Glaubst du wirklich, Mathilde, du kannst dieses andere getrennt von dem betrachten, was einer sonst ist?«

»Ach – du...« Sie küßte ihn, erregte ihn, mit der Berührung ihrer Finger, ihrer Brüste, ihres Haars, flüsterte: »...du brauchst mich doch... du willst mich doch...«, die feuchten Lippen geöffnet, die Zahnlücke sichtbar: »...so, jetzt... komm zu mir... jetzt...«

Jetzt, dachte er.

Und fühlte wieder den Druck hinter der Stirn. O Gott, betete er, laß mich nicht nachdenken. Tilge alle Gedanken oder, wenn ich schon denken muß, laß mich denken an Schenkel Brüste Leiber aller Formen Arten Größen an die Poule damals in Paris die mir die Krankheit verschafft hat an Helena an die Gräfin alt alt alt...

Mit einem Aufstöhnen sank er über ihr zusammen.

Sie streichelte ihn.

»Laß mich. Du machst alles noch schlimmer.«

»Ich weiß, ich tauge nicht für dich.«

Er schwieg.

»Vielleicht sind die andern besser für dich. Die Dönniges, die rothaarige Hure...« Sie blickte ihn an. »Warum sagst du's mir dann nicht? Warum machst du, daß ich mich vor mir schämen muß?«

Der Druck in seinem Schädel ließ nach. Er erlebte einen jener Momente, wo der Mensch alles mit äußerster Klarheit erkennt, jede Einzelheit, das dunkle Braun ihrer Brustwarzen, die linke etwas gestreckter, ihren Hals, ein wenig zu dick und zu kurz für den Rumpf, die Locken, die sich über ihr gerötetes Gesicht schlängelten, ihre Finger, die sich um die Ellbogen krampften. Vielleicht lag es wirklich an ihr, dachte er; in Verbindung natürlich mit all seinem Ärger; nach einer Zeit konnte es schon geschehen, daß ein Mann einer Frau müde wurde – einer Frau, der es an jeglicher Verfeinerung mangelte, die sich ihm an den Hals warf; nun, die Bäder wirkten Wunder, das hatte der Arzt versichert, dazu die Berge, dazu die gute Luft, und danach das Meer als Nachkur besonders für die Nerven; Nerven, dachte er, daran lag es in Wirklichkeit, und Mathilde tat ihm leid, zugleich aber fühlte er sich erleichtert, daß ihm das mit ihr passiert war und nicht mit Helen.

Sie hatte sich anzukleiden begonnen und stand vor dem Spiegel.

»Mathilde...«, bat er.

Sie antwortete nicht.

Er sah auf seine Uhr, die er gewohnheitsmäßig auf den Nachttisch gelegt hatte, und fragte sich, was die Gräfin wohl sagen würde, wenn er um diese Zeit noch einmal zu einer kleinen Plauderei bei ihr vorbeikäme und für ein letztes Au revoir. Von der Gräfin wandten sich seine Gedanken wie zufällig Bismarck zu. Bismarck besaß keine Nerven, das war seine Stärke.

Er zog die Bettdecke hoch. Mathilde, wollte er noch einmal sagen; aber er wußte, es war sinnlos. Ihm war kalt; die Kälte war um ihn, und die Angst.

8. Kapitel

Das Abteil, dessen alleinige Benutzung er sich durch ein reichliches Trinkgeld verschafft hatte, duftete nach seinem Eau de Cologne. Der Fahrtwind trieb Regentropfen quer über die schmalen Fenster und ließ diagonale Muster entstehen; zwischen ihren Streifen tauchte verschwommen Berlin auf: Schlachtfeld und Siegespreis.

Lassalle trommelte auf der Fensterscheibe. Er war durch das Rütteln und Schütteln ermüdet, fühlte sich verdreckt von Rauch und Staub, aber nervlich in bester Ordnung und in Verfassung, das Königreich Preußen aus den Angeln zu heben. *Alles für Ankunft vorbereiten,* hatte er der Gräfin und Vahlteich gedrahtet; er zählte darauf, daß sie die Nachricht von seiner Rückkehr durch ihre gesellschaftlichen Verbindungen an Zitelmann gelangen ließ; er erwartete von Vahlteich, die Berichte über die Vereinsarbeit parat zu haben; in drei Monaten sollte sich einiges entwickelt haben, und es war Zeit, die Zügel zu ergreifen.

Auch was seine persönlichen Angelegenheiten betraf; obzwar die Probleme sich hier immer mehr zu verwickeln schienen. Helen war nirgends greifbar; seine Briefe an sie kamen mit unklaren Postvermerken aus Aix-les-Bains, Bad Nauheim, Karlsbad zurück, und seine Anfragen an Holthoff erbrachten Antworten, mit denen sich nichts anfangen ließ. Was hemmte die Sache? Der walachische Drache, der seine Beute bewachte? – Leichtfertigkeit, Wankelmut, aus dem Aug', aus dem Sinn? Er hatte getan, was in seiner Macht lag: obwohl er stark bezweifelte, daß der Schwiegervater in spe ihn mit offenen Armen aufnehmen würde, hatte er Vorbereitungen für einen Besuch bei ihm in der Schweiz getroffen; aber von Dönniges war zu einer Konferenz nach München berufen worden und von dort mit seiner Frau direkt nach Italien gereist. Warum sträubte sich Grandmaman auch zu sterben und punktum!

Lassalle malte sich das Begräbnis der Alten aus – den Herrn Gesandten, peinlich berührt von den kehligen Gebeten des Rabbiners; Helens schwarzen Schleier, blasse Fleischtöne, rötlichgoldnes Haar. Dann fiel ihm ein, daß Helen nach Grandmamans Ableben wohl gar nicht nach Berlin zurückkehren würde, es sei denn, er holte sie. Nichts als Komplikationen.

Und das, nachdem die Wasser von Tarasp und die Wellen von Ostende seinen Körper so großartig entschlackt hatten. Er pfiff vor sich hin. Dafür gab es Beweise: die Blonde mit dem Grübchen und dem rosafarbenen Hintern, die in der Postkutsche von Tarasp nach Samaden neben ihm saß und dann im Hotel Bernina, dem besten von Samaden, mit ihm schlief und in ihrem spitzenbesetzten Negligé mit ihm frühstückte; und Miß June in Ostende, so steif und zurückhaltend und seine Bemühungen abweisend bis zu jener Mondnacht, da sie zusammen den Strand entlangpromenierten und sie ihn plötzlich ins Dünengras herabzog und eine solche Leidenschaft entwickelte, daß ihm Sand in die Taschenuhr geriet. Mathilde, dachte er; und fragte sich, ob Vahlteich auch ihr von seiner Rückkehr Bescheid gegeben hätte und ob sie abends vielleicht vorbeikommen würde.

Häuser, grau, unfreundlich, schaukelten vorüber. Die Räder ratterten auf den Schienen. Lichter, Signale, Stimmen; dann ein unmenschliches Kreischen. Er wurde gegen den Sitz geschleudert, das Gepäck oben im Netz schwankte gefährlich, seine Aktentasche fiel zu Boden. Er knöpfte sich das Jackett zu, hob die Aktentasche auf. Darin befand sich der Entwurf zu seiner neuen Rede, in der er die Politik der Fortschrittspartei und ihrer käuflichen Presse zerlegen und vernichten würde.

Berlin.

Und da auf dem Perron waren sie schon, seine treue Gemeinde: an der Spitze die Gräfin, das offene grüne Parapluie verlieh ihrem Haar und Gesicht eine gespenstische Tönung. Korff, in großer Uniform, folgte ihr zum Wagen und riß die Tür auf. Lassalle entstieg dem Abteil, direkt in Korffs Umarmung hinein.

»Nicht umblicken jetzt«, sagte Korff halblaut, »die Gendarmerie ist hier.«

»Gott!« rief Lassalle, »welch schönes Willkommen!« Und dann: »Meine liebe Sophie...« Er küßte die Gräfin auf beide Wangen, spürte den leichten Vanillegeruch ihres Gesichtspuders.

Über ihre Schulter hinweg erblickte er Holthoff und, diskret im Hintergrund, mehrere behelmte Polizisten. »Bin ich so gefährlich geworden?«

Augusta Formes hielt ihm die Hand zum Kuß hin. Zwei Träger stritten sich um sein Gepäck. Cosima von Bülow erklärte überdeutlich: »Sieht er nicht wunderbar aus!« und wandte ihre dramatisch bemalten Augen ihrem Gatten zu: »Warum fährst du nicht auch auf ein, zwei Monate in die Schweiz, Hans?«

Eine Pfeife schrillte. Zusätzliche Pickelhauben tauchten aus dem Wartesaal auf und stellten sich in Reih und Glied. »Die Komparserie«, sagte Cosima. »Wie in der Oper.«

Zugleich kam eine Gruppe von ärmlich, aber sauber gekleideten Männern den Perron entlang, angeführt von einem kleinen Mädchen, das in der krampfhaft geschlossenen Faust einen Strauß Dahlien trug, und mit Vahlteich als Schlußmann. In respektvoller Entfernung von dem Ring der Damen um Lassalle blieben sie stehen.

Lassalle zählte: fünf Mann, einschließlich Vahlteich. Sein Lächeln erstarrte.

»Vahlteichs Idee.« Die Gräfin zuckte die Achseln.

Das kleine Mädchen ließ die Dahlien sinken. Die Gendarmen rückten näher; die Säbelgehenke klirrten.

»Nicht beachten», sagte die Gräfin. »Nehmen Sie meinen Arm. Solange Korff in vollem Kriegsschmuck hinter Ihnen hermarschiert, wird die Polizei nicht wagen...«

Lassalle ließ sie stehen, schritt, an Holthoff, dem Ehepaar Bülow, der Formes vorbei, auf das verlorene Grüppchen Arbeiter zu und grüßte sie, die elfenbeinerne Bastille in der erhobenen Faust, demonstrativ: »Freunde! Mitkämpfer! Am Ende einer anstrengenden Reise hätte mir kein schönerer Willkomm zuteil werden können...«

Die Gendarmen schwärmten aus und bildeten eine Absperrkette.

Vahlteich stieß das Kind an. Die Kleine hob ihre Blumen in die Höhe und blinzelte aufgeregt.

»Wir grüßen Sie...«, sprach Vahlteich vor.
Das Kind schluckte die aufquellenden Tränen:

»Wir grüßen Sie, Herr Präsident,
in unsern Kämpferreihen
für Freiheit...«

Über den Helmspitzen schwankte das grüne Parapluie der Gräfin; im Rücken der Gendarmen sammelte sich eine ständig wachsende Menge.
Das Kind rezitierte stockend:

»...der Tag erwacht,
aus düstrer Nacht
führt uns Lassalle!«

»Wie heißt du, Herzchen?« Lassalle hob die Kleine auf den Arm.
Vahlteich rief: »Hurra für Lassalle! Hurra für den Allgemeinen Deutschen Arbeiterverein!« Mit plötzlichem Getöse spie die Lokomotive Dampfwolken aus und überschüttete alles mit Ruß.
»Louise«, antwortete das Kind.
»Danke für das schöne Gedicht, Louise, und für die Blumen. Und jetzt gehen wir nach Hause, was?«
Die Kleine nickte.
Er packte seinen Stock fester. Das Kind auf dem Arm, schritt er durch die Polizeikette hindurch, den Bahnsteig entlang, vorbei an der leise zischenden Lokomotive und hinaus auf die Straße.
Gesenkten Kopfes folgten ihm die vier Arbeiter, Vahlteich hinter ihnen.
Jede Sekunde, fürchtete Lassalle, würde das Gelächter ausbrechen, eine Flut von Gelächter, und ihn von der politischen Bühne hinwegschwemmen.
Aber es lachte keiner.

»Einfach großartig, Ihre Haltung.« Die Gräfin entblößte ihr Gebiß, als wollte sie die Feststellung mit zwei Reihen gelber Zähne unterstreichen. »Die Reise hat Ihnen gutgetan.«
»Man muß feststellen, wem die Kleine gehört. Ich will ihr eine Puppe kaufen.«

»Ein Kleid wäre nützlicher.«
»D'accord. Puppe und Kleid.«
»Sehr geschickt, wie Sie sich zu den Arbeitern gesellten.«
»Sollte das ganze proletarische Berlin morgen sagen: Lassalle verachtet den Arbeitsmann...? Es gibt keine Klasse, die so nach Anerkennung dürstet wie die Arbeiter und die für Schmeichelei so zugänglich ist.«
»Fünf Mann...« Sie hatte einen Anfall von Raucherhusten. »Warum nicht fünfhundert? Fünftausend?«
»Vielleicht, weil ich nicht genügend Demagogie entwickle.«
Er starrte auf das schmutzige Geschirr, die umherliegenden Bestecke, die Gläser mit den Resten des Burgunders, den Johann serviert hatte. Von den Gästen war nur noch die Gräfin da. Es war ein intimer Abend gewesen: La Formes hatte den letzten Theaterklatsch berichtet; Korff erzählte die neuesten Anekdoten vom Hofe, sämtlich über Seine etwas beschränkte Majestät und die königlichen Damen, die in Wirklichkeit die Monarchie unter dem Pantoffel hatten – Königin Augusta und die aus England importierte Kronprinzessin Vicky. Nur die unmögliche Cosima konnte nicht an sich halten und erwähnte das Debakel am Bahnhof.
»Wie hat sich Zitelmann geäußert, Sophie?«
Die Gräfin zündete ihre letzte Zigarre an. Es war ein langer Tag gewesen, und sie war müde und empfand wenig Lust, Entscheidungen zu treffen.
»Sie haben doch mit Zitelmann gesprochen?«
»Ja.«
»Und?«
»Zitelmann hat nichts davon erwähnt, daß Bismarck sich irgendwie für den Allgemeinen Deutschen Arbeiterverein interessiert hätte.«
»Oder für mich?«
Ihre knochigen Hände verschränkten sich. »Leider auch nicht.«
»Und doch hat er uns seine Hochschätzung ausgedrückt.« Lassalles Augen funkelten. »In deutlicher Sprache: eine halbe Kompanie Gendarmen.«
Sie spürte die neue Energie; die Kombination von Schweiz und Nordsee hatte ihm seine Spannkraft wiedergegeben.
»Und der Idiot, der Vahlteich, hat dazu keine Massen auf die Beine gebracht. Na, das werden wir ändern.«

Auch dies war Lassalle: Die Schuld lag immer bei anderen. Trotzdem empfand sie eine große Wärme für ihn. Es war fast wie früher, da sie ihm die Stichworte zuflüsterte für die exorbitanten Träume, die er jetzt zu verwirklichen suchte. Oder waren es seine Träume, aber von ihr mitgeformt. In ihrer Beziehung zueinander ließ sich nur noch schwer sagen, welcher Gedanke von wem stammte... Im übrigen waren wirklich immer die anderen schuld.

»...ändern!« wiederholte er mit Entschiedenheit. »*Wir* werden bestimmen, wieviel und was für Informationen Bismarck über uns erhält.« Aber er erläuterte nicht weiter, wie er sich die Versorgung des Premierministers von Preußen mit geeigneten Nachrichten über die Entwicklung des deutschen Proletariats vorstellte.

Sie erhob sich leise.

Er schrak zusammen. »Schon so spät?«

»Nach Mitternacht.«

Er läutete; Johann sollte ihr den Umhang bringen. Der Glokkenton verhallte; Johann war offensichtlich schon nach Hause gegangen.

»Kommen Sie, Sophie.«

Er geleitete sie in den Vorsaal, nahm ihren Umhang vom Kleiderhaken und legte ihn ihr um die Schultern. War es das gedämpfte Licht oder der Gedanke an die Einsamkeit, in die hinein er sie entließ – er küßte sie leicht.

»Mein lieber Junge...« Sie suchte das Keuchen in ihrer nikotinverseuchten Luftröhre zu unterdrücken. Dann sagte sie mit einem kurzen, gegen sich selbst gerichteten Lachen: »Nein, nein...«

Den Leuchter in der Hand, nahm er sie beim Ellbogen und führte sie die Treppe hinab. Er fühlte sich unruhig und unzufrieden; Schicksal, dachte er, er hatte auf einen großen Auftritt seines Schicksals am Abend seiner Rückkehr nach Berlin gehofft; und das Schicksal hatte die Gestalt der Helen von Dönniges.

Vor der Haustür blieb die Gräfin noch einmal stehen, hakte sich den Schirm resolut über den Arm und verkündete: »Ich finde schon eine Droschke. Gehen Sie zurück ins Haus. Sie erkälten sich noch.«

»Die Nordsee, in der ich geschwommen bin, war kühler als dieser Abend.«

»Mein Lieber, Sie wollen doch nicht wirklich eine alte Frau bis zu ihrer Wohnung bringen.«

»Für Sie gibt es kein Alter, Sophie.«

»Darin«, sagte sie mit einem Anflug von Trauer, »liegt eine meiner schlimmsten Schwierigkeiten. Erzählen Sie mir von Mathilde.«

Er lachte ironisch, um seine Überraschung über die plötzliche Wendung im Gespräch zu vertuschen. »Wie kommen Sie auf *das* Thema?«

»Sie hat mich aufgesucht.«

»Und Sie haben Sie nicht hinauswerfen lassen?«

»Ich habe sie angehört.«

»Mein Gott, Sophie, Sie wissen doch, welchen Unsinn eine abgelegte Geliebte von sich gibt.«

Sie schüttelte den Kopf.

»Wenn ich alles glaubte, was andere Frauen mir über Sie berichtet haben, lieber Junge, müßte ich befürchten, mit einem der absonderlichsten Monstren der Welt befreundet zu sein.«

Mathilde, dachte er, läuft da herum und verbreitet Bosheiten.

»Ich habe sie angehört«, fuhr die Gräfin fort, »weil ich mich sehr gut in die Gefühle einer abgelegten Geliebten hineinversetzen kann.«

»Was hat sie Ihnen denn erzählt?«

»In der Hauptsache stellte sie Fragen, intelligente Fragen, über Sie, mein Bester, über Sie und mich, über Vergangenes, Heutiges...«

»Und sonst nichts?«

Sie stutzte. »Vielleicht gab es Dinge, über die sie sich ausschwieg. Sie hatte offensichtlich ihren Stolz.«

»Stolz...!« Er fühlte sich erleichtert. »Sie sind naiv, Sophie. Die Kleine wollte wissen, wie Sie es fertigbringen, die ganzen Jahre der ruhende Pol meines Lebens zu bleiben. Armes Ding, sie hat gemerkt, daß das Bett allein nicht genügt, einen Mann wie mich zu halten, und möchte Ihnen das eine oder andere Kunststück aus Ihrem Zauberkasten abgucken.«

»Glauben Sie das wirklich?«

»Demnächst wird sie wieder bei mir angetanzt kommen, bereichert um einige von Ihren Weisheiten.« Die Aussicht auf eine Wiederaufnahme seines wohltemperierten Lebens gefiel ihm: die Gräfin; dazu Mathilde; und eine bräutliche Helen am Horizont. »Vielleicht verzeihe ich ihr sogar«, lachte er.

»Mein lieber Junge, aber sie haßt Sie.«

Die gute Stimmung verging ihm. »Hat sie das gesagt?«

»Nicht ausdrücklich.«

»Wie wollen Sie so etwas dann wissen?«

»Instinkt. Erfahrung. Außerdem liebe ich Sie – immer noch.«

»Sophie« – ihn fröstelte in der Nachtluft –, »jetzt werden Sie rührselig.«

Müde Hufe auf dem Pflaster, Räderknarren; aus der Ferne langsam näher schwankend, das einsame Licht einer Mietsdroschke.

»Wenn die frei ist, nehme ich sie«, sagte sie.

Der Hufschlag wurde langsamer.

»Gut denn«, besänftigte er, »bei nächster Gelegenheit renke ich das ein mit Mathilde.«

Die Gräfin winkte den Kutscher heran. Und zu Lassalle gewandt: »Seien Sie vorsichtig. Ein Mann mit Ihren Plänen sollte enttäuschte Frauen meiden.«

Er half ihr in die Droschke. »Keine Sorge, Sophie. Möglich, daß ich hier und da Fehler mache, aber über etwas so Manipulierbares wie eine Frau werde ich kaum stürzen.«

Er küßte ihr die Hand. Die Droschke rollte davon.

Er war zu erregt, um einzuschlafen, und Schlafpillen mochte er nicht: sie stumpften am nächsten Tag die Gedanken ab. So lag er da und verfolgte die Muster, die das Mondlicht auf die Tapete warf. Helen, dachte er; und dann: Mathilde; und stellte fest, daß er sich nach ihrer Nähe sehnte, ihren Schenkeln, ihrem Duft, der Zahnlücke, der tiefen, oft heiseren Stimme.

Er warf die Decke von sich und setzte sich auf den Bettrand. Eine Weile betrachtete er seine Knie, die behaarten Waden, seine Knöchel und Füße. Napoleons Beine waren zu kurz gewesen; die seinen waren wohlproportioniert, die Knöchel elegant, die Füße schmal, der Spann hoch, gar nicht jüdisch. Er seufzte und griff nach seinem Schlafrock, schlüpfte in die Pantoffeln. Vielleicht war Vahlteich noch wach.

Vahlteichs »Herein!« kam sofort. Vahlteich schrieb an dem schmalen Tisch nahe dem Fenster seiner schmalen Kammer, während die Nachtfalter die Öllampe belagerten.

»Sie verderben sich die Augen.« Lassalle rückte den einzigen anderen Stuhl so, daß er Vahlteich gegenüber Platz nehmen konnte.

Vahlteich schlug klatschend nach einem Insekt auf seinem Arm. »Wenn ich arbeite, erscheinen die Hindernisse geringer.«

Lassalle betrachtete den Mann. Die aufgerollten Hemdsärmel, der offene Kragen betonten den Turner; doch das unrasierte Gesicht mit den neuerdings eingefallenen und erschlafften Apfelbäckchen sprach von großer Ermüdung.

»Das war ein tapferer Versuch, heute nachmittag«, begann Lassalle schließlich.

Vahlteich blickte ihn prüfend an: Bei Lassalle wußte man nie, wo die Ironie anfing. »Ich dachte mir, besser wenige als keiner.«

»*So* wenige?«

»Hätten Sie's lieber gesehen, wenn nur Ihre Freunde aus den bessergestellten Kreisen Sie begrüßt hätten?«

Lassalle zog seinen Schlafrock enger um sich. »Verstehen Sie bitte, Vahlteich, daß ich mehr persönliche Freunde verloren als gewonnen habe, seit ich mit der Arbeiteragitation begann.«

»Entschuldigung.« Nur nicht reizen lassen von Lassalle, dachte Vahlteich und sagte: »Wir haben versucht, eine größere Menge auf die Beine zu bringen. Aber wissen Sie, was der Verlust eines halben Tageslohns für einen Lohnarbeiter bedeutet?«

»Sie sprechen mit dem Autor eines Buchs, das sich mit der Lage der arbeitenden Klasse befaßt. Da es erst kürzlich erschienen ist, nehme ich an, Sie sind mit dem Inhalt vertraut.«

Vahlteich wies auf die Broschüren, die sich an der Wand auftürmten. Die ganze Verärgerung dieser Sommermonate kochte wieder in ihm. »Ich leugne Ihre Gelehrsamkeit nicht. Aber jenseits von Statistik und Theorie existiert der Gestank der Armut, der saure Geschmack des Hungers. Existiert die Wirklichkeit.«

»Und ich kenne Ihre Wirklichkeit nicht, meinen Sie?«

»Haben Sie sie je erlebt?«

Lassalle trommelte auf dem Stuhlrand. »Wenn nur ein armer Mann die armen Leute führen kann – wo sind dann die zerlumpten Sprecher, die die Massen aufrühren, die barfüßigen Organisatoren, die sie zu Bataillonen ordnen? Ihre Leipziger Konferenz hat doch mich zum Präsidenten gewählt, der ich einen Schrank voller Maßanzüge und einen Keller voll französischen Weins und ein Einkommen von der Breslauer Gasbeleuchtungsgesellschaft besitze.«

Vahlteich krümmte die Schultern.

»Das ist die Wirklichkeit, Vahlteich. Und solange *ich* die Organisation zu führen habe, werden Sie bitte meinen Gedankengängen folgen und es vermeiden, mich in unangenehme Situationen zu bringen. Haben Sie schon darüber nachgedacht, wer uns eigentlich vor der totalen Lächerlichkeit bewahrt hat?«

Vahlteich hatte darüber noch nicht nachgedacht.

»Bismarck! Bismarck, der unser Empfangskomitee durch eine Abteilung königlich preußischer Gendarmerie verstärken ließ.« Lassalle hielt inne, aber Vahlteich schien den feinen Humor nicht zu schätzen. »Für unsere Zwecke zählen nur Massen, verstehen Sie? Bismarck nahm an, wir hätten sie; Sie haben den gegenteiligen Beweis erbracht.«

Vahlteich legte Lassalle ein Papier vor. »Ich habe Dr. Dammer und alle Bevollmächtigten in den Ortsgemeinden angewiesen zu erklären, wir hätten zehntausend Mitglieder. Falls sich jemand danach erkundigt. Das ist übrigens auch die Ziffer, die die Presse angibt.«

»Und wie viele haben wir wirklich, nach diesem Sommer?«

»Noch keine fünfzehnhundert.«

»Bezahlte Beiträge?«

»Etwa ein Drittel. Lewy hat mir noch nicht einmal das Gehalt vom vergangenen Monat geschickt.«

»Sie können es sich morgen von meiner Bank abholen.«

Vahlteich sah wieder aus, als schrumpfe er. »Ich habe es nicht deshalb erwähnt. Lewy möchte Gelder durch den Verkauf vergrößerter Photographien von Ihnen aufbringen, zu zehn Silbergroschen das Stück; die Arbeiter sollen sich die Bilder an die Wand hängen.«

»Nein, mein Bester«, Lassalle konnte sich vorstellen, was sein Freund Marx zu dieser Glanzidee zu sagen haben würde, »keine Ikonenverehrung. Auch wünsche ich keine Agitation, die auf Fälschungen beruht. Aber es ist besser, niemanden am Bahnhof zu haben als fünf unglückselige Männlein.«

Vahlteichs Faust schloß sich um seinen Bleistift und brach ihn mittendurch.

»Na, na, Vahlteich. Wir können unser Temperament nicht jedesmal, wenn wir den Tatsachen ins Gesicht zu sehen haben, mit uns durchgehen lassen.«

»Wollen Sie den Tatsachen tatsächlich ins Gesicht sehen?«

»Die Apathie der arbeitenden Massen – das ist die Tatsache, mit der wir uns auseinanderzusetzen haben.« Lassalles Schlafrock öffnete sich und ließ den dürftigen Haarwuchs auf der bleichen Brust erkennen. »Jedes Wort, das wir sagen, ist für sie gesprochen, jede Aktion, die wir in Gang setzen, für sie unternommen. Warum also strömen sie uns nicht zu, werden Mitglieder, bilden Ortsgemeinden?«

Vahlteich war aufgestanden. »Schieben Sie die Schuld nicht auf die Arbeiter! Es erfordert mehr Mut, als Sie je begreifen werden, dem Brotherrn entgegenzutreten und sich den Teufel zu scheren, wie man Weib und Kind ernährt.«

»Die Arbeiter können ihre Lage nur verbessern. Die Erfolge, die wir bisher errungen haben, sind aber das Ergebnis der Selbstaufopferung von einigen wenigen.«

Einige wenige bedeutete: Lassalle. Vahlteichs Gesichtsausdruck verhärtete sich. »Kein Arbeiter wird sich für eine Organisation aufopfern, in der er nichts zu sagen hat.«

»Ach. Und was schlagen Sie vor?«

»Demokratie.«

»Und jeder Wirrkopf in jeder Ortsgemeinde macht seine eigne Politik im Namen des Allgemeinen Deutschen Arbeitervereins? In *meinem* Namen? Alles dezentralisieren, was? Jeder Gemeinde erlauben, ihren eignen kleinen Cäsar zu haben...? Das wäre das Ende.« Er wußte, er sah in Nachthemd und Schlafrock nicht aus wie ein General; doch mußte er sich wie einer verhalten. »Wir sind ausgezogen, ein Land zu verändern, enorme Schlachten, eine ganze Revolution zu gewinnen – da kann es nur ein Oberkommando geben.«

»Ohne Armee?«

»Wollen Sie die kleine Armee, die wir immerhin haben, zertrümmern?«

»Ich will Ihnen nicht danke schön sagen müssen für jeden Groschen, den ich ausgebe, jede Mahlzeit, die ich esse, jedes politische Wort, das Sie mir zu sagen gestatten. Ich bitte Sie, sich zu erinnern, daß wir bereits eine Organisation besaßen, damals in Leipzig, bevor Sie die Bühne betraten, und daß es eine demokratische Organisation war, in der jeder ein Recht auf seine Meinung hatte. Lieber mache ich Schluß, als...«

»Schluß?« Lassalle, obzwar seiner nackten Waden peinlich bewußt, erhob sich gleichfalls. »Ich werde mir überlegen, ob *ich* Sie absetze. Aber *Sie* machen keinesfalls Schluß, nicht solange ich weiterarbeite, und ich beabsichtige nicht aufzugeben – noch lange nicht, nicht vor dem Winter, nicht vor dem nächsten Frühjahr, nicht bei einer politischen Lage, die so viele Möglichkeiten bietet. Schluß machen! Ganz Europa würde sich ausschütten vor Lachen über uns. Im Gegenteil: wir werden ein ganzes Heer auf die Beine bringen. Wir beginnen im Rheinland; dort kennt man mich am besten; wir beginnen noch diesen Monat, diesen September, große Massenversammlungen, Arbeiterbataillone, Lassalles Armee. Und Sie, mein lieber Vahlteich, werden Order parieren, denn in der Bewegung, die da kommen wird, haben Abweichler keinen Platz: Entweder halten Sie sich an die Linie, oder Sie sind erledigt. Dafür werde ich persönlich sorgen.«

Vahlteich spielte mit den Bruchstücken seines Bleistifts. »Mathilde hatte recht«, sagte er. »Es geht Ihnen gar nicht um die Arbeiter.«

»Mathilde?« fragte Lassalle heiser. »Was haben Sie mit Mathilde zu tun?«

Vahlteich blickte ihn an, einen Mann in mittleren Jahren, schlampig, in Pantoffeln, besorgt über die Indiskretionen einer früheren Geliebten. »Fräulein Mathilde hat sich Geld von mir geborgt.«

»Von *Ihnen?*«

»Ja, von mir. *Mein* Geld. Viel konnte ich ihr leider nicht leihen.«

Lassalle entsann sich nicht, ihr je Geld gegeben zu haben; kleine Geschenke, ja, aber keinen Groschen in bar... »Ist sie schwanger?«

»Davon hat sie nichts erwähnt.«

Ich hätte sie abfinden sollen, dachte Lassalle; daß sie sich Geld von Vahlteich lieh, daß sie die Gräfin aufsuchte, konnte der Anfang einer ganzen Kampagne von Forderungen sein. Und sagte: »Ich nehme an, sie war entsprechend dankbar?«

»Mir?«

»Ihnen. Für *Ihr* Geld. Das ich Ihnen natürlich rückerstatte.«

»Herr Dr. Lassalle« – Vahlteichs Verärgerung brach durch –, »Fräulein Mathilde hat ihre Stellung verloren, weil sie Streit mit einer Kundin hatte, die sich ein paar wenig schmeichelhafte Bemerkungen über Sie erlaubte, und Fräulein Mathilde hat Sie verteidigt, und das war ihr Ende in Gersons *Paradies der Damen.*«

Lassalles Gesicht heiterte sich auf; die Wiederaufnahme seines wohltemperierten Lebens begann, reale Perspektiven zu gewinnen. »Wenn Sie Mathilde Geld geliehen haben«, erkundigte er sich, »dann werden Sie wohl wissen, wo man sie jetzt am besten erreicht?«

Vahlteich dachte an den Bierkeller der Witwe Quinch, wo sie jetzt arbeitete. Manchmal stand er dort stundenlang an der Theke, um sie im Morgendämmern heim zu geleiten zu der brüchigen Mietskaserne, in deren Wänden der Schwamm saß. Im Toreingang raschelte und stank es, Ratten; in den Wohnungen, wenn man die Löcher so nennen konnte, bissen die Biester die Säuglinge. »Sie kennen ihre Adresse doch«, sagte er.

»Ich war noch nie dort.«

»Ein Besuch wäre vielleicht ganz lehrreich gewesen.«

»Mathilde hat es nicht gewünscht.«

»Wenn Sie wollen, führe ich Sie hin.«

»Nein, danke.« Lassalle schlug den Schlafrockkragen hoch. »Wie ich Ihnen schon sagte, brauche ich nicht darüber belehrt zu werden, wie die Mehrheit der Bevölkerung lebt; ich habe diese Zustände schon zu ändern versucht, als Sie noch in die Windeln machten. Aber irgendwann diese Woche wäre es mir lieb, wenn Sie Fräulein Mathilde eine Geldsumme überbrächten und sie zum Abendessen zu mir einladen würden.«

Warum spielt er nicht seinen eigenen Zuhälter, dachte Vahlteich. Dann aber legte er die Bleistifttrümmer ganz still auf den Tisch und sagte: »Wenn ich die Zeit dafür finde.«

»Sie werden Zeit finden«, versprach Lassalle. Und fügte versöhnlich hinzu: »Sehen Sie, Vahlteich, die Menschen erhalten von mir manchmal einen falschen Eindruck, weil sie nicht wissen, unter welchem Druck ich handeln muß. Glauben Sie mir, in dem Kampf, in dem wir stehen, heißt es zuschlagen, bevor man selber gebleut wird. Da kann es sogar geschehen, daß man, ohne es zu beabsichtigen, die eignen Freunde trifft.« Er lächelte, das Gesicht männlich, gewinnend, als hätte er mit diesem einen Geständnis vergangene Sünden und zukünftige Fehler sämtlich abgegolten. »Sie verstehen, was ich meine?«

»Ich verstehe.« Vahlteich dachte kurz nach. »Wenn ich nicht verstünde, hätte ich Sie längst hier stehen lassen.«

»Ich weiß das zu schätzen.« Lassalle bot ihm die Hand. »Ja, ich bin mitunter schwierig, zugegeben; aber ich denke, wir werden doch miteinander auskommen.«

»Ich denke auch«, erwiderte Vahlteich.

Später, im Bett, die Nachwirkung seiner Nervenanspannung noch in den Gliedmaßen, überlegte Lassalle, was er zu tun haben würde, um Vahlteich auf annehmbare Art aus dessen Funktion zu entfernen. Der Mann wollte sich einfach nicht einfügen in das System, das man brauchte, um einen Verein in eine politische Partei und diese in ein Machtinstrument zu verwandeln. Und dann dachte er an Mathilde und dachte: Wieso sagt sie, es geht mir nicht um die Arbeiter. Ich hab' sie doch immer anständig behandelt, und ich mag sie noch jetzt.

9. Kapitel

Sie stand vor der Tür, die Finger um ihre Handtasche geklammert. »Herr Dr. Lassalle da?«

Johann erinnerte sich seiner Anweisung: Diskretion, bei Damen immer Diskretion, wir stehen im Blickfeld der Öffentlichkeit, Johann. »Leider nicht, Fräulein Mathilde. Aber kommen Sie bitte herein.« Er trat zur Seite. »Schade, daß Sie uns vergangene Woche enttäuscht haben. Herr Dr. Lassalle und Herr Vahlteich haben fast eine Stunde gewartet, bevor sie sich zur Tafel setzten; aber da waren die Brattäubchen schon ganz ausgetrocknet und faserig.«

»Ich mußte arbeiten.«

Johanns Brauen hoben sich um ein geringes. »Zur Nacht?«

»Zur Nacht. Wann erwarten Sie Herrn Dr. Lassalle?«

»Er ist verreist. Heute abend dürfte er sich in Solingen befinden, zu einer seiner Versammlungen.«

»Herr Vahlteich hier?«

»Ich werde sehen. Warten Sie eine Minute?« Er führte sie in die Bibliothek. »Kann ich Ihnen etwas anbieten? Ein Glas Sherry?«

»Eine gute Tasse Kaffee wäre mir lieber, und eine Kleinigkeit zu essen.«

Sie setzte sich in den Lehnstuhl, die Handtasche auf dem Schoß.

Johann bemerkte die abgestoßenen Schuhspitzen, die dünnen Sohlen, die krumm getretenen Absätze.

»Nachtarbeit.« Er verzog die Nase. »Da kriegen Sie wohl nicht viel Schlaf?«

»Ich arbeite als Kellnerin.«

»Kellnerin. Nach der schönen Stellung bei Gerson. Schade, daß Sie uns vorige Woche enttäuscht haben. Herr Dr. Lassalle hätte ein Wörtchen fallenlassen können bei Gerson; zufällig weiß ich, der alte Herr Gerson hat, bevor er von Breslau nach Berlin kam, zur selben Synagoge gehört wie der Vater von Herrn Dr. Lassalle.«

Sie zog die Füße unter den Rock.

»Wo *ist* Herr Vahlteich?«

»Sofort.«

»Und vergessen Sie den Kaffee nicht.«

Sie blickte Johann nach, wie er das Zimmer verließ; sogar der Rücken drückte Tadel aus. Die Wände der Bibliothek mit ihrer Bücherlast deprimierten sie. Die Bücher bildeten eine geheimnisvolle Welt, zu der sie keinen Zugang besaß. Lassalle hatte ihr auch nie ein Buch gegeben, nicht einmal eins von seinen eigenen. Ihre gemeinsame Welt war das Bett gewesen.

Sie nahm ein Buch aus dem nächsten Regal. Lesen konnte sie, obzwar nur langsam; sie hatte die Schule besucht; aber dies Buch war in einer fremden Sprache. Die Illustrationen verstand sie jedoch: Männer mit Perücken auf dem Kopf, in langem Rock und seidnen Kniehosen, lagen auf dem Knie vor halbnackten Damen, die sich auf luxuriösen Betten rekelten; Paare tanzten in Parks, deren Bäumen die Gärtnerschere die sonderbarsten Formen gegeben hatte; oder sie umarmten einander in den verschiedenartigsten Stellungen, von denen einige ihr bekannt vorkamen.

Sie stellte das Buch an seinen Platz zurück. Vahlteich, strahlend über das ganze Gesicht, trat auf sie zu. Dann plötzlich Besorgnis: »Etwas Schlimmes?«

Sie lächelte: »Ich bin nur gekommen, Lassalle sein Geld zurückzubringen.«

»Arm, aber ehrlich.« Er nickte spöttisch. »Lassalle kann sich die paar Groschen leisten. Übrigens, wie Johann Ihnen gesagt haben wird, befindet er sich auf Agitationsreise.«

Er wies auf einen Stuhl. Sie setzte sich, entnahm ihrer Handtasche ein Kuvert, das er kannte, und drückte es ihm in die Hand. »Ich denke, ich kann Ihnen das anvertrauen.«

»Lassalle hat es mir ja auch anvertraut.«

Sie schluckte. »Also *Sie* waren der Bote. *Sie* haben die Einladung überbracht – und das da...«

»Hätte ich mich weigern sollen?«

»Das müssen Sie doch wissen« – sie blickte ihn an –, »Sie als gewählter Funktionär des Arbeitervereins.«

Er steckte das Geld ein und verschränkte die Finger, die breiten Schuhmacherdaumen gegeneinandergedrückt. »Ich habe mir überlegt, Fräulein Mathilde, ob ich Lassalle sagen soll: Arrangieren Sie sich Ihre Weibergeschichten selber. Aber dann dachte ich mir, mag *sie* entscheiden – ob sie das Geld annehmen will, ob sie zurückkehrt zu ihm, ob...«

Er brach ab. Johann rollte den Teewagen herein. »Sahne zum Kaffee?«

Sie nickte.

»Zucker?«

Sie nickte.

Johann setzte ihr die Teller vor, faltete die Serviette, placierte das Besteck, verschob alles noch einmal. »Ist's so recht?«

Sie nickte.

»Warum essen Sie dann nicht?«

»Warum lassen Sie sie nicht?« knurrte Vahlteich. »Wie soll ein Mensch essen können, wenn Sie ihm dauernd hinterm Nacken stehen wie der Henker mit dem Beil?«

»Herr Vahlteich«, Johann richtete sich auf, »ich gebe zu bedenken, daß die Unterhaltung von Damenbesuch hier in Herrn Dr. Lassalles Abwesenheit sehr mißverstanden werden könnte.«

»Ach, du großer Gott!« Vahlteich schob den widerstrebenden Mann aus dem Zimmer und schloß die Tür. Und sich Mathilde wieder zuwendend: »Mißverstanden von wem?«

Sie tat sich Butter aufs Brot und ließ den Honig auf die Butter tropfen.

»Wie blaß Sie sind«, bemerkte er. »Bei Tage sieht man's erst. Warum das Geld nicht behalten? Für eine Weile reicht's, und Sie können die Arbeit bei der Witwe Quinch aufgeben, wo jeder alte Strolch Sie belästigt und Sie jedem Halunken ausgeliefert sind. Wie oft kann ich dort sein und mich um Sie kümmern?«

»Dafür ist Gustav zuständig.«

»Der Oberhalunke.«

»Die Witwe bezahlt ihn, damit er dafür sorgt, daß niemand das Lokal zertrümmert und mit der Kasse verschwindet, und ich gehöre auch zum Inventar.«

»Ich könnte mir vorstellen, daß er von Ihnen eine Sondervergütung möchte, Fräulein Mathilde.«

»Er möchte. Das möchten sie alle.«

Vahlteich lachte. »Es gibt auch Männer, denen eine Frau etwas mehr bedeutet.«

»Ich hab' auch mal geglaubt, ein bißchen Schönheit wär' in mein Leben gekommen, etwas, wofür sich's lohnte.« Sie biß in ihr Brot, kaute, trank. »Es gäbe nur einen Grund für mich, das Geld zu behalten: damit ich meine Schuld an Sie zurückzahlen kann.«

»Das kann warten. Ich will nicht, daß Sie Lassalle verpflichtet sind.«

»Aber wenn ich's für mich behielte, wäre ich ihm doch genauso verpflichtet.« Sie schob ihre Tasse zur Seite. »Was wollen Sie eigentlich, Herr Vahlteich. Wird's Ihnen nicht leid, sich dauernd mit meinen Angelegenheiten zu beschäftigen?«

Er blickte auf seine Hände. »Ich hab' mir sehr gewünscht, Sie wiederzusehen. Und doch war ich froh, als damals nur Ihre kleine Schwester zu Haus war und mir nichts blieb, als das Geld dazulassen und die Einladung für Sie.«

»Und wenn ich nun gekommen wäre auf die Einladung hin? Und wenn wir zu dritt dagesessen hätten, Sie und Lassalle und ich, und nach dem Essen hätte er gesagt: Jetzt, Vahlteich, wäre ich Ihnen dankbar, wenn Sie sich auf Ihr Zimmer begäben?«

»Wenn Sie gekommen wären«, sagte er langsam, »würde es mir wenig ausgemacht haben, was Lassalle sagte oder Sie oder irgend jemand. Aber Sie kamen nicht. Deshalb war ich ja da: um zu sehen, ob Sie kommen würden. Und als die Minuten vertickten und die Viertelstunden und der idiotische Johann immer wieder anklopfte mit seiner Suppe und seinen Brattäubchen und dieser Wein würde warm und jener kalt, da wurde mir das Herz leicht wie eine Feder, Fräulein Mathilde, und würde davongeflogen sein, wenn's nicht an meinen Rippen festgewachsen wäre.«

Ihre Augen glänzten.

Dann kam Johann und räumte das Kaffeegeschirr ab und verschwand wieder mit seinem Teewagen.

»Wann sehe ich Sie wieder?« fragte Vahlteich.

»Am besten wär's, gar nicht.«

»Ich könnt's heute abend einrichten, bei der Witwe Quinch. So zuverlässig wie Gustav bin ich mindestens.«

»Nein, bitte nicht. Sie sind dort unbeliebt. Ich habe schon Menschen in ihrem Blut im Rinnstein liegen sehen, und sie haben um Hilfe gerufen, und keiner hat zu helfen gewagt.«

»Mathilde...« Er stand auf und blickte breit lächelnd und friedlich auf sie hinab. »Wenn das Ihr einziger Einwand ist, komme ich hin – heute abend und sooft ich kann.«

Lassalle schritt ruhelos auf und ab; die Dielen knarrten.

Er hätte auf dem großen Einmarsch in den Saal bestehen sollen: durch den Mittelgang, mitten durchs Volk. Aber Klings und Wilms, die beiden Hauptorganisatoren seiner Solinger Versammlung, hatten die Idee strikt abgelehnt und ihn durch eine schmale Seitentür eingeschmuggelt, und nun durfte er hinter der Bühne warten, zwischen einem Haufen zerbrochener Stühle und einer Sammlung verstaubter Kulissen.

»Was habt ihr zwei da für Geheimnisse?«

Klings und Wilms kamen aus ihrer Ecke, wo stalaktitenartig die Fetzen eines Vorhangs hingen. Klings suchte ein Papier in der Tasche verschwinden zu lassen.

»Darf ich das sehen?«

»Gib's ihm schon«, meinte Wilms.

»Danke«, sagte Lassalle. Klings, Gründungsmitglied des Arbeitervereins, gehörte zur alten Garde, war damals mit in Leipzig gewesen und hatte ihn brav unterstützt; Wilms war ein neuer Mann, eifrig, bedingungslos ergeben und, wie es hieß, ein organisatorisches Genie; das rasche Wachstum der Solinger Gemeinde des Vereins und diese Versammlung, die ein beachtlicher Erfolg zu werden versprach, kamen großenteils auf Wilms' Konto.

Klings händigte den Bogen nur zögernd aus.

Lassalle setzte den Klemmer auf, betrachtete stirnrunzelnd die zwei plump auf bläuliches Kanzleipapier gezeichneten Gestalten: Nase und Stirn der einen waren unverkennbar; ebenso unverkennbar das Messer, das da in der Brust stak. Der andere, der Attentäter, hielt den Griff des Dolches noch gepackt, aus seinem Mund hing ein müder Ballon mit den Worten: *Tod dem roten Judenagitator!*

»Und seit wann haben Sie das?«

»Einer unsrer Leute bekam das in die Hand gedrückt«, sagte Klings, »vor wenigen Minuten. Wir haben aber schon andere solche Blätter gesehen, schlimmere.«

»Eine Warnung«, sagte Wilms.

»Aufforderung zum Mord«, sagte Klings. »Und hier in Solingen, wo wir die Messer machen, trägt jeder eins bei sich.«

Mord, dachte Lassalle. Die Haut juckte ihn an der Stelle, wo, der Zeichnung zufolge, der Dolch stecken sollte. Er hatte immer damit gerechnet und hatte es auch der Gräfin gesagt, mehr als einmal, und auch anderen Frauen. Aber hatte er es selber geglaubt...? Kein Tod war glaubhaft. Dennoch klebte ihm die Zunge am Gaumen, und es kostete ihn große Anstrengung zu fragen: »Also deshalb muß ich mich hier verstecken?«

Klings fuhr Wilms an: »Hab' ich dir nicht gesagt, du sollst es ihm nicht zeigen.«

Wilms trat nervös von einem Fuß auf den andern. »Es geht um *sein* Leben.«

Lassalle lauschte dem Stimmengewirr, das aus dem Saal drang; jetzt hätte er dort seinen Einzug halten sollen. »Es geht immer ums Leben«, erklärte er, »wenn man eine Revolution machen will. Vor ein paar Tagen in Barmen haben mich auch nur die Stuhlbeine gerettet, die unsre Freunde auf den Schädeln der Bourgeoisie zerschlugen.«

»Aber Ihr Leben ist tausend von unseren wert, Dr. Lassalle.« Wilms deutete auf die skurrile Zeichnung, die Lassalle noch immer in der Hand hielt. »Und das beweist doch, was da geplant wird. Sogar die Polizei müßte unter diesen Umständen –«

»Die Polizei wird sich schon einfinden.« Klings' Miene wurde sauer. »Aber um die Versammlung zu sprengen. Und um unsern Dr. Lassalle – wenn wir's zulassen – festzuhalten, damit die Mordwaffe sein großes Herz auch sicher trifft.«

»Freunde«, Lassalle rang sich ein Lächeln ab, »Lassalle beschützt von der Polizei – das ist nicht das Bild, das ich den Menschen von mir hinterlassen möchte. Aber sollte die Sache des Arbeiterstandes es verlangen, daß ich geopfert werde...«

»Lassalle – Lassalle – LASSALLE!«

Sie riefen ihn. Lassalle blickte auf seine Uhr, tastete nach dem Manuskript in der Tasche. Er hatte einen üblen Geschmack im Mund, aber sein Herz schlug ruhig und regelmäßig.

Plötzlich, mit einer fast tänzerischen Bewegung, zauberte Klings ein Messer aus dem Stiefelschaft; die offene Klinge schimmerte mild auf seiner Handfläche. »In Solingen«, wiederholte er, »trägt jeder eines bei sich, und wir Arbeiter sind mindestens so geschickt im Umgang damit wie irgendein Kerl, der unsern Führern an die Kehle will.« Und zu Wilms: »Du bleibst bei Dr. Lassalle. Ich sag' unsern Leuten Bescheid und postiere sie. In drei Minuten fangen wir an.«

»Lassalle – Lassalle – LASSALLE!«

Der Ruf wurde lauter, drängender. Drei Minuten, dachte Lassalle und las noch einmal *Tod dem roten Judenagitator.* Dann faltete er das Blatt zusammen und steckte es ein.

»Lassalle – Lassalle – LASSALLE!«

Er beschäftigte sich damit, seine Bücher auf dem Rednerpult aufzubauen, ein Turm, Zinnen der Gelehrsamkeit; dahinter ragte er hervor, elegante Jackettschultern, schneeweißer Hemdkragen, seidene Krawatte; Augen streng, konzentriert, die Nerven hellwach und bereit, jede Reaktion des Publikums zu erfassen.

Er hob die Hände. »Freunde...!«

Es hatte keinen Attentatsversuch gegeben, wenigstens bis jetzt nicht; nur einen Zwischenfall am Haupteingang, ein rasch unterdrücktes Handgemenge, Lärm; jetzt war die Ordnung wiederhergestellt. Lassalle bemerkte Klings, der, frische Blutspuren auf seinem Gesicht, neben dem bärtigen Hillmann und anderen rheinländischen Funktionären im Präsidium Platz nahm; etwas abseits saß auf einem hölzernen Stühlchen der dicke Solinger Polizeileutnant und keuchte asthmatisch.

»Freunde! Nicht sowohl um lange Reden als besonders um Heerschau zu halten, bin ich zu euch gekommen. Darum danke ich euch, daß ihr in dieser Massenhaftigkeit euch eingefunden...«

Natürlich kam er auch ohne die Bücher auf dem Pult aus, obwohl er im Laufe der Rede nach dem einen oder andern Band greifen würde, um ein gelehrtes Zitat daraus zu entnehmen. Sein Manuskript war sorgfältig durchgearbeitet und mit Unterstreichungen versehen; er hatte es letzte Woche in Barmen bereits verlesen und wußte genau, wo er betonen und wo er auf Beifall warten mußte.

»...aber es ist noch ein anderes Bedürfnis, das mich zu euch getrieben, das Bedürfnis, euch zu danken für die energische Weise, in welcher ihr euch gleich seit dem Anfang dieser Bewegung benommen...«

Dies war sein Metier, seine wahre Berufung. Alles andre, Drama, Jurisprudenz, Wissenschaft, waren große Fragmente, die aufeinandergefügt den Bau schufen: *Lassalle, das Volk;* besser noch: *Lassalle-und-das-Volk,* unzertrennlich, zu einem verschmolzen. Er spürte den Funken, der von ihm zu den Menschen übersprang; kein andrer Redner würde je wagen, das große *Ich* dauernd zu benutzen; Ich, Lassalle; die Bewegung, c'est moi; er aber hob die Massen empor auf seine Ebene, umschloß sie als Teil seines großen *Ichs;* Ich und das Volk gegen die Bourgeoisie, die Fortschrittler, die Presse, die Polizei, die Regierung; gegen die Welt; es konnte kein Zweifel bestehen, wer da siegen würde, sobald die Schlacht einmal eröffnet war.

»...diese Eunuchen« – das bezog sich auf die Führer der Fortschrittspartei, die ihn als Agenten der Reaktion verschrien – »vermögen natürlich nicht zu begreifen, wie ein Mann allein sich erheben kann gegen alle, nichts hinter sich, weder die Regierung einerseits noch Cliquen noch Koterien noch Zeitungsorgane andrerseits, auf nichts gestützt als auf die Prinzipien und auf sein Vertrauen zu der Kraft und dem gesunden Sinn des Volkes!«

Er holte tief Atem. Massenerregung verlieh der Luft eine besondere Schwüle – Mischung aus Schweiß und dem Dunst von Bier und Tabak und schlecht gewaschenen Leibern.

»...denn ihr kanntet mich! Ich hatte zehn Jahre unter dem rheinischen Arbeiterstande gelebt, die Revolutionszeit wie die Zeit der weißen Schreckensherrschaft der fünfziger Jahre hatte ich mit euch verbracht. Ihr wußtet, *welches* Haus trotz aller wilden Rechtlosigkeit jener Zeit das furchtlose Asyl demokratischer Propaganda und entschlossenster Parteihilfe gewesen...«

Beifällige Stimmen, tief, heiser, aus der Mitte des Saals und überall Widerhall findend. Er hob die Hände: Sonne, steh still zu Gibeon, und Mond, im Tale Ajalon!

»...Sind Sie ein Rasender? Mit diesem Ausruf fielen mir meine besten Freunde in den Arm. Sie wollen eine solche Bewegung hervorbringen, ohne auch nur ein einziges Presseorgan dafür zu haben? Ich antwortete: Ich bin kein Rasender. Ich plane nicht, eine Partei aus Philistern zu schaffen, die sich ihre Meinung von Zeitungen machen lassen und abends beim Wein schwätzen, was sie früh beim Kaffee gelesen haben...«

Gelächter.

»...im Arbeiterstande, sagte ich meinen Freunden, lebt bereits ein tiefer Klasseninstinkt, der ihn fest und selbständig macht gegen alles, was eine elende Presse sagen möge, ein konsequentes und eignes Selbstdenken, das ihn unabhängig macht von allen Zeitungsschreibern der Welt. Dieses Vertrauen in das eigne Denken des Arbeiterstandes habt ihr gerechtfertigt, und die Bestätigung jenes Blicks, den ich in das Wesen eurer Klasse geworfen hatte, gehört für mich zu den schönsten Erinnerungen jener Tage.«

Er unterbrach sich kurz, um seine innere Bewegung auf seine Hörer wirken zu lassen.

»Aber indem ihr euch damals mit dieser Raschheit erhobt, habt ihr nur eure Pflicht getan; denn ich selbst hatte mich ja für nichts anderes erhoben als für dieselben Grundsätze, die seit fünfzehn Jahren das Band bilden, welches uns innerlich vereint. Aber so steht die Sache überhaupt im Leben, daß der Mensch nicht weniger und nicht mehr tun kann als seine echte Pflicht. Und so ist aus dem lauten und öffentlichen Bekenntnis dieser Grundsätze ein *neues* Band geworden zwischen mir und euch, ein Band, das niemals reißen soll! Wo auch äußere Rücksichten mich bestimmen zu leben, mit Herz und Seele, rheinische Arbeiter, weile ich immer unter euch!«

Sein Blick glitt über die Tausende der ihm zugewandten Gesichter; dann senkte er den Kopf und wartete auf den Beifall.

Es dauerte ein paar Sekunden, bis die Menschen im Saal reagierten; dann sprangen sie von den Bänken auf, und das lärmende Durcheinander formte sich zu dem Refrain: »Lassalle! LASSALLE!«

Durch den Lärm und die Begeisterung hindurch schlängelte sich ein fast schulterloses Individuum. Am Fuß der Bühne angelangt, suchte der Mann durch lebhaftes Winken den Polizeileutnant auf sich aufmerksam zu machen. Der klemmte endlich den Helm unter den Ellbogen, watschelte zum Bühnenrand, bückte sich mühsam und nahm von dem andern einen Zettel entgegen.

Lassalle hatte von Anfang seiner Rede an auf verdächtige Bewegungen im Saal geachtet und die Polizei nie ganz aus dem Auge gelassen; so entging ihm das kleine Zwischenspiel auch nicht. Die nächsten Abschnitte seiner Rede enthielten Perlen, um die es ihm leid gewesen wäre; sie hatten großartig gewirkt letzten Sonntag in Barmen.

Der Leutnant hatte seine Anweisung entziffert. Er blickte besorgt auf den Redner und hinunter in den Saal, auf die dunkle, unruhige Menge, die von den Gaslampen nur fleckweise beleuchtet wurde.

»Vielleicht setzen Sie sich wieder!«

Fast hätte der Leutnant Order pariert; aber da merkte er, daß die Aufforderung von dem Redner kam; der stand, an sein Pult gelehnt, respektlos.

Von irgendwoher Gelächter.

Der Leutnant stülpte den Helm auf.

Beifall und Lachen erstarben. Klings erhob sich, ebenso Hillmann.

Der Leutnant kam auf Lassalle zugestapft. Von dem, was er sagte, waren außerhalb der Bühne nur zwei Worte zu verstehen: »... Paragraph fünf ...«

Lassalle wandte sich an den Saal, proklamierte: »Der Herr Leutnant behauptet, am Eingang hätte eine Messerstecherei stattgefunden. Es habe Verletzte gegeben. Er sagt, er müsse Paragraph fünf des Preußischen Vereinsgesetzes in Anwendung bringen und erklärte die Versammlung für aufgelöst.«

Das Murren im Saal wurde drohend.

Lassalle schüttelte milde tadelnd den Kopf. Dann richtete er sich an den Leutnant: »Kommen Sie doch näher, haben Sie keine Angst« – seine Stimme, hell, schneidend, drang bis in die hintersten Reihen –, »wir haben hier eine völlig gesetzliche Versammlung eines völlig gesetzlichen Vereins. Paragraph fünf des Gesetzes, mit dem Sie Ihr Vorgehen begründen und den ich sehr wohl kenne, gestattet Ihnen, eine solche Versammlung aufzulösen, aber nur, falls dort gesetzlich strafbare Handlungen erörtert werden oder bewaffnete Personen im Saal erscheinen. So ist es doch?«

Der Leutnant blickte auf seinen Zettel, obwohl er wußte, daß da nichts stand, was er hätte antworten können.

»Also, Herr Leutnant, erblicken Sie Gewehre im Saal, blanke Säbel – oder auch nur einen gezückten Dolch?«

Lachen.

»Ich möchte meinen, hier ist nicht mal ein Strick vorhanden, um jemanden aufzuhängen.«

Der Leutnant schien peinlich berührt.

»Oder haben Sie von mir auch nur ein Wort gehört, das einer Aufforderung zu einer strafbaren Handlung ähnelte? Habe ich die Arbeiter hier im Saal aufgerufen, zu den Waffen zu greifen, die Unternehmer umzubringen, Seine Majestät den König zu stürzen? Habe ich ihnen geraten, sich einen einzigen Groschen anzueignen, der ihnen nicht rechtens zukäme?«

»Nein!« Zuruf aus dem Saal und erneutes Hohnlachen und wieder: »Nein!«

»Dann muß ich Sie leider darauf aufmerksam machen, Herr Leutnant, daß jeder Versuch, gewaltsam oder nicht, diese Versammlung gegen die Vorschriften des Gesetzes aufzulösen, die schwersten juristischen Folgen für Sie und Ihre Polizisten haben dürfte.«

Applaus. Der Leutnant wandte sich hilflos gegen den Spott und die Pfiffe; schließlich, als stieße ihn eine unsichtbare Kraft, stolperte er rückwärts ab, bis ihn die Kulissen gnädig umfingen.

Lassalle, der all das wie nach einer Partitur dirigiert hatte, gestattete dem allgemeinen Jubel nur ein paar zusätzliche Takte. Dann eine große Armbewegung: Ruhe. Die Stelle, die dem Leutnant die Order zur Auflösung der Versammlung erteilt hatte, würde wohl nun wirkungsvollere Maßnahmen ergreifen; und es gab Dinge, die vorher gesagt werden mußten.

Er sprach von den Liberalen, den Herren der Fortschrittspartei, die die Arbeiterklasse an ihre bourgeoisen Schürzenbänder zu fesseln suchten; die lauthals ihre Opposition gegen die Regierung verkündeten, sich aber jedem Willkürakt Bismarcks beugten; die ihre Heldentaten auf großen Festessen bei Kraut und Schweinebraten vollbrachten: *die* würden nie der Freiheit eine Gasse brechen! Darum war für die Arbeiter der Augenblick gekommen, sich unmißverständlich als eine selbständige, besondere politische Partei zu konstituieren – »wir hatten unsre Ehre, wir hatten die Ehre des Landes zu retten...! Und wiederum hat sich gezeigt«, schloß er, »daß, wenn jemand nur den Mut hat, die Prinzipien anzurufen, das Echo aus der Brust des Volkes ihm tausendfach antwortet. Aus dieser Tatsache erwuchs unser Allgemeiner Deutscher Arbeiterverein.« Er blickte empor wie zu einer heiligen Flamme, seine Stimme wurde prophetisch. »Wenn spätere Geschichtsschreiber die traurige Geschichte dieser Tage schreiben werden, nun, so werden sie sagen: Aber es gab wenigstens Männer, die sich mit Zorn und Ingrimm erhoben...«

Ein Krachen.

Die Eingangstür sprang auf. Heisere Befehle; ein Stimmentumult; eine Lampe zerklirrte; Protestrufe. Aus dem Durcheinander heraus aufblitzende Bajonette und Helmspitzen: ein Trupp Gendarmerie versuchte, in Richtung Bühne durchzubrechen.

Der Saal tobte vor Empörung.

Hillmann kletterte auf den Präsidiumstisch, gestikulierte mit beiden Armen. Klings war plötzlich an Lassalles Seite. »Der Zivilist dort, neben den Gendarmen – das ist der Bürgermeister, heißt Trip, leitet die Fortschrittspartei im Ort. Mein Gott, die sind ja wahnsinnig, mit den paar Bewaffneten hier einzudringen. Die werden ja alle zusammengeschlagen...«

Lassalle erbleichte. Die große Provokation, von Klings und Wilms vorausgesagt, sah ganz anders aus als erwartet. Nicht sein Blut sollte fließen – Gendarmenblut vielmehr oder Bürgermeisterblut. Und daraufhin Einsatz der vollen Macht des Staates gegen ihn und seine noch embryonale Organisation. Wo blieb er dann mit seinem allgemeinen, gleichen, freien Wahlrecht, mit seinen großen Plänen?

Hinter dem Keil Gendarmen schob sich die Menge dichtgedrängt der Bühne zu; von draußen her zwängten sich neue Hunderte in den Saal und vergrößerten den Druck. Klings' riesige Hand zitterte. Er wandte sich Lassalle zu. »Sollen wir?«

Lassalle zerbiß sich die Lippe. Dann, während die ersten Gendarmen die Bühne erklommen, griff er nach einem seiner Bücher, blätterte kurz, entdeckte das gewünschte Zitat.

Bürgermeister Trip, den Hut schief auf dem Kopf, wurde von vier kräftigen Polizisten auf die Bühne gehievt. Er fand sein Gleichgewicht, trat vor das Rednerpult. »Herr Lassalle?«

»Bitte?«

»Ihre Versammlung ist aufgelöst.«

Pfeifen, Zischen, Rufe.

Die Gendarmen am Fuß der Bühne richteten ihre Bajonette gegen die Menge. Die Menschen in den vordersten Reihen suchten zurückzuweichen, die hinten standen, drückten nach vorn. Eine Frau schrie gellend auf: »Mörder!«

Lassalle kam hinter dem Rednerpult hervor. Den rundlichen

Bürgermeister überragend, hob er das geöffnete Buch. »Darf ich Ihnen Paragraph fünf des Vereinsgesetzes vorlesen?«

»Die Versammlung ist aufgelöst.«

»Gibt es zweierlei Gesetz in Preußen – eins für die Bourgeoisie, ein anderes für die Arbeiter?«

Der Tumult schwoll an. An verschiedenen Stellen waren Arbeiter zur Bühne durchgedrungen und kletterten hinauf, nur um von den Gendarmen hinuntergestoßen zu werden. »Aufgelöst!« kreischte Trip, die Augen blutunterlaufen. »Die Versammlung ist aufgelöst!« Zwei Gendarmen gingen gegen Lassalle vor, wagten aber nicht, ihn anzurühren. Lassalle, als betreffe ihn der ganze Trubel überhaupt nicht, begab sich zum Tisch des Präsidiums und nahm daran Platz. Am Rand der Bühne verlief das Gefecht zu Ungunsten der Polizei; der Bürgermeister schrie Zeter, Mordio und Gewalt; Klings, Wilms, Hillmann warfen sich zwischen die Gendarmerie und die Arbeiter.

Lassalle schrieb.

Es war ein unwahrscheinliches Bild – der Mann, der da saß, den Widerschein der flackernden Kerze auf seinem Gesicht, während um ihn herum Fäuste flogen, Flüche ertönten, Bajonette klirrten. Im Saal unten wogte der Kampf um eine rote, goldbestickte Fahne. Oben auf der Galerie riefen sie im Chor: »Lassalle! Lassalle! LASSALLE!«

Mit betonter Ruhe setzte Lassalle seinen Namenszug unter das Schriftstück.

Trip schäumte. »Saal räumen!«

Lassalle stand auf. »Herr Bürgermeister!«

Auf einmal war Stille.

»Ich habe hier« – Lassalles Stimme war bis hinauf zur Galerie zu hören – »ich habe hier ein Telegramm an den Ministerpräsidenten, Herrn von Bismarck, das ich absenden werde, falls Sie auf Ihrem ungesetzlichen Schritt beharren. Wir haben das gleiche Recht wie andere, eine friedliche Versammlung abzuhalten und unsere Ansichten zu vertreten. Wenn Sie Gewalt anwenden, wird das Blut auf Ihr Haupt kommen...«

Mehrere Gendarmen hoben den Tisch an, warfen ihn um. Das Tintenfaß zerklirrte; die Kerze erlosch unter einem Polizeistiefel. Lassalle wurde am Handgelenk gepackt; ein zweiter Gendarm stieß ihn brutal vorwärts. Klings eilte ihm zu Hilfe. Der Saal verwandelte sich in ein Chaos.

Lassalle riß sich los.

Die Gendarmen auf den Fersen, erreichte er den Bühnenrand. Hände streckten sich ihm entgegen. Er schien zu schweben, unter sich ein Meer von Gesichtern; all seine Zweifel waren geschwunden, geschwunden war der ewige innere Zwang, sich hochzuspielen; das Volk trug ihn auf Händen; es war ein ungeheures Erlebnis; er hob das Telegramm wie einen Wimpel; und dann war er draußen im Freien, Nacht, Fackeln um ihn herum, und ein Ruf ertönte: »Lang lebe Lassalle!« und ein andrer: »Lassalle führt uns an!« Und da war wieder der Chor der Stimmen, und er dachte, dies ist der wirkliche Anfang, dies ist meine Armee, meine Schlacht, mein Sieg.

Er fand sich an der Spitze einer Prozession durch enge Straßen; hier und da blinkte im Schein einer Straßenlaterne ein Bajonett auf: die Gendarmen, halb Wächter, halb Gefangene der Menge, zogen zu seiten der Kolonne mit.

Lassalle packte die Bastille fester und paßte seinen Schritt dem von Klings an. Irgendwann waren ihm Hut und Stock zugereicht worden, er fühlte sich komplett und beschwingt, eins mit Klings und Wilms und Hillmann, die neben ihm marschierten, eins mit dem Volk.

»Das Telegramm, das Sie da geschrieben haben – wollen Sie das wirklich abschicken?«

Die Frage kam von Klings, auf dessen Gesicht Pflaster verschiedener Größe ein sonderbares Muster bildeten. Lassalle blickte sich um: eine einzige quirlende Menge, darüber blakende Fackeln. Welche Macht; und sie war immer vorhanden gewesen unter der Oberfläche; aber er hatte sie erweckt.

»Ich meine, an Bismarck?« bohrte Klings.

Natürlich an Bismarck. Und später dann Abschriften an sämtliche großen Zeitungen des Landes. Das war mehr als eine Pressemeldung, das war ein neues Phänomen – diese Menge, die für einen einzigen demonstrierte, dieses Kabel, das dem Premierminister des Königreichs verkündete: Wir, Lassalle, sind Tausende. Das war politische Realität, bezeugt durch die beiseite gefegte Gendarmerie und dokumentiert durch die impotenten Proteste des Bürgermeisters.

»Glauben Sie nicht, Klings, die hiesigen Ereignisse wären von Interesse für Bismarck?«

»Was geht uns Bismarck an?«

Hinter sich hörte Lassalle dumpfes Lärmen; dann Rufe: »Befreit Lassalle!« Anscheinend glaubte ein Teil der Menge, er sei verhaftet oder sollte verhaftet werden. Überhaupt wußte niemand, was eigentlich geschah und wohin der Demonstrationszug sich bewegte; alles war zufällig, spontan, und doch geladen mit dieser ungeheuren Kraft.

»Und wieso sollte Bismarck sich für uns interessieren?« Klings hustete und spuckte aus. »Ebensogut könnten wir an den Mann im Mond telegraphieren.«

»Wenn der Mann im Mond Probleme wie Bismarck hätte – warum nicht?« Aber der Witz schlug nicht an. Lassalle wurde ungeduldig. Jetzt erst recht konnte er keinen Zusammenstoß zwischen dem aufgebrachten Volk und der Polizei gebrauchen. »Wo ist denn nun das Telegraphenamt?«

»Dort vorn – die erleuchteten Fenster.«

Bis aber die ersten Reihen der Demonstration das Gebäude erreichten, waren die Lichter verloschen, die Fensterläden verschlossen. Die Gendarmen faßten Posten.

Lassalle schlug mit dem Stock gegen die Tür, wütend: zwischen ihm und dem Schicksal stand nichts als ein verängstigter Telegraphenbeamter.

Eine Klappe hob sich hinter einer vergitterten Öffnung.

»Aufmachen!« befahl Lassalle. »Dringendes Telegramm!«

Der Mann stammelte: »Und die da?«

»Das«, tröstete Lassalle durch die Öffnung hindurch, »sind meine Mitunterzeichner.«

Die Klappe schloß sich. Die Gendarmen näherten sich ihm. Jemand – Klings wohl – warnte erregt: »Rühren Sie Dr. Lassalle nicht an, oder es gibt Aufruhr.«

Lassalle trommelte an der verriegelten Tür. Endlich die Klappe wieder: im Gittermuster des Vierecks fahle Augen, ein furchtsames Gesicht.

»Sie da!« – in die Öffnung hinein.

Jahrelange Gewöhnung reagierte auf den Befehlston; die Augen blickten vorschriftsmäßig geradeaus.

»Als königlich preußischer Telegraphenbeamter tun Sie gefälligst Ihre königlich preußische Telegraphenbeamtenpflicht! Verstanden?«

Der Riegel schnappte auf. Die Tür öffnete sich. Lassalle schob sich hindurch; ihm nach Klings, Wilms, noch ein paar andere; dann fiel die Tür ins Schloß, der Riegel schob sich vor. Draußen wuchs der Tumult.

Der Beamte zerrte an dem Kettchen der Gaslampe; das Licht flammte auf. Lassalle schob den Telegrammtext über den Schalter. Das Hemd klebte ihm schweißnaß am Leibe; trotzdem fühlte er sich großartig; eine Welle der Erleichterung durchpulste ihn vom Gehirn bis in die Fingerspitzen; sich jetzt ausstrecken können auf einem bequemen Bett, entspannen, die Nähe einer Frau spüren...

»An Ministerpräsident von Bismarck, Berlin...«

Die Stimme des Beamten erstarb; die wässerigen Augen verkrochen sich hinter Brille und grünem Augenschirm.

»Ja, ja, ja – senden Sie schon endlich!«

Der Beamte sagte entschuldigend: »Ein langes Telegramm, mein Herr. Ich muß die Wörter zählen.«

»Dann zählen Sie.«

»Und Ihnen den Text vorlesen.«

»Dann lesen Sie.«

»Fortschrittlicher Bürgermeister hat soeben an der Spitze von zehn mit Bajonettgewehren bewaffneten Gendarmen und mehreren Polizisten mit gezogenem Säbel von mir einberufene Arbeiterversammlung ohne jeden gesetzlichen Grund aufgelöst. Umsonst mich auf das Vereinsgesetz berufend protestiert. Mit Mühe das Volk...«

»Moment!« Eine scharfe Wendung, eine fordernde Handbewegung. »Geben Sie mir meinen Text.«

Der Beamte gehorchte.

Lassalle lehnte sich über den Schalter, den Bleistift gezückt. *»Mit Mühe das Volk – an fünftausend Mann in dem großen Saal der Schützenburg*... Stimmt doch, Klings? Sie würden auch auf fünftausend schätzen...? *und mehrere tausend vor dem Saal – von Tätlichkeiten abgehalten...«* Und zu dem Beamten: »Das haben Sie verstanden? Das ist wichtig. Sie können die Leute auf der Straße hören, es sind alle noch da...«

Draußen wurden nicht länger Losungen gerufen; statt dessen war da das Vorbeischlurren Tausender und ein Stimmenwirrwarr, der anschwoll und abebbte und wieder anschwoll.

Lassalle griff noch einmal nach seinem Telegramm. »Das fügen wir ferner hinzu« – der Bleistift flog –: *»Von Gendarmen und Zehntausenden vom Volke, die mich arretiert glaubten, nach dem Telegraphenamt geleitet*... Der letzte Satz bleibt, wie er ist.«

Der Beamte glättete das schon recht zerknitterte Papier und verlas: *»Bitte um strengste, schleunigste gesetzliche Genugtuung. F. Lassalle*... Das wären dann vierundachtzig Wörter, mein Herr. Drei Taler neun Silbergroschen preußisch, wenn ich bitten darf.«

Lassalle griff nach seinem Portemonnaie.

Wilms hielt ihn zurück. »Die Vereinskasse zahlt...«

Lassalle legte ihm den Arm um die Schulter. »Hier handelt es sich um eine gesamtdeutsche Angelegenheit, mein Freund, die Ihre örtlichen Mittel überfordern dürfte.«

Er warf dem Telegraphenbeamten ein paar Münzen zu, ließ ihm das Wechselgeld und trat hinaus in die Nacht.

»Lassalle! Lassalle! LASSALLE!«

Er zog den Hut und nahm den Salut des Volks entgegen, ein Cäsar nach der Überschreitung seines Rubikon.

10. Kapitel

Grandmaman lag im Sterben.

Sie wußte es. Sie wußte, daß dieser zweite Anfall, der in der Nacht gekommen war, der letzte sein würde. Das Wissen darum stand sichtbar in ihren Augen: groß und durchsichtig richteten sie sich auf Bereiche weit jenseits des Zimmers; zuweilen meinte Helen, den Widerschein einer quälenden Angst darin zu erkennen.

Die Ärzte waren gekommen und gegangen; sie hatten eine Krankenschwester dagelassen, die neben einer Lampe in der Ecke saß und strickte. Merkwürdig, dachte Helen, wie sehr die Ärzte in Baden-Baden ihren Berliner Kollegen ähnelten; der gleiche Ton, das gleiche Benehmen am Krankenbett, die gleichen Eifersüchteleien; nur daß sie keine Reise ins Bad verordneten; denn man befand sich bereits im Badeort, und gerade hier, in der gesunden Luft, bei den heilenden Wässern, erschien der Tod zu seinem Rendezvous mit Grandmaman.

Und das, nachdem ihr Zustand sich so bemerkenswert gebessert hatte! Wir Wolffs, hatte Grandmaman erst neulich abends gekichert, sind unzerstörbar; sie hatte von Rückkehr nach Berlin gesprochen, von der Saison, die Helen unter keinen Umständen versäumen durfte, von Theater und Konzerten, von ihrer Malerei und ihren Studien. »... Mädchen wie du, und einen Rollstuhl von einem Kurort zum andern schieben – dabei kann eine ja den Verstand verlieren.« Und zu Yanko, wieder mit dem Kichern: »Wir sind zwei schöne Gefängniswärter, was, wir beide?«

Berlin, empfand Helen mit einem Stich, bedeutete Lassalle: Lassalle, der die Spalten der Presse füllte, Lassalle der Rattenfänger, der Ritter von der traurigen Gestalt, der Judenrebell, Mephisto, Machiavelli, Hochverräter, Anarchist. Den einen Berichten zufolge befand er sich in Berlin, kurz vor seiner Verhaftung, Aburteilung, Einkerkerung; nach anderen trieb er sich in den rußigen Industriestädten des Rheinlands herum, rekrutierte Arbeiterbataillone und führte diese zum Angriff auf die Polizei; dann wieder hieß es, er halte sich am Strand der Nordsee auf und pflege unsittlichen Umgang mit Damen des britischen Adels. Da ihr seit seinem Blumenarrangement kein Gruß, keine Erklärung zugekommen war, füllte Helen das widersprüchliche Bild mit den Farben ihrer Phantasie, die ihr Verlangen steigerten, bis sie im Morgengrauen mit schmerzendem Kopf erwachte und sich fragte, ob sie nicht lieber nehmen sollte, was zur Hand war, nämlich ihren Yanko.

Geduld, so hatte Holthoff ihr geraten; er ist ein großer Mann mit großen Plänen. Geduld...! Sie hütete sich, die Nerven zu verlieren; aber die Monate wirkten sich aus, und sie wurde blaß, abgespannt, reizbar, und die Ärzte begannen, auch ihr Tropfen und Pülverchen zu verschreiben. Sie starrte in Grandmamans Gesicht auf dem Kissen; es schien sie zu verspotten: Nicht ich hab' dich gekettet, auch nicht der Knabe Yanko – du warst dein eigner Kerkermeister.

»Helen!«

Der gekrümmte Finger: Befehl. Helen zuckte zusammen, sie hatte einen mörderischen Gedanken gehabt.

»Ja, Grandmaman?«

Das Geräusch der Stricknadeln in der Ecke verstummte; die Krankenschwester blickte auf. Helen trat ans Bett, überwand sich, berührte die trockene, kalte, schon geschrumpfte Hand; das Fliederwasser, mit dem Grandmaman reichlich besprenkelt worden war, duftete.

»Wo ist Rochele?«

Der Anfall hatte Grandmamans Sinn für Vergangenheit und Gegenwart zerstört: Maman, die vornehme Roberta von Dönniges, war über Rahel wieder zu Rochele geworden; in Grandmamans wirr wandernden Gedanken tauchten Wolffs auf, von denen Helen nie gehört hatte; einer, Herschel Wolff, war mit dem Kaiser Napoleon bis Moskau marschiert und war, krank und gebrochen, zurückgekehrt, um in Grandmamans Armen zu sterben.

»Rochele ist fort«, klagte die alte Frau und rang nach Atem. »Geh nicht mit dem Betrüger, dem elenden Marktschreier. Verlaß mich nicht.«

»Maman ist schon unterwegs«, tröstete Helen. »Sie muß bald eintreffen. Wir haben ihr ein Telegramm geschickt, nach Bern. Yanko hat es zum Telegraphenamt gebracht.«

»Yanko...« Der Blick der alten Frau verlor sich; sie murmelte Zärtlichkeiten, für ihren Herschel bestimmt. Das Schreckenerregende dabei war für Helen: diese Haut, verdorrt über zerbrechlichen Knochen, war einst unter der Berührung eines Mannes erschauert; irgendwo in dem Hirn, das bald zu Gallert zerfallen würde, schwebte noch die Erinnerung. »Yanko... Yanko soll kommen.«

Die Krankenschwester trat ans Bett, gesteifte weiße Bluse, gesteiftes weißes Gesicht. »Nicht soviel sprechen, Frau Wolff.«

»Ich will aber...!« Grandmaman riß den Mund auf, ein Röcheln drang aus gepeinigter Brust; dicker gelblicher Schleim rann das Kinn herab. Die Schwester tröpfelte Medizin auf Grandmamans Zunge. Grandmaman schluckte und hustete; ihr Finger krampfte sich um Helens Hand; das Röcheln ging in langgezogenes, leises Stöhnen über. Der Kopf sank zurück, die Augen schlossen sich, sie schien einzuschlummern.

Helen wollte sich still entfernen.

Doch die Klammer um ihre Hand verhärtete sich. »Ich will sprechen...! Unzerstörbar...«

Es kann einen Tag dauern, hatten die Ärzte gesagt, oder eine Woche; Sie müssen tapfer sein, Mademoiselle Hélène; veranlassen Sie, daß Madame von Dönniges baldmöglichst eintrifft. Das Telegramm hatte Yanko geschrieben: *Grandmaman ernsthaft er-*

krankt erbitte dringend Dein Kommen; sie selbst war unfähig, auch nur das Einfachste zu entscheiden; der Tod hing über allem wie eine dunkle Wolke; sie hatte keine Ahnung, wie man sich dem Tod gegenüber verhielt, obwohl Friedhöfe Begräbnisse Nachrufe Todesanzeigen Gespräche Witze Gebete Gedichte Berichte zur Genüge bewiesen, daß der Mensch sterblich war; Grandmaman stirbt, Papa und Mama würden sterben; nur ich nicht. Ihr Hirn erzeugte wirre Gedanken, nicht imstande, das quälende Schuldgefühl Grandmaman gegenüber abzustumpfen.

Die Umklammerung lockerte sich. Bei jedem ihrer kurzen, flatternden Atemzüge seufzte Grandmaman auf. Ihr Gebiß grinste Helen aus dem Wasserglas auf dem Nachttisch an.

Die Krankenschwester war zu ihrer Strickarbeit zurückgekehrt. Aber Grandmaman geizte mit jeder Minute.

»Rochele!«

Helen warf der Schwester einen Blick zu; die Schwester schüttelte den Kopf.

»Rochele!«

»Ja«, sagte Helen, »ich bin ja hier.«

Die alte Frau schien zu lauschen; dann öffnete sie die Augen. »Ich kann dich nicht erkennen, Rochele. Komm näher.«

Die Stricknadeln klapperten.

»So weit fort bist du, Rochele. Und die Welt ist ganz grau geworden.« Grandmamans Stimme, kaum mehr als ein Flüstern, wurde eindringlich. »Er ist Soldat, sag' ich dir. Also halt die Beine zusammen wie ein braves jüdisches Mädele, oder ich prügel' dir die Haut vom Leibe, wenn du Schande bringst über die Familie und Jammer und Elend über dich selber. Wer kommt da – Herschel?«

»Nein, Grandmaman – Yanko.«

»Yankel...?«

»Yanko von Racowitza, Grandmaman. Mein Mohr, mein Page...«

»Oh...« Die alte Frau murmelte vor sich hin, die Stimme schwand, wurde wieder hörbar. »...seid ihr alle jetzt hier, Rochele, Herschel, Yankel, Helen...« Der Finger noch einmal, ungeduldig: »Herschel!«

Yankos Brauen hoben sich.

»Deine Hand.«

Die Finger der alten Frau krochen über die Decke, forderten, empfingen.

»Was für liebe Hände du hast, Herschel. Ich lass' dich nie mehr.« Ein Schimmer von Tränen verhüllte das Gelb der Augen. »Ach, Herschel, was soll werden aus uns?«

»Es wird alles gut, bestimmt.«

»Du liebst sie?«

Helen sah, wie Yankos Gesicht sich spannte. »Ob ich Helen liebe?... Aus tiefstem Herzen.«

Grandmaman seufzte erleichtert und schloß die Augen.

Die Krankenschwester warnte wieder: »Frau Wolff darf nicht so viel sprechen.«

»Jetzt ruht sie«, sagte Helen.

Yanko hielt Grandmamans Hand noch immer; anscheinend fühlte er sich ganz wohl in seiner makabren Doppelrolle; nun ja, dachte Helen, in seiner walachischen Heimat war der Tod ihm etwas Alltägliches gewesen, Herschel, dachte sie, Yankel; und dann: für sein Alter hat er beträchtliches Verständnis für Frauen; *aus tiefstem Herzen;* sie spürte eine plötzliche Zärtlichkeit für ihn, obwohl ihr klar war, daß sich da, auf wieder einer andern Ebene, eine Verschwörung anspann zwischen ihm und Grandmaman.

»Versprichst du, Yankele?« Die Stimme wie aus einem Alptraum. Dann die Hand, die die seine mit unerwarteter Kraft packte: ein Spasmus.

»Ich verspreche, Frau Wolff.«

Die Stimme schmeichelte: »Sie ist ein gutes Kind, aber zu wild; sie braucht die Zügel, und Schutz. Geld wird sie haben...« Die eingefallenen Lippen zuckten schlau. »Komm her, Yankel, noch näher. Dein Ohr!«

»Wie bitte?« Yankos Blick, sonst seelenvoll und sanft, wurde hellwach. »Was haben Sie da gesagt, Frau Wolff?«

Grandmaman lachte in sich hinein. Dann kam der Husten wieder, das Gesicht verzerrte sich. Helen suchte Grandmaman aufzurichten, fand sich mit Schleimtröpfchen bespritzt. Die Krankenschwester gab eilig Medizin ein und sagte streng: »Sie dürfte überhaupt nicht sprechen!«

Grandmaman hob den Kopf, wollte ihr Kissen gerichtet haben. Der blinde Schimmer wich von der Augenoberfläche, der Blick gewann etwas von seiner früheren Schärfe zurück; sie schien die Umwelt wieder zu erkennen.

»Yanko!«

Nicht mehr das fremde Diminutiv.

»Helen!«

»Ja, Grandmaman?«

»Legt die Hände ineinander. Habt ihr?«

»Jawohl«, bestätigte Yanko.

»Versprecht mir!«

»Versprochen.«

»Gib acht auf sie, Yankel! Wer ist denn noch da? Herschel hat uns verlassen, Rochele ist fort. Die Trommeln – hört ihr?« Die Stimme versagte wieder; die Zunge wurde schwer und war sich selbst im Wege; der Blick suchte die Ferne. »Das Pferd...«, tonloses Lachen, »ich hab'... das Pferd... bemacht... Capitaine!«

Sie bäumte sich auf. Das Nachthäubchen fiel ihr vom Kopf, die Finger zerrten am Nachthemd, am Bettlinnen; ein Schrei stieg auf, unmenschlich, und verdünnte sich zu einem Kinderwimmern: »Mama, Mama...«

Helen schauderte und schmiegte sich an Yanko.

»Gehen Sie bitte«, drängte die Krankenschwester. »Frau Wolff würde nicht wollen, daß Sie das sehen.«

Helen warf einen letzten Blick auf Grandmaman. Aber von der alten Frau, die sie gekannt und geliebt hatte, war nur noch das Gebiß im Wasserglas auf dem Nachttisch vorhanden.

Es war, als habe Yanko durch Grandmamans letzten Willensakt eine neue Selbständigkeit erhalten. Die wenigen Schritte vom Sterbebett durch einen kurzen Verbindungsgang zum Empfangsraum des Appartements hatten anscheinend genügt, den gefügigen, liebeskranken Pagen in einen zielklaren Mann zu verwandeln. Er bestellte Tee, Biskuits, eine Flasche Port; er bestand darauf, daß Helen etwas Bequemeres anlege – eine Hausrobe, Pantöffelchen – und daß sie sich's in dem Sessel am Kamin behaglich mache; er ließ den Hausdiener das Feuer anzünden und zeigte keinerlei Absicht, sich in sein eignes schmales, bescheiden möbliertes Zimmer im vierten Stock des Hotels zurückzuziehen.

»Es hat keinen Sinn, daß du zu... zu all dem auch noch krank wirst.« Er entkorkte die Flasche. »Du wirst noch ein paar böse Tage durchzumachen haben.«

»Arme Grandmaman.« Helen griff nach dem Taschentuch und betupfte die Augen. »So leiden zu müssen.«

Yanko bestrich ein Biskuit mit Butter. »Sie fühlt nichts mehr. Ein Stück Organismus läuft noch, weiter nichts. Wie ein geköpftes Huhn – hast du nie eins über den Hof torkeln sehen?«

Sie wandte sich ab. »Wie kannst du so sprechen, und die arme Grandmaman...«

Er legte ihr die Hand aufs Haar. »Hättest du's lieber, ich redete dich in einen Nervenzusammenbruch hinein? Ich habe dich beobachtet. Du möchtest weinen, und du kannst nicht. Du weißt weder, was du empfindest, noch was du empfinden möchtest.«

Helen trank einen Schluck Tee. Ihr Page, ihr Mohr – was für Ideen...! Aber er hatte irgendwie recht. Sie, die sich immer für einen so leidenschaftlichen Menschen gehalten hatte, die sich stets ganz ihren Gefühlen hingab, empfand im Moment gar nichts.

»Solltest du nicht lieber gehen?« fragte sie.

Er setzte sich ihr gegenüber auf einen Holzscheit; fast stießen ihrer beider Knie aneinander. »Wenn du ein wirkliches Gefühl für Grandmaman hättest, Helen, würdest du den letzten Wunsch der armen Frau achten...« Sein Blick wanderte von Helens Lippen zu ihrem Hals und Busen. »Eigentlich, meine Liebe, sind wir jetzt so gut wie verlobt... O nein« – die magere Hand hob sich in Abwehr–, »erwähne mir Lassalle nicht. *Der* Ballon ist geplatzt.«

»Lassalle steht auf einem völlig anderen Blatt.«

»Wie du's auch ausdrücken willst, Helen. Und Grandmaman, Gott empfange ihre Seele gnädig, hat das erkannt; wieso sonst hat sie uns unsre Hände ineinanderlegen lassen« – er wiederholte die Geste – »und uns das Versprechen abgefordert. Was mich betrifft, beabsichtige ich, mein Wort zu halten.«

Er ließ sich vor ihr auf den Teppich gleiten und bettete seinen Kopf auf ihren Schoß. Sie dachte an den Todeskampf im Nebenzimmer und an das Huhn, das geköpft über den Hof taumelte, und daß Yanko zu drei Vierteln Barbar war und daß sie allein war und verloren, denn Herschel war nach Moskau gezogen, um für den Kaiser Napoleon zu kämpfen, und Rochele hatte den Betrüger geheiratet, den elenden Marktschreier –

»Yanko!«

Er fuhr auf.

»Ich muß geträumt haben.« Sie spürte ein Brennen in den Augen, Schmerz, Tränen. »Ein Alptraum – Tod. Erzähl mir, Yanko; du hast den Tod aus der Nähe gesehen; man hat auf dich geschossen, Menschen sind neben dir vom Pferd gesunken, gestorben...«

»Gewiß.« Er liebkoste ihre Finger, dann den Handrücken, dann glitt seine Hand ihr unter den Ärmel. »Meinem Großonkel Branko von Racowitza wurde der Schädel gespalten. Ich habe mir sein halbes Gehirn vom Gesicht wischen müssen...«

Sie strich ihm über die dunkle, hagere Wange. *»Herschel, wo bist du...?* Yanko, ich will nicht werden wie Grandmaman. Ich will nicht am Schluß meines Lebens betrauern müssen, daß ich – daß ich versäumt habe zu leben...«

Er streifte ihr die Robe von den Schultern. Sie wandte den Kopf zur Seite, zog die eine Schulter hoch, dachte: Er hat Erfahrung, mein Page, mein Mohr, seine Lippen sind weich, gierig.

»Ich liebe dich«, drängte er. »Grandmaman ist mein Zeuge – ich schwör' dir's und –«

»Aber ich liebe einen andern.«

Seine Nägel taten ihr weh. »Ich bin dir gefolgt, all diese Monate. Ich hab' deine Botengänge besorgt, bin dein Hofnarr gewesen, dein Fußschemel. Liebe...! Hast du denn je welche empfunden?«

Hatte sie? Nicht für den italienischen General. Der russische Leutnant zur See hatte herrliche Schultern und einen schneidigen Bart besessen und die Vokale so wunderbar in die Länge gezogen; dann war er davongefahren mit seinem Schiff. Die andern – flüchtige Impressionen, Bilder in einem Album.

»Du wirst nie begreifen, was zwischen Lassalle und mir besteht. Er ist mein...«

»Adler?« schlug er vor.

Sie nickte ernsthaft und hielt seine Hand fest.

»Hast du schon mal einen Adler aus der Nähe gesehen? Ein schmutziger Vogel, ewig in der Mauser, voller Milben und nach Kadaver stinkend.«

Sie lachte. »Wie scheußlich!«

Er goß ihr den Port ein, reichte ihr das Glas, zwang sie zu trinken. Das Holz knisterte im Kamin; Funken stiegen auf. Eine angenehme Wärme verbreitete sich in ihren Gliedern. Sie wollte nicht denken, nicht an Grandmaman, die jetzt starb, nicht an Lassalle.

Er drückte ihr den Kopf zurück; seine Lippen schmeckten nach Wein. »So lange habe ich warten müssen«, sagte er, eine Feststellung, keine Bitte. Die mageren Hände entwickelten eine beängstigende Fertigkeit. Die Robe erleichterte es ihnen allerdings; seine rührende Sorge um ihre Bequemlichkeit: Vorbedacht; Yankel an Grandmamans Bett, die Hände vereint, das feierliche Versprechen: Vorbedacht; die ganze Zeit hatte er nur geplant, wie er an ihre Brüste Hüften Schenkel gelangen könnte; sie spürte seinen blanken, heißen Leib, den schmalen Hintern, die gespannten Muskeln –

»Während Grandmaman – im Sterben –«

Er vergrub die Hände in ihr Haar. »*Wir* leben.«

»Yanko!«

Der Schmerz schnitt wie ein Messer.

»Yanko«, sie streichelte ihn, nachdem es vorbei war. »Yanko, mein Page, mein Mohr, mein Äffchen.«

Er stieß einen neuen Scheit aufs Feuer.

»Verzieh den Mund nicht so«, sagte er. »Dein Gesicht wirkt dadurch unfroh.«

»Ich fühle mich unfroh.«

Der Tee war kalt geworden; aber es war noch Port in der Flasche. Schließlich sagte sie: »Und warum bist *du* nicht froh?«

»Weil ich mich ärgere.« Er kratzte sich die Handfläche. »Nach so langer Wartezeit – nicht noch ein wenig zu warten... eine Woche, zwei höchstens...«

Helen, im Sessel, schob die Füße unter den Saum ihrer Robe. »Fehlt nur noch, daß du die arme Grandmaman verantwortlich machst.«

»Willst du etwa behaupten, es hätte dich nicht gestört? Du mußt doch gespürt haben...«

»Ich weiß nicht, was ich gespürt habe.« Sie lehnte den Kopf gegen das Polster. Sie sehnte sich nach Rückhalt, nach einem Mann, nach Lassalle.

»Das ist es ja gerade«, erwiderte er rasch. »Du weißt eben nicht, was du fühlst. Aber es werden andere Tage kommen, andere Nächte. Wir sind verlobt, Helen!«

Sie starrte in die Flammen, die über dem Scheit züngelten. *Verlobt!* Trompetentusch, großer Sieg.

»Es tut mir leid, Helen, Liebste, daß wir's miteinander getan haben. Das heilige Recht der Hochzeitsnacht, ihre Wollust, ihre Geheimnisse sollten nicht vorweggenommen werden. Aber ich verspreche dir, ich werde dir's nie zum Vorwurf machen.«

Sie setzte die Füße zu Boden und erhob sich langsam. In ihrem Kopf schwamm es. Sie goß den Rest Portwein in ihr Glas und trank. Dann sagte sie sehr ruhig: »Komm her, Yanko.«

Er trat zu ihr, schmalschultrig, knabenhaft, und wartete.

Sie schlug ihn, mitten ins Gesicht.

Er taumelte zurück. Die dunkle Wange verfärbte sich bläulich. Er sagte etwas, wütend, in einer Sprache, die sie nicht verstand.

Es klopfte.

Auf Helens »Herein!« trat die Krankenschwester ins Zimmer, das Gesicht blaß, die gestärkte Bluse zerknittert. Sie warf einen Blick auf Yanko; dann ging sie müde auf Helen zu. »Frau Wolff ist verschieden. Mein Beileid, Mademoiselle.«

Helen blickte sie hilflos an.

»Sie können jetzt zu ihr.«

Helen folgte der Schwester ins Sterbezimmer. Grandmaman lag ausgestreckt, so klein und abgemagert, daß der Leib kaum eine Erhöhung der Decke verursachte. Das Gesicht, auf der Mitte des Kissens, sah friedvoll aus. Die Hände lagen gefaltet, zwei Vogelklauen, grau und irgendwie nicht zu Grandmaman oder überhaupt einem menschlichen Wesen gehörig.

Die Hände brachten Helen den Tod zum Bewußtsein. Sie brach am Bett zusammen, vergrub den Kopf in den Armen. »Arme Grandmaman«, schluchzte sie, »arme, liebe, arme Grandmaman.«

Dann hörte sie Yankos Schritte in ihrem Rücken, fühlte die leichte Berührung, mit der er sie zu beruhigen suchte. Und war ihm dankbar.

11. Kapitel

Er gurgelte, spuckte, gurgelte, spuckte.

Der Kuraufenthalt eines ganzen Sommers zum Teufel. Noch in Solingen war er selbst in der hintersten Reihe des großen Saals der »Schützenburg« vernehmbar gewesen; doch später am selben Abend, in dem rauchigen Bierkeller, wo Klings und Hillmann und mehrere Dutzend seiner engsten Bewunderer den Sieg feierten – denn ein Sieg war es – und wo Wilms ihm ein langes gemeinsam geschriebenes Gedicht überreichte, hatte ihm die Stimme plötzlich versagt; und am nächsten Tag in Düsseldorf mußte er seine Rede nach einer Stunde abbrechen.

Doch bedrückte ihn nicht nur das Übel mit der Stimme – dazu kamen der Geruch des Desinfektionsmittels, den er nicht loswerden konnte, die Kopfschmerzen, die sein Denken hemmten, und verschiedene andere Beschwerden, von denen weder er noch die Ärzte sagen konnten, ob sie Ursache oder Ergebnis seiner seelischen Verfassung waren.

Achtundsechzig neue Mitglieder in Solingen: und das nach der gewaltigen Anstrengung, der Verausgabung von Geld, Kraft, Nerven. Bei einer solchen Wachstumsrate würde es bis zum Jahre 1900 dauern, bevor er politisch einigermaßen wirksam wurde. Vahlteich, der ihm die Solinger Zahlen vorlegte und dazu die aus Hamburg und Frankfurt und Leipzig und, am enttäuschendsten, die Berliner, verzog keine Miene, hielt Distanz. Man würde ein schärferes Auge haben müssen auf Vahlteich; auf alle diese Leute in diesem Deutschland, in dem keine großen Leidenschaften gediehen und die Menschen nur den Ehrgeiz hatten, Hauptfrosch in ihrem Froschteich zu werden; für den hehren Zweck allerdings war ihnen keine Intrige zu kleinlich, keine Hinterlist zu schäbig; vielleicht hatten sein Freund Marx und dessen Freund Engels recht, wenn sie es vorzogen, in England zu bleiben und einander Briefe voll bitterer Kommentare zu schreiben.

Und kein Wort von Bismarck.

Er seufzte, zog seine Hausjoppe an, betrachtete sein Gesicht im Spiegel. Die Blässe mochte als Vornehmheit gelten, die Linien, die sich abzeichneten, als Zeichen edlen Leidens. Wenigstens würde die Gräfin, die in der Bibliothek auf ihn wartete, sein Aussehen so deuten. Treue Seele, die Gräfin.

Und doch, wie unbefriedigend. Er dachte an Frauen, Frauen als Gattung, die seine regelmäßige Medizin gewesen waren, wenn das Ich in ihm zu erschlaffen drohte. Er dachte an Helen, weißer Leib, flammendes Haar; Traum-Helen; Helena, Kaiserin, die er in Purpur und Hermelin kleiden würde. Wann kehrte sie nach Berlin zurück; wann endlich würde er die Möglichkeit haben, sich wieder systematisch um sie zu bemühen? Vielleicht sollte er seinen Freund Rüstow in Zürich veranlassen, den alten Krieger, Verbindung mit ihr zu suchen, falls sie sich in der Schweiz befand. Vielleicht sollte er... Dann glitten seine Gedanken zu Mathilde ab, dem festen, melonenförmigen Hintern, dem dunklen, tiefen, süßen Gefühl, der rauhen, sinnlichen Stimme. Etwas mußte unternommen werden. Zeit, Zeit, Zeit.

Er betrat die Bibliothek. »Sophie...«

Sie überließ ihm die Hand zum Kuß. »Ihre Lippen sind heiß. Haben Sie Fieber?«

»Fieber? Mein Fieber brennt innerlich.«

Sie lächelte verständnisvoll. »Ich weiß, Sie leiden durch Ihre Ungeduld; aber Ungeduld ist schöpferisch.«

»Freut mich, daß ich wenigstens *Ihr* Held bin.«

»Ich habe Grund, an Sie zu glauben.«

Hatte sie, dachte er; das walte Gott. Und sagte: »Nach einer Weile wirkt sich die schöne schöpferische Ungeduld doch recht ermüdend aus. Ich beginne zu befürchten, daß die Ereignisse hier sich für mich zu langsam entwickeln; und mir macht es keine Freude, mich mit den Kinderkrankheiten einer politischen Bewegung beschäftigen zu müssen. Ich habe ein Gefühl, als möchte ich zurückkriechen in die Geborgenheit meines Studierzimmers und mir wieder einen griechischen Philosophen vornehmen...«

»Sie brauchen menschliche Wärme.« Sie trat auf ihn zu, bereit, ihn Ruhe finden zu lassen an ihren großen flachen Brüsten. »Wann werden Sie aufhören, mir Sorge zu machen?«

Sie zog ihn an sich, streifte mit den Lippen seine Lider, ganz leicht, ganz keusch.

»Mein lieber, süßer Junge« – er sah ihre gelblichen Zähne –, »Sie werden mir eines Tages noch das Herz brechen.«

Er ließ sie reden. Ihr Herz würde nicht brechen; es war zäh und ledern geworden mit der Zeit. Aber ihre Trostworte wirkten lindernd auf sein wundes Selbstgefühl, eine wahre Seelenmassage.

Plötzlich horchte er auf. »Was haben Sie da gesagt?«

»...daß gar kein Grund zu Ihrer Beunruhigung besteht.«

»Sollten Sie bessere Informationen haben als ich?«

Sie holte ihr Retikül, das sie auf einem Seitentischchen gelassen hatte. »Zigarre?«

»Nicht heute. Nicht bei dem Zustand, in dem sich mein Hals befindet.«

Er sah ihr zu, wie sie ihre Zigarre fachmännisch köpfte. Von all den Frauen in seiner Galerie hatte sie am meisten Charakter.

»Ich war dieser Tage zum Mittagessen im Hotel Royal«, bemerkte sie. »Zitelmann war auch dort, bei Hummer und Champagner.«

»Hummer und Champagner?« Charakter, dachte er; sie läßt

mich zappeln, bis sie ihre Befriedigung hat, Mutter Sophie, die Babys Genitälchen säubert und einkremt und pudert. »Kann er sich das leisten, Hummer und Champagner?«

»Er gehört zur neuen Schule. Bismarcksch. Er kann.«

»Der Champagner machte ihn redselig?«

»Er ließ durchblicken, daß Bismarck eine Antwort diktiert hat. Sie sollte demnächst eintreffen.«

Lassalle atmete tief und regelmäßig. Ruhig bleiben jetzt. Solingen, die Massen, die Demonstration, das Telegramm – seine Berechnungen hatten sich als richtig erwiesen.

»Warum entspannen Sie nicht?« Sie blies ein Tabakwölkchen durch gespitzte Lippen. »Vor mir brauchen Sie sich doch nicht zurückzuhalten.«

»Hat Ihnen Vergnügen gemacht, mich auf die Folter zu spannen?«

Sie schwieg und lächelte.

»Tun Sie die Zigarre weg, Sophie, und kommen Sie her.«

Sie kam gehorsam, den Kopf kleinmädchenhaft gesenkt, grotesk.

»Wissen Sie, Liebste, was es so schwer für uns macht?« Er strich ihr über die Wange. »Unsre Seelenehe besteht schon so lange, daß wir einander zu gut verstehen.«

»Aber der Bürgermeister von Solingen hatte ja recht!«

Bismarck lachte sein Junkerlachen, aus offenem Halse, brutal.

»Sein einziger Fehler war, daß er nicht die Courage hatte, Sie verhaften zu lassen, Herr Lassalle. Und auch der Staatsanwalt hat recht, wenn er Ihre Reden und Broschüren konfisziert. Wenn Sie wegen dieser Kleinigkeiten zu mir gelaufen kommen, bei wem wollen Sie sich beschweren, wenn *ich* anordnen muß, daß man Ihre so außerordentlich überzeugende Zunge zügelt? Sie sind eben gegen die Verfassung...«

»Sie nicht, Exzellenz?«

»Aber ich krähe es nicht in der Öffentlichkeit heraus.«

»Ihr öffentliches Schweigen in Verfassungsfragen, Herr Ministerpräsident, ändert nichts an unserm gemeinsamen Interesse an einer Verfassungsänderung.«

Bismarck warf einen Blick auf Lassalle: der Mann war gewachsen seit ihrer letzten Begegnung, war selbstsicherer geworden –

oder auch verzweifelter. »Auch wenn wir am gleichen Strang ziehen sollten, so doch wohl an dessen entgegengesetzten Enden.«

»Gegensätze, wie Euer Exzellenz wohl wissen, berühren einander häufig.« Lassalle wartete: sein Anerbieten war schamlos offen gewesen. »Oder genießen es Euer Exzellenz, daß der Staat von einem Haufen von Kreisrichtern, Delikateßladenbesitzern, Wollfabrikanten, Geldverleihern und Zeitungsverlegern beherrscht wird – eine Herrschaft, die dauern wird, solange die Verfassung vorschreibt, daß nicht der Mann, sondern der Geldbeutel das Wahlrecht hat?«

Bismarck dachte an sein Armeebudget, das ihm die Kammer mit konstanter Boshaftigkeit verweigerte; an sein Pressegesetz, das sie ihm in der nächsten Sitzung streichen würde; er war ein unpopulärer Mann mit einem Krieg gegen Dänemark auf der Tagesordnung, der ganz Europa in Brand setzen mochte. Und hier, in seinem eignen Amtsraum, saß ihm dieser jüdische Rechtsanwalt gegenüber und behauptete, allein in einer Stadt hätten sich zehntausend preußische Arbeiter auf seinen Ruf hin erhoben – gut, sagen wir in Wahrheit fünftausend –, und warnte, daß er diesen Krieg in eine Revolution verwandeln könnte.

»Der König von Dänemark liegt im Sterben«, sagte Lassalle. »Das reißt die schleswig-holsteinische Frage auf. Beabsichtigen Exzellenz mit Ihren Reformen zu warten, bis der Krieg ausbricht? Dann, befürchte ich, könnte es zu spät sein.«

»Zu spät?« Bismarck hatte das unangenehme Gefühl, daß sein solider Schädel vor diesem Besucher durchsichtig war. »Meinen Sie nicht, Herr Lassalle, ich könnte das Risiko einkalkuliert haben?«

Zitelmann löste sich vom Hintergrund. »Exzellenz, Herr von Bernuth wartet, Bericht erstatten zu dürfen.«

Lassalle lächelte süffisant: Bernuth, der Polizeipräsident von Berlin, war seine persönliche Landplage.

»Soll warten«, entschied Bismarck. Und hob die schweren Brauen: »Doch warum Ihre Besorgnis, Herr Lassalle? Warum die Beharrlichkeit, mit der Sie Seiner Majestät Regierung und meine Person insbesondere durch eine Verfassungsreform zu retten suchen? Sollten Sie nicht eigentlich vorziehen, uns an unsrer konservativen preußischen Dickschädeligkeit zugrunde gehen zu lassen und die Scherben aufzulesen, wann es Ihnen in Ihre revolutionären Pläne hineinpaßt?«

Lassalle schluckte: Auch Bismarck hatte seine hellseherischen Momente. »Vielleicht weil ich nicht nur Revolutionär bin«, erwiderte er schließlich, »sondern auch ein Patriot.«

»Oder Zyniker?«

»Nicht mehr als Euer Exzellenz.«

»An Ihrer Stelle, Herr Lassalle, und mit Ihrem Ehrgeiz, die Menschheit zu verbessern, würde ich meine Maximen nicht nach denen eines preußischen Premierministers richten. Denn wollten Sie unsre Handlungen nach den Grundsätzen von Billigkeit und Gerechtigkeit beurteilen, müßten wir so ziemlich alle aus unserem Amt geschaßt werden.«

»Herr von Bernuth...«, mahnte Zitelmann.

»Herr Lassalle versteht uns schon.« Bismarck war ganz Liebenswürdigkeit. »Herr Lassalle ist Patriot.«

Wer zuletzt lacht, dachte Lassalle, wird sich noch erweisen; und sagte: »Mein Gedankengang, Euer Exzellenz, entspricht nachweislich allen Grundsätzen von Billigkeit und Gerechtigkeit. Die zur Zeit geltende Verfassung wurde 1849 durch Gewalt oktroyiert; dieselbe Gewalt, die dem Volk eine Verfassung aufzwingt, kann diese auch aufheben; durch einen solchen Akt würde die einzig rechtsgültige Verfassung wieder in Kraft treten – nämlich die Verfassung von 1848, die jedem männlichen Bürger das freie und gleiche Wahlrecht zuspricht.«

»Also ein Staatsstreich zwecks Annullierung eines früheren Staatsstreichs? Wir könnten uns da auf der gleichen Anklagebank wiederfinden, Herr Lassalle.« Bismarck lachte in sich hinein. »Sie großer Revolutionär, Sie möchten, daß Ihnen die Regierung Seiner Majestät Ihre Revolution macht.«

Lassalles Stimme klang plötzlich belegt. »Ich glaube, Exzellenz, ich habe Ihnen schon einmal auseinandergesetzt, daß alles von der Interpretation abhängt, die man dem Begriff Revolution gibt.«

»Das ist wieder so eine juristische Spitzfindigkeit. Sie möchten Hilfe von mir, aber Sie wollen Ihre Karten nicht auf den Tisch legen.«

»Ich habe nur eine einzige Karte« – Lassalle war kaum noch zu hören –, »das Volk.«

Bismarck schüttelte den massigen Kopf. »Das habe ich aus Ihrem Telegramm ersehen. Und wohin wünschen Sie dieses Volk zu führen?«

Lassalle wußte plötzlich, daß Bismarck ihn zu sich geladen hatte, um zu prüfen, wieweit er sich für die Zwecke der Regierung einspannen ließ. Aber so dumm war er nun auch nicht, daß er sich da festlegte. »Warum betonen, was uns trennt, Euer Exzellenz«, sagte er mit wieder gefestigter Stimme. »Wir haben fürs nächste den gleichen Gegner: das Konglomerat engstirniger Geister, das sich als Fortschrittspartei bezeichnet und in Wirklichkeit allen Fortschritt in Preußen verhindert – Fortschritt«, betonte er, »in Ihrem *und* in meinem Sinne.«

Bismarck ließ jenes männlich-biedere Lächeln spielen, das schon in Paris und St. Petersburg seine diplomatische Karriere so gefördert hatte. »Zitelmann!«

Zitelmann meldete sich dienstbeflissen.

»Zitelmann – setzen Sie eine Mitteilung auf an Graf Lippe.«

Zitelmann hatte Notizblock und Bleistift zur Hand. »An Exzellenz Graf zur Lippe, Minister für Justizwesen –«, sagte er.

Bismarck legte den Kopf zurück, als erhoffe er Inspiration von höherer Seite. »Ungefähr so, Zitelmann: Wir legen Ihnen nahe, lieber Graf, Ihre Staatsanwälte freundlicherweise benachrichtigen zu wollen, von weiteren Beschlagnahmen der Schriften des Dr. Lassalle abzusehen, da wir in diesen einen gewissen Wert für die Zwecke und Ziele der Regierung Seiner Majestät zu erkennen glauben...« Er wandte sich Zitelmann wieder zu. »Sie fassen das in die richtige Sprache, Herr Geheimrat?«

Lassalle, Lippen fahl, stand auf. Erinnerungen stürzten auf ihn ein – an alle Demütigungen, die er je erlitten hatte, in Ghetto, Gymnasium, Gericht, Gesellschaft, ja sogar in der Revolution. »Euer Exzellenz...«

Bismarck lächelte arglos.

Lassalle jedoch erkannte mit der jähen Klarsicht, die sich bei ihm in solchen Augenblicken einstellte, daß Bismarcks Provokation zugleich Bismarcks Fehler war.

»Ich bin enttäuscht, Exzellenz.«

»Ich dachte, ich hätte Ihnen eine große Konzession gemacht. Was wünschen Sie noch?«

»Vielleicht liegt es an mir.« Lassalle nahm unauffällig wieder Platz. »Ich vergaß, mit welchem Typ von Leuten Euer Exzellenz in Dienstgeschäften für gewöhnlich zu tun haben.«

Bismarcks Lächeln verflüchtigte sich. Zitelmann schaltete sich ein: »Herr von Bernuth...«

Lassalle ließ sich nicht stören. »Instruktionen des Grafen zur Lippe an seine Staatsanwälte im Sinne des Vorschlags Eurer Exzellenz wären gleichbedeutend mit einer öffentlichen Ankündigung, daß es Seiner Majestät Ministerpräsidenten gelungen ist, einen Revolutionär in einen Agenten seiner Regierung zu verwandeln. Aber wie Euer Exzellenz vor einer Weile so klug bemerkten, ist es meine Absicht, umgekehrt Ihre Regierung zum Agenten meiner Revolution zu machen. Euer Exzellenz wissen, was ich wünsche. Ich wünsche, was Sie ebensosehr brauchen wie ich: das neue Wahlrecht.«

»Ein Geschäft auf Partnerschaft, eh?« Bismarcks Augen verkrochen sich in einem Netz schlauer Runzeln. »Und wer garantiert, daß dieses höchst demokratische freie und gleiche Wahlrecht, nachdem wir's oktroyiert haben, sich zu unsern Gunsten auswirkt?«

Schon spielte Lassalle den Partner. »Ich könnte mir da gewisse Verfahren sehr gut vorstellen; und uns beiden sollte es doch möglich sein, sichere Methoden zu entwickeln. Dann bliebe als Euer Exzellenz' einziges Risiko: Lassalle in der Kammer.«

»Und mit dieser freudigen Perspektive vor mir soll ich Seine Majestät überreden, die gegenwärtige Verfassung außer Kraft zu setzen? Majestät hatten schon Skrupel, das Militärbudget ohne den Segen der Kammer zu dekretieren...«

Die Erinnerung an seine Versuche, den König zu überzeugen, zeichnete bittere Linien um Bismarcks Mund. Die nächtliche Fahrt in dem schlecht beleuchteten Bahncoupé; König Wilhelm, der von einem Aufenthalt bei der Königin in Baden-Baden zurückkehrte, voller Zweifel und Ängste wie immer, wenn er der überragenden Intelligenz dieser Frau ausgesetzt war. Bismarck sah sich, wie er im Dunkel auf der umgestürzten Schubkarre saß, über sich das knarrende Bahnhofsschild *Jüterbog*, und die halbe Nacht auf dem noch unfertigen, von Reisenden dritter Klasse und Handwerkern gefüllten Bahnhof auf den durchkommenden Zug mit dem königlichen Passagier wartete. Als der Zug dann endlich eintraf, war er rasch eingestiegen, hatte ungeladen und ungebeten Wilhelms Abteil betreten und dem König ohne Umschweife gesagt, was nun zu tun war. Wilhelm hatte abgelehnt; hatte geunkt, der Kopf des Ministerpräsidenten werde auf dem Opernplatz zu Berlin fallen und wenige Tage darauf sogar das königliche Haupt; die Schatten Karls

I., Ludwigs XVI. schwebten im Abteil, der Schatten auch des königlichen Bruders, der 1848 zwar nicht den Kopf, so doch den Hut vor der Revolution abnehmen mußte... Bismarck schnaufte. Er hatte seinen königlichen Herrn daran erinnert, daß es keine bessere Verwendung für königliche Häupter gab, als sie im Kampf für königliches Recht und Gottesgnadentum unters Beil zu legen...

»Wir beide, Exzellenz«, erklärte Lassalle, »unterscheiden uns von den meisten unsrer Mitbürger dadurch, daß wir eine Vorstellung von der Zukunft haben.«

Wieder hatte Bismarck das Gefühl, daß dieser schillernde Mensch, der da vor ihm saß, seine Gedanken las, mitunter sogar ihnen vorauseilte... Man war entweder einer von dreißig deutschen Staaten oder eine Großmacht, und wer das letztere werden wollte, konnte seine Kräfte nicht auf Popularitätshascherei bei Presse, Parteien, Parlamentsgrößen verschwenden; Macht war begründet auf Eisen; alles andere, einschließlich der öffentlichen Meinung, fiel einem zu, sobald man seine Bataillone ins Spiel brachte.

Bataillone, dachte Bismarck und wiederholte: »Eine Vorstellung von der Zukunft haben wir also, wir beide«, und wandte sich an Zitelmann. »Die Akte bitte.«

Zitelmann suchte den Faszikel heraus.

Bismarck fand den gewünschten Zeitungsausschnitt und las vor: *»...aber das wissen wir, daß ein Lassallesches Arbeiterheer, wenn man die Dinge so weit kommen läßt, von der gegenwärtigen Verfassung Deutschlands kein Stück beim alten lassen würde, am wenigsten Zepter, Stern und andere Spielsachen...«*

»Das habe nicht ich gesagt«, erwähnte Lassalle bescheiden. »Das stammt aus der Süddeutschen Zeitung.«

»Aber höchstpersönlich haben Sie in einer Ihrer Reden im Rheinland erklärt, daß die preußische Verfassung niemals auch nur einen Tag lang zu Recht bestanden hat.«

»Daraus habe ich auch Ihnen gegenüber kein Hehl gemacht, Exzellenz.«

»Gewiß.« Bismarck schürzte die Lippen. »Nun gut, Herr Lassalle: stellen Sie mir eine Liste von Maßnahmen zusammen, mit deren Hilfe man das freie und gleiche Wahlrecht Ihrer Meinung nach narrensicher machen könnte. Gelegentlich schicken Sie mir das Ganze; und dann« – leichtes Klopfen der breiten Fingerkuppen auf Lassalles Handrücken – »überlassen wir das übrige dem Volke?«

In die Erschöpfung hinein, die ihn auf einmal überkam, hörte Lassalle Zitelmanns Frage: »Soll ich Herrn von Bernuth jetzt rufen lassen, Exzellenz?«

Bismarck nickte. »Und Zitelmann – achten Sie darauf, daß Herr Lassalle dem Bernuth nicht in die Arme läuft.« Und zu Lassalle, mit einem Augenzwinkern: »Der Polizeipräsident könnte uns mißverstehen.«

Die Zellentür fiel ins Schloß; der Schlüssel drehte sich knarrend; dann Stille.

Ein elend flackerndes, rauchendes Öllämpchen verschlimmerte den von Generationen Gefangener hinterlassenen Gestank. Lassalle zog sein Cape enger um sich. Wieder im Gefängnis, dachte er; aber letztes Mal war er jung gewesen, und außerhalb der schweren Mauern fanden revolutionäre Kämpfe statt, nicht dieses langwierige Ringen um eine Handvoll Arbeiter hier, eine andere dort, mit der Wahrscheinlichkeit, daß die Hälfte davon bald wieder aus dem Verein austrat.

Er nahm die Lampe vom Haken und betrachtete die Kritzeleien an der Wand – Namen, Flüche, Geschlechtssymbole, Meinungen über Regierung und Behörden; neue Inschriften verdeckten die älteren; aus den Daten, die der wuchernde Schwamm allmählich verwischte, ließ sich ein Stück preußischer Geschichte ablesen.

Wieder im Gefängnis… War das Bismarcks kleiner Jux? Oder hatte die Staatsanwaltschaft, die notorisch unter dem Einfluß der Fortschrittspartei stand, auf eigene Faust gehandelt? Der Haftbefehl gab Hochverrat als Begründung an. Lächerlich! Eine solche Anklage würde er vor jedem Gerichtshof in Fetzen zerreißen. Nur erst heraus von hier und zum Schreibtisch, zu Papier und Feder, die haßstrotzenden Presseartikel zu widerlegen, die plumpe Genugtuung zu zerschlagen über das Ende seiner Berliner Versammlung: der große Agitator bespien von Arbeitern, abgeschleppt von Gendarmen, eingelocht zwecks Prozeß…

Die Lampe entfiel seiner Hand, klirrte zu Boden, verlosch.

Und totale Dunkelheit; Grabesdunst. Brechreiz schnürte ihm die Kehle zu. Er tastete nach der Tür, fand sie endlich, hämmerte: »He, ihr da draußen!«

Ein Auge zeigte sich im Guckloch.

»Aufmachen!«

Vor der Zelle schien man zu debattieren; dann drehte sich der Schlüssel. Zwei Männer standen in der Tür.

»Was wollen Sie?«

Dies von dem kleineren.

»Er will die Hausregeln wissen«, sagte der größere. »Regel eins: Ruhe zu nachtschlafender Zeit. Regel zwo: Keinerlei Widerspruch –«

»Ich will eine anständige Lampe. Ich will eine saubere Matratze, Bettlaken, Decken, Kissen. Ich will den Eimer geleert haben und die Zelle sauber gemacht. Ich will Tisch und Stuhl haben und ...« Der Zorn über seine Hilflosigkeit wuchs. »Ich will Papier, Feder, Tinte. Ich will mein Nachtzeug von zu Hause und was ich für meine Toilette brauche. Ich will mit dem Leiter dieser mittelalterlichen Anstalt sprechen. Ich will Verbindung mit meinem Anwalt und mit Herrn Vahlteich, dem Sekretär des Arbeitervereins. Ich will ...«

»Sind Sie fertig?«

»Ich will Heizung in der Zelle. Wir haben November; ich will nicht noch Lungenentzündung zu den Wanzen hinzubekommen. Und dann lassen Sie aus dem nächsten Lokal eine Portion Tee mit Rum kommen, und sagen Sie den Leuten, anständig Rum und kalten Aufschnitt ...«

Die Tür schlug zu, wurde verschlossen und verriegelt. Lassalle stand starr; es dauerte eine Weile, bis er sich überzeugt hatte, daß das alles in Wirklichkeit geschah. Dann warf er sich auf die Pritsche, ein paar eisenharte Bretter, darauf eine Decke, schmutzstarrend, die von den Hunderten Gefangenen vor ihm flach gepreßt worden war wie eine Hostie.

Schließlich machte sich sein Sinn fürs Politische wieder geltend. Ein Lassalle, eingekerkert, war ein Lassalle, der stündlich an Popularität gewann; um diese Zeit würden Vahlteich, würden alle guten Freunde längst die Nachricht von der Ungeheuerlichkeit verbreiten; beim Morgengrauen schon würden die Petitionen im Umlauf sein, die Sammellisten, die Protestresolutionen; die Gräfin würde die Ministerien bestürmen und die Boudoirs, sie war nicht zimperlich, wenn jemand sich gegen ihr Heiligstes verging; und Holthoff hatte schon längst für den Fall eines Falles seine Instruktionen erhalten.

Das Wahrscheinlichere war, daß in dieser von großen Veränderungen bedrohten Regierung die rechte Hand nicht wußte, was die linke vorhatte. Ein Gefängnisaufenthalt, richtig ausgenutzt, konnte durchaus als Sprungbrett dienen; setzte nicht auch der Adler aus dunklem Felsloch an zu seinem Höhenflug? Und dann mußte ja die Kaution bald festgesetzt werden.

Kaution... Er schlug die Hand vor die Stirn: die Gefängnisbräuche so zu mißachten! Wie viele Jahre war es her seit seiner letzten Erfahrung – vierzehn, beinahe fünfzehn. Der Mensch vergißt.

Ein prüfender Griff nach der Brieftasche. Dann stand er auf und pochte mit dem Stiefelabsatz gegen die Tür.

Prompt ging die Klappe hoch: das Guckloch, das Auge. Lassalle trat einen Schritt zurück; die Tür öffnete sich.

»Na, was ist's diesmal?« Der Größere lenkte den Lichtschein der Laterne voll auf Lassalles Gesicht. »Rasieren und Haarschnitt gefällig? Gänseleberpastete? Tanzmädchen?«

Lassalle blinzelte. »Das vorhin war ein Mißverständnis.«

Die beiden warteten.

»Mißverständnis finanzieller Natur.« Lassalle ließ eine große Silbermünze im Lichtkegel aufblinken.

Plötzlich war die Münze nicht mehr in seiner Hand; Zähne knirschten auf Metall, Echtheitsprobe.

»Nun«, sagte Lassalle, »meine Wünsche sind wie folgt...«

Sie hörten ihn stumm an. Verstanden sie ihn überhaupt? Dennoch redete Lassalle weiter und wiederholte und zählte auf, bis ihm nichts mehr einfallen wollte.

»Das wäre jetzt alles?«

»Ja.«

»Also – einschließlich Kanonenöfchen und Rohr zum Fenster hinaus geleitet sowie Holz und Kohle für eine Woche – Kostenpunkt Summa dreizehn Taler zehn Silbergroschen.«

»Das ist Raub!« Lassalle wurde wieder wütend. »Von allen Unverschämtheiten hier...«

»Ist eben Nachtarbeit«, unterbrach ihn der Größere kühl.

»Sie haben da von Kohle für eine Woche gesprochen – woher wollen Sie wissen, daß ich so lange hierbleibe?«

»Weil Ihre Kaution dreitausend Taler beträgt.«

Daraufhin Schweigen; vielleicht erwarteten sie, er würde erschüttert sein. Dann schob sich ihm eine Hand hin, Handfläche nach oben gekehrt. »Kassa, bitte.«

Lassalle zahlte für den gewünschten Gefängniskomfort, nicht länger zornig, nur noch müde. Seine Empfindlichkeit den Schikanen gegenüber erschreckte ihn; und er war beinahe dankbar, als die Tür ins Schloß fiel und Dunkel ihn wieder umfing. Eine Woche – absurd. Dreitausend Taler Kaution war empörend; aber die Gräfin konnte so viel von jeder Bank erhalten, oder er konnte auch einen Teil seiner Aktien von der Breslauer Städtischen Gasbeleuchtungsgesellschaft beleihen. Morgen früh, spätetens morgen nachmittag, würde er aus diesem Loch heraus sein.

Der Gedanke war tröstlich. Außerdem gab die Episode Stoff her für Versammlungsreden wie Salongespräche: was sind uns Ketten und Gitter, wir verlachen sie. Und hatte er nicht seit je Gefängnis einkalkuliert in sein Leben – Natascha, Liebste, hatte er der Prinzessin Solntzeff geschrieben, indem Sie mich heiraten, bauen Sie Ihr Haus auf der Höhe eines Vulkans! Werden Sie den Mut haben, im Falle eines Mißlingens alles zu tragen: Verbannung, Gefängnis, Armut und selbst den Tod...? Auch Helen hatte er ähnliches gesagt. Helen, dachte er und stellte sich vor, wie er aus der Zelle heraus in die offenen Arme seiner Kaiserin schreiten würde; und dann glitten seine Gedanken zu Mathilde, die er im Publikum gesehen hatte bei seiner mißglückten Berliner Versammlung. Sie hatte ihm zugelächelt, etwas skeptisch vielleicht; aber das dunkle Leuchten in ihrem Blick, das er zu bemerken glaubte, hatte ihn zu dem Entschluß gebracht, sie zu sich mitzunehmen, sobald die Veranstaltung zu Ende war. Die kleine Störung, die ihre Beziehung zueinander beeinträchtigt hatte, war passé; er hatte sich in bester Verfassung gefühlt, inspiriert vom Schwung der eignen Worte, seiner selbst und seiner Fähigkeiten sicher.

Doch bald zerflatterten die angenehmen Phantasien; übrig blieb der Gestank, das Gefühl klebrig-feuchter Kälte, die Enge der Mauern. Wann würde er endlich erhalten, was er bestellt und bezahlt hatte; er suchte das Zifferblatt seiner Uhr zu erkennen: hoffnungsloses Unterfangen.

Also erneuter Ansturm auf die Tür, die Halsschlagader zum Bersten geschwollen.

Die Tür gab lautlos nach, als hätte man seinen Temperamentsausbruch erwartet. »Na, na! Sinnloses Lärmen, Nichtbefolgung behördlicher Anordnungen, allgemeine Widersetzlichkeit. Und zu nachtschlafender Zeit!«

Der Lichtkegel glitt über Lassalle hin, dann quer über die Zellenwand und verharrte einen Moment lang auf einem schmutzverkrusteten Stück schwerer Sackleinwand, das der Größere über die Schulter trug.

»Wo ist mein Essen? Mein Tee? Mein Bettzeug?« Das Nachtmahrhafte der Szene begann ihm die Fassung zu rauben. »Ich habe Ihnen Geld gegeben...«

Die zwei rückten auf ihn zu.

»...dreizehn Taler zehn Silbergroschen«, ergänzte er mit erzwungener Ruhe. »Und Sie wollten...«

Der Größere ließ das Stück Sacktuch von der Schulter gleiten und wog es in der Hand, einer Hand, die einen Menschen mit einem Griff erdrosseln konnte, langfingrig, sehnig.

»Nicht nur haben Sie mein Geld genommen« – Lassalle holte Atem –, »Sie verstoßen auch gegen Paragraph dreizehn bis siebzehn sowie einundzwanzig der Verwaltungsvorschriften für Gefangenenanstalten. Ich bin Anwalt. Und bin Führer einer politischen Partei. Ich werde dafür sorgen, daß Sie beide...«

Eine plötzliche Bewegung, schattenhaft. Alles andre war Reflex: Aufschrei der überspannten Nerven, vorwärtsschnellen, sich verkrallen.

Dann wurden ihm die Arme nach hinten gedreht. Schmerz durchschoß ihn, und ihm war, als fiele er, tiefer, immer tiefer, ins Endlose.

»Stecken wir ihn nun in die Zwangsjacke?«

Die Frage drang zu ihm durch dicke, weiche Schichten; jemand drückte ihm ein Augenlid nach oben.

»Er gibt auch so Ruhe.« Ein kurzes Lachen, das in Husten überging. »Anwalt, sagt er, Führer einer politischen Partei. Was wir so alles hier hereinkriegen...«

Schlurfender Rückzug, Zukrachen der Tür. Lassalle sah sich in der Zwangsjacke, die Ärmel um den Rumpf geschnallt; unwillkürlich erstarrten ihm die Arme am Leibe; eine Zeit verging, bevor er die Finger wieder bewegen, die schmerzenden Handgelenke reiben konnte. Dann ebbte die Nervenerregung ab. Die elende Kälte fraß sich ihm ins Fleisch; er zog die Füße hoch, versuchte, sich in sich selbst zu verkriechen; die Knochen taten ihm weh, im Schädel wühlte es, der Hals war so rauh, daß er kaum schlucken konnte; doch das Schlimmste war sein verletztes Selbstbewußtsein, das immer wieder protestierte: das können sie nicht tun, nicht mit mir! Aber sie konnten, und sie taten es.

Nach und nach begann er den Zusammenhang zu begreifen: die Unruhe schon während der Versammlung, die Verteilung im Saal von gewissen Gesichtern, die Regelmäßigkeit gewisser Zwischenrufe. Nun, die Berliner Unternehmer hatten hinzugelernt: im Vorjahr noch hatten sie fassungslos mit angesehen, wie er ihren besten Arbeitern Vorträge hielt und im Handwerkerverein der Oranienburger Vorstadt ein ganzes Sozialprogramm entwickelte; jetzt hatten die Herren sich organisiert, sparten nicht mit Geld, bezahlten Provokateure, nutzten Verbindungen zu Unterwelt und Polizei. Mit dem allen ließ sich fertig werden; das hatte er mehr als einmal bewiesen; seine Argumente übertrumpften mit Leichtigkeit die plumpen Losungen, die man ihm entgegenbrüllte. Nur daß es nicht länger um Argumente ging. Jetzt kam ein Justizbeamter in den Saal, unterstützt von einem Polizeileutnant mit einer Abteilung Gendarmerie, und präsentierte ihm einen Haftbefehl. Diese Neuerung hatten sie nach Solingen gelernt: Gegen Lassalle rüste man die Polizei mit den notwendigen gesetzlichen Handhaben. Dennoch hatte er gehofft, als er abgeführt wurde, auch diese Versammlung werde sich zu einer Demonstration gestalten – zum nächsten Telegraphenamt, zu Bismarcks Kanzlei in der Wilhelmstraße, ganz gleich, wohin. Er hatte sich nach Vahlteich umgeblickt: der war umringt von Gendarmen, die von Mathilde unflätig beschimpft wurden. Und dann der Speichel, der ihn voll auf die Wange traf; haßverzerrte Gesichter; Hohn auf schiefen Lippen; bedrohlich: Jud! Verräter! Bismarck-Agent! Und auch diese waren Arbeiter gewesen…

Ein enges trübgraues Viereck löste sich aus dem Dunkel der Zelle. Er erhob sich von der Pritsche und versuchte, das Fenster zu erreichen. Zu hoch.

Am Nachmittag des dritten Tages war seine Widerstandskraft zerrüttet. Er betrachtete seine schmierigen Finger, seine verschmutzten Manschetten, und was er empfand, war nicht Haß, sondern Selbstbedauern. Er verfluchte Vahlteich: Warum war nicht jede Gemeinde des Vereins alarmiert, jedes Mitglied, jeder Arbeiter in jeder Fabrik? Wo blieben die Resolutionen, die längst hätten herbeiflattern sollen? Zum Teufel mit Holthoff: Warum war der nach dem einen, kurzen Besuch nicht wiedergekommen? Wieso war seine Kaution noch nicht bezahlt? Hatte sich die ganze Welt verschworen, ihn hier verfaulen zu lassen?

Es fiel ihm immer schwerer, gültige Gründe für sein Verbleiben in dieser Zelle zu finden, unrasiert, ungewaschen, angewidert von einem Fraß, den kein rechtdenkender preußischer Konservativer an die Schweine auf seinem Gut verfütterte. Wer würde es ihm danken? Die Massen des Arbeiterstandes, die er aufzuklären und zu organisieren suchte? Waren sie seinem Ruf gefolgt? Und die paar Köpfe im Lande, die imstande waren, die historische Bedeutung seines Feldzugs zu begreifen – erhoben sie ihre Stimme für ihn?

Er starrte zum Fenster hinauf, vier gekreuzte Gitterstäbe, die das dürftige Licht in neun spinnwebbedeckte Felder unterteilten. Der Mensch kann sich nur bis zu einer gewissen Grenze verausgaben; ist diese erreicht, sollte er vernünftigerweise erkennen, daß er zu früh geboren ist für seine Zeit; andere, Spätere, würden aufstehen und bekunden, was sie ihm schuldeten; doch was half ihm das heute?

Die Tür wurde aufgeschlossen. Zu früh fürs Abendbrot, dachte er, oder was die königlich preußische Gefängnisverwaltung als Abendbrot bezeichnete.

»Herr Dr. Lassalle?«

Die Stimme salbungsvoll. Er wandte den Kopf: seine beiden Wärter.

»Wir hoffen, Ihr Aufenthalt bei uns war zufriedenstellend. Jedenfalls werden Sie bestätigen, daß wir alles getan haben, um es Ihnen hier angenehm zu machen.«

Lassalle erhob sich. Die Knie zitterten ihm, und er mußte sich am Türpfosten festhalten. »Angenehm...?« fragte er fassungslos. »Angenehm...?« Es gelang ihm, sich zu straffen. »Hundsfötte, miserable! Elendes Gesindel!«

»Hundsfötte, miserable!« wiederholte der Kleinere und wollte sich ausschütten vor Lachen, »elendes Gesindel!«, und sein Kollege klatschte sich auf die Schenkel, als habe ihr Gefangener etwas unerhört Witziges gesagt, und unter nicht enden wollendem idiotischem Gelächter geleiteten sie Lassalle durch düstere Gänge in einen düsteren Raum, in dem sich nur ein Fleck Farbe befand: die Gräfin.

»Mein Lieber« – sie breitete die Arme –, »mein liebster, bester, wunderbarer Junge...«

Die Arme umfingen ihn; der Zigarrendunst ihres Atems umhüllte ihn; er barg sein Gesicht an ihrer Schulter.

Er war heimgekehrt.

12. Kapitel

Von der gegenüberliegenden Ecke her sah Vahlteich den letzten Betrunkenen aus dem Bierkeller der Witwe Quinch heraustorkeln. Der Riegel wurde vorgeschoben. Bei der Witwe war Feierabend.

Er ging auf und ab. Die Luft war naßkalt, in den Mulden der Straße lag der Schlamm knöcheltief. Sogar die Huren hatten ihre Posten in den Hauseingängen und Fenstern aufgegeben und die Nacht ihrer schattenhaften Stille überlassen.

Noch zehn Minuten würde er warten. Er hatte ein unbehagliches Gefühl, wenn nur die Witwe und ihr Beschützer Gustav im Bierkeller waren und Mathilde dort noch arbeiten mußte. Er schlug den Kragen hoch und verkroch sich in sein dünnes Mäntelchen. Weit und breit keine Seele. Die Polizei wagte sich hierher nur in Trupps, schwerbewaffnet, zwecks Durchführung ihrer vergeblichen Razzien. Die Gefängnisse spien das Verbrechen so rasch aus, wie sie es schluckten; der Vierzehnstundentag in den Fabriken und die Nächte zu zwölft in einem Raum züchteten immer neue Gewalttätigkeit; und die Eisenbahn brachte einen endlosen Strom zusätzlicher armer Teufel, die die Elendskaten auf den preußischen Dörfern mit dem Obdachlosenasyl am Alexanderplatz vertauschten und mit Lokalen wie dem der Witwe und ähnlichen Diebs- und Hehler- und Zuhälterspelunken.

Mathilde... Er hatte sie seit Lassalles Verhaftung nicht mehr gesehen. An dem Abend war sie nicht zu ihrer Arbeit, sondern zusammen mit ihm in die Versammlung gegangen, um Lassalles Rede zu hören, und wäre fast zusammengeschlagen worden von dem erbosten Polizisten, dem sie das Gesicht zerkratzte. Daß Lassalle so einfach abgeführt werden konnte, ohne daß die Leute etwas dagegen unternahmen, erregte sie sehr; sie schien es auch ihm vorzuwerfen, obwohl er selbst der Verhaftung nur knapp entgangen war, und hatte ihm verboten, sie wieder bei der Witwe Quinch zu treffen.

Sie hätte längst kommen müssen. Das Licht, das eben noch in dünnen gelblichen Fäden durch die Ritzen im Fensterladen drang, war erloschen. Das Haus war alt und besaß dicke Mauern, die jeden Schrei schluckten. Seine Besorgnis wuchs, seine Phantasie trieb Blüten.

Er überquerte die Straße, glitschte aus auf der Kellertreppe und krachte mit voller Wucht gegen die Tür. Die Tür, durch eine Kette von innen gesichert, öffnete sich spaltweit. Ein Gesicht zeigte sich – Mathilde.

»Sie?« sagte sie nach einem Moment, und mit gedämpfter Stimme: »Was machen Sie sich Unannehmlichkeiten!«

»Wer ist denn da, Mathildchen?« Das war die hohe, verfettete Stimme der Witwe. »Dein Herz-Bube?« Und eine zweite Stimme, merkwürdig klanglos: »Laß ihn herein.« Und nach einer Weile: »Hast du nicht gehört, Mathildchen?«

Mathilde nahm die Kette aus der Sicherung. Vahlteich war plötzlich umgeben von der Kneipenwärme; eine einzige abgeschirmte Lampe beleuchtete die Witwe, ihre Kasse und die Häufchen von Münzen auf dem Pult. Gustav, angehende Glatze, faserige Brauen, lehnte gegen die Theke, gespannt, federnd fast, und spielte mit einem schweren, in Zinn gefaßten Bierkrug. Doch Vahlteich bemerkte das nur nebenbei; er hatte Augen ausschließlich für Mathilde, die barfuß vor ihm stand, eine Haarsträhne auf der verschwitzten Stirn, die lose Bluse offen bis zum Schatten zwischen ihren Brüsten.

»Was sehen Sie mich so an?« fragte sie. »Ich habe Ihnen doch gesagt, Sie sollen nicht hierher kommen.«

Er legte den Mantel ab. Bier- und Schnapsdunst und die Schwaden schalen Tabakrauchs unter der niedrigen Decke waren fast körperlich fühlbar. Es gab weder Stuhl noch Tisch; das Gesetz, in ständiger Sorge um das Wohlergehen der Armen und auf Grund der Theorie, daß mangelnde Bequemlichkeit den Alkoholkonsum des Menschen einschränken würde, schrieb vor, daß in Etablissements wie dem der Witwe Quinch die Gäste ihren Fusel im Stehen zu trinken hätten.

»Komm her.« Die klanglose Stimme wieder. »Ich tät' gern mal mit dir reden.«

Mathilde hatte sichtlich Angst.

»Gustav!« – die Witwe schob die Münzen in kleine Beutel und beschriftete sie – »keine Schlägerei im Lokal.«

Gustav schob den Bierkrug zur Seite. »Wir unterhalten uns ein bißchen, das ist alles.«

Vahlteich trat an die Theke. Der Mann Gustav war nicht groß, aber sehnig, und schien auch wendig zu sein; selbst in Hemdsärmeln und Weste sah er modisch gekleidet aus.

Gustav strich sich das Schnurrbärtchen. »Unter meinen Freunden sind welche, die sagen, was schnüffelt der hier rum. Er ist von der Polizei, sagen sie, oder er ist ein Agitator.«

»Was denn, was denn«, sagte Mathilde. »Das ist doch Quatsch.«

»Halt deine Nase aus unsern Geschäften«, sagte Gustav.

»Ich schulde ihm«, sagte Mathilde. »Er hat mir geholfen, wie ich keine Arbeit gehabt hab', und ich hab's ihm in Teilen zurückgezahlt, und mit dem Lohn von heute abend kann ich ihm das letzte zahlen; darum ist er gekommen.«

»Aber Fräulein Mathilde« – Vahlteich war ehrlich betroffen –, »ich hab' Sie doch nie gedrängt!«

Die Witwe griente.

»Jawohl«, sagte Vahlteich, »ich bin ein Agitator.«

»Und wir sind anständige Untertanen Seiner Majestät«, sagte Gustav. »Also troll dich.«

»Hier ist ein öffentliches Lokal«, sagte Vahlteich, »und ich bin hergekommen wegen Fräulein Mathilde...«

»Ja?«

»...weil ich...«

»Wir hören.«

Nein, dachte Vahlteich, nicht vor dieser fetten Schlampe und ihrem Louis. »...weil ich ihr sagen wollte, daß ein Bekannter von ihr aus dem Gefängnis entlassen ist.«

»Lassalle?« sagte Mathilde. »Gott sei Dank.«

»Wer ist Lassalle?« Die Witwe schob die vollen Beutelchen in ihre Kassette. »Mathildchen hat keine Zuchthäuslerfreunde. Mathildchen kenne ich.«

»Mathilde hat nur einen Freund«, bekräftigte Gustav, »nämlich mich.« Er schlurfte auf Mathilde zu und legte den Arm um sie.

»Laß sie los«, sagte Vahlteich.

Gustav griff ihr an die Brust, eine Provokation, obszön. Mathilde wehrte sich; er grinste nur.

»Du sollst sie loslassen!« sagte Vahlteich, lauter.

Gustav ließ von ihr ab, schnellte herum.

»Gib acht!« rief Mathilde.

Die Klinge blitzte auf. Vahlteich duckte sich, das Messer zerschlitzte ihm die Jacke – dann hatte er die Hand im Griff, die das Messer hielt, Gustav bäumte und wand sich, schlug um sich, stieß, biß. Vahlteich hätte aufschreien mögen vor Schmerz. Er packte das Handgelenk fester. Gustavs Augen quollen hervor, er stöhnte. Vahlteich sah nur das Messer. Das Messer schien zu leben, strebte seiner Kehle zu; schon spürte er die Spitze, kitzelnd, an seinem Adamsapfel. Seine Finger krampften sich um das Handgelenk, preßten mit letzter Kraft.

Der Knochen brach.

Gustav brüllte auf; die Hand sank ihm kraftlos herab; das Messer klirrte zu Boden. Die Witwe stand da und keuchte. Vahlteich sah, wie Mathilde sich Blut von der Wange wischte und die zerrissene Bluse über der Brust zurechtzuziehen suchte. Mit einer raschen Bewegung hob er das Messer auf, hielt es Gustav gegen die Rippen und fauchte die Witwe an: »Los jetzt! Den Lohn für Fräulein Mathilde!«

Es dauerte einen Moment, bis die Witwe sich der neuen Lage anpaßte. Dann zahlte sie und sagte mit einem verächtlichen Blick auf Gustav: »Schöner Beschützer! Und was der mir aus der Tasche gezogen hat...! Ah, pfui!«

Gustav hielt sich den verletzten Arm und fluchte vor sich hin.

»Geh zum Arzt«, riet Vahlteich. »Dein Messer behalte ich. Du wirst's nicht so bald wieder brauchen.«

Sie stützte die Ellbogen aufs Brückengeländer und betrachtete den wechselnden Widerschein der Nachtwolken auf dem stillen Fluß. Der Mond war aufgegangen; in der Ferne klapperte eine späte Droschke vorüber; die vom Wasser aufsteigende feuchte, nach Fäulnis riechende Luft veranlaßte Mathilde, näher an den Mann neben ihr heranzurücken.

»Jesus«, sagte sie. »Wie stark Sie sind...!«

Vahlteich ballte seine rechte Hand, öffnete sie wieder, so als habe er diesen Körperteil eben erst entdeckt. »Jetzt könnt' ich keinen Bleistift damit halten, glaube ich.«

Sie nahm seine Hand und streichelte sie ganz leicht. »Ach, ihr Weltverbesserer...! Der eine kostet mich die Arbeit bei Gerson, und jetzt kann ich mich wieder umsehen.«

Er spürte die Berührung ihrer Finger, starrte auf das Wasser und war glücklich.

»Haben Sie denn überhaupt keine Angst gehabt?« fragte sie.

»Ich weiß nicht.«

»Mir war ganz schwach, wie ich das Messer sah, so dicht an Ihrer Kehle.«

Und ich hab' nicht mal ein Zimmer, dachte er; in Lassalles Wohnung kann ich sie schlecht mitnehmen, da sind die Erinnerungen. Und sagte: »Zum Angsthaben war gar keine Zeit. Vielleicht braucht man auch mehr Phantasie dazu, als ich habe. Ich bin eben ein Klotz und nicht so – wie sagt man? – sensibel.«

»Sie sind der sensibelste Mensch, der mir je über den Weg gelaufen ist.«

»Und Lassalle?«

»Sie haben ein Gefühl für die Gefühle andrer Menschen, Herr Vahlteich. Das ist der Unterschied.«

»Nein, nein, ich bin einfach zu dumm und zu ungebildet für feinere Empfindungen.« Er lachte, ein wenig bitter. »Darum würde ich mich sogar getrauen, gegen Lassalle aufzutreten. Die andern im Vorstand, die Sensiblen, haben Angst und lassen sich überwältigen von ihm und fesseln von seinen Gedanken, und muckt einer dennoch auf, dann tut er's nur halb und ist von vornherein erledigt.«

»Da reden wir schon wieder von Lassalle«, sagte sie.

Er schwieg. Mathilde preßte sich das Taschentuch gegen die zerkratzte Wange.

»Tut das noch weh?« fragte er endlich. »Die Witwe hat Sie böse zugerichtet. Ich hab's gar nicht gesehen, wie's passiert ist, ich habe nur auf die Klinge geachtet. Warum ist das Weibsstück über Sie hergefallen?«

»Weil ich über ihren Gustav hergefallen bin.«

»Ach so.« Und nach einer Pause: »Wir sind schon ein sonderbares Paar.«

Sie hob ihr Gesicht. »Willst du mich nicht küssen?«

Er sah die halbgeöffneten Lippen, die Zahnlücke. Er fühlte, wie sie sich an ihn preßte, und wieder dachte er an Lassalle, Lassalle in den Armen dieser Frau, und er küßte sie, verbiß sich in ihre Lippen, bis sie aufstöhnte.

»Mathilde...«

Sie hatte sich von ihm gelöst und blickte zum andern Ufer hinüber, auf die verwinkelten Dächer und das Mondlicht darauf.

»Und jetzt«, sagte er, »denkst *du* an ihn.«

»Ja.«

»Er ist wie ein Gespenst, das uns verfolgt. Wir müssen uns davon befreien.«

»Wenn du mich liebst«, sagte sie, »gibt es keine Gespenster.«

»Ich liebe dich«, sagte er. »Seit ich dich zum erstenmal gesehen hab', liebe ich dich.«

»Warum gehen wir nicht fort aus Berlin«, sagte sie, »gönnen uns Zeit? Das Land ist doch groß.«

»Ein Häuschen irgendwo... Mit Garten; man könnte Gemüse ziehen, Blumen – hast du Blumen gern?«

Sie suchte sich das Idyll auszumalen; aber die Erinnerung an Lassalle schob sich dazwischen; wie befreite man sich von ihm...?

»Schön wär's«, beantwortete er die eigne Frage, »aber es ist unmöglich. Jeder Löffel Suppe würde mir auf der Zunge versauern. Der Mensch darf seine Kameraden nicht im Stich lassen; nicht, solange er an ihrer Seite in einem Kampf steht. Lassalle ist nicht nur unser persönliches Gespenst, Mathilde; er ist, bei allem Genie, auch der Krebs in unsrer Bewegung – der Diktator, der sich für größer hält als alle anderen; der glaubt, seine Pläne sind die einzig möglichen, sein Kopf der einzig zur Entscheidung fähige, seine Geheimkomplotte weise und berechtigt, weil er sie ausgeheckt hat. Warum sollen einfache Leute, Menschen wie du und ich, Opfer bringen und organisieren und Revolution machen, wenn sie dabei nur eine Art Tyrannei gegen eine andre eintauschen...? Ich weiß, es wär' besser, ich spräch' dir von Liebe. Aber davon spreche ich ja im Grunde. Ich kann einem Mann die Knochen im Leibe brechen; ich kann in Reih und Glied marschieren in einer Armee, die hoffentlich eines Tages entstehen wird; ich kann arbeiten. Und ich kann dich festhalten...«

Er verstummte, eine Möwe, die auf einem Holzpfahl schlief, erwachte und stieß ihren klagenden Schrei aus.

»Warum gehen wir nicht wirklich fort?« fragte Mathilde wieder. »Ich meine nicht für immer und nicht zu dem Gärtchen, wo das Gemüse und die Blumen wachsen. Ich meine, in irgendein abgelegenes Gasthaus, und bis du gelernt hast, mich anzuschauen, ohne den Schatten eines andern auf mir zu sehen... Oder solange das Geld reicht.«

Diesmal küßte er sie ohne Aufforderung. Er stellte sich dabei ungeschickt an, seine Arme lagen schwer auf ihr, und das eiserne Brückengeländer, gegen das er sie drückte, schnitt ihr quer über den Rücken.

Lassalle war ein Spätaufsteher. Der Gefängnisaufenthalt schien die Gewohnheit noch verstärkt zu haben; er schlief schlecht, oft lag er bis vier oder fünf Uhr früh wach, wälzte sich im Bett, schwitzte stark; am Morgen war er wie betäubt, schlechtgelaunt; erst die Vormittagspost munterte ihn auf – vorausgesetzt, daß zur Aufbesserung seiner Stimmung Geeignetes dabei war: eine Erwähnung seiner Person in der Presse, ein anerkennender Brief, ein Bericht über irgendein Echo auf seine Gedanken, einen Erfolg seines Vereins.

Vahlteich hatte sich auf diese Gepflogenheiten eingestellt. Er ließ, nachdem Johann das Frühstückstablett und den gesamten Posteinlauf ins Schlafzimmer gebracht hatte, Lassalle genügend Zeit, eine möglichst positive Haltung zu den Dingen zu gewinnen. Erst dann pochte er an die Tür und meldete sich zu der von Lassalle so getauften Morgenkonferenz – in Wirklichkeit ein weitschweifender, oft zusammenhangloser Diskurs über verschiedenste Themen: griechische Philosophie, industrielle Produktivgenossenschaften, die Nachfolgeprobleme in den Herzogtümern Schleswig und Holstein; all das vermischt mit gescheiten Betrachtungen über die Möglichkeiten, brillanten Gedanken über die Erfordernisse und plötzlichen Entscheidungen über die nächsten Maßnahmen des Allgemeinen Deutschen Arbeitervereins. Vahlteichs Pflicht war es, aus dem Gewirr die konkreten Punkte der täglichen Arbeit herauszukristallisieren; Lassalle seinerseits sank nach den Anstrengungen des Morgens in den Zustand der Teilnahmslosigkeit zurück, aus dem die Post ihn herausgerissen hatte und aus dem er erst wieder erwachte, wenn ihm die Mittagssuppe vorgesetzt wurde und seine Gäste, am häufigsten die Gräfin, ihn zu neuem Gedankenflug inspirierten.

Es war Vahlteichs Pech, daß an diesem Tag die Post nur wenig Anregendes brachte. Lassalle lag in den Kissen, unrasiert, hager, das Frühstückstablett zur Seite geschoben, Zeitungen, Zeitschriften, Briefe in unordentlichem Haufen am Fußende des Bettes. Nicht eine Zeile von Helen, dachte er, nicht einmal ein Wort des Mitgefühls, obwohl man doch annehmen sollte, daß sie irgendwo von seiner Verhaftung und Mißhandlung gelesen haben mußte; auch keine Nachricht von seinem Freund Rüstow in Zürich, den er gebeten hatte, ihren Aufenthalt nach Grandmamans Tod zu erkunden; nichts.

»Und jetzt kommen Sie noch, mein armes Hirn zu martern.« Lassalle zwang sich, die geröteten, geschwollenen Lider zu öffnen. »Könnten wir das nicht verschieben?«

»Guten Morgen!« Vahlteich gab sich fröhlich und munter.

»Was finden Sie daran so gut?« Lassalle schüttelte sich. »Nun ja, bei Ihrem Naturell... Mens sana in corpore sano, ist das nicht Ihr Wahlspruch? Jetzt sagen Sie mir nur noch, ich soll mich ans offene Fenster stellen und die Verrenkungen vollführen, mit deren Hilfe der männliche Teil der deutschen Nation sich Heldenbrüste zuzulegen sucht. Das überlasse ich Ihnen.«

»Die Arbeiterklasse, Herr Doktor, braucht einen geschmeidigen Knochenbau ebensosehr wie ein geschmeidiges Gehirn.«

Mit einem Fußtritt beförderte Lassalle die Papiere vom Bett herab auf den Boden. »Lassen Sie liegen«, winkte er ab, obwohl Vahlteich keinerlei Anstalten gemacht hatte, sie aufzuheben, »nicht der Mühe wert.« Er steckte die Füße zum Bett heraus. »Was *ist* der Mühe wert? Die Revolution, sollte man denken, das Proletariat... Frauen... Unternehmen Sie eigentlich je etwas in bezug auf Frauen, Vahlteich?« Er zog sich die Unterhosen an. »Sie wohnen doch schon geraume Zeit im Haus; wohin bringen Sie eigentlich Ihre Mädchen? Nun werden Sie nicht rot. Ich könnte Ihr Vater sein.«

»Herr Dr. Lassalle! Ich bin ein gewählter Funktionär des Arbeitervereins genauso wie Sie. Wollen wir nicht besprechen, was zu besprechen ist? Ich möchte mir mein Gehalt verdienen.«

»Tsk, tsk.« Lassalle verzichtete auf die Erwähnung der Tatsache, daß er Vahlteichs Gehalt vorschoß. »Ich habe doch mehrmals versucht, Sie bei ganz interessanten Frauen einzuführen...«

»Ich passe nicht in bessere Gesellschaft.«

»Das ist Ihre Sache. Ich habe Sie immer als Freund behandelt, doch wenn Sie wollen, können wir uns auf eine rein geschäftsmäßige Beziehung beschränken.«

»Das wäre wohl das Beste.«

Lassalle beobachtete sich in dem großen ovalen Spiegel dem Bett gegenüber: er sah elend aus, und Vahlteich blickte auf ihn mit einem Ausdruck, als wäre er ein lästiges Insekt. Die Auseinandersetzung mit Vahlteich, dachte er, war schon lange fällig, und die Gelegenheit jetzt war so günstig wie irgend je.

»Setzen Sie sich!«

Vahlteich gehorchte. Er fühlte sich unsicher: Wieviel von seiner Opposition richtete sich gegen Lassalles Führungsmethoden, wieviel entsprang persönlichen Motiven?

»Also zum Geschäft«, sagte Lassalle. »Gut – was haben Sie vorzuschlagen?«

Vahlteich bewegte sich unruhig. Das Gehirn war ihm wie verklebt.

»Heraus mit der Sprache. Sie waren doch immer kritisch, Vahlteich. Nun sollen Sie Ihre Kritik zu Nutz und Frommen unsrer Organisation in konstruktive Gedanken umsetzen. Oder ziehen Sie vor, Ihre Ansichten hinter meinem Rücken zu verbreiten?«

»Dr. Lassalle!« Vahlteich verfärbte sich.

»Aber nicht doch! Unter jemand anderes Dach leben hat seine zwei Seiten. Sie werden wohl nicht behaupten wollen, daß all Ihr Tun und Lassen einer gründlichen Prüfung standhält?«

Bismarck, dachte Vahlteich. Jetzt, jetzt das in die Debatte werfen. Worüber hat Lassalle mit Bismarck verhandelt, in welchem Topf und was rühren sie da zusammen, warum wird der Vorstand nicht informiert? Aber die rechten Worte wollten sich nicht einstellen; statt dessen fiel ihm Mathilde ein und seine Beziehung zu ihr. Als Lassalle sich so besorgt nach seinem Liebesleben erkundigte, hätte er ihm sagen sollen: Das überlassen Sie mal Mathilde und mir. Aber nichts, was mit Lassalle in Zusammenhang stand, war je ganz klar; man konnte nicht lange in der Nähe des Mannes bleiben, ohne selbst in Dinge verwickelt zu werden, die keiner Prüfung standhielten.

»Und was eigentlich haben Sie unternommen«, fragte Lassalle weiter, »während ich im Gefängnis saß, der Gnade der preußischen Justiz ausgeliefert? Klings in Solingen hat einen Aufruf verfaßt und Wilms Hunderte von Arbeiterunterschriften gesammelt; Becker in Frankfurt und sogar York in Harburg haben Protesttelegramme geschickt, ebenso Rüstow aus Zürich – aber hier in Berlin? Wenn die Gräfin nicht von Pontius zu Pilatus gelaufen wäre, wenn Holthoff den Staatsanwalt nicht mit Schriftsätzen bombardiert hätte, säße ich noch immer in der Stadtvogtei. Sie wollen mir doch nicht erzählen, Ihnen wäre nicht eingefallen, daß da Massendemonstrationen, Petitionen, Aufmärsche hätten erfolgen müssen... Lassalle eingekerkert – das hätte zum Banner werden sollen! Und was, bitte schön, sind Ihre Pläne jetzt, wo mir der Hochverratsprozeß vorm Kammergericht bevorsteht?«

»Ich möchte Ferien machen.«

»Wie bitte?«

»...ein Häuschen mit Garten irgendwo; Gemüse, Blumen... Ich hätte mir gern Urlaub genommen, Herr Dr. Lassalle.«

»Hätten Sie? Jetzt gerade?«

»Ich habe hart gearbeitet, seit vergangenem Mai; und vorher auch, bei der Organisierung des Leipziger Kongresses. Ich glaube, selbst ein so kleiner Funktionär wie ich hat Anspruch auf ein paar Tage Privatleben...«

»Jetzt gerade, da wir eine rein geschäftliche Beziehung zueinander haben und Sie zum erstenmal etwas Initiative zeigen sollen, möchten Sie sich auf elegante Weise zurückziehen, Vahlteich? O nein – jetzt *werden* Sie arbeiten. Der Verein braucht eine feste Hand; ich habe die Dinge dem Selbstlauf überlassen, weil ich annahm, daß Sie sich um die organisatorischen Details schon kümmern würden; aber von heute ab...« Er zog seine Robe über und griff nach seinem Pincenez.

Vahlteich erhob sich.

»Wohin gedenken Sie sich zu begeben?«

»In die Ferien.«

»Sie sind ein Angestellter hier, Herr Vahlteich.« Die Stimme wurde schrill. »Es gibt da Gesetze.«

»Gesetze?«

Lassalle zupfte am Aufschlag seiner Robe: der Schrei nach dem Gesetz, die Reaktion des verängstigten Bourgeois.

»Was für Gesetze? Bürgerliche doch wohl. Und damit drohen Sie, der Präsident des Arbeitervereins, einem Arbeiter? Obwohl das, wenn man's recht betrachtet, ganz in einer Linie mit Ihren Praktiken als Präsident liegt.«

Lassalle fuhr auf. »Meine Bemerkung war nicht wörtlich zu verstehen.«

»Wörtlich oder nicht – wir kommen zum Grundsätzlichen, um das es hier geht. Ich habe Ihnen oft und auf verschiedene Weise anzudeuten versucht: Demokratie. Was hemmt denn das Wachstum unseres Vereins – daß er im Grunde nur eines ist: Sie, Sie, Sie. Sie sprechen für die Organisation, handeln für sie, denken für sie; wollen sie ganz in Ihrer Hand haben: Ihr Geschöpf, Ihre Puppe, Ihr Werkzeug. Ich fürchte kein Gesetz und kein Gefängnis, überhaupt keine Strafe; Furcht habe ich vor Ihnen und davor, was Sie mit wirklicher Macht beginnen würden, falls das Volk sie Ihnen je anvertraute.«

Lassalle blickte auf das ungemachte Bett, auf die Papiere am Boden. »Ich darf das als ein Mißtrauensvotum auffassen?«

»Es ist der Grund, weshalb ich Urlaub verlange. Ich möchte einmal Zeit haben nachzudenken.«

»Nachzudenken«, wiederholte Lassalle. Und entschied: Der Mann darf nicht gehen; er untergräbt mir selbst das wenige, was geschaffen wurde; macht mir den York rebellisch und den Audorf und alle, die er zum Zuhören bewegen kann. »Sie können auch hier bei mir nachdenken, Vahlteich. Ich werde Ihnen dabei helfen – was mir sehr notwendig erscheint.«

»Glauben Sie ernsthaft, Sie können mich halten?« fragte Vahlteich. »Was ich tue, tue ich freiwillig.«

»Sie sind gewählter Funktionär«, erwiderte Lassalle schneidend. »Ich erinnere mich, daß Sie das immer besonders betont haben.«

»Dann, bitte sehr, trete ich zurück.« Und da er glaubte, so etwas wie Erleichterung in Lassalles Miene zu bemerken, fügte Vahlteich hinzu: »Nicht von der Mitgliedschaft im Verein. Ich bin Arbeiter; ich verlasse meine Organisation nicht; und die Arbeiter werden bestimmen, auf welchem Posten ich stehen soll.«

Lassalle fand seine Pantoffeln endlich, schlüpfte hinein und trat auf Vahlteich zu. »Nun gut, junger Mann – ich nehme Ihren Rücktritt mit Wirkung vom nächsten Monatsersten an. Und ich hoffe, daß Sie Ihren Schritt mit Ihrer Arbeiterehre vereinbaren können.«

Aber trotz der großen Geste wußte er, daß er eine Niederlage erlitten hatte.

13. Kapitel

Der Gerichtsschreiber verlas die Anklageschrift: *Hochverrat.*

Diesmal meinten die Herren es ernst, dachte Lassalle, und sie glaubten, sie hätten schon den Hanf in der Hand, aus dem sie den Strick drehen würden, an dem er hängen sollte: *Arbeiterheere, Revolution, Gewaltanwendung.* Er blickte zum Podium hinauf – da saßen sie, ausgerichtet wie schwarze Pappfiguren: Oberrichter Büchtemann und die neun Richter des Kammergerichts; etwas zur Rechten der Oberstaatsanwalt, Herr Adelung. Und dies war nur einer in einer ganzen Reihe von Prozessen gegen ihn. Selbst wenn er diesmal davonkam, in Düsseldorf wartete bereits ein frischer Staatsanwalt mit frischen Richtern auf ihn, und danach wieder einer in Berlin.

Der Gerichtsschreiber las immer noch vor.

»... denket Eurer großen Toten vom März 1848! ... und damals handelte es sich bloß um die politische Freiheit, heute handelt es sich um ...«

Hatte er das gesagt? Nachhall seiner unglückseligen Berliner Versammlung; und dann waren sie in den Saal gedrungen und hatten ihn verhaftet und in die elende Zelle gesteckt, wo die zwei Wärter mit der Zwangsjacke bereitstanden.

»... heute handelt es sich um die politische Freiheit und um die Arbeiterinteressen zugleich. Und damals handelte es sich darum, Barrikaden zu bauen – heute handelt es sich ...«

Hatte er das wirklich gesagt? Es entsprach seiner Dialektik, und es war auch die Ausdrucksweise, deren er sich in der letzten Zeit bediente – aber wie unwirklich klang es an diesem rauhen Märztag des Jahres 1864, da nirgends ein Hauch von Frühling zu spüren war oder von Revolution, in einem überfüllten preußischen Gerichtssaal, der den gesammelten Staub der ganzen Monarchie zu enthalten schien.

Obwohl es der größte Gerichtssaal war, dachte er, der zur Verfügung stand; kein Vergleich zu seinem Prozeß im Vorjahr. Voriges Jahr, im Stadtgericht, war der Saal halb dunkel gewesen und so winzig, daß sein Publikum sich bis weit in den Korridor drängte und die Hälse durch die offene Tür reckte. Heute, im Kammergericht, war der Raum anständig gasbeleuchtet, und die Zuhörer saßen, wenn auch Schulter an Schulter, auf Bänken hinter einer Holzbarriere – Arbeiter, dazwischen Damen und Herren aus der Gesellschaft, ganz vorn die Gräfin in strengem Schwarz. Voriges Jahr hatte er interpellieren müssen, nur um die Anklagebank verlassen und neben seinem Anwalt Platz nehmen und seine Dokumente ausbreiten zu dürfen. Heute stellte überhaupt niemand in Frage, daß er neben Holthoff saß; alles ging höflich und glatt vor sich; Rang und Gewicht des Gerichtshofs hatten sich erhöht entsprechend seinem Rang und Gewicht – damit aber auch die Gefahr für ihn.

»... wird der Privatmann Ferdinand Lassalle angeklagt: mittels der von ihm verfaßten und veröffentlichten Broschüre ›An die Arbeiter Berlins‹ ein auf gewaltsame Änderung der preußischen Staatsverfassung gerichtetes Unternehmen vorbereitet zu haben ...«

Gefahr, dachte er. Die große Gefahr für ihn entsprang der politischen Notwendigkeit, dem Zwang, gleichzeitig mit so vielen entgegengesetzten Kräften zu spielen. Dabei verstrickte man sich nur allzu leicht im Hin und Her der Fäden: verleugnete er öffentlich die von ihm verkündeten Ziele, so entzog er all seinen politischen Bestrebungen den Boden; zeigte er andererseits dem Gerichtshof die revolutionäre Faust, so lieferte er dem Staatsanwalt die gewünschten Beweise; und ließ er die wirklichen Tatsachen sprechen, so gab er zugleich die eigene Taktik preis.

Holthoff stieß ihn an. »Wach bleiben!«

»Ich war in Gedanken.«

Oberrichter Büchtemann, Präsident des Kammergerichts, säuberte seine Brillengläser, die dauernd anliefen, und blickte zweifelnd auf Lassalle. »Ich frage Sie, Angeklagter, ob Sie sich der Handlungen, deren Sie angeklagt sind, schuldig erklären?«

Lassalle schüttelte den Kopf.

»Sie sind vorbestraft?«

Lassalle nickte.

Büchtemann nahm einen Zettel zur Hand. »... verurteilt 1849 zu sechs Monaten Gefängnis wegen Aufreizung der Düsseldorfer Bürgerwehr zu bewaffnetem Widerstand und Aufruhr, begangen im Jahr zuvor. Ferner im vergangenen Jahr zu vier Monaten Gefängnis verurteilt wegen einer öffentlichen Ansprache mit dem Titel ›Arbeiterprogramm‹; das Urteil wurde in zweiter Instanz auf eine Geldstrafe von einhundert Talern reduziert...«

Jemand lachte spöttisch. Die niedrige Strafe bedeutete in Wirklichkeit gerichtliche Absolution.

Büchtemann drohte: »Ich lasse den Saal räumen. Wir sind nicht im Zirkus...!« Und wandte sein dyspeptisches Gesicht Lassalle zu: »Wollen Sie sich zu den Ihnen zur Last gelegten Tatsachen erklären?«

»Gern« – Lassalle erhob sich –, »nur finde ich sehr wenig Tatsachen in der Anklage. Ich habe den Allgemeinen Deutschen Arbeiterverein gegründet. Ich habe die Ansprache, die vor Gericht verlesen wurde und die das eigentliche *corpus delicti* der Anklage bildet, veröffentlicht. Und ich habe in dieser Ansprache einen Artikel aus der ›Süddeutschen Zeitung‹ zitiert als Beweis für die Wahrheit gewisser Punkte, auf die es mir ankam. Andere Tatsachen weiß ich in dem Anklageakt kaum mehr zu finden, Herr Präsident.«

»Die Anklage betrachtet das Wahlgesetz und das Wahlrecht, wie es besteht, als einen wesentlichen Teil der Verfassung.« Oberrichter Büchtemann rollte die lose Haut seines Puterhalses zum Kinn hin. »Sie wollen nun das Dreiklassen-Wahlsystem beseitigen und ein anderes an dessen Stelle setzen. Würde darin nicht eine Änderung der bestehenden Verfassung liegen?«

»Eine Änderung, ja – aber durch welche Mittel, Herr Präsident? Alles kommt nur auf diesen Punkt an. Sonst würde doch jedes Streben nach Änderung der Verfassung Hochverrat sein, nicht?«

»Es wird Ihnen aber die Anwendung recht gewaltsamer Mittel zur Last gelegt.«

»Zu meiner großen Verwunderung, Herr Präsident.«

Büchtemanns Daumen schnappte vom Kinn ab. »Wie hört sich Ihnen dann das an: *Was den Arbeiterstand politisch so bedeutend macht, sind die derben Fäuste, der hungrige Magen, die Beweglichkeit, die Entschlossenheit*...? Oder: *Das aber wissen wir, daß Lassalle'sche Arbeiterbataillone, wenn man die Dinge so weit kommen läßt, von der gegenwärtigen Verfassung Deutschlands kein Stück beim alten lassen würden, am wenigsten Zepter, Krone, Stern und andere Spielsachen.* Eh?«

»Da spricht die ›Süddeutsche Zeitung‹. Ich habe das nicht gesagt.«

»Aber Sie haben es zitiert, in Ihrer Rede wie in der Broschüre!« Büchtemann wurde rot. »Und dann haben Sie hinzugefügt: *Arbeiter Berlins! Wollt ihr alles, was ich euch mit meinen Worten gesagt habe« –* der Oberrichter wiederholte: »*alles, was ich euch mit meinen Worten gesagt habe – aus dem Munde meiner Gegner, der Fortschrittler, selbst vernehmen?*... Darum, Herr Dr. Lassalle, macht die Anklage Sie für den bewußten Artikel verantwortlich.«

Lassalle wühlte in seinen Papieren.

»Nun?«

Lassalle wandte sich um. Er sah die Gräfin, Besorgnis in ihren zu eng stehenden Augen. Er sah die Arbeiter, die sich gespannt vorlehnten. Holthoff, rechts, trommelte auf den Tisch.

»Herr Präsident«, entgegnete er ruhig, »dieser Punkt der Anklage beruht auf einer Verwechslung, die jeder Student der Philosophie schon im ersten Semester Logik zu vermeiden lernt. Wenn ich erkläre: ›Wollt ihr alles, was ich euch mit meinen Worten gesagt habe, aus dem Munde meiner Gegner, der Fortschrittler, selbst vernehmen?‹, so sage ich damit in Wahrheit nur: ›Alles, was *ich* euch gesagt habe, das sagt euch auch der Artikel der ‚Süddeutschen Zeitung'‹, aber keineswegs sage ich damit: ›Alles, was jener Artikel sagt, das sage auch ich.‹«

Gemurmel auf den Bänken: Erleichterung, Bewunderung, Überraschung. Holthoff klatschte lautlos Beifall; irgendwo kicherte einer; zum erstenmal seit Eröffnung der Verhandlung ließen die Pappfiguren hinter dem Richtertisch Leben erkennen.

Der Oberrichter schüttelte den Kopf. Er mußte mit Vorsicht vorgehen; er kannte den findigen Geist des Angeklagten, der mit tödlicher Sicherheit die kleinste Unterlassung bei der Durchführung des Prozesses erkennen und für ein Revisionsverfahren ausnutzen würde. »Sie selber sprechen aber ganz offen aus, Herr Dr. Lassalle, daß Sie vermittels einer imposanten Entfaltung von Arbeitermassen einen, ich zitiere, ›immensen Druck‹ auf die Regierung ausüben wollen. Und dann erwähnen Sie die Barrikaden von 1848 und fügen hinzu, *heute und zunächst* handle es sich nur um einen solchen Druck. Wie soll denn der Druck ausgeübt werden?«

»Wie?« Lassalle war auf Büchtemanns Taktik vorbereitet. »Durch Verbreitung von Vernunfterkenntnissen; das wird einen immensen geistigen Druck auf die Köpfe der Menschen ausüben.

Darf ich Sie als Beispiel an die fünf Jahre währende Agitation des Mr. Cobden gegen die britischen Kornzölle erinnern; endlich mußte Sir Robert Peel, der Chef des Tory-Ministeriums, sie abschaffen.«

»Das waren Zölle, Herr Dr. Lassalle, nicht eine Verfassung.«

»Zölle beruhen auf dem Gesetz. Und was ist eine Verfassung anderes als ein Kodex von Gesetzen?«

»Bravo!« sagte die Gräfin.

Büchtemann sah sie mißbilligend an. »Madame, das Gericht bittet auch Sie, die brillanten Bemerkungen des Angeklagten schweigend zur Kenntnis zu nehmen.« Und zu Lassalle, der keine Miene verzogen hatte: »Aber Sie sprachen von *heute* und von *zunächst*. Welch weitere Eventualitäten dachten Sie sich denn?«

Lassalle musterte die richterlichen Visagen. »Zunächst würde ich diesen moralischen Druck erzeugen, indem ich möglichst viele Menschen veranlasse, dem Allgemeinen Deutschen Arbeiterverein beizutreten; dann würde ich sie vielleicht ihre gemeinsame Gesinnung bei den Wahlen zum Ausdruck bringen lassen; oder ich lasse sie Massenpetitionen unterschreiben; oder ich veranstalte Sammlungen von allgemeinen Beiträgen zur Gründung großer Zeitungen; ich kann mir auch vorstellen, daß man imposante, aber durchaus friedliche Demonstrationen von Volksmassen organisiert... Und ich könnte Ihnen noch hundert Mittel aufzählen außer dem einen, die Waffen zu ergreifen.«

»Aber der Herr Angeklagte gibt zu, daß er ein Revolutionär ist!« Das war eine neue Stimme mit etwas kreischenden Tönen: Oberstaatsanwalt Adelung griff ein. »Siehe Seite 14 seiner Broschüre, wo er sich ausdrücklich auf seine Assisenrede in seinem Hochverratsprozeß vor den rheinischen Geschworenen in Düsseldorf, Mai 1849, beruft. Wir haben diese Akten hier. Da der Angeklagte in seiner Broschüre erklärt, er habe konsequent an seinen früheren Anschauungen festgehalten, so werden wir wohl auch aus der damaligen Rede jetzt seine Taten interpretieren können, und...«

Holthoff war aufgesprungen. »Einspruch!« Hinter der Barriere wurde gemurrt. Büchtemann hob den Kopf.

»...und ich bitte das Gericht deshalb«, schloß der Oberstaatsanwalt, »aus dem Protokoll der Verhandlung in der Düsseldorfer Korrektional-Appellkammer vom 5. Juli 1849 verlesen zu lassen.«

»Ich erhebe Einspruch!« Holthoff sprühte Empörung. »Die Staatsanwaltschaft wird sich auf den vorliegenden Fall beschränken müssen...«

Er spürte Lassalles Hand, die ihn zurückhielt.

»Mit der gütigen Erlaubnis des Gerichts...« Lassalle erkannte die Schlinge, die ihm da geknotet wurde. Er erhob sich. »Zum Grundsätzlichen: Selbstverständlich bin ich Revolutionär.« Mit einer raschen Handbewegung unterdrückte er den Applaus. »Der Herr Oberstaatsanwalt brauchte nicht um fünfzehn Jahre auf 1849 zurückzugehen – er hätte sich auf die Reden beziehen können, die ich erst im vergangenen Jahr vor dem hiesigen Kriminalgericht und dem Königlichen Kammergericht gehalten habe.«

Der Oberstaatsanwalt saß da, massig, drehte die Daumen und wartete darauf, daß sein Gegner sich in weitere Geständnisse verwickelte.

»Ja, meine Herren, es kommt in meinen Schriften und Reden sehr häufig das Wort Revolution vor. Unglücklicherweise vermag der Staatsanwalt das Wort nicht zu lesen, ohne geschwungene Heugabeln vor seiner Phantasie zu sehen. Das ist aber nicht die wissenschaftliche Bedeutung des Worts, und schon der konsequente Sprachgebrauch in meiner Schrift hätte den Staatsanwalt belehren können, in welchem Sinn ich es benutze. Eine Revolution – wie ich feststellte – ist dann eingetreten, wenn ein ganz neues Prinzip an die Stelle des bestehenden Zustands gesetzt wird. Mit oder ohne Gewalt – auf die Mittel kommt es dabei überhaupt nicht an. Die Bauernkriege, die doch wahrhaftig von Gewalt und Blutvergießen begleitet sind, waren eine Reformbewegung; aber die Erfindung der Baumwollspinnmaschine von 1775, obgleich dabei kein Schwert aus der Scheide gezogen wurde, war eine vollständige Revolution; die gesamte neue Entwicklung der Industrie ist zutiefst revolutionär: ein neues Prinzip ersetzt das alte.«

Der Oberrichter spürte, daß ihm die Zügel entglitten. »Das mögen Sie im philosophischen Sinne so meinen«, sagte er ärgerlich. »Aber Sie sprechen zu Arbeitern. Wollen Sie uns einreden, daß die Arbeiter das Wort Revolution so auffassen?«

Lassalle wurde schneidend. »Der Arbeiterstand hat zu lesen gelernt!«

Hinter der Barrikade klatschten sie Beifall; einer fing an, das Alphabet laut aufzusagen. Die Gerichtsdiener suchten in den Bänken

Ordnung zu schaffen; mitten in dem Durcheinander erörterten Holthoff und der Oberstaatsanwalt die Zulässigkeit des Gerichtsprotokolls von 1849 als Beweismaterial. Büchtemann läutete die Glocke. Als endlich Ruhe einkehrte, erklärte Adelung: »Was der Angeklagte damals über Staat und Gesellschaft gesagt hat, gibt mir das Recht, daraus seine Stellung und Taten von heute zu interpretieren. Er gesteht doch ein, daß seine politischen Anschauungen gleichgeblieben sind.«

Lassalle hob beide Hände. »Ich bin dem Herrn Oberstaatsanwalt sehr verpflichtet für seine offene und unmißverständliche Erklärung, daß hier gegen einen Mann prozessiert wird nicht wegen seiner Handlungen, sondern wegen seiner Meinungen. Ich bekenne: Meine Meinungen sind die gleichen geblieben. Ich fordere, so gut wie im Jahre 1849, ein neues gesellschaftliches Prinzip; aber die Frage der Mittel, durch die es herbeigeführt wird« – er holte tief Atem –, »diese Frage hängt von den politischen Umständen ab, von dem, was praktisch ist unter den gegebenen Verhältnissen...«

Er war am kritischen Punkt. Er fühlte die Spannung im Publikum und am Richtertisch; und er sah voraus, daß seine Stimme, die er so rücksichtslos strapaziert hatte, ihn bald im Stich lassen würde, und zwang sie zu einer letzten Anstrengung.

»Was die Frage betrifft, ob, wann und inwiefern Gewalt anzuwenden sei, behalte ich mir vor, mich jederzeit nach den jedesmaligen praktischen Umständen zu entscheiden.«

Büchtemann stand auf. »Der Gerichtshof hat einen Antrag des Staatsanwalts vorliegen, das Protokoll des Prozesses gegen den Angeklagten vor der Düsseldorfer Korrektional-Appellkammer von 1849 als Beweismaterial zuzulassen. Der Gerichtshof zieht sich zur Beratung zurück. Ich vertage die Verhandlung bis« – er griff unter die Robe, zog seine goldne Taschenuhr hervor und berechnete, daß er zum Kalbsbraten mindestens eine halbe Flasche Claret trinken müßte, um seinen Ärger über den Verlauf des Verfahrens loszuwerden –, »bis halb drei Uhr.«

Schräg gegenüber dem Gerichtsgebäude befand sich das Gasthaus »Zur letzten Instanz«. Die Kellnerinnen waren es gewohnt, Klagen zu hören und Trost spenden zu müssen, und sie entwickelten eine mütterliche Art im Umgang mit den Gästen.

Hier nahmen Präsident Büchtemann, seine neun Beisitzer und

Oberstaatsanwalt Adelung ihr Mittagessen ein. Am entgegengesetzten Ende des Lokals, diskret außer Hörweite, wenn auch nicht außer Sicht der Herren, saßen Lassalle und seine Gesellschaft, darunter als einziger Vertreter der Arbeiterklasse der Degenschmied Wilms aus Solingen, Vahlteichs Nachfolger auf dem Posten des Vereinssekretärs. Vahlteich, dachte Lassalle, hätte sich wahrscheinlich absentiert und sich den andern Proletariern angeschlossen, die jetzt ihr Stück Brot in den Wandelgängen des Gerichts verzehrten.

Wenn nur nicht der elende Hals wäre... Mit Höllenstein hatte er ihn bereits behandelt, nun suchte er seine Stimme mit heißem Grog zu kurieren. Die Gräfin zeigte sich besorgt: Sollte man nicht den Arzt herbeiholen, sollte Holthoff nicht lieber eine Vertagung beantragen, bis morgen mindestens, sollte...

»Nein, nein, nein«, flüsterte er heiser.

Korff hob das Glas. »Ich habe wieder einen Lorbeerkranz bestellt. Im Blumenladen wollten sie wissen, ob ich ihn vergoldet haben will. Einfaches Grün, habe ich gesagt, wie bei den alten Römern. Echte, antike Größe...!«

»Um Gottes willen, nein!« flüsterte Lassalle. Auf diese sonderbare Art war ihre Bekanntschaft letztes Jahr entstanden, in dem schäbigen, engen Raum im Kriminalgericht: plötzlich kam da dieser Dragonerrittmeister in voller Uniform auf ihn zumarschiert und drückte ihm einen Lorbeerkranz auf die Stirn, zum großen Erstaunen von Zuschauern, Gratulanten, Gerichtsdienern, Anwälten, Schreibern.

»Auf den Sieg!« trank Korff. »Sie waren hervorragend. War er doch, Gräfin? Immer im Gegenangriff; welch elegante Klinge – und wie plump dagegen der Richter, der Staatsanwalt...«

Holthoff knurrte: »Lassen Sie den Mann sich ausruhen. Es war nicht so leicht.«

»Herr Dr. Lassalle!« Wilms glühte. Alles war ihm so neu – die Gerichtsatmosphäre, das Restaurant, die vornehmen Herrschaften, der rasche Übergang von revolutionärem Pathos zu juristischem Jargon und dann zu solchen Belanglosigkeiten. »Als Sie da von Revolution sprachen... ich habe die Leute um mich herum beobachtet... auf jede Barrikade hätten Sie sie führen können...«

»Das ist genau der Haken, fürchte ich, bei dem das Gericht ihn greifen wird«, sagte Holthoff; und zu Lassalle: »*In dubio pro reo* dürfte kaum gelten; Sie haben zu wenig *dubium* gelassen.«

Die Gräfin widersprach. »Er hat doch der Anklage sämtliche Argumente zerschlagen! Wie oft habe ich vor Gericht gestanden in Hatzfeldt gegen Hatzfeldt und jedes Mal seinen Scharfsinn bewundert und seine Rhetorik; aber heute hat er sich selbst übertroffen. Das Gericht kann nicht anders: es muß für ihn befinden.«

»Es muß. Muß es?...« Holthoff blickte hinüber zu dem langen Tisch, an dem die Richter saßen und kauten. »Als ginge es hier ums Gesetz. Nach dem Gesetz müßte die Staatsanwaltschaft eine vollendete Handlung nachweisen; sie kann höchstens zeigen, daß der Angeklagte gewisse Meinungen hatte. Sie werden sehen: Sobald die Verhandlung wieder beginnt, wird man ihm zur Last legen, daß er von politischer Leidenschaft gesprochen hat und daher der geistige Urheber der Bierkrüge sei, die in Barmen geflogen sind, und der Messer, die in Solingen geschwungen wurden – da haben Sie die benötigte Gewalt und das Blutvergießen. Und immer wieder der bekannte Teufelskreis: Um das Dreiklassenwahlrecht zu verändern, muß man die Verfassung ändern; um die Verfassung zu ändern, braucht man eine Parlamentsmehrheit; um zu einer Mehrheit im Parlament zu gelangen, muß man das Dreiklassenwahlrecht verändern. Folglich *muß* man Gewalt anwenden; folglich *muß* Lassalle schuldig sein.«

»Faszinierend«, sagte La Formes. »Diese Advokaten!« Sie blickte von ihren Austern auf. »Aber es ist doch klar, daß die Richter in Wirklichkeit Sie fürchten, verehrter Lassalle. Gesichtsausdruck und Mienenspiel, ich beobachte das beruflich, ich lerne daraus. Sehen Sie den Herrn Gerichtspräsidenten, wie er den Mund verzieht, als hätte er eine saure Traube erwischt...«

Lassalle hörte, wie die Gräfin Champagner bestellte, für die ganze Tischrunde; sie hoffte wohl, daß seine Stimmung sich dadurch bessern würde. Er zerlegte seinen Fisch; das weiße Fleisch löste sich in sauberen Streifen vom Filigran der Gräten. Der Prozeß verlief bestens, bisher; und dennoch hatte Holthoff recht zu warnen. Vielleicht, dachte Lassalle, ging ihm sein Glück aus; der Gedanke verfolgte ihn, seit Vahlteich ihn verlassen hatte; dem Menschen ist sein Quantum Glück fürs Leben zugeteilt, und hat er es verbraucht, helfen nur noch Wunder. Mitten in seiner Verteidigung hatte er plötzlich geglaubt, das Wunder sei da: Helen, Helena, der Goldfuchs, die Kaiserin, gekommen, seinen Triumph über seine Feinde zu teilen. Er hatte sich rasch umgeblickt, die

Reihen der Zuschauerbänke – nichts. Sie hielt sich in der Schweiz auf, bei ihren Eltern; Rüstow hatte es endlich bestätigt. Er schob den Teller von sich: nicht einmal Mathilde war erschienen, obwohl er sich heute weiß Gott für das Proletariat schlug.

Der Champagner.

Die Augen der Gräfin, voll inniger Anteilnahme. Am liebsten hätte er alles zertrümmert und zertreten – er war zu spät geboren, oder auch zu früh, das war seine Tragödie.

Er zuckte zusammen: Finger auf seinem Haar; ein schartiger Gegenstand, der ihm die Stirn zerkratzte. Auch das noch. Korff – dieser Narr...! Die Formes leerte ihr Glas, feierlich; die Gräfin warf ihm einen Handkuß zu; Holthoffs dicke Lippen kräuselten sich zu verständnisvollem Lächeln. Wilms, der leicht gerührt war, prophezeite: »Der Tag wird kommen, da drückt ihm die gesamte Arbeiterklasse Lorbeeren auf die Stirn.«

Ein hübsches Tableau für die Richter. Lassalle stand auf. Augusta Formes hatte ihrem Retikül ein Handspiegelchen entnommen und hielt es ihm hin.

Der Lorbeer stand ihm gut.

Das Gericht beschloß, das Protokoll des Prozesses von 1849 als Beweismaterial zuzulassen.

Auf ihrer hölzernen Bank, beengt, Schmerzen im Rückgrat, hörte die Gräfin zu: Pulsschlag einer andern Zeit. *»...man möge ihm, der Revolution gewollt, sowie den gewaltsamen Umsturz der Regierung gesucht, sein Vergehen und Bewußtsein nicht durch die Anschuldigung bloßer Rebellion verkümmern..«*

»Aber der Jury gefiel es, mich freizusprechen!« Lassalle war aufgesprungen und erläuterte erregt, was er 1849 wirklich gesagt und warum und in welchem Zusammenhang. Er widerlegte: Anwürfe, Behauptungen, Entstellungen. Er argumentierte, zitierte, kommentierte, er erklärte, begründete, bewies.

Die Gräfin wurde ein ungutes Gefühl nicht mehr los; gerade weil Lassalles Worte so zwingend waren, vertieften sich die Schatten um ihn. Sie suchte sich zu trösten: er hatte schon Schlimmeres bewältigt – die Scharen von Advokaten, die ihr Ex-Gemahl gegen ihn ins Feld führte, die gekauften Zeugen, gefälschten Beweise, feindseligen Richter – und auf seiner Seite nichts als sein Kopf und seine enorme Willenskraft. Jetzt hatte er Freunde, darunter einige an hoher Stelle; eine Organisation, die ihn stützte; die Erfahrung eines halben Lebens. Der ganze Prozeß war schändlich, eine Farce. Farce? Selbst er behauptete nicht mehr, seine Prozesse wären nur Gelegenheiten zu glänzen, Material zu schaffen für neue, noch schärfere Broschüren. Es war ein Kampf, ein erbitterter, und sie sah ja, wie wundgeschunden er schon war und wie viele Widerhaken ihm in der Haut staken, und sie seufzte erlöst auf, als mit einer letzten dummen Frage die Vernehmung schloß und er sich setzen und seiner Stimme eine Schonfrist geben durfte, während der Oberstaatsanwalt sein schweres Fleisch vom Stuhl erhob und mit dem Plädoyer begann.

Adelung sprach langsam, mit peinlichen Pausen. Aber das war Manier; in Wirklichkeit, so fand die Gräfin bald, verfolgte der Oberstaatsanwalt eine definitive, durchdachte Linie. Er begann mit der kategorischen Erklärung, daß das Dreiklassenwahlrecht einen untrennbaren Bestandteil der Verfassung darstelle. Er ging ein auf die von dem Angeklagten benutzte Psychologie – »wenn der Mann aus dem Arbeiterstande von der Revolution hört, denkt er an nichts anderes als an eine gewaltsame Umwälzung des Bestehenden«. Er ließ sich aus über die Frage, inwieweit ein Autor sich mit den von ihm angeführten Zitaten identifiziere. Schließlich, zum eigentlichen Vergehen, behauptete er den Tatbestand der Vorbereitung eines hochverräterischen Unternehmens, strafbar nach Paragraph 66 des Strafgesetzbuchs.

All das war in Worte gekleidet, die das dürftige Fundament der Anklage wirkungsvoll kaschierten. Nur ein einziges Mal verlor der Oberstaatsanwalt seine Zurückhaltung; seine Gefühle kamen offen zum Vorschein mit der plötzlichen Frage: »Was geht vor in den Köpfen dieser Arbeiter? Wem von Ihnen, meine Herren, ist noch nicht der beunruhigende Gedanke gekommen: Wenn diese Massen entfesselt würden, wenn diese Zyklopen der modernen Zeit im Besitz von Waffen, und wären es nur die Werkzeuge ihrer Arbeitsstätten, sich nun gegen die bestehende Ordnung erheben? Der Angeklagte spricht von einem Arbeiterheer. Seine Sprache ist Feldherrnsprache. *Die wichtigsten Zentren Deutschlands sind gewonnen... Leipzig, die Fabrikgegenden Sachsens sind für uns... Hamburg und Frankfurt marschieren unter unsrer Fahne... das preußische Rheinland geht bereits in vollem Sturmschritt voran... mit Berlin wird die Bewegung unwiderstehlich...!* Der Angeklagte spricht von der Ausübung von Druck. 1848 haben wir den Druck kennengelernt, der auf Handlungen wie die des Angeklagten folgte: als die konservativen Mitglieder der Nationalversammlung nach der Sitzung in der Berliner Singakademie hinaustraten ins Kastanienwäldchen, wurden sie von den Roten dort mit Strikken in der Hand begrüßt...«

Der schwere Mann war ins Zittern geraten, seine Stimme bebte. Die Gräfin sah den anklagend auf Lassalle weisenden Finger. Lassalle war blaß; aber die entspannt übereinandergeschlagenen Beine, der über die Stuhllehne gehakte Arm deuteten auf ein bestenfalls vorübergehendes Interesse am Bühnendonner des Herrn Adelung.

»Hoher Gerichtshof!« – der Oberstaatsanwalt hatte sich wieder auf seinen ruhigen, überlegenen Stil besonnen –, »es ist in diesem Zusammenhang unwesentlich, ob irgendwo ein Akt der Gewalt schon geschehen ist oder ob die gewaltsame Handlung, die vollführt werden soll, genau beschrieben und zu ihrer Durchführung aufgefordert wurde; hier kommt es nur darauf an, daß der Angeklagte, nach seinen eigenen Worten, nicht zögern würde, es auf Gewalt ankommen zu lassen, um seine politischen Pläne zu verwirklichen.«

Der Finger senkte sich.

»Ich stelle daher den Antrag, den Angeklagten zu drei Jahren Zuchthaus, einhundert Talern Geldbuße und fünf Jahren Polizeiaufsicht zu verurteilen.«

Die Gräfin spürte eine plötzliche Schwäche. Die Richter auf dem Podium verschwammen; Korffs blaue Uniform schien sich zu umwölken; die Luft im Saal, von Anfang an erstickend, wurde zu einer Art Nebel. Das letzte, was sie hörte, war der anschwellende Proteststurm; darüber Büchtemanns schriller Ruf nach Ordnung.

»Und nun, Herr Lassalle«, sagte der Gerichtspräsident, »was haben Sie zu Ihrer Verteidigung vorzubringen?«

Auf die Frage hin begann der Mechanismus in seinem Gehirn, um den er gefürchtet hatte, wieder zu funktionieren. Im Grunde brauchte er diesen Mechanismus, der die Paragraphen scheinbar von allein in ihre Elemente zerlegte, ihre Widersprüche offenbarte, ihre Hintertürchen, nur gegen Störungen von seiten des Gefühls abzuschirmen.

»Nur mit Mühe«, begann er, »hat mein Anwalt mich überredet, eine Verteidigung überhaupt zu unternehmen. Bei einer so oberflächlichen Anklage hätte meine Achtung vor dem Gericht und mein Vertrauen zu Ihnen mich sonst veranlaßt, die Verhandlung ruhig in meiner Abwesenheit stattfinden zu lassen; aber Herr Holthoff befürchtete, das könnte mißdeutet werden. Da ich nun einmal hier bin und mich verteidigen muß, wünschte ich wenigstens, die Anklage wäre besser begründet, damit ich nicht so viele Worte für nichts und wieder nichts verliere.«

Er analysierte die Anwendungsmöglichkeit der Paragraphen des preußischen Strafgesetzbuchs, auf die sich die Anklage gründete. Durch eine Reihe brillanter Vorstöße in die Logik der Dinge gelangte er zu dem Schluß, daß er weder der Aufforderung zur *Ausführung* einer hochverräterischen Handlung – Paragraph 65 – noch der Aufforderung zur *Vorbereitung* der Ausführung einer solchen – Paragraph 66 – angeklagt war, sondern der Aufforderung zur *Vorbereitung einer Aufforderung* zur Ausführung einer möglicherweise hochverräterischen Handlung, der Vorbereitung von Vorbereitung also, sozusagen einer Vorbereitung in zweiter Potenz: eines dem Gesetz gar nicht bekannten Vergehens.

»Wenn das Gericht die Vorbereitung von Vorbereitung für strafbar erklärt«, gab er zu bedenken, »dann machen Sie jede Verbreitung von Vernunft und Erkenntnis gesetzlich strafbar. Alle großen Umwälzungen in der Geschichte können als Ausflüsse früherer Vernunfterkenntnisse und ihrer Verbreitung bezeichnet werden. Alle Vernunfterkenntnisse aber, meine Herren, hängen untereinander zusammen; wenn Sie also Vorbereitung nicht als Vorbereitung eines unmittelbaren realen Unternehmens auffassen, sondern als Vorbereitung von Vorbereitung, so wird damit in Preußen, befürchte ich, jede Betätigung der menschlichen Vernunft zum Verbrechen des Hochverrats!«

Er ließ Büchtemann keine Zeit zu Einwänden. Paragraph 66, fuhr er unmittelbar fort, setzte ein hochverräterisches Unternehmen voraus. Könnte die Staatsanwaltschaft ihn bitte darüber aufklären, welche Art Unternehmen er vorbereitet habe? Hatte er vielleicht geplant, Seine Majestät den König auf dem Weg zur Oper gefangenzunehmen? Hatte er Volksaufläufe vor den Ministerien organisiert, um die Minister zum Rücktritt zu zwingen? Oder hatte er etwa die Bevölkerung zu den Waffen gerufen, um die Regierung zu veranlassen, die Verfassung aufzuheben...? Weiter waren Zeit und Ort die wesentlichen Elemente einer jeden Handlung. Was hatte die Staatsanwaltschaft in dieser Hinsicht zu sagen? Wann sollten die hochverräterischen Handlungen stattfinden – in zwei, in fünf, in zehn oder vielleicht in hundert Jahren? Und wo? In Berlin? Im Rheinland? Und wie? Beabsichtigte er, die Führer der Fortschrittspartei in ihren Betten zu überfallen und zu erdolchen? Oder das Abgeordnetenhaus in die Luft zu sprengen?

»O ja« – mit einem Ruck wandte er sich gegen den Oberstaatsanwalt –, »Hochverrat liegt in diesem Prozeß tatsächlich vor, ein Hochverrat aber, meine Herren, an Recht und Gesetz, begangen von der Staatsanwaltschaft!«

Trotz seines Gewichts war Adelung hochgeschnellt. Büchtemann schlug mit der Faust auf den Tisch. »Es ist unstatthaft, in dieser Weise...«

Lassalle überschrie ihn. »Ich muß frei sprechen dürfen, um mich gegen eine so unerhörte Anklage...«

Der Saal war in Aufruhr. Die Gräfin, die sich erholt hatte, rief: »Schande! Schande!« Die Gerichtsdiener waren hilflos. Büchtemann, sehr langsam und deutlich sprechend, setzte sich allmählich durch. »Der Verteidigung soll keine Fessel angelegt werden; aber Ihr Recht auf Verteidigung, Herr Lassalle, gibt Ihnen nicht die Befugnis zu öffentlicher Beleidigung des Oberstaatsanwalts.«

»Herr Präsident, ich wollte damit sagen...«

»Wir verstehen alle, was Sie damit sagen wollten. Aber sagen Sie es ruhiger, mit Mäßigung.«

»Sie verlangen Ruhe?« Lassalle genoß seine Empörung. »Ich bitte Sie, sich in die Stimmung eines Angeklagten versetzen zu wollen, der Verstand und Gefühl besitzt und sich – ich drücke mich gemäßigt aus – einer so schauderhaften Anklage gegenüber befindet.«

»Sie gehen nur manchmal zu weit in Ihrer Exzentrizität. Fahren Sie fort.«

Endlich hatte er die glatte, kühle Undurchdringlichkeit dieses Gerichts angekratzt, dachte er; sie konnten nicht mehr alles, was zu seinen Gunsten sprach, von sich abgleiten lassen.

Hochverrat... war die Aufforderung zum Beitritt zu einem durchaus legalen Verein, dessen gedruckte Literatur mit polizeilicher Genehmigung verbreitet wurde, Hochverrat? Die Staatsanwaltschaft selbst gab zu, daß dem nicht so war. War das Verlangen nach Verfassungsänderung Hochverrat? Keineswegs. Stellte der Wunsch nach Einführung des allgemeinen gleichen Wahlrechts den Tatbestand des Hochverrats dar? In keiner Weise. Wo also war sein Hochverrat? Sein Hochverrat lag, dem Staatsanwalt zufolge, ausschließlich in seinen Gedanken. Die Anklage behauptete, Ferdinand Lassalle plane – wörtlich aus der Anklageschrift –, »zu diesem Behufe *eventuell* auch physische Gewalt anzuwenden«. Aber dann müßte er doch der Vorbereitung von eventuellem Hochverrat angeklagt werden! Und woraus schloß der Staatsanwalt, daß dieses merkwürdige Verbrechen begangen wurde? Aus der Benutzung des Wörtchens *zunächst* seitens des Angeklagten. *Zunächst*, so habe der Angeklagte den Arbeitern gesagt, werde von ihnen nichts anderes erwartet, als daß sie dem Verein beiträten – *zunächst* –

»Hoher Gerichtshof!« Der Oberstaatsanwalt war gereizt. »Der Angeklagte hat nicht ausdrücklich die Anwendung von Gewalt gefordert. Ausdrücklich spricht er von *zunächst* – aber man muß sich doch fragen: Was kommt dann weiter? Es gibt eine logische Folgerung bei dem Druck, den er ausüben möchte. Mag zunächst das oder jenes oder was sonst eintreten, das letzte Mittel des Zwangs ist mit Notwendigkeit die Gewalttat.«

»...nicht ausdrücklich... eine logische Folgerung...« Lassalle jubelte innerlich: endlich hatte er Adelung, wo er ihn haben wollte. »Der Oberstaatsanwalt«, sagte er fast zärtlich. »– und ich danke ihm dafür – der Oberstaatsanwalt erklärt jetzt selbst, ich hätte nirgends ausdrücklich zu einem hochverräterischen Akt aufgefordert. Mein hochverräterisches Unternehmen besteht also in der logischen Folgerung des Staatsanwalts! *Seine* Schlußfolgerung ist *mein* Verbrechen.«

Danach, schien es, war nichts mehr übrig von der Anklageschrift. Schluß und hinsetzen, dachte Lassalle: jede weitere Verteidigung mußte die Wirkung mindern. Aber auf einmal war es, als hätte er gar kein Plädoyer gehalten, als wären seine Schläge in die Luft gegangen. Die ungeheure Gleichgültigkeit, die er überwunden zu haben glaubte, senkte sich wieder auf den Gerichtshof; Büchtemann döste; die Beisitzer starrten vor sich hin wie Leute, für die alles längst erledigt war; der Oberstaatsanwalt kaute an seiner Unterlippe. Lassalle spürte die kalte Angst im Nacken: War denn alles vergeblich? Was bedeuteten hier Gesetze, Argumente, Beweise? Pilatus hatte sich wenigstens noch die Hände gewaschen...

Er rieb sich die Stirn. Etwas war geschehen, nicht im Gerichtssaal – in ihm selbst. Diese schreckliche Stille: als stünde eine Maschine plötzlich. In seinem Kopf war eine große Leere; und doch wußte er, es *gab* einen Weg, einen Ansatzpunkt, einen Hebel – allerdings außerhalb des Juristischen.

»Der Staatsanwalt beschuldigt mich, das allgemeine und direkte Wahlrecht herstellen und somit die Verfassung stürzen zu wollen.« Seine Stimme war über den Richtertisch hinaus kaum hörbar. Jetzt hob sie sich, aufrüttelnd hell und klar: »Nun wohl, meine Herren, obwohl ein einfacher Privatmann, kann ich Ihnen sagen: Ich *will* nicht nur die Verfassung stürzen, sondern es vergeht vielleicht nicht mehr als ein Jahr, so *habe* ich sie gestürzt!«

Köpfe hoben sich. Der Oberstaatsanwalt schnappte nach Luft.

»Und das, ohne daß ein Tropfen Blut geflossen, ohne daß eine Faust zur Gewalt sich geballt hat. Karten auf den Tisch, meine Herren. Von dieser feierlichen Stelle lassen Sie mich verkünden, daß nicht ein Jahr vergehen wird, bis das allgemeine, gleiche und direkte Wahlrecht oktroyiert worden ist von« – Pause, ganz kurz, oh, er hatte sich wieder völlig in der Hand –, »von Herrn von Bismarck...«

»Das geht zu weit!« Der Oberrichter fuhr hoch. »Ich kann Ihre Mutmaßungen über etwaige Regierungspolitik nicht zulassen –«

»Ich protestiere!« – schrill – »Sie können meine Verteidigung nicht begrenzen. Sie können mir das Wort entziehen; dann gehe ich hier fort.«

»Ich muß darauf bestehen, Herr Dr. Lassalle, daß Sie zur Anklage sprechen.«

Holthoff hob die Hand. »Ich appelliere an den Gerechtigkeitssinn des hohen Gerichtshofs. Der Herr Oberstaatsanwalt mutet Ihnen zu, eine Zuchthausstrafe von drei Jahren zu verhängen; wollen Sie dem Angeklagten nicht aus Billigkeit gestatten, gegen jedes drohende Jahr eine Stunde zu sprechen?«

Im Publikum machte sich Bewegung bemerkbar. Eine Stunde für ein Jahr, dachte Lassalle; mitunter fand Holthoff das genau treffende Wort. Dann auf einmal zuckte er unter der Wucht der Relation zusammen. »Ich verstehe Ihre Ungeduld«, rief er dem

Oberrichter zu. »Aber bedenken Sie bitte, ich spreche für meine Existenz!«

Der Oberrichter hatte sich beruhigt: Bismarck hätte ja wohl, wenn er Lassalles offene Sprache gefürchtet hätte, die Einstellung des ganzen Verfahrens veranlaßt haben können. »Also sprechen Sie weiter.«

Lassalle nahm, in beinahe dozierendem Ton, seinen Faden wieder auf. »Ein nicht beizulegender, tödlicher Kampf hat begonnen zwischen dem Königtum und der Bourgeoisie. In dieser Situation hat meine Stimme den einzig denkbaren Ausweg aufgewiesen: sich an das Volk zu wenden; *sein* Recht wiederherzustellen. Will das Königtum sich nicht selbst aufgeben, muß es die Massen auf die geschichtliche Bühne bringen...«

Er hielt inne. Hochverrat... Jenseits aller preußischen Gerichte bestand noch ein anderes, ein Gericht, gegen dessen Urteil es keinen Einspruch gab. Und die Anklage vor diesem letzten, höchsten Gerichtshof mochte lauten auf Hochverrat an sich selbst, an der eigenen Sache. Wie weit war er schon gegangen, wie weit hatte er seine Interessen an die Bismarcks gebunden? Wo lag der Punkt, an dem es keine Umkehr mehr gab...? Drei Jahre Zuchthaus... Er sah seine beiden Wärter vor sich in der Zellentür. Drei solche Jahre...! Und andererseits, wieviel ließ sich erreichen in drei Jahren, wenn nur erst die Massen auf die geschichtliche Bühne gebracht waren...

»An dem Tag denn«, erklärte er feierlich, »an dem Sie dem König und der preußischen Regierung den Prozeß machen wegen Umsturz der Verfassung durch Oktroyierung des allgemeinen und direkten Wahlrechts – an diesem Tage, hohes Gericht, werde ich dem Staatsanwalt gestatten, mich als geistigen Mitschuldigen, als intellektuellen Urheber dieser Revolution vor Ihre Schranken zu laden.«

Und setzte sich.

Verblüfftes Schweigen – bis Holthoff ihm zuflüsterte: »Bismarck wird Ihnen das sehr übelnehmen; aber die hier werden Sie freisprechen müssen.«

14. Kapitel

In diesem Jahr wurde der königliche Geburtstag mit großem Pomp gefeiert: eine Monsterparade, die die Herzen aller guten Bürger und der Dienstmädchen schneller schlagen ließ; eine schwarzbefrackte Delegation, die feierlich den Schloßplatz überquerte, um Majestät eine von hunderttausend treuen Untertanen gezeichnete Huldigungsadresse zu überreichen; ein Riesenfeuerwerk, dessen Raketen am Himmel über der Spree verglühten; und für die Oberschicht der Gesellschaft, die hohen Militärs und das diplomatische Korps ein Empfang und Hofball, prächtiger und glänzender denn je – die Kosten dafür deckte Bismarck aus Geldern, welche die Kammer noch vor einem Monat ihm nie bewilligt haben würde.

Und es gab Grund genug zum Feiern. In dem Krieg gegen Dänemark, den Bismarck aus dem Wirrwarr deutscher dynastischer Politik endlich entwickelt hatte, war es einer preußischen Flotte von drei Schiffen mit einer Gesamtbestückung von nur 56 Geschützen gelungen, eine dänische Schwadron von sieben Schiffen mit 179 Geschützen abzuwehren; als zwei Tage darauf »S. M. S. Arcona« im Geleit von einigen wenigen Kanonenbooten den Hafen Stralsund verließ, um die dänische Flottenblockade zu durchbrechen, war die Ostsee wie reingefegt von feindlichen Schiffen. Gloria Victoria! Die Deutschen stellten sich gewohnheitsmäßig auf die Seite der stärkeren Bataillone – und hier war gar eine siegreiche Flotte! Jeder preußische Kaffeehändler sah sich schon als Großaktionär in überseeischen Plantagen; und Bismarck hätte sich, Dreiklassenwahlrecht oder nicht, ohne weiteres zum Großadmiral wählen lassen können.

Sehr elegant im Frack, die schwarz-weiße Seidenschärpe schräg über Schulter und Brust, hatte Bismarck den größten Teil des Abends damit verbracht, seinen Monarchen durch die Riffe und Untiefen politischer Konversation hindurchzusteuern; Wilhelm war an die Bezeugungen von Beifall oder gar öffentlicher Zuneigung nicht gewohnt und reagierte auf den plötzlichen Meinungsumschwung, indem er etwa einen prominenten Abgeordneten grob warnte, von jetzt an Order zu parieren, oder dem Botschafter eines deutschen Kleinstaats riet, sein Fürst und Herr täte gut daran, sich demnächst mal mit der Landkarte zu beschäftigen; die Königin, die Bismarcks wachsenden Einfluß fürchtete und die siegreiche Seeschlacht fast als eine persönliche Niederlage betrachtete, ließ ihren erhabenen Gatten seine preußischen Taktlosigkeiten ruhig begehen. Schließlich hatte Bismarck den König den sicheren Händen seines Freundes Roon, des Kriegsministers, und des Generalstabschefs Moltke überantwortet – die drei alten Krieger betranken sich gemeinsam. Der König berauschte sich wie immer, wenn er die Nase ins Weinglas steckte, an seinen Siegen über die badischen Revolutionäre von 1849; besonders erwähnte er die Belagerung von Rastatt, wo eine Kanonenkugel der Rebellen ihm beinahe den Kopf abgeschlagen hätte; ein Gedenkstein war jetzt am genauen Ort des Einschlags gesetzt worden; in gewisser Weise, meinte Majestät tiefsinnig, habe Preußens Wiederaufstieg dort und damals begonnen, denn was für ein König wäre er geworden ohne Kopf?

Bismarcks verdrossene Stimmung verschlimmerte sich noch durch seine Frau Johanna. Er hatte versucht, sie in einer Gruppe protestantischer Geistlichkeit zu verlieren; da sie sich aber jedes Alkohols enthielt, blieb ihr Auge geschärft. Sie ließ den Bischof Wunderlich mitten in einem Diskurs über die Nützlichkeit körperlicher Züchtigung in Gefängnissen, Arbeitshäusern und ähnlichen Anstalten stehen und folgte ihrem Gatten in einen kleinen Salon, wo er geplant hatte, die Schuhe auszuziehen und zusammen mit Zitelmann eine Flasche zu leeren.

»Ah, meine Liebe«, seufzte er, »du unterhältst dich nicht gut?«

»Nicht besonders.« Auch durch die geschlossene Tür hindurch hörte man das Militärorchester einen Wiener Walzer spielen. »Es tut mir leid. Ich weiß, eigentlich wirst *du* heute gefeiert.«

»Exzellenz?« fragte Zitelmann, die Champagnerflasche in der Hand.

Bismarck nickte und sah die tadelnd gerümpfte Nase seiner Frau. »Du hast dir dein Glas verdient«, sagte sie, als ob er auf ihren Dispens Wert legte.

Er lachte, das bellende Gelächter, mit dem er seine Gegner entnervte. »Verdienst? Mein Gott, Johanna – dieses Zimmer voller Kisten Champagner würde nicht herunterwaschen, was ich zu schlucken hatte... Auf uns beide!« Er hob das Glas.

Der erhobene Arm erstarrte. Die Tür hatte sich geöffnet, ohne daß angeklopft worden wäre.

»Ach, der Ministerpräsident!«

»Suchten Sie mich, Madame?« Bismarck erhob sich trotz seiner schmerzenden Füße. »Johanna, du kennst wohl die Gräfin Hatzfeldt?«

Sie war ganz fuchsienfarben, Ellen fuchsienfarbenen Tülls und Satins, die das Stahlgrau des Haars und das stechende Dunkel der Augen übertrieben betonten.

»Ich hatte das Vergnügen noch nicht«, bemerkte Johanna kühl.

»Ich gestehe, ich habe Sie gesucht.« Die Gräfin klopfte Bismarck mit ihrem zusammengeklappten Fächer gegen die ordensgeschmückte Brust. »Ich werde Ihre Zeit nicht zu sehr in Anspruch nehmen.« Und zu Johanna: »Ich wollte Sie immer schon kennenlernen. Hinter jedem großen Mann steht bekanntlich eine Frau, und gewöhnlich ist sie von beiden die lohnendere Persönlichkeit.«

»Wie recht Sie haben, Gräfin!« Bismarck wies auf einen Stuhl.

Johannas dünne Lippen verzogen sich säuerlich – die Unverschämtheit: den Abenteurer Lassalle mit ihrem Mann zu vergleichen und eine aufrechte christliche Ehe in eine Linie zu stellen mit der unsauberen Beziehung, die die Hatzfeldt seit Ewigkeiten mit dem um zwanzig Jahre jüngeren Judenbengel unterhielt. Aber Johanna von Bismarck schluckte herunter, was sie allen anderen gesagt hätte, und setzte sich höflich zu der Gräfin; die Hatzfeldts entstammten einem erheblich älteren Geschlecht als die Bismarcks oder, auf ihrer Seite, die Puttkamers.

Sophie Hatzfeldt durchsuchte ihr Retikül. Dann wandte sie sich an den Ministerpräsidenten: »Sie hätten nicht zufällig noch eine Zigarre?«

»Aber gern.« Bismarck griff unter die Schärpe. »Geschenk Seiner Majestät – Geburtstagszigarren.«

Die Gräfin beroch den Tabak. Zitelmann entzündete ein enormes Streichholz und bot ihr Feuer. Johanna mißbilligte sichtbar. Bismarcks leicht hervorquellende Augen verfolgten die Rauchwölkchen, die aus seiner und der Gräfin Zigarre aufstiegen und sich unterhalb des Kronleuchters miteinander verflochten.

»Was machen Sie da mit Lassalle?« bemerkte die Gräfin: ein milder Verweis, so als machte ein Oberregierungsrat seinen Regierungsrat auf einen administrativen Lapsus aufmerksam.

Bismarcks Brauen hoben sich.

»Sie haben ihn veranlaßt, Durchführungsbestimmungen zu einem neuen Wahlgesetz auszuarbeiten, die bei freiem und gleichem Stimmrecht das erwünschte Resultat garantieren; Sie haben ihm Schutz vor den dauernden Belästigungen durch Polizei und Gerichte zugesagt; Sie haben sich nicht uninteressiert gezeigt an seinen sozialen Reformplänen und ebenso an seiner politischen Agitation, die sich gleichermaßen gegen Ihre wie gegen seine Gegner richtet – und auf einmal lassen Sie ihn fallen wie einen – wie einen...«

»Hat Ihnen Dr. Lassalle das alles mitgeteilt, Gräfin?«

Ihr Fächer bewegte sich. »Ich habe die Memoranden mit eigner Hand kopiert.«

»Und Sie kommen in seinem Auftrag?«

»Ich komme zu Ihnen, weil ich der Auffassung bin, daß Staatsangelegenheiten immer noch am besten in unseren Kreisen und ohne Aufsehen geregelt werden.«

Bismarck schob die Unterlippe gegen den Schnauzbart. Diese Frau, die jedes Tabu ihrer Klasse durchbrochen hatte, pochte plötzlich auf ihren Stammbaum! »Madame«, sagte er endlich, »ich werde stets die Gesellschaft Ihres Freundes Lassalle schätzen, seine geistvolle Art, seine Einfälle, die ein wenig Abwechslung in die eintönige Arbeit eines Bürokraten bringen...«

Sie schloß den Fächer, ärgerlich.

»Aber Sie dürfen nicht vergessen, Gräfin, daß ich einen Krieg auf dem Hals habe, auch wenn es nur ein kleiner ist. Herr Dr. Lassalle war so freundlich, mir die Aushängebogen seines neuen Buches über Ökonomie zuzuschicken. Ich kann seinen Unwillen verstehen, daß ich es nicht sofort gelesen habe. Ich versichere Sie jedoch, ich habe das größte Interesse an allem, was an Dr. Lassalles sozialen Theorien für die königliche Regierung verwertbar ist, seinen Ideen über Produktivgenossenschaften, seinen Ausführungen über das Steuerwesen... Wir ziehen eine Schicht ordentlicher, gewissenhafter, zufriedener Arbeitsleute einer ungewissen, rebellischen Masse von Proletariern unbedingt vor.«

Die Gräfin legte ihre Zigarre in einem kostbar gedrechselten Aschenbecher ab. »Ich nehme kaum an, daß er Ihnen das Buch ausschließlich zu Ihrer Erbauung geschickt hat. Hat er Sie nicht gleichzeitig ersucht, Sie möchten der Berliner Staatsanwaltschaft mündliche Anweisungen zugehen lassen, von der Beschlagnahme des Werks abzusehen?«

Bismarck warf Zitelmann einen Blick zu.

Zitelmann verbeugte sich leicht. »Er hat uns gedroht, wenn Exzellenz das neue Buch nicht gegen Verfolgung und Beschlagnahme schützen, werde er entschieden Gewehr bei Fuß setzen und die Dinge gehen lassen, wie sie Lust haben. Euer Exzellenz verfügten dann die Abfassung von ein paar Zeilen, in denen Herrn Lassalle mit höflichem Dank für die Übersendung der Bogen mitgeteilt wird, daß Euer Exzellenz unabweislicher Geschäfte wegen, die massenhafter als je herandrängen, ihn nicht persönlich empfangen und auch keinen Termin für eine spätere Besprechung bestimmen können.«

Mit einer kurzen bedauernden Handbewegung lächelte Bismarck der Gräfin ins Gesicht. Johanna saß stockgerade im Korsett ihrer christlichen Selbstgerechtigkeit: ihr Otto begnügte sich nicht damit, jemanden nur fallen zu lassen; er zerschmetterte den Unglücklichen. Zitelmann stellte ein Glas Champagner vor die Gräfin.

Aber Sophie Hatzfeldt fühlte sich durchaus nicht geschlagen. »Er hat Ihnen gedroht...«, wiederholte sie verächtlich. »Er hat einfach nicht die dicke Haut eines preußischen Krautjunkers.«

»Touché«, gab Bismarck zu.

»Was soll er denn sagen, wenn Sie mit der einen Hand ihm Koalition anbieten und mit der anderen Ihre Gerichte auf ihn hetzen?«

»Die preußischen Gerichte, Gräfin«, warf Zitelmann ein, »empfangen keine Ordres von dem preußischen Ministerpräsidenten. Sie handeln nur in Übereinstimmung mit dem Gesetz.«

»Die preußischen Richter« – Bismarck blies Rauch durch seine übermäßig breiten Nasenlöcher – »haben Angst vor der Revolution.«

»Und Sie nicht?« fragte die Gräfin.

»Ich besitze Erfahrung im Umgang mit ihren Vertretern. Außerdem hat Dr. Lassalle sich ja sehr geschickt aus der Affäre gezogen, indem er Seine Majestät und mich vor Gericht in den Rang der Mittäterschaft erhob und uns zu potentiellen Verrätern an der Verfassung stempelte, die zu verteidigen wir geschworen haben.« Bismarcks Gesicht verdüsterte sich. »Und diese Dummköpfe haben ihn laufen lassen!«

Die Gräfin griff nach dem Champagner. Jeder auch nur einigermaßen Eingeweihte wußte, daß Bismarck sich mit dem Gedanken der Abschaffung des Dreiklassenwahlrechts trug, und wenn auch nur als Druckmittel gegen die Opposition. Lassalle hatte dem Gerichtshof nichts Neues gesagt...!

Sie blickte sich nach Zitelmann um: der zeigte keinerlei Ausdruck; sie sah das Netzwerk harter Linien, das die Bigotterie auf Johanna von Bismarcks Gesicht gezeichnet hatte; dann fiel ihr Auge auf eine Porzellanschäferin, die ihr Tanzbein hob. »Aber Ihre Gespräche mit Lassalle waren doch sehr konkret geworden!« Und erhärtete: »Die fünfundzwanzig Punkte, die er für Ihr neues Wahlrecht ausarbeitete – waren die nur eine theoretische Studie?«

»Sie sehen nicht wohl aus, Gräfin.« Johanna von Bismarck öffnete ihre perlenbestickte Handtasche. »Riechsalz?«

»Mir ist nicht schlecht, danke.« Sophie Hatzfeldt tupfte sich den Angstschweiß von der bärtigen Oberlippe und trank den Rest des Champagners in einem Zug. Und wieder zu Bismarck: »Sie können doch mit einem Menschen wie Lassalle nicht einfach spielen!«

»Hat er mit mir nicht gespielt?« Bismarck drückte den Stummel seiner Zigarre aus. »Nur hatte er schwache Karten. Und jetzt, da Krieg ist, gelten die alten Trümpfe nichts mehr. Oder glaubten Sie wirklich, Madame, ich würde dem Pöbel das Wahlrecht aus Zuneigung gewähren und diesen Sack Flöhe ohne dringende Notwendigkeit öffnen? Ich habe auch nicht das Gefühl, daß Lassalle da Illusionen hatte; darum hat er mich ja beschworen, brieflich sogar, nur ja das allgemeine Wahlrecht einzuführen, bevor wir gegen Dänemark marschierten... *Er* wußte, weshalb. Er wußte genau, daß all diese Pfeffersäcke und Kleinstadtadvokaten, die mir das Budget für eine halbwegs anständige Armee verweigerten, beim Donner der ersten paar Schiffsgeschütze ihr patriotisches Herz entdecken würden – passen Sie auf, welche Purzelbäume die erst schießen werden, wenn General Wrangel gegen die Dänen vom Leder zieht. Warum also soll ich demokratische Wahlen zulassen? Damit Lassalle Sitz und Stimme in der Kammer bekommt? Die preußische Bourgeoisie wird mir auch ohne das aus der Hand fressen, und für jeden Tritt mit dem Stiefel, der ihnen appliziert wird, werden sie Seiner Majestät eine neue Huldigungsadresse überreichen.«

Die Gräfin zog ihren Tüllschal enger um sich. Es war etwas Erschreckendes um diesen glotzäugigen Junker, der jetzt, da er obenauf war, die Welt als eine einzige Ansammlung von Dummköpfen betrachtete, die manipuliert werden mußten. Aber sah denn Lassalle die Welt so sehr anders?

»Obwohl ich zugebe«, sagte Bismarck, als hätte er ihre Gedanken erraten, »daß man selbst in der Politik mit dem Vertrauen eines Menschen nicht Schindluder treiben sollte. Wie lange kennen Sie Lassalle?«

Die Gräfin schloß die Augen. In einer hoffnungslos grauen Januarnacht 1846 hatte Oberst Kayserling ihr einen mageren jungen Mann ins Haus gebracht, dessen Herz für Gerechtigkeit und für die Menschheit entbrannt war. »Achtzehn Jahre«, sagte sie weich.

»Und Sie fanden ihn stets treu und ergeben?«

Sie schlug die schweren Lider auf. Johanna beobachtete sie; die fromme Strenge hatte momentaner Neugier Platz gegeben.

»Der treueste, ergebenste, vertrauenswürdigste Freund, den ein Mensch sich wünschen könnte!«

Bismarck hüstelte. »Ich habe seine Bekanntschaft erst Mai letzten Jahres gemacht. Vielleicht habe ich diese Tiefen seines Charakters noch nicht entdeckt.«

Sophie Hatzfeldts Gesicht schien zu vereisen.

»Er kam zu mir«, fuhr Bismarck fort, »wie er angab, als Vertreter der Partei der Revolution, des Arbeiterstandes. Doch waren fast seine ersten Worte ein Versuch zu beweisen, daß *seine* Gattung von Revolution für mich durchaus annehmbar wäre, und eine Offerte, mir seine Arbeiter als eine Art Hilfstruppe zu überlassen gegen die kleinbürgerlichen Geister, die bis zu dem Sieg unsrer Seewaffen in Opposition gegen mich machten.«

»Er sagt, daß die Extreme einander häufig berühren.«

»Aber wo? Wo sind die Berührungspunkte? In der Kloake, in den Abwässern der Weltgeschichte. Bitte, Madame, ich möchte nicht, daß Sie mißverstehen: ich fälle kein moralisches Urteil; ich wäre der letzte, der dazu ein Recht hat. Ich versuche Ihnen nur zu erklären, warum Begriffe wie Treue, Ergebenheit, Vertrauenswürdigkeit hier fehl am Platz sind. Er bot einen Handel an: seine Anhänger, seinen Kopf, seine Seele – wogegen? Gegen Demokratie? Das allgemeine und gleiche Wahlrecht?«

»Er erwartet sich sehr viel davon.«

»Was Lassalle sich erwartet, ist Macht. Gott weiß, wann er Geschmack gewonnen hat an der Macht. Vielleicht, daß seine Rasse zu lange die Macht andrer im Nacken gespürt hat... Oder das Machtgefühl kam mit dem sonderbaren Verein, den er sich gebaut hat... Zitelmann, als er uns damals das Vereinsstatut schickte, was schrieb er da?«

Zitelmann, wandelndes Notizbuch, erinnerte sich sofort. »Ungefähr – daß er uns die Verfassung *seines* Reiches zusende, um die wir ihn wohl beneiden dürften.«

Die – ihn beneiden...! dachte die Gräfin. Ihr armer Junge: diese Freude am Erreichten, diese Impulsivität, und das einem eiskalten Rechner wie Bismarck gegenüber...

»Oder es bildete sich ein falsches Machtgefühl bei ihm durch die Tatsache, daß er, ein kleiner Jude aus Breslau, mit dem Ministerpräsidenten von Preußen als Staatsmann zu Staatsmann sprach. Ich wiederhole, Madame, ich verurteile nicht. Das war alles gut und schön, solange ich glaubte, ihn brauchen zu können. Aber *er* glaubte, er könnte *mich* benutzen.«

»Schließlich«, verharrte die Gräfin, »ist auch er Politiker.«

»Richtig. Aber was steht hinter ihm? Heute? Jetzt?« Bismarck dachte einen Moment nach. Dann lächelte er: »Liebe Gräfin, der Staat Preußen kann sich einfach nicht zwei Bonapartes zur selben Zeit leisten.«

»Sie mißverstehen ihn«, widersprach die Gräfin gequält. »Bei aller Unberechenbarkeit ist er im Wesen ein Mann von Integrität, ein echter Revolutionär – und ein hervorragender Kopf.«

»Das ist Ihre wohldurchdachte Meinung, Madame?«

»Jawohl.«

Bismarcks breite Fingerkuppen trommelten auf der Armlehne seines Sessels. »Dann müssen wir dafür sorgen, daß er beim nächsten Prozeß mit Sicherheit eingesperrt wird.«

»Das Salz«, mahnte Zitelmann. »Madame von Bismarck, die Gräfin benötigt Ihr Riechsalz.«

»Unsinn.« Sophie Hatzfeldt streckte die Hand aus. »Aber Sie können mir noch eine von den Geburtstagszigarren geben.«

Ihre Hand zitterte.

15. Kapitel

Er drückte ab.

Die Kugel schlug weit vom Schwarzen ein. Er warf die Pistole auf den Tisch und ließ sich in den wackligen Korbstuhl fallen. Die Sonne, zu warm für die Jahreszeit, brannte auf die Erde; die Luft flimmerte zwischen den engen Mauern des Hinterhofs. Warum üben, dachte er; zum Selbstmord steckte man das Rohr zwischen die Zähne.

Er blickte düster auf den bläulichen Stahl. Nein, nicht zwischen die Zähne – das gab eine Schweinerei; Einschüsse anderswo ließen das Gesicht unversehrt. Er sah sich aufgebahrt, sein Ausdruck ruhig, ein wenig streng, jene letzte Strenge, auf der schon die Schatten des anderen Ufers liegen. Er sah die nicht enden wollende dunkle Menschenkette, die sich an der Bahre vorüberschob, die aufschluchzenden jungen Mädchen; dann kam eine schmerzerfüllte Stimme, mit einfachen, beredten Worten: Wir liebten ihn, er lebt fort in unsern Herzen, unsrer Bewegung. Rührt die Trommel, senkt die Fahnen, letzten Gruß dem Märtyrer, dem Helden.

Sophie würde das alles arrangieren. Unter ihrer geschickten Anleitung würde ein Mythos entstehen, der all seinen Verleumdern das Maul stopfte. Sie würde den wichtigeren unter den Frauen, die er geliebt hatte, den ihnen zukommenden Platz am offenen Grab anweisen und Streit verhindern. In Breslau pflegten die Wohlhabenderen unter den orthodoxen Juden Klageweiber zu engagieren, deren Wehgeschrei nach altem Glauben Gottes majestätische Gleichgültigkeit durchbrechen sollte – er bedurfte nicht der bezahlten Hilfe; sie würden sämtlich da sein: Mathilde, wie immer etwas zu hüftbetont und proletarisch in dem Trauerkostüm aus der Leihanstalt; Lina Duncker mit ihren dunklen, schwermütigen Augen und ihren Jungmädchenbrüsten; Ludmilla Assing, arme, ausgehungerte Seele; Agnes Street und Hedwig Dohm und Fanny Lehwald; Natascha Solntzeff, seine russische Fürstin, sofern sie zufällig diesen Teil der Welt bereiste; und Helen, Kaiserin Helena, das Leid unerfüllter Liebe verborgen hinter dünnem schwarzem Schleier.

Er zügelte seine Phantasie. Der Todesgedanke war ihm nicht

neu. Neu war seine häufige Beschäftigung damit, eine Blüte dieses melancholischen Frühlings, in dem alles sich gegen ihn zu verschwören schien. Fast ein Jahr schon war vergangen seit Leipzig, seit dem großen Sprung – eigentlich sollte er bereits eine Macht darstellen im öffentlichen Leben; aber seine Politik wurde ins Lächerliche gezogen von der Presse, seine Tätigkeit eingeengt von den Gerichten, seine Stimme übertönt von den Kanonen bei Düppel, der dänischen Kapitulation, den Hurras für Bismarck. Hatte Sophie vielleicht recht, wenn sie immer wieder in ihn drang, sich außer Landes zu begeben?

Er stand auf, lud, zielte, drückte langsam und ruhig auf den Abzug.

Die Kugel hinterließ ein winziges Loch mitten im Schwarzen. Ein paar Spatzen tschilpten aufgeregt und flatterten davon.

Vom Hauseingang her näherte sich Wilms, die Mappe mit der Nachmittagspost unterm Arm, und blinzelte. »Volltreffer«, bemerkte er. »Scharfes Auge, sichere Hand – da kann's nicht fehlgehen.«

Wilms liebte solche Weisheiten allgemeiner Natur. Lassalle lächelte dünn. Dabei war Wilms Vahlteich durchaus vorzuziehen: Wilms gehorchte ohne Widerspruch, spielte sich nicht als kommender Führer des Proletariats auf und besaß eine angeborene Gabe für die Feinheiten innerorganisatorischer Arbeit, für jene kaum spürbaren Nuancen, die doch den Unterschied bewirkten zwischen einem glatt laufenden Apparat und einem plumpen, für alle deutlichen Despotismus.

Lassalle legte die Pistole in den Kasten. Und mit einem Nicken in Richtung der Mappe: »Wichtiges?«

Wilms überreichte das Portefeuille und trat respektvoll zur Seite.

»Erfreuliches?« Lassalle durchblätterte die Post und sortierte sie zugleich.

»Schwierigkeiten«, erklärte Wilms, »sind da, um überwunden zu werden. Und Sie sind der Mann, sie zu überwinden.«

Lassalle durchflog ein dienstlich aussehendes Schreiben. »Und wie mache ich das vom Gefängnis aus?«

»Noch sind Sie nicht drin.«

»Letztes Mal schlug ich die Herren, indem ich Bismarck als Knüppel benutzte. Noch einmal kann ich das nicht. Hier ist die

Vorladung nach Düsseldorf im Juni; Paragraphen 100 und 101, Strafgesetzbuch, Verbreitung erdichteter oder entstellter Tatsachen behufs Herabsetzung von Anordnungen der Obrigkeit und Aufreizung zum Haß gegen dieselbe; das langt für mindestens ein Jahr... Wilms?«

»Herr Doktor?«

»Ich stehe vor einem preußischen Gericht nach dem andren; ich verteidige die Sache des Proletariats, ich predige, disputiere, werbe, rede mit Engelszungen; und wo bleibt Ihre Arbeiterklasse?«

Wilms blickte zu Boden. Die Mappe enthielt noch schlimmere Nachricht; er hatte das Blatt zwischen andere geschoben.

»Gefängnis ist Zeitvergeudung, Wilms. Für unsere Pläne zählt jeder Monat... Und sagen Sie nicht, ein Märtyrer wäre ein Gewinn für die Bewegung. Die Leute vergessen so leicht; ein vergessener Mann ist ein toter Mann.« Lassalle wurde nachdenklich, fast grüblerisch. »Es gab eine Zeit, da ging ich ins Gefängnis wie andre Leute zum Tanzvergnügen. Ich bin älter geworden... Und ich bin krank: die Kopfschmerzen, der Hals, alles...«

Er brach ab. Einem großen, sorgfältig verklebten Kuvert entnahm er zwei Photographien und betrachtete sie kritisch.

»...obzwar ich nicht so aussehe, was?«

»Die Gesundheit in Person.« Wilms blickte über Lassalles Schulter hinweg auf die Probeabzüge, die der Photograph angefertigt hatte. »Ein Mann in der Blüte seiner Jahre. Ein Mann, der weiß, was er darstellt.«

»Glauben Sie, daß sich so was verkaufen läßt?« Der Photograph hatte zwei Posen gewählt – eine, Lassalle gegen ein marmornes Piedestal lehnend, gedankenvoll, den Blick auf Zukünftiges gerichtet; die zweite, sitzend, eine Hand den Stock mit der berühmten Bastille haltend, den Kopf angehoben, gebieterisch – er hatte noch stundenlang nachher einen steifen Nacken gehabt. »Zu zehn Silbergroschen das Stück?«

»Wir müssen etwas daran verdienen für die Vereinskasse.«

»Würden *Sie* sich das an die Wand hängen?« Lassalle wandte sich um; er wollte Wilms' Ausdruck sehen.

»Ich?« Wilms bewegte sich unruhig. »Ich denke schon, ja. Bei uns zu Hause hatte der Vater den Kaiser Napoleon über der Eckbank hängen; schließlich muß der Mensch was haben, an das er glauben kann; und lieber Lassalle als König Wilhelm, oder meinetwegen Lassalle *neben* König Wilhelm, meinen Sie nicht auch?«

»Ich meine, ich werde auch dieses Opfer bringen müssen.«

Wilms begriff nicht gleich.

»Opfer.« Lassalle lächelte melancholisch. »Mein ganzes Denken, meine Zeit, mein Leben – ich habe mich immer anderen geopfert. Mögen sie auch mein Bild haben. Natürlich ist es Götzenverehrung. Aber wir müssen die Menschen nehmen, wie sie sind, und« – sein Lächeln begann zu leuchten – »es mag unsrer Sache nützen.«

Er schob die Porträts in den Umschlag zurück und schloß die Mappe. Wilms, der innerlich schon auf die nächste Krise vorbereitet war, atmete vorläufig auf.

Lassalle lachte: »Den Rest – oben.«

Wilms beobachtete, wie Lassalle die Füße beim Treppensteigen schleppte, und war deprimiert. Er hatte die Schwächen und Empfindlichkeiten seines Chefs sehr rasch erfaßt; aber das hatte seine Bewunderung für den Mann nicht gemindert oder seine Begeisterung für die Sache gedämpft. Und nun stand es schlecht um den Mann und die Sache.

In der Bibliothek sank Lassalle in seinen Lehnsessel, nahm sein Pincenez ab und rieb sich den Nasenrücken. Wilms stellte den Pistolenkasten aufs Regal und stand und wartete.

»Also bitte!« Querulierend. »Setzen Sie sich schon. Meine Augen schmerzen – von der Sonne, nehme ich an; ich habe die letzte Nacht fast nicht geschlafen. Lesen *Sie:* nein, nicht die Zeitungen, ich weiß, was in denen steht; nur die wichtigeren Briefe; suchen Sie das heraus; inzwischen sollten Sie wohl gelernt haben, den gewöhnlichen Unsinn auszuscheiden.«

Wilms saß steif da. »Der hier befaßt sich mit Vahlteich – von Dammer.«

»Vahlteich...« Lassalle ließ ab von seiner Nase. »Den Brief.«

Aber Wilms schien das nicht zu hören. »Vahlteich ist recht aktiv geworden«, sagte er, »Dammer zufolge. Vahlteich wohne jetzt in Dresden, reise viel, besuche die kleinen Gebirgsorte in Sachsen, gründe neue Gemeinden...«

»– des *Arbeitervereins*?« Lassalle beugte sich vor, hellwach, mißtrauisch.

»Dammer schreibt, Vahlteich hätte ihn aufgesucht. Hier« –

Wilms zitierte –, »*er wollte mich überreden, seine Forderung nach größerer Selbständigkeit der Gemeinden zu unterstützen. Er sagte, die Präsidentendiktatur hemme die Entwicklung des Vereins. Er sagte, Sie täten, als hätte es vor Ihnen und ohne Sie überhaupt keine Bewegung gegeben…*«

Lassalle war aufgesprungen. »Den Brief!«

Wilms überließ ihm das Schreiben.

Lassalle las, vor sich hinmurmelnd, sich selbst unterbrechend, wenn der Ärger ihn übermannte. »*… und die jährliche Generalversammlung… er will keine Verschiebung… er will wissen, warum Sie eine Verschiebung fordern…* Ja, warum wohl! Als ob er nicht wüßte, wie wir finanziell dastehen… *er verlangt, jede Ortsgemeinde soll ihre eignen Delegierten schicken, ganz gleich, was es kostet…* und wer zahlt, er vielleicht? *… und ist gegen Ihren Vorschlag, Delegiertenmandate auf am Tagungsort oder in dessen Nähe ansässige Vereinsmitglieder zu übertragen. Das wäre, behauptet Vahlteich, nur ein neues Mittel, die Generalversammlung mit Ihnen hörigen Leuten zu füllen und die Demokratie in der Organisation abzuwürgen…* Also, Wilms« – er schmiß den Brief auf den Tisch –, »das sage ich Ihnen: Hüten Sie sich vor Menschen, die Ihnen dauernd von Grundsätzen reden – solche Leute wollen nur Ihre Organisation beherrschen oder, falls ihnen das mißlingt, sie zerschlagen…«

Ein diskretes Klopfen: Johann, mit leichter Verbeugung. »Die Gräfin, Herr Doktor.«

Lassalle nickte zerstreut. »Größere Leute als Herr Vahlteich haben mir schon in den Rücken zu fallen gesucht… Ah, Sophie«, begrüßte er, »die Welt ist eine einzige Eiterbeule. Und das Schlimmste ist, daß sogar die, die sie verändern wollen, zu stinken anfangen.«

»Aber das wußten Sie doch«, tröstete die Gräfin.

Er nahm Dammers Brief vom Schreibtisch und drückte ihn ihr in die Hand. »Lesen Sie. Ich übertreibe nicht.«

Sie warf einen Blick auf den zerknitterten Bogen. »Lohnt es sich eigentlich?«

»Lohnt sich was?«

»Die Quälerei. Die Zeit, die man vergeudet. Die Nerven, die Energie, die Gedanken, die Aufregung…«

Er sah sie zweifelnd an. Gleich würde sie wieder das Thema Schweiz anschneiden.

»Mitunter muß der Mensch auch an sich selber denken«, schloß sie mit besonderer Betonung. Sie glättete den Brief, überlas ihn flüchtig. Mit einemmal rief sie aus: »Das ist ja allerhand – so ein Luder!«

»Luder – wer?«

»Haben Sie denn das Postskript nicht gesehen?«

»Der Hauptteil hat mir genügt! Was steht in dem Postskript?«

Sie gab ihm den Brief zurück. Lassalle klemmte sich das Pincenez auf die Nase. Unter Dammers Unterschrift waren ein paar enge Zeilen an den Rand geschrieben. Er entzifferte mühsam, daß Vahlteich übrigens auch moralisch völlig verkommen sei: Vahlteich hätte sich ein höchst fragwürdiges Frauenzimmer mit Namen Mathilde aus Berlin mitgebracht und hause mit ihr in einer Dachstube.

Lächerlich...! Aber Dammer würde es nicht erwähnt haben, wäre die Geschichte nicht in Dresden und Leipzig und weiß der Teufel wo sonst noch in der Leute Mund, liefe Vahlteich nicht herum und prahlte, die hab' ich dem Lassalle ausgespannt, der ist auch kein solcher Held, wie er von sich hermacht.

Wilms... Aber Wilms zeigte nur eine Aufmerksamkeit genereller Natur; er kannte die Rolle nicht, die Mathilde im Haushalt gespielt hatte; sofern er das Postskript gelesen hatte, maß er dem keine Wichtigkeit bei. Lassalle wandte sich der Gräfin zu. Der Ausdruck der Augen war ihm vertraut, dunkle Brunnen voll Mitleidens, die Tränensäckchen voller Verständnis: Da hast du wieder deine Weiber, mein Junge; aber ich bin hier für dich, ich, deine Sophie, immer.

»Mein Gott, Sophie«, sagte er mit einer Spur von Heiserkeit, »meinen Sie nicht auch, daß das unter den Umständen nicht die schlechteste Lösung für die Probleme des armen Kindes ist?« Und zu Wilms: »Bezüglich des gestrigen Schreibens aus Elberfeld, von Hillmann – teilen Sie ihm mit: Der Präsident nimmt die Einladung der rheinischen Gemeinden an, auf einem Massentreffen in der Stadt Ronsdorf anläßlich des ersten Jahrestags der Gründung unsres Vereins eine Ansprache zu halten. Fügen Sie hinzu: keine gewöhnliche Ansprache, eher ein Bekenntnis meines Glaubens an das Volk und des Volkes Glaubens an die große Sache und an mich. Sowie: keine gewöhnliche Versammlung, vielmehr eine bedeutungsvolle Demonstration kommender Dinge und eine gewaltige Heerschau unserer Kräfte.«

Er tat Dammers Brief zur Seite. Unwesentlich. Was war Macht, wie entstand sie? Aus dem Funken, der von den Gedanken eines Mannes übersprang auf die Masse; und er war dieser Mann, und dies würde seine Antwort sein – an Bismarck, an die Pappfiguren, die zu Gericht gesessen hatten über ihn, an die Verleumder in seiner eignen Organisation und überall; ja, und auch an Mathilde. Der Mensch muß fähig sein, sich über den Schmutz zu erheben, der ihm an den Absätzen klebt; Format entschied; und wer auf den Schultern der Massen stand, überragte alle.

»Außerdem, Wilms: auf Extrabogen, Vermerk *Persönlich*, schreiben Sie Hillmann, daß er mir ein Minimum von Anwesenden garantieren muß, zweitausend – nein, schreiben Sie drei, dann können wir immer behaupten, es waren fünf – mit dazugehörigen Bewillkommnungen und Beifallskundgebungen und Sprechchören, Hillmann weiß schon, wie ich das haben will: mit Herz, das Volk hat ein großes Herz, und ich möchte, daß sich das zeigt.«

Wilms machte sich eilig Notizen.

»Schweiz...« Lassalle, der Gräfin zugewandt, zuckte die Achseln. »Ich vermute, Sie werden mir wieder sagen, ich brauche einen Abstecher in die Schweiz. Die Schweiz ist voller Emigranten und politischer Bankrotteure; ich möchte vermeiden, ihre Zahl zu vergrößern.« Mit einer großen Armbewegung verkündete er: »Für mich die rußigen Täler des Rheinlands, seine Schornsteine, das Kreischen und Hämmern seiner Fabriken. Dort habe ich meine Wurzeln, Sophie. Ich bin wie Antäus, der immer wieder die Mutter Erde berühren muß, um neue Kraft zu gewinnen...« Und zu Wilms: »Nicht nur eine Versammlung, fordern Sie – eine ganze Folge: Düsseldorf, Elberfeld, Barmen, Köln, mit Ronsdorf als Höhepunkt. Wir schreiben an Lewy, an alle Bevollmächtigten... Ja, Sophie, und *dann* in die Schweiz, zu ihren Gipfeln, ihrer majestätischen Stille. Die Berge und ich, wir haben eine innere Beziehung zueinander; ich könnte nicht klein und geschlagen zu ihnen kommen.«

»Haben Sie von Helen gehört?« fragte die Gräfin trocken.

Er schüttelte den Kopf.

Er durchlebte diese Wochen wie im Fieber.

Wahrscheinlich hatte er sogar Fieber, obzwar der Arzt in Düsseldorf, der ihm den Hals behandelte, nichts davon erwähnte. Der späte Frühjahrsregen dampfte in den Straßen, die Säle waren überfüllt, Menschen, Menschen, Menschen. In Wermelskirchen, einem Weberdorf, spannten ihm die Arbeiter die Kutschpferde aus und legten sich selbst ins Geschirr. Er fuhr ein wie ein siegreicher römischer Feldherr, die Männer griffen nach seinen Händen, die Frauen versuchten, sie zu küssen. Nach der Düsseldorfer Versammlung wollten die Leute ihn nicht fortlassen, obwohl er schon keine Stimme mehr hatte, und saßen dicht um ihn geschart und lauschten seinem Flüstern und wiederholten seine heisere Lehre für die weiter hinten Stehenden. In Barmen, sobald er sich mit Hilfe von heißen Handtüchern, Grog und wiederum Höllenstein einigermaßen kuriert hatte, sprach er von neuem, und seine Zuhörer schworen wie ein Mann, nie, nie den Kampf aufzugeben. In Köln erlitt er beinahe einen Zusammenbruch, nachdem er die Menschen zu einem Paroxysmus lärmender Begeisterung entflammt hatte. *Präsident* nannten sie ihn; und es klang wie *Prophet;* und mehr als einmal empfand er, daß dies die Stimmung und die Leidenschaft und der Geist waren, aus denen neue Religionen entstanden. Die Polizei – nebensächlich. Nebensächlich die Gerichte, Verfolgungen, Bedrohungen, der Geldmangel; hier war eine neue Art Revolution, ohne einen Schuß, mit Liedern und Transparenten und Blumen, und das wuchs mit jeder Versammlung und schwoll an mit jeder Rede; es war, als ob endlich, endlich sein Ruf ein Echo gefunden hätte. Nachts saß er aufrecht im Bett, Notizblock auf dem Knie, und schrieb – hastige Gedanken; Pläne, Forderungen, Leitsätze. Der dänische Krieg, obwohl siegreich beendet, löste keines der europäischen Probleme. Binnen kurzem würde Bismarck wieder Unterstützung brauchen, vielleicht schon im Herbst, wenn die Frage, ob Preußen die eroberten Herzogtümer Schleswig und Holstein denn nun auch annektieren dürfe, akut wurde. Dann konnte man Bismarck wieder Bedingungen stellen: das Wahlrecht gegen die Unterstützung des Arbeiterstandes für Bismarcks Programm – keine schlechte Verhandlungsbasis. Wieder und immer wieder das Wahlrecht, das war der Schlüssel. Wer wollte behaupten, er sei am Ende? Im Gegenteil, er stand am Anfang großer Aktionen, und mit einer solchen Bewegung hinter sich, einer solchen Massenstimmung! Er schrieb der Gräfin: *Ich bin ganz krank, wirklich auf den Hund gebracht, physisch stand es noch nie so schlecht mit mir. Moralisch habe ich dagegen ganz überwältigende*

Eindrücke bekommen! Er machte sich Notizen zu den Hauptlinien seiner Verteidigung in dem kommenden Prozeß vor dem Appellationsgerichtshof: nicht nur würde er wieder mit dem Namen Bismarck operieren; er würde sich auch nicht scheuen, die erhabene Person des Königs einzubeziehen. Hatte Seine Majestät nicht, angesichts einer Delegation schlesischer Weber, eine Sozialgesetzgebung zugesagt? Warum also sollte ein politischer Führer eingesperrt werden, weil er forderte, was Majestät zu gewähren bereit war…? Er verschickte Einladungen an seine sämtlichen Ortsbevollmächtigten in Westdeutschland, sich ihm in Ronsdorf anzuschließen und an seiner Seite die neue Armee Revue passieren zu lassen, die sie zu mobilisieren halfen. Er schrieb an Bernhard Becker in Frankfurt: *Es wird viel großartiger sein, als Sie vermuten können. Sie werden sich gesundbaden in Volksenthusiasmus! Elberfeld, Sonntag zwölf Uhr, ist das Rendezvous aller Arbeiterzüge, die mich dort erwarten. Sie müssen den tollen Jubel mitmachen…*

Becker war müde und schlechtgelaunt bei der Ankunft: seit vier Uhr früh hatte er in diesem Zug gesessen; ein Dritterklasseabteil der preußischen Eisenbahn war wenig geeignet, die Stimmung des Menschen zu verbessern. Außerdem war er von Natur ein Misanthrop, glaubte nicht die Hälfte der großen Versprechungen seines Präsidenten und fand kein Gefallen an dem Gedanken, daß er den ganzen Sonntag über auf bergigen Straßen zum höheren Ruhme Ferdinand Lassalles umherziehen sollte.

Der Zug aus Düsseldorf, mit dem Lassalle erwartet wurde, war noch nicht eingetroffen. Rußig, durstig, eine schäbige Reisetasche in der Hand, trat Becker aus dem Bahnhofsgebäude – und blieb überrascht stehen. Auf dem Platz vor dem Bahnhof standen trotz der Hitze mehrere tausend Menschen, angetreten in Abteilungen von je einigen Hundert, Sonntagsgesichter unter Sonntagshüten. Banner und Transparente verkündeten: *Willkommen, Lassalle!* und: *Lassalle für alle, alle für Lassalle!* Auf Fahnen und Wimpeln waren die Heimatorte der einzelnen Trupps zu lesen: *Solingen, Barmen, Köln, Duisburg*, mehrere kleine Städte – und selbstverständlich *Ronsdorf.*

Becker saugte an seiner Unterlippe: Die Gerüchte waren offensichtlich Unsinn – dies war kein verlorener Haufe; Lassalle mochte zuviel in zu kurzer Zeit erreichen wollen, aber er hatte etwas in Bewegung gesetzt, was sich für einen vorsichtiger arbeitenden Funktionär als durchaus lohnend erweisen konnte. Becker packte seine Reisetasche fester, ging die Vortreppe des Bahnhofsgebäudes hinab, vorbei an ein paar dümmlich dreinschauenden Polizisten, auf Hillmann zu.

Hillmann, der Hauptorganisator und Parademarschall des großen Aufmarsches, stand wartend vor den bereits ausgerichteten Reihen; die Augen tränten ihm trotz der breiten Krempe seines altmodischen revolutionären Schlapphuts.

Becker sah ihm ein Weilchen zu, dann hustete er leise.

»Bruder Becker!« Hillmann wischte sich die Augen und öffnete die Arme zum Willkommensgruß. »Ist das nicht ein Tag...«

»Ist es.«

»Ich muß heute immer an die Barrikaden denken, die wir hier vor sechzehn Jahren gebaut haben. Und jetzt sieht es aus, als ob wir die Schlacht doch noch gewinnen, eh?«

»Sieht so aus.«

»Ich habe seit je gesagt, es gibt in Deutschland nur einen Mann, der klug und stark genug ist, den Lauf der Geschichte umzugestalten. Und jetzt hat er ihn umgestaltet.«

»Hat er.«

Becker griff nach seiner Reisetasche; eine Portion Würstchen und Bier wären vor Beginn der Schau sicher noch empfehlenswert. Jenseits der Arbeiterreihen standen die Frauen und Kinder, Farbpünktchen gegen eine Masse verwaschenen Graus; hinter diesen wieder wartete eine Anzahl Droschken und größerer Pferdewagen.

Eine Lokomotive pfiff durchdringend.

Zu spät, dachte Becker. Er wurde in den Bahnhof zurückgeschwemmt, um ihn herum ein Gewirr von Polizeihelmen und Hüten und Mützen verschiedenster Fasson. Dann entdeckte er Lassalle, der dem Waggon entstieg und in die erwartungsvolle Masse hineinschritt.

Lassalle schien das Gedränge um ihn herum nichts auszumachen; dabei erweckte er den Eindruck, daß er jedem einzelnen in der Menge Beachtung schenkte. Becker fühlte sich durch ein Nikken des großen Mannes aus der Masse herausgehoben; man gab ihm sofort Raum.

»Also sind Sie gekommen, lieber Freund«, begrüßte Lassalle ihn überdeutlich. »Es ist mir eine Freude, daß Sie diesen Jubeltag zusammen mit uns verbringen werden.«

Wie immer, wenn ihm etwas unangenehm war, juckte Becker die Kopfhaut. Aber die eine Hand brauchte er für seine Reisetasche, die andre befand sich fest in Lassalles Griff.

»Natürlich werden Sie mit mir in meinem Wagen fahren«, ordnete Lassalle an.

Becker war lieber im Hintergrund tätig; aber bevor er widersprechen konnte, hatte Lassalle ihn bereits stehengelassen und sich auf der Freitreppe vor dem Bahnhof in Positur gestellt. Inzwischen bemühte sich Hillmann, seine Bataillone wieder in Reih und Glied zu bringen. Endlich sah Becker, wie Lassalle den Zylinder vom Kopf nahm und auf Hillmann zutrat.

Hillmann rief: »Unser Präsident – hurra!«

Das Hurra schwoll an, pflanzte sich fort, die Reihen der Arbeiter entlang, brach ab. Der Chor, anfangs ein wenig unsicher, sang:

»Bet und arbeit! ruft die Welt.
Bete kurz! Denn Zeit ist Geld.
An die Türe pocht die Not –
Bete kurz! Denn Zeit ist Brot.«

Becker spürte den Rhythmus. Das packte einen; es war fast, als höre man den Marschtritt der dunklen Kolonnen, den Schlag der Trommeln. Lassalle stand barhäuptig während der ganzen zwölf Strophen der Hymne – den Text, das wußte Becker, hatte Lassalle nach langer Überredung von dem Dichter Herwegh erhalten, die Musik hatte er seinem Freunde von Bülow abgerungen. Becker bemerkte beginnende Unruhe bei der Polizei.

»... Brot ist Freiheit, Freiheit Brot!«

Lassalle setzte den Hut auf.

Hillmann kommandierte: »Vorwärts – marsch!« Die erste Kolonne zog ab, die zweite schwenkte nach und faßte Tritt, dann die dritte; fast wie die preußische Armee, dachte Becker, nichts von dem anarchistischen Gejaul und Gelaufe und jeder nach seinem eignen Kopf, das ihm während seines Aufenthalts in Italien bei den dortigen Massen aufgefallen war.

Becker warf seine Reisetasche in die himmelblaue offene Droschke, von der aus Lassalle den Vorbeimarsch abnahm. Dann, als der Wagen sich in Bewegung setzte, sprang Becker auf. Lassalle schwebte einher, nahm die Grüße der Menge entgegen, die die Straße säumte, und erwiderte die Zurufe mit elegant-gnädiger Handbewegung. Ein wenig zu sehr der Souverän, entschied Bekker, der sich über sich selbst und seine unzweifelhaft untergeordnete Rolle zu ärgern begann.

»Nun, Becker – habe ich Ihnen zuviel versprochen?«

»Sie sind ein Zaubermeister.«

Die Hand war noch immer winkend erhoben in dankender Bestätigung der Hochrufe, der in die Luft fliegenden Kappen, der flatternden Tüchlein. Aber das Gesicht war überanstrengt, die gespannte Haut gefleckt, die Lippen fahl, die Schläfen ausgehöhlt.

Mein Gott, erst ein Jahr seit Leipzig, dachte Becker, *wir werden sehen, wer stärker ist: die Krankheit oder ich.* Und dann dachte er, daß dieses Reich, das Lassalle da errichtete, einen Thronfolger brauchte, und er wiederholte: »Ein Zaubermeister, ein ganz großer. Die Bewegung, das sind Sie.«

Lassalle lehnte sich zurück und wischte sich die Stirn. »Becker«, sagte er, »Sie sind einer der wenigen, die einen Blick haben für die Realitäten.«

Alles war auf seine persönliche Verherrlichung zugeschnitten.

Hillmann hatte es so veranlaßt, und Lassalle entschied, daß es der Sache nur nützen konnte: die Girlanden, die vor dem Haus quer über die Straße gespannt waren, die jungen Birken, die rechts und links vom Eingang in hölzernen Zubern staken – Dekoration für eine Hochzeit eher als für den Empfang eines politischen Führers. Wieder kam Lassalle der Gedanke an die Geburt einer neuen Religion in den Sinn: Der himmlische Bräutigam trat über die Schwelle; in einer elenden Vorstadtstraße der Industriestadt Elberfeld, ausgerechnet; aber was waren Nazareth, Bethlehem, Kapernaum gewesen – Anhäufungen von Lehmhütten, in denen es nach Ziegen, Schafen, Hühnern stank.

»Das ist die Erfüllung meines größten Wunsches«, sagte Hillmann, »die Revolution betritt mein Haus.«

Lassalle küßte ihn auf beide Wangen und bekam den sauren Biergeruch des Barts zu spüren; Hillmann schluchzte hemmungslos. Von draußen drangen die Hochrufe der Nachbarn und der Teilnehmer am Marsch in den Raum.

Hillmann geleitete ihn ins Wohnzimmer, zu dem großen Lehnstuhl, der mit Blumen bekränzt war wie der Thron eines heidnischen Gottes. Lassalle mußte dort Platz nehmen; die Blumen dufteten bedrückend stark; die Menschen umdrängten ihn, während alles auf den Wein wartete, den Hillmanns winzige, verschrumpfte Frau ausschenkte. Hillmann hob sein Glas: »Von hier geht eine neue Epoche der Weltgeschichte aus, und ihr könnt sagen, ihr seid dabeigewesen.«

Lassalle rieb sich die Stirn; die Blumen, die Menschen, das Auf und Ab und Durcheinander der Gesichter verursachten ihm Kopfschmerzen.

Hillmann erläuterte: »Goethe hat das gesprochen, nach der Kanonade von Valmy. Heute haben die Heere der Revolution unter dem Oberbefehl unsres Freundes Lassalle wieder eine Schlacht gewonnen. Marschieren wir weiter vorwärts, mit Lassalle, zu neuen Siegen!«

Der Applaus prallte gegen die niedrige Zimmerdecke und intensivierte den Druck auf Lassalles Hirn. Er zwang sich ein liebenswürdiges Lächeln ab. Er trank in kleinen Schlucken; etwas essen müßte man, aber das Mittagsmahl war erst für Ronsdorf geplant; eine Pille vielleicht; er nahm eine aus der Tasche, steckte sie diskret in den Mund.

Dann war auch diese Zeremonie vorbei. Zu jedem Händedruck sprach er ein paar Worte; ließ sich durch ein Spalier schieben und in die Droschke helfen. Entspannen, sagte er sich, als er endlich in den Sitz sank; nur entspannen, der Tag ist noch lang.

»Anstrengend, was?« meinte Becker.

Becker beobachtete ihn also. Lassalle schloß die Augen. Das Schwanken des Wagens steigerte sein Schwindelgefühl. Vielleicht sollte man Becker vertrauen. Von ihrer ersten Begegnung an hatte eine Art Einverständnis mit dem mürrischen, phantasielosen, aber gescheiten Manne bestanden: Wir machen uns gegenseitig nichts vor, du hilfst mir, ich unterstütze dich.

»Fünfundzwanzig Kutschen«, ließ sich Becker vernehmen, »dazu acht große Postwagen.«

»Ah?«

»Ich habe die Kolonne gezählt. Sehr eindrucksvoll.«

Becker hatte recht: Zähl nicht die Schmerzen; zähle Wagen, Pferde, Räder, irgend etwas. Lassalle wandte sich um, reckte den Hals, sah. Die Prozession schlängelte sich die Chaussee entlang, die blumengeschmückten Fahrzeuge waren überfüllt, wo sich etwas zum Anklammern fand, hingen Trauben von Menschen. Jenseits der Staubwolken noch mehr Menschen, diese zu Fuß; Menschen auch am Straßensaum; er mußte winken, grüßen, danken für Girlanden, Transparente, Birkenzweige, Ehrenjungfern; für die Vivats, die Hochrufe: Lassalle, Lassalle, Lassalle! Alles verschmolz zu einem triumphalen Gewoge von Farben. Hätte er doch Helen zur Seite, Madame Premier Consul, Kaiserin Helena, statt dieses mausgrauen Gesellen mit der dünnen Nase, die hin und her zu flappen schien bei seinem Zählen und Summieren.

»Da wären wir«, sagte Becker.

Sie hatten die Spitze der Steigung erreicht. Der Wagen hielt an. Ein Meilenstein verkündete: *Ronsdorf.* Die Abhänge zur Rechten und zur Linken waren übersät von Menschen. Lassalle erhob sich, stand stumm, las die Inschrift auf dem Transparent, das quer über die ganze Breite der Chaussee hing:

Willkommen dem Dr. Ferdinand Lassalle
Viel tausendmal im Ronsdorfer Tal.

Die Farben kreisten wieder. Er schloß die Augen. Die Vermählung des Banalen mit dem Erhabenen im Herzen des Volkes hatte etwas Erregendes. Es ließ ihn Erschöpfung und Schmerzen vergessen: Antäus berührte die Erde. Und richtig organisiert, welch politische Kraft! Er breitete die Arme. »Freunde!...«

Etwas Weiches traf ihn ins Gesicht. Lassalle fuhr zusammen: eine Blume, rosige Blütenblätter, lag ihm zu Füßen. Unterdrücktes Lachen. Dann ein ganzer Blumenregen; junge Mädchen, leuchtende Augen, blankgescheuerte Gesichter rings um den Wagen. Becker grinste – ein Satyr. Becker zog die Nächstbeste herauf in die Droschke und gestikulierte: Kommt mit, kommt alle mit.

Lassalle empfand das Traumhafte der Szene: der Abhang, die Bäume, in der Entfernung die Stadt; der Kutscher, die Peitsche gegen weiße Wölkchen knallend; die Droschke, bergab holpernd, daß die schwankenden, kichernden Mädchen durcheinanderfielen; er selbst eingekeilt von jungen Busen, Lenden, Schenkeln; Becker, rote Nelke zwischen dünnen Lippen; Staubwolken, Hochrufe, Schilder; die ersten buckligen Häuser – Ronsdorf.

Der Mann verstand es, mit den Massen umzugehen, dachte Becker neidisch. Er mochte die Tatsachen ein wenig biegen, damit die sich seinen Gedanken anpaßten; aber seine Gedanken klangen kolossal. Er mochte Erfolge für sich in Anspruch nehmen, die noch in der Zukunft lagen; aber die Zukunft erschien grandios. Und in dem, was er sagte, steckte immer *ein Teil* Wahrheit, und dieses Teil benützte er mit großem Geschick.

Noch nie in der Geschichte der Menschheit, proklamierte Lassalle, hatte eine Vereinigung bestanden, die innerhalb eines kurzen Jahres ihre Grundsätze und den Glanz ihrer Fahne so weit und mit solcher Brisanz verbreitete; und das, obwohl sie in eine Welt voll widrigster Umstände hineingeboren wurde; totgeboren, wie böse Zungen behaupteten.

Er beugte sich über das Rednerpult. »Im Mittelalter glaubte das Volk, daß der Löwe immer tot geboren werde und erst das furchtbare Gebrüll des Löwenvaters ihn zum Leben erwecke. Wohl, wir haben im Sinne der Sage gehandelt, wir haben so vernehmlich gebrüllt, daß dieser Ruf ein Echo fand in allen deutschen Landen, daß dieses Kind zum freudigsten Leben erwachte und sich als echter, gesunder Löwe betätigen konnte!«

Becker fand wenig Geschmack an dem brüllenden Löwen; aber das Publikum war für Lassalles bildhafte Sprache empfänglich und spendete Beifall.

Seine Gedanken, fuhr Lassalle fort, waren herabgesickert bis zu den einfachsten Arbeitern, waren aber auch hinaufgedrungen bis in die höchsten Kreise. Wo immer sich etwas rührte im Lande, kamen die Impulse von ihm. Mitglieder des Allgemeinen Deutschen Arbeitervereins standen im Mittelpunkt jeder sozialen Bewegung: der Berliner Drucker, die das Streikrecht forderten; der Hamburger Wagenbauer, achthundert Mann stark, die einen Streik nicht nur führten, sondern auch gewannen; der schlesischen Weber, die, ausgebeutet bis auf die Knochen, eine Abordnung nach Berlin entsandten, zu ihm, ihn um Rat zu fragen: »Herr, sagten diese Leute zu mir, als sie mich besuchten, wir kennen von Ihren Schriften nichts, wir wissen von Ihnen nur, wie furchtbar in den Zeitungen bei uns auf Sie geschimpft worden ist; aber gerade daraus haben wir die Überzeugung gewonnen, daß Sie unser Mann sein müßten!«

Jemand rief: »Unser Mann! Jawohl!« Becker lachte in sich hinein. Von Lassalle konnte man lernen, welche Saiten man anschlug und was man zum Klingen bringen mußte – und wie man die Bemühungen anderer sich selbst zum Verdienst anrechnete: Lassalle hatte mit diesen Streiks nichts zu tun gehabt; Streiks standen überhaupt nicht auf seinem Programm.

Lassalle entwickelte sein Thema. Nicht nur das gemeine Volk wurde gewonnen; Professoren, Schriftsteller, Philosophen erkannten die Macht der neuen Gedanken an. Er nannte eine Reihe von Namen, einige davon recht berühmt. Plötzlich sah Becker den ausgestreckten Finger, der vom Rednerpult her auf ihn wies, hörte den eigenen Namen: »...der Schriftsteller Bernhard Becker in Frankfurt, von welchem nächstens ein gediegenes Geschichtswerk über die deutsche Revolution erscheinen wird...«

Becker spürte die bewundernden Blicke. Er war überrascht über die plötzliche Beförderung in die wissenschaftliche Elite, erhob sich aber, da er dazu aufgefordert wurde, und verbeugte sich mehrere Male.

Doch Lassalle war längst schon weiter, die gesellschaftliche Skala hinauf: ein wirklicher Fürst der Kirche, ein Mann, der bei den Gläubigen fast als Heiliger galt, Bischof Ketteler von Mainz, erklärte in seinem neuen Buch »Die Arbeiterfrage und das Christentum«, daß die Partei, deren Hauptvertreter Lassalle war, das unbestreitbare Verdienst hatte, die Lage des Arbeiterstandes mit unerbittlicher Schärfe aufgedeckt zu haben.

»Was die Gerechtigkeit der von Lassalle vorgeschlagenen Maßregeln angeht«, zitierte Lassalle den Bischof, *»ist sicherlich gar kein Bedenken zu erheben. Es ist vielmehr nur ein unendlich bescheidener Anfang ganz anderer Dinge, die da kommen müssen.«*

Becker hatte seine Zweifel bezüglich eines katholischen Bischofs als Kronzeugen für eine revolutionäre Theorie. Doch dies war katholisches Land; und Lassalle schwieg einen Moment, als wolle er die Stimmung seiner Hörer ergründen. Dann hob er die Stimme. »Aber die Resultate unserer Agitation sind noch höher gedrungen als bis zu einem Bischofsstuhl; die Überzeugung von der Wahrheit unsrer Lehren und der Zeitgemäßheit unsrer Forderungen hat bereits die allermaßgebendsten und höchstgestellten Kreise erreicht.«

Ein Raunen im Saal. Lassalle hielt ein rot geheftetes Dokument in die Höhe. »Ich habe hier den offiziösen, vom Staatsministerium angefertigten Bericht über die Audienz, die Seine Majestät der König der bereits erwähnten Abordnung schlesischer Weber gewährt hat; und ich bin von der Delegation autorisiert, jeden beliebigen Gebrauch davon zu machen. Und was besagt der Bericht? Daß Seine Majestät die Weber persönlich versicherte, er habe seine Minister angewiesen, schleunig und mit allem Ernst gesetzliche Abhilfe für die Beschwerden der Arbeiter vorzubereiten.«

Gesetzliche Abhilfe, dachte Becker – wußte Lassalle denn nicht, daß derart abstrakte Begriffe hier nichts besagten; glaubte er etwa, daß die Leute sich über königliche Versprechungen irgendwelche Illusionen machten?

»Dies königliche Versprechen«, las Lassalle weiter aus dem Bericht vor, *»wird erhebend und ermutigend in allen Tälern des Riesengebirges widerhallen und vielen hundert duldenden redlichen Familien neue Hoffnung und neue Kraft zum mutigen Ausharren geben.«*

Doch die klangvollen Worte fanden kein Echo mehr. Becker schüttelte den Kopf. War Lassalle auf so etwas angewiesen? Der Mann hatte in seinen eigenen Schriften das eherne Lohngesetz enthüllt, das den Arbeiter immer und unter allen Umständen an die Grenzlinie des Hungers bannte; und diesen selben Arbeitern empfahl er nun die Mahnung Seiner Majestät, sie möchten hoffen und harren.

Lassalle schien zu spüren, daß ihm sein Publikum entglitt, und steigerte sich in neue Leidenschaft hinein. »Vor zwanzig Jahren noch«, rief er aus, »wurden die schlesischen Weber in ihren Tälern niedergesäbelt und erschossen, weil sie es wagten, ihre Beschwerden vorzubringen. Heute ist sogar der König von Preußen gezwungen, die Notwendigkeit und Gerechtigkeit ihrer und unserer Sache anzuerkennen, und er verspricht ihnen Änderung ihrer Lage durch die Gesetzgebung. Und« – dies schrill, drohend – »wir wollen doch sehen, ob das Königtum dieses Versprechen nicht halten wird!«

Worte, Worte... Aber Becker bemerkte, daß diese Worte wieder zu wirken begannen.

»Denkt nach!« beschwor Lassalle. »Denkt nach über den Begriff der *gesetzlichen Abhilfe* in seinem tieferen Sinne – denn was bedeutet er anderes als das freie, allgemeine, gleiche Wahlrecht!« Lassalle war von seinem Manuskript abgegangen. »Oder glaubt ihr, eine nach altem Recht gewählte Kammer würde je die enormen Gelder bewilligen, die zur Lösung der sozialen Frage notwendig sind?«

Becker erfaßte auf einmal die Idee. Kühner Gedanke: den einfältigen König vor den Lassalleschen Wagen zu spannen; bevor der Hof, wenn überhaupt, dementierte, würde sich Lassalles Darstellung den Leuten bereits eingeprägt haben.

»Also auch das allgemeine und direkte Wahlrecht, jene unumgängliche formelle Garantie für alles Weitere, ist euch bereits in dem königlichen Versprechen innerlich, durch die Kraft der Logik eingeschlossen, zugesagt worden!«

Ein toller Salto, dachte Becker. Das war mehr als Akrobatik, das war Genie.

»Welch anderer Verein«, fragte Lassalle, »kann, seit die Welt steht, solche Erfolge als Resultat eines Jahres aufweisen?« Und wodurch diese Erfolge? verlangte er zu wissen und beantwortete die eigne Frage sofort: durch Einheit, durch strengste Disziplin. *Freiwillige* Disziplin – denn was für Zwangsmittel hätte er wohl, ein einfacher Bürger wie sie, um ihnen seinen Willen aufzuzwingen? Autorität, *seine* Autorität, beruhend jedoch auf Freiwilligkeit: dies reichte hin, sie alle mitsamt handeln zu lassen, wie geleitet durch *einen* elektrischen Funken.

Also Diktatur, dachte Becker und erinnerte sich seines Gesprächs mit Lassalle bei der Leipziger Gründungsversammlung. Doch dies war eine neue Art von Diktatur, eine lassalleanische, und er überlegte, ob sie zugleich mit dem Manne sterben oder immer wieder auftauchen würde, weil sie im Wesen dieser neuen Art von Organisation lag.

Lassalle war bereits dabei, seine Diktatur mit der ihm eigenen Dialektik zu definieren. »Wohin ich gekommen bin, überall habe ich von den Arbeitern Worte gehört, die sich in dem Satz zusammenfassen: Wir müssen unser aller Willen in einen einzigen Hammer zusammenschmieden und diesen Hammer in die Hände eines Mannes legen, zu dessen Intelligenz, Charakter und gutem Willen wir das nötige Zutrauen haben, damit er aufschlagen könne mit diesem Hammer. Freiheit und Autorität – die beiden Gegensätze, die die Staatsmänner bisher für unvereinbar hielten – sind auf das innigste vereinigt in unserer Organisation. So stellt unser Verein das Vorbild im kleinen von dem dar, was unsre nächste Gesellschaftsform im großen sein wird...«

Unsre nächste Gesellschaftsform... Vahlteich kam Becker in den Sinn, und es gab noch andere, die Lassalles spezieller Verschmelzung von Freiheit und Autorität nicht sonderlich trauten.

Lassalle hatte den Kopf erhoben: »Nicht eine Spur ist in uns von jenem nörgelnden Geiste des Liberalismus, von jener Krankheit des individuellen Meinens und Besserwissen-Wollens...« Seine Stimme bebte, Ärger über die Besserwisser und Prinzipienreiter, derentwegen er seine Kraft vergeuden mußte und Zeit, die er nicht mehr besaß. Wer zahlte denn für die kleinlichen Bedenken dieser Leute, ihren Mangel an Einsicht, ihr Zögern, das ganze Hin und Her? Und wer brachte die Erfolge? »Und ein letztes Zeichen unsres Erfolges«, verkündete er, »ist die Verfolgung, die mich betroffen hat. Es ist ein politisches Naturgesetz, daß die Verfolgung wächst mit dem Erfolg. Bisher ist es mir geglückt, mich meiner Haut zu wehren. Den Hochverratsprozeß, der mich vernichten sollte, habe ich vernichtet...«

Und nun ließ er seinen Gefühlen freien Lauf. Ja, die Gefängnisaufseher warteten schon auf ihn: in Düsseldorf, wo ihm zwölf Monate drohten; in Berlin, wo es vier waren. Nun, er hoffte, auch dieser beiden Verurteilungen Herr zu werden. Wie stark aber auch einer sei, es gab eine Art von Erbitterung, die tödlich war.

Die Stimme versagte ihm. Becker sah ihn nach der Karaffe auf dem Pult greifen; die Hand zitterte; das Wasser floß über. Da war nichts mehr gespielt an dieser Passion, das war bitterstes Erleben.

»Mich kümmert das wenig.« Lassalle war erschreckend heiser. »Ich habe, wie ihr denken könnt, dieses Banner nicht ergriffen, ohne ganz genau vorauszuwissen, daß ich dabei persönlich zugrunde gehen kann.«

Ergriffenes Schweigen im Saal.

»Meine Gefühle kann ich nicht besser zusammenfassen als in den Worten des römischen Dichters: *Exoriare aliquis nostris ex ossibus ultor«* – er hielt inne –, »möge, wenn ich beseitigt werde, ein Rächer und Nachfolger aus meinen Gebeinen erstehen! Möge mit meiner Person diese gewaltige Bewegung nicht zugrunde gehen, sondern die Feuersbrunst, die ich entzündet, weiter und weiter fressen, solange ein einziger von euch noch atmet! Das versprecht mir. Schwört mir's! Hebt eure Hand und schwört!«

Die Menschen waren aufgesprungen und rissen Becker mit; sie suchten den Eid nachzusprechen, sie riefen: »Lassalle!« Es war großartiger noch als die Schwurszene in Schillers *Tell.* Es war ungeheuer.

Und er, Bernhard Becker, würde das alles erben.

16. Kapitel

Sie stritten immer noch über den Preis für die Pferde, Gemma d'Arson am lautesten. Die Reitknechte schimpften in ihrem kehligen Schwyzerisch über die Knickrigkeit gewisser Touristen. Acht Franken – bis hinauf zum Rigi-Kulm? Für so starke und vor allem sichere Tiere? Der Preis wäre seit je acht Franken gewesen? Möglich – für dürre, räudige Klepper, die lange vor Rigi-Kaltbad zusammenknickten, mit Sätteln, auf denen die Damen sich den Hintern brachen und ihre Jungfernschaft verloren. Zehn Franken, oder Sie gehen zu Fuß.

Gemma erregte sich ob soviel Unverschämtheit. Das Ehepaar Lesley stand etwas abseits, Mrs. Lesley kaute ein Stück Schokolade; da die beiden dem Wortgefecht nicht folgen konnten, wußten sie nicht, ob sie belustigt sein sollten. Mr. Swiller, der Konsul der Vereinigten Staaten in Bern, verstand jedoch die Landessprache zur Genüge und lachte schallend; er hatte rauhe amerikanische Manieren.

Neun Franken und keinen Sou mehr. Die Reitknechte flüsterten miteinander. Die Pferde schlugen mit den Schwänzen und klaubten die letzten Körnchen aus ihren Futtersäcken. Helen fror; es war eine kalte Fahrt gewesen über den See von Luzern herüber; man war im Morgengrauen aufgebrochen, und weder der Kaffee an Bord noch der Whisky aus Swillers Taschenflakon hatte sie durchwärmt. Oder lag es an den Nerven; seit Grandmamans Hinscheiden war sie, wie die Ärzte es nannten, leidend; die leiseste Aufregung, die geringste Spannung äußerte sich sofort in Frösteln, Hitzewallungen, Herzklopfen.

Neun Franken also, gestanden die Reitknechte mürrisch zu und nahmen ihren Pferden die Futtersäcke von der Nase. Der Nebel in der Gipfelnähe, meinten sie, höbe sich schon. »Hinauf mit Ihnen!« rief Mr. Swiller und half ihr in den Sattel. Helen spürte seine dicke Hand unter ihrem Schenkel; da ließ sich Mrs. Swiller auch schon vernehmen: »Leonard...!«

Der Anfang war nicht gerade vielversprechend, dachte sie. Aber der ganze Ausflug war ja improvisiert – plötzlicher Einfall auf Grund eines Fünkchens Hoffnung, Abstecher ins Blaue, letzter Versuch, Schicksal zu spielen. Ihrer Freundin Gemma gegenüber hatten ein paar gut placierte Andeutungen genügt. Gemma, in deren Landhaus in Wabern sie sich zwei Wochen lang dem Genfer Leben mit Papa und Maman entzog, tat alles zur Aufbesserung ihrer Stimmung. Gemma wußte, wie widerwärtig ihr die langweilige, düstere Atmosphäre in der Riesenvilla war, die Papa von einem gewissen Monsieur Vaucher gemietet hatte, wo ihr keine Menschenseele, nicht einmal Yanko, ihre Melancholie ertragen half.

Während die Pferde langsam aufwärtsschritten, fragte sich Helen, wieviel Gemma vermutete. Gemma d'Arson, Berns anerkannt reizvollste Witwe, liebte es, Gesellschaften, Tänze, Spiele, Picknicks zu veranstalten; aber ihre Zustimmung »Ein Ausflug auf den Rigi, wunderbar!« war denn doch etwas zu rasch gekommen. Der Name Lassalle, erinnerte sich Helen, war ein- oder zweimal in ihren Gesprächen aufgetaucht; sie hatte ihre Bekanntschaft mit Lassalle nicht verleugnet, hatte aber außer dieser Tatsache kaum etwas durchblicken lassen; und es war unwahrscheinlich, daß Gemma Holthoffs Brief insgeheim gelesen hatte.

Der Weg, der ein Nebeneinanderreiten nur selten gestattete, führte verhältnismäßig steil bergauf; die Wolken hoben sich tatsächlich, bildeten weißumsäumte rötlichviolette Massen und ließen tief unten die dunkle Form des Vierwaldstätter Sees und jenseits der nahe gelegenen Vorgebirge den einen oder anderen schneebedeckten Gipfel erkennen. Die Sonne brach durch. Die Hitze wurde drückend. Die Pferde stolperten auf dem losen Stein, und obwohl ihr Tier dem Gemmas stumpfsinnig folgte, brauchte Helen all ihre Reitkünste, um sich im Sattel zu halten.

Und wenn sich nun herausstellte, daß die ganze Strapaze nichts erbrachte als eine vernebelte Gipfelaussicht? Sie hatte nur den Brief von Holthoff mit der zufälligen Bemerkung, Lassalle werde eine Kur auf dem Rigi versuchen. Kur auf dem Rigi... Es gab da auf dem Berge Sanatorien, wo vertrauensselige Ausländer sich mit einer Diät von Molke und ähnlich fade schmeckenden Produkten der einfallsreichen Schweizer Milchwirtschaft kasteiten. Der Brief war typisch Holthoffsch gewesen – voll guten Willens, aber vage: kein Wort, wann Lassalle denn nun eintreffen oder wo er logieren würde.

Lassalle... Das war ein ständiger prickelnder Schmerz; etwas Unvollendetes, wie das Gemälde, das sie aus Berlin mitgebracht und auf der Staffelei in ihrem Zimmer in der Campagne Vaucher stehen hatte: immer noch zeigte es den hinter ihr stehenden Mann nur in Umrissen. Yanko haßte das Bild. Aber Yanko war nach Berlin zurückgereist. Man hatte ihn überredet, sich einen Beruf zu wählen; selbst Maman sah ein, daß ein walachischer Titel allein nicht genug war, um eine Ehe darauf zu gründen; die Hochzeit, so hatte man sich geeinigt, würde stattfinden, sobald er seine Jurastudien an der Universität abschloß.

Prinzessin Racowitza... Madame Lassalle. Manchmal wog sie das Echo der beiden Namen gegeneinander ab, lauschte ihrem Klang. Dann wieder sortierte sie die verschiedenen Zeitungsausschnitte, die sie im Lauf der Monate gesammelt hatte, Nachrichten über seine Reden und Taten und das, was seine Gegner dagegen sagten und unternahmen. Sie las die Meldungen durch und spürte dabei ein Gefühl sonderbarer Gehobenheit. Natürlich war es Unsinn zu glauben, er täte das alles, wie er einmal geäußert hatte, ihr zuliebe. Die Motive seines Handelns lagen in seiner eigenen Brust; aber selbst der stolzeste Adler ersehnte eine gleich stolze Gefährtin, sich mit ihr zu den Gipfeln zu erheben.

Dies war nun wahrhaft die ihm gemäße Landschaft. Jenseits der Heiligkreuzkapelle, wo man die Pferde rasten ließ, wurde der Wald düsterer, die Felsen steiler; die Wolken ballten sich und verhüllten die Sonne. Von rechts her grollte es, Widerhall eines fernen Gewitters oder der Sprengungen beim Bau der Zahnradbahn; es ließ sich schwer bestimmen. Helen blickte nach oben, aber kein Adler zeigte sich, dafür, in schwindelnder Höhe am Fels, in großen Goldbuchstaben weithin sichtbar Schweizer Geschäftssinn: *Chocolats Suchard – die besten.*

Dann weitete sich der Pfad und kreuzte eine Alm voll weißgefleckter, melancholisch läutender Kühe. Gemma hielt ihr Pferd zurück.

»Müde, Helen? Mißgestimmt? Die Berge haben mitunter eine bedrückende Wirkung...«

»Es hat nichts mit den Bergen zu tun.«

Die Schatten unter Gemmas breitkrempigem Hut milderten ihre etwas zu scharfen Züge. »Die alte Geschichte?«

»Welche alte Geschichte?«

»Lassalle«, erwiderte Gemma sachlich.

Helen tätschelte ihr Pferd. »Gemma, weißt du von einer – wie nennt man diese Kurinstitute doch – einer Molkenanstalt hier auf dem Rigi?«

»In Scheidegg ist eine.«

Scheidegg lag in ziemlicher Entfernung von Kulm. »Durch Scheidegg kommen wir wohl nicht, Gemma?«

»Das wäre der entgegengesetzte Weg.«

»Du könntest nicht...« Nein, Gemma konnte die Ausflugsgesellschaft nicht umdirigieren; das würde viele Stunden Zeit kosten; zwecklos zu fragen. Sie hätte sich vor dem Aufbruch kümmern, Gemma längst ins Vertrauen ziehen sollen... Ihr Mut sank. Sie suchte sich einzureden, andre Gelegenheiten würden sich ergeben; und wäre es nicht überhaupt an *ihm*, nach ihr Ausschau zu halten; aber sie hatte diese vielen Monate schon gewartet, und manch einer wartete, bis es zu spät war, so etwas gab es.

»Hält Lassalle sich dort auf?« wollte Gemma wissen.

Herzzerreißendes Blöken und Mr. Swillers lärmendes Lachen ersparten es Helen, erwidern zu müssen. Mit einem halben Franken Trinkgeld hatte der Konsul den Kretin, der die Kühe hütete, zum Jodeln angestiftet; ganz merkwürdig aussehend auf seinen kurzen Beinen, heulte der Hirt den immer dunkler werdenden Himmel mit gespenstischen Lauten an. Als ob über den Wolken einer antwortete, fuhr ein gelber Zickzackstrahl herab.

Das Jodeln verstummte.

»Ich kenne diese Gebirgsunwetter«, sagte Mr. Lesley trübe. »Wir müssen ein Dach über dem Kopf suchen.«

»Vor Kaltbad finden wir nichts«, stellte Gemma fest.

Man überquerte die Alm im Galopp, doch dann verengte der Pfad sich wieder und stieg schroff an. Helens Pferd wurde nervös, sobald ihm die ersten schweren Tropfen auf den schweißigen Hals fielen. Sie suchte ihr Regencape von der Satteltasche zu lösen, aber das Tier scheute beim nächsten Donnerschlag und blieb unruhig fast bis Kaltbad. Eine Art Schuppen zeigte sich in der Entfernung, ein großes, auf Stelzen gestelltes Schindeldach.

Der Guß kam mit plötzlicher, elementarer Wucht. Helen erreichte das Dach gerade noch. Sie zügelte ihr Pferd und blieb im Sattel. Vor dem schlimmsten Regen war sie geschützt, doch die feuchte Kälte drang ihr bis auf die Haut. Hinter sich hörte sie Konsul Swiller seine Witze reißen und Mr. Lesley pflichtgemäß lachen. Der Regen war wie ein dichter grauer Vorhang; ihr letzter Rest Hoffnung ertrank.

Endlich kam der Konsul herbeigeplanscht und bot ihr die Whiskyflasche. Als sie den Becher wieder auf den Flakon schraubte, fiel ihr Blick auf einen barfüßigen Jungen, der gegen den Pfosten am andern Ende des Schuppens lehnte und sie gelangweilt betrachtete, zu faul sogar, sich das Wasser vom Gesicht zu waschen.

Sie winkte ihn zu sich. Der Bub kam herbeigeschlenkert, blieb stehen, rieb den schmutzigen Fuß gegen die Wade und hielt ihr die geöffnete Hand hin. Helen nahm eine Münze aus ihrem Portemonnaie. »Du bist von hier?«

»Hm-hm.«

»Gibt's hier in Kaltbad eine Molkenanstalt?«

»Hm-hm.«

»Ich meine, wo Leute Molke trinken und sauren Quark essen und so weiter?«

»Hm-hm.«

Sie sah Gemma an; Gemma zuckte die Achseln. Der Junge beäugte die Münze; mit seinem *Hm-hm* und seinem flachen, bewegungslosen Gesicht erschien er ähnlich blöd wie der jodelnde Kuhhirt; in den Bergen wimmelte es von Kröpfen, Wasserköpfigen, Buckligen, allen möglichen Idioten.

»Also«, Helen zögerte, »gehst du mal in die Molkenanstalt und fragst, ob ein Herr Dr. Lassalle sich dort aufhält – hast du den Namen verstanden, *Dr. Lassalle*?«

»Hm-hm.«

Die Hand blieb offen, ausgestreckt.

»Reine Geldverschwendung«, meinte Gemma. »Ich habe noch nie von einer Molkenanstalt in Kaltbad gehört.«

Mit einem halben Lachen warf Helen dem Jungen die Münze zu; der wurde auf einmal beweglich, fing das Geldstück auf. »Und du kriegst noch eins«, versprach sie, »wenn du den Herrn Dr. Lassalle hierher bringst.«

Der Junge verschwand zwischen den grauen Wassersträhnen. »Nie siehst du den wieder«, prophezeite Gemma. »In dieser Gegend werden die Einheimischen schon als Spitzbuben geboren.«

Die ganze Welt hier war ihm widerlich – die ewigen Regenfälle, das feuchte Zimmer mit dem primitiven Mobiliar, die Diät, die einen Dauergeschmack von saurer Milch auf der Zunge hinterließ; und zu alledem noch die Plage mit Vahlteich. Drei Tage saß er nun schon an dem Zirkularbrief. Vahlteich – das Übel mußte ausgerottet werden, ein für allemal.

Ich habe in meiner Ronsdorfer Rede, schrieb er, *die strenge, geschlossene Einheit der Gesinnung, die Freudigkeit der Disziplin rühmend hervorgehoben, die ich überall in dem Verein gefunden habe und ohne welche derselbe auch niemals weder funktionieren noch eine Bedeutung haben könnte. An einer einzigen Stelle nur bin ich auf das systematische, wiederholte Bestreben gestoßen, Unterwühlung und Reibung in den Verein zu bringen – eben bei Herrn Vahlteich.*

Der Regen schlug gegen die Fensterscheibe: eine farblose, entmutigende Landschaft. Lassalle starrte auf seine Feder. Ronsdorf, die gesamte rheinische Agitationsreise war ein Erfolg gewesen, und trotzdem blieb das Gefühl von Niedergang: im Vorjahr noch, in Solingen, war es ihm möglich, sogar Bismarck zu beeindrucken, indem er auf die hinter ihm stehenden Massen verwies; dieses Jahr, in Ronsdorf, war er so weit, den Massen imponieren zu müssen, indem er behauptete, hinter ihm stünde die Majestät des Königs. Aber das Quälendste war Vahlteich, der sich an die Leute heranmachte, Flüsterparolen verbreitete, das Gift der Fraktionsbildung ins Ohr träufelte. Es hörte sich auch so bieder an: innerorganisatorische Demokratie, größere Autonomie den Ortsgemeinden, schicken wir unsre eignen Delegierten zu der Generalversammlung, zwingen wir den Präsidenten, Bericht abzulegen, die Wahrheit über den Verein, daß die Organisation am Ende ist, nur noch dem Namen nach existiert, buntes Gewebe aus Erfindungen und Vorspiegelungen, prunkvoller Schulterumhang für den großmächtigen Lassalle. Vahlteich, der Grüppchen um sich sammelte, Rundbriefe schrieb an die Vorstandsmitglieder, Anträge unterbreitete: Zügelt Lassalle, knebelt ihn, legt ihn an die Kette. Vahlteich, der die im Proletarier reichlich vorhandenen anti-intellektuellen Vorurteile ausnutzte: Prüft, was Lassalle wirklich bezweckt; warum sollte ein Mensch mit Lassalles Kopf, Lassalles Bildung, Lassalles Vermögen die Sache des armen Arbeitsmannes verfechten; Lassalle will euch ausbeuten wie die anderen auch, für seine eignen Ziele, seine eigne Macht.

Unter diesen Umständen, schrieb Lassalle, *war es meine Pflicht, den Vorstand amtlich von dieser Lage der Dinge zu benachrichtigen. Die Pflicht des Vorstandes wird es sein, die geeigneten energischen Maßregeln zu treffen, um Verein und Präsidium gegen die Fortdauer derartiger systematischer Reibungen zu schützen. Ich stelle keinen Antrag. Ich überlasse es gänzlich dem Ermessen des Vorstands, welche Maßregeln er dazu für geeignet hält...*

Er nahm das Pincenez von der Nase. Der Regen hatte etwas nachgelassen; die Konturen der Bäume und Häuser in der Nähe lösten sich aus dem Grau; ein Junge, naß und verdreckt, stapfte durch die Pfützen die Straße herauf.

Lassalle spielte mit dem Briefbogen. Mathilde, dachte er und malte sich aus, wie sie sich im Bett rekelte, während Vahlteich, noch im Nachthemd, Kniebeugen machte oder Liegestütz oder was sonst derart Übungen waren, mit deren Hilfe die deutschen Turner sich ihre rosa Bäckchen und ihren treublauen Blick bewahrten. Wahrscheinlich würde sie Vahlteich raten, die Geschichte den Zeitungen zu verkaufen: *Ehemaliger Sekretär des Arbeitervereins enthüllt...* Niemand war so rachsüchtig wie eine enttäuschte Frau. Aber würde Vahlteich es tun? Lassalle überlas seine letzten Zeilen und runzelte die Stirn. Nein; nicht Vahlteich. Das war die andre Seite dieses Menschentyps: das Zugehörigkeitsgefühl, das Klassenbewußtsein – der Instinkt, der die Ameise davon abhält, in den falschen Ameisenhaufen zu krabbeln. Das war es, was Vahlteich daran hinderte, jemals die Notwendigkeit von Verhandlungen mit Bismarck zu verstehen; das war es, was ihn für immer davon abhielt, mehr als ein kleiner Funktionär zu werden; aber es ließ auch nicht zu, daß er die Scheidelinie überschritt und die eigene Partei von außen her angriff. Diese Unbeugsamkeit, die Vahlteich innerhalb des Vereins zu einer Gefahr machte, ließ ihn wirkungslos werden, sobald er außerhalb der Organisation stand; die eigene Geradheit wurde ihm zur Fessel.

Lassalle setzte den Klemmer wieder auf. Nein, er brauchte sich keine übermäßigen Sorgen zu machen; er mußte nur ein wenig Druck anwenden und den Kerl hinausschmeißen lassen. Er tauchte die Feder in die Tinte. *Nur muß ich bei diesem Anlaß bemerken: Wenn mich der Vorstand nicht energisch gegen eine Wiederkehr dieser Reibungen schützt, so werde ich einfach das Präsidium niederlegen und in meine alte Rolle als Vorkämpfer für die Interessen des Arbeiterstandes auf eigene Faust zurückkehren –*

Er hatte das Öffnen der Tür nicht gehört. Ein kleiner Junge stand am Ende einer Schlammspur, die quer über den Fußboden führte, und sagte: »Dame will Sie sprechen.«

»Was für eine Dame?«

Der Bub hielt die Hand auf. »Dame auf'm Pferd.«

»Jung? Alt? Wie sieht sie aus?«

Die Hand.

Lassalle zog ein Geldstück aus der Westentasche und legte es auf die feuchte Handfläche. »Nun?«

»Sieht eine aus wie die andre«, sagte der Bub. »Kommen Sie?«

»Bei Gott! – Helen.«

Er warf seinen Regenschirm weg, der sich nicht schließen wollte, und eilte hin zu ihr. Das Pferd schnaubte. »Hoa«, rief er, »ruhig, ruhig!« und breitete die Arme.

Sie glitt vom Pferde. »Der Adler...«

Der Bub stand da und hielt die Hand auf. Sie gab ihm die versprochene Münze.

»...der Adler, und total durchnäßt.«

»Sag, daß es wahr ist, Helen, daß du keine Erscheinung bist.«

Später würde Gemma d'Arson ihr erzählen, er hätte sie getrunken mit seinen Augen, und es wäre ein Wunder gewesen, daß ein Tropfen von ihr übrigblieb.

»Laß mich dich berühren, Helen.« Er schob ihr Regencape beiseite, ergriff ihre Hand, küßte sie. Ihre Finger erregten ihn; er hatte nicht mit einer Frau geschlafen seit – wie lange war es her?

Sofort begann er zu organisieren. »Ihr bleibt doch in Kaltbad – du und deine Begleiter? Bei diesem abscheulichen Wetter...«

»Oh, ich bitte um Verzeihung: Madame Gemma d'Arson – das

Ehepaar Lesley – Mr. Swiller, der amerikanische Konsul, und Mrs. Swiller« – Helen zögerte unmerklich –, »ein guter Freund von mir aus Berlin, Herr Dr. Lassalle.«

»Lassalle?« sagte der Konsul.

Lassalle verbeugte sich leicht.

»Ich denke, wir sollten doch weiterreiten«, sagte Mr. Lesley. »Der Regen hat so gut wie aufgehört. Vielleicht bekommen wir oben auf dem Kulm noch einen Sonnenuntergang zu sehen.«

Lassalle sah seine Kaltbader Pläne davonschwimmen. »Dürfte ich mich dann Ihrer Gipfelpartie anschließen? Mein Felleisen ist immer gepackt; nur meine Papiere muß ich wegschließen. Ich war gerade beim Schreiben, als dieser Bub mich rief, weil eine wunderschöne Dame mich zu sehen wünsche – Briefe, Helen, an Holthoff und an andere Bekannte um Einführungsschreiben zu deinem Vater...«

Er übertrieb nicht einmal sehr: er hatte diese Briefe wirklich zu schreiben beabsichtigt, sobald die Korrespondenz in Sachen Vahlteich erledigt war. Die Blicke, die Helen und ihre Freundin miteinander wechselten, entgingen ihm nicht; Madame d'Arson wußte offensichtlich einiges über die Hintergründe dieser Begegnung.

»Ich hätte auch gern mit Ihnen gesprochen, Mr. Swiller«, fuhr er diplomatisch fort. »Der Allgemeine Deutsche Arbeiterverein, dessen Präsident zu sein ich die Ehre habe, ist in gewissem Sinne die Keimzelle einer Republik, ganz ähnlich der von Ihnen vertretenen. Wir haben da gemeinsame Interessen...«

»Ich dachte, ich hätte irgendwo gelesen, Sie stünden kurz vorm Gefängnis?« Der Konsul lachte, schlug sich auf den Schenkel und machte sein Pferd kopfscheu.

Lassalles Lippen zuckten ärgerlich. »Wenn ich ins Gefängnis muß für Ideen, die in Ihrem Lande Staatsdoktrin sind, Mr. Swiller, sollten Sie mich darum um so höher schätzen. Und jetzt, wenn Sie mich entschuldigen wollen... Es dauert nur wenige Minuten.«

Er besaß seine Zauberkraft noch immer.

Auf ihrer Italienreise und später im elterlichen Haus, in Bern oder in Genf, während Yanko mit dem Segen von Papa und Maman mehr und mehr ihrer Zeit in Anspruch nahm, hatte sie mitunter gefürchtet, es wäre alles ein Trugbild gewesen – Lassalle, die ganze in Aussicht gestellte Herrlichkeit. Und im Licht kühler Vernunft betrachtet, was war er denn: ein reiferer Herr mit gescheckter Vergangenheit und zweifelhafter Zukunft, von erratischem Temperament, der ihr zu lange ferngeblieben war.

Doch jetzt war das weggewischt. Die einzige Realität war seine Stimme, sein Blick, seine Leidenschaft. Sie hatte recht gehabt, dachte sie, die Dinge selbst in die Hand zu nehmen. Es war, als hätte die Begegnung auf der Soirée im Hause Bonseri erst gestern stattgefunden und als hätte sich in der Zwischenzeit nicht das geringste geändert. Er empfand das anscheinend auch: vor Gemma und den anderen führte er sich auf, als gehöre sie zu ihm.

Und sie war wie berauscht davon.

Sie war glücklich über Gemmas Feststellung, daß sie einander bemerkenswert ähnelten, eine Ähnlichkeit nicht so sehr der äußeren Züge – Bruder und Schwester im Geiste, sozusagen; worauf er lächelnd erwiderte, daß sich auf diese Art von Geschwisterbeziehung einige der schönsten und rührendsten Sagen der alten Mythologie gründeten, griechische wie auch germanische. Er hatte eine Antwort auf alles und ein besonderes Verhalten für jeden der Teilnehmer am Ausflug. Er ging an die Eroberung dieser kleinen Gruppe heran, als handele es sich um einen wirklichen Feldzug; die Steigung zwischen Kaltbad und Rigi-Kulm zwang die Pferde zu langsamem Schritt und ermöglichte es ihm, ihre Begleiter einen nach dem andern für sich einzunehmen.

Als dann die Wolken unter ihnen lagen und die Gipfel des Titlis, des Rothstocks, des Pilatus wie Schiffe auf vereister See hervorstachen, war er wieder an ihrer Seite und wies auf das Panorama, stolz wie ein Urmensch, der seinem Weib in der Höhle die Jagdbeute vorlegt. »Für dich, Helen.« Er packte den Zaum ihres Pferdes und führte das Tier über das Geröll, das der Regen auf den Pfad geschwemmt hatte.

Für dich, Helen, dachte sie. Das war schon anders als mit Yanko. Was hatte der ihr je verheißen…? Trotz all seinem walachischen Gehabe war Yanko ein durchschnittlicher Liebhaber und würde ein durchschnittlicher Ehegatte sein. Dieser Mann aber legte ihr die Alpengipfel zu Füßen – von geringem praktischem Wert, zugestanden – aber wenn sie ihn festhielt, ihm half, ihn inspirierte…

»Nun, meine Liebe, wann ist unser großer Tag?«

Sie bewegte sich unruhig im Sattel: Sie hatte den gleichen Gedanken gehabt. Er sah sie an, als wolle er sagen, die Sache ist längst entschieden; nur das Datum, das bestimme du mal.

»Übereilst du's nicht etwas?« fragte sie weich. »Wir waren schließlich eine lange Zeit getrennt. Ich möchte nicht, daß es in ein paar Tagen oder Wochen wieder heißt, wir müssen warten.«

»Alles im Leben muß reifen«, erwiderte er nach kurzem Nachdenken. »Aber wenn die Zeit kommt, muß der Mensch handeln. Wir sind wie zwei im Weltraum aufeinander zustürzende Kometen.«

Sie zog es vor, nicht zu erwähnen, daß einer der Kometen eine recht ungewöhnliche Bahn verfolgt hatte, um auf den andern zu stoßen.

Er nahm ihre Hand. »Sag ja, Helen. Ich glaube, ich habe dir einmal den Tag genannt, an dem ich zusammen mit dir vor die Welt treten würde – den Tag, an dem ich dir meinen ersten großen Sieg als Morgengabe bringen kann. Ich wünschte, ich hätte meine Papiere bei mir. Ich würde dir aus meiner Ronsdorfer Rede vorlesen: einen ganzen Katalog von großen politischen Siegen. Ich habe solche Pläne für uns...«

Sie blickte auf die unter ihnen liegenden Wolkenfelder. Fast begann sie zu glauben, daß da mehr als Zufall im Spiele war, als sie sich in dem Schuppen in Kaltbad unterstellte und den schmutzbespritzten Buben erblickte, und daß Lassalles Voraussage nach der Soirée bei Bonseris sich erfüllte: Sie waren einer des andern Schicksal.

»Sag ja, Helen. Zum Teufel mit meiner Kur. Ich kenne eine großartige Tour. Schon morgen werden wir sie unternehmen: mit der Postkutsche über die Gemmin, bis nach Chamonix...«

Hinter sich hörte sie Gemma, die mit verhaltener Stimme sprach. Selbst der Konsul war leise geworden unter diesem fahlblauen, durchsichtigen Himmel. Sie spürte den Druck der Hand Lassalles und erwiderte ihn.

»Sag ja, Helen.«

»Was für Ideen«, sagte sie. »Was für wunderbare, verrückte Ideen. Du hast dich auch gar nicht verändert.«

Die Steigung endete; die Pferde verfielen in Trott; Lassalle blieb zurück. »Die riechen den Stall«, sagte Mr. Lesley. »Wir sind auf dem Kulm.«

Table d'hôte im Rigi-Kulm-Hotel begann um sieben.

Lassalle war in Stimmung. Er konversierte, er scherzte, er brillierte: in elegantem Französisch mit Madame d'Arson, in fließendem Englisch mit Konsul und Mrs. Swiller und den Lesleys. Alles geriet unter den Einfluß seines Charmes, seines Geistes, seiner galanten Art – obwohl er nie Zweifel daran ließ, daß sein Hauptinteresse Helen galt. Seine Intimität ihr gegenüber wäre schamlos, ja skandalös gewesen, hätte er nicht bei seinen kleinen Zärtlichkeiten, seinen ihr zugeflüsterten Bemerkungen eine so selbstverständliche Manier gezeigt.

Zu Eis und Kaffee spielte sehnsüchtig eine Zither, begleitet von Geige und Piano, die Musiker in Alpentracht. Er bat Helen zu einem Walzer; die Nähe seines Körpers machte sie schwindelig. Hinter der Hotelhalle fanden sie eine verglaste Veranda, teilweise beleuchtet, strohgeflochtene Stühle, nicht sehr bequem. Sie schlossen die Tür, blieben einen Moment stehen, atemlos.

»Wird's dir hier nicht zu kalt sein?« Er legte seinen Arm um ihre Schulter. Draußen stiegen Nebelfetzen in die Dämmerung. »Du hustest... Hast du's mit den Lungen, Kind?«

Sie lehnte sich an ihn. »Die Ärzte wissen nicht genau. Oder sie behaupten, sie wüßten nicht.«

»Ägypten!« schlug er sofort vor und führte sie zu einem Kanapee und nahm an ihrer Seite Platz. »Wir reisen nach Ägypten, beide. Auf sechs Monate, auf ein Jahr, so lange wie nötig. Wir legen uns in den Wüstensand und lassen die Sonne unsre Krankheiten ausbrennen und besuchen die Sphinx, vor der schon Cäsar stand und Napoleon. Das da« – eine große Handbewegung in Richtung der grauen Eintönigkeit jenseits der Fenster –, »das brütet nur Verzweiflung.«

»Und deine Arbeit? Deine Politik? Deine Zukunft?«

»Die Wissenschaft von der Revolution, Kind, ist wie eine Brandfackel. Da ist es gleichgültig, von wo aus man sie in den Zunder wirft...« Er erwog, wie schwierig es sein würde, eine ganze Bewegung von den Pyramiden aus zu leiten; und beschloß, die Schwierigkeiten nicht zu beachten. »Warum heiraten wir nicht? Ich meine jetzt, morgen, spätestens den Tag darauf. Warum überhaupt nach Bern zurückkehren? Warum nicht morgen von Luzern aus direkt nach Frankreich fahren? In Frankreich habe ich gute Freunde, dort kann ich durchsetzen, daß man uns ohne große Vorbereitungen und Formalitäten traut; und ist das geschehen, müssen die Eltern einwilligen. Einem *fait accompli* gegenüber ist schwer streiten.«

»Ich möchte meinen Eltern nicht weh tun. Warum eine so romanhafte Entführung, solange wir sie überreden können. Außerdem hast du noch nicht einmal gefragt, ob *ich* einwillige.«

Er umarmte sie. »Ich liebe dich. Ich muß dich haben.«

Sie versuchte, ihn abzuwehren.

»Ich habe das noch nie einer Frau gesagt. Ich habe noch nie eine Frau bitten müssen. Immer kamen die Frauen zu mir.« Er küßte sie und fühlte, wie ihre Lippen weich wurden und nachgaben. Seine Hand tastete nach ihrer Brust.

Von irgendwoher Tellergeklirr, Zithermusik, Gelächter. Eine Tür knarrte in den Angeln.

»Helen...«, flüsterte er.

Sie strich sich das Haar zurecht, ihr Blick verwies ihn in seine Ecke des Kanapees. »Und dann geht es auch um deinetwillen nicht. Denk an den maßlosen Skandal – der Führer einer neuen demokratischen oder sozialistischen Partei, oder wie du's auch nennst, der ein Fräulein aus adliger Familie entführt!«

»Skandal!« Er lachte. »Skandal bekommt mir.«

»Du bist ein berühmter Mann, du kannst dich über Konventionen und Gesellschaft hinwegsetzen; ich nicht.«

»Als meine Frau kannst du's.«

»Aber bis ich deine Frau bin?«

Er legte ihr zärtlich die Hand auf den Kopf. »Und heute nacht?«

Sie lächelte.

»Ich will mit dir zusammen sein. Dich lieben. Dich –«

»Ich schlafe in einem Zimmer mit Gemma.«

»Dann komm in meines.«

»Du weißt, daß ich verlobt bin.«

»Mit dem plärrenden Schuljungen? Dem Zigeunerprinzen? Ich habe da etwas gehört – von Holthoff, glaube ich: Grandmaman, große Szene am Sterbebett. Wer soll das ernst nehmen!«

»Er liebt mich.«

»Hündchenliebe. Nicht dein Niveau, Helen. Verlobt...!« Er schnippte mit dem Finger. »Ich breche deine Verlobung. Ja, wenn du mit ihm verheiratet wärst – die Ehe mag als heilig gelten; und selbst das ist noch fraglich. Ich verstehe nicht, Liebste, wie du dir je einbilden konntest, ich würde dich aufgeben. Noch vom Altar hätte ich dich fortgeholt. Ich dulde nicht, daß du einem andern gehörst. Ich reklamiere dich als mein Eigentum. Ich habe dir schon einmal gesagt und wiederhole es jetzt: Wir sind einer des andern Schicksal.«

Es war wie eine Beschwörung. Helen hatte das Gefühl, als treibe sie mit ihm auf einem verlassenen Schiff.

Dann plötzlich Gemma. »Du darfst uns der Gesellschaft des Herrn Dr. Lassalle nicht so lange berauben, Helen. Wir alle möchten ihn genießen.«

Er fand keinen Schlaf.

Halb und halb erwartete er, daß sie doch zu ihm käme; Madame d'Arson würde das notwendige Verständnis wohl oder übel aufbringen und statt der Anstandsdame die Mitverschwörerin spielen. Helen, dachte er. Und stellte sich vor, wie er sie entkleidete und ihre Brüste berührte, ihre Schenkel, und sie nahm.

Er mußte und würde sie besitzen. Wenn die d'Arson nicht auf die Veranda gekommen wäre, hätte Helen dort schon zu allem ja gesagt; keine schlechte Leistung seinerseits in Anbetracht der Kürze der Zeit. Allerdings war sie nicht ganz so jungfräulich und unerfahren, wie sie sich den gesellschaftlichen Regeln entsprechend geben mußte; sie wollte geheiratet werden. Damit war er ja durchaus einverstanden – und sie wußte das auch; nur Zeitpunkt, Ort und Umstände blieben zu regeln... Ehe – nachdem er sich ihr so lange entzogen hatte... Vor vierundzwanzig Stunden noch war Helen von Dönniges eine seiner geringeren Sorgen gewesen; seine Gedanken hatten um künftige Plädoyers gekreist; um Massenagitation, das Wahlrecht, Bismarck; um den ganzen Katalog seiner Schwierigkeiten: die Vahlteich-Revolte, die trüben Aussichten der Bewegung, Bankrott, wo man hinblickte... Bankrott. Er suchte das Wort zu zertreten, aber immer wieder kroch es auf ihn zu, schleimig, stinkend, tödlich. Moralischer, geistiger, physischer Bankrott. Und dann, aus dem Nebel heraus, Helen. Junge Frau mit festem Fleisch und vollen Lippen, junge Frau, beneidet von den Weibern, umflattert von den Männern. Mit ihr am Arm würde der Wiedereintritt in die Politik und Gesellschaft zu einem Neubeginn werden – und auf jeden Fall angenehmer sein als die Heimkehr eines nicht allzu wirkungsvollen, mit Sauermilch und Weißkäse durchsättigten Volkstribunen zu seiner alten Verehrerin. Herr, mein Gott, betete er, vergönne mir ein Neubeginnen. Alle ihm je an den Kopf geworfenen Beschimpfungen waren unbeträchtlich, verglichen mit der eignen Bitterkeit: Lassalle – Anwalt stets im leisen Geruch unsauberer Praktiken, Philosoph von zweifelhafter Gedankentiefe, Stückeschreiber ohne Aufführungen, Ökonom ohne Bestätigung seiner Lehren, Revolutionär ohne Revolution... Nein, das war selbstzerstörerisch, weit übertrieben, Folge von ein paar unbedeutenden Niederlagen und überhöhter Gallentätigkeit. Aber er brauchte Gewißheit, jene innere Gewißheit, die man nur von einer Frau erhalten kann, die einen begehrt und sich einem darbietet: Ich bin dein Eigentum, deine Sache, deine Sklavin, ich habe keinen Willen außer deinem.

Helen, stöhnte er, Fäuste an die Schläfen gepreßt.

Schritte. Da waren Schritte gewesen, vor der Tür. Er richtete sich auf. Vielleicht zögerte sie: Frauen bekommen oft nachträglich Bedenken; oder sie befürchten, vor der falschen Zimmertür zu stehen, die dümmsten Verwechslungen kommen vor in Hotels.

Er öffnete die Tür.

»Guten Morgen, mein Herr.« Es war der Hausknecht, der die geputzten Stiefel vor die Tür zurückstellte. »Gleich wird das Alphorn geblasen.«

»Oh.« Lassalle kannte die Sitte. »Haben wir denn einen Sonnenaufgang?«

Der Mann zuckte die Achseln. »Ich hab' die Wolken schon reißen sehen wie an dem Tag, wo der Herr Jesus gekreuzigt wurde... Da kommt's, das Horn.«

Zitternd zunächst, kräftigte sich der Ton, schwoll an, brach ab, begann wieder und endete mit einem Schnörkel. Türen klappten, erregte Stimmen wurden laut, Lichter gingen an.

Lassalle griff nach seinen Stiefeln. Es würde ein kühler Morgen werden.

»Reizend!« sagte er. »Dein liebes Gesicht, umrahmt von weißen Wolltüchern.«

Sie fröstelte und hustete des öfteren. Von der Plattform des Aussichtsturms aus waren ein paar Flecken Gras zu erkennen und, weiter entfernt, die verschwommenen Linien des Kulm-Hotels und seiner Dépendance.

»Wo ist nun der Sonnenaufgang!« räsonierte der Konsul. »Ich dachte, der ist einbegriffen im Preis!«

»Nicht zittern, Helen« – Lassalle drückte sich enger an sie –, »oder ich wärme dich in meinen Armen.«

Der Konsul witzelte über die improvisierten Kostüme, die verschlafenen Gesichter, das allgemeine Füßestampfen und Niesen.

»Ich habe die ganze Nacht über wach gelegen«, flüsterte Helen.

»Auch ich konnte nicht schlafen.« Lassalle nahm ihre kalten Finger zwischen seine Handflächen. »Du hast nachgedacht über uns?«

»Ja.«

»Also kommst du mit mir?«

»Dort drüben!« rief Mrs. Lesley. »Die Sonne!«

»Dort drüben liegt Westen, meine Liebe«, sagte Mrs. Swiller. »Hier auf der Tafel ist es angegeben.«

»Es könnte ja die Reflexion der Sonne auf den Wolken sein«, sagte Mr. Lesley, unangenehm berührt. »Eine Art Fata Morgana.«

»Ich will, daß die Wolken weggehen!« Lassalle sprach halblaut, aber mit großer Intensität. »Ich will, daß die Sonne durchbricht: für dich, Helen – für uns beide.«

Ein zartrosa Schimmer wurde sichtbar im Osten.

»Siehst du!« triumphierte er. »Es hat sich erfüllt.«

Doch das Rosa verblaßte rasch und wich einer trüben Morgendämmerung, die nur die Müdigkeit auf den Gesichtern der versammelten Hotelgäste unterstrich.

»Gehen wir zurück«, sagte Gemma d'Arson. »Wenn ich so aussehe, wie ich mich fühle, möchte ich mich schleunigst verstecken.«

»In die Bibliothek«, schlug er vor. »So früh ist noch kein Mensch dort. Hat Gemma gesagt, wann der Reitknecht die Pferde bereithalten soll?«

»In einer halben Stunde«, antwortete Helen.

Er deutete auf die Stühle zu beiden Seiten eines kleinen Schreibtischs, der neben Topfpalmen und einem Bücherschrank voll verstaubter Romane und Sammelbänden Schweizer Damenzeitschriften stand. Im Raum roch es nach den Zigarren von gestern.

»Eine halbe Stunde sollte genügen.« Er ergriff ihre Hände. »Im Herzen hast du längst entschieden; wir müssen nur das Geröll von falschen Treuebegriffen und eingebildeten Hinderungsgründen beseitigen.«

Vielleicht hatte er recht, und sie hatte tatsächlich bereits entschieden; hatte sie sich nicht schon damals in Berlin dem Ritual der Brautbeschau durch seine Schwester, Frau Friedland, unterworfen; hatte sie nicht zugestimmt, daß er bei ihrem Vater um ihre Hand anhalten sollte; hatte sie nicht den ganzen Ausflug auf den Rigi veranlaßt…? Seine Augen waren von der schlaflosen Nacht gerötet. Sein Wesen zeigte eine neue Dringlichkeit – als brauche er sie jetzt wirklich.

»Was sind nun eigentlich die Gründe deiner Eltern gegen mich?«

Helen schloß die Augen, dachte nach, versuchte in Punkte zu gliedern, was sich doch nicht gliedern ließ.

»Blendet dich das Licht?«

Er war so aufmerksam.

»Setzen wir uns lieber dorthin?« Er nickte in Richtung einer niedrigen Chaiselongue im Halbdunkel einer Wand.

Sie ging vor ihm her, sehr bewußt der Wirkung ihrer Hüften. Die Sprungfedern der Chaiselongue waren zerbrochen; sie saß höchst unbequem.

Er war vor ihr stehengeblieben. »Nun?«

»Ich habe das Thema mit Papa und Maman nie direkt besprochen. Hauptsächlich ist es wohl deine politische Haltung, die sie stört.«

»Politik! Welcher Vater macht sein Kind unglücklich wegen irgendwelcher politischer Differenzen…!« Das Argument, wußte er sofort, taugte nicht. Von Homer bis hin zu den Modernen fand sich in Geschichte und Literatur ein Überfluß an tyrannischen Vätern – Königen, Baronen, Bankiers, Beamten, Bauern –, die aus politischen und noch weniger edlen Gründen ihren Töchtern nicht nur den geliebten Mann vorenthielten, sondern sie noch dazu an Scheusale, Krüppel, Idioten, Greise vermählten. »Auf jeden Fall«, erklärte er, »ist es nicht meine Absicht, ewig in meiner jetzigen politischen Stellung zu verharren – und ich möchte annehmen, daß auch der ehrgeizigste Vater mit der gesellschaftlichen Position zufrieden sein kann, die ich seiner Tochter bald genug zu bieten haben werde.«

Er beugte sich zu ihr hinab und berührte ihre Schultern, als lege er den Hermelin um sie. »Die Gräfin…«, sagte er. »Ist das nicht vielmehr der wirkliche Hinderungsgrund?«

»Die ganze Beziehung, deine ganze Vergangenheit«, sagte sie langsam. »Und du gibst die Gräfin bestimmt nicht auf; sie würde das auch nicht gestatten.«

Er setzte sich neben sie. »Stammt dieser Einwand von deinen Eltern – oder von dir?«

Sie überlegte: eine *ménage à trois*; dabei könnte die Gräfin ihre Großmutter sein; man würde das Klatschthema von ganz Deutschland werden, und enden würde das Ganze mit Mord und Totschlag.

»Nun, das ist unwichtig.« Sein Schenkel berührte den ihren, seine Hand strich ihr über den Arm. »Das überlasse nur mir. Sprechen wir darüber wie erwachsene Menschen. Hast du etwa keine Vergangenheit?«

Sie richtete sich auf. »Ich kann dir alles erzählen.«

»Ich weiß einiges durch Holthoff. Die sardinische Armee. Die russische Flotte. Also lassen wir Pompeji unter der Asche, nicht? Und obwohl ich Jude bin, ist mir die Religionsfrage ziemlich gleichgültig, solange du dich an den Monotheismus hältst: Du weißt« – er lachte kurz –, »ich bin der Herr, dein Gott; du sollst keine anderen Götter haben neben mir. Was die Gräfin betrifft – selbstverständlich wird sie sich sträuben.«

Er küßte die Innenseite ihres Handgelenks; sie sah seinen Nakken, die rötliche faltige Haut, sehr männlich. Dann richtete er sich auf, tat ihre Hände zusammen und legte sie ihr auf den Schoß, ganz Herr der Situation. »Die Gräfin hat nie Einwände erhoben«, sagte er, »solange ich mich an verheiratete Frauen, an Schwärmerinnen oder Mädchen aus den niederen Klassen hielt. Aber Ehe – mit einer jungen Frau, geistig und gesellschaftlich auf gleichem Niveau mit ihr und mir? Du mußt sie auch verstehen. Aber wenn sie dich erst kennengelernt hat, wird sie dich anbeten so wie ich, und du wirst ihr's durch deine Liebe vergelten, weil sie für mich wie eine – eine zweite Mutter ist.«

Also doch, dachte sie, eine *ménage à trois*. Aber er machte wenigstens kein Hehl daraus. Sie wunderte sich über die Frauen, mit denen er es bisher getrieben hatte; es mußten recht lahme Naturen gewesen sein, daß sie es nicht fertigbrachten, die Alte abzuhalftern. »Mein Adler«, sagte sie zärtlich; und dann, mit leichtem Lächeln: »Ich bezweifle, daß sie ihre privilegierte Stellung als Erste am Hofe so leicht aufgeben wird ...«

Er blickte sie überrascht an. Sie war doch vielschichtiger, als er geglaubt hatte. »Helen«, antwortete er schließlich, »Sophie Hatzfeldt kennt auf der Welt nur *ein* Glück – meines. Sollte sie aber trotzdem, was ganz undenkbar ist, sich gegen uns stellen, so würde ich, wie weh mir das auch täte, die Opfer vergessen, die sie und ich einander gebracht haben, und das Glück sichern, das mir am meisten wert ist: unseres, Helen.«

Sie hatte gewonnen. Er fuhr fort, mit wohlklingender Stimme wohlgedrechselte Sätze zu sprechen; sie hörte nicht länger hin. Sie ließ sich treiben, in einem Zustand wunderbar wollüstiger Willenlosigkeit, zufrieden, daß der Strom in der richtigen Richtung floß.

»Helen!«

»Liebster?«

Sie schlug träge die Augen auf.

»Sag ja, ich will, Kind, und überlaß mir alles andere.«

»Ich kann nicht; nicht jetzt; nicht, solange du bei mir bist. Siehst du denn nicht, daß du mich in der Gewalt hast: keine Antwort, die ich gäbe, würde Gültigkeit haben, keine Entscheidung von Dauer sein.« Ihr Gesicht zeigte einen rührend ernsthaften Ausdruck. Sie neigte sich zu ihm und küßte ihn, ein Kinderkuß. »Du verlangst von mir, daß ich denke, vergleiche, bewerte – dabei bin ich an deiner Seite nichts als *la femme – capricieuse – et fille.*«

Er lachte, ein wenig unsicher. Entglitt sie ihm? »Ich gehe dir nicht von der Seite.«

»Du mußt aber, und du wirst. Beim Abstieg bleibst du in Kaltbad. Ich will allein sein, wo dein Zauber nicht hinreicht, und mir klar werden über mich selbst.«

Femme, dachte er, *capricieuse*... Wann schauspielerte sie, wann zeigte sie ihren wahren Charakter? Oder lag diese Zwiespältigkeit in ihrem Wesen, und war sie die Ursache ihrer beider Affinität? Sie paßten zusammen in mehr als einem Sinne: Ihre kaiserlichen Majestäten Ferdinand und Helena von Utopien.

Er stand auf. »Wir gehören zueinander«, sagte er nachdenklich. »Das ist das Verteufelte daran.«

17. Kapitel

Das Problem war Yanko. Oder nicht so sehr Yanko als die Abkehr von geheiligten, für Eltern, Gesellschaft und bis dato auch für sie selbst gültigen Verhaltensweisen. Sie überließ sich dem Schwanken der Kruppe ihres Tiers, das tastend die Löcher, Wurzeln, Steine beim Abstieg zu vermeiden suchte. *Schicksal...* Es war Schicksal und auch wieder nicht. Sie hatte es gewollt und dementsprechend gehandelt; jetzt aber, da ihr das Spiel geglückt, begannen die Skrupel zu bohren.

Und die Befürchtungen.

Liebster Yanko... Wie läßt man einen Verlobten möglichst schmerzlos fallen...? Yanko, liebster, ich weiß, du wirst immer mein ein und einziger bleiben, mein schwarzer Page, aber Lassalle und ich, das ist Schicksal, erinnere dich der Verse des Dichters Geibel, die du mir vor nicht langer Zeit vorgelesen hast –

> Wenn über ihn der Blitz herniederzündet,
> Schiltst du den Scheiterhaufen, daß er brennt?

Yanko mußte verstehen. Schließlich hatte es Momente zwischen ihnen gegeben, die dem Verständnis eines Mannes für die Gefühle einer Frau förderlich waren. Sie schuldete ihm nichts...

Die Kuhglocken. Kein Jodeln diesmal, keine Gewitterwolken. Welch ein Mann, endlich ein Mann, hatte Gemma gelächelt; hast du ein Glück, Mädchen... Sie setzte ihr leidendes Gesicht auf: Migräne, Gemma. Gemma verstand und blieb zurück und sorgte dafür, daß das Ehepaar Lesley und Mrs. Swiller und der Konsul sich gleichfalls fernhielten. So hatte sie Gelegenheit, ihre Empfindungen zu sichten. Sage mir nur ein vernünftiges, selbständiges Ja, hatte Lassalle zum Abschied gebeten, *et je me charge du reste.* Sie hatte schon im Sattel gesessen, und er hatte ihre Hand genommen und seine Lippen darauf gepreßt.

Je me charge du reste – war das der Augenblick gewesen, da sie ihre Entscheidung traf? *Du reste* konnte so vieles umfassen: Träume, Wunder, eine ganze Welt jenseits ihres bisherigen Horizonts. Wenn er der Abenteurer war, den Papa in ihm sah – nun, sie brauchte das Abenteuer. Wenn er brutal, selbstsüchtig, gewissenlos war – nun, so war er immer noch den kleinen Seelen vorzuziehen, die er auf seinem Weg nach oben zertreten würde. Es erschien ihr jetzt unbegreiflich, daß sie die lange Trennung zugelassen hatte; nie würde sie es wieder dulden. *Kind* hatte er sie genannt; sie gefiel sich darin, das Kind zu spielen, gefügig, anschmiegsam, bewundernd. Aber auch Kinder besaßen ihren Willen.

Sie zügelte ihr Pferd.

Der See lag vor ihr; der Landungssteg von Wäggis; das Dampferchen kam, komische Wölkchen ausstoßend, aufs Ufer zugeschwommen.

»Mam'selle Dönniges! Mam'selle Dönniges!« – beharrlich.

Dann war sie umringt von Reitknechten, Gepäckträgern, Händlern. Der Dampfer stieß an den Steg. Taue wurden geworfen, die Laufplanke an Land geschoben.

»Mam'selle Dönniges!«

Sie stieg vom Pferde. Eine kleine schmutzige Hand streckte sich ihr entgegen – der Junge aus Kaltbad.

»Herr Dr. Lassalle hat dich geschickt?«

»Hm-hm.«

Sie warf ihm eine Silbermünze zu und griff hastig nach dem Brief, den der Bub unter dem verschwitzten Hemd hervorzog. *Seine* Handschrift, elegant, gerundet, präzise: *Mademoiselle de Dönniges. Am Pier. Wäggis.* Und dann: *Liebster Goldfuchs! Meine Lippen fühlen Dich noch*... Er mußte dem Jungen befohlen haben, jede Abkürzung zu benutzen, lauf, spring den Berg hinab...

»Mam'selle Dönniges!«

Wieder ein Junge, wieder eine kleine Hand. Diesmal ein Telegramm: *Mademoiselle de Dönniges. Am Pier. Wäggis.* Er hatte den ersten Jungen abgeschickt, dann mußte er hinübergeeilt sein zum Kaltbader Telegraphenbüro... *Helena! Kaiserin! Bei unsren Sternen*...

Des Konsuls rauher Baß. Sie schrak zusammen. »Billets doux? Ich habe meiner Frau gesagt: Das ist eine Liebe. Wenn's mal trifft, dann trifft's richtig. Habe ich recht?« Er bot ihr den Arm. »Wir wollen das Schiff nicht verpassen.«

Gemma d'Arson, strahlend vor freudiger Aufregung, erwartete sie in der Kabine. Die Maschine lief an, das Schiff zitterte, das Schaufelrad ließ Kaskaden funkelnder Tropfen am Fenster vorbeiflimmern.

»Die Entscheidung, Gemma, lautet: ja.«

Gemma umarmte sie. »Wie unaussprechlich, unaussprechlich –« Die angemessenen Superlative wollten sich nicht einstellen, ebenso versagte der Wortschatz des Ehepaars Lesley. Konsul Swiller verglich sich mit dem heidnischen Gott Amor – Meisterschützen, Miss Dönniges, der Amor und ich.

Sie konnte nicht einschlafen.

Sie las noch einmal die beiden zusätzlichen Telegramme, die sie inzwischen erhalten hatte – das eine, das ihr in den Zug gebracht worden war: *Mademoiselle de Dönniges, Hauptbahnhof, Bern*; und das andre, das sie bei ihrer Ankunft in Gemmas Haus vorfand: *Mademoiselle de Dönniges. Villa d'Arson. Wabern.* Jedesmal hatte Ungewißheit sie befallen – war etwas geschehen, eine Veranlassung zu erneutem Aufschub? – und dann die Welle der Erleichterung, da sie in den wenigen Schriftzeilen des Telegraphenbeamten eine ganze Skala von Zuspruch, Flehen, Sorge, Zärtlichkeit komprimiert fand. Lassalle schien seine Werbung um sie pausenlos zu betreiben. Sollte sie sich geschmeichelt fühlen oder einen schwachen Punkt vermuten, bei ihm oder bei ihr, den er zu kaschieren suchte?

Der Mond verlieh den bewegungslosen Zweigen vor ihrem Fenster, den fernen Umrissen der Berner Alpen eine eigenartig kristallene Qualität: eine kalte, starre Welt, in der ihr Herzschlag und das Drängen ihres Schoßes das einzig Lebendige waren. Sollte sie Gemma rufen? Aber was konnte Gemma ihr sagen...

Sie wandte sich dem Brief zu, den sie während der letzten Stunde Lassalle geschrieben hatte – ihre Gedanken sorgfältig wägend; zu ergründen suchend, wieviel von ihrem Gefühl er erriet und wieviel sie ihm mitteilen sollte. Sie starrte auf ihre letzte Zeile: *Ich höre Deine Stimme, wenn Du Kind zu mir sagst, höre selbst die Untertöne...*

Sie nahm die Feder zur Hand. *Aber diesmal, Freund Satan, wird Dir das Kind beweisen, daß es seine teuflische Verwandtschaft fühlt und daß Deine dämonische Natur erweckt hat, was da schlief, und daß wirklich ein Tropfen Deines satanischen Blutes in seine Adern geraten ist und alles darin verändert hat.*

Sie hielt inne.

Aber es stimmte ja. Dies war tiefer als im vergangenen Jahr; neu, leidenschaftlicher; bei ihr jedenfalls. Und auch für ihn wäre es empfehlenswert, wenn sein Gefühl sich vertieft hätte. Der Gedanke an eine neue Verzögerung erschien unerträglich.

Als ich Dich verließ, als zum letztenmal Deine Lippen meine Hand berührten, da sagte ich mir: Ehe ich von Wäggis fahre, muß mein Entschluß gefaßt sein. Eh bien, c'est fait. Und nun weißt Du auch mit Deinem schönen, herrlichen Geist und Deiner großartigen Eitelkeit, die ich aber liebe, wie mein Entschluß lautet – ich will und werde Deine Frau sein.

Sie löschte die Lampe, trat ans Fenster, setzte sich auf das Sims. Der Mond war so hell, daß sie ihren Brief unschwer lesen konnte.

Helens Ja, uneingeschränkt bis auf ein paar leicht genug erfüllte Bedingungen, hatte ihn aufleben lassen. Sein Hals schien zu heilen; seine Schmerzen schwanden; in seinem Kopf wurde alles leicht und klar. Er gab sein Zimmer in der Molkenanstalt auf, machte dem Kurarzt ein paar Komplimente über die schweizerische Heilkunst und goß die letzte Portion Molke in den emaillierten Spucknapf. Helen, dachte er, Helena – sie war das Unterpfand der Veränderung in seinem Leben, das Neubeginnen.

Villa d'Arson: So also sah das Zauberschloß aus, in dem seine Prinzessin darauf wartete, daß völlig erweckt würde, was da in ihr schlief. Weiße, zinnengeschmückte Türmchen; Fenster mit gebauschten Vorhängen; ein kiesbestreuter Weg hin zu der glasüberdachten Terrasse. Plötzlich war er nervös – bis zu dem Kuß, den der Prinz auf die schlafende Prinzessin drückte, war alles noch Märchen; danach hielt er eine lebendige Frau in den Armen.

Nun – er packte die Bastille fester – um so besser.

»Gemma! Gemma! Er ist hier!«

Fenster sprangen auf; die Terrasse bevölkerte sich. Helen flog auf ihn zu. Er spürte, wie sie sich an ihn preßte, sah das Leuchten in ihren Augen und dachte, daß da nicht viel zu erwecken blieb.

Nach dem Tee nahm Gemma ihn beiseite: »Lieber Monsieur Lassalle...«

Sie befinde sich in einer sonderbaren Situation, vertraute sie ihm an, ihr Gewissen sei im Konflikt mit sich selbst: die Anstandsdame mit der *entremetteuse*. Natürlich sei sie durchaus *moderne*; doch fühle sie auch eine Verantwortung gegenüber Helens Vater, dem *Ambassadeur*, und Madame de Dönniges. Wie gerne würde sie es sehen, wenn er im Hause abstiege, er könnte sogar das Schlafzimmer von Monsieur d'Arson, er ruhe in Frieden, haben; aber die böse Welt verdrehe selbst das unschuldigste Verhalten in dessen Gegenteil – Seufzer, Schweigen.

»Madame«, lächelte er, »ich habe ein ebenso großes Interesse wie Sie an der Erhaltung des guten Rufs der zukünftigen Madame Lassalle. Allerdings zeigt Helen eine gewisse Ungeduld... Aber wir werden die Frist der Verlobung möglichst abkürzen; das ist auch Helens Wunsch – das liebe Mädchen, zusammen mit ihrem Jawort schrieb sie mir, ihre angegriffene Gesundheit könne wohl den Nebel und Regen auf dem Rigi ertragen, nicht aber die Qual der langen Ungewißheit.«

»Noch nie habe ich zwei Menschen gesehen, die einander so sehr entsprachen.« Ein wissender Blick. »Von dem erwähnten Punkt abgesehen, Monsieur Lassalle, betrachten Sie mein Haus als das Ihre.«

Er kehrte zu Helen zurück.

»Mein zukünftiger Gatte!« verkündete Helen den Lesleys und einem italienischen Maler, der gleichfalls zu Besuch da war. Und leiser zu Lassalle: »Was hat sie gewollt?«

»Später.«

Später, als die Gesellschaft sich aufgelöst hatte und er die Schaukel im Garten fand, sagte er beiläufig: »Gemma hat mir bedeutet, ich möchte anderswo logieren.«

Helen setzte sich auf die Schaukel, ein einfaches Brett, das an zwei Seilen an einem starken Ahornast hing. »Stoß mich ab, ja?«

Er stieß sie ab; fühlte dabei, wie fest ihr Fleisch war.

Sie schwang lässig hin und her. »Willst du auch?«

Er schüttelte den Kopf.

»Höher«, forderte sie.

»Kind...« Mit jedem Mal, da sie auf ihn zuschwebte und er sie von sich stieß, wuchs seine Erregung.

»Höher«, drängte sie. »Viel höher! Hab doch keine Angst!«

Wieder stieß er sie ab.

Sie ließ die Füße schleifen, hielt an. »Ich zeig' dir, wie man richtig schwingt.«

»Zeig mir.« So nachsichtig das klang, es verbarg den beginnenden Ärger nicht gänzlich.

Sie zog sich hoch, stellte sich fest aufs Brett, packte die Seile und ließ ihr Gewicht spielen. Das Federn der Knie und des ganzen Leibs trieb sie immer weiter in die Höhe; ihre Lippen öffneten sich; bei jedem Hinabflug, vorm Wiederansteigen schloß sie die Augen.

»*Doucement*!«

»Fang mich auf.«

»Wir brechen uns beide den Hals!«

»Achtung, mein Adler!«

Sie ließ los. Er sah sie auf sich zustürzen. Dann lag er platt auf dem Rücken, im Gras, Helen obenauf, ihr Haar kitzelte ihn, ihr Kleid hatte sich verschoben, ihre Lippen suchten seinen Mund.

»Helen!«

Sie lag still.

»Helen – du hast dir weh getan?«

Sie wandte sich ab von ihm, richtete sich auf. »Nein, ich glaub' nicht.«

Er erhob sich mühsam, rieb sich den Hinterkopf. Mit großer Vorsicht entfernte er die Scherben seines Pincenez aus der Westentasche. »Macht nichts«, versicherte er. »Ich habe immer ein zweites Paar mit, als Reserve.«

»Bitte...« Sie streckte ihm ihre Hand hin.

Er half ihr aufzustehen. Er strich ihr das Haar zurück und küßte sie leicht auf Augen und Mund und lächelte: »In Zukunft laß mich lieber die gewagten Sachen machen.«

Sie zuckte mit den Achseln. »Ich bin ja weich gefallen.«

Die Tage in Wabern – wie viele waren es? Sechs? Sieben? Acht? – verschwammen ineinander. Es gab unvergeßliche Stunden: wenn er ihr aus seinem »Sickingen« vorlas oder aus Balzac, den er verehrte, oder ihr von seiner Freundschaft mit Heine berichtete; oder wenn sie sein zerschlagenes Gesicht mit kalten Kompressen pflegen durfte nach dem gemeinsamen Ausflug in die Berge, wo die wütenden Hirten sich auf sie stürzten, weil man irgendwelche Gemarkungen mißachtet hatte – der Konsul floh, Mrs. Lesley lief weg, der italienische Maler suchte das Weite – er aber blieb und deckte den Rückzug der Damen und zerschlug dabei seinen kostbaren Stockknauf, die elfenbeinerne Bastille; oder wenn er bei dem Souper, das Gemma ihm und ihr zu Ehren gab, einen Toast auf

Konsul Swiller und die große Republik jenseits des Meeres ausbrachte, deren Beispiel er in Europa nachzueifern hoffte; oder wenn sie von der Zukunft sprachen, sie beide allein, in Gemmas kleinem Salon, der ihnen stets zur Verfügung stand.

Er hatte ein ledernes Köfferchen voll mit Papieren, Andenken, Bildern mitgebracht und breitete alles vor ihr aus. »Du wirst mein Leben mit mir teilen; du mußt also meine Umstände kennen.« Da waren Kontoauszüge, Briefe, Obligationen; Einkommen und Ausgaben; Investitionsbelege, Aktien; Bank-, Anwalts-, Geschäftsadressen; Zahlen, Zahlen, Zahlen, denen sie nicht folgen konnte und die sie langweilten.

Aber er blieb geduldig. »Wir sind beide keine Menschen, die von der Hand in den Mund leben können. Ich kann sterben –«

»Du bist unsterblich.«

Er küßte sie. »Du mußt trotzdem wissen, wo du alles findest: Bargeld, Aktien, Dokumente.«

Sie wollte widersprechen.

»Unser Gesamteinkommen, wie ich dir zu erklären versucht habe, beläuft sich also auf ungefähr siebentausend Taler jährlich. Einschließlich meiner Jahresrente von der Gräfin.«

Sie zog die Nase kraus.

Er mußte lachen. »Sie kann, und sie wird mir die Zahlung nicht einstellen. Die Rente steht mir auf Lebenszeit zu.«

Helen entnahm dem Lederköfferchen ein Photoporträt der Gräfin, las die Widmung: *Meinem lieben Jungen – Sophie.* »Sie ist häßlich!«

Der Schnurrbart fiel ihm ein, die flachen, hängenden Brüste. »Sie war nicht immer häßlich.«

»Wie alt ist sie wirklich?«

Er zuckte zusammen.

»Ich habe dich gefragt, wie alt sie ist.«

»Sie ist im Jahr 1806 geboren.«

Graue Vorgeschichte; eine Mumie. »Warum hat sie sich nicht lieber mit Napoleon I. liiert!«

Diesmal klang sein Lachen gezwungen. »Napoleon war übrigens ihr Typ, in gewisser Weise – wie er auch dein Typ ist, Helen, wenn du's näher bedenkst.« Er überlegte. »Als wir uns bei Bonseris das erstemal begegneten, habe ich dir, wenn ich mich recht erinnere, schon einiges über meine Beziehung zur Gräfin gesagt. Aber was haben die andern dir darüber erzählt, und was – aber ehrlich! – hältst du selber davon?«

Dünnes Eis... »Ich meine einfach«, sagte sie endlich, »daß du dich in sie verliebt hast, als sie noch sehr schön war und du sehr jung, und daß ihr eine Affäre miteinander hattet. Jetzt ist sie alt geworden, und du bist noch jung – also seid ihr Freunde.«

»Es ist ein Segen, einen Menschen zu finden, der die Sache vernünftig betrachtet.« Er nickte. »Aber ganz so einfach verhält es sich nicht. Es gibt da so etwas wie Dankbarkeit; das bindet mich an die Gräfin.«

Helen verzog den Mund. Dankbarkeit. Dafür, daß die Alte ihn aushielt?

»Ich war kaum mehr als ein Schuljunge, als sie ihr Schicksal in meine Hände legte. Ich habe ihr zwar bewiesen, daß es die Hände eines Mannes waren – aber das brauchte seine Zeit, und keiner von uns konnte im vorhinein wissen, wie alles ausgehen würde. Und doch hat sie mir vertraut.«

Helen suchte in dem Mann, der neben ihr saß, den innerlich unsicheren, nach Anerkennung dürstenden Jüngling zu erkennen und sah den gehetzten Ausdruck in Lassalles Augen und dachte, mein Gott, muß er sich denn immer noch beweisen, also gut dann, bei mir beweisen, ich lass' ihn, und besser bei mir als bei der Alten, ich werde ihm Kind sein, Frau, Mutter, die Brust geben und was er sonst nötig hat, er braucht mich, Liebe ist das, Liebe muß es ja wohl sein.

»Du verstehst jetzt, Helen?«

Sie legte ihm ihre Hand auf die Wange. »Nichts macht dich mir teurer als die Art, wie du deine Verpflichtung der Gräfin gegenüber siehst.«

Er küßte ihre Hand. Er traute ihrem arglosen Blick nicht ganz.

»Und solange du nicht vorhast, sie bei uns wohnen zu lassen...«

»Die *ménage à trois* – das macht dir immer noch Sorge? Liebste, wenn die Gräfin in Italien ist, reisen wir nach Ägypten, wenn sie nach der Schweiz kommt, ziehen wir nach Paris um oder nach Deutschland. Einmal im Jahr vielleicht besuchen wir sie...«

Sie war aufgesprungen. »Das ist besser – *wir* besuchen sie!« Sie zog ihn von seinem Sitz und wirbelte mit ihm im Kreise. Dann brach sie das beinah hysterische Tollen so abrupt ab, wie sie es begonnen hatte, und sagte: »Wir können dann nämlich weg, wann *wir* wollen... Aber würde *sie* nicht... Ich meine... Schließlich ist es *ihr* Geld...«

Er lächelte ironisch: »Ich freue mich, daß die zukünftige Madame Lassalle nicht nur ein gefühlvolles Herz, sondern auch einen geschäftstüchtigen Kopf hat.« Und ernster werdend: »Siehst du, als ich die Verteidigung der Gräfin in einem ganzen Gewirr von Prozessen übernahm, wußte ich, das würde Jahre des Verzichts auf eine eigne Karriere bedeuten, auf ein eignes Vermögen. Wir waren beide, Sophie und ich, der Meinung, wir dürften nicht einer in des andern Schuld stehen. Also schlossen wir ein Abkommen: sollte ich die Prozesse gegen ihren Mann gewinnen, so würde ich in Anerkennung meiner Bemühungen und der von mir ausgelegten Gelder ein lebenslängliches Einkommen aus dem ihr durch mich geretteten Hatzfeldtschen Vermögen beziehen. Nach meinem Tode fällt dieses Einkommen an sie zurück. Das ist das Ganze. Das ist doch wohl nur billig?«

Seine Stirn hatte sich gerötet. Die Hatzfeldtschen Zahlungen, erkannte sie, waren sein empfindlicher Punkt, Quelle der immer wieder auftauchenden Gerüchte; es hatte ihn, den am Gewinn seiner Prozesse finanziell beteiligten Advokaten, wohl auch viel Mühe gekostet, sich in die schimmernde Wehr des ritterlichen Beschützers verfolgter weiblicher Tugend zu kleiden.

»Davon also müssen wir leben« – er schob seine Kontoauszüge zurück in das Lederköfferchen –, »man kommt damit aus, aber das ist auch alles. Besonders Frauen haben mich oft gefragt, warum ich meine Einkünfte nicht durch Schriftstellerei vermehre. Ich möchte bitte keine solchen Ratschläge von dir zu hören bekommen.«

Das Rot hatte sich über sein ganzes Gesicht hin verbreitet, und er begann, ärgerlich auf und ab zu schreiten.

»Von allen Arten der Prostitution ist mir die der Feder am verächtlichsten. Der Geist wenigstens soll frei bleiben von Korruption. Sieh dir diese Zeitungszeilenschinder doch an, diese Schriftsteller, die sich Bücher aus den Fingern saugen, den Herrschaften an der Macht zu Gefallen. Vielleicht waren sie sogar einmal begabt. Dann aber lernten sie, was man schreiben darf und was nicht, und jetzt sagen sie nicht mehr, was sie zu sagen hätten, sondern was ihnen aufgetragen wird... Nein, Helen, ich schreibe nicht um Geld.«

Er blieb stehen.

»Nun – genügt dir, was ich dir zu bieten habe?«

»Vollauf«, bestätigte sie lächelnd.

»Das wollte ich nur hören. Du sollst mich lieben, wie ich bin. Aber – hast *du* denn keine Ambitionen?«

Sie trat dicht an ihn heran und blickte ihm in die Augen. »Mein Ehrgeiz ist, die Frau von Ferdinand Lassalle zu sein und sein Schicksal zu teilen.«

Das klang so schön und war mit soviel Aufrichtigkeit und Herz gesprochen und war andererseits so glatt und unangreiflich, daß ihm trotz seiner Rührung ein Quentchen Zweifel blieb. Aber das betäubte er und sagte: »Nun, du hast nicht schlecht gewählt. Eines Tages wird die Frau von Ferdinand Lassalle... Du mußt dir doch eine Vorstellung gemacht haben von meinen Plänen und Endzwecken?«

Natürlich hatte sie; er hatte genug Andeutungen fallen lassen.

»Bitte, sieh mich an.« Er stellte sich in Pose, Dreiviertelprofil. »Sehe ich aus wie einer, der sich mit einer zweitrangigen Stelle begnügt? Meinst du, ich opfere meinen Schlaf, meine Gesundheit, meine Ideen für den Aufstieg anderer Leute...? Sieht ein politischer Märtyrer *so* aus?«

Ihr Blick bestätigte: Nein, so gewiß nicht.

»Ich bin ein Kämpfer – aber ich will den Preis, den ich gewinne, auch genießen. Glaub mir, es ist ein mindestens ebenso stolzes Gefühl, vom Volk gewählter Präsident einer Republik zu sein, wie in Gottes Gnaden auf irgendeinem morschen, wurmstichigen Thron zu sitzen.« Er wandte sie dem goldgerahmten Spiegel an der gegenüberliegenden Wand zu. »Jetzt sieh uns beide an: zwei Menschen, die die Natur in wahrer Sonntagslaune geschaffen hat. Die Macht wird uns gut stehen, was?...« Er hob die Hand wie zu einem Trinkspruch. »Lang lebe die Republik – und ihre goldlockige Präsidentin!«

Der Gedanke war schwindelerregend. Und auf einmal sah sie, in diesem Spiegel, das Bild, das sie hatte malen wollen, mit der Gestalt des Mannes, die sich ihrem Pinsel entzogen hatte, den Mantel der Macht an die Schultern geheftet, seine Hand auf ihrer Hüfte. Madame Präsident... Lebte man nicht in der Mitte des neunzehnten Jahrhunderts, in dem, wie Papa sich beklagte, alles möglich war; in dem Menschen, die nichts hatten als den Willen, über Leichen zu gehen, sich Titel und Rang in der Gesellschaft erkauften;

in dem ein weibisch aussehender Abenteurer sich aus den Tiefen der Pariser Unterwelt zum Präsidenten von Frankreich aufschwang und sich obendrein zum Kaiser ernannte – wahrhaftig, Ferdinand Lassalle hatte mehr Talent und Uneigennützigkeit im kleinen Finger als Louis Bonaparte im ganzen Kopf; er wollte die Zustände verbessern, den Armen helfen; ein Arbeiterkaiser würde er sein, und in seinem Reich würde Gerechtigkeit herrschen, Freude, Schönheit, Helena.

»Du glaubst mit mir an unsern Stern, Helen? Obwohl wir mehr Feinde haben als Freunde... Sie sollen noch alle ihre Knie beugen, wenn wir, von sechs weißen Pferden gezogen, unsern Einzug halten Unter den Linden.«

»Mit Fanfaren? Glockengeläut? Behelmten Dragonern?«

»Fanfaren, Glocken, Dragoner – was du dir wünschest, Kind.« Mit einem nachsichtigen Nicken zog er sie von dem Spiegel fort. »Komm, wir machen eine Generalprobe. Dies Sofa, sagen wir, ist die Staatskarosse. Setz dich hinein – hier, neben mich. Du mußt dich hin und her wiegen, wir fahren ja, die Karosse ist schlecht gefedert und quietscht, und du weißt, wie unsere Straßen sind. Wink dem Volk zu – nicht so herablassend. Ich sehe schon, du hast noch nicht erlebt, daß Massen von Menschen mit Hoffnung und Liebe zu dir aufblicken. Aber das lernt sich... Die Dragoner traben so schneidig, mit Rittmeister Korff an der Spitze. Von Bülow hat den Krönungsmarsch geschrieben, klingt wie von Richard Wagner, Bülow stiehlt nämlich von Wagner, Gott weiß, wo Wagner wieder stiehlt... Helen?«

»Ja?«

»Würdest du so fahren wollen?«

»Ja«, antwortete sie feierlich.

Mrs. Swiller und der Konsul hatten sich selbst übertroffen; zu Ehren des jungen Paares, betonte Mr. Swiller. Sie hatten einen französischen Koch kommen lassen, obwohl Mr. Swiller knurrte, kein Franzose wisse, was mit einem Stück Rind anzufangen sei. Steak, erklärte der Konsul, müsse am Rost zubereitet werden, über einem Holzkohlenfeuer und am besten in Gottes freier Natur und gepfeffert mit ein paar um die Ohren sausenden Indianerpfeilen. Er sei im amerikanischen Westen aufgewachsen und liebe das freie, abenteuerliche Leben – nicht viel davon vorhanden in Europa: eine

Prügelei mit einem Haufen idiotischer Bauernlümmel in den Bergen; oder ein nächtlicher Aufruhr in irgendeiner Kleinstadt, der bei Ankunft der Gendarmerie sofort zusammenbrach; oder ein unbedeutender Krieg, der ein paar Wochen dauerte und schon beim Sturm von armseligen paar tausend Mann auf ein paar armselige Schanzen zu Ende war... Er hoffe doch sehr, Herr Lassalle werde etwas Abwechslung in die Dinge bringen. Eine Entführung vielleicht? Eine Verfolgung zu Pferde? Lassen Sie Swiller den Rückzug decken; einmal ein Kavallerist, immer ein Kavallerist...

Man lachte über die Idee. Nein, nein, nein, erwiderte Lassalle, derart Abenteurertum könne die Empfindungen, die Helen und er füreinander hegten, nur herabwürdigen. Helen nickte. Der Koch brachte ein Rechaud an den Tisch; mit einem leisen Paff züngelte die bläuliche Flamme auf, und der Duft von Kognak und Gewürzen und Fleisch verbreitete sich.

»So sehr ich Ihr Anerbieten schätze, Herr Konsul«, fuhr Lassalle fort, »Helen und ich sind übereingekommen, um die Zustimmung ihrer Eltern anzusuchen. Sobald ich wieder präsentabel bin« – er berührte seine Nase, die von den Fausthieben der Kuhhirten grünlich schimmerte –, »wird Helen mir voraus nach Genf fahren und Mutter und Vater beiläufig erzählen, daß sie mir durch Zufall auf dem Rigi begegnet ist und daß ich den Wunsch geäußert habe, mich ihnen vorzustellen. Ein oder zwei Tage später werde ich in der Campagne Vaucher, wo der Herr Gesandte residiert, meine Aufwartung machen. Der Rest folgt dann, alles zu seiner Zeit. Welche Vorurteile Herr von Dönniges mir gegenüber auch hat, er ist ein Mann von Welt und wird sich einem vernünftigen, ehrenhaften Antrag nicht verschließen. Bis dahin möchte ich alle Anwesenden um Diskretion bitten.«

»Auf uns«, rief Mrs. Lesley, »können Sie sich verlassen!«

»Helen wird ein wenig Theater spielen müssen.« Lassalle drehte sein Glas hin und her. »Aber sie ist schließlich kein Neuling auf dem Gebiet, und ich werde alles mit ihr durchproben, und lang wird ihre Rolle ja wohl nicht zu sein brauchen.«

Helens Gesicht blieb ausdruckslos. Gemma blickte sie an. »So jung, so schön, so klug – und das ganze Leben noch vor sich. Als der selige Monsieur d'Arson...« Gemmas Augen trübten sich; der Alkohol machte sie larmoyant.

Gemma war während der ganzen Heimfahrt von des Konsuls

Abendgesellschaft in gerührter Stimmung. Ihre Lippen bebten, und sie seufzte wiederholt: »Ah, Monsieur Lassalle... wenn Sie wollen... ich habe Verständnis... zwei Herzen... da soll man nicht dazwischenstehen...« Und dann scharf, plötzlich nüchtern: »Weißt du, Helen, an deiner Stelle würde ich...« Ihr Hirn vernebelte sich wieder. »Ihr lieben Kinder... gesegne's euch Gott... mich das wiedererleben zu lassen... als der selige Monsieur d'Arson...«

Ihr Kopf sank gegen die Rücklehne; sie war eingeschlafen. Helen neigte sich zu Lassalle hin und flüsterte: »Wenn der selige Monsieur d'Arson nicht von selbst gestorben wäre, sie hätte ihn umgebracht.« Der Mond trat hinter silberumrandeten Wolken hervor. Der Wagen bog in den kiesbestreuten Zufahrtsweg der Villa in Wabern ein und hielt an.

»Ich fahre mit Ihnen nach Bern zurück«, sagte Lassalle dem Kutscher und half Madame d'Arson beim Aussteigen. Helens Blick war unergründlich. Lassalle unterdrückte ein unbehagliches Gefühl: War nicht er es, der von Anfang an Tempo und Intensität dieser Beziehung bestimmt hatte...? Er sah keinen Grund, weshalb ihm die Zügel jetzt entgleiten sollten. Er steckte dem Kutscher einen Geldschein zu. »Sie warten hier. Es mag eine Weile dauern.«

In der Vorhalle wurden sie von der Haushälterin empfangen. Aber Gemma wollte sich nicht abführen lassen. Sie schlang ihre Arme um Lassalle, gab ihm einen feuchten Kuß, der neben den Mund traf, und sagte mit schwerer Zunge: »Nimm sie dir... *carpe diem*...« Sie kicherte. »Das ist Latein... wer hat, hat...!«

»Ich helfe Gemma, daß sie ins Bett kommt«, sagte Helen.

Lassalle nickte vage.

Helen hob ihm ihr Gesicht entgegen. »Du darfst das Kind gute-Nacht-küssen.«

Keine Spur von Spott in ihrem Ton. Er küßte sie flüchtig und sagte zerstreut: »Soll ich nicht doch auf dich warten?«

»Du hast die Kutsche stehen«, antwortete sie sachlich. »Morgen ist auch ein Tag. Au revoir, Lieber.«

Ihr Lächeln – so lieb, so zutraulich. Er trat in den Garten, atmete den Duft der Nacht. Sie war kein Neuling, bei Gott, beim Theaterspiel nicht und bei anderen Spielen gleichfalls nicht. Er hörte das Schnauben der Pferde in der Entfernung, das leise »Hoa!« des Kutschers. Er konnte abfahren. Er konnte bleiben, wie ihm beliebte – warum sah er Komplikationen? Er war in bester Form; Helen war genau, was er benötigte; sie regte seine Phantasie an, seine Drüsen. Allerdings war er fast doppelt so alt wie Helen, und da war dieses unglückliche Versagen mit Mathilde gewesen; die Sache kam ihm immer wieder in den Kopf, störte ihn, wenn er es am wenigsten brauchen konnte, obwohl er den gegenteiligen Beweis wiederholt erbracht hatte; er mußte sich nur entspannen, sich treiben lassen, und alles regelte sich von allein. Wenn es sich nun aber nicht regelte...? Herr Präsident und Madame Lassalle: es gab Dinge, die ein Mann nicht geschehen lassen durfte; die Kutsche wartete auf ihn; sobald die Affäre zum guten Ende gediehen, Papas Segen gesichert, der Ehevertrag unterzeichnet, die Braut ihm angetraut war, würde man Zeit haben, und der Nervendruck würde verschwinden, und eine große Zukunft würde nicht von momentanen Beklemmungen abhängen.

Das Licht in der oberen Etage verlosch – Gemma d'Arson war zu Bett gebracht worden. Die Nacht war klar; ein leiser Wind raschelte in den Blättern; die Gletscher in der Ferne leuchteten eigenartig.

Mit Gemma wäre es ein leichtes gewesen, keine Angelegenheit: noch eine gepreßte Blume ins Album. Man sollte einem so einfachen Akt nicht soviel Bedeutung beimessen. Die Komplikation existierte nur in der Einbildung. Was wollte Helen denn – dasselbe, was die andern auch gewollt hatten; je länger er zögerte, je wichtiger er die Sache erscheinen ließ, desto mehr spannte sich ihre Erwartung, desto schwieriger wurde es für ihn. Schon daß er hier stand und grübelte, war ein Fehler. Wann hatte er je bei Frauen gezaudert, gezweifelt, aufgeschoben? Er hatte die Frau, an der ihm lag, genommen; und so hatten sie's alle geliebt und hatten an ihm gehangen, selbst noch nachdem sein Interesse an der Betreffenden verblaßt war. Alle – außer Mathilde.

Ein Licht flammte auf im Parterre des Seitenflügels. Helens Schatten schob sich quer über das erleuchtete Fenster; der Vorhang wurde beiseite gezogen. Er sah, wie sie sich auf dem Fenstersims niederließ, sah ihre klar sich abzeichnende Form, ihr Gesicht in Silhouette, ihr Haar.

Sie schien weder erschrocken noch überrascht, als er den Arm um sie legte. Sie sagte: »Bitte, nicht...« Aber das war der äußeren Form halber, auf der die Gesellschaft bestand, und sie rückte brav zur Seite und machte ihm Platz.

»Gemma«, versicherte er, »ist taub für die Welt.« Und da sie nichts erwiderte, fuhr er fort: »Ich bleibe hier ganz still sitzen, bis du mich fortschickst. Aber die Nacht ist so herrlich und du mir so nah, daß wir wohl beide keinen Schlaf finden würden. Also laß uns plaudern, oder schweigen, oder den Mond anbeten, oder …«

»Oder?«

Er fühlte ihre Nähe, er ließ seine Hand kreisen, langsam, über ihre Schulter, Brust, Hüfte. Wenn ich sie jetzt in die Arme nehme, dachte er, und sie zu ihrem Bett trage und das Licht lösche … Ihre Lippen waren voll, feucht, begierig; ihr Atem kam ruhig; sie wartete.

Er schwang die Beine über das Fenstersims, verfing sich mit dem Absatz, verlor das Gleichgewicht; aber sie stützte ihn. »Das passiert«, lachte er. »Wir alle straucheln, wenn wir das Land unserer Träume betreten: Odysseus, Richard – einer von den Richards … Manchen, wie Moses, ist das Land auch verwehrt.« Er berührte den Fußboden. »Gesegnet seist du, teure Erde …«

Er wußte, jedes seiner Worte zählte, jeder Ausdruck, jede Geste. Seine Nachahmung der klassischen Vorbilder wirkte nicht sehr überzeugend. Wirf sie aufs Bett, dachte er. Er malte sich aus, wie sie sich wehrte: Bisse, Bitten, Tränen – wahrscheinlicher jedoch würde sie artig daliegen und warten, bis er das Notwendige unternahm. Wäre sie eine andere – Lina, Ludmilla, Agnes, Hedwig, Fanny, auch die Gräfin, gerade die Gräfin –, es wäre kein Problem. Es war nie eines gewesen mit ihnen. Es war nicht von solcher Bedeutung gewesen; der Gedanke war ihm nie in den Kopf gekommen. *Gedanke*. Das war es: das Nachdenken, es zerfraß alles. Nicht denken. Weg mit Erinnerungen, Bewußtsein, Erwartungen. Wie absurd: Jeder Vahlteich, jeder Racowitza, jeder Feld-, Wald- und Wiesenbulle ging einfach drauflos, während er …

»Du gehörst mir«, sagte er. »Ich bete dich an. Ich werde dafür sorgen, daß du die beneidetste Frau von Berlin wirst. Sofort nach der Hochzeitsreise beginnen wir, Visite zu machen. Die exklusivsten Salons werden sich uns auftun.«

Sie legte den Kopf an seine Schulter. Die Schatten, die das Mondlicht schuf, veränderten die Dimensionen ihres Gesichts ganz merkwürdig; der Mund war groß, dunkel, die Augen zwei Abgründe. Und sie war weise genug, still zu bleiben. Zeit, dachte er, Zeit, die auch die jähste Aufwallung der Gefühle glättete, Zeit gewonnen, alles gewonnen, zehn Minuten, fünfzehn mochten schon genügen. Sie war auch wirklich gut und geduldig; andere Mädchen in ihrem Alter und mit ihrer Vergangenheit hätten sich geziert oder sonst irgendwie albern verhalten und so die Situation völlig verpfuscht.

»Auch die exklusivsten?« sagte sie träumerisch. »Auch bei Bismarcks?«

Die Augen, die Lippen; das Gesicht beinahe weiße Maske. Unheimlich die Frage; nicht mehr als drei oder vier Menschen wußten überhaupt...

Sie legte ihm ihren Zeigefinger ans Kinn und rückte seinen Kopf ins Profil. »Du brauchst nicht zu rätseln. Grandmaman und Frau Zitelmann haben oft Ecarté gespielt; manchmal war auch der Geheimrat da; einmal geriet das Gespräch auf dich.«

»Und was sagte Zitelmann?« Die Frage war zu hastig gekommen; seine Hand kreiste wieder, über Schulter, Brust, Hüfte. »Vielleicht erinnerst du dich noch...«

»Viel hat er nicht gesagt. Frau Zitelmann erzählte Grandmaman, du wärst bei Bismarck gewesen und daß Bismarck« – sie wägte ihre Worte – »recht angetan von dir war. Der Geheimrat schien sich zu ärgern. Chérie, sagte er zu seiner Frau, wenn du doch endlich lernen würdest, zwischen legitimem Klatsch und Staatsgeheimnissen zu unterscheiden.«

Lassalles Hand kreiste rascher. Ecarté bei Zitelmanns – wie lange würde er sich noch mit solchen Themen befassen können, in einer solchen Nacht?

»Ist es denn wahr?« forschte sie. »Hast du geheime Verbindungen zu Bismarck?«

»Du hast so schön geformte Finger – genau das Werkzeug, um das Stahlfach in meinem Schädel aufzubrechen, in dem ich meine heimlichsten Gedanken bewahre.« Er hielt ihre Finger fest. Zeit... Sie war ruhig geworden, zeigte normales Interesse. Ein Mann, der geheime Verbindungen zu Bismarck unterhielt – das verlieh dem stattlichen Paar, das er ihr in Gemma d'Arsons Spiegel vorgeführt hatte, Substanz. »Ja, ich bin bei Bismarck gewesen, mehrmals. Was er von mir wollte oder ich von ihm? Laß dir's genügen, daß es nicht zustande kam; und ich bezweifle, daß es je zustande kommen wird. Die Schwierigkeit liegt darin, daß Bismarck und ich zu schlau füreinander sind. So etwas endet gewöhnlich damit, daß man – politisch gesprochen – sich gegenseitig ins Gesicht lacht.«

Er gab ihre Hand frei. Es hatte mehr Wahrheit in seinen Worten gesteckt, als ihm lieb war.

»Du gehörst mir«, sagte er noch einmal und erhob sich.

Sie griff nach ihrem Schal, legte ihn sich um die Schultern. »Wenn ich dir nicht längst mit Leib und Seele gehört hätte, so wäre ich dir heute nacht verfallen.«

Er war nicht ganz sicher, ob er sich erleichtert fühlen sollte oder nicht.

»Weil du nicht getan hast, was du eigentlich vorhattest.« Sie lächelte, undurchsichtig. »Du hättest mich haben können, das weißt du.«

Er hob die Brauen.

»Aber es bedeutete dir mehr als sonst; es war dir keine Bagatelle, zwischen Tür und Angel zu erledigen, während der Kutscher wartet; es war anders als bei den anderen.«

»Wie du mir in die Seele blickst!« sagte er bewundernd; fürchtete aber dabei, die Lösung möchte zu perfekt sein, um ihre volle Richtigkeit zu haben.

»Liebe«, sagte sie, »macht hellseherisch.«

Er zog sie an sich und küßte ihr Haar, ihre Stirn, Augen, Lippen. Dann, mit einem Satz, war er übers Fenstersims und verschwand in der Nacht.

18. Kapitel

»Helen! Liebling! Wie frisch und blühend!«

Maman neigte zu Überschwang, sprudelte bei jeder Gelegenheit über, war zu Tränen gerührt von verirrten Kätzchen, von einem Waisenkind, das an der Ecke Vergißmeinnicht verkaufte. Helen argwöhnte, daß Mamans schwärmerische Ausbrüche demselben Zweck dienten wie ihre kosmetischen Effekte; in gewisser Beleuchtung und aus gewisser Sicht wurde Roberta von Dönniges häufig für die ältere Schwester ihrer Tochter gehalten, und nichts gewährte ihr größeres Vergnügen als die Verwunderung der Leute über dieses Phänomen.

Ein Schatten. »Was bringt dich vor der Zeit zurück? Madame d'Arson...? Gemma hat schreckliche Launen, nicht zum Aushalten...«

»Gemma und ich waren ein Herz und eine Seele. Von der ersten Minute bis zur letzten. Sie läßt dich grüßen.« Helen bemerkte die Sorgenfältchen unter Puder und Creme. In gewisser anderer Beleuchtung und Sicht glich Roberta von Dönniges doch sehr der Rahel Wolff, die sie ehemals gewesen war. Arme Maman: immer bemüht, Papa für die Nachteile ihrer Rasse zu entschädigen. »Wo ist überhaupt Papa?«

»Auf dem See. Angeln.«

»Das ist neu.«

»Die Ärzte sagen, Angeln sei gut für die Galle. Zum Essen wird er zurück sein.«

Die cholerischen Anfälle waren Papas letzte Errungenschaft; das Gesicht schwoll ihm an, die Stimme wurde kreischend. Vielleicht war es ganz gut, daß sie zunächst mit Maman allein, sozusagen von Frau zu Frau sprechen konnte; obwohl Lassalles Anweisung, beim Abschied wiederholt, deutlich besagte: Überlasse alles mir; *je me charge du reste...*

»Irgend etwas ist doch geschehen. Du bist verändert.«

»Aber wieso denn...!« Helen hielt dem forschenden Blick stand. Mamans Augen hatten die gleiche Form wie ihre; doch war die Iris bräunlich-grün, mit schwarzen Tupfen nahe den Pupillen. Sie küßte Maman.

»Du *bist* verändert. Wir können die Männer täuschen, aber nicht einander.«

Helen fühlte sich unbehaglich. »Hast du das nie erlebt, Maman – einen Moment, wo die Berge plötzlich eine neue Dimension annehmen, wo du Farben entdeckst, die du vorher nie kanntest...«

»Nicht schon wieder ein neuer Mann?...«

Helen wehrte ab.

»Ich hätte es vorhersehen sollen. Gemma hat nicht die geringsten Moralbegriffe. Es ist hoffentlich nichts Ernstes!«

»Ich befürchte, ja.«

»Und was ist mit Yanko?« Maman wurde besorgt. »Alles ist doch schon festgelegt – sein Studium, der Abschluß, die Hochzeit!«

»Ich habe Yanko geschrieben. Er wird einsehen, daß *force majeure* vorliegt, und mir vergeben.«

»Berge mit neuen Dimensionen, neue Farben, ein neuer Mann...« Plötzlich änderte Maman ihr Verhalten; zog Helen mit sich zu der Causeuse in der Ecke. »Mein liebes, mein Sorgenkind, konntest du nicht immer Vertrauen zu mir haben? Denk zurück an Beppo« – Beppo war die sardinische Armee –, »dein Abscheu vor Beppo? Nun, du warst erst dreizehn damals; aber habe ich nicht Verständnis gezeigt? Oder Wolodja« – Wolodja war die russische Flotte –, »dein Schmerz wegen Wolodja? Alles wird sich wieder einrenken... Nun erzähl mir.«

Helen streichelte Mamans Hand. Maman war voller Widersprüchlichkeit, ihre Reaktionen schwer vorauszusagen – aber mit einem *fait accompli*, um Lassalle zu zitieren, ließ sich nicht streiten. Das galt für die Eltern, aber ebenso für Lassalle selbst: er würde an seine Versprechungen gebunden sein, sobald Papa und Maman *wußten*. Sie wollte klare Verhältnisse von jetzt an; nicht noch ein Jahr des Zwischenzustands, kein Hin- und Herschwanken mehr, kein Hintertürchen, durch das er zurückschlüpfen konnte in die offenen Arme der Gräfin.

»Wir sind einander auf dem Rigi begegnet. Nein« – Helen lächelte –, »an dem Tag hatten die Berge noch die alten Dimensionen; das Wetter war neblig, der Sonnenaufgang fand nicht statt.«

»Der Mann!...« sagte Maman ungeduldig. »Wer ist der Mann? Was ist er? Woher stammt er?«

»Ihr werdet seine Referenzen bekommen. Er besteht sogar darauf, dir und Papa ohne Verzug seine Aufwartung zu machen.«

»Warum denn die Geheimniskrämerei. Er hat doch einen Namen, nicht?«

»Einen der berühmtesten in Europa.«

Maman runzelte die Stirn.

»Er ist älter als ich, gereift und imstande, eine junge impulsive Person wie mich zu leiten. Er ist ein bekannter Jurist, hat einen großen Ruf als Philosoph, besitzt ein gutes Einkommen. Verheiratet war er nie. Nein, körperlich ist er in bester Verfassung; er ist von Rigi-Kaltbad bis Rigi-Kulm neben meinem Pferd her marschiert, die ganze Zeit bergauf, ohne auch nur einmal stehenzubleiben und sich auszuruhen. Und er sieht gut aus, hat Witz, ist ein charmanter *causeur* – die Frauen reißen sich um seine Aufmerksamkeit. Und alle sagen ihm eine große Zukunft voraus: als Abgeordneter, Minister...«

»Und du weißt bestimmt, daß er dich liebt?«

»Es war, als ob zwei Elemente sich fänden. Das hat Mrs. Lesley gesagt und Mrs. Swiller auch, und Gemma hat es bestätigt.«

Mamans Lippen hatten sich geöffnet. Ohne jede Absicht, erkannte Helen, hatte sie Maman eine Beschreibung gegeben, die als Porträt von Papa in jüngeren Jahren gelten konnte.

»Du willst doch, daß ich glücklich werde, Maman?«

Maman erwachte aus ihrem entrückten Zustand. »Helen – es ist nicht – du willst nicht etwa sagen – *Lassalle*?«

»Und wenn ja?«

Das Rouge auf Mamans Gesicht war plötzlich ein Basrelief, durchbrochen von einem Netz von Falten. O mein Gott, dachte Helen, ich habe genau den falschen Zeitpunkt gewählt.

»Lassalle...!«

»Maman« – Helen umschlang ihre Mutter: die Begrenzungen der armen Frau so zu unterschätzen –, »Maman, du hast immer gesagt, du willst nur mein Glück.«

»Was dein Glück ist, entscheiden dein Vater und ich.«

»*Ihr* entscheidet – wie damals bei General Beppo...?« Wieder falsch begonnen. »Ich bitte dich, Maman..., ich habe dir mein Herz ausgeschüttet... weil ich wollte, daß du teilhast an meinen Gefühlen... aber Papa *darf* nichts erfahren... nicht, bis *er* mit ihm gesprochen hat... Maman, du *wirst* mir das versprechen...«

Helen brach ab. Es war wie im Theater, eine Sittentragödie. Warum verließ sie diese übersteigerte Welt nicht einfach und begab sich auf den Boden der *faits accomplis,* in die Arme Lassalles?

»Wie konntest du nur, Helen...« Maman hatte sich erhoben und blickte auf sie nieder, eine trauernde Niobe.

»Behalte es nur einen Tag für dich oder zwei. Das mindestens kannst du doch.«

»Papa wird sich weigern, ihn zu empfangen.« Maman zuckte die Achseln. »Und das ist das Ende.«

Stimmen wurden laut im Erdgeschoß.

»Der Angler«, sagte Maman.

Helen konnte einen plötzlichen Lachreiz nicht beherrschen und verfiel in ein nervöses Kichern.

Mein liebstes Herz, mein Adler...

»Therese, bitte, bedräng mich nicht; es wird nur ein kurzer Brief, dauert keine Minute.«

Therese trat einen Schritt zurück. »Schreiben Sie ihm kein Buch, M'selle. Unten besprechen sie schon, was man mit Ihnen tun soll. Hab's selber gehört.«

Aber wie alles in wenigen Zeilen zum Ausdruck bringen – die Aufregung, das Türengeknall, Mamans unwandelbares: »Ich muß es ihm sagen, Helen, ich muß ...«

... Gott weiß, für was für einen Räuberhauptmann die arme Frau dich hält ... dabei sind ihre Gefühle so kleinlich: der Kassettendiebstahl, die Gräfin ... ich schwor ihr, daß sie und Papa dich lieben würden, sobald sie dich nur kennengelernt hätten ...

»Wo logiert er denn, Ihr Monsieur Lassalle?«

Helen blickte auf, sah auf die gichtigen Finger, die an den Bändern des Häubchens zupften. »Pension Bovet, sagte er mir.«

»Ich werd's finden. Nur beeilen Sie sich, M'selle.«

... ich gebe nicht nach ... du wärst mein Schicksal, sagte ich ihr ... sie bestand darauf, sie müsse es Papa berichten ... ich bat und flehte ... jedenfalls bleibe ich felsenfest ... ach, Herz, wie ich mich nach Dir sehne ... um diese Zeit bist du nun schon in Genf ... ich fühle Deine Nähe, Deine Liebe ... für immer Dein ...

Die Tür wurde aufgerissen.

»Was höre ich da von Maman?«

Helen schob den Brief zur Seite, eilte auf ihren Vater zu.

Eine Handbewegung wies Therese aus dem Zimmer. »Was ist das für eine heillose Geschichte mit diesem Kerl, diesem Lassalle?«

Er war noch in seiner Angeltracht: Zipfelmütze, kariertes Hemd, hohe Stiefel. Sein Gesicht war gerötet. Hinter seinem Rükken stand Maman und gestikulierte: Reiz ihn nicht, sag, es täte dir leid.

»Nun?«

»Wir haben uns wiedergetroffen, Lassalle und ich.« In dieser Erregung war Papa zu allem fähig. »Wir lieben uns«, beschwor sie ihn. »Ich möchte euch nicht kränken; aber es handelt sich um *mein* Leben.« Sie wurde ganz ruhig. »Wir sind verlobt, und ich werde ihn heiraten.«

Ihre plötzliche Ruhe verhütete einen Zornausbruch. »Das werden wir ja sehen«, sagte er böse. »Inzwischen verläßt du das Haus nicht.«

Er erinnerte sich, daß er die Zipfelmütze noch aufhatte, und riß sie vom Kopf. Dann nahm er Maman bei der Hand und stapfte hinaus.

Im Moment hatte Helen nur einen Gedanken: So schlimm war es gar nicht gewesen.

»Wir sind ja bleich wie'n Gespenst, M'selle!« Therese war wieder da. »Sie brauchen was zum Nippen...«

Helen schüttelte den Kopf. Sie nahm den Brief zur Hand, suchte das Zittern der Feder zu meistern. *Es ist geschehen... sie haben mit mir gesprochen... mein Vater hat erklärt, ich darf das Haus nicht verlassen...* Sie faltete den Brief, versiegelte ihn, übergab ihn Therese: »So schnell du kannst.«

»Ah, M'selle – habe ich nicht immer getan, was ich konnte?«

Sie sah das Schild *Hotel-Pension Bovet*, blaue Buchstaben auf weißer Tafel, und blieb stehen. In Sicherheit, dachte sie. Sie schöpfte Atem, suchte das flatternde Herz zu beruhigen. In Sicherheit – vorausgesetzt, daß er, wie versprochen, eingetroffen war und daß Therese ihn erreicht hatte.

Sie raffte sich zusammen: es gab keinen Weg zurück. Im Hoteleingang prallte sie auf eine Gruppe von Touristen, die sofort zu schimpfen begannen und sich an ihr vorbeidrängten. Und dann hörte sie seine Stimme. Er stand zwischen seinem Gepäck in der Hotelhalle und sprach in ärgerlichen Tönen mit einem kleinen fetten Mann, während Therese auf ihn einredete und auf einen Brief in seiner Hand deutete, *ihren* Brief.

Die Halle mitsamt den Menschen darin fing an zu schwanken. Er war auf einmal an ihrer Seite, verjagte einen französischen Handelsvertreter mit Musterkoffer von seinem Stuhl und half ihr, sich niederzusetzen. »Was um Gottes willen ist passiert, Helen? Ich habe dich noch nie so blaß gesehen.«

Sie berührte den Brief, den er noch in der Hand hielt. »Darin steht alles.« Dann zu Therese, die mit Riechsalz herbeigeeilt war: »Geh nach Hause. Pack meinen Koffer. Nur das Wichtigste. Und laß ihn herbringen.«

Sie wunderte sich selbst über ihre knappen sachlichen Anordnungen. Ihre Panik hatte sich verflüchtigt, seit sie wußte, daß er bei ihr war; bald würde er sie mit seinem *je me charge du reste* vollständig beruhigt haben. Die Hotelhalle stand wieder senkrecht; Therese war fortgegangen, ihren Auftrag zu erfüllen; die alten Jungfern aus England und die deutschen Feriengäste, die neugierig herüberstarrten, verliehen der Geschichte ihrer Flucht eine komische Note, über die sich später einmal lachen lassen würde.

»Monsieur Bovet!«

»Zu Diensten, Herr Dr. Lassalle!« Der kleine fette Mann ruderte heran und wischte sich das Gesicht. »Eine Minute noch, Herr Dr. Lassalle. Ihr Appartement wird sofort bereit sein.«

»Das sagen Sie mir schon eine halbe Stunde. Es muß doch hier irgendwo einen Raum geben, in dem man etwas weniger Öffentlichkeit hat.«

»Aber gewiß, Herr Dr. Lassalle. Auf der Stelle.«

Lassalle steckte den Brief ein und war ihr beim Aufstehen behilflich. Sie stützte sich auf seinen Arm, so wie sie sich an jenem ersten Abend im Hause Bonseri auf ihn gestützt hatte. Monsieur Bovet ging voraus, durch einen langen Korridor, und schloß ein Zimmer auf. Sie trat ohne weiteres ein. Schmales Fenster. Messingbett, Rohrsessel, Tisch; sie sah Lassalles Gesicht, den Ausdruck des Unmuts.

Monsieur Bovet wollte sich zurückziehen.

»Einen Augenblick!« herrschte Lassalle ihn an.

»Noch etwas, mein Herr?«

Aber Lassalle entließ ihn mit einer Handbewegung. Die Tür blieb diskret offen. Helen lauschte den im Korridor verhallenden Schritten.

Da Lassalle keine Anstalten machte, die Tür zu schließen, tat sie es; dann ließ sie sich aufs Bett sinken.

»Was also ist passiert?« fragte er wieder. »Wieso bist du hier ins Hotel gekommen?«

»Wo sonst hätte ich hin sollen?« sagte sie betroffen. »Ich habe einiges durchgemacht. Ich bin den ganzen Weg von der Campagne Vaucher bis zum Hotel ohne Atempause gelaufen. Wir müssen...«

Sie wartete auf eine Regung, ein Anzeichen von Zärtlichkeit. Sie waren nicht zum erstenmal allein in einem Zimmer mit einem Bett darin. Aber diesmal war es ein Hotelzimmer; morgen würde ganz Genf davon wissen; sie hatte sich ihm völlig ausgeliefert: das mußte ihm doch klar sein.

»Du hast offensichtlich einen Schock gehabt, Helen.« Er blieb reserviert. »Willst du mir nicht berichten?«

»Berichten, berichten, berichten«, brauste sie auf. »Ich will, daß mich jemand an die Hand nimmt. Lies meinen Brief.«

Er zog den Brief aus der Tasche und erbrach das Siegel.

Sie wies auf das Bett. »Setz dich neben mich. Laß mich deine

Hand halten, während du liest, und dann tu mit mir, was du willst. Von jetzt an bin ich nur deine Frau, deine – ganz gleich, ob die Eltern einwilligen oder nicht.«

Er zögerte kurz, dann nahm er auf dem äußeren Bettrand Platz. *»Mein liebstes Herz, mein Adler«*, las er laut und lächelte.

Sie schlang die Arme um ihn. Nein, er stieß sie nicht von sich; auch von Zurückhaltung konnte eigentlich keine Rede sein. Er war einfach nicht darauf gefaßt gewesen, daß sie so überraschend bei ihm auftauchte, und er brauchte seine Zeit, sich umzustellen. »Mir ist alles gleich«, flüsterte sie. »Was die Leute sagen. Ob Papa mich verstößt. Morgen sind wir beide in Frankreich und verheiratet; nur wir zwei zählen, weiter niemand.«

»Kind ...«

Sie spürte seine Lippen, das rauhe Kinn; seine Hände an ihrem Hals und Busen. Sie würde seine Frau sein, und er würde mit ihr tun, was er wollte, und nichts anderes zählte, nicht Eltern, nicht Yanko, nicht Drohungen, Verfluchungen, Ängste ...

Seine Hände erstarrten. Hielten inne. Sein Gesicht hatte sich mit Schweiß bedeckt, seine Augen schienen sich in sich selbst hinein zu flüchten.

»In einem Hotelzimmer«, sagte er heiser und etwas zu hastig, »und die Tür nicht einmal verschlossen ... Du weißt doch: Cäsars Frau! Du hast einen Ruf zu verlieren.«

Er stand auf.

Sie hielt ihn nicht. »Cäsars Frau«, fragte sie tonlos, »lebte nur für Cäsars Ruhm?«

»Und teilte diesen mit ihm ...! Aber sollte ich nicht endlich deinen Brief lesen?«

Vielleicht hatte er recht, dachte sie. Er hatte soviel mehr und soviel reichere Lebenserfahrung als sie. Aber sie fühlte sich leer und fremd in diesem Zimmer.

»Oder möchtest du mir nicht lieber selbst erzählen, Helen, warum du unsere gesamte Abmachung mißachtet hast und vor allen Leuten hierhergekommen bist?«

»Lies den Brief.«

Er trat ans Fenster. Sie beobachtete, wie sich beim Lesen der Ausdruck um seinen Mund verhärtete. Sie hatte seine Anordnungen, seine Pläne gestört, und er bestrafte sie. Das unvollendete Gemälde fiel ihr ein, das leere Gesicht, die unförmige Hand. Was sie jetzt erblickte, wäre leichter zu malen gewesen; aber es war nicht das Bild, das sie sich gewünscht hatte.

Auf den Ellbogen gestützt, richtete sie sich auf. »Der Brief sagt nur einen Bruchteil. Ich hatte den Brief schon abgeschickt, da kam Papa zurück. Es war entsetzlich. Schau mich nicht so an. Ich weiß, ich sehe schlimm aus.«

Sein Gesicht glättete sich. »Arme Helen, armes Kind« – voller Besorgnis und Mitgefühl –, »erzähl mir.«

»Papa tobte. Die Lippen färbten sich blau; er schwoll richtig an.«

Sie hatte sogar befürchtet, ein Blutgefäß könne ihm platzen.

»Aber was hat er dir *gesagt*?« fragte Lassalle. »Ich muß Fakten haben. Nur Fakten können uns helfen.«

Er wenigstens war ruhig, dachte sie, die Ruhe des Advokaten – oder zwang er sich zur Ruhe, weil Ruhe jetzt notwendig war, um ihrer Liebe willen? »Gesagt?« wiederholte sie. »Er hat gräßliche Dinge gesagt, über dich, deine Weiber, deine Geldangelegenheiten.« Sie stand auf und wollte zu ihm, aber sie sah, daß er weiter Distanz hielt.

»Neue Horrorgeschichten, wahrscheinlich hat er sie von seinen Gästen gehört; er erwähnte als Gewährsmann einen Dr. Arndt aus Berlin, einen Anwalt...«

»Ich kenne Dr. Arndt.«

»Er drohte: Wenn ich dich heirate, würde ich ausgestoßen sein aus der Gesellschaft; nur Huren wie die Gräfin würden noch mit dir verkehren. Die Gräfin ist keine Hure, antwortete ich; sie wäre dir wie eine zweite Mutter und würde das auch für mich sein. Papa, sagte ich, warum willst du den Mann, den ich liebe, nicht wenigstens kennenlernen, bevor du urteilst. Meine Vernunftworte reizten ihn nur noch mehr. Papa, sagte ich, wir fügen uns jeder Bedingung, die du stellst; wenn du aber auf deinem absoluten Nein bestehst, nun, dann heiraten wir auch gegen deinen Willen...«

Er spielte mit dem Brief in seiner Hand.

»Wir heiraten doch?«

Er lächelte. »Wir werden heiraten.«

Sie spürte das Doppelbödige an seiner Antwort.

»Und dann?« fragte er.

»Dann wurde Papa biblisch. Er verfluchte den Tag meiner Geburt. Ich wäre sein Kind nicht länger. Ich müsse dich aufgeben, oder der Fluch des Vaters bliebe auf mir lasten. Danach schmiß er die Tür zu.«

»Und du?«

»Ich weinte. Ich fühlte mich so elend und verlassen. Ich hatte harte Worte erwartet, aber nicht das.«

Sie schwieg. Sein Interesse schien unvermindert.

»Dann läutete die Tischglocke. Jetzt sitzen sie beim Essen, dachte ich, zusammen mit ihren Gästen; die Dienstmädchen servieren, die Köchin ist beschäftigt. Ich nahm Schal und Handtasche und lief fort. Und hörte nicht auf zu laufen.«

Er durchlas ihren Brief noch einmal. Als er geendet hatte, faltete er den Bogen sorgfältig zusammen und steckte ihn ein.

»Und jetzt?« fragte er.

»Ich nehme an«, sagte sie müde, »Monsieur Bovet wird wohl einen Eisenbahnfahrplan besitzen...«

»Hättest du nur meine Anweisungen befolgt!« Der Ton war väterlich, aber auf dem Gesicht zeichnete sich Gereiztheit ab. »Ist es nicht bedauerlich, daß Ungehorsam gegen mich am Anfang unsrer Beziehung stehen muß? Und du hast dadurch alles verdorben.«

Es überlief sie kalt: dieser Mann, der ihr von Revolution sprach, der ihr ein Reich zu Füßen legen wollte, der ihr geschworen hatte, sie zu den Gipfeln zu tragen, hatte in seinem Charakter einen kleinlichen Zug, der ihn zu verstehen hinderte, was jeder gewöhnliche Mann sofort begriffen hätte.

»Nun, nicht so schlimm, Kind – ich bringe das schon in Ordnung. Die Frage ist jetzt: Wohin mir dir?«

»Wohin mit *mir*?« Sie sah sich nach etwas Wasser um; doch die Karaffe auf dem Tisch stand leer. »Wo du hingehst! Wir nehmen den nächsten Zug nach Frankreich. Daß ich dir das sagen muß...«

»O nein.« Es klang beleidigt. »Jetzt lehne *ich* die Entführung ab. Wer bin ich denn, daß ich mich abweisen lassen soll – irgendein dummer Junge? Jetzt stelle *ich* die Bedingung: Nur aus den Händen deiner Eltern führe ich dich in mein Haus. Und das ist der Grund, weshalb du nicht mit mir in diesem Hotelzimmer bleiben darfst. Wir müssen vermeiden, deinem Vater neue Vorwände gegen uns zu liefern.«

Seine Logik stimmte; dennoch wollte sie nicht glauben, daß er sie wegschickte.

»Da wir uns bisher trotz der großen Versuchung beherrscht haben, Helen, können wir's wohl auch zu Ende führen. Ich werde sofort an die Gräfin telegraphieren: Sie soll den nächsten Zug nach Genf nehmen, und du bleibst bei ihr bis zu unsrer Hochzeit. Und bis zur Ankunft der Gräfin – hast du nicht eine Freundin hier in der Stadt, am besten eine ältere Dame, auf die aber Verlaß ist?«

»Madame Rognon…«, erwähnte sie unschlüssig.

»Madame Rognon. Sehr gut. Ich bringe dich also jetzt zu Madame Rognon, denn wenn du hier im Hotel bleibst – auch wenn ich keinen Fuß in dein Zimmer setze, wäre der Skandal nicht wiedergutzumachen. Über alles andre mach dir keine Sorgen: *je me charge du reste.* Deine Eltern werden nachgeben, sobald sie merken, daß es uns Ernst ist.«

»Du kennst meinen Vater nicht«, sagte sie. »Wenn der einmal eine *idée fixe* hat, will er gar nicht, daß ihn jemand davon befreit. Und nächst dir ist die Gräfin sein Lieblingsgreuel.«

»Also ohne die Gräfin. Das ist vielleicht auch für dich besser.« Er ließ nachdenklich sein Pincenez kreisen. »Ich telegraphiere an Holthoff, er soll herkommen und vermitteln. Ich habe hochgestellte Freunde in Berlin wie in Genf, die für mich bürgen werden; ihr Wort wird auch bei deinem Vater gelten. Und sollten deine Eltern selbst dann noch auf ihrer Weigerung bestehen, nun gut, nach Schweizer Gesetz hast du die Freiheit, deinen eigenen Wünschen zu folgen, sobald du es durch *acte respectueux* erklärst; jeder Anwalt hier setzt dir das Dokument auf… Helen, hörst du mir zu? Ich versuche dir klarzumachen, wie ich vorgehen werde. Oder glaubst du nicht an mich?«

»Aber ja«, sagte sie zerstreut.

Sie setzte sich an den Tisch und verfolgte das Muster des Tischtuchs mit dem Finger. Der Staub sammelte sich an ihrer Fingerspitze, während er einen Plan nach dem andern entwickelte… Jetzt zählte er Namen auf, die ihren Vater mit Sicherheit beeindrucken würden – Zitelmann, Bismarck, Bischof Ketteler, Graf Bethlen, Oberst Rüstow – die meisten besagten ihr nichts. Er skizzierte eine Zukunft, die glaubhaft war, solange er sprach. Er schritt auf und ab in dem schmalen Zimmer, und sein Pincenez setzte funkelnde Akzente. Er war eingesponnen in sich selbst, seine großen Verbindungen, seine historische Bedeutung, seine unwiderstehliche Männlichkeit.

Aber war es nicht gerade diese Konzentration auf ein Ziel, die sie an ihm liebte, sie liebte ihn doch, liebte ihn, liebte...

Das Pincenez stockte.

Es hatte geklopft, und Therese stand in der Tür; hinter ihr, sensationslüstern, Monsieur Bovet, der Zimmerkellner, der Hausdiener, das Zimmermädchen.

»Bei allen Heiligen, M'selle!« – Therese küßte ihr die Hand –, »*vite, vite*! Man sucht schon nach Ihnen, Ihr Herr Papa ist außer sich, die Polizei ist alarmiert, Sie haben keine Zeit zu verlieren. Ich habe eine Droschke draußen; der nächste Zug geht in fünfzehn Minuten ab; Sie und Monsieur Lassalle können den Bahnhof gerad' noch erreichen...«

Schicksal, dachte Helen. Das Schicksal, auf das Lassalle sich so gern berief, nahm ihnen die Entscheidung ab.

Sie blickte ihn an.

Ihr Lächeln erstarb.

»Nein, wir laufen nicht weg«, sagte er. »Und wir tun nichts Überstürztes.« Er stand da, ganz der politische Führer, der seine Anweisungen erteilt. »Sie, Therese, kehren zurück nach Hause und melden mir regelmäßig, was dort geschieht; es versteht sich von selbst, daß Sie zu uns gehören, daß Sie uns in wenigen Tagen folgen und uns nie mehr verlassen. Du, Helen, und ich, wir nehmen die Droschke draußen und fahren zu deiner Freundin Madame Rognon. Komm jetzt, Kind – alles ist bestens.«

Er bot ihr seinen Arm. Sie bedurfte der Stütze.

»Chérie« – die Hand, mit der Caroline Rognon die Schokolade in die Tasse goß, zitterte –, »Sie können das Zimmer hier haben oder ein anderes, den ganzen rechten Seitenflügel, wenn Sie wollen. Creme-Törtchen?« Die Aufregung färbte die pergamentnen Bäckchen rosig. »Das ist ja eine tolle Sache! Und zu denken, daß wir uns nur um die Ecke von Ihren lieben Eltern befinden!«

»Sie sehen also, warum ich unbedingt auf Geheimhaltung bestehe.« Lassalle blickte die alte Dame an und blies auf seine Schokolade. »Es handelt sich ja nur um kurze Zeit.«

»Bleiben Sie beide, solange Sie wünschen!« Madame Rognon schneuzte sich in ihr Tüchlein. »Das ist kein Vater, Chérie, das ist ein Unmensch!«

»Sie mißverstehen, Madame«, warf Lassalle ein. »Nur Helen bleibt.«

»Oh.«

»Helen und ich wollen keinen Anlaß zu irgendwelcher Kritik bieten. Nicht, Helen?«

Helen schluckte. Das klebrige Törtchen haftete am Gaumen.

Die Glocke am Gartentor läutete. Helen schrak auf. Wieder läutete es. Madame Rognon trippelte zum Fenster, blickte durch den Vorhang, hob die Hände: »Hélène – ta mère!«

Lassalle eilte zu ihr, schob den Vorhang zur Seite. Vorm Tor stand eine Dame; die Zofe in ihrer Begleitung zog kräftig am Glokkenstrang. In der Dämmerung ließen sich keine Gesichtszüge erkennen.

»Es war falsch hierherzukommen.« Helen war kaum zu hören. »Maman weiß, daß ich Madame Rognon gemalt habe.«

»Ich sag' ihr einfach, du bist nicht hier, Helen.« Hatte sie einmal Partei ergriffen, stand Caroline Rognon brav zu ihrer Sache. »Ich sage ihr, ich hätte dich nicht mehr gesehen seit – seit du zu Gemma d'Arson gefahren bist.«

Lassalle war plötzlich erregt. »Helen – vielleicht sollte ich doch mit deiner Mutter sprechen. Vielleicht schickt uns der Himmel diese Gelegenheit... Ja, das ist die Lösung.«

»Meinst du?« fragte Helen. »Eine Frau, die nicht von deiner Persönlichkeit überwältigt wäre, ist dir wohl unvorstellbar?«

Er war erstaunt. »Helen –«

»Ja, Liebster?«

»Helen – wir beide befinden uns in dieser unangenehmen Lage, weil du glaubtest, dein Urteil dem meinen entgegensetzen zu müssen. Möchtest du nicht wenigstens jetzt meinen Entscheidungen vertrauen?«

»Ich muß ihnen ja vertrauen...«

»Ach, Kind«, seufzte er und teilte mit einem Blick zum Fenster hinaus mit: »Deine Mutter ist schon im Vorgarten.«

Er hielt es für unwahrscheinlich, daß die ehemalige Rahel Wolff so schwierig zu behandeln sein könnte. Auf den ersten Eindruck kam es an – Helen an seiner Seite, gemessenen Schritts vor die Dame hintreten, formelle Verbeugung: *Dr. Lassalle.*

Nur daß die Frau wie eine Furie auf ihn zustürzte, kreischte: »Ich will diesen Menschen nicht sehen!« und ihm ihre Tochter entriß.

Instinktiv zog er den Kopf ein und ließ Helen los, faßte sich aber sofort. »Gnädige Frau« – die Stimme der Vernunft, wohlmoduliert, verständnisvoll –, »wenn Sie Helen bitte gestatten wollen, sich zu bewegen, können wir alle Platz nehmen, und ich werde Ihnen erklären...«

»Ich verzichte auf Ihre Erklärungen.«

Aber der Griff, mit dem sie Helen festhielt, lockerte sich. So unterwarf er sich ihrem prüfenden Blick; er würde nicht der erste Mann sein, der die Tochter auf dem Umweg über die Mutter gewann.

Und er rechnete es sich als Anfangserfolg an, daß Roberta von Dönniges ihre Empörung nun gegen die erschütterte Madame Rognon richtete. »Ich werde Ihnen das nie verzeihen, Caroline – Ihr Haus für eine solche Kabale herzugeben!«

Caroline Rognon stammelte: »Helen hat – mir aber gesagt...«

»Madame Rognon trifft keine Schuld«, griff Lassalle ein. »Ich übernehme die Verantwortung für alles, was Madame Rognon oder was Helen getan hat.«

Ein rascher Blick auf Helen – seine Taktik war ausgezeichnet.

»Aber bevor ich weiterspreche, Madame von Dönniges, möchte ich Sie meiner größten Hochachtung für Sie und Ihren Gatten sowie meiner uneingeschränkten Liebe zu Helen versichern. Ich bin nicht, was man Ihnen eingeredet haben mag. Ich bin ein Ehrenmann, und meine Absichten sind durchaus ehrenhaft.«

»Ehrenmann! Ehrenhaft!«

»Um Gottes willen, Madame« – ihre Hartnäckigkeit erschreckte ihn doch etwas –, »wollen Sie mir nicht sagen, was Sie gegen mich haben?«

Er lächelte: Überzeugen Sie sich, ich bin kein Ungeheuer; ich bin von normaler Gestalt und normalem Gesicht; intelligent und ebenso wohlerzogen wie Sie. Und dachte, in ihrer Jugend muß sie eine große Schönheit gewesen sein, eine viel jüdischere als Helen; unbewußt rivalisiert sie wahrscheinlich mit ihrer Tochter und haßt sie insgeheim.

»Was ich gegen Sie habe?« sagte Madame von Dönniges schneidend. »Das würde einen dicken Katalog füllen. Mein Mann wird Sie mit dem nächsten Schub aus der Schweiz ausweisen lassen. Und jetzt wollen Sie sich bitte entfernen!«

»Nicht ohne mich!« Helen sah ihn an, etwas wie Triumph im

Blick. »Wohin er geht, Maman, gehe auch ich. Er ist der Mann, den ich liebe, und ich bin seine Frau, seine...«

»Du bist – was?«

»Sie wird meine Frau sein«, korrigierte er, »und mit Ihrem Segen, Madame. Aber lassen Sie mich bitte beenden, was ich zu sagen habe. Ich respektiere Sie als Helens Mutter und möchte Ihnen ersparen, die eignen Worte später bedauern zu müssen.«

Er war schon auf dem richtigen Wege, dachte er; die ehemalige Rahel Wolff begann sichtlich, sein Taktgefühl zu schätzen.

»Sie werden empfunden haben, Madame, welches Verständnis ich Ihnen entgegenbringe – Ihnen als Frau, als Mutter, aber auch als... Sie wissen ja, im Blute sind wir einander verwandt, und in gewisser Beziehung stehe ich Ihnen näher als Ihr eigener Mann.«

Sie wurde teigig weiß; die Fältchen auf ihrem Gesicht waren überdeutlich; ihr schien unwohl zu werden. Er bot ihr den Arm, suchte sie zu stützen. Sie stieß ihn von sich. »Das auch noch... Ein Jid!«

Er stand, als hätte er einen Peitschenhieb bekommen. Was in Teufels Namen hatte ihn veranlaßt, auf etwas anzuspielen, was diese Frau, wie er selbst ja auch, zu vergessen und verdrängen suchte... Er unterdrückte die Unsicherheit, die den Ton seiner Stimme gefährdete. »Ich schlage vor, Sie und Helen und ich vertagen dies Gespräch, und wir begeben uns zu Ihnen, so daß ich meine Intentionen mit Ihrem Herrn Gemahl direkt besprechen kann.«

»Mein Mann wird Sie hinauswerfen lassen.«

»Ich gehöre nicht zu der Sorte Menschen, die man hinauswirft.« Er hatte seine Gelassenheit wieder, Gott sei Dank. »Da ich jedoch den Vater meiner zukünftigen Frau der Gefahr eines übereilten Schrittes nicht aussetzen will, werde ich ihm zunächst schreiben.«

»Er wird Ihren Brief ungeöffnet zurückschicken.«

»Dann allerdings, gnädige Frau«, warnte er, »würden Helen und ich das Recht haben, uns selbst zu helfen; Sie werden uns gezwungen haben, die entsprechenden Maßnahmen zu ergreifen.«

»*Wir* – werden *Sie* gezwungen haben? Ich dachte, Sie hätten schon genug Maßnahmen ergriffen. Sie haben meine Tochter verführt, sie aus dem Elternhaus gelockt, sie zu entführen geplant. Sie sind ein ganz gewöhnlicher *Cochon.*«

Nicht provozieren lassen, sagte er sich. Jedes Wort wiegt jetzt.

Aber wieder half ihm Helen, sich zu fangen. »Maman, ich bitte dich – er hat mich nicht aus dem Elternhaus gelockt. Ich bin auf eigenen Entschluß gegangen, nachdem Papa mich bedroht hat, und ich denke gar nicht daran zurückzukommen. Er ist mein Mann, mein Schicksal ...«

Sie klammerte sich an ihn; sie hatte echte Tränen in den Augen. Ihm wurde klar, daß sie seinen Fauxpas ihrer Mutter gegenüber gutgemacht hatte. Sie war nicht nur dekorativ, sie war nützlich.

»Madame von Dönniges«, sagte er, »Sie kennen Ihr eigenes Kind, und Sie wissen, sie hat die Wahrheit gesprochen. Und ich werde Ihnen nun die Ungerechtigkeit Ihrer Behauptungen demonstrieren. Helen« – er legte ihr die Hände auf die Schultern und zwang sie, ihrer Mutter ins Gesicht zu blicken –, »du würdest jedes Opfer für mich bringen, habe ich recht?«

Sie nickte tapfer.

»Auf ein Wort von mir würdest du überall hingehen, nicht?«

Er hielt ihre Schultern fest; sie sollte sich jetzt nicht umwenden und ihn ansehen dürfen; sie mußte das durchspielen; dies war zu groß, um durch Winke und Blicke an Gültigkeit zu verlieren; dies war, auf anderer Ebene selbstverständlich, eine ebenso kolossale Idee wie damals, als er in seiner Verteidigungsrede vor dem Kammergericht Bismarck und sogar den König in seine Pläne einbezog.

»Überallhin«, wiederholte er, »richtig?«

»Nur nicht nach Hause.«

»Und genau das ist, was ich von dir fordere.« Zärtlich. »Ich weiß, was das in bezug auf Selbstbeherrschung und Selbstaufopferung heißt. Du wirst es tun – für mich, für uns.«

»Das ist doch nicht dein Ernst!« rief sie entsetzt. »Du willst mich nur prüfen, du willst Maman irgend etwas damit beweisen ...«

»Es ist mehr als eine Prüfung, Helen. Es ist notwendig.«

Nicht mehr zärtlich überredend; er sprach einen Befehl aus. Er würde nicht zulassen, daß sie wieder alles verdarb. Wenn er die Absicht hatte, sie aus den Händen ihrer Eltern zu empfangen, mußte sie erst einmal in deren Händen sein. Und welch besseren Beweis konnte es geben für seine Lauterkeit, Vertrauenswürdigkeit, Ritterlichkeit! Die paar unangenehmen Stunden, die ihr drohten, bedeuteten nichts im Vergleich zu der Größe einer Geste, die alle Feindseligkeit seitens der Familie vom Tisch fegen würde.

Er gab ihre Schultern frei und wandte sich der ehemaligen Rahel Wolff zu: »Und somit, Madame, gebe ich Ihnen Ihr Kind zurück.

Sie haben selbst gehört, wie Helen sagte, sie würde mir überallhin folgen. Dennoch übergebe ich sie Ihnen – natürlich nur für die kurze Zeit, bis Ihr Gatte und ich die Angelegenheit geregelt haben. Ich möchte hoffen, daß Sie wie auch Herr von Dönniges aus dieser Handlung etwas über meinen Charakter ersehen und die große Liebe erkennen werden, die Ihre Tochter mir entgegenbringt.«

Helen starrte ihn an.

Er lächelte ihr zu: begriff sie denn nicht? Dann nahm er sie in die Arme. Es war, als hielte er eine Stoffpuppe.

19. Kapitel

»Ich Idiot...! Warum sprechen Sie's nicht aus, Rüstow...? Den Vogel in der Hand zu haben und ihn dann doch der Katze zu überlassen... Wenn ich mir vorstelle, daß ich Helen in diese Situation gestoßen habe, könnte ich wahnsinnig werden. Sie wird gefangengehalten; ich höre nichts von ihr, kann sie nicht erreichen. Und sie ist ein so anschmiegsames Wesen, das sich dem männlichen Willen unterwirft; ich sage oft *Kind* zu ihr; wie soll sie den Druck aushalten, unter den man sie setzen wird? Und das Schlimmste: da meine Person beteiligt ist, wird die ganze Affäre sofort zur öffentlichen Angelegenheit. Was ein Mensch in meiner Position am meisten zu fürchten hat, ist Lächerlichkeit. Die Zweifel, Rüstow – warum habe ich nicht dies, das, jenes getan...«

»Als Soldat, als Mann und als Revolutionär sage ich Ihnen« – Rüstow legte seine knochige Hand auf Lassalles Knie –, »Sie haben höchst ehrenhaft gehandelt, und ich werde das jedem gegenüber vertreten.«

Lassalle betrachtete das kupferfarbene Gesicht des Mannes: die italienische Sonne, die es in Feldzug um Feldzug gebräunt hatte, unterstrich noch die preußische Geradheit der Züge. »Ehrenhaft... Rüstow, ich werde wie ein Landstreicher, wie ein Zigeuner behandelt von Leuten, denen ich nichts als die größte Hochachtung und Rücksicht gezeigt habe. Wer ist denn dieser Dönniges – ein kleiner Diplomat im Dienst einer deutschen Kleinstaatregierung. Ein Herr Dr. Arndt erscheint bei mir – ein Neffe, höre ich; auf einer meiner Berliner Versammlungen habe ich ihn wegen seiner Zwischenrufe an die Luft setzen lassen – und droht mir, ich soll meine Rechte auf Helen aufgeben und Genf auf der Stelle verlassen, oder... Der Weg zur Hölle, mein Freund, ist mit ehrenhaften Intentionen gepflastert.«

Rüstow kratzte sich die sizilianische Narbe, die ihm die Wange zerteilte – er benannte seine Narben nach den Feldzügen, in denen er sie erworben hatte: Sizilien, Campagna, Venezien. »In mancher Beziehung ähneln Sie Garibaldi: das gleiche extreme Temperament. Solche Männer brauchen jemanden, der sie dauernd mit der Nase auf die Tatsachen stößt: Truppenstärke, Terrain, Feindabsichten. Darum bin ich ja hergeeilt aus Zürich, nachdem Ihr Telegramm eintraf... Was ist nun die wirkliche Lage, was haben Sie unternommen?«

Lassalle wies auf seinen Schreibtisch, auf das Gewirr von Telegrammentwürfen und angefangenen Briefen. »Ich habe ein Dutzend Kommissionäre beschäftigt. Ich gab ein Vermögen auf dem Telegraphenamt aus. Ich nahm die Hälfte der Genfer Privatdetektive in Dienst. Das Haus, in dem Helen gefangengehalten wird, ist doppelt bewacht: innen von der Kantonalpolizei, die Dönniges kommen ließ, und außen von meinen Leuten.«

»Die zweite Belagerung von Troja«, bemerkte Rüstow. »Und ich nehme an, die zweite Helena ist der Opfer ebenso wert wie die erste.«

»Ich liebe sie.«

»Das zweifellos.«

»Wäre nicht die außerordentliche Intensität meiner Empfindungen, so hätte ich mich normal verhalten, und alles wäre anders gelaufen.« Lassalle wurde nachdenklich. Ja, das war der Grund des Übels. Mit etwas weniger Sentiment für Helen hätte er keine Hemmung gehabt, sie auf das nächstbeste Bett zu werfen, sich mit ihr in den nächstbesten Zug zu setzen, und ab zur lustigen Entführung. »Und unter meinen Selbstvorwürfen, Rüstow, unter dem Gefühl meiner Machtlosigkeit in dieser Situation hat sich meine Liebe fast bist zur Raserei gesteigert.«

»Das Mädchen liebt Sie?«

»Ich habe ihre Briefe. Sie hat mir ihre Liebe auf hunderterlei Weise gezeigt; sie ist gekommen und hat sich mir angeboten: Ich gehöre dir, ich bin deine Frau, tu mit mir, was du willst...«

»Was Sie hoffentlich getan haben?«

Lassalle rieb sich die Nasenwurzel. Die Augen schmerzten ihn, die Glieder taten ihm weh, sein Hals, den er in den Tagen seines Glücks mit Helen überhaupt nicht gespürt hatte, war wieder gereizt.

»Also gut.« Rüstow lachte freudlos. »Ich bin ein alter Armeeoffizier; eine Befestigung, die ich nehme, wird auch geschleift. Jetzt kann uns das noch Schwierigkeiten machen.«

Lassalle widersprach: »Sie haben sie nie gesehen – Ton in des Töpfers Hand, Hingabe bis zur Selbstaufopferung; als ich ihr sagte, geh mit der Mutter, dieses absolute Vertrauen im Blick, obwohl ich das beinah Unmögliche verlangte.«

»Ausgezeichnet! Dann geht es also nur um Papa Dönniges und seine Vorurteile.«

»Sie vergessen, daß Helen wirklich leidet.« Lassalle schien schmerzlich berührt. »Die Fensterläden ihres Zimmers sind zugenagelt, teilen mir meine Agenten mit; von Monsieur Vaucher, dem Hausbesitzer, der es wieder von der Köchin erfuhr, wissen wir, daß das arme Mädchen geschlagen und bei den Haaren gezerrt wird; wir haben Zeugen, daß der Vater sie mit dem offenen Jagdmesser bedroht hat. Und ihr Schweigen! Ich habe durch gemeinsame Freunde mit ihr in Verbindung zu kommen gesucht – durch Madame d'Arson in Wabern, durch ein Ehepaar Lesley. Alle geben mir Ausreden; es ist, als hätte sich die ganze Welt gegen mich verschworen; ich sitze in diesem Hotel fast ebenso isoliert wie Helen in ihrem Zimmer.«

Rüstow nahm ein Stück Papier zur Hand und machte sich Notizen. »Erste Maßnahme: Rekognoszierung des Terrains.«

Lassalle hatte anscheinend nicht gehört. »Am fürchterlichsten ist die Nichtigkeit des Ganzen und dabei meine Unfähigkeit, etwas Wirksames zu unternehmen. Früher gab es keine Hindernisse, die ich nicht sofort zu überwinden gewußt hätte... Oder bin ich verbraucht, Rüstow, glauben Sie? Bin ich noch der Mann, der ich war, als wir uns in Italien kennenlernten, der Mann, der mit Garibaldi zusammen Europas Revolutionen plante?«

»Sie haben nicht genug Abstand zur Sache.« Rüstow erhob sich. Selbst in seinem zerknitterten Nankinganzug sah er noch wie ein Soldat aus. »Wir organisieren das wie einen militärischen Feldzug. Nur so gewinnt man Revolutionen – und Frauen. Also: die junge

Dame sehnt sich nach ihrem Adler; Herr von Dönniges aber ist unerbittlich. Folglich müssen wir ihre Stellung verstärken, während wir die seine berennen. Wen gibt es da, der den notwendigen Druck ausüben kann?«

»Seine Regierung«, sagte Lassalle abwägend, »seine Kirche...« Und dachte: Das hätte mir längst einfallen sollen, plus sämtlichen Maßnahmen, die sich logisch daraus ergeben. »Ich werde den König von Bayern aufsuchen. Wagner wird das arrangieren; König Ludwig verehrt Wagners Musik; von Bülow muß sofort mit Wagner in Verbindung treten. Dann ist da der Bischof Ketteler in Mainz, einer meiner Bewunderer. Die Gräfin könnte an ihn herantreten; dauernd bietet sie mir an, nach Genf zu kommen und mir die Hand zu halten; soll sie etwas Vernünftiges tun.«

Nein, er war keineswegs verbraucht; er hatte sich von seinen Gefühlen ersticken lassen; es bedurfte nur eines Menschen, der Sinn hatte für taktische Notwendigkeiten, und sofort funktionierte sein Hirn wieder. Er stand auf und nahm eine Schachtel Zigarren aus dem Koffer. Er bot Rüstow eine an, akzeptierte Feuer von ihm und erklärte: »Von jetzt an ist Krieg, mein Freund...! Ich ernenne Sie hiermit zu meinem Generalstabschef, und wir werden den Kampf nicht einstellen, bis wir gesiegt haben oder...« Er unterbrach sich. Zum erstenmal seit seinem verhängnisvollen Fehler schmeckte ihm die Zigarre. »Es gibt kein *Oder.*« Und nach weiterer Pause: »Ich glaube, etwas Luft und Bewegung täte uns gut, ein Restaurant, Leben...«

Während ihres Spaziergangs bestritt Lassalle den größten Teil der Konversation, wobei er den Stock schwang, den er als Ersatz für den mit der zerschmetterten Bastille gekauft hatte. Rüstow hatte ihn richtig beurteilt: nicht genügend Abstand zu der Sache. Jetzt ordneten sich Namen, Köpfe, Verbindungen zu Aktionsplänen. München war die Schlüsselposition; er würde selbst nach München fahren, auf der Reise dorthin mit der Gräfin konferieren, sie instruieren. Inzwischen sollte Rüstow in Genf bleiben, beobachten, das Terrain sondieren, Kontakte herstellen und pflegen, Helens Befreiung zusammen mit Genfer Beamten und Agenten und mit Monsieur Amberny, Genfs führendem Anwalt, organisieren. Helen mußte von ihren gesetzlichen Rechten und Möglichkeiten informiert werden. Rüstow würde einen diesbezüglichen Brief von ihm ihr in die Hände zu spielen haben; überhaupt sollte

Rüstow irgendeinen Weg der Nachrichtenübermittlung ausfindig machen, eventuell über Helens alte Kinderfrau. Auch konnte sich Dönniges kaum weigern, Rüstow zu empfangen: einen Helden mit einer Brust voller Orden, bekannt weit über die Kreise der politischen Emigration in der Schweiz hinaus, Garibaldi-Oberst...

Er packte Rüstow. »Da – in der braunen Kutsche – Helen! Sie hat mir zugewinkt!«

»Sie täuschen sich auch nicht?«

Lassalle setzte sich in Trab. »Ich leide nicht an Halluzinationen.«

Rüstow hielt Schritt mit ihm. Passanten blickten erstaunt. Die braune Kutsche bog um die Ecke. Lassalle hielt den Hut fest und lief schneller, rannte gegen einen Bücherkarren, verfing sich zwischen schwarzberockten Bauernweibern, vermied mit knapper Not eine Kollision mit einem Kinderwagen.

Die braune Kutsche war verschwunden.

Er blieb stehen, keuchte: »Das ist würdelos. Wenn sie mich sah, warum hat sie nicht... Aber vielleicht...«

»War sie denn allein?«

»Was weiß ich... Doch das Haar, unverkennbar. Und sie *hat* mir zugewinkt...«

»Wenn sie ausfahren darf, kann ihre Haft nicht so streng sein. Oder...« Rüstow nahm den Hut ab, zog das Taschentuch aus der Brusttasche und betupfte sich die Venezien-Narbe, die rosa auf dem Schädel glänzte. »Ich überprüfe das lieber. Warten Sie in dem Café hier auf mich.«

Er winkte eine vorbeifahrende Mietsdroschke heran.

Lassalle saß auf der Caféterrasse, kaute lustlos Gebäck und nippte an seinem Kaffee. Später ging er zu Kognak über; der schmeckte bitter, obwohl das Schild auf der Flasche das einer bekannt guten Marke war. Die flüchtige Erscheinung am Kutschenfenster hatte einen Rückfall in seine deprimierte Stimmung bewirkt. Was war das Bild, das Helen sich wirklich von ihm machte? Er sah sich im Wandspiegel im Hause d'Arson: der Präsident der Republik an der Seite seiner goldlockigen Gattin, der Adler, unbesiegbar. Ein einziges Fleckchen Unglaube mußte das Bild zertrümmern, als hätte eine Kugel den Spiegel getroffen.

Unsinn.

Er durfte seine Gedanken nicht völlig zügellos laufen lassen; solange Vahlteichs Revolte im Arbeiterverein rumorte, solange die Presse mit neuen Giftgeschossen auf ihn lauerte, die Gerichte nur darauf warteten, sich auf ihn zu stürzen, und solange die Allianz mit Bismarck kaum mehr war als eine Hoffnung, brauchte er diese Liebe, diese Ehe, brauchte er diese Frau, um sich vor dem inneren Zerfall zu bewahren. So einfach war das: Glaube an sich selbst bedingte Glaube an Helen.

Rüstow sprang aus der Droschke, bevor die Pferde hielten. »Das Haus ist leer. Verschlossen, Fensterladen zu, tot.«

»Und meine Agenten, die ich zahle?«

Rüstow zuckte die Achseln.

»Und wo ist Helen...? Aber das ist die Katastrophe!«

»Noch nicht.« Rüstow goß sich Kognak ein; die Campagna-Narbe schnitt weiß über den gebräunten Handrücken. »Wenn die Eltern glauben, die Kleine so weit zu haben, daß sie sie hierher zurückbringen«, sagte er, »dann wird es Zeit sein, sich Sorge zu machen.«

Die Riemen knarrten in den Dollen. Das Knarren und der keuchende Atem der Ruderer und das Plätschern der Bugwelle waren die einzigen Laute in der Nacht.

Helen blickte zurück auf die Lichter von Genf und den zitternden Widerschein auf dem tintenschwarzen See. Eines der funkelnden Pünktchen war *sein* Licht, in *seinem* Fenster – falls er sich noch in Genf aufhielt und nicht zu seiner Gräfin oder einem seiner andern Weiber zurückgekehrt war. Vielleicht war sie ungerecht; vielleicht hatte er wirklich angenommen, wenn er sie ihren Eltern übergab, würde sich Papas Entschluß ändern. Soviel Edelmut! – auf ihre Kosten. Und danach: nichts, das Warten, Stunden um Stunden, in dem verdunkelten Raum, wo das Sonnenlicht verschwommene weiße Linien durch die Spalten in den Fensterläden zeichnete. Sie war zu ihm gekommen; warum kam er nicht zu ihr? Die Polizei lauerte im Hause – das hatte Therese ihr zuflüstern können. Was waren ein paar Polizisten gegen einen Mann, der ihr versprochen hatte, ganze Königreiche zu revolutionieren und ihr zu Füßen zu legen?

Ein Wind kam auf; sie zog den Schal fester um die Schultern. Vorn im Boot Mamans gramvoller Blick im periodischen Aufglimmen von Papas Zigarre – welch schreckliche Reise! Warum hatte *er* nicht an Flucht per Boot gedacht: sie beide eng aneinandergeschmiegt, während die Bootsleute, angespornt von dem Geld, das er ihnen zuwarf, angestrengt ruderten; die Verfolger blieben immer weiter zurück; dann aus dem Dunst heraus das andere Ufer, Frankreich, Freiheit... Sie *war* ungerecht. Er hatte einen festen Plan gehabt, und wären die Dinge nach seinem Plan gelaufen, so hätte sich alles bestens geordnet. Jetzt mußte er neue Pläne machen, ungeheure, zeitraubende. Inzwischen hatte Papa den Brief an Holthoff diktiert, den sie mit eigener Hand schreiben mußte: Ihre Gefühle Herrn Dr. Lassalle gegenüber hätten sich geändert; als seinen Anwalt bäte sie ihn, Herrn Dr. Lassalle auf schnellstem Wege von besagter Tatsache zu unterrichten und auf ihn einzuwirken, seine Zuneigung auf eine Dame zu übertragen, welche diese besser zu schätzen wußte.

Wenn Papa wütend war, verfiel er in sein Bürokratendeutsch; das ließ Tränen nicht aufkommen, auch wenn der Brief von den schmerzlichsten Themen handelte. Oder sie hatte so viel gelitten in den letzten Tagen, daß die Ereignisse jegliche Proportion verloren. Ursprünglich hatte sie ein unerträgliches Gefühl des Verlustes befürchtet; aber alles blieb taub. Jetzt begann Lassalle ihr schon unwirklich zu werden. Gewiß, sie hatte ihm aus der gemieteten Kutsche zugewinkt, aber einen Moment später hatte sie sich bereits gefragt, ob er sich denn wirklich da unter den Menschen auf der Straße befunden hatte; und als Papa, sofort mißtrauisch, sie anfuhr und ihr das Winken verbot, konnte sie ihm versichern, ohne direkt zu lügen, sie hätte die Hand ganz unabsichtlich bewegt.

Sie schreckte auf. Sie war wohl doch eingenickt. Das lange dunkle Boot mit den schweigsamen Ruderern war wie aus einem Traum und verschmolz mit den anderen alptraumhaften Bildern – ihre Mutter, die Hände ringend; ihr Vater, stundenlang auf sie einredend, Drohungen ausstoßend; Dr. Arndt, zu ihrer Aufklärung die Geheimnisse Lassalles enthüllend. Ihre Reaktion war immer die gleiche: Ja ja ja ich tue was ihr wollt ich sage was ihr wollt ich unterschreibe was ihr wollt – zuerst noch mit innerem Vorbehalt, später wurde sie gänzlich gleichgültig. Sie ließ sich zurücksinken in ihre Mattigkeit; das Gleiten von nirgends nach nirgends entschärfte alles Denken und nahm ihr jede Energie. In diesen Dämmerzustand hinein klirrte die Kette, mit der das Boot festgemacht wurde. Sie mußte ein Stück laufen, einen Gartenpfad entlang, der Kies knirschte. Dann war da Thereses Stimme: »Ist ja gut, M'selle, ich bringe Sie zu Bett.«

Als sie erwachte, war Yanko im Zimmer. Dunkel, grazil, saß er neben ihrem Bett auf einem Lederhocker, der Kopf mit dem gekräuselten Haar gegen das durch die Tüllgardine strömende goldene Licht des Tages wie auf einer Ikone.

»Wie lange bist du schon hier?« sagte sie, um die Wirklichkeit des Bildes zu prüfen.

»Heute früh bin ich angekommen.«

Er griff nach ihrer Hand, fing an, sie zu streicheln.

Sie duldete es. »Ich sehe schrecklich aus, nicht? Wo sind wir eigentlich?«

»In Bex, in der Nähe von Evian. Dr. Arndt hat mich aus Berlin kommen lassen; er sagte, es wäre ganz dringend und ich sollte alles, was du mir in den letzten vier Wochen geschrieben hast, als ungültig betrachten.«

»Ach ja...« Sie richtete sich auf, hielt ihr Nachthemd über dem Busen zusammen. Ihr Brief an Yanko, Geständnis ihrer großen Liebe, Lassalle, Lassalle, Lassalle. Yanko lächelte still. Wieder hatte sie das unheimliche Gefühl, daß Menschen und Dinge um sie herum in Bewegung waren, während sie vollständig unbeteiligt blieb. »Aber ist das richtig, daß du hier bei mir bist? Ich meine... Das ist doch wohl mein Schlafzimmer?«

Er setzte sich zu ihr aufs Bett, als ob ihm das Bett mitsamt der Frau darin gehörte.

»Wo ist Papa? Und Maman?«

»Unten im Erdgeschoß, beim Déjeuner. Möchtest du nicht etwas essen? Wir können uns das Frühstück heraufbringen lassen – soll ich läuten?«

Sie rieb sich die Augen. Sie begann zu vermuten, daß in alledem eine leitende Hand war; alles war geordnet für sie, alles wurde getan für sie; sie selber durfte sagen, ob und wann sie frühstücken wollte, aber sonst auch nichts.

Yanko schüttelte ihr das Kissen auf. »Lehn dich zurück, entspann dich. Wie dein Haar glänzt! Und du hast gute Farbe; du hast tief und lange geschlafen.«

»Aber das geht doch nicht!« wehrte sie sich gegen seine Hände. »Mit Papa und Maman im Hause...«

Er lächelte wieder. Rasch und mit großer Geschicklichkeit

streifte er ihr das Nachthemd ab; es war, als folgte er einem festen Programm; seine dünnen, biegsamen Finger betasteten sie, seine trocknen, heißen Lippen erregten sie, bis sie das Deckbett von sich warf und ihn zu sich zog. Sie spürte seinen warmen, schmalen Leib; sie dachte an Lassalle, aber das war nur ein Name, abstrakt; und dann fiel Yanko von ihr ab wie ein Blutegel, der sich vollgesaugt hat, und sie streckte sich aus, Hände hinter dem Kopf verschränkt, und beobachtete das Spiel des gelben Sonnenlichts auf ihrem Bauch.

»Mein armer Junge« – die Augen der Gräfin umschatteten sich schmerzlich –, »warum haben Sie mir das verwehrt, warum haben Sie ihm verboten, nach Genf zu kommen; ich wäre doch auf der Stelle dagewesen, das habe ich ja auch geschrieben. Das Mädchen benimmt sich schändlich, Sie sollten sie fallen lassen.«

»Aber ich will sie haben, Sophie.« Er blickte sich um – wieder ein Hotelzimmer, diesmal in Karlsruhe. Er war der Ewige Jude, Sommermodell 1864, immer auf Reisen, verdammt, sein ganzes Leben lang zu suchen – wonach? »Ich muß sie haben, verstehen Sie mich nicht?«

»So, müssen Sie?« Die Zigarre war ausgegangen; sie warf den Stummel in einen Aschenbecher.

»Ich verlange ja nicht viel«, fuhr er fort. »Eine Fahrt nach Mainz. Der Bischof wird Sie empfangen, wenn nicht meinet-, so um Ihretwillen. Sagen Sie ihm, ich bin bereit, mich taufen zu lassen. Sagen Sie ihm, wenn er meine Seele ins Netz bringt, wird man ihn als den größten Fischer nach Petrus preisen. Sagen Sie ihm, als Kirchenfürst muß er das heilige Sakrament der Ehe verteidigen, gegen das der Gesandte eines katholischen Königs in flagranter Weise verstößt. Sagen Sie ihm, was Sie wollen – aber erreichen Sie, daß er mich unterstützt.«

Sie schüttelte den Kopf. »Wie kann ich Sie nur davon abhalten, sich selbst so zu foltern? Die Mam'selle ist doch völlig abgefeimt und verlogen! Hier« – sie durchsuchte ihre Handtasche –, »das habe ich für Sie aufgehoben: ihren Brief an mich. Warten Sie, das ist zu köstlich, das muß man auf der Zunge zergehen lassen: *...komme ich denn zu Ihnen, le cœur et la main ouverte, Sie zu bitten, ein wenig von der Freundschaft, die Sie ja in so reichem Maße für ihn haben, auf mich, seine ihn anbetende Frau, übertra-*

gen zu wollen... Dabei wünscht sie mir einen Schlaganfall. Und hier: *... bitte ich Sie, mir helfen und raten zu wollen, um ihn, meinen schönen, herrlichen Adler, glücklich zu machen. Allerdings werde ich mich Ihnen gegenüber wohl die ersten Male etwas befangen fühlen, denn ich bin nichts als ein kleines, unbedeutendes Wesen, welches nichts kann als ihn lieben und anbeten...* Von aller rührseligen Effekthascherei ist das doch wohl die Höhe – für was hält sie mich. Sagen Sie mir nicht, daß sie etwa Ihnen den gleichen Zucker ums Maul streicht.«

Er lächelte schwach. »Helen ist noch zu jung, um stets den richtigen Ton zu treffen. Was sie in dem Brief ausdrücken möchte, ist ihre große Bereitschaft, um meinetwillen alles aufzugeben: eigne Wünsche, sogar die eigne Individualität...«

»Und Sie glauben das? Sie *brauchen* das?« Und nach einer Pause: »Irgendwo muß ich etwas versäumt haben...«

»Vor allem brauche ich, daß diese Affäre in Ordnung kommt.« Er sah sie an: sie war häßlicher als je, mit ihren großen, gelben Zähnen. »Ich bin zu weit gegangen, um mich noch zurückziehen zu können. Ich weiß, Sophie, Sie mißbilligen das alles – deshalb habe ich Sie von Genf ferngehalten. Ich weiß, wie schwierig es diese ganzen Jahre für Sie gewesen ist: Ihre Gefühle in ein Korsett zu pressen, mich meiner Wege gehen zu lassen...«

»Es hat mich auch manches entschädigt, mein Lieber. Wenn man Ihnen zujubelte, empfand ich: das gilt in gewisser Weise auch mir; wenn Sie sich in den Kampf stürzten: der Sieg, der kommen wird, ist auch mein Verdienst. Das ist ja der Grund, weshalb ich die junge Dame für so schädlich halte – nicht des Betts wegen, sondern weil sie etwas nehmen will, was mir gehört, und es zerstört, da sie es nicht haben kann. Betrachten Sie sich doch selber! Was hat sie in ein paar Wochen aus Ihnen gemacht: einen liebeskranken Romeo, mit angegriffenen Nerven und angegriffenem Urteilsvermögen. Wann haben Sie sich zum letztenmal mit Ihren politischen Aufgaben befaßt, mit Ihrem Arbeiterverein? Wollen Sie alles, was Sie an Macht geschaffen haben, durch die Finger rinnen lassen?«

»Sie haben ja recht, Sophie«, sagte er gequält. »Aber was soll ich tun? Und wenn ihr Vater sie mir noch so oft verweigerte: Ich muß sie zur Frau haben. Ohne das hätte ich weder Sinn noch Ruhe für Schleswig-Holstein, Vereinsvorstand, Wahlrecht, Gerichte, Reden, irgend etwas. Außerdem hat sich alles längst ins Politische verschoben – sehen Sie denn nicht, was mir droht? Wenn er die kleine dumme Pute nicht gewinnen kann, wird es heißen, wie will er die großen Massen gewinnen? Ich würde zum Gespött halb Europas werden!«

»Unsinn.«

»Der Zweifel, Sophie, das ist tödlich. Wenn ich anfangen müßte, an mir zu zweifeln... Sie müssen mir einfach helfen, Sophie.«

»Ich will's versuchen.«

Ihre Stimme war leise geworden.

»Sophie, Liebste« – er drückte seine Lippen auf ihre geäderte Hand –, »ich wußte ja, Sie würden mir beistehen. Welcher Teufel hat uns verflucht, um eine Generation getrennt geboren zu sein?«

»Nicht ganz eine Generation«, korrigierte sie. »Seien wir präzise.«

Er lachte.

»Ich freue mich, daß Sie wieder lachen.« Sie entnahm dem Etui in ihrem Retikül zwei Zigarren und gab ihm eine. Eine Weile rauchten sie schweigend, so wie sie in ihren Düsseldorfer Jahren zusammen geraucht und das Warten auf bessere Zeiten mit dem Duft der Havanna gewürzt hatten. Dann jedoch wurde die Gräfin wieder unruhig und sagte: »Wenn ich mich aber so um Sie ängstige... Mein armer Junge, noch nie habe ich solch böse Vorahnungen gehabt. Ich wünschte, Sie blieben bei mir...«

»Das ist ganz unmöglich.« Er erhob sich ungeduldig. »Sie wissen, ich muß schnellstens nach München.«

Die eilige Reise, die Ankunft in München – er fühlte sich wie ein gehetztes Tier, der Jäger er selbst.

Wo war Helen? Noch immer hatte er keine Nachricht von ihr, auch nicht über Rüstow. In Basel, der letzten Station auf Schweizer Boden, so hatte ihm einer der dortigen Privatdetektive berichtet, war weder Helen noch sonst ein Angehöriger des Dönnigesschen Haushalts gesichtet worden; was bedeutete, daß sich mit Wahrscheinlichkeit alle noch in der Schweiz befanden, in irgendeinem abgelegenen Nest. Wie standhaft würde Helen sich unter dem Druck der Familie erweisen?

Er mußte zum König vordringen.

Der Portier im Hotel Oberpollinger gab ihm die letzten Nachrichten vom Hofe und bedauerte: Seine Majestät habe sich nach

Schloß Hohenschwangau begeben und werde nicht so bald zurückerwartet. Also hin zu Richard Wagner. Wagner blickte ihn unter geschwollenen Lidern hervor an und versicherte ihm, daß er als früherer Revolutionär sowie als Künstler und selbstredend als Mann vollständig mit ihm sympathisiere. Aber ihm anraten, nach Hohenschwangau zu fahren...? König Ludwig war unberechenbar, um nicht zu sagen erratisch; eine falsche Bewegung, ein falsches Wort konnten bei ihm alles verderben... Würde Wagner es dann übernehmen?... Wenn sich die Möglichkeit ergab, wenn die königliche Stimmung günstig war, warum nicht. Man mußte allerdings genau wissen, wie man den König behandelte; in einem Augenblick überschüttete er einen mit Gunstbezeigungen, im nächsten erschien er gleichgültig oder gar feindselig. Man mußte heraufzubeschwören vermeiden, was im Innern dieses außerordentlichen Herrschers latent vorhanden war; es brachte doch nichts ein, wenn – nehmen wir an – König Ludwig es sich in den Kopf setzte, Näheres über Lassalle erfahren zu wollen, und daraufhin entschied, daß eine Verbindung zwischen der Tochter eines seiner Diplomaten und einem so im Mittelpunkt öffentlicher Kontroversen stehenden Manne ihm nicht erwünscht sei? Unter Umständen war es klüger, sich an Baron Schrenk, den Außenminister, zu wenden: an Schrenk kam man heran, und Schrenk war, wenn auch kein Freisinniger, so doch wenigstens frei von Einflüssen der Jesuitenkamarilla.

Lassalle bereitete sich sorgfältig auf die Unterredung mit dem Minister vor. Er würde nur beiläufig erwähnen, was Helen und er durchleiden mußten, und die größeren Aspekte des Falls betonen: Es konnte doch nicht im Interesse der Königlich Bayrischen Regierung liegen, daß ihr Vertreter in der Eidgenössischen Republik sich wie ein altmodischer Tyrann aufführte, die eigene Tochter hinter Schloß und Riegel hielt, einen Mann beleidigte, dessen Ruf in Europas wissenschaftlichen, juristischen und politischen Kreisen hoch im Kurse stand, und dadurch eine skandalöse Situation schuf, die mit jedem Tag, den man vergehen ließ, immer schwerer in Ordnung zu bringen war. Im Interesse der Königlich Bayrischen Regierung schien es vielmehr ratsam, ihrem Gesandten zu bedeuten, daß er die Pflicht habe, einen solchen Mann zu empfangen, seinen Antrag anzuhören und ihm Zutritt zu der jungen Dame zu gewähren, die schließlich und endlich diejenige war, die die

Entscheidung zu treffen haben würde, da sie nach Schweizer wie nach bayrischem Gesetz – soviel hatte er inzwischen festgestellt – großjährig war.

»Herr Dr. Lassalle...!« Der Hotelportier rief ihn, gerade als er auf dem Weg zum Minister die Eingangshalle durchquerte. »Brief für Sie, eben angekommen!«

Er ließ sich den Brief geben. Der Poststempel: *Berlin;* die Handschrift kannte er: Holthoff; es war auch Zeit. Sobald er sich's in der Droschke bequem gemacht hatte, riß er den Brief auf, las: *...soeben nach Berlin zurückgekehrt... finde ich drei Briefe von Ihnen und einen von Helen, ohne Datum, in Bex auf die Post gegeben... meldet in strengstem Geschäftsstil, ohne auch nur die gewöhnlichsten Höflichkeitsformen... daß sie alles zurücknehme, was sie mir je über ihre Liebe zu Ihnen geschrieben...*

Alles. Lassalle ließ das Blatt fallen.

»Kutscher!«

Der Mann wandte den Kopf.

»Nein, ist schon in Ordnung. Fahren Sie nur.«

Der Mann schnalzte mit der Zunge; die Pferde trotteten weiter. Lassalle steckte den Brief in die Tasche: warum bloß hatte Holthoff nicht daran gedacht, Helens Text mitzuschicken; Holthoff mußte doch wissen, daß die Betonung eines Wortes so wichtig sein konnte wie das Wort selbst. Geschäftsstil... Als ob sie andeuten wollte: Das ist mir diktiert worden, komm, rette mich... Oder war es das Ende? War er das Opfer eines Verrats von ungeheuerlichen Ausmaßen, und wäre es gescheiter gewesen, den Kutscher umkehren zu lassen?

»Das Ministerium.«

Ein junger Mann in Begräbniskleidung und mit Begräbnismiene öffnete den Kutschenschlag und half ihm aussteigen. »Exzellenz erwartet Sie.« Breiter Treppenaufgang, eine Zimmerflucht, Kandelaber, Seidentapeten, altersdunkle Porträts; hier war alles Barock, traditionsdurchwoben, nicht die rechtwinklige preußische Nüchternheit, die so penetrant nach Sand und Kasernenhof roch. Hier wickelte sich alles auf elegantere Art ab, spanisches Zeremoniell; Lassalle sah seine Chancen wachsen; die Atmosphäre lag ihm.

»Herr Dr. Lassalle? – Ich freue mich, einen Mann von so legendärem Ruf kennenzulernen.«

Schrenk war winzig; saß da, die dicken Sohlen der speziell gebauten Schuhe vergeblich nach dem Parkett strebend, und streichelte die sanft glänzende Schreibtischplatte.

»Sie wollen also eine Revolution machen? Erzählen Sie mir; Sie wissen ja, wir in Bayern haben nie eine Revolution gehabt, höchstens die kleine Aufregung damals um Mademoiselle Montez; aber das war mehr Ausdruck kirchlicher Mißbilligung, die Herren mochten es nicht, daß eine exotische Tänzerin den Staat regierte; verständlich, meinen Sie nicht auch?« Er hatte die Angewohnheit, seine Bemerkungen mit winzigen wiehernden Lauten zu durchsetzen; und jedesmal zuckten Lassalles wunde Nerven auf.

»Um offen zu sein, Euer Exzellenz, ich komme zu Ihnen in einer etwas persönlicheren Angelegenheit.«

»Ich weiß, ich weiß.« Schrenk hob die perfekt geformten Händchen. »Nur haben wir leider in unserer entlegenen Gegend so selten Gelegenheit, mit jemandem Ihres Formats Meinungen auszutauschen. Seine Majestät hat ganz ausgezeichnete Komponisten, Künstler, Philosophen ins Land gebracht – was jedoch Politiker betrifft, so müssen wir leider mit unsern einheimischen Begabungen auskommen...«

Lassalle verbeugte sich leicht. Die Schmeichelei war zu dick aufgetragen; und doch hungerte er selbst nach dieser Anerkennung, besonders jetzt, da Holthoffs Brief zu den bereits vorhandenen Zweifeln neue, noch quälendere hinzugefügt hatte. »Meine Gedanken sind in meinen Büchern, Reden, Plädoyers dargelegt«, begann er und bemühte sich, in das Denken dieses gnomenhaften Ministers einzudringen, der aussah, als hätte jemand den Kopf eines verrunzelten Greises auf einen Kinderkörper gepfropft. War Schrenk nur höflich? Oder machte er sich insgeheim lustig über ihn? »Alles erwächst aus dem Ökonomischen, Exzellenz, aus der Tatsache, daß die Mehrheit der Bevölkerung, die von ihrer Hände Arbeit lebt, gefesselt ist durch ein ehernes Lohngesetz, welches sie zwingt, nicht viel besser als Sklaven zu leben.«

»Faszinierend«, sagte Schrenk und lachte.

Lassalle wand sich innerlich. Dies war unangenehmer als jede Verhandlung mit Bismarck; was hatte er Schrenk zu bieten? Aber er sprach, der eignen Stimme lauschend, die wie etwas Auswendiggelerntes die großen Ideen darlegte, mit denen er die Menschen aufzurütteln gesucht hatte – euer ist der Staat, und hier ist der Weg zur Macht –, und er *hatte* sie aufgerüttelt, sie hatten ihm die Pferde vom Wagen gespannt und sich selbst ins Geschirr gelegt und ihn im Triumph durch die Straßen gezogen wie einen Propheten, wie einen König.

Nur schluckte die dunkle Seide an den Wänden das Echo seiner Worte. Vor seinem zweifelerfüllten Auge wandelte sich die unangreifbare Logik seiner Strategie und wurde brüchig, sein so glänzend durchdachtes Organisationsprinzip zeigte klaffende Widersprüche. Irgendwo und irgendwie hatte er versagt, den Frauen, den Arbeitern, dem Leben gegenüber. Dennoch redete er weiter, Rhetorik, Gesten, als spräche er nicht zu dem winzigen Mann hinter dem Riesenschreibtisch, sondern zu einer unsichtbaren Menge.

Dann hatte er geendet. Stille.

»Ich sehe, ich schrecke Euer Exzellenz nicht.«

»Aber nein.« Schrenk lachte wieder. »Es betrifft uns ja nicht.«

»Nicht?«

Schrenks runzliges Gesicht schien sich noch mehr zusammenzuziehen. »Ist Ihnen noch nie aufgefallen, Herr Dr. Lassalle, wie preußisch die Revolution ist, die Sie da propagieren? Durchdenken Sie's doch mal: ökonomisch, administrativ, politisch muß dieser Staat, den Sie da errichten wollen, notwendigerweise zu einem ungeheuren bürokratischen Apparat werden, grau, langweilig, tödlich; das einzig Interessante daran der Diktator an der Spitze – Sie.«

Lassalle lächelte müde.

»Hier in München haben wir unsre eigene Hierarchie, älter, subtiler als die, gegen die Sie angetreten sind. Ich darf die Geschichte und Struktur der katholischen Kirche Ihrer Aufmerksamkeit empfehlen.«

»Die Kirche hat die Gültigkeit meiner Ideen anerkannt. Bischof Ketteler von Mainz...« Lassalle brach ab. »Vielleicht sollte ich Eurer Exzellenz mitteilen, daß ich durch einen Vermittler Bischof Ketteler ersucht habe, seinen Einfluß bei Ihrem Gesandten, Herrn von Dönniges, zu meinen Gunsten geltend zu machen.«

»Aber Dönniges ist doch Protestant!«

Lassalle erschrak. Die Möglichkeit hatte er vergessen in Betracht zu ziehen. Er wartete auf das Lachen. Aber es kam nicht; Schrenk beobachtete ihn. Lassalle erhob sich mühsam: Hierarchie, Revolution... Eitel, alles eitel.

»Wenigstens beweisen Ihnen meine Bemühungen die Ernsthaftigkeit meiner Absichten«, sagte er mit erzwungener Würde. »Ich muß Ihnen sicher nicht erklären, in welch heikle Lage von Dönniges alle Beteiligten, einschließlich Ihrer Regierung, gebracht hat. Natürlich maße ich mir nicht an, Ihnen vorschlagen zu wollen, welche Schritte zu unternehmen wären. Aber dieses Mädchen liebt mich. Sie hatte sich mir anvertraut, und ich war es, der auf sie einwirkte, nach Haus zurückzukehren, um uns Einwilligung und Segen der Eltern zu sichern. Ich muß darauf bestehen, daß sie freigelassen wird und sich mit mir vereinen kann.«

Der Minister schob sich vorwärts und erreichte seine Schreibtischschublade. Er entnahm ihr eine Akte, blätterte, bemerkte: »Ich habe hier einen Bericht von Herrn von Dönniges, in dem er erwähnt, daß die junge Dame ihre Absichten geändert hat.«

»Unter Zwang!« Lassalle gestikulierte. »Ich befürchte, Euer Exzellenz sind nicht vollständig über das extreme Verhalten Ihres Herrn Gesandten unterrichtet. *Ich* habe Berichte über Grausamkeiten, die sich nur durch einen Paroxysmus von Vorurteilen erklären lassen. Ich möchte lieber nicht ins einzelne gehen; es genügt, Ihnen zu erklären, daß ich seit Wochen nicht mehr schlafe, wenn ich mir vorstelle, daß ich Helen diesem Mann ausgeliefert habe... Ich stelle fest: Sie liebt mich und wird das bestätigen und sich entsprechend verhalten, sobald sie der Bedrohung durch Gewalttat und Nötigung entzogen ist und sich in meiner Gegenwart befindet – oder in Gegenwart irgendeines Unparteiischen.«

»Da sind Sie ganz sicher?«

Lassalle spürte ein Hemmnis in der Kehle. »Aber ja, selbstverständlich.«

»Ein neues salomonisches Urteil also.« Schrenk lachte und rieb sich die Händchen. »Wir haben insofern Glück, als Herr Dr. Haenle, der Justitiar meines Ministeriums, dienstlich in der Schweiz zu tun hat. Wir werden ihm ein Schreiben an Herrn von Dönniges mitgeben, das, wie ich annehme, den Gesandten beeindrucken wird und worin wir, Ihr Einverständnis vorausgesetzt, Herrn Dr. Haenle die Rolle des Salomo zuteilen. Ich habe Ihre Billigung?«

Lassalle war klar, was er aufs Spiel setzte. Aber es war zu spät, noch von dem Spiel zurückzutreten.

20. Kapitel

Dr. Haenle war alles andere als ein idealer Reisegefährte. Dürr, fahl, die glanzlosen Augen tief in den Höhlen, saß er im Abteil und starrte düster vor sich hin. Zuzeiten hatte Lassalle das Gefühl, als reise er nicht von München nach Genf, sondern als würde er aus einem Alptraum in einen andern eskortiert.

Und das, obwohl Haenle das fleichgewordene Unterpfand seines Sieges war! Angesichts Haenles würde Dönniges der Tyrann sich in Dönniges den kleinen Beamten verwandeln, der höflich dienerte: Ja, aber natürlich, aber selbstverständlich; ein unglückliches Mißverständnis; Herr Dr. Lassalle wünscht meine Tochter zu sprechen; sofort lasse ich sie rufen, hier ist sie schon.

Wenigstens stellte Lassalle es sich selbst und Dr. Haenle so dar, wobei er nie sicher war, wieviel der Mann in Wirklichkeit wußte; in Bayern unterlag sämtlicher Telegrammverkehr der Regierungszensur; und er hatte Telegramme von Rüstow und von der Gräfin empfangen, unvorsichtig abgefaßte, voll dunkler Andeutungen: die Familie, einschließlich Henris – Henri war der Codename für Helen –, war aus ihrem Schlupfwinkel aufgetaucht; Henri war ganz schlimm, Rüstow hatte selbst mit Henri gesprochen; die Gräfin, soeben in Genf eingetroffen, würde Henris Haltung zu ändern versuchen; Haenles Auftreten verfrüht, dringend, ihn aufzuhalten... Dies Bündel Telegramme auf Schrenks sanft glänzendem Ministerschreibtisch – Lassalle schauderte es bei dem Gedanken. Und er hatte rücktelegraphiert: Komme, *mit* Haenle. Es gab kein Zurück; die Dinge waren im Rollen; man rollte mit, oder man wurde zermalmt.

»...zermalmt!« wiederholte er, um die Gräfin und Rüstow zu beeindrucken, die zwischen den Koffern in seinem Zimmer hockten. »Obwohl es grenzenlos blöd wäre, eines falschen Weibsstücks wegen zugrunde zu gehen... Ich kann's nicht glauben.«

»Ich habe es selber nicht glauben wollen« – Rüstow erhob sich ärgerlich –, »bis ich sie sah und hörte. Als sie seinerzeit zu Ihnen ins Hotel kam, hat sie Ihnen doch gesagt, ich bin deine Frau; Sie hätten damals nicht fackeln sollen; ich war sehr versucht, jetzt in Ihrer Vertretung zu handeln; sie hatte etwas Rotseidenes an, das ihre Reize reichlich zur Schau stellte; und wie sie auf mich zukam und mir den Brief an Sie in die Hand drückte – jede Miene, jede Bewegung unzweideutige Einladung!«

Lassalle strich den Brief glatt. In strengstem Geschäftsstil, wie schon das Schreiben an Holthoff, teilte dieses *Wohlgeboren Herrn F. Lassalle* mit: nachdem sie sich mit ihrem verlobten Bräutigam, Prinz Yanko von Racowitza, ausgesöhnt habe, erkläre sie freiwillig und aus voller Überzeugung, daß von einer Verbindung zwischen ihr und *Wohlgeboren Herrn F. Lassalle* nicht die Rede sein könne; daß sie sich von ihm in jeder Beziehung lossage und entschlossen sei, ihrem verlobten Bräutigam ewige Liebe und Treue zu widmen.

»Gar nicht ihre Sprache!« Lassalle vermied den skeptischen Blick der Gräfin. »Ich habe ganz andere Briefe von ihr. Die Eltern haben sie seelisch gebrochen.«

»Mir erschien sie recht ungebrochen.« Rüstow schob einen Koffer zur Seite und schaffte seinen Füßen Platz. Er rekapitulierte das Wesentliche bei seinem Empfang in der Campagne Vaucher: die Eröffnung seitens des alten Herrn Dönniges, daß Helen seit etwa fünf Monaten schon mit Herrn von Racowitza verlobt sei, daß er den jungen Mann habe kommen lassen, daß die Verbindung in aller Form feierlich vollzogen sei und daß er als Familienoberhaupt und Ehrenmann zu seinem Wort stehen müsse. Falls der junge Racowitza nicht von der Verlobung zurücktrete, was allerdings unwahrscheinlich sei, sehe er nicht, was sich für Lassalle tun ließe.

»Aber ich«, rief Lassalle, »habe *ihr* Wort!«

»Das gleiche habe ich erwidert«, suchte Rüstow ihn zu beschwichtigen. »Ich setzte Dönniges auseinander, Sie könnten doch eine Frau, die den entscheidenden Schritt getan, die zu Ihnen ins Hotel, in Ihr Zimmer, in Ihre Arme gekommen sei, nicht leichthin preisgeben. Ich sagte, Helen stünde unter brutalem physischem und moralischem Zwang. Er behauptete, von Zwang könne nicht die Rede sein, Helen sei völlig frei, die Geschichte von den Mißhandlungen nichts als böswillige Verleumdung. Er und seine Tochter hätten das Problem in aller Ruhe besprochen; er habe ihr auseinandergesetzt, daß sie sich die Suppe eingebrockt habe und daher auch auslöffeln müsse, indem sie selber an Herrn Dr. Lassalle schriebe.«

Eine ungeduldige Handbewegung. »Aber als Sie ihr *meinen*

Brief gaben, Rüstow – den Brief, den ich Ihnen vor meiner Abreise hinterließ –, in dem ich ihr von meiner Liebe sprach und ihr die gesetzliche Lage darlegte und ihr Instruktionen gab... Ich muß das genau wissen. Hat sie den Brief gelesen? In Ihrer Gegenwart? Und was hat sie gesagt? Ihr Ausdruck? Keine Träne? Kein Zittern der Hand? Im Gesicht – nicht wenigstens ein Zucken?«

Die Gräfin schüttelte den Kopf. »Wie lange wollen Sie sich noch Illusionen machen?«

»Und Sie, Sophie« – Lassalle war wütend –, »statt irgendwie zu ihr vorzudringen... Ja, ja, ja. Ich weiß, Sie haben ihr einen Dienstmann mit einem Briefchen geschickt und ihr versichert, Sie würden ihr keine Szene machen wie in einem schlechten Roman. Aber gerade das hätten Sie machen sollen – eine solche Szene. Von mir aus hätten Sie aus allen Bücherregalen der Welt plagiieren können, wenn Sie ihr nur klarmachten, was ihre Pflicht mir gegenüber ist und wie infam ihr Verrat... Natürlich hat sie Ihren Brief retourniert.«

»Ich habe keine Lust, mich von ihr beleidigen zu lassen.«

»Wie oft haben Sie mir gesagt, wie sehr Sie mich lieben, Sophie.« Lassalle preßte die Fäuste gegen die Schläfen. »Ich habe größere Opfer gebracht für Sie.«

»Ich habe diese sinnlose Reise zu Bischof Ketteler unternommen.« Schweißtröpfchen standen ihr auf der bärtigen Lippe. »Es ist nicht mein Fehler, daß Dönniges protestantisch ist. Was verlangen Sie noch?«

»Ich verlange Helen.«

»Aber das ist doch Wahnsinn.«

»Dann bin ich eben wahnsinnig.« Und mit Pathos: »War ich nicht wahnsinnig, als ich den Kampf aufnahm für Sie, gegen die ganze Hatzfeldt-Sippe? Als ich mich erhob und Revolution predigte, gegen ein ganzes Gebirge von Schweigen? Als ich die Arbeiter aufrief, sich zu organisieren, gegen Polizei, Presse, Parteien, gegen eine Welt...? Dies hier hat dieselben Proportionen erlangt. Ich habe eine Regierung mobilisiert, um Zutritt zu einer Frau zu erhalten – wissen Sie, was es bedeuten würde, wenn sie mich abweist?«

»Wir wissen – beide, die Gräfin und ich.« Rüstow strich sich mit der Fingerspitze über die sizilianische Narbe. »Darum bemühen wir uns ja so, Sie zu bremsen... Nachdem ich Ihren Brief Helen übergeben hatte...«

»Ja?«

»... verließ sie das Zimmer. Und nahm den Brief mit.«

»Ah!... Und dann...?«

»... blieb sie eine Weile fort. Als sie wieder eintrat, schien sie gefaßt und ruhig und erklärte in festem Ton – fast provokatorisch, würde ich sagen –, der Brief teile ihr nichts Neues mit, und die Antwort sei in dem mir bereits übergebenen Schreiben enthalten. Bei Gott, ich habe genau hingesehen: nicht das kleinste Zeichen, nicht das Zucken einer Wimper. Ich habe sie noch gefragt, ob ich irgend etwas für sie tun könne; ich stünde zu ihrer Verfügung... Keine Reaktion.«

»Das ist typisch für jemanden, der unter Zwang handelt.« Lassalle entwickelte seine Theorie: »Wie hätte sie ein Zeichen geben sollen in Anwesenheit ihres Vaters, wie hätte sie sprechen können in einem Haus, in dem sie gefangengehalten wird und ihrer Familie auf Gnade und Ungnade ausgeliefert ist. Ich behaupte, sie hatte nicht einmal die Möglichkeit, meinen Brief zu lesen. Sie hatte Anweisung, das Zimmer zu verlassen und jedes Schreiben sofort auszuhändigen: ihrer Mutter, dem Racowitza, dem Dr. Arndt, was weiß ich, welchem Aufpasser. *Die* haben dann den Brief gelesen und haben ihr die Antwort eingepaukt, ehe sie zurück durfte. Und der Ton, den Sie als so provokatorisch empfanden, ist einfach der Ton eines Menschen, der Auswendiggelerntes heruntersagt.«

»Ist das nicht etwas zu weit hergeholt?« wandte die Gräfin ein.

Rüstow war rot geworden. »Ich stand doch da in voller Lebensgröße! Sie hätte doch nur zu sagen brauchen: Herr Oberst, ich werde hier gegen meinen Willen festgehalten, nehmen Sie mich mit. Glauben Sie ernsthaft, jemand hätte mich hindern können, zusammen mit ihr das Haus zu verlassen?«

»Und woher wollen Sie wissen, daß man ihr gesagt hat, auf wessen Seite Sie stehen?« entgegnete Lassalle. »Überhaupt, was man ihr in bezug auf Sie gesagt hat? Haben Sie sich ihr denn vorgestellt als der Ritter, der gekommen ist, sie zu befreien...? Von denen im Haus wird's ihr kaum einer verraten haben.«

»Womit nur einer übrigbleibt«, sagte Rüstow, »dem sie genügend Vertrauen schenken würde: nämlich Sie.«

»Und in Anbetracht von Dr. Haenles Anwesenheit in Genf«, bestätigte Lassalle, »glaube ich kaum, daß die Familie mich von ihr fernhalten kann.«

Die Gräfin betrachtete die Äderung auf ihrem Handrücken. »Und wenn Helen Ihnen nun ins Gesicht sagt, daß sie mit Ihnen nichts mehr zu tun haben will?«

»Das eben werden wir vermeiden müssen«, warf Rüstow ein. »Der Hauptfakt, Madame, ist die Erklärung der jungen Dame, sie betrachte sich, wie sie sich ausdrückte, als Lassalles Frau. Also wird Lassalle sich demgemäß verhalten und das Entsprechende mit ihr tun müssen. Soll sie ein Geschrei machen, wenn sie Lust hat. Das Ärgernis kann nicht größer werden, als es ohnehin ist.«

Lassalles Heiterkeit war gequält. »Rüstow ist Soldat, Sophie; man muß ihm einiges nachsehen. Er will zum Ausdruck bringen, daß Helens Gefühl für mich, sobald sie mich wiedersieht, stärker sein wird als alle Hindernisse.«

»Genau das«, bestätigte Rüstow.

Er hatte an Dönniges geschrieben.

Das war der unvermeidliche erste Schritt: ein Brief, konziliant und zugleich würdig im Ton – trotz allem, was er erlitten, reiche er die Hand und ersuche nur, gehört zu werden; unter Aufopferung seines Lebensglücks habe er die Tochter zur Mutter zurückgeführt; zu keiner Zeit habe er Herrn von Dönniges verletzt oder beleidigt; ferner habe Seine Exzellenz Herr von Schrenk, der Minister des Auswärtigen, empfohlen, daß Herr von Dönniges den Endesunterzeichneten empfange. *F. Lassalle.*

Dr. Haenle, der den Brief Dönniges persönlich überbringen sollte, las den Entwurf. Mit einem Lächeln, das die Vertiefungen auf seinem Gesicht verschob, sagte er: »Außerordentlich diplomatisch. Ein Staatsmann ist an Ihnen verlorengegangen.«

Lassalle blickte ihn sonderbar an. »Meine Tage sind noch nicht zu Ende.«

»Selbstverständlich nicht.« Haenles Augen verkrochen sich in ihre Höhlen.

Lassalle wurde in Gegenwart des Mannes ein unbehagliches Gefühl nie los; aber Haenle war von unschätzbarem Wert für ihn und bewies diesen, indem er von der Campagne Vaucher mit der prompten Zusage zurückkam, man werde Monsieur Lassalle um zwei Uhr nachmittags dort empfangen.

Es war ein wenig verheißender Tag, bedeckt und drückend. Lassalle aß lustlos, während die Gräfin ihn mit guten Ratschlägen versah. Sie befürchtete eine Falle; das Mädchen war der Lockvogel; überall sah sie ein Komplott, konnte aber keines nachweisen. Rüstow andererseits war optimistisch; er betrachtete das Ganze wie ein Kriegsspiel, manövrierte Zahnstocher quer über das Tischtuch und erklärte: »Der Durchbruch ist erreicht; jetzt erweitern Sie die Bresche, stoßen mit allen Kräften nach, nehmen die Stellung – achten dabei aber immer auf Ihre Flanken.«

Später begleitete er Lassalle zur Campagne Vaucher. Während der Fahrt blieb Lassalle gedankenversunken und in sich zurückgezogen. Als die Droschke anhielt, umarmten sie einander. »Und vergessen Sie nicht«, mahnte Rüstow, »es geht ja nur um eine Frau.«

Nur um eine Frau... Lassalle stieg aus. Wenn es das nur wäre! Er konnte selbst nicht genau sagen, wann und durch welche Verwicklungen aus der Affäre mit Helen eine Haupt- und Staatsaktion geworden war, eine Frage von Männlichkeit, Ehre, Prestige, eine Sache auf Leben und Tod. Vielleicht lagen die Anfänge schon weit zurück; er war ein Ghetto-Jude; er brauchte Erfolg, immer wieder Erfolg oder wenigstens Scheinerfolge; doch jetzt war er von allen Seiten bedrängt, besaß keinen Spielraum mehr für seinen Zauber.

Die Fenster der Campagne Vaucher waren leer, die Vorhänge bewegungslos; hinter keinem auch nur ein Schatten. War da kein Seelenkontakt, kein geistiger Funke, der die Geliebte seine Anwesenheit spüren ließ?

Ein Diener, offensichtlich ein verkleideter Polizeiagent, empfing ihn. Er folgte dem Mann durch einen teppichbelegten Korridor hindurch in ein kleines, phantasielos möbliertes Zimmer mit Aussicht auf eine Ziegelmauer. Nach einer Weile begann ihn der muffige Geruch im Raum zu irritieren; er suchte das Fenster zu öffnen, aber das war verriegelt. So setzte er sich, Stock in der Hand, Hut und Handschuhe auf dem Schoß. Die Stille wurde bedrükkend. Gewohnheitsmäßig packte er den Stockknauf fester; doch die Bastille fehlte; sie hatte Robespierre überdauert, um auf dem Schädel eines schweizerischen Kretins zertrümmert zu werden. Wurde er auch noch abergläubisch? Was brauchte er die Krücke; er war seiner sicher, Helens sicher, sicher des Kurses, den er verfolgen mußte –

»Herr Dr. Lassalle?«

Er fuhr auf.

»Dönniges.«

Keine dargebotene Hand. Es lag etwas im Ausdruck des Vaters, was der Tochter ähnelte; aber das Gesicht war verwaschen, undurchsichtig; das spärliche graue Haar war sorgfältig quer über den Schädel gebürstet.

»Wollen Sie nicht Platz nehmen?«

Die kurze Handbewegung war unmißverständlich; Dönniges hatte keine Absicht, ihn in einen repräsentativeren Raum zu bitten. Der Diener erschien wieder, goß ungeschickt aus einer Flasche billigen Brandys zwei Gläser voll und postierte sich an der Tür.

Lassalle belächelte die Vorsichtsmaßregel.

»Sie lassen uns in diesem Haus ja praktisch belagern!« erwähnte Dönniges.

Lassalle hob sein Glas. »Nun aber sitzen wir beisammen. Der Belagerungszustand ist aufgehoben.«

Dönniges nippte gleichmütig. »Wie Sie wünschen.« Ein Kopfnicken entließ den Diener.

»Mein lieber Herr von Dönniges« – Lassalle legte Stock, Hut, Handschuhe auf dem Stuhl neben dem seinen ab und nahm eine legerere Haltung an –, »unser beider Widerwärtigkeiten entstammen Ihrer Unkenntnis meiner Person, meiner Vergangenheit, meines Charakters, meiner Ziele. Ich nehme an, Sie haben sich inzwischen überzeugt, daß ich weder Hörner noch Klauen noch Pferdefuß habe.«

»Was ich von Ihnen halte, ist unwichtig. Worauf es ankommt, sind die Ansichten meiner Tochter über Sie, sind ihre Gefühle...«

»...die Sie vorsichtshalber umzuformen unternahmen.« Lassalles Hand hob sich, wehrte dem Widerspruch. »Das soll keine Kritik sein. Für mich sind und bleiben Sie der Vater der Frau, die ich liebe. Als Gegendienst bitte ich Sie um eine ruhige und abgewogene Beurteilung meiner Person.«

Die Liebe bot das sicherste Thema; Lassalles Rhetorik entwikkelte sich ungehemmt. Er beschrieb seine erste Begegnung mit Helen; das unmittelbare Aufflammen der Herzen; ihre sonderbare Ähnlichkeit miteinander, welche die Leute sofort feststellten, die Affinität ihrer Temperamente; die allzu kurze Geschichte ihrer Liebe, behindert, fast erdrückt durch seine und Helens Verpflichtungen; die Wiederbegegnung auf dem Rigi, die sofort wieder durchbrechende, alles verzehrende Leidenschaft. Er gestand gern zu, daß er beinahe zweimal so alt war wie Helen; aber Helen war, obwohl es ihr Freude machte, sich kindlich zu geben, über ihre Jahre hinaus gereift. Er spielte auf die Mächte an, die ihn stützten, auf seine Verbindungen; die Zukunft, ganz klar, lag auf der Seite der Volksmassen; der Mann, dem diese Massen folgten, würde unweigerlich nach oben gelangen. Zur Zeit würde Helen die Gattin eines wegen seiner Leistung auf verschiedenen Gebieten geachteten Gelehrten, eines zugleich gefürchteten und geliebten politischen Führers sein; bald aber schon mochte sie eine Stellung einnehmen, um die jede Frau in Europa sie beneiden würde.

Dönniges schien ihn höflich anzuhören und jeden der aufgeführten Punkte zu bedenken; die Furche, senkrecht über der geraden Nase, vertiefte sich allmählich, als wäge er die einmalige Offerte gegen den Preis, den er zu zahlen imstande war.

»Falls meine religiösen Bindungen Ihnen unangenehm sind«, schlug Lassalle vor, »bin ich bereit, den protestantischen Glauben anzunehmen. Wir leben in einem aufgeklärten Zeitalter: Der Rabbi, um meinen verstorbenen Freund Heine zu zitieren, stinkt ebenso wie der Mönch.«

Die Furche verzweigte sich. »Ich habe nur Verachtung für Leute, die ihre Religion ablegen wie ihre Pantoffeln. Heute wechselt der Mann den Glauben, morgen die Frau. Sollte der Mensch nicht auch Grundsätze haben?«

»Ich bin mir völlig bewußt, daß Helen der Verbindung eines Nichtjuden mit einer konvertierten Jüdin entstammt.«

Dönniges verfärbte sich. »Das ist doch wohl etwas anderes.«

»Bitte sehr.«

»Und liegt völlig außerhalb der Fragen, die Herrn Dr. Haenle zufolge zwischen Ihnen und mir besprochen werden sollten.«

»Mein lieber Herr von Dönniges« – Lassalle zögerte; da hatte er sich beinahe provozieren lassen –, »ich habe den Punkt Religion nur angeschnitten, um Ihnen meine Bereitwilligkeit zu zeigen, jeden möglichen Einwand gegen mich zu beseitigen und Ihren Wünschen nachzukommen. Auch mein früheres Verhalten hat das bewiesen.«

»Sie nehmen Bezug auf die Großmut, mit der Sie Helen ihrer Mutter übergaben? Wieviel Anerkennung, glauben Sie, können Sie dafür beanspruchen, daß Sie auf die Durchführung eines strafbaren Delikts verzichteten?«

»Hätten Sie es lieber gesehen, wenn ich Helen mit mir genommen hätte? Es wäre mir ein leichtes gewesen; sie war bereit und mehr als willig, das wissen Sie...« *Tu mit mir, was du willst. Von jetzt an bin ich nur deine Frau, deine...* Lassalle fühlte sich plötzlich wie ausgehöhlt. »Was Sie auch an mir zu bemängeln finden, Herr von Dönniges, Sie werden zugeben müssen, daß ich mich Ihnen und Ihrer Familie gegenüber höchst ehrenhaft verhalten habe. Das ist auch die Meinung Ihres Ministers.« Er stand auf. »Und deshalb ersuche ich Sie jetzt in aller Form um Helens Hand.«

Eine Pause; Dönniges schien nachzudenken. Dann kräuselten sich die Lippen. »Es kann Ihrer Aufmerksamkeit doch nicht entgangen sein, daß Helen mit einem anderen verlobt ist.«

Das Blut pochte Lassalle in den Schläfen. Das ihm – nach so feierlichem Antrag! »Diese Verlobung, mein Herr«, sagte er beißend, »ist von derselben Güte wie das Zunageln der Fensterläden am Zimmer Ihrer Tochter.«

»Sie irren« – Dönniges erhob sich gleichfalls, olympisch, einer der unteren Götter – »bezüglich der Fensterläden und bezüglich der Gefühle meiner Tochter. Aber wir können das alles abkürzen. Dr. Haenle ließ mich wissen, Sie wünschten, daß Helen eine Erklärung über ihre Neigungen abgibt – hier in meinem Hause, aber in Ihrer und Dr. Haenles Gegenwart und in Anwesenheit eines öffentlichen Notars –«

»Moment mal!« Eine Falle, hatte Sophie prophezeit; die Flanken hüten, hatte Rüstow gewarnt. »Eine Erklärung, jawohl – aber unter einigen zusätzlichen Bedingungen, für die Sie gewiß Verständnis haben werden: erstens, daß ich vor diesem offiziellen Akt zwei Wochen lang unbegrenzten Zutritt zu Helen erhalte; zweitens, daß von Racowitza während dieser Zeit entfernt wird. Nur dadurch kann ein befriedigender Beweis erbracht werden, daß Helens Entscheidung wirklich von ihr stammt.«

»Das ist einfach beleidigend.«

»Ich befürchte, der Beleidigte in diesem Fall bin ich.« Die Bresche erweitern, mit allen Kräften nachstoßen. »Sie haben die Frau, die ich liebe, ihrer Freiheit beraubt; Sie halten sie noch immer mit Gewalt fest; Sie haben sie bedroht und mißhandelt –«

Dönniges hatte Speichel vorm Munde.

»Ich habe Zeugen, Herr von Dönniges. Sie haben sie an den Haaren über den Fußboden gezerrt –«

»Was für Zeugen?«

»Ihre eigne Köchin sowie –«

Dönniges war an der Tür, zog am Glockenstrang.

Der angebliche Diener meldete sich.

»Die Köchin! Die Köchin soll kommen! Auf der Stelle!«

O Gott, dachte Lassalle, das nimmt seinen eignen Lauf. Aber er konnte nichts mehr aufhalten; die Zügel entglitten ihm, er wünschte, er hätte die Verhandlung Rüstow überlassen oder dem Anwalt Amberny, jedenfalls jemandem, der nicht selber innerlich beteiligt war.

Die Köchin wurde hereingeführt, eine schlampige Person, verängstigt durch den Zugriff des Polizisten.

»Kennen Sie diesen Herrn?« schrie Dönniges sie an.

Die Frau warf einen unsicheren Blick auf Lassalle. Aus dem Schwall von Schweizer Dialekt wurde deutlich: Nein, sie habe ihn nie im Leben gesehen.

»Der Herr hier behauptet, Sie hätten von mir gesagt, ich hätte meine Tochter an ihren Haaren über den Fußboden gezerrt.«

Sie hob die Hände: Nie hätte sie Herrn von Dönniges jemanden bei den Haaren zerren sehen.

»Sie können die Zeugin ins Verhör nehmen«, bot Dönniges an.

Lassalle zuckte die Achseln. »Kein Gericht würde eine unter diesen Umständen erfolgende Aussage anerkennen. Außerdem sind da noch andere Zeugen.«

»Führen Sie sie vor!«

»Alles zu seiner Zeit...«

Dönniges scheuchte die Köchin hinaus.

»...wenn Sie mich dazu zwingen, heißt das.« Der Diener hatte seinen Posten an der Tür wieder bezogen; aber das war Lassalle jetzt gleichgültig. »Darf ich noch einmal betonen, Herr von Dönniges, daß ich die angemessenen gesetzlichen Schritte gegen Sie bisher nur unterlassen habe, weil Sie Helens Vater sind...«

»Zu liebenswürdig.«

»...und daß ich aus dem gleichen Grunde bisher nichts gegen Ihre Karriere unternommen habe. Oder sollte Ihnen entgangen sein, daß Dr. Haenle sich nicht zufällig hier befindet?«

Dönniges' Lippen hatten sich bläulich verfärbt: der Herr Gesandte *war* empfindlich in puncto Karriere, dachte Lassalle.

»Herr Dr. Lassalle?«

»Ja?«

»Warum fürchten Sie plötzlich so sehr, Helen in Anwesenheit von Dr. Haenle und einem öffentlichen Notar gegenüberzutreten – Ihrem eignen Vorschlag folgend?«

»Fürchten?« Lassalle griff nach seinem leeren Glas; aber der Diener war kein Diener und reagierte nicht. »Ich fürchte, einer Frau gegenüberzutreten, die Sie bearbeitet haben, bis sie wie ein verängstigtes Kind ist!«

»Da kennen Sie Helen doch besser!« sagte Dönniges mit unverhohlenem Spott. »Sie ist ein sehr vernünftiges Mädchen und, im Besitz der Tatsachen, durchaus imstande, Für und Wider abzuwägen.«

»Gut. Dann brauchen wir also nur noch, Herr von Dönniges, Ihr eigenes Einverständnis zu einer gütlichen Übereinkunft...«

»...mit einem Mann wie Ihnen? Einem politischen Bankrotteur?«

Lassalles Hand zitterte, während er Hut, Handschuhe, Stock an sich nahm. »Ich halte es für wenig sinnvoll, auf diese Art weiter zu verhandeln. Sie hören von mir durch Herrn Dr. Haenle.«

Als er das Haus verließ, sah sie ihn.

Das heißt, sie sah den gekrümmten Rücken, den stockenden Schritt. Am Gartentor wandte er sich noch einmal um; aber sie konnte seinen Ausdruck nicht erkennen.

Sie lauschte ihrem Herzschlag; der war ganz regelmäßig, keine Beschleunigung. Sie wunderte sich ein wenig über sich selbst; es war ihr gar nicht in den Kopf gekommen, das Fenster aufzureißen, ihm zuzurufen. Im Lauf der Zeit hatte sich der Schock, den er ihr zugefügt, in einem Winkel ihres Hirns abgekapselt, und sie war immer gleichgültiger geworden. Und da war Yanko, der in den Nächten zu ihr kam. Yanko kroch zu ihr ins Bett und über sie und in sie hinein. Es war ihr nicht gänzlich unangenehm; er schien unermüdlich und erzeugte kurze prickelnde Schauer, die ihren Atem schneller gehen ließen, die aber ein dunkles Gefühl nicht beseitigen konnten, daß irgendwo jenseits von all diesem etwas anderes existieren mußte, etwas Erschütterndes, das sie niemals erleben würde. Am Morgen dann aß er unter dem liebevollen Blick ihrer Mutter riesige Frühstücksportionen.

»Helen!«

Sie schreckte vom Fenster zurück. Papa kam auf sie zu, gefolgt von Yanko.

»Er war hier.«

Sie nickte.

»Er ist ein noch üblerer Mensch, als ich annahm.« Papas Stimme klang düster. »Er weiß, er ist erledigt – politisch und auf jede Weise. Aber mit dem letzten Gift, das er noch verspritzen kann, hat er in München diese Intrige gegen uns angezettelt; ein gewisser Dr. Haenle ist hier auf Anordnung des Ministers; ich muß um meine Stellung fürchten. Aber ich denke, du verstehst das, Helen.«

»Sie wird uns nicht enttäuschen.« Yankos lange Finger stahlen sich ihr um die Taille. »Sie hat eingesehen, daß es nicht lohnt, sich für jemanden wie ihn in seelische Unkosten zu stürzen – nicht, Helen?«

Hatte sie? Und wenn ja, wann? Als er sie ihrer Mutter auslieferte? In der Isolierung in ihrem Zimmer, hinter den vernagelten Fensterläden? Auf der Bootsfahrt nach Bex? Im Bett mit Yanko …? Oder nagte nicht immer noch in ihr die Sehnsucht nach dem Mann, den sie in ihm gesehen hatte: dem Adler, dem Premier Consul im Glanz der Salons, dem Cäsar?

»Ein widerlicher Karrierist«, konstatierte Papa, »ein Erpresser, ein jüdischer Hausierer mit Demagogenallüren.«

»Ein saftloser Don Juan«, fügte Yanko hinzu. »Doch das alles ist ihr längst auseinandergesetzt worden, und nicht nur von uns.«

Papas Stirnfurche vertiefte sich. »Sag mir, Helen – was für Beweise einer großen Zukunft hat er dir gegeben? Beruhten sie nicht alle auf *seinem* Wort? Hat Bismarck ihn je wirklich in Betracht gezogen? Oder wollte Bismarck ihn nur benutzen und erkannte, daß da nicht viel zu benutzen war, und ließ ihn daraufhin fallen? Wer steht denn eigentlich hinter ihm? Leute von Ansehen und Gewicht? Oder verschrobene Narren wie die Gräfin und dazu eine Handvoll ungewaschener, ungebildeter Radaubrüder, und die bringt er nicht mal unter einen Hut.«

»Aber ein glänzender Geist«, ließ Yanko einfließen.

»Er glänzt – im Halblicht. Du hast ihn doch beobachten können, Helen: was sind das für Menschen, auf die er Eindruck macht? Schauspielerinnen, Kavallerierittmeister, lustige Witwen; *demimonde*. Aber ernsthafte Männer? Wohin er sich auch wendet, wird er zurückgewiesen. Siehst du denn nicht, daß er *dich* zu benutzen suchte – als Stufe zu seinem Wiederaufstieg? Woher sonst sein plötzliches dringendes Bedürfnis, dich zu heiraten – nach so langem Aufschub? Du kamst ihm gerade im rechten Moment den Rigi hinaufgeritten...«

Papas Logik hatte etwas Verlockendes. Und bot tatsächlich für ein sonst unerklärliches Verhalten eine Erklärung, die noch dazu wie Balsam auf ihr von Zweifeln zerfressenes Selbstbewußtsein wirkte.

»Sie ist ja nicht die einzige, die auf ihn hereingefallen ist«, sagte Yanko entschuldigend.

»Was hat er dir versprochen?« fragte Papa. »Gesellschaftliche Stellung? Macht und Pracht? Er hat doch gewußt, daß er dir das nicht geben kann; er ist ein Außenseiter, und wir leben in Deutschland... Das Volk? Die Arbeiter? Er wußte, daß die nichts entscheiden. Er wußte, daß er dich betrog. Wieso sonst hätte er dich deiner Mutter so prompt wieder ausgehändigt?«

Sie spürte ein Brennen in den Augen. Aber selbst wenn Papa recht hatte, was half ihr das?

»Um wen weinst du?« erregte sich ihr Vater. *»Ihn?«*

Yanko bot ihr seine Schulter, damit sie sich daran ausweine; aber sie hatte keine Tränen und löste sich aus seinem Arm. »Sie braucht jetzt Hilfe«, erläuterte er. »Verständnis.«

Sie warf einen Blick auf ihn; das war eine neue Seite bei Yanko. Papa erwiderte: »Auf den Knien sollte sie uns danken, daß wir sie davor bewahrt haben. Madame Lassalle – eine Schießbudenfigur!«

»Ich kann nicht mehr!« Helen biß in ihr zusammengeknülltes Taschentuch. »Mein Leben ist ein Debakel. Gut. Ihr habt mir's ein dutzendmal gesagt. Jetzt will ich Ruhe – Ruhe – Ruhe –«

Papa schien bestürzt.

»Ich hasse ihn. Und euch dazu.« Fast genoß sie ihren Ausbruch. »Wie gemein ihr seid und kleinlich, die ganze Familie, alle. Er wenigstens hat so getan, als wäre er ein großer Mensch. Ich hatte ein Recht auf meine Illusionen.«

»Aber ja, aber ja.« Yanko sah Papa an, und Papa nickte; sie waren wie zwei Ärzte.

»Laßt mich allein! Bitte!«

Yanko küßte sie, sehr behutsam.

Sie blickte ihm nach, wie er hinter Papa her auf Zehenspitzen das Zimmer verließ.

Vielleicht *war* sie krank, dachte sie: Es war eine Krankheit, sich an einen Traum zu klammern.

Aber der Traum war zerschellt; *er* hatte ihn zerstört.

Rüstow beobachtete die kühle Unparteilichkeit, mit der Dr. Haenle die Angelegenheit vorantrieb, und seine Besorgnis wuchs. Haenle war absolut konsequent. Da Lassalles Unterredung mit Herrn von Dönniges zu einer Versteifung geführt hatte, läge es in den Intentionen des Ministers, so erklärte Haenle, daß er und Oberst Rüstow einen letzten Versöhnungsversuch unternähmen. Persönliche Ressentiments könnten eine vernünftige Lösung verhindert haben; die beiden Standpunkte schlössen ein gegenseitig annehmbares Arrangement keineswegs aus.

»Können wir Lassalle nicht überreden, die Sache aufzugeben?« fragte Rüstow die Gräfin. »Es gibt einen Punkt, wo keine Umkehr mehr möglich ist; ich habe das Gefühl, unser Freund wird rapide daraufzu gestoßen.«

»Ich befürchte, er hat den Punkt bereits erreicht.« Das Gesicht der Gräfin war erschreckend hager geworden, seit sie in Genf angekommen war. »Und er weiß es. Es ist, als handle er unter einem Zwang.«

»Und all das für Mamsell Dönniges«, sagte Rüstow verbittert. »Würde es etwas nützen, wenn ich mich weigerte, Dr. Haenle zur Campagne Vaucher zu begleiten?«

»Lassalle würde jemand anderen mitschicken. Es ist besser, Sie gehen. Und Sie haben schon mit Helen gesprochen; vielleicht finden Sie diesmal den Weg zu ihr.«

»Es gibt nur einen Weg: sie beim Schopf nehmen oder beim nächstbesten handlichen Teil ihrer Anatomie; jedenfalls, sie *nehmen*.«

»Dafür ist er wieder zu ritterlich«, erwiderte die Gräfin, »und innerlich zu wund.«

»Einen hübschen Zeitpunkt hat er sich ausgesucht, die Ritterlichkeit wiederzuentdecken – ein Mensch, der eine ganze Kassette verschwinden ließ, wenn er glaubte, sie könnte etwas von Interesse für ihn enthalten.«

Ein flüchtiges Lächeln verjüngte Sophie Hatzfeldt. »Aber selbst das tat er doch aus Ritterlichkeit. Nein, lieber Rüstow, *das* hat immer in ihm gesteckt. Er brauchte es, um sich dem Gestank des

Ghettos zu entziehen; es gehört zu seiner allgemeinen Revolte. Er hat einen sehr komplexen Charakter.«

Sie bemerkte Rüstows Blick. »Madame«, sagte er, »wenn je ein Mann geliebt wurde, dann Lassalle. Ich stehe in Ehrfurcht vor Ihnen.«

»Warum sprechen Sie von ihm in der Vergangenheit?« bemerkte sie nach kurzer Pause. »Er ist doch sehr gegenwärtig, für mich wenigstens ...«

Das Gespräch mit der Gräfin beunruhigte Rüstow wieder, während er mit Haenle zur Campagne Vaucher fuhr. Und Haenle irritierte ihn: ein Mann von so monströser Häßlichkeit, vergnügt und mit sich selbst zufrieden.

Dönniges empfing sie in dem großen, überladen wirkenden Salon. Er stand unter den Ahnenporträts seines Hauswirts, des Monsieur Vaucher, und bot Rüstow eine schlaffe, etwas feuchte Hand; sein Blick suchte nach einem Ruhepunkt und heftete sich endlich auf eine Spieldose, auf deren Deckel zwei trompetenblasende Engel von blauen Vergißmeinnicht und rosa Röschen umrahmt waren.

»Vielleicht gehen wir *in medias res.*« Haenle breitete die Rockschöße und entnahm einer Innentasche ein Dokument. »Ich habe hier eine Erklärung, die Herr Dr. Lassalle auf Grund seiner gestrigen Unterhaltung mit Ihnen niederschrieb und mir als Aide-mémoire mitgab.«

Rüstow erinnerte sich: beim Frühstück hatte Lassalle etwas davon erwähnt. Dönniges beugte sich vor, diensteifrig – der Subaltern, der da der Wünsche seines Vorgesetzten harrt.

»Ich darf die Teile übergehen« – Haenle überflog die Seiten –, »in denen Dr. Lassalle die Hauptpunkte des Gesprächs rekapituliert. Er erwähnt, daß Sie ihn der Lüge und Verleumdung beschuldigten, wogegen er sich ausdrücklich verwahrt und sich das Recht des Regresses vorbehält.«

Dönniges war peinlich berührt.

»Das nur zur Einführung«, fuhr Haenle fort. »Zur Sache selbst, und um zu einer gütlichen Lösung im Sinne der Wünsche des Herrn Ministers zu gelangen und die Anwendung anderer, radikalerer Mittel zu vermeiden, schlägt Herr Dr. Lassalle vor ...«

»Sagt er, welcher Mittel?« fragte Dönniges.

Haenles dünne Lippen verzogen sich und entblößten zwei Reihen fauliger Zähne. »...schlägt Herr Dr. Lassalle vor: *Herr von Dönniges gestattet mir, vierzehn Tage lang mit seiner Tochter in seinem Hause ungehindert und frei zu verkehren...*«

»Absurd!«

Haenles warnender Blick wirkte sofort. »Wenn nicht das« – Haenle bezog sich wieder auf sein Memorandum –, »so mindestens: Herr von Dönniges sistiert seine Tochter vor einem Notar zu einer notariellen Erklärung *re* ihrer Gefühle und Absichten, unter der Bedingung allerdings, daß vor der Erklärung Herrn Dr. Lassalle Gelegenheit zu einer Unterredung mit der jungen Dame, allein oder in Gegenwart des Oberst Rüstow, gegeben wurde; diese Zusammenkunft, zu betrachten als eine Sicherung gegen den fortdauernden moralischen Zwang, dem Mademoiselle von Dönniges unterworfen ist, soll höchstens zwei Stunden dauern und in einem Nebenzimmer des Amtsraums des Notars stattfinden; die notarielle Erklärung selbst kann dann im Beisein eines Mitglieds oder Freundes der Familie, aber unter Ausschluß der Eltern in Person, abgegeben werden.«

Zwei Stunden, dachte Rüstow, zur Zähmung der Widerspenstigen: war sie überhaupt zähmbar, dann reichte die Zeit, und in Anbetracht des Rotseidenen von neulich mochte es sogar interessant sein, sich an dem Vorgang zu beteiligen... Aber Haenle und erst recht der Vater mußten den Braten doch riechen... Rüstows Mißtrauen wuchs: Was wurde da gespielt zwischen den zwei Herren?

»Eltern neigen dazu, das Leben ihrer Kinder zu planen.« Dönniges trat zu der Spieldose. »Und Kinder verderben die schönsten Pläne ihrer Eltern. Vor ein paar Jahren versuchten wir, Helen mit einem italienischen General zu verheiraten, einem liebenswürdigen, hervorragenden Mann mit ansehnlichem Vermögen. Sie liebte ihn nicht – was konnten ihre Mutter und ich tun?« Er hatte, in Gedanken, die Dose geöffnet; dünn klimpernd ertönte die Melodie eines altmodischen Rundtanzes. »Und jetzt möchten Sie, daß ich ihr eine Heirat mit Herrn Dr. Lassalle nahelege.«

»Wir möchten, daß Ihre Tochter selbst erklärt, was sie will«, korrigierte Haenle.

»Das hat sie schon zweimal getan: in einem Brief an Herrn Holthoff, Dr. Lassalles Berliner Anwalt, und in einem zweiten Brief an Lassalle selbst, den Oberst Rüstow übermittelte. Das ist doch geschehen, Herr Oberst?«

»Selbstverständlich«, bestätigte Rüstow. »Aber was kann eine weitere Erklärung dann schaden? Warum wehren Sie sich so dagegen?«

»Wenn meine Tochter einwilligt...« Der Deckel klappte zu, das Klimpern brach ab. »*Ich* habe keine Einwände. Aber natürlich kann ich Helen nicht zwingen.«

Er läutete.

»Einen Augenblick!« bat Rüstow.

Dönniges stellte die Glocke wieder hin.

»Sie wollten Ihre Tochter hereinbitten lassen?«

»Ich nahm an, das würde gewünscht.«

Plötzlich durchschaute Rüstow das Spiel. Wenn Helen jetzt, in Gegenwart des Justitiars und offiziellen Vertreters des Bayrischen Außenministeriums, Lassalles Ultimatum zurückwies, war alles zu Ende – bevor noch Lassalle die Möglichkeit erhielt, sie in seine fügsame Braut zurückzuverwandeln. »Herr von Dönniges«, sagte er kühl, »Herr Dr. Haenle und ich sind gekommen, um mit *Ihnen* zu verhandeln, nicht mit einer jungen Dame, deren emotionelle Instabilität notorisch ist.«

»Aber es ist doch *ihr* Leben, um das es sich handelt, *ihre* Liebe!« empörte sich Dönniges. »Herr Dr. Lassalle wirft mir vor, ich setzte meine Tochter unter Zwang; nun will ich Ihnen beweisen, daß sie ihre Entscheidungen frei treffen kann, und Sie sperren sich dagegen? Oder wollen Sie, daß ich Helen in der Tat unter Zwang setze – nur zugunsten von Lassalle?«

Er läutete wieder, energisch. Der Diener kam.

»Mademoiselle Hélène«, befahl Dönniges.

Rüstow betastete die Venezien-Narbe; die alte Wunde juckte wieder. Der Diener hatte sich entfernt. Im Salon herrschte bis auf Haenles gelegentliches Hüsteln Stille.

»Du hast mich rufen lassen, Papa?«

Sie kam schlicht und sittsam diesmal; weißes Spitzenjabot, weiße Spitzenmanschettchen auf dunklem, nonnenhaft geschnittenem Kleid; das Haar zurückgekämmt und im Nacken geknotet: eine jener weiblichen Heiligengestalten der Gotik, deren Sinnlichkeit erst bei näherer Betrachtung hervortritt.

»Du kennst ja Oberst Rüstow«, sagte Dönniges. »Und hier stelle ich dir Herrn Dr. Haenle aus München vor.«

Helen nickte höflich.

»Möchtest du dich nicht setzen, meine Liebe?«

»Danke, Papa.«

Man nahm Platz. Dönniges lächelte: »Vielleicht beginnen Sie, Herr Oberst?«

Rüstow blickte Helen forschend an: auf ihrem Gesicht keine Spur eines seelischen Kampfes. »Wie Herr Dr. Haenle bestätigen wird«, sagte er zögernd, »hält man es nach Ihrem widersprüchlichen Verhalten in der letzten Zeit für das Beste, Mademoiselle Hélène, daß Sie sich einmal ganz frei und ohne Zuflüsterungen von irgendeiner Seite äußern: Lieben Sie Ferdinand Lassalle, wünschen Sie, seine ihm angetraute Ehefrau zu werden?«

»Aber ich –«

»Nein, nicht jetzt!« fiel Rüstow ihr rasch ins Wort. »Wir wollen das nicht jetzt. Herr Dr. Lassalle ist nicht hier und hat auch noch keine Gelegenheit gehabt, Ihnen zu sagen, was Sie seiner Meinung nach wissen müssen, bevor Sie sich erklären.«

»Aber Papa –«

»Ja, meine Liebe?«

Sie senkte den Kopf.

»Diese persönliche Erklärung bezüglich Ihrer Liebe und Ihrer Zukunft«, sprach Rüstow weiter, »soll vielmehr vor einem öffentlichen Notar abgegeben werden, und zwar in Anwesenheit von Herrn Dr. Haenle als dem Vertreter Ihrer Regierung, von Herrn Dr. Lassalle als dem direkt Betroffenen und vor einem weiteren Zeugen, der von Ihrer Familie benannt werden wird.«

Sie zog ihr Taschentuch aus dem Ärmel und hielt es sich vors Gesicht; ihre Schultern bebten.

Rüstow wußte momentan nicht weiter.

»Oh, Herr Oberst« – sie hob den Kopf und unterdrückte die letzten Zuckungen ihres hysterischen Lachens –, »ich bitte um Entschuldigung; ich bin wohl sehr albern; aber ich habe mir die Szene vorgestellt...«

»Haben Sie?« sagte Rüstow, die Campagna-Narbe auffällig weiß auf der gebräunten Faust, und fuhr fort: »Da Grund besteht zu der Annahme, daß Sie einem gewissen Zwang ausgesetzt wurden, ersucht Herr Dr. Lassalle um das Recht, vorher zwei Stunden allein mit Ihnen verbringen zu dürfen – nur zwei Stunden, und wenn Sie wünschen, werde ich, um allen Anstandsforderungen zu genügen, anwesend sein –, zwei Stunden für einen Mann, dessen Liebe zu Ihnen größer ist, als ich Ihnen je klarmachen könnte...«

Seine Stimme war rauh geworden; er hatte ein Gefühl ehrlicher Freundschaft für Lassalle.

»Nun, Mademoiselle?«

Sie blickte ihn an. »Und wozu der Zirkus?«

»Zirkus?«

»Ich weiß doch, was er will.« Und nach einer Pause: »Ich bin des Sujets müde, sehr müde.«

Haenle machte sich Notizen. »Aber Mademoiselle Hélène«, sagte Rüstow beschwörend, »Sie können doch nicht vergessen haben, welche Versprechen Sie ihm gaben, die Liebe, die Sie ihm schworen...«

»Ich habe nie geschworen.«

»Nicht der Form nach, vielleicht.« Rüstow sah Dönniges: Lippen zusammengepreßt, belauerte der Mann jedes Wort seiner Tochter. »Aber es gibt Handlungsweisen, die lauter sprechen als alle Eide. Sie werden doch nicht ableugnen, daß Sie auf sein Zimmer in der Hotel-Pension Bovet kamen und ihm sagten, Sie wären seine Frau, und ihn anflehten, sie mitzunehmen, auf der Stelle und wohin er wollte?«

Dönniges' Gesicht war zur Maske erstarrt. Haenle nickte in einem fort, als ob ihn ein Mechanismus bewegte. Helens Finger – lange, schön geformte Finger, fiel Rüstow auf – verschränkten und lösten sich nervös.

»Und er?« fragte sie leise.

Und er... Die zwei Worte, dachte Rüstow, waren das Urteil, endgültig, unwiderruflich. »Mein Freund Lassalle weigerte sich, das Vertrauen, das ein junges Mädchen in ihn setzte, auszunutzen«, sagte er mit Würde. »Mein Freund Lassalle zog es vor, an die Treue und Standfestigkeit des Mädchens und an den Gerechtigkeitssinn der Eltern zu glauben.«

Sie lächelte geringschätzig. »Ich habe den Edelmut seiner Motive nie in Frage gestellt.«

»Finden Sie dann nicht, daß Sie ihm unrecht getan haben –«

»Vielleicht.«

»– und daß Sie ihm diese Gelegenheit, sich zu erklären, schulden? Diese kurze Genugtuung?«

»*Ihm?* Sie meinen, seiner verletzten Eitelkeit!«

Ihre Finger ruhten; die Hände lagen auf dem Schoß, still und gerade. Gott, ist die hart, dachte Rüstow; und wieder fühlte er den Drang, sie zu biegen, bis sie brach. »Glauben Sie nicht, Mademoiselle«, sagte er langsam, »daß Ihre hartnäckige Weigerung auf eine Befürchtung deutet, eine erneute Zusammenkunft mit Lassalle könnte Ihre Gefühle für ihn wiedererwecken? Blicken Sie einmal unter die starre Schale, die Sie uns zeigen. Warum sonst versagen Sie ihm diese kleine Gunst?«

»Weil er mich langweilt. Weil ich nicht mehr weiter weiß.« Ihre Stimme war leise geworden. »Weil ich...«

Dönniges war aufgesprungen. »Meine arme Tochter ist –«

Haenle unterbrach ihn. »Mademoiselle müßte nicht unbedingt die vollen zwei Stunden mit Herrn Dr. Lassalle sprechen. Ich bin überzeugt, daß er die Unterhaltung abbrechen wird, falls er feststellt, daß sie sich auch ihm persönlich gegenüber so ablehnend verhält.«

»Lassalle?« Helen hob die Brauen und blickte zur Zimmerdecke. »Herr Dr. Lassalle spricht gern und viel: zwei Stunden, und mehr, würden kaum hinreichen.«

Haenle wackelte bedauernd mit dem Kopf und schloß sein Notizbuch.

»Sie sehen, ich habe mein Bestes getan, Herr Oberst«, sagte Dönniges. »Aber meine Tochter ist physisch und seelisch erschöpft.«

Rüstow erhob sich müde. »Wir werden Herrn Dr. Lassalle informieren.«

»Und den Herrn Minister«, betonte Haenle. »Und den Herrn Minister.«

Lassalle tobte.

Es war ein Zorn von alttestamentarischer Wucht, grenzenlos, destruktiv. Er würde sich die Kleider am Leibe zerrissen haben, wären sie nicht zu solid geschneidert gewesen; so raufte er sich das Haar, zerbrach Gläser, stieß einen Stuhl um.

»Und das – mir!« Er stampfte auf die Gräfin zu, quer durchs Zimmer. »Mich vor ganz Europa zu verspotten, mit einem Regierungsbevollmächtigten als offiziellem Zeugen! Sophie...« Er trat zurück, blickte ihr in das schmerzlich verzogene Gesicht. »Ja, ich weiß, Sie haben mich gewarnt... Mir das selber anzutun! – mit meiner Lebenserfahrung auf ein Flittchen aus besserem Haus hereinzufallen, auf ein so durchsichtiges Spiel – und vor aller Augen, zu aller Gelächter. Aber ich schwöre Ihnen –«

Rüstow wischte sich den Schweiß von der Stirn. »Gräfin, auf Sie wird er hören – Sie müssen ihm klarmachen, daß die Dinge, wenn je, jetzt mit größter Diskretion behandelt werden müssen; sonst gibt es eine Explosion.«

»Ich wünsche eine Explosion!« Lassalle zerrte an seinem Kragen. »Wie hat sie sich ausgedrückt?... *Er spricht gern und viel...* Ja, ich sprach gern mit ihr – und aus vollem Herzen. Ich malte ihr eine Zukunft an meiner Seite aus: Kaiserin, gekleidet in Glanz und Herrlichkeit, in Majestät tretend vor ein befreites Volk. Und während sie mich anhörte, ganz Liebe und Verehrung, lachte sie heimlich über mich – sie lachte, die Sippe lachte, die ganze Koterie: dummdreiste Aristokraten, die nie um Rang und Stellung zu kämpfen hatten, bourgeoise Fettköpfe, die nie einen ursprünglichen Gedanken zusammenbrachten, Parasiten! Ich war ihr Possenreißer!«

»Sie fahren einfach eine Zeitlang nach Frankreich, nach England, sonstwohin.« Die Gräfin steckte sich eine Zigarre an und warf sie, da das Deckblatt brach, wieder fort. »Alles Gerede beruhigt sich einmal. Außerdem sollten Sie sich sowieso außer Reichweite der preußischen Gerichte begeben.«

»Und ich mußte es noch amtlich machen!« wütete er. »Nach München reisen, die Regierung dort einspannen, ihren Justitiar herholen, damit er die Schande bezeugt. Es ist eine Verschwörung, sage ich, da steckt ein kluger Kopf dahinter, tückisch, der mich kennt und meinen Charakter ausnutzt: meine Ritterlichkeit, Leidenschaftlichkeit, Beharrlichkeit, meinen Stolz.«

»Steckt nur ein Kopf dahinter: Ihr eigner – Ihre Sucht, sich selbst zu vernichten.« Die Gräfin hatte plötzlich Schwierigkeiten mit der Stimme. »Mein großer, wunderbarer, geliebter Junge – warum wollten Sie durchaus nicht, daß Ihre Freunde Ihnen helfen?«

»Ich bin bereits vernichtet – durch die fürchterlichste Waffe: Lächerlichkeit. Aber ich werde ihnen einen Strich durch ihr Komplott machen!« Er stellte sich vor Rüstow hin. *»Seiner verletzten Eitelkeit«*, zitierte er, »das waren doch ihre Worte...? Genugtuung für meine verletzte Eitelkeit... Nun, warum nicht?«

»Haben wir das nicht immer haben wollen?« – Rüstow lachte

unfroh – »Duell, Nahkampf, Hieb und Stich, immer hinein, und kein Pardon, bis die junge Dame *hors de combat* ist?« Er kratzte die sizilianische Narbe; sein Ton änderte sich plötzlich. »Mein Gott, Lassalle, Sie haben doch nicht etwa vor –«

Lassalle zog einen Bogen Papier aus dem Schreibtischfach und tauchte die Feder ein. *Wohlgeboren Herrn von Dönniges,* schrieb er hastig. *Geehrter Herr! Nachdem ich durch den Bericht des Herrn Obersten Rüstow und des Dr. Haenle vernommen habe, daß Ihre Tochter...*

Die Gräfin trat zu ihm, hielt ihm die Hand fest. »Das ist doch Unsinn. Sie selbst haben immer gesagt, Duelle sind ein groteskes Überbleibsel, ein Stück Mittelalter...«

Er machte sich die Hand frei. *...daß Ihre Tochter Hélène eine verworfene Dirne ist, kann es folglich nicht länger meine Absicht sein, mich durch eine...*

»...und als dieser Fabrice, oder wie er hieß, Sie damals in Berlin forderte, Lina Dunckers wegen, haben Sie ihn ausgelacht...«

...mich durch eine Heirat mit ihr zu entehren, und ich habe keinen Grund mehr, die Forderung der Satisfaktion...

»...und als er und der Ringkämpfer Sie dann im Tiergarten attackierten, haben Sie Ihren Stock an seinem preußischen Dickschädel zerschlagen.«

...der Satisfaktion für die verschiedenen mir von Ihnen widerfahrenen Beschimpfungen und Beleidigungen länger zu verschieben, und fordere Sie daher auf, mit den beiden Freunden, die Ihnen diese Erklärung bringen... Er wandte sich der Gräfin zu. »Und dann sandte mir Duncker Robespierres Bastille. Die Bastille ist zerbrochen, Sophie; die Zeiten haben sich geändert.« Er unterzeichnete, steif: *F. Lassalle.*

»Dönniges wird die Vernunft haben, sich zu weigern«, sagte die Gräfin. »Er ist schließlich kein Selbstmörder. Er wird sein Alter anführen, seinen Gesundheitszustand...«

Lassalle nahm einen zweiten Briefbogen zur Hand. *Herrn von Racowitza,* adressierte er.

»Oberst« – die Gräfin zupfte Rüstow am Ärmel –, »Sie werden diese Briefe nicht überbringen. Sie werden sie zerreißen. Ich bitte Sie inständig!«

Ihr Gesicht schien nur noch aus Haut und Knochen zu bestehen. »Sie kennen doch diese Duelle«, sagte Rüstow mit betonter Sorglosigkeit. »Piff paff – dann fahren alle zur Stadt zurück und frühstücken.«

Sie schüttelte den Kopf. *»Alle?«*

Lassalle versiegelte die Briefe.

Rüstow nahm sie an sich. »Ich bin Offizier, Madame.« Er seufzte leicht. »Natürlich ist das mittelalterlich. Aber wir leben ja noch im Mittelalter.«

21. Kapitel

Mit dem Ausdruck des Bedauerns gab Dr. Haenle den Fehlschlag seiner Mission zu und reiste ab. Lassalle war erleichtert, ihn abfahren zu sehen: Der Gedanke an Vergänglichkeit und Tod, der ihn in Haenles Anwesenheit nie losgelassen hatte, verschwand zugleich mit dem Manne. Auch der Gedanke an Helen verlor seinen Stachel. Das Thema war abgeschlossen; nicht mehr lange, und der Schlußstrich würde gezogen sein. *Er* würde ihn ziehen. Da gab es feste Regeln, ein geordnetes Verfahren, um dessen Einzelheiten sich seine beiden Sekundanten kümmern würden – Rüstow und der noch von der ungarischen Revolution her berühmte General Graf Bethlen, den Rüstow vorgeschlagen hatte.

Die Gräfin verbrachte die halbe Nacht damit, ihm die Sinnlosigkeit eines Duells wegen einer Frau wie Helen nachzuweisen. Er schüttelte den Kopf. Warum wollte sie nicht einsehen, daß er sich um seiner selbst willen schoß, um der Geltung unter seinen Zeitgenossen wie um seiner geschichtlichen Geltung willen? In ihrer Verzweiflung kamen ihr die verrücktesten Ideen: Sie wollte persönlich versuchen, eine Versöhnung mit der Sippe Dönniges zu erreichen; sie wollte die Kantonalpolizei alarmieren, damit diese die Schießerei verhinderte. Am Ende küßte er sie: Ihre Beunruhigung sei völlig überflüssig; er selbst habe diesen Verlauf der Dinge gewollt; habe selbst jeden Schritt geplant und durchdacht – habe er je versagt, solange er sich auf sich selbst verließ und nicht auf andere, und insbesondere nicht auf ein albernes junges Mädchen?

»Nie«, bestätigte sie, anscheinend überzeugt.

Die Kontroverse mit der Gräfin bestärkte sein Selbstvertrauen. Als beim Frühstück Dr. Arndt und ein Graf Keyserling sich einstellten, um ihm Racowitzas Forderung zu überbringen, behandelte er sie leicht ironisch: Selbstverständlich sei er bereit, sich mit dem jungen Racowitza zu schießen, wie mit jedem, den es danach gelüste.

Rüstow, der eintraf, kurz nachdem der Graf und Dr. Arndt gegangen waren, nahm die Sache nicht so leicht. »Zugegeben, der Knabe Yanko ist nicht der Mann, der Sie sind«, sagte er, »aber er wird eine Pistole in der Hand haben.«

»Vielleicht ist er ein schlechter Schütze.«

»Wieso glauben Sie?«

Lassalle zuckte die Achseln.

»Sie können sich jetzt keine Nächstenliebe gestatten.« Rüstow wurde ärgerlich. »Dönniges zuerst – darauf müssen Sie bestehen.«

»Dönniges dürfte auch mit einer Pistole bewaffnet sein.«

»Aber Dönniges hat Furcht.«

»Er wird noch mehr Furcht haben, wenn ich erst mit Racowitza abgerechnet habe.«

»Dönniges hat Priorität. Es ist gegen alle Regel, daß ein junger Mann, der offiziell noch nicht einmal zur Familie gehört, sich dazwischenschiebt. Lehnen Sie Racowitza ab. Das ist Ihr absolutes Recht; kein Mensch wird Sie deshalb verurteilen; soll der Papa sich stellen. Und wir gewinnen auf diese Weise Zeit. Zeit gewonnen ist alles gewonnen.«

»Aber ich wünsche nicht, Zeit zu gewinnen.«

»Warum denn nicht? Ich bemerke nicht, daß Dönniges sich so sehr drängt.« Rüstow zeigte seinen Ärger. Zweimal gestern abend hatten er und Graf Bethlen sich in der Campagne Vaucher eingefunden; beide Male war Dönniges nicht anwesend oder hatte Abwesenheit vorgeschützt; schließlich war nichts übriggeblieben, als Lassalles Briefe durch einen Dienstmann überbringen zu lassen, was höchst regelwidrig, um nicht zu sagen, peinlich war.

»Wenn Sie mein Freund sind, Rüstow« – Lassalles Augen hatten wieder das Feuer, seine Stimme den Klang, die Tausende begeistert hatten –, »dann versuchen Sie nicht länger, mir die Sache auszureden. Die Reihenfolge ist doch wirklich unwesentlich; ich bin nicht kleinlich; und ich beneide den jungen Mann keineswegs um die Dame, die er sich da ausgesucht hat.«

»Sie lieben sie immer noch.«

Lassalle warf einen raschen, mißtrauischen Blick auf seinen Hauptsekundanten; aber Rüstows Gesicht ließ nur Mitgefühl erkennen. »Ich glaube nicht, daß ich sie je geliebt habe«, sagte er nach einer Pause. »Ich habe ein Bild geliebt, das ich mir selbst schuf, eine schöne Gußform, die ich nach meinen Bedürfnissen gestaltete; ich hätte mir's besser überlegen sollen, bevor ich eine Person wie Helen da hineinzwängte ...«

Rüstow spürte ein Würgen im Halse. »Versprechen Sie mir wenigstens eines?«

»Wenn ich kann.«

»Nehmen Sie's ernst. Sie haben noch eine Zukunft!«

»Ich weiß. Und nie war ich dessen sicherer – und meiner selbst.«

»Schuß dreiundsechzig.« Der Schießplatzhelfer, der in dem abgegriffenen Registrierbuch die Treffer eintrug, blickte auf. »Moment bitte, Monsieur. Ich hole die Zielscheibe.«

Yanko wischte sich den Schweiß vom Gesicht. Die Lider, dreiundsechzigmal zielend verkniffen, flatterten nervös. Die Ruhepause tat not.

Der Helfer kehrte zurück und breitete den großen papierenen Bogen über eine Holzplatte, die auf zwei Böcken lag. Blinzelnd betrachtete Yanko die grobgeformte Silhouette des Mannes ohne Gesicht, den er mit seinen Kugeln durchsiebt hatte; der Haß ergänzte die Einzelheiten.

»Sie halten zu niedrig«, sagte der Helfer.

Yanko nahm die Pistole zur Hand und streichelte den noch heißen Lauf, als wäre die Waffe ein Lebewesen.

»Aufs Herz müssen Sie zielen.« Der Helfer malte mit farbiger Kreide ein Kreuz auf die gehörige Stelle. »Hier. Sie treffen etwa zwei Fuß zu tief.« Er wies auf die Leistengegend der sonderbaren Mannsfigur, wo häßliche kleine Löcher mit scharfzackigen Rändern schreckliche Zerfleischung deutlich machten.

»Danke für Ihren Rat«, sagte Yanko.

Etwas in seinem Ton ließ den Helfer aufhorchen.

»Und heften Sie eine neue Zielscheibe an«, sagte Yanko, »und laden Sie.«

Aus der Ferne klang Hufschlag, Räderrollen. Yanko, der den Schießplatz für sich allein reserviert hatte, verzog den Mund; er mochte keine Beobachter; wenn in seiner walachischen Heimat ein Mann jemanden zu erschießen gedachte und die notwendigen Vorkehrungen dazu traf, galt das als seine Privatangelegenheit. Der Wagen schien angehalten oder die Fahrtrichtung geändert zu haben. Yanko stellte sich fast rechtwinklig zu seinem Ziel, so daß er der Sicht des Gegners nur das Profil bot; dann hob er den rechten Arm, zielte kurz, drückte sanft auf den Abzug – Schuß und Rückstoß waren eins.

»Vierundsechzig«, sagte der Helfer.

»Yanko!«

Seine Augen stellten sich sofort von Zielentfernung auf die beiden Damen zu seiner Seite ein. Roberta von Dönniges, beschattet von ihrem Parasol, bot ihm die Hand zum Schwiegersohneskuß. »Helen und ich dachten, wir fahren vorbei«, sagte sie liebenswürdig, »Sie zu ermutigen.«

»Oh, Maman ist einfach neugierig« – Helens kurzes Lachen war um eine Schattierung zu fröhlich –, »sie spricht von nichts als dem Duell, und wie wunderbar du bist, und was für Glück wir hätten, einen Mann in der Familie zu haben, der praktisch mit Pulver und Blei aufgezogen wurde.«

Racowitza verbeugte sich.

»Mein Mann wird Ihnen das nie genug danken können«, fuhr Madame von Dönniges fort. »Seine dienstlichen Geschäfte in Bern waren unaufschiebbar, aber er wußte die Ehre des Hauses in guten Händen.«

»Sie vergessen, Maman« – Yanko durfte sie bereits *Maman* nennen –, »daß ich auch eine eigne Rechnung zu begleichen habe.« Wieder streichelten seine dünnen, nervösen Finger den Pistolenlauf; dann, ohne jede Warnung, hob er die Waffe und feuerte.

»Wie Sie mich erschreckt haben!« rief Madame von Dönniges. »Und Helen gar, sehen Sie – sie ist bleich wie ein Laken. Vielleicht hätten wir lieber nicht kommen sollen; so etwas ist Männersache.«

»Fünfundsechzig«, sagte der Schießplatzhelfer. »Noch zu tief.«

Helen, Entsetzen im Blick, starrte auf die durchlöcherte Zielscheibe, die noch immer auf der Holzplatte lag. »Maman...!«

Yanko zerknüllte den Papierbogen und warf ihn hastig fort.

»Nein, das darf er nicht, Maman!« rief Helen aus. »Das ist zu schrecklich.«

»Aber Helen« – Roberta von Dönniges kräuselte das Näschen –, »wovon, um Gottes willen, redest du eigentlich?«

Yanko hob die mageren Schultern. »*Ich* bin dein Verlobter, Helen. Solltest du dir nicht lieber Gedanken um mich machen? Es wird auch auf mich geschossen werden.«

Unwillkürlich legte Helen ihre Hand auf den Unterleib. »Du mußt das verhindern, Maman«, sagte sie flehend. »Habe ich nicht alles getan, was ihr von mir verlangt habt, du und Papa. Habe ich nicht –«

Madame von Dönniges klappte ihren Parasol zu. »Will mir endlich jemand erklären, worum sich's hier handelt?«

»Maman« – Yanko lächelte liebenswürdig –, »Helen nimmt Bezug auf gewisse Vorbeugungsmaßnahmen, die ich zu treffen gedenke. Sie erinnern sich, daß sie in Bex noch gedroht hat, sich in Lassalles Arme zu werfen, sobald er nur zu ihr käme.«

»Aber Yanko, du weißt doch, daß alles jetzt anders ist. Du weißt, daß du mein Page bist, mein Geliebter, mein –«

»Ich sorge nur dafür, daß es sich für keine Frau mehr lohnt, sich Lassalle in die Arme zu werfen... Junger Mann!« Ein Wink. »Laden, bitte.«

Die Sekundanten trafen sich, um die Einzelbestimmungen festzulegen.

Rüstow begab sich zu der Konferenz in der vagen Hoffnung, das Ganze noch verhindern oder wenigstens so lange aufhalten zu können, bis sich aus dem Hin und Her ein neuer Gesichtspunkt ergab. Er stritt und stellte sich störrisch; aber Dr. Arndt und Graf Keyserling waren ebenso gewiegte Verhandlungspartner, und sein Verbündeter, Graf Bethlen, dachte leider nur in einer Richtung. Mit äußerster Vorsicht brachte Rüstow das Gespräch auf die Möglichkeit einer gütlichen Beilegung. Aber gewiß, erklärte Dr. Arndt, wenn Herr Dr. Lassalle in aller Form sein Bedauern ausdrücke und sämtliche Briefe zurückgäbe, die Mademoiselle Hélène ihm geschrieben, würde Prinz Racowitza eine Rücknahme seiner Forderung in Betracht ziehen. Was, der Beleidigte sich auch noch entschuldigen? erwiderte General Bethlen mit einer schönen Schaustellung ungarischen Temperaments. Abbitte schuldete man Herrn Dr. Lassalle, der sich in der Affäre von Anfang bis Ende höchst ehrenhaft verhalten und dem es böse gelohnt worden war.

»Also dann keine Ehrenerklärungen«, sagte Dr. Arndt.

Rüstow klammerte sich an die Prioritätsfrage. Wenn, wie Dr. Arndt und Graf Keyserling beide behaupteten, es sich primär um eine Beleidigung von Mademoiselle Hélène handle, dann müsse sich nach jedem anerkannten Ehrenkodex der nächste männliche Verwandte zur Verteidigung ihrer Ehre stellen – und nicht irgendein zufällig verfügbarer junger Mann. Prinz Racowitza, erwiderte Graf Keyserling, war nicht irgendein verfügbarer junger Mann; er war der Verlobte, und seine Rechte bezüglich Mademoiselle Hélènes waren älteren Datums als die von Lassalle. Herr Dr. Lassalle sei durchaus bereit, sich mit dem jungen Racowitza zu duellieren, entgegnete Rüstow, aber Dönniges habe sich als erster zu stellen. Monsieur von Dönniges, antwortete Dr. Arndt, sei in seiner Eigenschaft als akkreditierter Gesandter nach Bern gerufen worden. Natürlich ließe sich die ganze Sache aufschieben. Das hieße jedoch, die Leiden der betroffenen jungen Dame unnötig zu verlängern; und es könne nur den Eindruck erwecken, als ob Lassalle es vorziehe, einem älteren, mit der Feder eher als mit der Pistole vertrauten Herrn entgegenzutreten, obwohl ihm ein junger, kräftiger Mann, der mit der Waffe umzugehen verstand, Genugtuung bot. Empfinde General Bethlen es nicht auch so?

»Eigentlich ja«, sagte General Bethlen.

»Weiter keine Einwände also, Oberst Rüstow?«

»Keine.«

»Die Zeit?«

»Morgen, den 28. August, früh.«

Bei der Wahl der Waffen setzte Rüstow sich durch. Dr. Arndt und Graf Keyserling schlugen Pistolen mit gezogenem Lauf vor; Rüstow bestand auf glatten. Die seien als Waffe sauberer, argumentierte er; schließlich fechte man ein Duell, keine Feldschlacht. Er versäumte dabei zu erwähnen, daß in ganz Genf nur ein einziges Paar glatter Pistolen existierte, das einigermaßen brauchbar war – und dieses reparaturbedürftig. Insgeheim hoffte er, der Büchsenschmied, dem die Pistolen gehörten, werde auf so kurze Notiz hin die Reparatur nicht rechtzeitig durchführen können; aber wieder verbaute ihm Dr. Arndt den Ausweg. Dr. Arndt wünschte, die Pistolen selbst zu begutachten. Dr. Arndt begleitete ihn zu dem Büchsenschmied, versprach doppelte Bezahlung und überredete mit seiner preußisch-bourgeoisen Hartnäckigkeit den Mann, die

Nacht hindurch zu arbeiten. Um fünf Uhr früh würden die Pistolen bereit liegen, geölt und geprüft, *oui, Monsieur*, ganz gewiß.

Rüstow verbarg seine Befürchtungen, als er sich wieder bei Lassalle einfand und ihm die mit Arndt und Keyserling getroffenen Abmachungen berichtete.

Lassalle hörte ihn an, lächelte, nickte hier und da. Er erschien heiter, fast freudig, als ginge er zu seiner Hochzeit und nicht zu einem Duell.

»Haben Sie denn gar keine Einwände?« fragte Rüstow, nachdem er geendet hatte. »Keine Vorschläge, die Bethlen und ich vorlegen könnten, wenn wir heute abend unsere letzte Zusammenkunft mit Arndt und Keyserling haben?«

Alle seine drei Narben juckten Rüstow. Eigentlich hätte er sich freuen sollen, daß Lassalle so ruhig und gefaßt war; und doch hatte er das Gefühl, er müßte Lassalle aus seiner Euphorie herausreißen und ihm endlich klarmachen, daß eine der beiden Pistolen morgen früh auf ihn gerichtet sein würde.

»Carouge...« Lassalle, Fäuste in den Hosentaschen, ging federnd im Zimmer auf und ab. »Wir treffen uns also in Carouge. Das ist ein Vorort in der Nähe der französischen Grenze, nicht...? Ja, ich hätte einen Vorschlag, Rüstow. Sagen Sie den zwei Herren, ich wünschte, daß das eigentliche *rencontre* auf französischem Boden stattfindet, damit wir den Schweizer Behörden keinen Vorwand zu meiner Ausweisung liefern und ich für die Begegnung mit Dönniges in Genf bleiben kann.«

Was war das: Großsprecherei? Blindes Selbstvertrauen? »Frankreich, Schweiz...« Rüstow fing an zu fluchen, wohlgerundete, enorme Soldatenflüche. »Ich habe Ihre Witzeleien über die Sache satt, Lassalle. Können Sie nicht verstehen, daß der walachische Bankert Sie auf der einen Seite der Grenze ebenso totschießen kann wie auf der andern?«

»Aber was...« Lassalle blieb stehen und sah ihn lange an. »Ich bin nicht der Meinung, daß die Geschichte dieser Welt aus einer Serie von Zufällen besteht. Es hat in diesen letzten zwei Jahren Momente gegeben, wo ich glaubte, am Ende zu sein; aber heute bin ich einer Zukunft voll großer Aufgaben sicher, die keiner außer mir lösen kann. Den Gott, zu dem die kleinen Kinder beten, gibt es vielleicht nicht, Rüstow; aber es gibt so etwas wie Schicksal. Erst wenn meines erfüllt ist, werde ich gern bereit sein, den Teufel meine unsterbliche Seele holen zu lassen.«

»Ich würde mich nicht ausschließlich auf die Langmut des Teufels verlassen. Warum nicht versuchen, dem Schicksal ein wenig unter die Arme zu greifen? Haben Sie daran gedacht, daß Sie üben sollten? Ich kenne einen privaten Schießplatz, wo keiner Sie sehen würde; Sie können meine Pistole benutzen – ein erstklassiges Stück, in Ravenna gearbeitet.«

Lassalle ging zum Wandschrank und goß für sie beide ein.

»Ich würde auch heute nicht trinken, wenn ich morgen ein sicheres Auge und eine ruhige Hand brauche.«

Lassalle hielt sein Glas hoch. »Wissen Sie – der Bursche hat schon einmal versucht, mich zu erschießen.«

Rüstow hob den Kopf: die Fäden dieser Angelegenheit wurden immer verwickelter.

»In Berlin. Noch dazu mit meiner eignen Pistole.« Lassalle lachte spöttisch. »Der Schuß ging ins Leere.«

»Und wird auch morgen wieder das Ziel verfehlen?«

»Den Typ kennen wir doch: dekadent, weibisch. Er hat Angst vor der Waffe gehabt, vor dem Knall und allem, was dazugehört.«

»Aber er hat abgedrückt.«

Lassalle freute sich. »Sie haben gar nicht geahnt, daß ich eine Pistole besitze, was, Rüstow?«

»Sie haben nie eine Andeutung davon gemacht.«

»Oder daß ich wissen könnte, wie man damit umgeht...«

»Ich bin überzeugt, Sie kennen sich aus.« Rüstow trank. »Trotzdem haben Sie wohl nichts dagegen, wenn ich ein kurzes Gebet richte an den Gott, zu dem die kleinen Kinder beten?«

»Tun Sie das«, sagte Lassalle. »Schließlich ist es derselbe Gott, den meine Vorfahren erfunden haben.«

Er schrieb sein Testament in völlig gefaßter Stimmung.

Der Mensch muß gewisse Anordnungen für den Fall seines Todes treffen – aber ihm war, als bezöge er sich nicht auf den eignen Tod, während er sein Tafelsilber zwischen seiner Mutter und der Gräfin aufteilte; seinem Freund Rüstow eine kleine Jahresrente aussetzte und, nach kurzem Nachdenken, auch Wilms, dessen Gehalt als Sekretär des Allgemeinen Deutschen Arbeitervereins recht aufbesserungsbedürftig war; dem Dichter Herwegh in Anerkennung der Abfassung der Vereinshymne die Summe von einhundert französischen Franken anwies; die Personen namentlich anführte, denen es gestattet sein sollte, sich Bücher aus seiner Bibliothek auszuwählen, und bestimmte, wie viele Bände sich jeder einzelne aneignen durfte; die eigne Leibrente, die er aus den Hatzfeldtschen Gütern erhielt, der Gräfin wieder übermachte; seine Statuensammlung verteilte, darunter den Apollo, den Satyr, den Hegel: dem Komponisten von Bülow den Apollo, der Gräfin alles aus Alabaster; Holthoff zum Testamentsvollstrecker ernannte... Ihm war, als handele es sich um den Tod eines ganz fremden Menschen: er selbst der Anwalt, der den Wünschen des Sterbenden lauschte und dessen Worte ordnete und in juristische Sprache übersetzte; als stünde er außerhalb dieser Wirklichkeit; kein Übel berührte ihn; Schmerz, Krise, Verzweiflung lagen in der Vergangenheit. Wiederholt legte er die Feder zur Seite, um sich das Gefühl der Pistole in seiner Hand vorzustellen: der Schuß, sagte er sich, würde den Teufelskreis durchbrechen, in dem er so lange gefangen war; morgen kam das Ende, kam ein neuer Anfang.

So also, ohne wirklich an die Möglichkeit zu glauben, schrieb er: *Dem Allgemeinen Deutschen Arbeiterverein empfehle ich, zu meinem Nachfolger den Frankfurter Bevollmächtigten Bernhard Becker zu wählen. Er soll an der Organisation festhalten! Sie wird den Arbeiterstand zum Sieg führen.*

Er sah den Kronprinzen, den er soeben ernannt hatte, vor sich – die dünne, wetterfahnenähnliche Nase, den spärlichen Mund, die berechnenden Augen. Er dachte daran, wie Becker, damals in Leipzig, sich so angelegentlich nach seiner Gesundheit erkundigte; wie er neben ihm saß in der Kutsche auf der Fahrt nach Ronsdorf, um die Begeisterung des Volkes mitzuerleben. Der Mann würde ein guter Administrator sein; in seinen Händen würde der Verein sich sicher befinden: Nach dem Ausscheiden des großen, schöpferischen Revolutionärs wurde der Organisationsmensch gebraucht, der Bürokrat, der die Bewegung vor dem Auseinanderfallen bewahrte. Die Idee, obwohl Frucht des Augenblicks, reizte ihn; er würde sich ausführlicher damit beschäftigen, sobald er mit Racowitza abgerechnet hatte und dies Testament in den Papierkorb wandern konnte.

Und dann kam die Dunkelheit. Die Gräfin war da und schlug vor, das Abendessen aufs Zimmer bringen zu lassen. Ihr Ausdruck war unbewegt; eine dicke Schicht Schminke verbarg die verheerende Wirkung, die der Gefühlsaufruhr der letzten Tage auf ihr

Gesicht gehabt hatte. »Ich möchte ein wenig von der Atmosphäre unsrer Düsseldorfer Zeit wiederherstellen«, sagte sie, »als wir beide die Flamme hüteten in der allgemeinen Misere.«

»Warum so feierlich?« fragte er, fand sich aber allmählich in die Stimmung hineingezogen. Und sie inszenierte alles stimmungsgemäß: Kerzen auf dem Tisch, stumme Bedienung, dunkelroter Wein, der wie Blut in den Kristallgläsern stand.

»Sophie?«

»Ja, mein Lieber?«

Sie saßen einander gegenüber, der Prophet und die Priesterin, und das Flackern der Lichter schuf sonderbare Schatten um Brauen und Lippen.

»Wir hätten das morgen abend veranstalten sollen«, sagte er, »zur Feier.«

Sie schob ihren Teller zur Seite. »Ich möchte dir danken«, sagte sie, auf einmal ins Du zurückfallend, »für alles. Für deinen Kampf, für deine Liebe – sogar für den Schmerz, den du mir zugefügt hast.«

»Klingt ja wie eine Totenrede.«

»O mein Gott – nein. Nein! Ich habe das schon lange sagen wollen.«

Er kaute, schluckte. Er hatte Appetit. »Ich verstehe nicht. Rüstow benimmt sich, als ginge ich in eine schwere Schlacht; und du« – nach kurzem Zögern blieb er beim Du –, »du sitzt da wie eine indische Witwe, die mitsamt ihrem Verblichenen auf dem Scheiterhaufen verbrannt werden soll. Ich bin der einzig Normale hier, scheint's. Außer der verteufelt frühen Stunde, zu der ich aus den Federn muß, wird es ein Morgen wie jeder andere sein.«

»Selbstverständlich«, pflichtete sie ihm bei. »Und machen wir's doch wirklich morgen abend: ein schön serviertes Souper *à deux*, Wein, Kerzenbeleuchtung. Wenn diese unglückselige Affäre dazu beigetragen hat, uns einander wieder etwas näherzubringen, hat sie sich gelohnt.«

Weiber, dachte er, immer müssen sie den Mann mit Haut und Haaren fressen. Sie war offensichtlich voller Angst, aber das hielt sie keineswegs von dem Versuch ab, ihn mit Beschlag zu belegen; er konnte sich ausmalen, wie sie's erst treiben würde, wenn er, Gott behüte, verwundet werden sollte. Dennoch war es irgendwie rührend. Und wen hatte er schon in seinem Leben außer dieser alternden Frau, deren einziger Rest von Schönheit in der Form ihrer Schultern und der Tiefe ihrer Augen lag?

»Sophie?«

»Ja, Liebster?«

»Zigarre?«

Sie nickte.

Der Kellner hatte sich entfernt, Lassalle holte seine Zigarren aus dem Wandschrank. »Vielleicht wär's dir auf dem Sofa bequemer?«

Gehorsam stand sie vom Tisch auf und ließ sich in der Sofaecke nieder. Sie biß das Zigarrenende ab, und er bot ihr die brennende Kerze. Eine Zeitlang saßen sie beide und rauchten.

»Soll ich nach Kaffee läuten?«

»Nein, Liebster«, sagte sie, »noch nicht.«

Er legte seine Zigarre zur Seite. Dann kniete er mit einer plötzlichen, ungeschickten Bewegung vor ihr nieder und begrub seinen Kopf in ihrem Schoß.

Sie sagte nichts. Sie streichelte ihm Kopf und Nacken und beschwor in seiner Phantasie das Bild einer Frau herauf, die er nie besessen, von der er aber immer geträumt hatte.

Die Erde dampfte. Ein leichter Regen war während der Nacht gefallen; jetzt war der Himmel klar; die Baumkronen, deren Blätter im Morgenwind flüsterten, hoben sich wie gestochen von dem fahlen Licht ab.

Die Straße war nicht mehr gepflastert. Die Pferde liefen in einem langsamen Trott, die Kutsche schwankte leicht, und Lassalle überließ sich der Bewegung; er bemerkte das Glitzern des Taus in den Büschen, das rhythmische Auf und Ab der Pferdekruppen, einen Vogel, der am Himmel vorüberschoß. Wie unwirklich, dachte er und berührte seine Wangen, die von der scharfen Rasur und dem starken Eau de Cologne, das er danach benutzt hatte, noch brannten. Wie unwirklich; und dann: Vielleicht sollte man öfter um diese Tageszeit aufstehen, man versäumt etwas. Sobald diese Schießerei und die zweite gegen Dönniges vorbei waren, würde er nach Berlin zurückkehren und sehr aktiv werden – früh aufstehen, im Tiergarten reiten, sich in den Streit um Schleswig-Holstein einschalten, den Kontakt mit Bismarck wieder aufnehmen, sich mit den Gerichten auseinandersetzen, für den Verein agitieren – seit langem hatte er sich nicht so frisch gefühlt; vielleicht wirkten sich die Molke und der Weißkäse vom Rigi noch verspätet aus, oder es kam daher, daß er nicht mehr sein ganzes Denken, seine ganze Energie auf eine junge Frau verschwendete, die das gar nicht zu schätzen wußte; vielleicht lag's an beidem. Das Echo der Schüsse von Carouge würde durch Europa hallen, vom Ministerkabinett bis zur Arbeiterhütte, und würde alle gegen ihn verbreiteten Gerüchte ersticken. Furchtlos und unerschrocken, ob er die Pistole in der Hand hielt oder das Gesetzbuch, ob er die unterdrückten Massen aufrief oder gekrönten Häuptern gegenübertrat – so würde man ihn sehen, so würde er in den Hallen der Geschichte überdauern: ein Tribun des Volkes. Und im Lied heute noch Ungeborener würde besungen werden, wie er die Massen führte; und Teile von seinem Gedankengut würden fortleben in den Hirnen, ob die Zukünftigen sich dessen bewußt waren oder nicht, solange Menschen sich zur Herbeiführung revolutionärer Veränderungen organisierten.

Er spürte Rüstows Hand auf dem Knie. Er bemerkte den Pistolenkasten auf Rüstows Schoß, das an den Ecken abgestoßene Leder. Wie lange hatte Rüstow schon zu ihm gesprochen?

»Ich wiederhole« – Rüstow war geduldig –, »Sie dürfen beim Feuern nach Belieben stehen. Das ist eine äußerst günstige Regelung; Sie können sich bei General Bethlen dafür bedanken; er hat das gestern abend durchgesetzt.«

Bethlen nickte gravitätisch, wobei sein Ziegenbärtchen im Mantelkragen verschwand. »Das heute ist das dreiundzwanzigste Duell, an dem ich beteiligt bin«, ließ er wissen, »direkt oder als Sekundant.«

»Weiter«, sagte Rüstow, »haben wir uns auf zwanzig Sekunden pro Schußwechsel geeinigt. Der ladende Sekundant kommandiert beim Anfang *eins*, nach der zehnten Sekunde *zwei*, am Ende der Runde *drei*. Am besten rasch zielen; es ist kein Übungsschießen; der erste Schuß könnte der letzte sein.«

Lassalle hörte zerstreut hin. *Eins, zwei, drei*, natürlich rasch zielen, schon damit man die Sache hinter sich brachte. Er empfand eine gewisse Neugier hinsichtlich seiner eigenen Reaktion: die Anhäufung prosaischer Hausdächer in der Entfernung war wohl Carouge, und noch immer zeigte sich bei ihm keine Spur von dem, was im entferntesten in die Kategorie Furcht fiel; ein Ansatz von Spannung wohl, doch keine Furcht.

»Nun«, sagte er, »wo bleiben die Herrschaften?«

Die Kutsche hielt vor einem kleinen Gasthaus an. Ein schläfriger Wirt kam vor die Tür. Sie hatten eine Hochzeit gehabt, gestern nacht; aber wenn die Herren eintreten wollten, Kaffee oder Tee, Eier, Butter, Brot stünden zur Verfügung. Bei dem Gedanken an Essen verspürte Lassalle einen plötzlichen Brechreiz; er ließ sich eine Tasse Tee geben.

Man nahm in der Gaststube inmitten der Überreste und Gerüche der gestrigen Feier Platz; General Graf Bethlen gab Anekdoten aus dem Feldzug gegen die Russen, wobei seine Honveds beständig siegten, zum besten; das große Duell, der Inbegriff von Mannesmut und Mannesehre, drohte über soviel Alltäglichem in Vergessenheit zu geraten.

Endlich meldete der Kutscher: »Sie kommen.« Lassalle zahlte – seine Sekundanten hätten sich bitte als seine Gäste zu betrachten; auch der Champagner später ginge auf seine Rechnung. Draußen waren die andern ihrem Wagen entstiegen, Racowitza sah durch seinen schwarzen Zylinder sonderbar verlängert aus; ein Mann mit rosigem Gesicht wurde als der Chirurg Dr. Seiler vorgestellt; Dr. Seiler, hörte Lassalle Arndt erklären, sei an der Verspätung schuld, er habe noch eine Steißgeburt zur Welt bringen müssen: einen gesunden Jungen übrigens. Lassalle stellte fest, daß Racowitza ihn unverschämt anglotzte. Er wandte sich ärgerlich ab und setzte sich in seine Kutsche.

Er verlor alles Gefühl für Zeit und wie lange man ihn warten ließ. Er versank wieder in das Wechselspiel zwischen einer übermäßig scharfen Wahrnehmung der ihn umgebenden Dinge und einer angenehmen Lethargie. Dann setzte sich die Kutsche in Bewegung. Rüstow berichtete: »Wir fahren hinter ihnen her. Der Arzt kennt eine Lichtung im Wald, wo so etwas schon stattgefunden hat und keine Gefahr besteht, daß plötzlich irgendein Bauer oder gar ein Gendarm auftaucht.«

»Aber liegt es schon in Frankreich?« Lassalle lauschte seiner eignen Frage. Zugleich wußte er jedoch, daß das Problem nicht mehr von Wichtigkeit war.

»In Frankreich?« Rüstow murmelte etwas Unverständliches. »Ich vermute. Ich werde mich erkundigen.«

»Es ist wegen Dönniges«, erklärte Lassalle zu Bethlens Verständnis. »Ich habe noch mit Dönniges abzurechnen.« Und zu Rüstow: »Wo haben Sie mein Testament aufbewahrt?«

»Es ist in meinem Zimmer, unter Verschluß.« Rüstow mißfiel der plötzliche Themawechsel. »Wir werden es nicht brauchen.«

»Im Falle eines Falles übergeben Sie es der Gräfin...« Eines der Räder schlug gegen eine Wurzel; Lassalle wurde gegen Bethlen geschleudert, entschuldigte sich und fuhr fort: »...der Gräfin. Sie soll Amberny zuziehen. Ich kenne die Kantonalgesetze bezüglich Erbschaftssachen nicht; Amberny wird ihr beistehen.«

»Jetzt machen Sie sich doch deswegen keine Sorgen! Konzentrieren Sie sich auf das Nächstliegende: rasch zielen, ruhig abdrükken, und kein falsches Mitleid.«

»Ich mache mir keine Sorgen. Wenn ich etwas empfinde, dann Gleichmut.«

»Ausgezeichnet!« lobte Bethlen. »Nichts untergräbt die Nerven so stark, wie in solchen Augenblicken über das eigene Leben nachdenken zu wollen – den Kaviar, den man noch nicht gegessen, den Wein, den man noch nicht getrunken, die Frauen, die man noch nicht beschlafen hat. Ich kannte da einen Honved-Rittmeister... Ja, Dr. Seiler?«

Der Wagen hatte angehalten. Im Türfenster zeigte sich das Gesicht des Chirurgen mit den brutalen Lippen und der dicken Nase. »Aussteigen, die Herren! Es ist nur noch ein kurzes Stück, durch das Gehölz dort.«

Man schritt im Gänsemarsch hinter Dr. Seiler her, der seine Arzttasche trug. Lassalle vernahm das ferne Schnauben der Pferde; dann war nur noch das Rascheln der Blätter zu hören, die man zufällig streifte, und das gelegentliche Knacken eines toten Zweiges unter dem Stiefel. Racowitza befand sich hinter ihm, durch General Bethlen und Dr. Arndt von ihm getrennt. Lassalle zwang sich, nicht zurückzublicken; ein Eichhörnchen lenkte ihn ab, der rote Schwanz verschwand blitzschnell um einen Baumstamm. Wäre doch komisch, dachte er, wenn das mein letztes Eichhörnchen war; wie vielen Eichhörnchen war er begegnet in seinem Leben, zwei Dutzend, drei; wer zählte Eichhörnchen? Er fragte sich, woran Racowitza wohl denken mochte; vielleicht an Helen. Sonderbar, daß sie mir erst jetzt in den Kopf kommt. Wenn sie jetzt hier wäre..., dachte er; nein, er würde keine Hemmungen haben; ins Gebüsch hinein und *eins, zwei, drei;* bei Gott, er verspürte Lust, um diese Tageszeit, und an diesem Tag...

»Märchenhaft!«

Endlich hatte jemand das Schweigen gebrochen: Graf Keyserling oder auch Racowitza. Dr. Seiler grinste, als hätte er persönlich die Lichtung mit ihrem gräsernen Teppich, dem unsichtbar murmelnden Bach, den ringsum ragenden Tannen angelegt. Märchenhaft, dachte Lassalle; und blickte auf zu dem viereckigen Stück Himmel, das da stahlblau über ihm stand. Und in diesem Moment sprang ihn die Angst, die er bisher so sorgfältig vor sich selbst verborgen hatte, mit allen Klauen an, ungeheuer, dunkel, geschuppt. Das Gras löste sich auf in Millionen scharf gezeichneter Halme; die Luft füllte sich mit dem dumpfen Rauschen seines Blutes; mit jedem Pulsschlag preßte sich sein Hirn gegen die Schädelnähte. Er hätte aufschreien mögen zu Rüstow, zu irgendwem: Schluß mit dem Wahnsinn – was hatte er hier zu suchen, er, ein gebildeter moderner Mensch, mit gewaltigen politischen Aufgaben, die es zu erfüllen galt, Erfolg schon im Griff, die Gesellschaft ihm zu Füßen: hier im Wald, drauf und dran, einer Kugel dieses Walachen als Zielscheibe zu dienen? Märchenhaft... Warum lief er nicht weg; die Welt war voller Vernunftgründe; man brauchte nur einen auszusuchen, der halbwegs annehmbar klang und sich dem Publikum vorwerfen ließ...

Doch die Zunge lag ihm wie geschwollen im Munde und hinderte ihn am Sprechen. Er glaubte, Rüstow rufen zu hören; Rüstow kam und nahm ihn beim Ellbogen und führte ihn auf Racowitza zu. Dr. Arndt sagte etwas, lakonisch, eine Art Formel; Bethlen wiederholte sie. Racowitza antwortete: »Nein.« Lassalle spürte einen leichten Stoß von Rüstow. »Nein«, antwortete er mit Mühe.

»Also dann keine Versöhnung«, stellte Dr. Arndt fest.

»Keine Versöhnung«, bestätigte Rüstow.

Racowitza nahm den Hut ab und verbeugte sich. Auf Rüstows energisches Kopfnicken hin nahm Lassalle gleichfalls den Hut ab, vergaß aber die Verbeugung. Rüstow informierte ihn: »Wir haben gelost. Ich habe gewonnen. Das bedeutet, daß ich für den ersten Schußwechsel die Pistolen lade und die Kommandos gebe. Vergessen Sie nicht – *eins*, und zielen, und feuern!«

Sie gingen die kurze Strecke Arm in Arm und blieben dann stehen.

»In welcher Richtung?« sagte Lassalle.

Rüstow wurde bleich. Dann wies er ihm die Richtung. Lassalle kniff das Auge zusammen. Racowitza war kaum mehr als ein Schatten, bleistiftdünn.

»Ist die Entfernung nicht sehr groß?«

»Die Entfernung ist korrekt.« Rüstow nahm Lassalles Hut entgegen und half ihm, den Rock abzulegen. »Wie fühlen Sie sich? Möchten Sie auch Kragen und Krawatte abnehmen?«

Lassalle schüttelte den Kopf.

»Viel Glück!« sagte Rüstow.

Lassalle sagte nichts. Er blickte Rüstow nach; der ging, die Pistolen zu laden; das Rauschen war wieder um ihn; er stellte sich breitbeinig hin, um die Schwäche in den Knien auszugleichen. Wenn es einen Gott gab, dann hielt er sich hinter dem goldbestickten dunkelsamtnen Vorhang in der alten Breslauer Synagoge verborgen, zwischen den Thorarollen, aus denen der Rabbiner am Sabbat vorlas.

Aus dem Samt stach General Bethlens Ziegenbärtchen hervor. »Ihre Pistole.«

Lassalle wog die Pistole, glatt, fest, in seiner Hand. Ob es das Gewicht der Waffe war oder die gehäuften Reflexe von Hunderten von Übungsschüssen in seinem Berliner Hinterhof: ein Gefühl der Ruhe drang von der Handfläche her zu seinem Herzen; und als Bethlen nun zur Seite trat, erblickte Lassalle die Welt wieder deutlich und klar. Der Druck war von seinem Hirn gewichen. Sein Verstand registrierte: Rüstow, die Uhr in der Hand; den Arzt, der seine chirurgischen Instrumente ausbreitete; Racowitza im Profil, die Hosen in Kniehöhe etwas ausgebeult.

»Achtung, die Herren!«

Das kam von Rüstow.

»Eins!«

Lassalle hob die Pistole, visierte die mageren Schultern an, den schmalen Kopf.

Schuß.

Ein wilder Schmerz durchzuckte ihn von der Leiste bis zur Schläfe. Er drückte blindlings ab, tat zwei Schritte nach links und brach zusammen.

Er sprach nicht viel auf der Rückfahrt.

Der Schmerz war gleichmäßiger geworden; der Schmerz stak in ihm wie ein ungeheurer Fremdkörper, eine Kanonenkugel, die in seiner Leistengegend festsaß und ihm das Gekröse auseinanderpreßte. Von der Brust abwärts war er in eine graue Pferdedecke gehüllt. Ein dunkler Fleck bildete sich darauf und breitete sich aus, bis er zu den Knien reichte. Blut, dachte er; warum stillt der Arzt die Blutung nicht; ich beschmutze ja alles. Rüstow, der ihm zur Linken saß, suchte ihn zu stützen und wiederholte in verschiedenen Abwandlungen: »Strengen Sie sich jetzt nicht an, sitzen Sie still, sorgen Sie sich nicht. Es ist halb so schlimm, nur eine Fleischwunde.«

»Halb so schlimm«, sagte Dr. Seiler und brüllte den Kutscher an: »Runter von dem Kopfsteinpflaster, verfluchter Idiot! Wie würde dir das gefallen, wenn du auf den eignen Weichteilen sitzt?«

Rüstow winkte ärgerlich ab.

Der Chirurg verzog das Gesicht. »Er hört uns schon nicht. Und wenn, begreift er's nicht. Nicht nach dem, was ich ihm eingegeben habe.«

Lassalle wollte ihm sagen, daß er recht gut begriff. Er verstand jedes Wort, aber irgendwie blieben die Worte auf einer sonst völlig durchsichtigen Fläche über ihm hängen und weigerten sich, zu der Tiefe, in der er sich befand, herabzusinken.

»Das war eine Bestialität«, knurrte Rüstow. »Man zielt aufs Herz – aber nicht dort unten hin.«

Dr. Seiler zuckte die Achseln. »Ein Schuß kann fehlgehen.«

»Ein Schuß, der fehlgeht, schlägt gewöhnlich zu hoch ein.«

»Der da ist eben zu tief eingeschlagen.« Der grobe Mund zog sich in die Breite. »Liegt aber doch eine Art Gerechtigkeit drin: Treffer genau in den Körperteil, von dem die Beleidigung ausging.«

Rüstow, fluchend: »Wenn's der Teil noch getan hätte...!«

Staccato: Gehüpf der Räder auf Kopfsteinpflaster. Lassalle bäumte sich auf; die Kanonenkugel in seinem Innern wurde zum Gebiß eines Riesentiers, das ihn zerfleischte. Ein Aufschrei – sein eigner.

Dann war da die Gräfin, beugte sich über ihn, Augen tragisch über eingefallenen Wangen, Lippen in vergeblichem Versuch, ein mütterliches Lächeln zustande zu bringen, bevor sie ihm die Stirn küßte.

»Nicht weinen«, sagte er.

»Nicht weinen, hat er gesagt!« Das klang fast jubelnd. Sie wandte sich zwei schattenhaften Gestalten zu, die hinter ihr standen. »Er spricht wieder; es besteht Hoffnung!«

»Er ist ja auch nicht am Mund getroffen worden«, erwiderte Schatten Eins. Schatten Zwei sagte tröstend: »Was die ärztliche Wissenschaft für ihn tun kann, Madame, wird getan.«

»Sophie«, sagte er deutlich.

Er spürte ihre Hand auf der seinen; unerträglicher Druck.

»Wasser.«

Ein Glas wurde ihm an die Lippen gehalten. Er trank ein paar Tropfen, aber der widerliche Geschmack wich ihm nicht von der Zunge.

»Muß ich sterben, Sophie?«

»Nein!« Sie unterdrückte ein Schluchzen. »Nein, nein.«

»Verlaß mich nicht.« Und dann: »Das Testament, Sophie. Rüstow. Der Notar.«

Der Schmerz grub sich in ihn hinein, zwei enorme Krallen, schimmernder Schnabel, wie aus Stahl. Er versuchte, sich dem Schmerz zu entwinden, die Bettdecke hielt ihn umklammert.

»Man muß ihn wieder betäuben«, sagte Schatten Eins. Schatten Zwei wuchs, bis alles Licht verdeckt war. Der Mund wurde ihm mit Gewalt geöffnet. Da war wieder der üble Geschmack, dick, puderartig. Er versuchte, das Zeug auszuhusten, war aber zu schwach dazu.

Später erkannte er Rüstow. Ein Mann sagte: »Ich bin Amberny. Wie ich höre, Herr Dr. Lassalle, sind Sie entschieden auf dem Wege der Besserung. Was kann ich für Sie tun?«

»Das Testament.«

Er fühlte etwas zwischen seinen Fingerspitzen: Papier; ein Siegel. Mit einer Anstrengung, die ihn beinahe allen Atem kostete, erbrach er das Siegel.

»Ja?« fragte Amberny.

»Durchlesen.«

Amberny nahm das Testament. Lassalle suchte das Gesicht des Notars zu beobachten, während er las, aber es blieb verschwommen. Lassalle wurde unruhig, zupfte an der Bettdecke.

»Möchten Sie etwas hinzufügen?« sagte Amberny.

Lassalle schüttelte den Kopf.

»Was möchten Sie denn?«

»Rechtsgültig... Ist es rechtsgültig?«

»Es ist in Ihrer eignen Handschrift. Es ist in der richtigen Form abgefaßt. Es ist unanfechtbar.«

»Ah.« Lassalle winkte mit dem Finger. Und als Amberny sich über ihn beugte, flüsterte er: »Guter Jurist, eh?«

»Sind Sie, sind Sie.«

Lassalle lächelte. »Wieder versiegeln.«

Der Kopf sank zurück.

Licht war. Und Dunkel. Und wieder Licht. Und Dunkel. Tage? Nächte? Der Schmerz durchdrang alles. Der Schmerz war wie ein selbständiges Wesen, das in ihm, neben ihm, um ihn herum lebte, ihn umhüllte. Er hatte endlose Debatten mit ihm, die er mit juristischem Scharfsinn führte. Die Schwäche seiner Position lag in der Zwiespältigkeit seiner Gefühle dem Gegner gegenüber: Einerseits war dieser Schmerz mörderisch, höhlte ihn aus, und es ließ sich voraussehen, daß man sich am Ende ihm ergeben mußte; andererseits schützte der Schmerz ihn davor, an das Letzte, das totale Nichts, den Tod, denken zu müssen. So viele Freunde hatte er gehabt; nur dieser eine war ihm geblieben: Schmerz. Schmerz, die große Mutter, die ihn gebar; Schmerz, aus dem alles erwuchs, Ideen, Kampf, Brot, Gerechtigkeit. Bevor es Gott gab, gab es Schmerz: Gott war nur eine Antwort auf den Schmerz.

Dann verließ ihn auch der Schmerz.

Der Pfleger war zum Abendessen gegangen. Die Gräfin, erschreckt durch den plötzlichen Schatten auf seinem Gesicht, war aus dem Zimmer geeilt, um Hilfe zu holen.

So war er allein, als er starb.

Postskript I

von Julius Vahlteich

Wenn das schließliche Obsiegen der sozialistischen Ideen nicht sozusagen naturgesetzlich feststände, d. h., wenn nicht aus der bisherigen wirtschaftlichen Entwicklung und der Kenntnis der menschlichen Natur mit Sicherheit zu schließen wäre, daß auf die Periode kapitalistischer Wirtschaftsordnung diejenige des Sozialismus folgen muß, so könnte man schon aus der Entwicklung, welche die sozialistischen Fraktionskämpfe in den Jahren 1864 bis 1874 genommen haben, auf die Unverwüstlichkeit der sozialistischen Idee schließen.

Die Zahl der Anhänger der sozialistischen Partei war zur Zeit von Lassalles Tod überaus gering. Nur in einigen großen Städten und vereinzelten Industriebezirken bestanden kleine Gemeinden. Es gab keine einzige Zeitung für die Partei, und die Propaganda war ausschließlich auf einige Redner von sehr geringer wissenschaftlicher und oratorischer Befähigung und auf die Verbreitung der Lassalleschen Broschüren angewiesen. Dabei wurden die Verfolgungen seitens der Polizei und Gerichte häufiger, und die Bourgeoisie begann zu fühlen, daß sie in ihrer Existenz bedroht wurde, sie fing deshalb an, auch ihrerseits sich zum Kampfe zu rüsten.

Unter diesen Umständen begann unter der kleinen Zahl von Leuten, die, mehr oder weniger klar bewußt, dem sozialistischen Banner folgten, ein leidenschaftlicher, mit größter Erbitterung geführter Kampf.

Lassalle hatte als Parole für die Agitation bekanntlich die Forderung des allgemeinen Stimmrechts und das Verlangen nach Staatshilfe für zu gründende Produktiv-Genossenschaften ausgegeben. Gegen die letzte Hälfte dieses Programms ließ sich vielerlei einwenden; es wäre das aber nicht so schlimm gewesen, wenn Lassalle am Leben geblieben wäre. Er hätte nach Zeit und Umständen seine Forderungen modifizieren und neue Gesichtspunkte eröffnen können. Da er aber tot war, blieb die sonderbare Forderung wie ein Dogma bestehen, über welches die »Lassalleaner« mit ihrem Denken nicht hinauskamen. Jeder, der nicht unbedingt auf diesen zum Glaubenssatz gewordenen Lassalleschen Fehlgriff schwor, wurde aus dem Allgemeinen Deutschen Arbeiterverein hinausgeworfen.

Dazu gesellten sich Streitigkeiten rein taktischer Natur.

Lassalle hatte die Organisation der Partei gewissermaßen auf seinen Leib zugeschnitten, d. h., er hatte dem Präsidenten eine Art diktatorischer Gewalt gegeben, die seine Nachfolger krampfhaft, aber ohne Erfolg, festzuhalten suchten. Daraus entstanden Spaltungen und Kämpfe, die an tragischer Komik nichts zu wünschen übrig ließen. Es gab eine Zeit, wo nicht weniger als fünf Organisationen existierten, die sich Allgemeiner Deutscher Arbeiterverein nannten und von denen jede sich für die »echte Lassallesche« hielt.

Neben der spezifisch Lassalleschen Richtung verschafften sich die Elemente Geltung, welche unter dem Einfluß des älteren Sozialismus standen, wie er durch Weitling und Marx vertreten wurde. In diesem Sinne wirkte insbesondere Wilhelm Liebknecht, der im Jahre 1863 aus dem Exil in London nach Deutschland zurückgekehrt war.

So lagen die Dinge, als der Deutsch-Österreichische Krieg ausbrach, durch den die politische Lage vollständig geändert wurde. Bismarck oktroyierte für den Norddeutschen Bund das allgemeine Stimmrecht, durch das den Fraktionen ein geschicktes Mittel zur Agitation und die Möglichkeit gegeben wurde, ihre Stärke zu messen.

Der Parteihaß gelangte zum Siedepunkt. Verdächtigungen der gröbsten Art durchschwirrten die Luft, man sprengte sich gegenseitig die Versammlungen, wobei es oft genug zu den widerlichsten Szenen und Gewalttätigkeiten kam. Die drei stärksten Fraktionen hatten jedoch einige Erfolge bei den Wahlen, und man rechnete sehr genau die abgegebenen Stimmen zusammen, um daraus die Stärke der Fraktionen zu finden. Für die Gestaltung der Gesetzgebung war die geringe Zahl der Vertreter natürlich vollständig bedeutungslos; es wurde aber doch im Laufe der Jahre ein bedeutendes Anwachsen des sozialistischen Votums konstatiert.

Die Hatzfeldtsche Fraktion schied nach einigen Jahren aus dem Wettbewerb um die Macht aus, da die Gräfin die Sache satt bekam und keine geeignete Person vorhanden war, um das »Werk« weiterzuführen. Der Stimme der Vernunft wurde mehr und mehr Gehör gegeben, die Verfolgungen seitens der Behörden drückten gleich mächtig auf die zwei restlichen Fraktionen, so stand denn der Vereinigung nach zehnjährigem Bruderkriege nichts mehr im Wege als gewisse Vorurteile prinzipieller und persönlicher Natur; man war aber beiderseits ehrlich bemüht, sich gegenseitig Konzessionen zu machen, und so gestaltete sich der auf dem Vereinigungskongreß in Gotha geschlossene Friede zu einem dauernden, der für die sozialistische Partei Deutschlands die Möglichkeit schaffte, sich, allen Verfolgungen zum Trotz, zu der großartigen Organisation aufzuschwingen, die heute die Bewunderung der Welt erregt.

Aus: *Ferdinand Lassalle und die Anfänge der Deutschen Arbeiterbewegung*, von Julius Vahlteich, München, 1904

Postskript II
von Karl Marx und Friedrich Engels

Marx an Engels in Manchester

(London) 7. Mai 1861

...Lassalle, geblendet durch das Ansehn, das er in gewissen Gelehrtenkreisen durch seinen »Heraklit« und in einem andren Kreis von Schmarotzern durch guten Wein und Küche hat, weiß natürlich nicht, daß er im großen Publikum verrufen ist. Außerdem seine Rechthaberei; sein Stecken im »spekulativen Begriff« (der Bursche träumt sogar von einer neuen hegelschen Philosophie auf der 2ten Potenz, die er schreiben will), seine Infektion mit altem französischem Liberalismus, seine breitspurige Feder, Zudringlichkeit, Taktlosigkeit usw....

Marx an Engels in Manchester

(London) British Museum, 29. Mai 1863

...Was den Itzig angeht, so hatte er – wie mir Freiligrath konfidentiell (er zeigte mir Itzigs Brief) mitteilte – den F(reiligrath) aufgefordert, *ein Gedicht* auf die »neue« Bewegung zu machen, alias den Itzig anzusingen. Er schnitt sich jedoch in F(reiligrath). In dem Brief sagt er u. a.: »Hunderte von Zeitungen tragen täglich meinen Namen in die fernsten Winkel Deutschlands.« »*Meine* Proletarier! etc.« Da nun F(reiligrath) nicht ihn angesungen, hat er einen andren Poeten gefunden. Folgendes ist eine Probe:

»Herbei, du deutsches *Proletariat!*
Herbei, laß ferner Dich nicht fruchtlos mahnen!
Hier steht ein Mann, bereit, den Weg zu bahnen
Zu Deinem Wohlsein. Rüste Dich zur *Tat!*
Er sitzet nicht im hohen Parlamente,
Stolzieret nicht mit seinem Worttalente;
Einfach, verständlich spricht er für uns alle,
Der Mann des Volkes, *Ferdinand Lassalle!*

Nicht, daß Ihr *andern* ihre Säckel füllt,
Soll Euer Schweiß hinab zur Erde rinnen,
Nicht, daß an Reichtum täglich *sie* gewinnen,
Indes *Ihr* darbt und Euch in Lumpen hüllt.
Der Arbeit Früchte sollt Ihr *selbst* genießen,
Des Feldbaus Segen soll für *Euch* ersprießen,
O, daß an jedes Ohr es weithin schalle,
Dies Manneswort von *Ferdinand Lassalle.*«

Macte puer! Wenn das nicht gut für die Wanzläus ist!

Engels an Marx in London

Manchester, 4. Sept. 1864

... Lassalle mag sonst gewesen sein, persönlich, literarisch, wissenschaftlich, wer er war, aber politisch war er sicher einer der bedeutendsten Kerle in Deutschland. Er war für uns gegenwärtig ein sehr unsichrer Freund, zukünftig ein ziemlich sichrer Feind, aber einerlei, es trifft einen doch hart, wenn man sieht, wie Deutschland alle einigermaßen tüchtigen Leute der extremen Partei kaputt macht. Welcher Jubel wird unter den Fabrikanten und unter den Fortschrittsschweinhunden herrschen, L(assalle) war doch der einzige Kerl in Deutschland selbst, vor dem sie Angst hatten.

Aber was ist das für eine sonderbare Art, ums Leben zu kommen: sich in eine bayrische Gesandtentochter ernstlich zu verlieben – dieser would-be Don Juan –, sie heiraten wollen, in Kollision kommen mit einem abgedankten Nebenbuhler, der noch dazu ein walachischer Schwindler ist, und sich von ihm totschießen zu lassen. Das konnte nur dem L(assalle) passieren bei dem sonderbaren Gemisch von Frivolität und Sentimentalität, Judentum und Chevaleresktuerei, das ihm ganz allein eigen war. Wie kann ein politischer Mann wie er sich mit einem walachischen Abenteurer schießen!

Marx an Engels in Manchester

(London) 7. Sept. 1864

...Das Unglück des L(assalle) ist mir dieser Tage verdammt durch den Kopf gegangen. Er war doch noch immer einer von der vieille souche und der Feind unsrer Feinde. Dabei kam die Sache so überraschend, daß es schwierig ist zu glauben, daß ein so geräuschvoller, stirring, pushing Mensch nun maustot ist und altogether das Maul halten muß. Was seinen Todesvorwand angeht, so hast Du ganz recht. Es ist eine der vielen Taktlosigkeiten, die er in seinem Leben begangen hat. With all that tut's mir leid, daß in den letzten Jahren das Verhältnis getrübt war, allerdings durch seine Schuld. Andrerseits ist's mir sehr lieb, daß ich den Anreizungen von verschiednen Seiten widerstand und ihn nie während seines »Jubeljahrs« angegriffen habe.

Der Teufel mag wissen, der Haufen wird immer kleiner, neu kommt nichts zu...

Engels an Marx in London

Manchester, 7. Nov. 1864

...Inl. die Geschichten von der Herwegh und der Hatzfeldt zurück. Was ist das für eine weitere Provokation, von der Du sprichst, die Lassalle dem Walachen zugefügt und die Emma[1] unterschlagen? Der L(assalle) ist offenbar daran kaputtgegangen, daß er das Mensch[2] nicht sofort in der Pension aufs Bett geworfen und gehörig hergenommen hat, sie wollte nicht seinen schönen Geist, sondern seinen jüdischen Riemen. Es ist aber wieder eine Geschichte, die nur dem L(assalle) passieren konnte. Daß *er* den Walachen zum Duell zwang, ist doppelt verrückt...

[1] Emma Herwegh.

[2] Helene von Dönniges.

Engels an Marx in London

Manchester, 27. Jan. 1865

...Der brave Lassalle entpuppt sich nach und nach doch als ein ganz kommuner Schuft. Wir sind nie davon ausgegangen, die Leute zu beurteilen nach dem, was sie sich vorstellten, sondern nach dem, was sie waren, und ich sehe nicht, warum wir bei Itzig selig eine Ausnahme machen sollen. Subjektiv mag seine Eitelkeit ihm die Sache plausibel vorgestellt haben, objektiv war es eine Schufterei, ein Verrat der ganzen Arbeiterbewegung an die Preußen. Dabei scheint der dumme Geck sich von Bismarck aber auch gar keine Gegenleistung, gar nichts Bestimmtes, geschweige Garantien ausbedungen zu haben, sich bloß darauf verlassen zu haben, er *müsse* den B(ismarck) bescheißen, grade wie es ihm nicht fehlen konnte, den Racowitza totzuschießen. Ganz Baron Itzig. ...

Friedrich Engels
Karl Marx

(»Die Zukunft«, Nr. 185 vom 11. August 1869)

...Man hat sich in Deutschland daran gewöhnt, in Ferdinand Lassalle den Urheber der deutschen Arbeiterbewegung zu sehen. Und doch ist nichts unrichtiger. Wenn ihm vor sechs, sieben Jahren in allen Fabrikdistrikten, in allen großen Städten, den Zentren der arbeitenden Bevölkerung, das Proletariat in Massen zuströmte, wenn seine Reisen Triumphzüge waren, um die ihn die Landesfürsten beneiden konnten – war da der Boden nicht vorher etwa schon im stillen gedüngt worden, der so rasch aufschießende Frucht trug? Wenn die Arbeiter seinen Lehren Beifall zujauchzten, geschah dies, weil diese Lehren ihnen neu oder weil sie den Denkenden unter ihnen schon längst mehr oder weniger bekannt waren? ...

Appendix

Über die weiteren Schicksale einiger Dramatis Personal

YANKO VON RACOWITZA – erkrankte bald nach dem Tode Lassalles an einem Lungenspitzenkatarrh, der ein chronisches Lungenleiden hervorrief. Im Frühjahr 1865 kam Helen in Begleitung ihrer Eltern an sein Krankenlager, und dort drang, wie sie schreibt, »sein Sehnsuchtsschrei nach mir, der einzig Geliebten, aus schon todkranker Brust an mein Herz«. Yanko und Helen wurden im Juni 1865 in seiner Heimat, der Walachei, nach griechisch-orthodoxem Ritus getraut. In der Hoffnung, daß Klimawechsel Yankos kranker Lunge Linderung verschaffen würde, begab sich das Ehepaar von Racowitza auf Reisen: zunächst nach Meran in Südtirol, dann nach Ägypten und schließlich nach Korfu. Auf Korfu, wo die beiden der damals grassierenden Cholera wegen zunächst in Quarantäne gesteckt wurden, verschlimmerte sich Yankos Zustand. Er bat, nach Nizza gebracht zu werden. Helen gelangte mit ihm per Schiff nach Ancona und von dort mit der Bahn bis Bologna, wo er im Hotel starb. Unter mancherlei Schwierigkeiten – bei einem Brand auf dem Bahnhof von Genua wäre der Güterwagen mit Yankos Leiche beinahe mitverbrannt – transportierte Helen den Toten nach Nizza. Hier wurde, wieder in ihren eigenen Worten, »das arme junge Herz, das nur für mich und seine Liebe zu mir geschlagen und gelitten hat, zur Ruhe gebettet«.

HELEN VON RACOWITZA, geb. von DÖNNIGES – verbrachte die obligatorische Trauerzeit nach dem Tode ihres Yanko in Nizza, aufgeheitert durch den gelegentlichen Besuch von Maskenbällen. Dann begab sie sich auf dem Umweg über Paris nach München, wo sie bei den Eltern wohnte und viel in Künstlerkreisen verkehrte. Lenbach malte sie für die Sammlung des Grafen Schenk; auch Makart, der damals hoch in der Gunst des Publikums stand, hat sie in verschiedenen Posen als Modell benutzt. Nach einem Streit, angeblich über die Lassalle-Affäre, verließ Helen das elterliche Haus endgültig und ließ sich in Berlin nieder. Der Plan eines Generalstabsobersten, sie im preußischen Geheimdienst zu verwerten, wurde von Bismarck abgelehnt. Helen nahm dramatischen Unterricht, hospitierte im Königlichen Schauspielhaus und machte die Bekanntschaft des Schauspielers Siegwart Friedmann. Mit ihm als Burleigh debütierte sie am Hoftheater in Schwerin in der Rolle der Maria Stuart. 1868 heiratete sie Friedmann, und das Paar trat während der nächsten fünf Jahre auf verschiedenen Bühnen, darunter in Berlin und Wien, gemeinsam auf. 1873 wurde die Ehe in gegenseitigem Einverständnis gelöst. Von da an ging Helen allein auf Tournee; es heißt auch, daß sie Vorträge über ihr Verhältnis zu Lassalle und dessen tragisches Ende hielt. Während eines Gastspiels in Kissingen lernte sie Sergej Jegorowitsch Schewitsch kennen, einen jungen Lassalle-Verehrer aus begüterter russischer Adelsfamilie. 1876 traf sie ihn in St. Petersburg wieder; er folgte ihr nach Berlin und Paris. Am 1. März 1877 landeten Helen und Schewitsch in New York. Er schrieb für die »New York World« und die »Sun«; sie gastierte auf deutschsprachigen Bühnen in New York, Milwaukee, St. Louis, San Francisco; aber das »Parkett von Schustern, Bierbrauern und Bäckern« wußte, wie sie schreibt, die Feinheiten ihrer Kunst nicht zu schätzen. 1880 heiratete sie Schewitsch, obwohl dessen Anteil am Familienvermögen inzwischen von der zaristischen Regierung sequestriert worden war. Helen behauptet, die Anregung, »sich der Schriftstellerei zu widmen«, sei ihr in St. Louis von Friedrich Hecker, dem badischen Freischärlerführer des Jahres 1848, gegeben worden; jedenfalls begann sie für die deutschamerikanische Presse zu schreiben, besonders für die »Westliche Post« in St. Louis und für die neugegründete, zum Sozialismus tendierende »New-Yorker Volkszeitung«, deren Sonntagsbeilage Schewitsch redigierte. Sie veröffentlichte »Meine Beziehungen zu Ferdinand Lassalle« und, als Roman in Fortsetzungen, »Gräfin Vera«. Beeinflußt von Helena Petrowna Blawatzky und deren theosophischen Lehren ließ Helen unter dem Pseudonym »eine Okkultistin« die Schrift »Wie ich mein Selbst fand« erscheinen. Später, wieder unter dem Namen Racowitza, folgte der Roman »Ererbtes Blut«. 1889 gelang es Schewitschs älterem Bruder, der als Gouverneur von Livland Einfluß in Petersburg besaß, Sergej Jegorowitsch rehabilitieren zu lassen. Im Frühjahr 1890 kehrte das Ehepaar Schewitsch nach Europa zurück. Eine schwere Operation, der Helen sich unterziehen mußte, veranlaßte jahrelange Reisen in Kurorte und Bäder; Helens Gesundheit blieb jedoch geschwächt. 1908 veröffentlichte sie unter dem Titel »Von anderen und mir« ihre Memoiren. Schewitsch starb im September 1911; am 3. Oktober 1911 beging Helen Selbstmord.

WILHELM VON DÖNNIGES – mußte nach dem Skandal um die Affäre seiner Tochter mit Lassalle seine diplomatische Laufbahn zunächst aufgeben. Erst 1868 gelang es ihm wieder, in den Staatsdienst aufgenommen zu werden, und nach einer erfolgreichen diplomatischen Mission in Madrid wurde er zum königlich bayrischen Gesandten in Italien ernannt. In dieser Stellung starb er 1873 in Rom an den Pocken.

HATZFELDT, GRÄFIN SOPHIE VON – geleitete nach der am 2. September 1864 vom Genfer Republikanischen Klub veranstalteten Trauerfeier die Leiche Lassalles zu weiteren Trauerfeiern nach Frankfurt und Mainz. In Mainz wurde der Sarg, in den Worten der Gräfin, »offen, unter Blumen und Lorbeerkränzen kaum gesehen, von Trauerfahnen, zwei Musikchören, Leuten mit umgestürzten Fackeln umgeben und von unabsehbarem Zug gefolgt, den langen Weg durch die Stadt gefahren... und von Arbeitern aufs Dampfschiff getragen«. Die für Düsseldorf und andere Städte von ihr geplanten Trauerdemonstrationen wurden von der Polizei verhindert, die im Auftrag von Mutter und Schwester Lassalles die Leiche beschlagnahmte und zur Beerdigung auf dem jüdischen Friedhof nach Breslau bringen ließ. Den ersten Geburtstag Lassalles nach dessen Tod feierte Sophie von Hatzfeldt an seinem Grabe, das sie »in einen Rosengarten« verwandelte. In dem unerquicklichen Streit um das Testament Lassalles suchte sie besonders die politischen Wünsche des Toten zu erfüllen. So setzte sie sich, Lassalles letztem Willen entsprechend, für die Wahl Bernhard Beckers zum Präsidenten des Arbeitervereins ein; dieser schrieb ihr: »...ich lege mich, um meinen Dank auszudrücken, Ihnen zu Füßen.« Sie verteidigte Lassalle gegen alle Anwürfe, vor allem gegen den Vorwurf, er habe mit Bismarck paktiert oder eine Art »Regierungssozialismus« gewollt. »Lassalle ging mit niemand«, schrieb sie, »stand auf niemand als auf sich und seinen Ideen. Ich halte streng an ihm fest, Organisation wie Politik.« In diesem Punkt polemisierte sie scharf gegen Marx; und als Bernhard Bekker, ihretwegen als »Schürzenpräsident« verschrien, ihr von den Lassalleschen Grundsätzen abzuweichen schien, zögerte sie nicht, den Arbeiterverein zu spalten. Sie setzte für die ihr und dem »reinen Lassalleanismus« ergebenen Gruppen einen eignen Präsidenten ein, einen gewissen Fritz Mende, und stürzte sich selbst in die Agitation. Sie legte ihre aristokratischen Gewohnheiten ab, übernachtete in schlechten Gasthäusern, begab sich in die armseligen Hütten der Strumpfwirker des Erzgebirges, mußte vor der Polizei flüchten wie in Dresden, wo sie nur durch einen Sprung aus dem Fenster den Verfolgern entging. Sie finanzierte die Agitation selbst und wurde dabei schamlos betrogen; sie zahlte für Versammlungen, die nie stattgefunden, Redner, die nie gesprochen hatten, wenn ihr nur das Plakat vorgelegt wurde; einer ihrer »Agitatoren« unterschlug 5000 Taler. 1869 gab sie ihre Bemühungen auf; die von ihr beeinflußten Gruppen vereinigten sich mit den von Schweitzer geführten Teilen des Allgemeinen Deutschen Arbeitervereins; sie selbst zog sich auf ihre Güter zurück und lebte entweder in Frauenstein oder Heddernheim. 1878 griff sie noch einmal in die Geschichte ein, als sie vor der Reichstagsdebatte um das Sozialistengesetz dem Abgeordneten Bebel Informationen über die Zusammenkünfte Bismarcks mit Lassalle zukommen ließ; Bebel benutzte ihre Angaben für seine Interpellation. Am 25. Januar 1881 starb Sophie Hatzfeldt in Wiesbaden.

VAHLTEICH, JULIUS – wurde kurz nach Lassalles Tode, ganz wie dieser es in seinem Zirkularbrief verlangt hatte, vom Vorstand des Allgemeinen Deutschen Arbeitervereins aus der Organisation ausgeschlossen. »Es ehrte ihn«, schreibt Franz Mehring, »daß er sich schweigend in sein unverdientes Schicksal fügte und keine feindselige Handlung gegen den Verein unternahm.« Vahlteich hielt dieses Lob für nur halb verdient. Er sei einfach zu arm gewesen, um sich auf einen Kampf gegen Lassalle einzulassen, erklärte er. Zwar hätte er sich die Mittel dafür leicht von der Fortschrittspartei beschaffen können; »das wäre aber doch nur Verrat an der Arbeitersache gewesen, und der Gedanke ist mir überhaupt nicht gekommen.« Loyalität und Parteidisziplin kennzeichneten sein ganzes Leben; so lehnte er auf Anweisung des sozialdemokratischen Parteivorstands einen ihm angebotenen Posten als Korrespondent für ein linksbürgerliches Blatt ab – eine Anweisung, über die Marx sich höchlichst erboste. 1869 nahm Vahlteich in Eisenach am Gründungskongreß der sozialdemokratischen Arbeiterpartei teil; 1871 übernahm er die Leitung der ersten Tageszeitung der Partei, des »Crimmitschauer Bürger- und Bauernfreunds« und 1872 der »Chemnitzer Zeitung«. Seine Tätigkeit als Redakteur brachte ihm insgesamt etwas über zwei Jahre Gefängnishaft ein. Von 1871 bis 1874 war er sozialdemokratischer Reichstagsabgeordneter des Wahlkreises Frankenberg-Mittweida. Auf dem Kongreß in Gotha, auf dem 1875 die von Bebel und Liebknecht geführten Sozialdemokraten sich mit den Lassalleanern vereinigten, erhob Vahlteich die Forderung nach dem Frauenwahlrecht. Als die Bismarcksche Polizei ihm 1881 seine »Chemnitzer Zeitung« verbot, entschloß er sich zur Emigration nach den USA. Dort arbeitete er wieder, wie er einst angefangen hatte, als Schuhmacher; später als Photograph. Seine sozialistischen Anschauungen gab er nie auf; 1905 ließ er sein Büchlein »Ferdinand Lassalle und die Anfänge der deutschen Arbeiterbewegung« erscheinen; ein Jahr darauf trat er in die Redaktion der »New-Yorker Volkszeitung« ein und wurde, nach seiner Übersiedlung nach Chicago, Redakteur der dortigen »Arbeiterzeitung«. In Chicago ist er am 26. Februar 1915 hochbetagt gestorben.

BECKER, BERNHARD – wurde im November 1864 von der Mehrzahl der Gemeinden des Allgemeinen Deutschen Arbeitervereins einstimmig zum Präsidenten gewählt und trat die Nachfolge Lassalles an. Jedoch schon ein Jahr später gab er seinen Posten auf, angeblich weil er die preußenfreundliche Politik der Mehrheit des Vorstandes und des Vereinsorgans »Social-Demokrat« nicht weiter unterstützen wollte, in Wahrheit wohl, weil er einfach nicht die Persönlichkeit war, den Spaltungstendenzen entgegenzutreten und die einander widersprechenden Fraktionen des Vereins in eine Richtung zu zwingen. Nach seinem Rücktritt lebte er zunächst in Wien, dann in Paris; bei Beginn des Krieges 1870 wurde er aus Paris ausgewiesen. 1871, in Dresden, schloß Becker sich der von Bebel und Liebknecht geführten Sozialdemokratischen Arbeiterpartei an und redigierte die »Chemnitzer Freie Presse«, ein Jahr darauf den »Braunschweiger Volksfreund«. Die Gerichte verurteilten ihn wegen Pressedelikten zu mehreren Gefängnisstrafen; als ihm 1874 neue Prozesse drohten, begab er sich in die Schweiz. Seine Schriften »Enthüllungen über das tragische Lebensende Ferdinand Lassalles« (1868) und »Geschichte der Arbeiteragitation Ferdinand Lassalles« (1875) lassen eine starke Verbitterung vor allem gegen die Gräfin Hatzfeldt, aber auch gegen Lassalle, erkennen. In seinen letzten Jahren zerstritt er sich immer mehr mit der Sozialdemokratischen Partei; 1892, verarmt und vereinsamt, erschoß er sich in dem Städtchen Lützen.

KLINGS, KARL – wandte sich Ende September 1864 in der Frage der Nachfolge Lassalles an Karl Marx. Marx erwiderte ihm, er selbst könne die ihm auch von anderer Seite angetragene Präsidentschaft des Allgemeinen Deutschen Arbeitervereins nicht annehmen, weil die preußische Regierung ihn nicht über die Grenze lassen würde; daß er es aber trotzdem für gut hielte, wenn man ihn wählte, weil er dann durch eine öffentliche Antwort eine Demonstration gegen die Regierung in Berlin unternehmen könnte. Im Dezember des gleichen Jahres trat Klings auf der Düsseldorfer Generalversammlung des Vereins gegen den neugewählten Präsidenten Bernhard Becker auf, als jener sich durch eine Zusammenlegung der Posten des Präsidenten und des Sekretärs die im Testament Lassalles dem Vereinssekretär vermachten jährlichen 500 Taler aneignen wollte; da die Versammlung sich für Becker erklärte, schied Klings aus dem Vorstand aus. Er war aber fair genug, eine Woche später in Solingen zu verhindern, daß Becker von den aufgebrachten Arbeitern verprügelt wurde. Kurz danach verbündete sich Klings mit der Gräfin Hatzfeldt zum Sturz Beckers. Das Bündnis war kurzlebig; schon im März 1865 verließ Klings Deutschland. Auf dem Weg nach den USA stattete er Marx in London einen Besuch ab. Bei der Gelegenheit hinterließ er einen Brief für Engels, in dem er schrieb, er habe aus Solingen fortgemußt, da man ihm dort die ganze Existenz abgeschnitten habe; er werde aber »auch in Amerika für unsere Sache wirken«. Das hat er treulich getan. Er war einer der Gründer des Sozialpolitischen Vereins in Chicago im Jahre 1869 und setzte sich später für den Anschluß des Vereins an die I. Internationale ein. 1872 veranlaßte er einen Nachdruck des Kommunistischen Manifests in den USA. Von 1874 an wirkte er an der Redaktion der deutschsprachigen Wochenzeitung »Vorbote« mit. Sein Todesdatum ist unbekannt.

BÜLOW, COSIMA VON – die Tochter Franz Liszts und der Gräfin d'Agoult, war 1864, als Lassalle bei Richard Wagner vorsprach, mit ihrem Gatten bereits nach München übergesiedelt. Hans von Bülow, der unter dem Pseudonym »Solinger« die Lassallesche Vereinshymne »Bet und arbeit« vertont hatte, sollte dort mithelfen, König Ludwigs Plan eines großen Wagnertheaters in der bayrischen Hauptstadt zu verwirklichen. 1865 dirigierte Bülow die Münchener Erstaufführung des »Tristan«; Cosima korrespondierte mit dem König und intrigierte gegen die Wagner feindlichen Minister; ihre im gleichen Jahr geborene dritte Tochter hatte Wagner zum Vater und wurde Isolde getauft. 1867 kam Eva, offensichtlich von den »Meistersingern« inspiriert, zur Welt. Im nächsten Jahr folgte Cosima ihrem Freunde Wagner nach Triebschen bei Luzern und unternahm mit ihm eine Italienreise. Nach der Rückkehr aus Italien verlangte sie von Bülow die Scheidung. Bülow forderte zwei Jahre, während der sie sich bedenken sollte. Sie gebar Siegfried. Im August 1870 endlich heiratete sie Wagner, der die Affäre mit Mathilde Wesendonck überstanden und seine erste Frau Minna in Dresden begraben hatte. Inzwischen war Cosima in der Person Friedrich Nietzsches ein neuer Verehrer ins Haus gekommen; Cosima hat, diskret, Nietzsches Briefe an sie vernichtet. Ihr Hauptinteresse blieb Richard Wagner, der Mann wie das Werk. Sie half, die Idee des Festspielhauses zu entwickeln und zu propagieren; sie wählte Bayreuth als Festspielort aus; als der Bau stockte, opferte sie, ohne zu zögern, ihr gesamtes mütterliches Erbe, 40000 Franken. Es war nur folgerichtig, daß sie nach Wagners Tod die Leitung der Festspiele übernahm; sie hat sich als Intendantin, Regisseurin und Interpretin des Wagnerschen Werks große Verdienste erworben. 1907 übergab sie die Leitung von Bayreuth ihrem Sohn Siegfried; 1930, im Alter von 93 Jahren, starb sie in Bayreuth.

WILHELM RÜSTOW – 1864, im Todesjahr Lassalles, fesselte ihn ein Nervenfieber ernster Natur lange Zeit an das Bett. Nachdem er bereits 1863 den Tod seiner Mutter, die er sehr liebte, zu beklagen hatte, fielen im Krieg von 1866 seine beiden Brüder Alexander und Cäsar – ein Verlust, den er niemals verschmerzte. Seine stets überspannten Kräfte begannen zu erlahmen, die alten Freunde waren gestorben oder hatten Zürich verlassen. Rüstow war allein, das Altern erschreckte ihn. Schließlich sollte sich die Weissagung einer alten Zigeunerin, daß keiner seiner Familie eines natürlichen Todes sterben werde, erfüllen: enttäuscht von der Undankbarkeit seiner Mitmenschen und dem Mißerfolg seiner Bücher, setzte er den seelischen und physischen Leiden, die seinen Geist verdunkelten, keinen Widerstand mehr entgegen und beging am 14. August 1878 Selbstmord.

BISMARCK, FÜRST OTTO VON – errichtete 1866 durch den Sieg über Österreich die endgültige Hegemonie Preußens in Deutschland und ließ nach dem Sieg über Frankreich 1871 seinen König Wilhelm in Versailles zum deutschen Kaiser proklamieren. Das von Lassalle geforderte allgemeine, freie und gleiche Wahlrecht bewilligte Bismarck für den Reichstag des Norddeutschen Bundes und später für den des Kaiserreiches; für die preußische Kammer jedoch ließ er das alte Drei-Klassen-Wahlrecht bestehen. Die Bismarcksche Verfassung des Reiches war ihm auf den Leib geschneidert, so wie Lassalle die Verfassung des Arbeitervereins auf sich zugeschnitten hatte; Bismarck als Kanzler war der einzige Reichsminister und dem Kaiser Rechenschaft schuldig, zugleich war er Bundesratsvorsitzender und preußischer Ministerpräsident; die in den Reichstag gewählten Volksvertreter durften Gesetze vorschlagen und Petitionen dem Bundesrat, resp. dem Reichskanzler überweisen, mehr nicht. Dennoch wurde Bismarck die Geister, die ihm in der Gestalt Lassalles zum erstenmal entgegengetreten waren, nicht mehr los. Er versuchte alle Mittel im Kampf gegen den neuen, neuartigen Gegner, die organisierte Arbeiterschaft. Er korrumpierte: er ließ dem »Social-Demokrat«, dem Vereinsorgan des Allgemeinen Deutschen Arbeitervereins, Gelder zukommen und sorgte dafür, daß Johann-Baptist Schweitzer, Bernhard Beckers Nachfolger als Präsident des Vereins, aus der Gefängnishaft »beurlaubt« wurde. Er terrorisierte: sein »Gesetz gegen die gemeingefährlichen Bestrebungen der Sozialdemokratie« von 1878 verbot die Organisation der Partei, unterdrückte ihre Presse, verbannte ihre führenden Mitglieder aus deren Heimatorten. Er genierte sich auch keineswegs, Lassallesche Rezepte anzuwenden: seine Sozialreformen, die Krankenversicherung von 1883, die Unfallversicherung von 1884, die Alters- und Invalidenversicherung von 1889 wurden zum »Staatssozialismus« deklariert. Dennoch gewann die Arbeiterpartei, besonders nach dem Einigungskongreß von Gotha 1875, immer mehr Anhänger; ihr Stimmenzuwachs gerade unter den Bedingungen der Halblegalität in der Zeit des Sozialistengesetzes wirkte erschreckend. Dazu kam, daß Bismarck das Beispiel der Pariser Kommune nicht vergessen konnte. 1878, bei der Debatte um das Sozialistengesetz, erklärte er im Reichstag: »... von dem Augenblick her, wo in versammeltem Reichstag... der Abgeordnete Bebel... in pathetischem Appell die französische Kommune als Vorbild politischer Einrichtungen hinstellte... von diesem Augenblick an habe ich die Wucht der Überzeugung von der Gefahr, die uns bedroht, empfunden...« Und Lassalles Warnung an ihn, daß die Arbeiter den Krieg in eine Revolution verwandeln könnten, fand ein spätes Echo im November 1887 in einem Konzept für eine Unterredung mit Zar Alexander III.: »Der Kampf geht heute nicht so sehr zwischen Russen, Deutschen, Italienern und Franzosen wie zwischen der Revolution und der Monarchie... Krieg, sei er nun siegreich oder nicht, wird die Revolution in mehr als einem Lande entfesseln...« Frustriert in seinen Zielen, trug Bismarck sich nach dem großen Bergarbeiterstreik von 1889 mit dem Gedanken eines Staatsstreichs, einer Lösung der Arbeiterfrage auf dem Gewaltweg. Aber der neue Kaiser Wilhelm II., nach Popularität haschend, sprach von Arbeiterschutzgesetzen und der Einberufung einer Internationalen Arbeiterschutzkonferenz; im Januar 1890 fiel das Sozialistengesetz; vier Wochen später gewann die Sozialdemokratische Partei 1427000 Stimmen und wurde die stärkste Partei im Reichstag; Engels erklärte aus London: »Das ist der Anfang vom Ende der Ära Bismarck.« Im März schied Bismarck aus seinen Ämtern. Im Juli 1898 starb er. Eines der letzten Projekte, das ihn bewegte, war die Schaffung eines Blocks der staatserhaltenden und produktiven Stände gegen die Sozialdemokraten.